조선후기 시조와 그 이해의 시각

-

조 태 흠 趙泰欽

부산대학교 국어국문학과
동대학원 석사, 박사
부산대학교 국어국문학과 교수
논문, 「훈민시조연구」 외
저서, 『중국 조선족 문학의 전통과 변혁』(공저) 외

조선후기 시조와 그 이해의 시각

초판 인쇄 2018년 6월 8일
초판 발행 2018년 6월 15일

지은이 조태흠 **┃ 펴낸이** 박찬익 **┃ 편집장** 황인옥 **┃ 책임편집** 조은혜
펴낸곳 ㈜ **박이정 ┃ 주소** 서울시 동대문구 천호대로 16가길 4
전화 02) 922-1192~3 **┃ 팩스** 02) 928-4683 **┃ 홈페이지** www.pjbook.com
이메일 pijbook@naver.com **등록** 2014년 8월 22일 제305-2014-000028호

ISBN 979-11-5848-379-1 (93810)

조선후기 시조와 그 이해의 시각

조태흠 지음

(주)박이정

책머리에

이 책은 필자가 쓴 글 가운데 조선후기 시조를 대상으로 한 논문을 한데 묶은 것이다. 막상 책을 엮으려고 해묵은 글들을 꺼내어 살펴보니 부끄러움이 앞선다. 여기에 실린 글들은 십수 년의 편차가 있어 더러는 학문적 의의가 바랜 것도 있고, 한정된 시기의 유사한 주제를 다루었기에 자료나 내용에 중복된 곳도 적지 않게 눈에 띄었다. 또 대부분의 글을 시한에 쫓겨 서둘러 마감하였기에 논리의 비약이나 거칠고 다듬어지지 못한 문장도 군데군데 발견되었다. 그러나 이 글들을 쓰던 당시의 문제의식만큼은 여전히 유효하다고 생각하면서 지금까지 해온 작업들을 정리해 봄으로써 자기 성찰의 계기로 삼고자 한다.

필자는 조선후기 시조문학을 이해하는 키워드를 '연행'이라고 생각한다. 널리 알려진 바와 같이 조선전기 시조는 사대부 동류들 사이의 유흥이나 취미의 차원에서 자족적으로 연행되는 풍류방 예술이었으나, 조선후기는 경제적으로 성장한 중인층들이 시조의 새로운 수용자로 등장하고 가객들이 시조 연행에 주도적인 역할을 하면서, 시조 연행이 집단적·향락적·유흥적 성격을 띤 도시시정의 풍류예술로 자리 잡게 된다. 필자는 이러한 연행 양상의 변화를 조선후기 시조의 성격을 결정짓는 중요한 요소라고 인식하였다.

이 책에 실린 글들은 대부분이 이런 인식하에 쓰여진 것이다. 제1부에서는 조선후기 시조문학을 연행의 관점에서 이해해야 한다는 새로운 시각을 제시한 것이다. 제2부는 조선후기 시조가 연행예술화되면서 어떻게 수용·변모되고 새롭게 창작되었는가를 다룬 일종의 연행론이고, 제3부는 작품 외적 요소인 연행 상황의 변화에 따라 나타난 조선후기 시조 작품의 내면을 고찰한 것으로 작품의 여러 경향과 성격을 해명해 본 것이다. 제4부에서는 작품론 3편을 덧붙였다.

필자는 여러모로 부족함이 많은 사람이지만 선생님들의 분에 넘치는 사랑을 받았다. 台也 선생님, 遲遲齋 선생님 두 분의 가르침을 잊을 수 없다. 이 책은 선생님들의 가르침을 씨줄로 삼아 썼다. 행간마다 선생님들의 가르침이 묻어난다고 생각하며 감사드린다.

끝으로 출판을 흔쾌히 허락해주신 박이정 대표님께 고마움의 뜻을 전하며, 이 책을 내기까지 번거롭고 궂은일들을 자신의 일처럼 맡아서 해준 제자들에게도 감사의 마음을 전한다.

2018년 6월
금정산 아래에서 조 태 흠 씀

목 차

제1부

조선후기 시조와 그 이해의 시각

Ⅰ. 18세기 시조의 존재 양상과 그 이해의 시각

1. 머리말

지금까지 18세기 시조문학을 이해하는 가장 중심적인 개념은 '신분'이었다. 시조는 사대부층에 의해 형성되어 사대부 의식에 바탕을 두고 성장·발전하여 마침내 그들의 공통된 의식세계를 표출하는 사대부계층의 장르였다.1) 그러나 18세기에 접어들면서 시조문학의 주도권이 사대부계층에서 중인계층으로 이동하면서 이 향유층의 신분 이동이라는 현상은 자연스럽게 18세기 시조문학 연구의 중심에 놓이게 되었다.

18세기 시조의 전반적인 성격을 파악하는 데 있어서도 이 향유계층의 이동이라는 점에 초점을 맞추어 전기 사대부들의 시조와 이 시기 중인가객들의 시조와의 대비적 고찰을 통하여 그 변별성을 규명하는 데 중심을 두어 왔다. 또한 18세기 주요 작가들인 중인가객들의 작품세계를 이해할 때에도 전기 사대부 작가들과의 신분적 차별성에 중점을 두고 그들의 작품세계를 해명하려고 하였다. 이런 과정에서 사대부계층 대 중인계층이라는 신분적 대립항은 자연스럽게 18세기 시조문학 연구의 중심적인 개념으로 자리잡아 왔으며, 이처럼 신분이란 개념을 중심에 두고 진행된 일련의 연구는 18세기 시조문학을 이해하는 데 상당한 성과를 거둔 것이 사실이다.

그러나 문학이 삶의 방식을 표현하는 문화의 한 양식이라면 그 시대의 문학

---

1) 최동원, 「시조의 형성계층과 그 형성기」, 『고시조론』, 삼영사, 1980, 35-54쪽.

을 온전하게 이해하기 위해서는 무엇보다도 그러한 문학 현상이 나타난 당대의 문화 현상을 이해하는 것이 필요하다. 이러한 점에서 18세기 시조문학을 해명하는 기준을 신분에 둔 지금까지의 시각에서 벗어나, 그들이 향유한 문화의 차이에 따라 '서울시조'와 '향촌시조'로 구분하여 이해하는 새로운 시각이 필요하다는 전제 아래 본고는 진행된다.

이 시기의 시조문학을 서울과 향촌으로 양분하여 그 의미를 살펴야 하는 이유는, 이 시기에 접어들어 서울이 대도시로 발달함에 따라 서울과 향촌 간의 사회적 분기가 심화되면서 경·향간의 문화적 격차가 크게 벌어지고 이에 따라 18세기에 접어들면서는 서울과 향촌이라는 지역적 개념이 더 이상 지역적 개념만을 의미하는 것이 아니라 문화적 층위가 추가되어 외연이 확장된 개념을 의미하게 되었기 때문이다. 아울러 이런 시각에서 본다면, 동질적인 문화를 향유하는 사람들 사이에는 그 문화를 바탕으로 형성되는 공통된 의식이 있게 마련인데, 이 시기에는 사대부와 중인이라는 신분상의 차이보다는 그들이 어떤 문화를 공유하였는가 하는 문제가 문화의 한 양식인 문학에서는 더 큰 차이를 나타내었을 것이라는 추정이 가능해지기 때문이다.

본고는 이러한 시각의 타당성을 검증하는 방식으로 진행된다. 먼저 서울이 대도시로 발전하면서 시조가 도시의 연행예술로 수용되어 발전하는 과정을 확인하고, 이 과정에서 서울의 가곡창이 크게 변화·발전하면서 경·향간의 가악의 분화가 심화된 사실을 파악한 다음, 이러한 가악 분화 양상에 따라 18세기에 활동한 작가를 서울작가와 향촌작가로 구분하여 그들의 작품 사이에 나타난 존재 양상의 차이를 고찰하고, 그 차이가 바로 그들이 향유한 가악문화의 차이에서 비롯된 것이라는 점을 밝혀, 18세기의 시조를 문화적 차이에 따라 서울시조와 향촌시조로 구분하여 이해하려는 새로운 시각이 필요하다는 사실을 규명하도록 할 것이다.

2. 서울의 도시화와 경·향간 가악의 분화

조선전기 시조의 창작과 향유의 중심은 서울이 아니라 향촌이었다.[2] 물론 이 시기 사대부들은 '사(士)'로서 심성을 수양하고, '대부(大夫)'가 되어 정사 (政事)에 종사하는 것을 이상으로 생각했기 때문에 그들의 생활은 출(出)·처 (處)에 따라 정치현실인 서울과 강호자연인 향촌을 오가며 생활하는 양면성을 지녔지만, 창조적인 문화의 중심축은 서울보다는 오히려 재지적 생활기반이 있었던 향촌에 있었다.[3] 특히 시조의 경우는 정치 일선에서 치사(致仕)하여 향리로 돌아왔을 때나, 사화와 당쟁에 의하여 실세하여 낙향거나 귀양을 왔을 때, 혹은 아예 처음부터 관계 진출을 포기하고 향촌에 은거하고 있을 때와 같이 기본적으로 향촌사회에 몸담고 있을 때 창작되었다.[4]

이 시기 향촌사회에서 시조의 향유는 일반적으로는 가비(歌婢)나 기생들로

---

2) 16세기 시조의 대상과 주제영역은 사림의 향촌생활이 중심이 되어있다는 사실은 최재남이 『사림의 향촌생활과 시가문학』(국학자료원, 1997.)에서 자세히 밝힌 바 있다. 아울러 본고에서 '향촌'이라는 개념은 일단 '서울'과 대립되는 개념이면서, '서울의 정치 현실에서 물러나 살고 있는 현실적 공간이라는 역사적인 의미를 함께 포괄한다'는 앞선 연구의 결과를 따른다. 최재남, 같은 책, 10쪽.

3) 16, 17세기의 우리사회는 사족들의 향촌 생활이 중요한 의미를 차지하고 있었다. 창조적 문화의 중심부가 중앙으로부터 지방으로 옮겨간 감이 들었다. 그런 가운데 서당, 누정의 발전이 두드러진 현상이었는데, 전자는 교육·학술의 산실로, 후자는 문학·예술의 산실로 역할을 하게 된다. 임형택, 「17세기 전후 육가형식의 발전과 시조문학」, 『민족문학사연구』 제6호, 민족문학사연구소, 1994, 24쪽.

4) 이 시기 시조작가 대부분이 그러하였지만 특히 그 전형적인 모습을 이현보와 윤선도에게서 볼 수 있다. 이현보는 31세(연산군 4년, 1498)에 과거에 올라 40여 년 이상 서울에서 벼슬살이를 한 후 76세(중종 37년, 1542)에 노년의 나이에 치사하고 고향으로 돌아왔는데, 향촌 생활 속에서 〈어부가〉를 개작하고 〈효빈가〉, 〈농암가〉, 〈생일가〉 등과 같은 시조를 창작하여 향유하였다. 윤선도는 광해군·인조·효종·현종의 네 왕조에 걸쳐 활동하면서 특히 정치적 부침이 심하여 여러 차례 정치 일선에서 물러나 유배를 가거나 낙향할 수밖에 없었는데, 그의 시조작품의 대다수는 이처럼 정치 일선에서 물러난 시기에 지어졌다. 〈견회요〉와 〈우후요〉는 慶源 유배시절에 지은 것이고, 〈산중 신곡〉, 〈산중속신곡〉, 〈어부사시사〉, 〈몽천요〉 등 그의 작품의 대부분은 향촌인 부용 동과 금쇄동에서 창작된 것이다.

하여금 가창하게 하여 그 노래를 듣고 즐기는 방식이었지만5) '놀이'와 '공부'
를 하나로 통일시킨 육가의 경우에는 사대부 자신들이 직접 참여하여 노래부
르고 춤추는 방식이었으며,6) 그 실현 양상은 대개 거문고 같은 악기의 반주
에 맞추어 종용한원(從容閑遠)·자연평담(自然平淡)의 분위기를 살리면서 진
행된다는 것이었다.7) 이들이 이처럼 향촌에 생활기반을 두고 자신들의 생활
을 영위하면서 그 속에서의 풍류를 즐기거나, 심성 수양의 한 방법으로 시조
를 창작하고 향유하는 가운데 시조의 창작과 향유는 향촌사회의 중요한 생활
문화의 한 방식으로 자리잡게 되었다.

그러나 향촌사회의 선비들이 중심이 된 이러한 조선전기 시조의 창작과 향
유 양상은 18세기에 접어들면서 크게 변하게 된다. 널리 알려진 바와 같이 이
시기에 생산성의 향상, 상품 화폐경제와 상공업의 발달 등에 힘입어 서울이
대도시로 성장함에 따라 향촌에 재지적 기반이 있었던 향촌사대부들과는 달
리 서울에 생활기반을 둔 경화사족층이 새롭게 나타나고, 이들이 정치·경
제·문화의 모든 부문에서 우위를 점함에 따라 서울과 향촌사회 간의 격차가
벌어지면서 경·향의 사회적 분기가 심화되기 시작하였다.

경화사족층은 서울과 관련을 맺으며 생활하는 사인(士人)계층으로, 서울과
서울 교외에 대대로 거주하면서 그들 나름의 독특한 생활양식을 보이는 부류
들인데, 여기에는 중간계층인 위항인들도 포함된다. '위항지사(委巷之士)'라
고 불렸던 이들은 중서층으로 기술직이나 서리직을 맡아 관료체계 내의 실무
를 담당하거나 경화거족의 '겸인(傔人)'으로 생활하였는데, 이들은 이 시기 서

---

5) 世所傳漁父詞 集古人漁父之詠 間綴以俗語 而爲之長言者 凡十二章 而作者名姓無聞焉. 往者
安東府 有老妓 能唱此詞 叔父松齋先生 時召此妓使歌之 以助壽席之歡 …중략… 於是 刪改補
撰 約十二爲九 約十爲五 而付之侍兒 習而歌之 每遇佳賓好景 憑水檻而弄煙艇 必使數兒 並喉
而唱詠 聯袂而蹁躚. 李滉,〈書漁父歌後〉,『退溪先生文集』권43.
6) 육가 형식은 수양과 교육에 관련되는 기능을 하고 있었기에 사대부의 자제 및 문도들이
그 가무의 연행에 직접 참여하였다고 밝혔다. 임형택, 앞의 논문, 22쪽.
7) 임형택, 앞의 논문, 24쪽.

울의 사회적 변화에 편승하여 상당한 경제력을 갖추고 서울의 도시적 생활을 즐기면서 도시문화를 주도해 나갔다. 이처럼 위항인들은 경화사족과 서울생활이라는 공통된 생활기반을 공유하면서 도시생활이 주는 기회와 편의를 구가하는 가운데 서울을 떠나서 살 수 없는 도시적 체질이 형성되어 이들도 경화사족의 일원으로 등장하기에 이르렀던 것이다.

경화사족은 향촌사회의 지방사족에 비해 정치참여의 기회와 경제생활, 문화활동 등 모든 면에서 우월한 지위를 점함으로써 서울은 정치 · 경제 · 문화의 모든 면에서 더욱더 중심적 위치를 차지하게 되고 향촌과의 격차는 더욱 심화되었다. 이 시기에 나타난 '귀경천향지풍(貴京賤鄕之風)'이라고 하던 사회적 풍조는 바로 이러한 양상의 반영이었다.[8]

이런 가운데 경화사족의 문화생활도 새로운 경향을 띠게 되었다. 서울이 도시로 성장함에 따라 사회 · 경제적 환경이 변화되고 이에 따라 생활과 의식 수준이 전반적으로 향상되면서 문화 · 예술에 대한 인식이 달라지고 이에 대한 욕구도 크게 늘어나기 시작하였다. 이를 바탕으로 하여 예술의 수요가 증대되고, 수용층에도 변화가 오는 등, 예술 전반에 대한 변화가 초래되었다. 이러한 문화 · 예술적 변화는 시조 분야에서도 뚜렷하게 그 모습을 드러내었다.

18세기에 새롭게 경화사족의 일원으로 등장한 서울의 중간계층들이 자신들의 경제력을 바탕으로 서울의 유흥적인 분위기를 주도하게 되면서 그들 사이에는 새로운 도시민적 취미와 풍류가 발달하게 되었다.[9] 이에 따라 이들은 자신들의 새로운 취미나 풍류생활의 한 방편으로 시조를 수용함으로써 시조의 새로운 향유층으로 등장하였다. 새로운 향유층의 등장으로 가악의 수요가

---

8) 이상의 경화사족에 대한 사항은 필자가 유봉학의 「경화사족과 진경문화」에서 발췌 · 정리한 것이다. 유봉학, 「경화사족과 진경문화」, 『우리문화의 황금기 진경시대』, 돌베개, 1998.
9) 조선후기 중간계층과 서울의 도시 유흥에 대해서는 강명관, 「조선후기 서울의 중간계층과 유흥의 발달」, 『민족문학사연구』 제2집, 1992 참조.

늘어나자 이러한 요구를 충족시키기 위한 공급이 늘어나면서 시조의 연행 공간도 자연스럽게 확대되었다. 이처럼 도시의 발달과 그에 따른 시조의 수요와 공급의 증가는 시조가 도시 연행예술의 하나로 자리잡게 되는 주요한 요인이 되었다.

(1) 雲從街北廣通西　　운종가를 북으로, 광통교 서편
　　富屋宵遊兼燭齊　　부호의 밤놀이는 촛불도 나란히
　　細細三絃歌曲譜　　세세 삼현에 가곡보
　　房中之樂月中携　　방중의 樂을 달빛 아래 펼친다.[10]

(2)　이판서 댁에서 피리와 노래 소리가 요란했다. 잡가를 부르매 줄은 급히 구르고 소리는 정히 고조된 즈음 한 대감이 들어섰다. 용모가 단정하고 눈을 옆으로 굴리지 않는 품이 일견 정인군자(正人君子)인 줄을 알 수 있었다. 주인대감과 인사를 나누더니 이어 노래를 시키는 것이었다. 이날 실컷 마시고 헤어졌다. 그 자리에는 금객(琴客) 김철석, 가객 이세춘, 기생 계섬 · 매월 등이 함께 있었던 것이다.[11]

(3)　노릿갓치 조코조흔줄을 벗님네 아돗든가
　　春花柳 夏淸風과 秋月明 冬雪景에 彌雲昭格蕩春臺와 南北漢江絕勝處에 酒肴爛熳흔듸 조흔벗 가즌 稙笛 아름다온 아모가이 第一名唱들이 次例로 벌어안자 엇거러 불을쎡에 中흔닙 數大葉은 堯舜禹湯文武갓고 後庭花 樂戱調는 漢唐宋이 되엿는듸 騷聳이 編樂은 戰國이 되야이셔 刀鎗劍術이 各自騰揚흐야 管絃聲에 어릿엿다
　　功名도 富貴도 나몰릭라 男兒의 이 豪氣를 나는죠화 흐노라
　　　　　　　　　　　　　　　　　　－ 金壽長, 『海周』 548[12]

---

10) 柳晩恭, 〈歲時風謠〉, 『한문악부 · 사자료집』 5, 영인본, 계명문화사, 1988, 29쪽.
11) 在李尚書家 笙歌喧轟之時 唱雜詞 絃轉急而鮮正繁 適有一宰相人來風義端正 目不邪視 可知其爲正人君者也 與主人大監 叙寒喧畢 仍便唱歌 盡飮而罷 時琴客 金哲石 歌客李世春 妓桂纖每月等 偕焉. 〈回想〉, 이우성 · 임형택, 『이조한문단편집(중)』, 일조각, 1978.

16

위에 인용한 세 편의 글은 18세기 시조 연행 양상과 관련하여 자주 인용되는 글이다. 첫 번째 글은 유만공(柳晩恭, 1793-?)이 정월대보름 밤 서울의 풍속을 묘사한 〈세시풍요(歲時風謠)〉 가운데 한 편이다. 이 시는 당시 중촌(中村) 부호들의 밤놀이에 이미 가곡창이 중심이 되어 있음을 알려주고 있다. 더욱이 이러한 중인 부호들의 놀이나 연회는 대보름날 같은 특정한 날에만 열리는 것이 아니라, "그 부잣집은 8·9인이 노상 모여 노는 곳이 되어서 가객과 기생에 술·안주며 음식이 떨어질 날이 없었다."라고[13] 할 정도로 일상화되어 있었으니, 당시 서울에는 이미 중인계층들이 시조의 주요한 향유층이었고 또 시조 연행 공간도 사대부들의 연회나 풍류장뿐만 아니라 중인층의 연회 등으로 확대되었음을 확인할 수 있다. 두 번째 글은 추월이란 기생이 판서 댁의 연회에 불려간 것을 회상한 글인데, 이때 잔치나 연회에 시조의 연행자로는 새롭게 등장한 가객과 악사 등이 중심이 되었다는 사실을 알려주고 있다. 마지막 글은 김수장이 그를 중심으로 한 가객들의 풍류생활을 노래한 작품이다. 노래를 좋아하는 벗들이 함께 모여 계절마다 서울 근교의 경치 좋은 곳을 찾아다니며 가곡창이 중심이 된 풍류를 즐겼는데, '가즌 稚笛'이 동원되고 여기에다 기생까지 참여하고 있어 이러한 그들의 풍류 활동이 집단적이고 향락적이며 유흥적으로 변해가고 있다는 사실을 보여주고 있다.

위에서 확인한 것처럼 18세기 서울이 도시로 발달함에 따라 경제적으로 성장한 여항인들이 시조를 그들의 도시민적 취미나 풍류생활의 한 방편으로 수용함으로써 가악의 수요 증가를 가져왔고, 수요의 증가는 새로운 공급을 유발하여 새로운 시조 연행자인 가객을 등장시켰으며, 이러한 가악의 수요와 공급

---

12) 『海周』는 周氏本 『海東歌謠』의 약칭이며 뒤의 숫자는 작품 번호이다. 앞으로 이 책에서 사용하는 가집의 약칭은 모두 심재완, 『교본 역대시조전서』(세종문화사, 1972)에서 제시한 것을 사용하기로 한다.

13) 其家卽乃是八九人相會宴遊之所也. 歌客舞妓 酒肴飮食 無日不設.〈長橋之會〉이우성·임형택, 앞의 책, 174쪽.

의 증가는 자연스럽게 시조의 연행 공간을 확대하여 시조의 연행이 활성화되면서 시조는 도시의 연행예술로 발전하게 되었던 것이다.

이러한 시조의 변화는 무엇보다도 소비적인 도시문화를 바탕으로 이루어졌기 때문에 시조는 향락적이고 유흥적인 성격을 강하게 띠게 되었다. 이것은 시조를 얹어 노래하는 가곡창의 성격 변화에서 쉽게 확인할 수 있다.

18세기의 가곡은 삭대엽 제4라는 변주곡과 농(弄) · 낙(樂) · 편(編)이라는 삭대엽의 새로운 변주곡들로 가곡의 곡조가 크게 분화 · 발달하면서 17세기에 비하여 눈부시게 발전하였다. 이러한 새로운 곡조의 분화 · 발달의 주된 담당자들은 모두 시조의 새로운 연행자로 등장한 가객과 악사들인데,14) 이들은 연행의 장에서 이미 있었던 노래를 반복적으로 가창하는 것에 만족하지 않고, 그 노래를 도시민적 취미나 풍류생활에 알맞은 새로운 형태로 변주시키는 시도를 반복하면서 자신들의 가악활동을 전개하는 가운데서 새로운 가곡의 곡조를 개발해 나갔던 것이다.15)

그런데 이 시기에 가객들에 의하여 새롭게 분화 · 발달한 가곡의 변주곡들은 정격(正格)에서보다 주로 변격(變格)에서 더 현저하게 나타났는데, 이것은 가객들의 시조 연행 공간이 향락적이고 유흥적인 도시민적 취미와 풍류생활에 바탕을 두고 있었기 때문이다. 다시 말하면 이러한 유흥적인 연행의 장에서는 서완(舒緩)하고, 말이 적고, 곧은 목을 쓰며, 고정된 리듬을 사용하는 정격의 가곡창보다는 흥청거리고, 즐겁고, 경쾌한 리듬의 변격의 창을 선호하였기 때문일 것이다.16) 따라서 이 시기 서울의 가곡창은 기존의 곡에 비하여 가락이나 장단의 구조가 복잡하고 악곡의 절주가 빨라지면서 도시의 유흥적인 연행예술에 적합한 농 · 낙 · 편이라는 삭대엽의 새로운 변주곡을 중심으로

14) 송방송, 『한국음악통사』, 일조각, 1984, 421쪽 및 492쪽.
15) 조태흠, 「18 · 19세기 장시조 연행의 기반과 그 문학적 의미」(『도남학보』 제15집, 도남학회, 1996)에서 살핀 바 있다.
16) 조태흠, 위의 논문, 141쪽.

크게 변화·발전하고 있었던 것이다.

그러나 이러한 서울의 가악문화가 곧바로 지방으로 전파·확산되기는 힘들었다. 18세기에 접어들어 서울이 대도시로 발달하면서 경·향의 사회적 분기가 심화되고 이에 따라 문화적 격차는 더욱더 벌어졌다. 특히 경화사족들은 향촌사회의 지방사족에 비해 정치·경제·문화 등 모든 면에서 우월한 지위를 점하여 중앙 정치 참여의 기회를 독점하다시피 함으로써 조선전기와 달리 향촌사대부들이 중앙정계로 진출하는 길이 극히 제한되었다. 이에 따라 경·향간의 문화적 교류가 소원해지면서 이들의 생활문화의 하나였던 가악의 경우도 경·향간의 분화가 심화될 수밖에 없었던 것이다.

당시 지방과 서울 간의 가악의 격차를 대구에서 가객으로 활동하고 있던 한유신(韓維信)의 글을 통하여 확인할 수 있다.

> 을미년 봄에 김유기공이 마침 서울로부터 왔다. 공은 지금 이 시대 가악의 독보이다. 내가 가서 인사하고 시보(時譜)로 시험하여 물으니 공은 문득 웃으며 응답하지 않았다. 밤이 이슥하자 비로소 몇 편의 노래를 읊었는데 소리가 금석에서 나온 듯 따라갈 수 없을 것 같았다. 나는 정신이 멍하여 마음속으로 말하기를 '정성(正聲)이 여기 있도다' … 그리하여 평조 등 여러 곡을 일과로 가르쳤다. 우리들은 마음을 다하여 배우고 익혀 여러 해가 지난 뒤에 비로소 흉내낼 수 있었다.[17]

18세기 초엽(을미년, 1715년) 서울에서 활약하던 가객 김유기(金裕器)가 대구로 내려왔는데, 이때 그 앞에서 한유신이 당시 대구지방의 시보(時譜)를 노래하였더니 그는 다만 웃으면서 응답하지 않고, 이어 김유기가 몇 편의 노래

---

17) 乙未春 金公裕器 適自京師來 公卽今代之爲獨步也 余往省之 試以時譜叩之 公輒笑而不應 夜久 始吟數闋 聲出金石 若不可影響焉 余乃貿然自喪 私語心日 正聲在是矣…遂而平調等諸曲 日果而授之 不佞等 專心學習 閱累年而始能效嚬. 韓維信, 〈永言選序〉, 『해동가요』.

를 부르자 한유신은 그 노래를 듣고 정신이 멍하여졌을 정도라고 하였다. 그리하여 김유기는 평조 등 여러 곡을 한유신을 비롯한 대구의 가객들에게 가르쳤는데 그들은 여러 해를 배운 뒤에야 비로소 그 곡을 흉내낼 수 있었다고 적고 있다.

물론 이 기록을 김유기와 한유신 사이의 개인적인 가창 능력의 차이로도 해석할 수 있겠지만, 문맥을 꼼꼼하게 검토해 보면 이것은 단순한 가창력만의 문제는 아닌 것이라는 사실을 확인할 수 있다. 우선 한유신이 당시 대구지방에서 불리는 '시보'로 시험하였으나 김유기는 다만 웃기만 할 뿐 응답이 없었으며 그 뒤 김유기로부터 '평조 등 여러 곡'을 배웠다고 한 사실로 미루어 볼 때, 이것은 대구지방의 '시보'와 서울의 그것이 달랐다는 사실을 보여주는 것이며, 그들이 김유기로부터 배운 '여러 곡'이란 대구의 '시보'와는 다른 당시 서울의 '시보'라고 보아야 할 것이다.

18세기 초엽 대구에서 가객으로 활약하고 있는 한유신이 서울의 '시보'를 접하고 정신이 멍할 정도의 충격을 받았으며, 또 그것을 익히는 데 여러 해가 걸렸다는 사실로 미루어 짐작하면, 그 당시 벌써 서울과 지방의 가악의 격차는 상당한 정도로 벌어졌다고 보아야 할 것이며, 이러한 경·향간 가악의 분화는 서울지방의 가악이 본격적으로 분화·발달하기 시작하는 18세기 중엽 이후로 접어들면서 더욱더 심화되었음에 틀림없다. 가악의 전문가라 할 수 있는 가객들 사이에서도 경·향간의 가악 차이가 이런 정도였다면, 향촌에 묻혀 사는 사대부의 경우에는 더 말할 것도 없을 것이다. 더욱이 18세기 이후 경화사족들에게 밀려 중앙정계로 진출할 기회가 거의 없었던 향촌사대부들은 이러한 서울의 가악을 접할 기회조차도 많지 않았을 것이다.

시조는 음악과 깊은 관련을 가지면서 발달·전승되어 왔기 때문에, 이러한 경·향간 가악의 분화는 필연적으로 시조문학의 변화를 수반할 수밖에 없었다. 다음 장에서는 경·향간 가악문화의 분화에 따라 시조문학상에 나타난 변화 양상을 작가와 작품의 존재 양상을 통하여 구체적으로 살펴보도록 하겠다.

3. 시조 작가와 작품의 존재 양상

18세기 시조문학에 대한 온전한 이해에 도달하려면 먼저 이 시기에 활동한 작가와 그들이 남긴 작품의 존재 양상을 구체적으로 검토하여 파악할 필요가 있다. 심재완의 '작가의 연대별 분류'에 의하면 18세기의 작가는 숙종·영조·정조 때에 걸친 사람으로 모두 66명으로 나타난다.[18] 그러나 이 숫자는 작가의 활동시기가 아니라 출생연대를 기준으로 파악된 것이기 때문에 당대의 구체적인 문학활동 상황을 파악하는 데는 다소간의 차이가 있을 수 있다는 점을 고려하여, 본고에서는 작가의 주활동 시기를[19] 기준으로 18세기에 활동한 작가를 파악하였다. 그리고 이들 가운데서도 대체적인 창작 경향을 이해하기 위하여 5수 이상의 작품을 남긴 작가와 그 작품수를 조사하여 파악하였다. 그 결과는 아래와 같다.

金壽長 119수,	李鼎輔 91수,	金天澤 71수,	黃胤錫 28수,	金振泰 26수,
申獻朝 25수,	安瑞羽 19수,	朱義植 18수,	金友奎 18수,	朴文郁 17수,
李廷藎 14수,	松桂烟月翁 14수,	申墀 14수,	金裕器 10수,	梁周翊 10수,
魏伯珪 9수,	金黙壽 8수,	金聖器 8수,	金兌錫 7수,	庚世信 7수,
權榘 6수,	朴淳愚 6수,	朴熙錫 5수.[20]		

---

18) 심재완, 『시조의 문헌적 연구』, 세종문화사, 1972, 262-263쪽.
19) 작가의 주 활동시기는 일반적인 사대부들의 일생을 고려하여, 수학기가 끝나고 사회적 책무를 수행하게 되는 30세 이후부터 사망시까지로 잡았다. 따라서 30세 이후부터 사망시까지가 18세기에 해당되는 작가를 18세기에 활동한 작가로 파악하였다. 다만 생몰년대가 밝혀지지 않고 왕조만 밝혀진 작가는 그 왕조에 활동한 것으로 간주하였다.
20) 각 작가의 작품수는 심재완, 『정본시조대전』(일조각, 1984)의 '작가색인'에 나타나는 작품수를 따랐다. 다만 異名의 작가와 작가 미확정의 표시(*)가 된 작품은 이 숫자에

18세기에 활동하면서 5수 이상의 작품을 남긴 작가는 위에 나타난 것처럼 23명인데, 이들을 대상으로 경·향간 가악의 분화에 따라 일어난 시조문학상의 변화를 살펴보도록 하겠다. 먼저 당시 가악의 분화 양상에 따라 위의 작가를 서울에 생활기반을 두고 활동한 서울작가와 향촌에 살면서 작품 활동에 임한 향촌작가로 구분해 보기로 한다.

서울에 생활기반을 둔 서울작가로는 우선 이정보와 신헌조를 들 수 있다. 이정보는 1693년에 벌족(閥族)인 연안(延安) 이씨(李氏) 가문에서 태어났는데, 그의 고조인 이명한(李明漢)은 이조판서와 대제학을 지냈으며, 증조인 이일상(李一相)은 예조판서와 대제학을, 조부 이성조(李成朝)는 사복시 첨정을, 그리고 부친인 이우신(李雨臣)은 호조참판을 지냈고, 자신도 벼슬이 이조판서와 대제학을 거쳐 우참찬에 이르러,[21] 그의 집안은 대대로 중앙의 주요 관직을 역임한 명문거족이었다. 신헌조도 1752년에 역시 명문거족인 평산(平山) 신씨(申氏) 가문에서 태어났다. 그의 8대조인 신흠(申欽)은 영의정을 지냈으며, 그의 부친인 신응현(申應顯)은 대사간과 공조판서를 역임하였고, 신헌조 역시 대사간과 강원도 관찰사 등의 주요 관직을 역임하였다.[22] 이들은 모두 서울에 생활기반을 두고 누대에 걸쳐 중앙관료로 벼슬살이를 하여온 경화거족 출신이다.

또 다른 서울작가로 18세기 서울의 도시화에 힘입어 새롭게 시조의 향유층으로 등장한 중간계층의 가객이나 가창자들을 들 수 있는데, 이들은 『청구영언(靑丘永言)』 '여항육인(閭巷六人)'난이나 주씨본(周氏本) 『해동가요(海東歌謠)』의 '고금창가제씨(古今唱歌諸氏)'조 혹은 『청구가요(靑邱歌謠)』 등에 작품이 실려 있거나 이름이 전하는 김수장, 김천택, 김진태, 주의식, 김우규,

---

서 제외하였다.

21) 진동혁, 「이정보론」, 『한국문학작가론』, 형설출판사, 1989, 344–345쪽.
22) 박을수, 「신헌조론」, 『고시조작가론』, 백산출판사, 1990, 414–415쪽.

박문욱, 김유기, 김묵수, 김성기, 김태석, 박희석 등 11명과, 『고금가곡(古今歌曲)』의 편자이자 가창자로 추정되는 송계연월옹, 그리고 가객으로 추정되는 유세신.[23) 이정신[24) 등 3명을 합하여 14명이다. 이들은 모두 중간계층인 위항인들로서 경화사족과 서울이라는 공통된 생활기반을 공유하면서 서울의 가악문화를 주도해 나간 사람들이다. 이들을 합하면 서울에 생활기반을 두고 활동한 서울작가는 전체 23명 가운데 16명에 달한다.

이들 외 나머지 7명은 모두 향촌에 생활기반을 둔 향촌작가들이다. 황윤석은 1729년 전라도 덕흥에서 태어나 31세에 진사시에 합격하고 음직으로 51세에 목주현감을 잠시 지냈으나[25) 기본적으로는 향촌에 생활기반을 둔 향촌의 선비였으며, 양주익은 1722년 전라도 남원에서 출생하여 19세에 과거에 오르면서 벼슬길에 나섰으나[26) 당시 노론 벌열들로부터 '문지(門地)가 한미'하고 '처지(處地)가 비천(鄙賤)'하다는 탄핵을 받고 태거(汰去)당하기도 하였으니.[27) 그는 향촌에 생활기반을 두고 출·처에 따라 서울과 향촌을 오간 조선전기 전형적인 향촌사대부의 삶을 산 것으로 보아야 할 것이다. 위백규는 1727년 전라도 장흥에서 태어나 그곳에서 수학하고, 과거에도 임했으나 '들러리'로서의 과거에 대한 환멸과 가족에 대한 의무감 속에 과거를 단념하고 귀농하여, 후학을 가르치고 저술활동을 하면서 일생을 보냈던 향촌의 선비요, 학자였다.[28) 안서우는 1664년에 출생하여 31세(1694)에 별시문과에 급제하여 태안군수, 울산부사 등을 역임하였으나, 성묘종사사건(聖廟從祀事件)에

---

23) 심재완은 작가의 신분(계급)별 분류에서 庾世信을 歌客作家群으로 분류하였다. 심재완, 앞의 책, 280쪽
24) 최동원은 李廷藎을 숙종·영조기를 걸치거나, 혹은 영조기에 활동한 가객으로 추정한 바 있다. 최동원, 『고시조론』, 삼영사, 1980, 75쪽.
25) 최강현, 「황윤석론」, 『고시조작가론』, 백산출판사, 1990, 400-401쪽.
26) 심재완, 앞의 책, 144쪽.
27) 『조선왕조실록』, 영조 39년 12월 18일 및 영조 42년 11월 8일 참조.
28) 김석회, 『존재 위백규 문학 연구』, 이문문화사, 1995, 40-63쪽.

연루되어 전라도 무주에서 30년간 낙척(落拓)하여 서울과는 발을 끊고 살았다고 한다.[29] 박순우는 1686년에 전라도 영암에서 태어나 38세(1723)에 생원이 되었고 40여 년간 과거에 응시하였으나 뜻을 이루지 못하고 만년에는 산림처사를 자처하고 자연을 벗하며 일생을 보낸 향촌의 선비였다.[30] 그리고 권구는 1672년에 경상도 안동 기곡리에서 태어나 10세에 문리(文理)를 통달할 정도로 재주가 뛰어났으나 한번도 과거에 응하지 않고 일생을 은거하면서 학문과 후진양성에 힘쓴 향촌의 학자요, 교육자였으며,[31] 신지는 1706년에 출생하여 두세 차례 과거에 응시하였으나 모두 고배를 마시고 귀전(歸田) 후에 경북 문경군 점촌에 반구정(伴鷗亭)을 축성하여 이곳에서 은거하며 여생을 보낸 강호의 포의처사(布衣處士)였다.[32]

이들은 과거에 실패하거나 처음부터 관계 진출을 포기하고 향촌에 은거하거나, 혹은 벼슬길에 올랐다 하더라도 중앙관직이 아니라 외직을 잠시 진전하다 다시 향촌으로 돌아와 자연을 벗하고 학문연구와 후진양성에 힘쓰면서 생활한 사람들이다. 따라서 이들은 기본적으로 자신들의 생활기반인 향촌에서 생활을 영위하면서 그 속에서 시조를 창작하고 향유하였던 향촌작가들이었다.

위와 같이 18세기의 시조 작가들을 서울작가와 향촌작가로 분류하여 살펴보면 우선 확인할 수 있는 사실은 이 시기 시조문학의 창작과 향유의 중심이 향촌으로부터 서울로 이동되었다는 점이다. 작가수에 있어서 앞에 든 23명의 작가 가운데 약 70%에 가까운 작가들이 서울작가이며, 이들이 남긴 작품수도

---

29) 심재완, 앞의 책, 135쪽; 정해원, 「18세기 강호시조연구」, 『인문과학연구』 제4호, 상명여대 인문과학연구소, 1995, 73-74쪽.
30) 김성배, 「명촌 박순우의 금강별곡」, 『무애양주동박사화탄기념논문집』, 1963, 135-136쪽.
31) 이동영, 『조선조 영남시가의 연구』, 형설출판사, 1984, 113-114쪽.
32) 권영철, 「반구옹시조와 도산십이곡의 계보」, 『연구논문집』 제1집, 효성가톨릭대학교, 1966, 282-283쪽.

향촌작가의 그것보다 압도적으로 많다. 물론 문학 활동의 중심을 작가수나 작품수만으로 따질 수는 없다. 그러나 작가수나 작품수뿐만 아니라, 이 시기 시조사나 문학사의 변화를 주도하거나 영향을 끼친 작가를 살펴보더라도 서울작가들이 중심을 이루고 있다는 것은 분명하다. 이런 사실을 고려할 때, 조선전기까지 향촌이 중심이 되었던 시조문학의 활동이 이 시기에 접어들면서 서울을 중심으로 전개되었다는 사실은 쉽게 파악할 수 있다.

서울작가와 향촌작가들은 시조의 창작 경향에 있어 뚜렷한 대조를 보이고 있다는 점도 확인된다. 향촌작가들은 모두 연시조를 중심으로 창작한 반면 서울작가들은 다작 작가들이 많은데도 불구하고 연시조를 창작한 사람은 단 한 사람도 없다.

황윤석은 〈목주잡가(木州雜歌)〉 28수를 지었으며, 양주익은 〈감군은가(感君恩歌)〉 5수와 〈감은곡(感恩曲)〉 5수를, 위백규는 〈농가(農歌)〉 9수를, 권구와 박순우는 각각 〈병산육곡(屛山六曲)〉과 〈동유록(東遊錄)〉 6수를 창작하여, 그들이 남긴 작품은 모두 연시조로만 되어 있다. 안서우는 19수의 작품을 남겼는데, 그 가운데 〈유원십이곡(楡院十二曲)〉 13수가 포함되어 있으며, 신지는 모두 14수의 작품을 지었는데, 그 속에 연시조 〈영언(永言)〉 12수가 들어있어 이들도 역시 연시조를 중심으로 작품을 창작하였음을 확인할 수 있다.

향촌작가들이 이처럼 연시조를 중심으로 창작한 것은 연시조가 향촌생활과 관련하여 그들의 개인적인 혹은 집단적인 정서를 표출하고자 하는 의식의 일단과 밀접한 관련이 있었다는 점과,[33] 아울러 향촌사대부들은 수양과 학문을 중시하는 문예의식을 지니고 있었기 때문에 이러한 의식을 전형적으로 대변한 '육가형식(六歌形式)'을 수용하여 활발하게 계승·발전시켜 왔으며[34] 이

---

33) 최재남, 앞의 책, 9쪽 및 임주탁, 「연시조의 발생과 특성에 관한 연구」, 서울대학교 석사학위 논문, 1990, 39쪽.

러한 전통을 그대로 이어받아 창작에 임했다는 점을 이유로 꼽을 수 있다. 실제로 이들 작품에 나타나는 중심적인 소재와 주제, 그리고 그 정서는 향촌과 밀접한 관련을 가지고 있으며, 또 안서우의 〈유원십이곡〉, 권구의 〈병산육곡〉 그리고 신지의 〈영언〉 등은 '육가형식'을 계승하여 산림에 은거하는 생활을 노래한 취의(趣意)에서 〈도산십이곡〉의 전통을 이어서 창작한 것이라 밝히고 있다.

이처럼 향촌작가들이 연시조를 중심으로 창작한 것은, 향촌생활과 관련된 그들의 의식이나 수양과 학문을 중시하는 자신들의 문예의식을 표현하는 데 연시조 형식이 매우 유용했기 때문이라 생각된다. 그러나 서울에 생활기반을 둔 서울작가들은 이러한 '진지한 형식'의[35] 연시조가 그들이 시조를 향유하였던 도시의 유흥적인 연행의 장에는 맞지 않을 뿐만 아니라, 시조의 연행 방식이 주는 제약도 커서 연시조는 창작하지 않았던 것이다.

시조가 도시의 연행예술로 발전하는 과정에서 시조의 연행 방식으로 가곡의 한바탕이 형성되었다. 가곡창의 한바탕은 일반적으로 곡의 성격이 느린 것에서 시작하여 점차 빠른 것으로 변화해 가며 정격인 대엽조(大葉調)에서부터 시작하여 농(弄)·낙(樂)·편(編)과 같은 변격으로 이어지는 일정한 순서를 취하고 있는데, 이러한 순서에 따라 배열된 곡조에는 곡조마다 특유한 풍도(風度)와 형용(形容)이 있어, 그 곡조에 알맞은 노랫말을 필요로 한다. 그래서 정해진 곡조의 순서에 따라 한바탕을 계속하여 부르는 가곡창의 연행 방식은 정해진 곡조에 알맞은 풍도와 형용을 지닌 내용의 사설을 얹어 노래해야한다. 그러나 동일한 주제에 의하여 한 편의 작품으로 묶인 연시조의 경우는 이러한 가곡의 한바탕 형식에 얹어 차례대로 노래하기에는 매우 부적합하

---

34) 임형택, 앞의 논문, 29쪽.
35) 임주탁은 연장체 형태의 시조인 연시조는 작자의 창작태도에 있어 제목이 없는 단형 시조보다 진지한 시가 형식이라고 지적하였다. 임주탁, 앞의 논문, 6쪽.

다.[36] 따라서 도시의 연행 공간에서 시조를 주로 향유했던 서울작가들은 이러한 제약을 잘 알고 있었기 때문에 연행 방식에 부적합한 연시조 작품은 한 편도 창작하지 않았던 것이라 생각된다.

서울작가들은 연시조는 한 편도 창작하지 않은 반면, 상당수의 작가들이 장시조 작품을 남기고 있다. 가객이나 가창자 출신 가운데는 김수장이 38수의 장시조를 창작하였으며, 박문욱이 12수, 그리고 김묵수와 김태석이 각각 3수와 2수의 장시조를 남겼다. 이들 외에도 5수 이상의 작품을 남기지 않아 위의 23명의 명단에 들지는 못했지만 '고금창가제씨'의 명단에 이름이 올라 있어 영조기의 가창자로 짐작되는 권덕중(權德重)과 오경화(吳擎華)도 각각 1수씩[37]의 장시조를 남기고 있다. 또 경화거족 출신의 서울작가로는 이정보가 19수를, 신헌조는 11수의 장시조를 창작한 것으로 되어 있다. 이 이외에도 영·정조기를 살면서 정1품 수록대부(綏祿大夫)에 오른 박명원(朴明源)이 한 수의 장시조[38]를 남기고 있다. 이처럼 장시조를 남긴 작가들은 모두 서울작가들이고 향촌 출신 작가는 아무도 장시조를 창작하지 않았다.[39]

서울작가들이 장시조를 창작하게 된 사실은 시조가 도시의 연행예술로 발

---

36) 필자는 조선후기에 시조가 연행예술로 발전함에 따라 이미 연시조로 창작된 〈훈민가〉의 경우에도 가곡창의 한바탕이 주는 제약 때문에 연행의 장에서는 각 장을 따로 떼내어 독립된 노래로 가창함으로써 결과적으로 연시조의 형식이 파괴되었음을 밝힌 바 있다. 조태흠, 「18·19세기 훈민시조의 변모와 그 의미」, 『한국문학논총』 제15집, 한국문학회, 1994.

37) 『時全』 2016 및 『時全』 193. *『時全』은 심재완, 『교본 역대시조전서』(세종문화사, 1972)의 약칭이며 뒤의 숫자는 작품 번호이다. 앞으로 이 책에서 작품을 인용한 경우 『時全』이라는 약칭을 사용하도록 한다.

38) 『時全』 882.

39) 최동원의 '長時調作家一覽表(최동원, 앞의 책, 72쪽)에는 황윤석이 1수의 장시조를 남긴 것(『時全』 3033)으로 나타나 있다. 이 작품은 형식적인 면에서는 정형에서 많이 벗어나 있어 파격인 장시조로 볼 수도 있지만, 연시조인 〈목주잡가〉 28수 가운데 1수이므로 그 창작 의식으로 볼 때는 장시조로 취급할 수 없다고 보아 본고에서는 장시조로 간주하지 않았다.

전하는 과정에서 특히 장시조를 얹어서 부르는 변격의 창이 발달한 것과 깊은 관련이 있다.40) 즉, 앞에서 지적했듯이 18세기에 시조가 도시의 연행예술로 발전하게 되면서 시조를 얹어 노래하는 가곡창도 도시의 유흥적인 연행예술에 적합한 농·낙·편이라는 삭대엽의 변주곡이 크게 분화·발달했던 것이다. 시조는 원래 음악의 창사로서 곡조에 얹어서 노래로 향유하는 것이기 때문에 시조의 연행은 그 창곡의 발달을 기본적으로 전제하지 않을 수 없다. 따라서 장시조를 창사로 하는 변격의 곡조들이 18세기부터 급속하게 발달하였다는 사실은 이때 벌써 장시조가 연행의 장에서 본격적으로 연행되었다는 것을 의미한다. 이처럼 장시조가 본격적으로 연행됨으로써 연행의 장에서는 장시조에 대한 수요가 크게 늘어났으며, 이런 연행의 장에서 시조를 향유하였던 서울작가들은 수요에 부응하여 새로운 곡조에 알맞은 노랫말의 필요성을 절감하였기에 장시조를 창작하였다고 보아야 할 것이다. 그러나 향촌작가들이 시조를 향유한 방식은 도시의 유흥적인 연행의 장과는 거리가 있었다. 시조 연행의 현장을 중심으로 일어난 가악의 변화를 쉽게 접할 수 없었던 향촌작가들이 장시조를 창작하지 않았다는 사실은 어찌 보면 당연한 결과일지도 모른다.

서울작가와 향촌작가는 이처럼 작품 창작 경향에서만 구별되는 것이 아니라, 작품의 전승 양상에 있어서도 뚜렷이 구분된다. 향촌작가들의 작품은 모두가 문집이나 필사의 형태로 남아 전하고 있을 뿐, 가객들이 엮은 시조집에 실려 있는 작품은 한 편도 없다. 반면 서울작가들의 작품은 거의 모두가 가집에만 전하고 있어 그 차이를 알 수 있다.

---

40) 필자는 장시조를 창사로 하는 가곡의 변격 곡조들이 분화·발달함으로써 장시조가 연행의 장에서 연행될 수 있는 음악적 기반을 확보할 수 있었다는 사실을 밝힌 바 있다. 조태흠, 「18·19세기 장시조 연행의 기반과 그 문학적 의미」, 『도남학보』 제15집, 도남학회, 1996.

향촌작가인 안서우의 작품은 그의 문집인『양기재산고(兩棄齋散稿)』에 전하고, 양주익의 시조 10수도 그의 문집인『무극집(無極集)』에 남아 전하고 있다. 박순우의 〈동유록〉은 필사본인『명촌유고(明村遺稿)』에 전하고, 신지의 작품도 필사본인『반구옹유사(伴鷗翁遺事)』에, 그리고 위백규의 〈농가〉도『삼족당가첩(三足堂歌帖)』에 실려서 전하고 있다. 황윤석의 〈목주잡가〉는 수사일기본(手寫日記本)인『이재난고(頤齋亂稿)』에 실려 있으며, 권구의 작품은『병곡선조내정편(屛谷先祖內政篇)』속표지에 필사의 형태로 전하고 있다. 그러나 서울작가들의 작품은 모두 가집에 실려 전한다. 가객이나 가창자 출신은 물론이거니와 경화거족 출신인 이정보의 작품도 모두『해동가요』주씨본(周氏本)과 일석본(一石本), 그리고『병와가곡집』등을 비롯한 여러 종류의 가집에 남아 전하고 있으며, 신헌조의 작품은 개인 시조집인『봉래악부(蓬萊樂府)』에 실려 전하고 있지만 이 가운데 상당수의 작품은 가집인 육당본(六堂本)『청구영언』과『시가(詩歌)』에도 함께 실려 전하고 있다.[41]

향촌작가와 서울작가의 작품 전승 양상이 이처럼 다르게 나타난다는 사실은 결국 이들의 시조 향유 방식과 그 문화의 차이에서 비롯된 것이며, 또 이러한 차이 때문에 이들 서로간의 교류도 없었다는 사실을 의미한다고 보아야 할 것이다. 즉, 서울작가들은 서울이라는 도시생활을 공유하면서 연행예술로 발달한 시조를 도시의 유흥적인 연행의 장에서 향유하였기 때문에 사대부 작가의 작품이라도 이들과 연행의 장을 함께 한 가객들에 의하여 가집에 실릴 수 있었지만, 향촌작가들은 이들과는 달리 향촌에서 교양이나 취미의 방편으로 자족적인 방법으로 시조를 창작하고 향유하였기 때문에 이들의 작품은 가집이 아니라, 자신의 문집이나 필사의 형태로 전할 수밖에 없었던 것이다. 아울러 조선전기 향촌사대부들의 작품은 가객들이 엮은 시조집에 실려 전하고 있

---

41) 이상 작품의 수록 양상에 대한 사실은 심재완의『교본 역대시조전서』(세종문화사, 1972)에 힘입었다.

지만, 이 시대 향촌작가들의 작품은 동시대의 가집은 물론 후대의 가집에도 실리지 않았다는 사실은 18세기 이후 경·향간의 사회적 분기가 심화되면서 서로 간의 문화적 교류도 소원해졌다는 사실을 의미한다고 보아도 무방할 것이다.

이상에서 살펴본 것처럼 18세기 작가들은 서울에 생활기반을 둔 서울작가와 향촌에 생활기반을 둔 향촌작가라는 두 부류로 구분된다. 그리고 작품 창작 경향에 있어서 서울작가들은 대개 장시조를 창작한 반면 연시조를 창작한 사람은 없었음에 반해, 향촌작가들은 연시조를 중심으로 창작하고 장시조는 아무도 창작하지 않았으며, 이들의 작품도 향촌작가는 문집이나 필사의 형태로 전승되는 반면 서울작가들의 작품은 모두 가집에 남아 전한다는 차이가 있다는 사실을 확인하였다. 서울작가와 향촌작가라는 두 부류의 작가층들이 작품 창작 경향과 그 전승 양상에서 이처럼 차이를 나타내는 이유는 무엇보다도 이들이 향유한 가악문화의 차이에서 비롯된다. 즉, 18세기 도시로 성장한 서울을 중심으로 활동한 서울작가들은 시조를 수용하여 그들의 도시민적 취미나 풍류생활에 적합하도록 도시의 연행예술로 변화·발전시켜 향유하는 과정에서 시조를 창작하였지만, 생활기반을 향촌에 둔 향촌작가들은 조선전기 향촌사대부들의 시조 창작과 향유의 전통을 그대로 계승하여 그들의 의식이나 정서를 표현하는 데 유용한 연시조를 창작했기 때문으로 볼 수 있다.

4. 18세기 시조 이해의 새로운 시각

18세기 시조문학을 이해하는 준거의 틀을 신분에 두고, 이 시기의 시조문학을 사대부 시조와 중인가객 시조, 사대부 작가와 중인가객 작가 등과 같이 신분을 기준으로 한 양분법으로 파악하려고 한 것이 기존 논의들에서 취해 온 일반적 시각이었다.

그러나 앞에서 살펴본 바와 같이 18세기 시조문학의 작가들은 서울작가와 향촌작가의 두 부류로 존재하며, 이들은 작품의 창작 경향에서나 그 전승 양상에 있어서 뚜렷한 차이를 보이고 있다는 사실을 확인할 수 있었다. 이 두 부류의 작가들 사이에 나타난 이러한 차이는 단순히 지역적인 것에서 오는 것이 아니라, 이 시기에 서울이 도시로 성장함에 따라 서울과 향촌사회 간의 문화적 격차가 벌어지면서 나타난 가악문화의 차이에서 비롯된 것이다.

사실 문학이 삶의 방식을 표현하는 문화의 한 양식이고, 시조 역시 당시 주요한 생활문화의 하나였기에, 이러한 경·향간 가악문화의 차이는 필연적으로 시조문학의 변화를 수반할 수밖에 없었다. 따라서 당시 경·향의 이러한 문화의 차이에 따라 18세기의 시조를 서울시조와 향촌시조, 서울작가와 향촌작가로 구분하여 이해하려는 새로운 시각은 기존의 사대부와 중인가객이라는 신분의 구분에 의한 경우보다도 18세기 시조문학을 이해하는 데 오히려 더욱 유용한 방법론이 될 수 있다.

이러한 사실을 서울에 생활기반을 두고 서울에서 활동한 사대부 작가인 이정보와 신헌조의 경우 통해 확인해 보도록 하겠다. 이정보의 시조는 조선후기 사대부 시조의 변모와 관련하여 주목 받아 왔다. 즉, 그의 작품은 사대부의 근엄한 격조에서 벗어나 상스러운 표현이나 감정을 직접적으로 표현하면서 애정이나 유락과 같은 통속적 취향에 영합하는 경향을 보이는데, 이것은 격조를 중시하던 사대부 시조의 풍조가 무너지고 있는 모습을 극명하게 보여주는 예이며, 사대부 시조의 변모의 한 양상으로 지적되어 왔다.[42]

> 꿈으로 差使를 삼아 먼듸 님 오게 ᄒᆞ면
> 비록 千里라도 瞬息에 오련마ᄂᆞᆫ
> 그 님도 님 둔 님이니 올똥말똥 ᄒᆞ여라.
>
> -『時全』340

42) 조동일, 『한국문학통사 3』, 지식산업사, 1984, 279-280쪽.

壽夭長短이 뉘 아더냐 죽은後ㅣ면 거즛거시
天皇氏 一萬八千歲도 죽은後ㅣ면 거즛거시
아마도 먹고 노는거시 긔 올흔가 ᄒ노라.

-『時全』1705

간밤의 자고 간 그놈 아마도 못 이져라
瓦얏놈의 아들인지 즌흙에 쏨니드시 沙工놈의 명녕인지 沙於씨로 지르드시
두더쥐 녕식인지 곳곳지 뒤지드시 平生에 처음이오 흉증이도 야롯지라
前後에 나도 무던이 격거시되 춤 盟誓ᄒ지 간밤 그 놈은 춤아 못니져 ᄒ노라.

-『時全』71

위의 세 작품은 여러 가집에 이정보의 작품으로 전하고 있다. 첫 번째 작품
의 내용은 남의 님을 두고 그리워하는 치정을 읊은 것이고, 두 번째 작품은
유락(遊樂)을 노래하고 있지만, 여기에서는 사대부들의 풍류나 멋을 읊은 것
이 아니라 철저하게 세속적이고 통속적인 유락을 노래하고 있다. 마지막 작품
은 하나의 걸쭉한 육담을 그대로 작품으로 옮겨 놓은 듯한 느낌을 주고 있다.

신분이란 기준으로 이런 작품을 이해하려 한다면, 마음의 조화와 절제를 중
시하고 근엄한 격조를 추구하는 사대부가, 그것도 이정보와 같은 명문 사대부
가 이런 작품을 지었다는 사실은 믿기 어렵다.[43] 그러나 이러한 작품이 창작
되고 향유된 문화적 배경을 중심으로 이해한다면 이정보가 이런 작품을 지었
다는 것도 결코 이상하거나 예외적인 현상이 아니라 그럴 수 있는 사실로 받
아들일 수 있다.

18세기에 서울의 사회적 변화에 편승하여 서울의 유흥적인 분위기를 주도
하면서 시조의 새로운 향유층으로 등장한 여항인들이 시조를 도시의 연행예

---

43) 실제로 마지막 세 번째 시조와 같은 외설류 4수는 이정보의 신분으로 볼 때 도저히
그의 작품으로 인정되지 않는다 하여 이정보의 시조를 논의하는 자리에서 논외로
하고 고찰하기도 하였다. 진동혁, 앞의 논문, 348쪽 참조.

술로 발전시켰다는 사실은 앞에서 지적한 바와 같다. 당시 서울의 사대부들은 새로운 도시민적 취미와 풍류생활을 전개하였는데, 여항인들에 의하여 도시 연행예술로 발전한 시조를 즐긴 것도 그 가운데 하나였다. 그들은 여항인들과 서울생활이라는 도시문화적 특성을 공유하였기 때문에 이러한 예술적 변화를 쉽게 수용하였을 뿐만 아니라, 나아가 자신들의 예술적인 욕구를 충족하기 위하여 경제적으로나 예술적으로 이들을 후원하기도 하였다.44) 이러한 과정에서 사대부들도 중인가객들과 시조 연행의 장을 함께 하게 되었으며, 향락적이고 유흥적인 연행의 현장에서 위와 같은 내용의 시조를 창작하여 향유한다는 것은 자연스러운 일이었을 것이다. 이정보는 가악에 깊은 조예가 있었고, 가객들을 후원하여 그의 문하에서 남녀 명창들을 많이 배출시킨45) 패트런이었다. 때문에 그가 연행의 장에서 가객들과 함께 어울릴 수 있는 기회는 많았을 것이므로, 그런 유흥적인 연행의 장에서 이러한 노래를 창작했다는 것을 쉽게 수긍할 수 있는 사실이다. 실제로 위에 예로 든 이정보의 작품 가운데 세 번째 작품은 이런 향락적이며 유흥적인 연행의 장에서 창작된 것으로 보이는 김수장의 아래 작품과 그 성격이 상당히 유사하다.

折衝將軍 龍驤衛副護軍 날을 아는다 모로는다
닉 비록 늙엇시나 노릭춤을 추고 南北漢 노리 갈 졔 쩌러진적 업고 長安花柳
風流處에 아니 간 곳이 업는 날을
閣氏네 아모리 숙보와도 하로밤 격거보면 數多한 愛夫들의 將帥 될 줄 알이라.
　　　　　　　　　　　　　　　　　　　　　　　－『時全』 2583

---

44) 임형택, 「18세기 예술사의 시각」, 『우전신호열선생고희기념논총』, 창작과 비평사, 1983 및 조태흠, 「조선후기 가객의 유형과 그 문학적 의의」, 『한국문학논총』 제23집, 한국문학회, 1998 참조.
45) 太史李公鼎輔老休官聲伎自娛, 公妙解曲度, 男女諸善唱者, 多出門下, 最愛纖, 常置左右, 奇其才, 實無私好. 〈桂蟾傳〉, 김영진, 「효전 심노숭 문학 연구」, 고려대학교 석사논문, 1996에서 재인용.

이정보의 작품이 이처럼 가객들의 작품과 유사한 이유는 무엇일까. 그것은 이들이 신분에 관계없이 작품 창작과 향유의 문화를 공유한 데서 기인한다고 보아야 할 것이다. 이들이 도시의 유흥적이고 향락적인 연행의 장을 함께 하면서 시조를 창작하고 향유하는 가운데 이와 같이 유사한 성격의 작품이 자연스럽게 지어졌다는 것이다. 이러한 사실은 신헌조의 경우에도 확인된다.

閣氏네들 더위들 스시오 일은 더위 느즌 더위 여러 히포 묵은 더위
五六月 伏더위에 고은 님 만나이셔 둘 불근 平牀 우희 츤츤 감겨 누엇다가
무엄일 ᄒ엿던디 五臟이 煩熱ᄒ여 구슬똠 흘니면서 헐쩍이는 그 더위와 冬
至돌 긴긴밤의 고은님 품의 들어 ᄃ스ᄒᆫ 아름목과 돗가온 니블속에 두몸이
흔몸되야 그리져러 ᄒ니 手足이 답답ᄒ고 목굼기 타올적의 웃목에 츤 슉늉
을 벌쩍벌쩍 켜는 더위 閣氏네 스랴거든 所見ᄃᆡ로 사시웁소
쟝ᄉᆞ야 네 더위 여럿둥에 님 만난 두 더위는 뉘 아니 됴화ᄒ리 놈의게 ᄑᆞ디
말고 브ᄃᆡ 내게 ᄑᆞᄅ시소.

- 『時全』 49

이 작품은 더위를 파는 장사꾼과의 대화 형식을 빌려 그 속에는 직설적인 언어로 성(性)행위를 대담하게 묘사하고 있다. 이 작품도 역시 그 형식이나 내용 모두에 있어 사대부의 작품으로 보기에는 상당한 무리가 있다.[46] 우선 장사꾼과의 대화 형식을 차용한다는 것은 사농공상이라는 직업관에 젖어있는 사대부의 의식과는 너무나 그 거리가 멀고, 내용에 있어서도 남녀의 성행위를 직설적으로 묘사하고 있다는 점에서 이 작품 역시 신분적인 시각으로만 접근하게 되면 명문 사대부 출신인 신헌조의 작품으로 보기가 힘들다.

---

46) 신헌조의 경우에도 그의 작품 가운데 육담류 3수 등 5수의 작품은 그의 창작이 아니라고 하는 주장이 제기되었다. 황순구, 「봉래악부소고」, 『국어국문학』 제85집, 국어국문학회, 1981, 300쪽 참조.

그러나 신헌조 역시 서울에 생활기반을 둔 경화사족으로 음악에 대한 상당한 취미를 가지고 있었으며 어릴 때부터 부친을 통해 유흥적인 분위기에 익숙했다는[47] 점을 감안한다면, 이 작품이 그의 작품이라는 사실을 쉽게 수긍할 수 있는 것이다. 즉, 그는 가악에 상당한 취미를 가지고 있었을 뿐만 아니라, 경화사족으로서 여유 있는 경제력을 바탕으로 향락적이고 유흥적인 시조의 연행 공간을 자주 접할 수 있었고, 이러한 유흥의 장에서 도시적 삶의 주요 방식으로 등장한 장사꾼의 대화를 빌려 흥미롭게 성희(性戱)를 노래할 수 있었던 것이라 생각된다.

이상에서 살펴본 것처럼 이정보와 신헌조의 작품들은 조화와 절제, 고상한 풍류나 근엄한 격조 등을 중요시하는 사대부의 작품으로 인정하기 힘든 측면이 있으며, 이러한 문제를 해결하기 위해서 지금처럼 사대부라는 신분의 개념을 가지고 접근하여서는 명쾌한 해답을 찾아내기 힘들다는 사실을 확인하였다. 아울러 왜 이러한 사대부 시조의 변모가 서울지방의 사대부들을 중심으로 일어났으며, 또 그 변화의 결과가 하필이면 중인가객들의 작품과 유사성을 지니게 되었는가 하는 물음에 대해서도 역시 사대부라는 신분의 개념으로는 해명하기가 더욱더 어려운 것이 사실이다.

따라서 이러한 문제를 해결하고 나아가 18세기 시조문학을 온전하게 이해하기 위해서는 시각의 전환이 필요하다. 이정보와 신헌조의 작품이 이처럼 사대부 의식으로부터 일탈된 경향을 보이는 이유는 이들이 향유한 가악문화가 전기 사대부들과는 물론 동시대의 향촌사대부들의 그것과도 달랐기 때문이다. 그들은 서울이라는 도시문화를 바탕으로 도시의 연행예술로 성장한 시조를 유흥적인 연행 공간에서 향유하는 과정에서 이런 류의 작품을 창작하게 되었다고 보아야 할 것이다. 그렇기 때문에 이러한 유흥적인 연행의 장을 이들

---

47) 윤정화, 「죽취당 신헌조의 삶과 그 문학적 형상화 고찰」, 『국어국문학』 제34집, 부산대학교 국어국문학과, 1997, 140–141쪽.

과 공유하면서 동일한 가악문화를 향유한 중인가객들의 작품과는 신분의 격차를 넘어 유사성을 보인 반면, 비록 동일한 신분이지만 향유한 문화가 서로 다른 향촌의 사대부들과는 작품 경향에 있어 차이를 보이고 있는 것은 앞에서 확인한 바와 같다.

따라서 18세기의 시조문학을 올바르게 이해하기 위해서는 기존의 사대부와 중인가객이라는 신분의 구분에 의한 시각을 벗어나서 당시의 시조 작가들이 향유한 가악문화의 차이에 따라 서울작가와 향촌작가, 서울시조와 향촌시조로 구분하여 이해하려는 새로운 시각이 필요한 것이다.

5. 마무리

본고에서는 18세기 시조문학을 해명하는 기준을 신분에 두고 이 시기의 시조문학을 사대부 시조와 중인가객의 시조라는 양분법으로 파악하려고 하는 지금까지의 시각에서 벗어나, 신분보다는 당시 그들이 향유한 가악문화의 차이에 따라 서울과 향촌으로 나누고 이에 따라 18세기의 시조를 서울시조와 향촌시조로 구분하여 이해하려는 새로운 시각을 제시하고자 하였다. 지금까지 논의한 바를 요약하여 마무리로 삼는다.

1. 18세기 서울이 도시로 발달함에 따라 경제적으로 성장한 여항인들이 시조를 그들의 도시민적 취미나 풍류생활의 한 방편으로 수용함으로써, 시조의 연행 공간이 확대되고 연행이 활성화되면서 시조는 도시의 연행예술로 발전하게 되었다. 이 과정에서 이 시기 서울의 가곡창은 도시의 유흥적인 연행예술에 적합한 새로운 변주곡을 중심으로 크게 변화·발전하였고, 이에 따라 경·향간의 가악의 분화도 심화되었던 사실을 확인하였다.

2. 18세기에 활동한 작가를 대상으로 경·향간 가악의 분화에 따라 일어난 시조문학상의 변화를 살펴보기 위하여, 가악의 분화 양상에 따라 서울작가와

향촌작가로 구분하여 고찰한 결과, 서울작가들이 향촌작가에 비하여 작가수나 작품수에 있어서 압도적으로 많아 조선전기까지 향촌이 중심이 되었던 시조문학의 활동이 이 시기에 접어들면서 서울을 중심으로 전개되었다는 사실을 파악할 수 있었다.

3. 작품 창작 경향에 있어서 서울작가들은 대개 장시조를 창작한 반면 연시조는 창작하지 않았지만, 향촌작가들은 연시조를 중심으로 창작하고 오히려 장시조는 창작하지 않았다. 또 향촌작가의 작품은 문집이나 필사의 형태로 남아 전승되는 반면 서울작가들의 작품은 모두 가집에 남아 전한다는 차이가 있다는 사실을 확인하였다.

4. 이들의 작품 창작 경향이나 그 전승 양상에서 이처럼 차이가 나타나는 것은 이들이 향유한 가악문화의 차이에서 비롯된 것이라는 점을 해명하였다. 즉, 서울작가들은 그들의 도시민적 취미나 풍류생활에 적합하도록 시조를 수용하여 도시의 연행예술로 발전시켜 향유하였지만, 향촌작가들은 조선전기 향촌사대부들의 전통을 계승하여 그들의 의식이나 정서를 표현하는 데 유용한 연시조를 창작하였기 때문이라는 점을 밝혔다.

5. 서울작가와 향촌작가 사이의 이러한 차이가 당시의 경·향의 문화의 차이에서 비롯되었다는 사실을 확인하고, 이에 따라 18세기의 시조를 문화적 차이에 따라 서울시조와 향촌시조로 구분하여 이해하려는 새로운 시각의 필요성과 타당성에 대해 이정보와 신헌조의 경우를 예로 들어 확인하였다. 이들의 작품은 사대부 의식으로부터 일탈된 경향을 보이는데, 이것은 그들이 도시의 연행예술로 성장한 시조를 유흥적인 연행 공간에서 향유하는 과정에서 작품을 창작하였기 때문이다. 따라서 이러한 유흥적인 연행의 장을 공유하면서 동일한 가악문화를 향유한 중인가객들의 작품과는 신분의 격차를 넘어 유사성을 보인 반면, 비록 동일한 신분이지만 향유한 문화가 서로 다른 향촌의 사대부들과는 작품 경향에 있어 차이를 보이고 있음을 알 수 있었다.

이상에서 논의한 바와 같이 18세기의 시조문학을 온전하게 이해하기 위해서는 기존의 사대부와 중인가객이라는 신분의 구분에 의한 시각에서 벗어나 당시의 시조 작가들이 향유한 가악문화의 차이에 따라 서울시조와 향촌시조로 구분하여 이해하려는 새로운 시각이 필요하다는 사실을 확인하였다.

향촌시조와 서울시조의 구체적 내용을 검토하여 문화적 차이에서 오는 변별성을 밝혀낼 수 있는가 하는 점, 또 서울시조가 도시의 연행예술로 발전되는 과정에서 창작·향유되었다면 이들 작품 속에서 이러한 연행예술적 성격을 명확하게 해명해 낼 수 있는가 하는 점은 후고로 미룬다.

『한국문학논총』, 제25집, 한국문학회, 1999.

II. 18세기 시조 연행 양상과 시조문학

1. 머리말

　시조는 원래 문학적 독서물이 아니라 음악적 연행물로 향유된 것이다. 전통적인 의미의 연행은 연행자, 텍스트, 연행의 수용자 사이의 관계에 의존하고 있는데, 시조 연행의 경우에는 연행이 노래로 실현되기 때문에 연행자에게는 특별한 음악적 소양이 요구된다. 시조의 연행자는 이러한 소양을 바탕으로 문학적 텍스트를 음악적으로 변용하여 연행의 수용자에게 전달한다. 연행의 수용자는 텍스트 그 자체로 향유하는 것이 아니라, 연행자에 의하여 음악적으로 변용된 텍스트를 향유하게 되는 것이다. 따라서 연행자와 수용자는 음악적으로 변용된 텍스트를 매개로 하여 연행 공간에서 만나게 된다. 이 연행 공간에서 연행자는 연행을 제공하고 수용자는 그것을 향유하는 것이 일반적이지만 이 양자의 성격과 상호 관계에 따라 연행의 성격과 그 양상은 달라지게 마련이다.

　시조가 600여 년 이상 연행되는 동안 연행자와 수용자의 성격과 이들 사이의 관계도 사회 · 경제적 변화에 따라 상당한 변화가 있었으며, 연행 양상도 그러한 관계 변화에 상응하면서 크게 변화하였을 것으로 생각된다. 시조는 연행을 통하여 전승 · 발달되어 왔기 때문에 이러한 연행 양상의 변화는 필연적으로 시조문학에도 많은 변화를 수반할 수밖에 없기 때문이다.

　본고에서는 이러한 사실에 유의하여 18세기 시조문학의 성격을 시조 연행 양상의 변화와 관련지어 해명하고자 한다. 18세기에는 문화 · 예술 전반에 커다란 변화가 초래되었는데, 시조의 경우에도 시조 연행의 수용자가 중인층으로 확대되고 새로운 시조의 연행자인 가객이 등장하면서 시조 연행 전반에 커다란 변화가 일어났기 때문이다.

이를 위하여 본고에서는 우선 조선전기의 시조 연행 양상을 파악하고, 이러한 연행 양상이 18세기에 접어들면서 어떻게 변화하게 되었는가를 고찰한다. 그리고 연행 양상의 변화로 새롭게 등장한 가객과 그 가객의 성격을 고찰하고 이들의 활동으로 이루어진 가악의 변화상을 살펴보기로 한다. 마지막으로 이를 바탕으로 이러한 연행 양상의 변화가 이 시기 시조문학에 끼친 영향을 해명하기로 한다.

2. 시조 연행 양상의 변화

1) 조선전기 시조의 연행 양상

시조가 주로 연행된 것은 연회 또는 유사한 성격의 자리나 기생과의 수작답(酬酌答)의 과정, 또는 풍류방(風流房)과 같이 연회가 벌어지는 전문적 모임, 그리고 화조월석(花朝月夕)의 경우나 노래를 익히거나 동호인들끼리 시조를 즐기는 경우 등이라고[1] 알려져 있다. 그러나 이러한 사실은 시조가 어떤 시기, 어떤 장소에서 연행되었는가 하는 일반적 현상을 바탕으로 시조 연행의 양상을 파악하여 얻어낸 결과이다. 널리 알려진 바와 같이 시조는 고려말에 형성되어 조선조 일대를 거치는 동안 지속적으로 가창되고 향유되어 왔다. 이에 따라 600여 년이라는 긴 시간을 거치는 동안 시조의 연행 양상도 당대의 사회·문화적 변화에 대응하면서 상당한 변화를 가져왔을 것으로 생각된다. 특히 서울이 도시로 성장하면서 문화·예술 전반에 커다란 변화가 초래되는 18세기를 전후하여서는 시조의 연행 양상에도 많은 변화가 있었을 것으로 보

---

1) 김대행, 『시조유형론』, 이화여대출판부, 1986, 92-94쪽.

인다. 따라서 여기에서는 18세기를 기점으로 그 전후 시기의 시조 연행 양상
과 변화상을 우선 파악하고자 한다.

우선 18세기 이전에 시조 연행과 관련된 기록을 정리하면 대개 다음과 같다.

(1) 우연히 기곡에 있는 면앙정 송사재의 집에 들렀는데, 새 부사 성자항
이 이미 기다리고 있었다. 드디어 사재와 함께 대좌하고 차례를 이루어
남으로 앉아 술자리를 벌이고 술잔을 돌렸는데, 경렴도 역시 참석했다.
송공이 그의 가비(歌婢)를 내어 공이 지은 "松下問童墻下葵"를 노래 부르
게 했다. 나 역시 직접 지은 〈헌근가〉가 있었는데, 그 가비가 즉시 노래
를 불러냈으니 노래에 능한 자였다.2)

(2) 세상에 전하는 〈어부사〉는 옛사람의 어부의 음영(吟詠)을 모아서 그
사이에 우리말을 넣어 긴말로 만든 것이니 모두 12장인데, 지은이의
이름과 성씨가 알려지지 않았다. 지난 번에 안동부의 어떤 노기(老妓)
가 이 노래를 부를 줄 알았다. 숙부 송재(松齋) 선생이 그때 이 기녀를
불러 노래하게 하여 수연석(壽宴席)의 흥을 돕게 하였다.3)

(3) 내가 일찍이 이별의 육가를 대강 본떠서 〈도산육곡〉 둘을 지었는데,
그 하나는 언지(言志)이고, 다른 하나는 언학(言學)이다. 아이들로 하여
금 아침저녁으로 익혀서 노래하게 하고, 안석에 기대어 듣고 또한 아이
들이 스스로 노래하고 춤추게 하니, 거의 비루한 마음을 씻어버리고,
감발하며 화창하여 노래하는 자와 듣는 자가 서로 유익하게 됨이 있을
것이다.4)

---

2) 偶中詣錡谷俛仰亭宋四宰宅 新府使成子沆已相待矣 遂與四宰對坐 成秩坐南 設酌行酒 景濂
亦參 宋公出其歌婢 令歌公所作松下問童墻下葵 余亦自獻芹歌 其婢卽解歌能唱歌者.『眉巖
先生全集』권14,「日記」, 413쪽.
3) 世所傳漁父詞 集古人漁父之詠 間綴以俗語 而爲之長言者 凡十二章 而作者名性無聞焉 往者
安東府 有老妓 能唱此詞 叔父松齋先生 時召此妓使歌之 以助壽席之歡. 李滉,〈書漁父歌後〉,
『退溪先生文集』권43.

(4)　하루는 동명(정두경:필자 주)이 문병 오고 임유후와 김득신이 또한
　　이어서 왔는데 모두 기약하지 않은 것이었다. 내가 이에 작은 술상을
　　차리고 서너 명의 기녀를 불러 가악을 즐겼다. 술이 반쯤되자 명장(溟
　　丈)이 흥이 나서 잔을 들며 말하기를, "대장부 세상에 나서 젊은 봄날이
　　번개 같이 지나니 오늘의 한 번 즐김이 가히 늙어서 많은 녹을 받고
　　벼슬에서 물러나는 것과 같도다" 하였다. …중략… 동명이 말하기를
　　"난정의 모임에서는 글을 짓고 싶은 사람은 글을 짓고 술을 마시고 싶
　　은 사람은 술을 마신다 하였으니, 오늘의 즐거움도 노래할 사람은 노래
　　하고 춤출 사람은 춤을 출 것이니 나는 노래를 하겠다"하고 단가(短歌)
　　를 지어 손을 휘두르며 크게 노래 불렀다.5)

　위에 인용한 네 편의 글은 모두 조선전기 시조 연행 양상을 보여주고 있다.
(1)은 유희춘(柳希春, 1513-1577)의 일기 가운데 한 구절이다. 그는 우연히
송순(宋純, 1493-1582)의 집에 들러 몇몇 사대부들과 함께 술자리를 가졌는
데, 이 때 송순이 자신의 가비를 내어 노래하게 하였다. 그런데 그녀는 그가
지은 시조 〈헌근가(獻芹歌)〉를6) 즉시 노래하였다고 적고 있다. (2)는 퇴계선
생이 쓴 〈서어부가후(書漁父歌後)〉인데, 그 내용은 숙부 송재 선생이 수연
(壽宴)에 기생을 불러 〈어부가〉를 노래하게 하여 잔치의 흥을 돋우었다는 것
이다. (3)은 널리 알려진 퇴계 선생의 〈도산십이곡발〉인데, 선생이 손수 〈도

---

4) 故嘗略倣李歌而作 爲陶山六曲者二焉 其一言志 其二言學 欲使兒輩朝夕習而歌之 憑几而聽
　之 亦令兒輩自歌而自舞蹈之 庶幾可以蕩滌鄙吝 感發融通 而歌者與聽者不能無交有益焉. 李
　滉, 〈陶山十二曲跋〉, 『退溪先生文集』 권43.
5) 一日 東溟來問 任休窩有後 金栢谷得臣 亦繼至 皆不期也 余 於是設小酌 致數三女樂以娛之
　酒半 溟老乘興擧酌曰 丈夫生世 韶華如電 今朝一懽 可敵萬鍾…중략…東溟曰 蘭亭之會 賦者
　賦 飮者飮 今日之樂 亦可以歌者歌 舞者舞 吾請歌之 仍作短歌 揮手大唱. 洪萬宗, 〈鄭斗卿作
　品後序〉, 『靑珍』.
6) 유희춘이 지었다는 〈헌근가〉는 다음과 같다. "미나리 한펄기를 케여서 싯우이다 /
　녇대 아니아 우리님끠 바자오이다 / 맛이야 긴지 아니커니와 다시 십어 보소서", 『時全』
　1101.

산십이곡〉을 지어 이것을 아이들에게 익히게 하여 아침저녁으로 노래하게 하여 들었다는 것이다. 마지막 (4)는 인조 때 홍만종이 쓴 '정두경의 작품 후서'인데, 여기서 정두경(鄭斗卿, 1597-1673)이 시조를 지어 스스로 손을 휘두르며 크게 노래 불렀다고 하였다.

위의 글들을 연행의 관점에서 살펴보면, 우선 조선전기 시조 연행의 수용층, 즉 시조의 향유층은 사대부에 한정되어 있고, 이들이 시조를 향유한 것은 잔치의 흥을 돋우거나 몇몇 사대부 동류들이 모여 풍류를 즐길 때, 혹은 화조월석의 경우를 당하여 개인적인 회포나 감상을 즐길 때 등이었음을 알 수 있다. 이로써 미루어 보건대 조선전기 사대부들이 향유한 시조의 연행은 대개 유흥을 목적으로 하거나 스스로 즐기기 위한 취미나 풍류의 차원에서 이루어졌다는 사실을 확인할 수 있다.

반면에 시조를 직접 가창하는 연행자는 '기녀', '가비(歌婢)', '아이들[아배(兒輩)]', 그리고 '사대부 자신' 등으로 다양하게 나타나고 있다. 조선전기 양반 사대부들은 악공이나 기녀와 같은 음악 전문가를 초청하거나 가내에서 가비를 양성하여 그들을 통해서 음악을 향유하는 것이 일반적이었는데,[7] 시조를 향유하는 경우에도 이와 같음을 확인할 수 있다. 즉, 위의 글 (1), (2), (4)에 나타나 있는 것과 같이 사대부들이 시조를 즐길 때는 기녀를 불러들이거나 집안의 가비로 하여금 노래하게 했던 것이다. 글 (3)에 나타난 '아이'의 경우에는 퇴계 선생의 다른 글에서는 '시아(侍兒)'라는 표현이 보이고[8] 또 대개는 이 '아이'들에게 '노래를 익히게 하여 창하게 하였다'는 내용으로 미루어보아

---

7) 강명관은 조선전기 사대부의 음악향유 방식으로 자가생산-자가소비적 방식, 악공·기녀의 초청 방식, 성비의 양성에 의한 방식의 세 가지를 들고, 이 가운데 뒤의 두 가지가 일반적이라 하였다. 강명관, 『조선시대 문학예술의 생성공간』, 소명출판, 1999, 107-156쪽.

8) 於是 刪改補撰 約十二爲九 約十爲五 而付之侍兒 習而歌之 每遇佳賓好景 憑水檻而弄煙艇 必使數兒 並喉而唱詠 聯袂而蹁躚. 李滉, 〈書漁父歌後〉, 『退溪先生文集』 권43.

이들도 역시 사대부가에서 음악을 향유하기 위하여 양성한 일종의 '가동(歌童)'이라 보아도 무방할 것이다. 이들 '가동'들도 나이의 많고 적음에서 차이가 날 뿐이지 그 성격은 '가비'와 같다고 보아야 할 것이다. 그리고 글 (4)에 사대부가 시조를 짓고 직접 창을 한 예가 있지만, 이러한 방식은 흥이 한껏 고조되었을 경우로 한정되어 비교적 예외적인 사례에 속한다.

따라서 조선전기 사대부들은 가비나 기생, 가동 등으로 하여금 노래하게 하고 자신들은 그것을 듣고 즐기는 방식으로 시조를 향유한 것이 일반적이었다. 이때 시조의 가창을 주로 담당했던 '기녀', '가비', '가동' 등의 연행자들은 모두 사대부에게 예속된 신분으로, 그러한 신분적 제약 아래에서 자신에게 부여된 직무로써 노래를 익히고 불렀기 때문에, 이들은 창의적인 예술가라기보다는 숙련된 기능인으로서의 역할을 담당한 것이었다. 따라서 사대부들도 이들에게서 창의적인 새로운 양식의 음악을 요구한 것이 아니라, 기능인적 숙련만을 요구하였다고 보아야 할 것이다.

이상에서 살펴본 조선전기 시조 연행 양상을 정리하면, 우선 시조 연행의 수용자는 양반 사대부들에 한정되었으며, 이들은 시조를 개인적이거나 몇몇 사대부 동류들 사이의 유흥이나 취미의 차원에서 자족적으로 향유하였다. 이때 시조의 직접적인 연행자들은 간혹 사대부 자신들인 경우도 있었지만, 대개는 가비, 기녀, 가동들인데, 이들은 사대부에 예속된 신분으로 단순히 노래를 익혀 가창하는 기능인 이상의 역할을 담당하지는 않았던 것이다.

2) 18세기 시조 연행의 변화

조선전기와 같은 시조의 연행 양상은 18세기에 접어들면서 크게 변하게 된다. 널리 알려진 바와 같이 생산성의 향상, 상품 화폐경제의 발달, 상공업의 발전 등 경제적 성장에 힘입어 18세기의 서울은 도시로 성장하였다. 도시로 성장한 서울은 사회·경제적 환경이 변화하면서 도시민의 생활과 의식 수준

도 전반적으로 향상됨에 따라 문화·예술에 대한 수요도 크게 늘어나기 시작
하였다. 시조의 경우에도 도시화된 서울을 중심으로 시조 연행의 수용층이 새
롭게 등장하여 그 수요가 증대되면서 시조 연행이 크게 활성화됨에 따라 시조
연행 전반에 걸친 변화가 초래되었다.

(5) 꽃 피고 새 우는 날이거나 국화가 피는 중양절(重陽節)에는 언제나 일
대의 시인·묵객(墨客)·금우(琴友)·가옹(歌翁)이 여기에 모여 거문고
를 뜯고 혹은 젓대를 불며 혹은 시를 짓고 글씨를 썼다. 그 중에서 여러
노장(老長)들 곧 엄동지 한붕, 나사알 석중, 임선생 성원, 이별장 성봉,
문동지 기주 형제, 송동지 규징 형제, 김첨지 성진, 홍동지 우택, 김첨
지 우규, 문주부 한규, 이첨지 덕만, 고동지 시걸, 홍생 우필, 오생 만
진, 김생 효갑 등이 매번 시회(詩會) 때면 나에게 시초(詩艸)를 쓰게 하
였다.9)

(6) 한 가난뱅이가 친구를 좋아하여 새벽에 일어나기가 바쁘게 세수를 하
고 머리를 빗고 곧장 장교(長橋)에 사는 부잣집으로 달려가서 어정거리
는 것이었다. 그 부잣집은 8·9인이 노상 모여 노는 곳이 되어서 가객
(歌客)과 기생에 술·안주며 음식이 떨어질 날이 없었다.10)

(7) 노릿갓치 조코조흔줄을 벗님네 아돗든가
春花柳 夏淸風과 秋月明 冬雪景에 弼雲昭格蕩春臺와 南北漢江絕勝處에 酒

---

9) 每當花發鸎啼之辰 菊開重陽之節 一代詩人墨客琴友歌翁來會于此 或彈琴吹笛 或題詩弄墨
而其中諸老卽嚴同知漢朋·羅司謁石重·林先生聲遠·李別將聖鳳·文同知基周兄弟·宋同
知奎徵兄弟·金僉正聲振·洪同知禹澤·金僉知友奎·文主簿漢奎·李僉知萬德·高同知時
傑·洪生禹弼·吳生萬珍·金生孝甲 每當詩會則使余書詩草. 馬聖麟, 平生憂樂總錄 壬戌年
條. 馬聖麟, 『安和堂私集』상권. 여기서는 강명관, 앞의 논문, 100쪽에서 재인용.
10) 一人 家貧好友 晨起梳洗 卽往于長橋居一富者之家 逍遙焉 其家卽乃是八九人相會宴遊之所
也 歌客舞妓 酒肴飮食 無日不設.〈長橋之會〉, 이우성·임형택, 『이조한문단편집(상)』,
일조각, 1973, 174쪽.

肴爛慢ᄒᆞ듸 조흔벗 가즌 嵇笛 아름다온 아모가이 第一名唱들이 次例로
벌어안자 엇거러 불을쩍에 中ᄒᆞ님 數大葉은 堯舜禹湯文武갓고 後庭花 樂
戱調는 漢唐宋이 되엿는듸 騷聳이 編樂은 戰國이 되야이셔 刀鎗劍術이
各自騰揚ᄒᆞ야 管絃聲에 어릐엿다
功名도 富貴도 나몰릭라 男兒의 이 豪氣를 나는죠화 ᄒᆞ노라

- 金壽長,『海周』548

위에 인용한 세 편의 글은 각기 18세기 시조 연행의 변화상을 알려주고 있
다. 글 (5)는 마성린(馬聖麟, 1727-1798)이 당시 여항시단의 풍류생활을 묘
사한 글이다. 이 모임은 여항시인들의 모임이지만 한시만을 짓고 즐긴 것이
아니라, 시(詩)·서(書)·화(畵)·가(歌)·악(樂)이 함께 어우러진 종합적인
풍류회의 양상을 띠고 있다. 이러한 풍류회에 가객인 김우규가 참석하고 있는
점이 주목된다. 여기 참석자들은 각자의 취미와 장기에 따라 거문고를 뜯고
노래를 부르며 혹은 시를 짓고 서화에 몰두하였는데, 가객인 김우규가 여기에
서 시조를 노래함로써 이 구성원들의 가악적 취미를 만족시켜 주었다는 사실
은 어렵지 않게 짐작할 수 있을 것이다.

이 글을 통하여 파악할 수 있는 시조 연행의 변화상은, 우선 시조 연행의
수용층이 여항시인, 즉 중인층으로 변화되었다는 점과 시조의 연행자로 가객
이 새롭게 등장하고 있다는 점, 그리고 시조의 연행이 개인적이며 자족적인
공간에서 집단적이고 종합적인 풍류공간으로 변화되었다는 점 등이다.

글 (6)은 서울의 서민 부자와 가난뱅이의 빈부의 갈등을 그리고 있는 한문
단편 〈장교지회(長橋之會)〉의 첫머리인데, 이 글에서 이 시기에 경제적으로
크게 성장한 중인 부호들의 놀이의 일면을 엿볼 수 있다. 그들은 자신들의 경
제적 성장을 바탕으로 매일 술자리를 마련하고 가객과 기생을 이 자리에 불러
향락적인 놀이판을 벌였던 것이다. 그런데 이들의 놀이판에 가객이 초청되었
음을 보아 당시 서민 부호들의 놀이판에도 시조의 연행이 일반화되어 있음을

짐작할 수 있다.[11]

글 (7)은 동류 가객들과의 가악을 통한 풍류생활을 노래한 김수장의 시조이다. 그들은 계절마다 서울 근교의 경치 좋은 곳을 찾아다니며 풍류를 즐겼는데, 이러한 풍류는 좋은 벗들과 당대 '第一名唱'들이 차례로 앉아 '가즌 稶笛'의 반주에 맞춰 가곡창을 즐기는 형태로 이루어졌다는 사실을 알 수 있다. 또 다른 작품에서는 노래하는 벗들이 기생들과 함께 세악을 앞세우고 금강산까지 들어가 가야금, 거문고, 갖은 혜적(稶笛)에 맞추어 남창여창으로 종일토록 노니 오고가는 유객(遊客)들이 모두 부러워할 정도의 가유행각(歌遊行脚)을 벌였다고[12] 노래하고 있다. 이 두 편의 시조에서 당시 가객들의 풍류는 가곡창의 향유가 중심이 되었음을 확인할 수 있을 뿐만 아니라, 이러한 풍류의 장에 기생과 갖은 악기의 반주를 곁들였다고 하니 그 풍류가 얼마나 향락적이고 유흥적이었는가를 짐작할 수 있다.

이상에서 살펴본 바와 같이 18세기에 접어들면서 경제적으로 크게 성장한 중인계층들이 그들의 풍류와 유흥의 수단으로 시조를 향유함으로써 새로운

---

11) 중인 부호들의 놀이에 가곡창이 중심이 되어 있다는 사실은 柳晩恭의 다음 시에서도 확인할 수 있다. 雲從街北廣通西 / 富屋宵遊兼燭齊 / 細細三絃歌曲譜 / 房中之樂月中携// 中村夜會日 燭遊, 細樂曰 三絃. 柳晩恭, 〈歲時風謠〉, 『한문악부·사자료집』 5, 계명문화사, 1988.

12) 陽春이 布德ᄒ니 萬物이 生光輝라 / 우리 聖主는 萬壽無疆ᄒᄉ 億兆ㅣ願戴己ᄒ고 群賢은 忠孝ᄒᆞ야 愛民至治ᄒ고 老少에 벗님네도 無故兼恙커늘 各妓歌伴期會ᄒᆞ야 細樂을 前導ᄒ고 水陸眞味五六馱에 金剛山 도라들어 絶對名勝求景ᄒ고 醉ᄒᆞᆫ 잠에 숨을 쑤니 꿈에ᄒᆞᆫ 늙은 즁이 邀我引導ᄒᆞ야 吳楚東南景과 齊州九點姻을 歷歷히 盤廻ᄒᆞ며 其間의 英雄豪傑들의 ᄌ최를 무릎쩍에 九鍾聲에 ᄭᅵ거고나 朝飯을 직촉ᄒᆞ야 望月懷陵으로 正菴齋室 霽月光風 水洛山寺 玉流川에 塵纓을 씨슨 後에 文珠菴 中興寺에 軟泡杯酒ᄒ고 晴日에 登臨白雲峰ᄒ니 咫尺天門을 手可摩ㅣ라 萬里江山 遠近風景이 眼底에 森羅ᄒᆞ야 丈夫의 胸襟에 雲夢을 삼켯는듯 브른 빈 나려 오니 簫鼓는 喧天ᄒᆞ야 洞壑이 울히는듯 山映樓 올라 안ᄌ 花煎에 點心ᄒ고 伽倻ㅅ고 검은고에 가즌 稶笛 셧것는듸 男歌女唱으로 終日토록 노니다가 扶旺寺 긴 洞口에 軍樂으로 드러간이 左右에 셧는 將丞 分明이 반기는듯 往來遊客들은 못ᄂᆡ 부러 ᄒᆞ돗드라 / 암아도 壽域春臺에 太平閒民은 우리론가 ᄒᆞ노라. 『海周』 563.

시조 연행의 수용자로 등장하였으며, 이들을 중심으로 시조 연행의 수요가 급속하게 증가되었다는 사실을 알 수 있다. 아울러 연행 양상도 조선전기의 개인이나 몇몇 사대부 동류들 사이의 자족적인 풍류나 취미의 차원을 벗어나 집단적이고 종합적인 풍류의 형태로 바뀌었고, 그 성격도 향락적이며 유흥적으로 변화하게 된 것이다. 시조 연행자로서 새롭게 가객들이 등장하여 이들이 시조 연행에 주도적인 역할을 하게 된 점도 이 시기에 일어난 특징적인 변화로 지적할 수 있다.

3. 18세기 시조 연행 환경과 시조문학

1) 가객과 가곡의 분화 · 발달

18세기에 경제적으로 크게 성장한 중인층들이 시조의 새로운 수용층으로 등장함으로써 시조 연행은 조선전기와는 다른 양상을 띠게 된다. 즉, 이들을 중심으로 시조 연행의 수요가 급속하게 늘어나 시조의 연행이 크게 활성화되자 이러한 수요에 부응하여 가객들이 새로운 유형의 시조 연행자로 등장하게 된 것이다.

가객들의 존재가 세상에 알려지게 된 것은 대개 17세기 말에서 18세기 초에 이르는 시기이지만 18세기 중엽에 이르면 시조 연행의 활성화에 힘입어 그 수가 급격하게 증가된다. 일반적으로 예술에 있어 이러한 수요와 공급의 증가는 그 자체 안에서 질적 차별성을 드러내게 마련인데,[13] 가객의 수가 이렇게 급속하게 증가하게 되자 시조 수용자들은 그들 가운데 노래 잘하는 '명창(名唱)'을 선별해서 찾는 경향이 나타나게 되었다.

---

13) 김흥규, 「조선후기 예술의 환경과 소통구조」, 『한국사회론』, 사회비평사, 1995, 422쪽.

(8)　계섬은 서울의 이름난 기생으로 본디 송화현의 여비(女婢)였고 집안은 대대로 고을 아전을 했었다. 사람이 침착하였으며 눈은 초롱초롱 빛났다. 7세 때 아비가 죽고 12세에는 어미마저 죽었다. 16세에 주인집의 구사(丘史)에게 창(唱)을 배워 자못 이름이 났다. 그리하여 귀족의 잔치 마당, 한량패들의 술판에 그녀가 없으면 부끄럽게 여기게 되었다.14)

　이 글은 18세기의 기생인 계섬이 명창으로 이름을 얻게 되자 각종 연회나 놀이판에 그녀가 없으면 연회나 놀이판의 격이 떨어지는 것으로 생각하여 부끄럽게 여겼다는 내용이다. 물론 이 계섬이 가객은 아니지만, 그녀가 가객 이세춘, 금객 김철석, 기생 매월 등과 함께 '금가지반(琴歌之伴)'을 이루어 활약했다는15) 사실을 감안한다면 가객의 경우도 이와 다름없었을 것이라는 사실은 어렵잖게 짐작할 수 있는 일이다. 또 노래로 서울 장안에 유명한 유송년(柳松年)이 밤에 노래를 부르며 종로 거리를 가는데, 거지가 그 노래를 듣고 그에게 나행수(羅行首)인가 조부장(趙部將)인가를 물었는데 모두 아니라고 하자 그럼 유송년임에 틀림없다고 단정하였다는 내용의 이야기가 있다.16) 여기 나오는 나행수, 조부장, 유송년은 당시 서울에서 노래로 첫째, 둘째, 셋째로 꼽히고 있었는데, 거지조차도 그 서열을 알고 있었다는 사실로 미루어 본다면 18세기의 가악계에서는 '명창'이나 '선가(善歌)'에 대한 서열이 일반화되었을 정도로 가객에 대한 질적 차별화가 이루어졌다고 보아야 할 것이다.

　시조의 수용자들이 여러 가객들 가운데 '명창'이나 '선가'를 찾는 이러한 분위기는 많은 가객들에게 자신의 가창 능력을 최고의 수준으로 향상시키려는

---

14) 桂纖京師名唱也 本松禾縣婢 世縣吏 爲人優如 眼溜亮如照 七歲父死 十二歲母死 十六歲隷
　　主家丘史學唱頗自名 侯家曲宴·俠少郡歙 無纖恥之. 〈桂纖傳〉, 이우성·임형택, 앞의 책.
15) 在李尙書家 笙歌喧轟之時 唱橪雛詞 絃轉急而鮮正繁 適有一宰相入來風儀端正 目不邪視 可知
　　其爲正人君者也 與主人大監 叙寒暄畢 仍便唱歌 盡歙而罷 時琴客 金哲石 歌客李世春 妓桂
　　纖梅月等 偕焉. 〈回想〉, 이우성·임형택, 앞의 책, 205쪽.
16) 〈柳松年〉, 이우성·임형택, 앞의 책, 223쪽.

동기를 유발하게 되어 가객들은 자기의 기량을 연마하기 위하여 각고의 노력을 기울였을 것이다.

> (9) 지난 날 가객들의 풍의(風儀)를 회고하면서 오늘날 가객들의 호유(豪游)를 살피건대, 마치 넓고 넓은 바다와 졸졸 흐르는 시냇물에 비교되는 듯하여 매우 한심하다고 하겠다. 30여년 전만 하더라도 산림이 그윽하게 우거진 곳이나 폭포수 떨어지는 소나무 아래 삼삼오오 짝을 지어 종일토록 창(唱)을 익혀 마침내 일가를 이룬 자가 많았다.[17]

위의 글은 김수장이 그의 작품 뒤에 붙여 쓴 발문 가운데 한 구절인데, 가객들이 뛰어난 가창력을 기르기 위하여 얼마나 노력하는가를 잘 보여주고 있다. 당시 가객들은 산이나 폭포를 찾아다니며 종일토록 창을 익히는 힘든 수련과정을 거쳐 마침내 일가를 이루었음을 알 수 있다. 또 18세기 초엽의 가객 우평숙은 목구멍에서 핏덩이가 튀어나올 때까지 수련을 했다는[18] 기록에서도 당시 가객들이 가창력을 기르기 위하여 기울였던 노력의 정도를 확인할 수 있다.

명창이나 선가가 되기 위한 가객들의 이러한 노력은 신분적으로 예속된 기생, 가비, 가동 등과 같은 조선전기의 시조 연행자들에게서는 찾아볼 수 없는 새로운 현상이다. 이것은 조선후기 가객들이 대개 중인·서리층으로 그 신분이 사대부에 예속되지 않아 자유로웠을 뿐만 아니라 중인층으로까지 시조의 수용층이 확대됨으로써 시조의 연행이 크게 활성화된 결과 이들이 독자적인

---

17) 憶昔古人之風儀 觀今諸君之豪游 浩浩大海之與潺潺細流川者也 良可寒心 至於三十餘前 山林幽僻之處 瀑布長松之下 或三或五 盡日唱習 終爲成家者多矣. 『海東歌謠 附永言選』, 규장문화사, 1983, 108쪽.

18) 平淑이 以爲大憨ᄒᆞ야 發憤學歌홀식 日入松岳山谷ᄒᆞ야 肄於風水聲中ᄒᆞ더니 久之에 喉中에 嘔血塊ᄒᆞ고 而出聲至妙라 平淑曰吾今可以少試矣로다. 張志淵, 『逸士遺事』 권2.

가악활동을 펼칠 수 있는 터전이 마련되었기 때문에 일어난 현상이다.

이러한 예술적 분위기 속에서 가객들은 자신들의 가창 능력을 최고의 수준으로 향상시키려는 각고의 노력을 기울이면서 가악을 취미나 풍류로 여기던 차원을 넘어 하나의 예술로 인식하는 가악의 전문가로 성장하게 되었다.

가악의 전문가로 성장한 가객들은 단순한 기능인으로 시조를 익혀 연행하던 기생, 가비, 가동과 같은 조선전기의 연행자들과는 달리, 연행의 장에서 이미 있었던 노래를 그대로 되풀이하여 부르지 않고 그 노래를 새로운 수용층의 취미나 풍류생활에 알맞게 변주시켜 부르면서 새로운 곡조를 개발해 나가기 시작했다. 새로운 가곡의 분화·발달은 시조 연행이 활성화되어 가객이 급속하게 증가하던 18세기 중엽부터 시작하여 18세기 말, 19세기 초에 이르는 시기에 집중적으로 일어났다.[19]

이러한 가곡창의 분화·발달은 마침내 가곡의 새로운 연행방식인 '가곡의 한바탕'을 형성하게 된다. 가곡의 곡조가 본격적으로 분화·발달되기 시작한 18세기 중엽에는 가곡의 한바탕이 어느 정도 틀을 잡았고[20] 유만공이 〈세시풍요(歲時風謠)〉를 썼던 18세기 후반에는 이미 그 틀이 형성되어 실제로 여기에 따라 연행이 이루어졌다.

---

19) 이러한 사실은 이 기간 동안에 간행된 가집의 곡조수의 변화에 잘 드러나 있다. 珍本 『靑丘永言』(1728), 『海東歌謠』(1763), 六堂本 『靑丘永言』(純祖末?)에 나타나 있는 가곡의 곡조수를 살펴보면 『靑珍』에 9개의 곡조가 수록되어 있고, 『海謠』에는 13개, 그리고 『靑六』에는 24개의 곡조가 실려 있어 18세기 중엽 이후로 곡조수가 급속하게 분화·발전되었음을 확인할 수 있다.

20) 이러한 사실은 김수장의 다음 시조에서 짐작할 수 있다. "第一名唱들이 次例로 벌어안즈 엇걸어 불을쩍에 中한닙 數大葉은 堯舜禹湯文武갓고 後庭花 樂時調는 漢唐宋이 되엿는듸 搔聳이 編樂은 戰國이 되야이셔 刀槍劍術이 各自騰揚ᄒ야 管絃聲에 어릐엿다."(김수장, 『海周』 548) 이 작품에는 일대 명창들이 차례로 벌여 앉아 가곡을 창하는데, 그 순서가 中大葉·數大葉·後庭花·樂時調·搔聳·編樂 등으로 나타나 있다. 이것은 현행의 가곡창과 곡목에서 다소 차이가 나지만 정격인 大葉調에서부터 시작하여 樂·編調와 같은 변격으로 이어가는 가곡창의 한 바탕을 구성하는 일정한 순서를 취하고는 있음을 알 수 있다.

杯盤爛處夜如何　　　배반이 난만한 곳에 밤은 얼마나 깊었는고?
曲罷篇歌變雜歌　　　편가의 곡이 파하자 잡가로 변해간다.
古調春眠今不唱　　　고조의 춘면곡은 지금 부르지 않으니
黃鷄鳴咽白鷗哇　　　황계사 오열하고 백구가는 어지럽다.
　　　　　　　宴席曰 盃盤, 歌曲一通謂之篇

　　　　　　　　　　　　　　　　　　－ 柳晚恭,〈歲時風謠〉[21]

　'편가(篇歌)'의 곡이 파하자 노래는 잡가로 변해간다고 읊고 있는 이 시의
내용으로 미루어 볼 때, 18세기 후반에는 연행의 장에서 가곡이 '편가' 즉 가
곡의 한바탕의 형식으로 연행이 이루어졌음을 확인할 수 있다. 가곡의 한바탕
은 가객들에 의하여 크게 분화·발달된 가곡의 곡조를 종합화, 체계화하여 시
조의 새로운 연행 방식으로 정립된 것이라 할 수 있다.
　이러한 새로운 연행 방식인 '가곡의 한바탕'은 다시 시조문학의 변화를 수반
하게 되는데, 시조에서 이러한 연행 방식의 변화가 문학텍스트 내부에 미친
영향 관계에 대해서 계속해서 살펴보도록 하겠다.

　2) 연시조 형식의 파괴
　연시조는 15세기 전반기에 형성되었으나[22] 16세기 사림파에 수용되어[23]
그들의 의식이나 세계관을 표현하는 중심 장르로 자리잡으면서 크게 성장했

---

21) 柳晚恭,〈歲時風謠〉,『한문악부·사자료집』5, 계명문화사, 1988, 29쪽.
22) 최동원은 「15세기 시조의 양상과 성격」에서 황희의 〈사시가〉라는 작품이 있음을 밝
　혀 이를 연시조로 규정하고, 이현보의 〈어부단가〉 5수의 바탕이 된 원어부가의 단가
　10수도 연시조로 파악하여, 이들을 맹사성의 〈강호사시가〉와 함께 15세기의 연시조
　작품으로 규정하였다. 최동원,『고시조논고』, 삼영사, 1990, 38-51쪽.
23) 16세기에 퇴계와 율곡이 〈도산십이곡〉과 〈고산구곡가〉를 창작한 것은 사림파들이
　연시조를 수용하는 하나의 계기가 되었다. 실제로 그들의 제자나 후세의 유학자들이
　이 작품을 효방하거나 창화하여 많은 작품을 창작하였고, 연시조는 사림을 중심으로
　성장하게 하였다.

고, 17세기에는 마침내 전성기를 맞이하게 된다. 그러나 18세기에 접어들어 중인층이 시조의 새로운 수용층으로 등장하고 시조의 연행 양상이 크게 변화하면서 연시조는 쇠퇴·소멸하게 되었다.

16세기부터 사림에 기반을 두고 성장한 연시조는 사시가계, 오륜가계, 육가계의 세 가지 유형을 중심으로 발전하게 되는데, 이들은 각각 성리학에 바탕을 둔 시간질서, 인간질서, 공간질서를 표방하게 된다는 것이다.[24] 이처럼 성리학에 바탕을 두고 발달한 연시조는 18세기에 시조의 새로운 수용층으로 등장한 중인층의 의식에는 맞지 않았을 뿐만 아니라, 당시의 집단적, 향락적, 유흥적인 연행의 장에도 어울리지 않았다. 이에 따라 연시조는 18세기에 접어들어 쇠퇴의 길을 걷다가 소멸하게 되는 것이다.

이러한 사실은 18세기 작가들의 창작 경향을 통해서도 확인할 수 있다. 필자는 18세기 시조문학의 양상을 구체적으로 이해하기 위하여 18세기에 주로 활동하면서 5수 이상의 작품을 남긴 작가 23명을 대상으로 그들의 창작경향을 파악한 바가 있다.[25] 이들 가운데 연시조를 창작한 사람은 황윤석, 양주익, 위백규, 권구, 박순우, 안서우 그리고 신지 등 7명인데[26] 이들은 모두 향촌에 거주하면서 사림의 전통을 잇는 선비들이었다. 반면 그 이외 16명의 작가들은 누대에 걸쳐 중앙관료로 벼슬살이를 하여온 경화거족 출신이거나 18세기에 새롭게 시조의 향유층으로 등장한 중인·서리층의 가객이나 가창자들로 이들은 모두 서울에 생활기반을 두고 활동한 서울작가들이었다.

이 시기 경제적 성장에 힘입어 서울이 도시로 발달함에 따라 자연스럽게 시

---

24) 김상진, 『조선중기 연시조의 연구』, 민속원, 1997, 217쪽.
25) 조태흠, 「18세기 시조의 존재 양상과 그 이해의 시각」, 『한국문학논총』 제25집, 한국문학회, 1999, 232-240쪽.
26) 이들이 남긴 연시조는 황윤석 〈木州雜歌〉 28수, 양주익 〈感君恩歌〉 5수와 〈感恩曲〉 5수, 위백규 〈農歌〉 9수, 권구 〈屛山六曲〉 6수, 박순우 〈東遊錄〉 6수, 안서우 〈楡院十二曲〉 13수, 신지 〈永言〉 12수이다.

조의 수요와 공급이 증가하고, 이에 따라 서울을 중심으로한 시조의 연행이 활성화되어 갔다. 시조 연행의 활성화는 무엇보다도 소비적인 도시문화를 바탕으로 이루어졌기 때문에 향락적이고 유흥적인 성격을 강하게 띠게 되며, 그 연행 현장도 향락적이고 유흥적일 수밖에 없었다. 그러므로 이러한 향락적이고 유흥적인 연행의 장에서 주로 시조를 향유한 서울 지역의 작가들은 연행 공간과 어울리지 않는 연시조는 창작하지 않았다.

아울러 18세기 후반에는 가곡의 곡조가 크게 분화·발달하여 이를 종합화·체계화하여 새로운 연행방식인 '가곡의 한바탕'이 형성되고, 이에 따라 시조가 연행됨으로써 일정한 제목 아래 여러 편의 시조가 하나의 작품을 이루고 있는 연시조는 연행의 음악적 기반을 상실하게 된다. 즉, '가곡의 한바탕'은 느린 곡에서 시작하여 점차 빠른 곡으로, 또 정격에서 시작하여 변격으로 이어지는 일정한 순서에 곡조를 배열하고 있는데, 이렇게 배열된 곡조에는 각 곡조마다 특유한 풍도(風度)와 형용(形容)이 있어,27) 그 곡조의 풍도와 형용에 알맞은 노랫말을 필요로 한다. 그러나 하나의 주제에 의하여 각연과 연들이 서로 유기적 관련을 지니면서 한 편의 작품을 이루고 있는 연시조의 경우는 매곡마다 풍도와 형용을 달리하는 가곡의 한바탕 형식에 얹어 노래하기는 어렵다. 따라서 가곡의 한바탕에 의한 시조의 연행이 일반화된 서울의 작가들은 이러한 연행 상황을 잘 알고 있었기 때문에 이런 연행방식과 맞지 않는 연시조는 한 편도 창작하지 않았던 것이다. 또 가객들이 부득이 가곡의 한바탕에 얹어 연시조를 가창할 경우에는, 그 가운데 연행의 상황에 적합한 시조를 선별하여, 그것만 연시조로부터 분리하여 독립된 한 편의 작품으로 노래함으로써 결과적으로 연시조의 형식을 파괴하고 있음을 확인할 수 있다. 그래서 시조가 가곡의 한바탕에 의해 연행되는 방식이 확립되는 18세기 말엽 이후에

---

27) 『海東歌謠』의 '歌之風度形容十四條目' 및 『歌曲源流』의 '歌之風度形容十四條目' 참조.

는 연시조는 연행의 기반을 상실하게 되어 소멸하게 된다.28)

이와 같은 사실을 이현보의 연시조 〈어부단가〉를 통하여 살펴보기로 하자. 널리 알려진 바와 같이 이현보의 〈어부단가〉는 5장으로 된 연시조인데, 『농암집』과 『농암집판본』에 '어부단가 5장'이라 하여 다섯 작품을 차례로 싣고 있다. 그러나 가집에는 수록된 양상이 전혀 다르다. 우선 〈어부단가〉 다섯 수를 연시조의 형태로 순서에 따라 수록하고 있는 가집은 『靑珍』, 『海一』, 『海周』, 『詩歌』, 『靑洪』, 『靑가』, 『靑六』 등 7개이다.

그런데 이 7개의 가집에 실려 있는 〈어부단가〉를 『농암집』에 실려 있는 작품과 서로 비교 검토해 보면,29) 우선 작품이 연철과 혼철에서 오는 표기법상의 차이가 약간 있을 뿐 거의 일치하고 있으며, 『靑珍』, 『海一』, 『詩歌』, 『靑洪』 등의 네 가집에는 작품 바로 다음에 이황의 발문(跋文)이 수록되어 있다. 또 발문이 없지만 『海周』는 『海一』과 유사점이 많아 『海一』을 전사한 것이라 추정되며,30) 『海謠』, 『詩歌』, 『靑洪』, 『靑가』 등은 『靑珍』의 영향을 받았거나 『靑珍』과 관계가 깊은 가집임을31) 미루어 볼 때, 이 7개 가집에 연시조의 형태로 실려 있는 〈어부단가〉 5수는 연행에 의하여 구전되다가 가집에 수록되었다기보다는 오히려 『농암집』이나 『靑珍』과 같은 문헌에서 전재(轉載)한 것이라고 보아야 할 것이다.

이 7개의 가집을 제외한 다른 가집에 〈어부단가〉가 수록되어 있는 양상은 아래의 표와 같다.

---

28) 19세기의 연시조로 安玟英의 〈梅花詞〉가 있으나 여기에 대해서는 "안민영의 〈매화사〉는 연시조라는 의식이 없는 상태에서 창작되었고, 여러 가지 표출된 결과가 연시조로 처리하기 곤란하게 만들기 때문에 연시조라기보다는 개개의 단형시조가 모여진 상태라고 보는 것이 타당하다"라는 견해가 제시되었다. 류준필, 「안민영의 〈매화사〉론」, 『한국고전시가작품론2』, 집문당, 1992, 578–579쪽.
29) 이런 비교·검토는 심재완의 『교본 역대시조전서』(세종문화사, 1972)에 힘입었다.
30) 심재완, 『시조의 문헌적 연구』, 세종문화사, 1972, 16쪽.
31) 심재완, 위의 책, 14쪽.

작품(연) \ 가집	靑詠	甁歌	古今	權樂	靑淵	歌譜	永類	興比	東歌	源東	大東
(1)이듕에 시름업스니	241								38		75
(2)구버는 千尋綠水	242	70	130			100	8			62	
(3)청하애 바불쏫고	243	75		171	233		9				
(4)山頭에 閑雲이 起	244	69		152			10	336	40		42
(5)長安을 도라보니		76	48	59							

* 표 안의 숫자는 해당 가집의 작품 번호임

위의 표에서 나타난 바와 같이 〈어부단가〉의 각 연이 가집에 수록된 양상은 개별 작품마다 매우 다르다. 우선 눈에 띄는 현상은 〈어부단가〉 5수를 모두 수록하고 있는 것이 아니라 각 가집마다 몇 작품씩 선별하여 싣고 있다는 점이다. 즉, 제1연과 제5연은 3개의 가집에 수록되어 있는 반면, 제2연은 6개의 가집에, 제3연은 5개의 가집에 실려 있고 제4연은 7개의 가집에 수록되어 있다. 또 각 가집에 작품이 수록된 순서도 연시조처럼 차례로 수록된 것이 아니고 제각각이어서 각 연이 독립된 작품으로 취급되어 수록되어 있음을 알 수 있다.[32]

이런 현상은 연행의 현장에서 가객들이 〈어부단가〉를 노래할 때 5수를 차례대로 모두 노래한 것이 아니라, 그 연행 상황에 맞는 몇몇 작품만 선별하여 가창했던 사실을 말해주는 것이다. 즉, 〈어부단가〉 가운데 가장 많이 수록된 제2연과 제4연은 그 내용이 시조 연행의 상황과 비교적 일치하여 연행의 현장에서 자주 가창되어 널리 유포되었기 때문이며, 반면, 제1연이나 마지막 연은 연시조의 첫 번째 연과 마지막 연으로 그 차체만으로는 독립된 작품으로

---

32) 필자는 다른 논문에서 오륜가계 연시조인 송강의 〈훈민가〉의 경우에도 연행의 장에서 가창할 때는 각 장을 분리하여 독립된 노래로 연행함으로써 결과적으로 연시조의 형식이 파괴되고 있음을 밝힌 바 있다. 조태흠, 「18·19세기 훈민시조의 변모와 그 의미」, 『한국문학논총』 제15집, 한국문학회, 1994.

연행되기에 적합하지 않아서 연행의 현장에서 많이 노래되지 않았기 때문이다.

특히 〈어부단가〉를 연시조 형태로 수록하고 있는 앞의 7개 가집은 모두 18세기의 가집인 반면, 부분적으로 수록하고 있는 위의 가집 가운데 『靑詠』은 18세기 말의 가집이고 『甁歌』에서 『東歌』까지는 19세기 전반기의 가집이며 『源東』과 『大東』은 각각 19세기 후반과 20세기 초의 가집들이라는[33] 사실은, '가곡의 한바탕'의 성립시기와 일치하고 있어 주목된다. 이처럼 18세기 말엽부터 19세기 전반기까지의 가집에서는 모두 연시조 형태가 파괴되어 나타난다는 사실은 이 시기에 성립된 가곡의 한바탕이라는 시조의 연행 방식이 주는 제약과 깊은 관련이 있는 것이라 보아야 할 것이다. 다시 말하면 가곡의 한바탕은 '풍도'와 '형용'이 다른 여러 곡조를 이어서 노래하게 되는데, 일관된 내용 체제를 갖추고 있는 연시조의 경우, 작품 전체를 이러한 가곡의 한바탕에 얹어서 순서대로 노래할 수는 없었다. 따라서 이러한 연시조를 가곡의 한바탕에 얹어서 연행할 때에는 연시조 가운데 선별된 몇 개의 장만이 소용되었고 그러한 결과가 후대의 가집에 이처럼 반영되어 나타나 있는 것이다.

3) 장시조의 성행

장시조는 18세기 이전에도 몇몇 작품이 있었던 것으로 밝혀졌지만[34] 장시조가 본격적으로 발달한 것은 18세기에 들어와서였다. 18세기는 장시조의 '작(作)'과 '창(唱)'이 함께 성행하여 장시조는 한마디로 표현해서 18세기의 문학이었다고 할 만큼 이 시기에 전성기를 이루었다.[35] 이것은 중인층들이 시조

---

33) 이상의 가집의 시대분류는 최동원, 앞의 책, 86쪽 참조.
34) 최동원은 장시조 형식의 출현 시기에 대한 실증적인 검토를 거쳐 高應陟(중종26-선조38) 6수, 鄭澈(중종31-선조26) 2수, 姜復中(명종18-인조17) 3수, 白受繪(선조7-인조20) 2수, 蔡裕後(선조32-현종 1) 1수 등의 작품이 숙종조 이전에 있었음을 밝혔다. 최동원, 앞의 책, 61쪽.

의 새로운 수용층으로 등장하여 시조의 연행을 크게 활성화시킴으로써 시조 연행의 양상이 전기와는 달라졌기 때문이라 할 수 있다.

이 시기 장시조의 발달을 주도한 것은 새롭게 시조의 수용층으로 등장한 중인층인데 이러한 사실은 우선 장시조의 작가를 통하여 확인할 수 있다. 18세기 장시조 작가들로는 김수장, 이정보, 박문욱, 김태석, 권덕중, 김묵수, 오경화, 이정신, 박명원, 신헌조, 김영 모두 11명을 들 수 있는데, 이들 가운데 이정보, 박명원, 신헌조, 김영 등 네 사람을 제외하면 나머지는 모두 중인층이다. 특히 이들은 『海周』의 '고금창가제씨(古今唱歌諸氏)'조 혹은 『청구가요』 등에 이름이 전하거나 작품이 실려 있어 연행의 장에서 시조를 직접 연행하던 가객이나 가창자들임을 알 수 있다.

앞에서 살펴본 바와 같이, 이들 가객이나 가창자들은 이 시기에 벌써 가악의 전문가로 성장하여 연행의 장에서 그들의 취미나 풍류생활에 알맞게 노래를 변주시켜 부르면서 새로운 곡조를 개발해 나가기 시작했다. 그리고 이 시기 중인층의 풍류생활은 자신들의 경제적 성장을 바탕으로 매우 향락적이고 유흥적인 성격을 띠고 있었는데, 그들은 이러한 풍류의 한 방편으로 시조를 향유하였기 때문에 시조 연행의 성격도 자연스럽게 집단적, 향락적, 유흥적이 될 수밖에 없었다.

이러한 집단적, 향락적, 유흥적인 연행의 장에서는 흥청거리고[농(弄)], 즐겁고[낙(樂)], 빠른 리듬[편(編)]의 노래가 잘 어울렸기 때문에 가객들이 연행의 장에서 변주를 통하여 새롭게 개발한 곡조들은 이러한 성격을 지닌 변격의 곡조들이 주를 이루었다.[36] 가곡의 변격 곡조에는 장시조를 얹어서 부르는

---

35) 최동원, 앞의 책, 77쪽.
36) 이런 사실은 『珍靑』, 『海謠』, 『靑六』의 세 가집에 나타난 곡조의 비교를 통해 확인할 수 있다. 『海謠』의 곡조는 『靑珍』보다 네 곡이 늘어났는데, 이 네 곡은 編樂時調 · 騷聳 · 編騷聳 · 蔓數大葉 등으로 가곡의 정격이 아니라 변격에 속하는 곡조이다. 또 『靑六』에는 『海謠』보다 무려 11곡이 더 늘어났는데, 이것은 모두 18세기 말엽에 나타난

것이 일반적이기 때문에 새로운 변격의 곡조들이 개발되자 여기에 얹어 부를 수 있는 새로운 창사인 장시조가 필요하게 되었으며, 이러한 필요성을 절감한 이들이 직접 장시조를 창작하였다고 보아야 할 것이다.

그러므로 18세기에 접어들면서 장시조가 크게 발달한 것은 경제적으로 성장한 중인층들이 풍류의 일환으로 시조를 향유하게 되면서 그들의 풍류 성향에 따라 시조 연행이 소비적·향락적·유흥적 성격으로 변해갔고, 이러한 연행 공간에 알맞은 악곡을 개발하고, 그 악곡에 필요한 창사를 새로 창작하였기 때문이라 볼 수 있다.

가곡의 곡조들은 대개 18세기 중엽부터 분화·발달하기 시작하여 18세기 후반에는 본격적으로 발달하였는데, 가객들은 이렇게 분화·발달한 가곡의 곡조를 종합화, 체계화하여 새로운 연행방식인 '가곡의 한바탕'을 형성하고 이에 따라 시조를 연행하였다는 사실은 앞에서 지적한 바와 같다. 일반적으로 가곡의 한바탕은 느린 곡에서 시작하여 점차 빠른 곡으로, 또 정격인 대엽조(大葉調)에서부터 시작하여 농(弄)·낙(樂)·편조(編調)와 같은 변격의 곡조를 차례로 부르는 일정한 순서를 취하고 있다.

실제 현행 남창 가곡의 한바탕을 구성하는 순서를 살펴보면,[37] 우선 우조(羽調)의 초삭대엽(初數大葉)·이삭대엽(二數大葉)·중거(中擧)·평거(平擧)·두거(頭擧)·삼삭대엽(三數大葉)·소용(搔聳)·반엽(半葉)―중여음부터 계면조(界面調)로 전조(轉調)함―을 차례로 노래한 다음에, 계면조(界面調)의 초삭대엽(初數大葉)·이삭대엽(二數大葉)·중거(中擧)·평거(平擧)·두거(頭擧)·삼삭대엽(三數大葉)·소용(搔聳)·언롱(言弄)·평롱(平弄)·계락(界

농·낙·편이라는 변격의 변주곡들이 중심이 되어 있다.

37) 현행 가곡의 한바탕은 『가곡원류』 이후에 이르러서야 그 틀이 잡혔기 때문에 18세기 말엽에 형성된 가곡의 한바탕과는 그 곡목에 있어서는 다소 차이가 있을 것으로 생각되지만, 가곡의 한바탕을 구성하는 기본적인 원리는 현행 가곡과 별 다름이 없을 것으로 보아야 할 것이다.

樂)·우락(羽樂)·언락(言樂)·편락(編樂)·편삭대엽(編數大葉)·언편(言編)을 거쳐 마지막으로 〈태평가(太平歌)〉를 노래하는 것으로 끝을 맺는다.[38]

이처럼 가곡의 한바탕은 느린 곡에서 시작하여 빠른 곡으로 이어지며, 정격에서 시작하여 변격으로 넘어가서 끝을 맺는 것이다. 이러한 가창 순서는 매우 엄격하여 가창자가 임의로 바꾸거나 생략할 수 없도록 되어 있다. 위의 곡목에서 보면 소용 이하 언편까지가 변격인데 이 변격의 곡조에는 장시조를 얹어 가창하기 때문에 가곡의 한바탕 형식으로 시조를 연행할 때는 반드시 일정한 부분 이상은 장시조를 노래해야 하도록 되어 있다.

그러므로 가곡의 한바탕이 형성되고 여기에 따라 실제로 시조가 연행되었다는 것은 장시조를 창사로 하는 가곡의 변격 곡조들이 완전히 정립되었음을 의미하는 것이며, 동시에 장시조가 연행의 장에서 연행될 수 있는 음악적 기반을 확실하게 확보한 것이었다고 하겠다. 이처럼 장시조는 음악적 기반을 확보함에 따라 연행의 장에서 널리 불리면서 크게 발달할 수 있었던 것이라 생각된다.

4. 마무리

시조가 연행을 통하여 전승·발달되어 왔기 때문에 시조 연행 양상이 변함에 따라 시조문학도 이에 상응하여 많은 변화를 수반하였을 것이라는 전제 아래 본고에서는 18세기 시조문학의 성격을 시조의 연행 양상과 관련지어 해명하고자 하였다. 지금까지 논의한 바를 간추려 마무리로 삼는다.

1. 조선전기에 시조 연행의 수용자는 양반 사대부들에 한정되었으며, 이들은 시조를 개인적이거나 몇몇 사대부 동류들 사이의 유흥이나 취미 차원에서 자족적으로 향유하였다. 이 때 시조의 직접적인 연행자들은 대개는 가비, 기

---

38) 장사훈, 『시조음악론』, 서울대출판부, 1986, 151-152쪽.

녀, 가동들인데, 이들은 사대부에 예속된 신분으로 단순히 노래를 익혀 가창하는 기능인 이상의 역할을 담당하지는 않았다.

2. 18세기에 접어들어 경제적으로 크게 성장한 중인층들이 시조의 새로운 수용자로 등장하고, 가객들이 시조 연행자로 새롭게 등장하여 시조 연행에 주도적인 역할을 하면서, 시조 연행도 활성화되었다. 아울러 연행의 형태도 집단적이고 종합적인 풍류의 양상를 띠며, 그 성격도 향락적이며 유흥적으로 변하게 되었다.

3. 가객들은 향락적이며 유흥적인 연행의 장에서 이미 있었던 노래를 그대로 부르지 않고, 새로운 수용층의 취미나 풍류생활, 그리고 연행의 장에 알맞게 변주시켜 부르면서 새로운 곡조를 개발해 나갔다. 이들은 새로 개발된 곡조에 의해 크게 분화·발달된 곡조를 종합화, 체계화하여 시조의 새로운 연행방식인 '가곡의 한바탕'을 정립하게 된다.

4. 16세기부터 사림에 기반을 두고 성장한 연시조는 18세기에 시조의 새로운 수용층으로 등장한 중인층의 의식에는 맞지 않았을 뿐만 아니라, 당시의 집단적, 향락적, 유흥적인 연행의 장에도 어울리지 않았다. 또 새로운 연행방식인 '가곡의 한바탕'이 형성되고, 이에 따라 시조가 연행됨으로써 단일한 제목 아래 여러 편의 시조가 하나의 작품을 이루고 있는 연시조는 연행의 음악적 기반을 상실하고 쇠퇴하여 소멸하게 된다. 이미 있던 연시조도 가곡의 한바탕에 얹어서 연행할 때는 연시조 가운데 선별된 몇 개의 장만 필요했으므로 결과적으로는 연시조 형식이 파괴되고 말았다는 사실을 밝혔다.

5. 18세기에 접어들면서 장시조가 크게 발달한 것은 경제적으로 성장한 중인층들이 풍류의 일환으로 시조를 향유하게 되면서 시조 연행은 그들의 풍류 성향에 따라 소비적·향락적·유흥적 성격으로 변해갔고, 이러한 연행 공간에 알맞은 악곡을 개발하면서 그 악곡에 필요한 창사를 창작하였기 때문이라 보았다. 또 가곡의 한바탕이 형성되고 여기에 따라 시조가 연행됨으로써 장시

조가 연행의 장에서 연행될 수 있는 음악적 기반을 확실하게 확보하였으며, 연행의 장에서 널리 불리면서 크게 발달할 수 있었다는 사실을 고찰하였다.

이상에서 논의한 바와 같이 18세기는 중인층이 시조 연행의 새로운 수용자로 등장하고, 가객이라는 새로운 시조의 연행자가 등장하여 시조 연행이 활성화되면서 연행의 형태도 집단적이고 종합적인 풍류의 양상을 띠며, 그 성격도 향락적이며 유흥적으로 변해가는 등 시조 연행의 양상이 변화되었다. 이에 따라 연시조는 연행의 음악적 기반을 상실하고 쇠퇴하여 소멸하고, 장시조는 음악적 기반을 확실하게 확보하여 크게 발달할 수 있었음을 밝혔다.

그러나 이러한 연행 양상의 변화는 연시조의 쇠퇴와 장시조의 발달이라는 장르상의 변화뿐만 아니라, 주제나 소재, 표현방식, 그리고 형식이나 구조에까지도 영향을 미쳤을 것이라고 생각된다. 이러한 문제에 대한 논의가 함께 이루어져야만 시조 연행의 변화가 시조문학에 끼친 영향관계가 온전하게 해명될 것이다. 그러나 이에 대한 해명은 후고로 미룬다.

『한국문학논총』, 제27집, 한국문학회, 2000.

제 2 부

연행예술로서의
성격

Ⅰ. 18 · 19세기 장시조 연행의 기반과 그 문학적 의미

1. 머리말

조선조 18 · 19세기는 사회적 변모와 가치관의 변화가 문학작품에 반영되기 시작한 문학사의 전환기였다. 시조문학에서도 단시조의 정제된 형식을 벗어난 새로운 형태를 통해서 자신들의 생활체험이나 의식을 풍자와 해학으로 엮어냄으로써 종래의 관습화된 미의식과 규범적 가치로부터 벗어나 인간의 진솔한 모습을 표현한 장시조가 주목을 받기 시작했다.

이러한 장시조에 대한 연구는 일찍부터 많이 있어 왔으나, 현전하는 대부분의 장시조 작품이 작가가 밝혀져 있지 않다는 자료의 제한성 때문에 장시조의 성격에 대한 시각이 다양할 뿐만 아니라 심지어 연구 결과가 상반되는 경우도 적지 않은 실정이다.

이러한 자료의 제한성을 극복하면서 장시조의 성격을 파악하기 위해서는 연구의 시각을 달리할 필요가 있다고 생각된다. 본 연구에서는 장시조가 노래로 연행되었다는 사실에 주목하여, 18 · 19세기에 장시조가 연행될 수 있었던 음악적 기반을 밝혀내고, 장시조가 연행예술로 이행되는 과정에서 나타나는 문학적 변모 양상과 그 의미를 고찰함으로써 장시조의 문학적 성격을 새롭게 해명하고자 한다.

이를 위하여 본고에서는 먼저 조선후기 사회적 변화와 경제적 성장을 바탕으로 하여 시조의 수용자로 새롭게 등장한 가객의 성격과 이들의 가악활동으로 장시조가 연행예술로 자리를 잡아가는 과정을 파악하고, 이들이 중심이 되어 행해졌던 일련의 가악활동을 통하여 장시조 연행의 음악적 기반을 밝히고 자 한다.

다음으로는 이러한 바탕 위에서 장시조에 대한 통시적 고찰을 통하여, 연행 예술화됨으로써 장시조에 나타나게 되는 변화 양상을 파악해 보고자 한다. 지 금까지의 장시조에 대한 연구는 현전하는 대부분의 장시조 작품이 작가가 밝혀져 있지 않다는 자료의 제한적 성격 때문에 그 시대적 전개에 따른 변별성에 관심을 두지 못했다. 그러나 최근의 연구에서 18·19세기의 장시조가 등질성을 유지한 것이 아니라 서로 변별적 특성을 지닌다는 사실이 밝혀졌는데,[1] 본 연구에서는 이러한 변화를 초래한 요인을 연행예술로의 전환이라는 측면에서 해명할 수 있을 것이라 생각되기 때문이다.

2. 장시조 연행의 기반

1) 장시조 연행의 음악적 기반

널리 알려진 바와 같이 18세기는 생산성의 향상, 상품 화폐경제의 발달, 상공업의 발전, 그리고 서울의 도시적 성장이라는 사회·경제적 환경의 변화로 인하여 생활양식이 바뀌고 의식 수준이 전반적으로 향상되었다. 이에 따라 문화·예술에 대한 인식이 달라져 이에 대한 욕구도 크게 늘어나기 시작하였으며, 이를 바탕으로 예술의 수요가 증대되고 예술의 수용층에도 변화가 오는 등 예술 전반에 대한 변화가 초래되었다.[2] 특히 이 시기에 경제적으로 크게

---

1) 김흥규, 「사설시조의 시적 시선 유형과 그 변모」, 『한국학보』 제68호, 일지사, 1992; 「조선후기 사설시조의 시적 관심 추이에 관한 계량적 분석」, 『한국학보』 제73집, 일지사, 1993.
2) 18세기 예술 전반의 변화에 대해서는 아래 논문을 참고할 것.
   이우성, 「18세기 서울의 도시적 양상」, 『한국의 역사상』, 창작과 비평사, 1982.
   임형택, 「18세기 예술사의 시각」, 『우전신호열선생고희기념논총』, 창작과 비평사, 1983.

성장한 경아전층(京衙前層)은 자신들의 경제력을 바탕으로 서울의 유흥적인 분위기를 주도하면서 다양한 예술활동을 전개함으로써 이 시기 예술의 새로운 수용층으로 등장하였다.[3]

조선후기의 이러한 새로운 예술적 환경은 시조의 경우도 예외는 아니었다. 시조의 수용층이 중인 · 서리층으로 확대되어 이들이 시조 연행에 참여하여 이를 주도하면서 시조는 연행예술로 발전되어 갔다. 이 과정에서 장시조가 특히 발달하여 장시조는 18세기의 문학이었다고 할 만큼 18세기에 전성기를 이루었다.[4] 이것은 이 시기에 접어들면서 새롭게 시조의 수용층으로 등장한 가객들이 시조의 창작과 가창에 적극 참여하여 시조음악인 가곡창을 크게 분화 · 발전시켜 나가는 가운데 장시조가 발달할 수 있었기 때문이다.

가객들은 중인 · 서리계층으로, 그 대다수가 '서리직(書吏職)'에 종사하면서 풍류로 악기를 연주하고 노래를 가창하던 여항의 풍류한객(風流閑客)이다.[5] 이들이 처음 출현하게 된 것은 대개 17세기 중엽부터라고 추정되며, 본격적인 활동을 전개함으로써 세상에 그 존재가 알려지게 된 것은 17세기 말에서 18세기 초에 이르는 시기라고 보고 있다.[6] 그러나 18세기 중엽에 이르면 오늘날까지 그 이름이 전하는 가창자만도 무려 75명에 이를 정도로 그 수가 급격하게 증가된다.[7] 이러한 사실은 그들의 경제적 성장과 밀접한 관련을 갖고 있

박희병, 「조선후기 예술가의 문학적 초상」, 『한국고전인물전연구』, 한길사, 1992.
김흥규, 「조선후기 예술의 환경과 소통구조」, 『한국사회론』, 사회비평사, 1995.
3) 강명관, 「18 · 19세기 경아전과 예술활동의 양상」, 『한국근대문학사의 쟁점』, 창작과비평사, 1990.
4) 최동원, 「장시조의 생성과 그 시대적 전개」, 「장시조 전성기 재론」, 『고시조론』, 삼영사, 1980. 참조. 이 논문에서 제시한 장시조 작품의 시대 귀속 방법에 대해 이의가 제기되기도 하였지만, 대부분 작품의 작가가 밝혀지지 않은 현 상태에서 이 연구는 장시조의 발달과 쇠퇴의 양상을 통시적으로 보여주는 의미있는 성과물이다.
5) 최동원, 「숙종 · 영조기의 가단연구」, 앞의 책, 226-228쪽.
6) 권두환, 「18세기의 가객과 시조문학」, 『진단학보』 제55집, 진단학회, 1983, 113쪽.
7) 최동원, 앞의 논문, 앞의 책, 235-298쪽. 이 논문에서 숙종 · 영조기 가창자 75명을

다. 중인·서리층은 대다수가 의(醫)·역(譯)과 같은 기술직이나 서리직에 종사하였는데, 조선후기에 접어들면서 이들은 그 직책이나 직위를 이용하여 상당한 부를 축적하여 경제적으로 크게 성장하고, 이러한 경제력을 바탕으로 문학·음악·회화·서예 등과 같은 다양한 문화활동을 전개하였다.[8] 가객들은 이 가운데도 특히 음악 쪽에 경사되어 활동한 부류들이다.

가객들은 자신들에게는 '가벽(歌癖)'이 있었다는 그들의 고백처럼[9] 처음에는 자족적인 예술·취미활동의 일환으로 가악활동을 전개하였으며, 그 규모도 개인적이거나 소규모의 동호인들의 모임에서[10] 풍류로 거문고 반주에 맞추어 가곡창에 시조를 얹어서 즐기는 것에 불과하였다. 그러나 중·서층들이 경제적으로 크게 성장하면서, 이러한 경제력을 바탕으로 이들의 가악활동도 크게 활기를 띠게 되었고, 그들의 가악활동은 규모도 크고 집단적이었을 뿐만 아니라 내용도 향락적이고, 그 풍류도 유흥적인 성격을 띠게 되었다.

> 노릿갓치 조코조흔줄을 벗님네 아돗든가
> 春花柳 夏淸風과 秋月明 冬雪景에 弼雲昭格蕩春臺와 南北漢江絶勝處에 酒肴
> 爛慢흔듸 조흔벗 가즌 稽笛 아름다온 아모가이 第一名唱들이 次例로 벌어
> 안자 엇거러 불을쩍에 中흔닙 數大葉은 堯舜禹湯文武갓고 後庭花 樂戲調는
> 漢唐宋이 되엿는듸 騷聳이 編樂은 戰國이 되야이셔 刀鎗劍術이 各自騰揚ㅎ
> 야 管紘聲에 어릭엿다

들고, 이 가운데 43명에 대해서는 각종 문헌 기록을 통하여 개별적으로 고찰한 바 있다.
8) 강명관, 앞의 논문, 93~95쪽.
9) 余嘗癖於歌 裒集國朝以來名人里巷之作. 金天澤, 〈金聖器作品後序〉
  余年老心閒 素有歌癖者 久矣. 金壽長, 〈金振泰作品後序〉
  我亦有歌癖 而卓君大兪 李君舜卿之歌 每於欽羨矣. 金壽長, 〈金友奎作品後序〉
10) 신경숙은 17세기 말에서 18세기 초에 해당하는 동호인형 초기에는 가객들의 활동이 대체로 개별적인 것이었다고 지적한 바 있다. 신경숙, 「사설시조 연행의 존재 양상」, 『홍익어문』 제10·11합집, 홍익어문연구회, 1992, 752쪽.

功名도 富貴도 나몰릭라 男兒의 이 豪氣를 나는죠회 ᄒ노라

- 『海周』 548

이 작품은 김수장(金壽長, 1690-?)이 자신들의 풍류생활을 노래한 작품이
다. 이 작품을 통해, 그들은 계절마다 경치 좋은 곳을 찾아다니며 풍류를 즐
겼으며, 이러한 풍류는 중대엽(中大葉)·삭대엽(數大葉)에서 후정화(後庭
花)·낙희조(樂戲調)를 거쳐 소용(騷聳)·편락(編樂)으로 이어지는 가곡창을
즐기는 가악을 중심으로 이루어졌다는 사실을 알 수 있다. 그런데 당대 '제일
명창(第一名唱)'들이 거문고·가야금·피리·대금·해금·장고 등으로 이루
어진 '가즌 稧笛'의 반주에 맞춰 가창했다고 하니, 그 음악적 수준과 풍류의
격은 가히 미루어 짐작할 수 있다.

가악이 중심이 된 풍류생활을 노래한 작품이 김수장·김태석(金兌錫)·임
의식(任義植)을 거쳐 후대의 안민영(安玟英, 1863-1907)에 이르기까지 지속
적으로 나타난다[11] 사실을 고려할 때, 이러한 가악 중심의 풍류생활은 일회
적이고 우연한 것이 아니라, 이제 가객들의 생활의 중요한 한 영역으로 자리
잡았다는 사실을 의미한다고 하겠다. 그들에게 가악은 단순한 취미의 수준을
넘어 평생의 사업으로까지 삼고 살아갈 만큼 애착을 가지고 매달리게 된 대상
이었다.[12] 따라서 그들은 시조를 여기(餘技)로 여기던 사대부들과는 달리, 가
악을 하나의 예술로 인식하면서 가악의 전문가로 성장하게 되었다. 즉, 그들
은 가악의 전문가로서 일종의 예도정신을 지니고 가악활동을 전개하였던 것
이다.

가객들의 이러한 가악활동에 대해서는 첫째, 시조문학과 시조음악의 의의

---

11) 이러한 풍류생활의 일면을 보여주는 작품은 다음과 같다. 金壽長, 『時全』 1898, 2764,
金兌錫 『時全』 2101, 任義植 『時全』 468, 安玟英, 『時全』 2413, 3081.
12) 心性이 게여름으로 書劒을 못일우고 / 稟質이 迂疎ᄒ으로 富貴를 모르거다 / 七十載
이우려 어든거시 一長歌인가 ᄒ노라. 金壽長, 『海周』 519.

를 찾고 가치를 정립하였으며, 둘째 시조를 노래할 수 있는 새로운 가곡의 창법을 개발하여 시조의 활성화에 크게 기여하였으며, 셋째 전문적인 '가단'을 결성하여 가악을 교습하고 후진을 양성하였으며, 넷째 가집을 편찬하여 시조가 구비전승의 단계를 벗어나 기록으로 정착된 획기적 계기를 마련하였다는 사실은 이미 앞선 연구자에 의하여 거듭 지적된 바 있기[13] 때문에, 본고에서는 중복을 피하여 장시조에 관련된 사항만 논의하기로 한다.

조선후기에 접어들면서 가곡의 창법이 크게 분화·발달하였다는 것은 주지의 사실이다. 그 구체적 예로 진본(珍本)『청구영언』, 『해동가요』, 『가곡원류』에 나타나 있는 가곡의 곡조를 비교해 보면, 진본『청구영언』에 나타난 곡조 수가 모두 9개인데,『해동가요』에는 13개, 그리고『가곡원류』에는 무려 29개에서 30개까지 나타나 그 수에 있어서 현저한 차이가 있는 것을 알 수 있다.[14] 이 가운데 진본『청구영언』과『해동가요』에 나타난 곡조를 비교해 보면, 『해동가요』에는 진본『청구영언』에 없는 편락시조(編樂時調)·소용(騷聳)·편소용(編騷聳)·만삭대엽(蔓數大葉)의 네 곡조가 늘어났는데, 이것은 모두 가곡 정격의 곡조가 아니라 변격에 속하는 곡조이다.『해동가요』와『가곡원류』에 수록된 곡목의 수는 무려 16곡이나 현저한 차이를 보이고 있는데, 이것은 이 두 가집이 편찬된 시기를 고려할 때 18세기 말에 이르면서 가곡에 농·낙·편이라는 삭대엽의 변주곡들이 나타나,[15] 이 농·낙·편이라는 변격을 중심으로 가곡의 곡조가 분화·발달하였기 때문이다. 이렇게 볼 때, 장시조를 창사로 하는 가곡 변격의 곡조들은 대개 18세기 중엽부터 서서히 분화·발달하기 시작하여 18세기 후반에는 본격적으로 발달하였다고 생각된다. 따

---

13) 최동원, 「숙종·영조기의 가단연구」및「경정산가단과 노가재가단에 대하여」, 앞의 책.
　　권두환, 「조선후기 시조가단 연구」, 서울대학교 박사논문, 1985.
　　정무룡, 「조선조 가객 연구」, 동아대학교 박사논문, 1992.
14) 최동원, 「19세기 시조의 시대적 성격」, 앞의 책, 104쪽.
15) 송방송, 『한국음악통사』, 일조각, 1984, 419쪽.

라서 장시조가 가곡창의 창사로 본격적으로 연행된 것도 이때부터라고 보아야 할 것이다.

진본 『청구영언』에는 '만횡청류(蔓橫淸類)'란 곡조 아래 116수라는 상당히 많은 분량의 장시조가 실려 있지만, 이 자체만으로는 장시조가 본격적으로 연행된 것이라고 보기 어렵다. 시조는 원래 음악의 창사로서 곡조에 얹어서 노래로 향유하는 것이기 때문에 시조의 연행은 창곡의 발달을 기본적으로 전제하지 않을 수 없는 것이다.

'만횡청류'라는 곡조에 대해서는 후대의 가집이나 금보(琴譜) 등에 나타난 '만횡'에 대한 기록을16) 면밀하게 검토하여 '만횡'의 성격을 '엇'이라 규정하고 '만횡청류'를 '엇청[만횡(蔓橫)]이나 빛[횡(橫)]청에 속하는 류'라고 설명하고 있다.17) 그런데 '만횡'의 속성으로 규정된 '엇'이란 두 가지의 창법이 뒤섞인 노래로 'A+B'라는 형태상의 특징을 보여주는데, '만횡'은 삼삭대엽의 변주곡으로 삼삭대엽 초두창법에 '농'이 결합되거나 '낙'이 결합되거나 혹은 '편'이 결합된 세 가지 곡조를 통괄한 범칭으로 여겨지는 혼합곡임에 틀림이 없다고18) 하였다. '만횡'이 이처럼 세 가지 곡조를 통괄한 혼합곡이라는 사실은 만횡청류에 실린 장시조 작품들이 가곡의 곡조가 정립된 『가곡원류』에서 어떤 곡조 아래 수록되어 있는가를 검토한 결과적 해석으로 보아야 할 것이다. 다시 말하면, '만횡'이란 『청구영언』이 편찬될 당시에는 분명한 성격을 지닌 곡조로 정립되지 않은 미분화된 곡목이었으나, 후대에 곡목이 분화·발달되면서 이 곡이 이 세 가지 곡조로 정립되었다는 의미이다. 결국 이것은 '만횡'이란 이 곡조가 『청구영언』 당시에는 아직 분명한 특징을 지닌 곡조로 정립되지 못한

---

16) 蔓橫 或稱 반죽이. 『芳山韓氏琴譜』.
　　蔓橫 一日弄 一日半只其. 六堂本 『歌曲源流』.
　　蔓橫 俗稱 舷弄者 與三數大葉同頭 而爲弄也. 國立國樂院本 『歌曲源流』.
17) 장사훈, 『시조음악론』, 서울대출판부, 1986, 32쪽.
18) 장사훈, 「엇시조와 사설시조의 형태론」, 『시조문학연구』, 정음사, 1980, 117쪽.

것이라고 보아야 할 것이다. 『청구영언』의 후발(後跋)을 썼던 마악노초도 이러한 사실을 지적하고 있다.

> 이항(里巷)의 노래에 이르러서는 비록 그 곡조는 바르지 않고 익숙하지도 않지만, 즐거워하며 원망하여 한탄하고 미쳐 날뛰며 거칠게 뛰노는 행동과 모습은 각각 자연의 진기(眞機)에서 나온 것이다.[19]

여기서 말하는 '이항(里巷)의 노래'란 만횡청류에 실린 작품을 가리키는데, 마악노초(磨嶽老樵)는 그 곡조가 '바르지 않고 익숙하지 않다[不雅]'고 지적하고 있다. 마악노초는 '고금창가제씨(古今唱歌諸氏)'에 그 이름이 실려있는 이정섭(李廷燮)이다. 이정섭의 이름이 '고금창가제씨'에 실려있는 점으로 미루어 볼 때, 그는 당대 유명한 가창자이며 가악에 깊은 조예를 지니고 있는 인물임에 틀림없다. 그럼에도 불구하고 그는 만횡청의 곡조에 대하여 바르지 않고 익숙하지도 않다고 말한 것이다. 이것은 결국 이 만횡청류의 곡조가 그 당시에는 아직 분명하게 정립되지 않았으며, 당시의 가객들 사이에는 이런 곡조가 귀에 익지 않을 만큼 널리 불리지도 않았다는 사실을 말해준다. 김천택도 이러한 노래들의 곡조가 분명하게 정립되지 않은 사실을 고려하여 특별히 '류(類)'라는 말을 사용하였을 것이다.

이러한 만횡청류의 곡조가 서서히 분화·발달하기 시작한 것은, 경제적으로 크게 성장한 중·서층들이 이러한 경제력을 바탕으로 활발한 가악활동을 전개하기 시작한 18세기 중엽부터라고 생각된다. 이 시기 가객들에게는 가악 중심의 풍류생활이 그들 생활의 중요한 한 영역으로 자리잡게 되었다. 그들이 풍류의 장에서 이미 있었던 노래를 반복적으로 가창하는 것에 만족하지 않고

---

19) 至於里巷謳歈之音 腔調雖不雅馴 凡其愉失怨歎 猖狂粗莽之情狀態色 各出於自然之眞機. 磨嶽老樵, 〈靑丘永言後跋〉.

새로운 형태로 변주시키는 시도를 반복하면서 자신들의 풍류 활동을 전개하는 가운데서 자연스럽게 가곡의 곡조가 분화 · 발달하게 된 것이다. 이것은 성악의 경우 노래를 불렀던 가객, 그리고 기악의 경우에 기악 합주에 참여했던 풍류객들이나 악공들이 기존곡에서 변주곡들을 파생시킨 주된 담당자들이었다는 사실[20]과도 부합한다 하겠다.

> 이 한 편은 옛날에는 '낙희지곡(樂戱之曲)'에 있었던 것인데, 옛날 명창 박상건(朴尙健)의 아들, 별장 박후웅(朴後雄)이 근자에 청음(淸音) 청성(淸聲)으로써 한 곡조를 따로 지어서 관현에 붙이니, 사람들의 이목과 마음을 즐겁게 하는지라, 세상의 호걸들이 흠모하여 입에 자주 올리니, 이것이 이른바 소용이다.[21]

이 글은 이미 있었던 곡조에 음악적 변화를 가하여 새로운 변주곡을 파생시키는 과정을 잘 보여주고 있다. 박후웅이 종래에는 '낙희지곡(樂戱之曲)'이란 곡조로 부르던 이 노래에 '청음청성(淸音淸聲)'으로 변주하여 새로운 곡인 '소용'을 만들어 내었다는 것이다. 이러한 변주곡을 만들어 낸 박후웅은 그의 아버지 박상건과 함께 '고금창가제씨' 명단 속에 들어있는 가객이다.

가객들은 이처럼 시조를 연행하는 과정에서 새로운 변주곡들을 개발해 나갔는데, 후대 가집의 곡조 분화를 살펴보면, 이 새로운 변주곡들은 평시조를 얹어서 노래하는 정격에서보다 주로 장시조를 창사로 하는 변격에서 더 현저하게 일어났다. 이것은 가객들의 풍류생활이 집단적 · 향락적 · 유흥적인 성격을 띠게 되면서 이러한 풍류의 장에서는 서완(舒緩)하고, 말이 적고, 곧은 목

---

20) 송방송, 『한국음악통사』, 일조각, 1984, 492쪽.
21) 此一篇 昔在樂戱之曲 而近者朴別將俊雄 卽古名唱尙健之子 以淸音之淸聲 屬黃鍾大呂少尙也 一曲別作付于管絃 悅人耳目心志樂也 世上豪傑 欽慕以膾炙矣 此所謂搔聳. 『靑가』, 635의 작품 해설.

을 쓰며, 고정된 리듬을 사용하는 정격보다는 이와는 반대인 변격의 창을 선호하였기 때문일 것이다. 새로운 변주곡들은 기존의 곡에 비하여 가락이나 장단의 구조가 복잡해지고 악곡의 절주가 빨라지면서 점점 더 전문화되고 고급화되어 다양한 가곡의 창법이 발전되어 나갔으며, 이에 따라 이러한 곡조의 창사로 쓰인 장시조도 함께 발달하게 되었다. 그리하여 마침내 가곡의 전통적인 연행방식인 '가곡의 한바탕'이 형성된 것이다.

> 杯盤爛處夜如何　　　배반이 난만한 곳에 밤은 얼마나 깊었는고?
> 曲罷篇歌變雜歌　　　편가의 곡이 파하자 잡가로 변해간다
> 古調春眠今不唱　　　고조의 춘면곡은 지금 부르지 않으니
> 黃鷄鳴咽白鷗哇　　　황계사 오열하고 백구가는 어지럽다
> 宴席日盃盤, 歌曲一通謂之篇[22]

유만공(柳晚恭, 1793~?)이 정월 대보름 밤 서울의 풍속을 묘사한 시 가운데 한 편이다. 배경은 가악이 중심이 된 잔치자리인데 잔치가 무르익으면서 가곡의 한바탕이 끝나고 노래는 잡가로 변해간다고 적고 있다. 그런데 이 작품의 끝에 '가곡일통을 편이라 이른다'라는 원주가 달려 있다. 이 주는 유만공이 〈세시풍요〉를 썼던 18세기 후반에는 벌써 가곡의 한바탕이 형성되어 연행되고 있었으나, 이러한 주석이 필요할 정도로 가곡의 한바탕이 일반화되지는 않았다는 사실을 보여준다. 이러한 사실로 미루어 볼 때, 적어도 18세기 후반에는 가곡의 한바탕이 형성되기 시작하여 가곡의 연행방식으로 쓰이기 시작했다는 것을 알 수 있다.

가곡의 한바탕이란 일반적으로 느린 곡에서 시작하여 점차 빠른 곡으로 변화해 가며, 정격인 대엽조에서부터 시작하여 변격인 농 · 낙 · 편조로 이어지

---

22) 柳晚恭, 〈歲時風謠〉, 『한문악부 · 사자료집 5』, 계명문화사, 1988, 29쪽.

는 일정한 순서를 취하고 있으며, 이러한 순서는 창자나 반주자들이 임의로 바꾸거나 생략할 수 없는 것이다. 따라서 이처럼 체제가 갖추어진 가곡의 한 바탕이 형성되었다는 것은 장시조를 창사로 하는 가곡의 변격 곡조들이 완전히 정립되었음을 의미하는 것이며, 동시에 장시조가 연행의 장에서 연행될 수 있는 음악적 기반을 확실하게 확보한 것이었다고 하겠다.

장시조를 창사로 하는 가곡 변격의 곡조들이 이처럼 짧은 시간 내에 급속하게 분화·발달하게 된 것은 앞서 지적한 바와 같이 장시조를 연행하던 풍류의 성격이 소비적·향락적·유흥적으로 변해감에 따라 장시조에 대한 인식의 변화가 있었기 때문이다.

김천택이 처음에 『청구영언』에 장시조를 수록할 때는 장시조에 대하여 매우 조심스러운 태도를 보여주었다.

> 김천택이 어느 날 『청구영언』 한 편을 가져 와서 내게 보이면서 말하기를, "이 책은 실로 우리나라 선배·명공·위인의 작품들이 많기는 하지만, 널리 모은다고 하여 이 속에는 여항시정(閭巷市井)의 음란한 이야기와 속되고 더러운 말도 간간이 있습니다. 노래는 실로 소예(小藝)인데, 여기에 누(累)를 더했으니, 군자가 이것을 보면 언짢게 여기지 않겠습니까. 선생님께서는 어떻게 생각하십니까."라고 하였다.[23]

이 글에서 김천택이 걱정하고 있는 '음란한 이야기'나 '속되고 더러운 말'이란 바로 장시조의 내용을 염두에 두고 한 말이다. 이러한 장시조의 내용을 군자들이 보고 언짢게 생각할까 매우 주저하면서 마악노초의 반응을 물어보고 있는 것이다. 이 우려는 김천택 자신의 장시조에 대한 부정적 생각에서 온 것

---

23) 金天澤 一日 持靑丘永言一編 以來視余曰 是編也 固多國朝先輩名公鉅人之作 而以其廣收也 委巷市井 淫哇之談 俚褻之詞 亦往往而在 歌固小藝也 而又以累之 君子覽之 得無病諸 夫子 以爲奚如. 磨嶽老樵, 〈靑丘永言後跋〉, 『靑丘永言』.

이라기보다는 오히려 그 시대의 예술에 대한 인식이 이런 류의 노래를 허용할 것인가에 대한 것으로 보아야 할 것이다.

그러나 김수장의 시대에는 장시조에 대한 이러한 인식이 완전히 달라졌음을 볼 수 있다.

> 둥과 승과 萬疊山中에 맛나 어드르로 가오 어드르로 오시는게
> 山쏙코 물죠흔듸 곳갈시름 부쳐보오 두곳갈이 흔듸다하 너푼너푼 ᄒ는 樣
> 은 白牧丹 두퍼귀가 春風에 휘듯는듯
> 아마도 山中에 이씰음은 즁과 僧과 둘뿐이라
>
> －朴文郁, 『靑邱歌謠』74

김천택의 평가로 보면 이 작품은 '음란한 이야기'나 '속되고 더러운 말'임에 틀림이 없다. 그러나 김수장은 이 노래를 '천고일담(千古一談)'이라고 하면서 이 노래 때문에 오히려 박문욱과 더욱더 막역한 사이가 되었다고[24] 스스로 적고 있다. 김수장은 여기서 한 걸음 더 나아가 '七十載 이우려 어든거시 一長歌인가 ᄒ노라'[25]라고 하면서 가악생활의 보람을 평시조가 아니라 오히려 장시조 쪽에 두고 있다.

장시조에 대한 이러한 인식의 차이는 두 사람 사이의 가악관의 차이에서 비롯된다고도 할 수 있다. 그러나 이것은 가객들의 시조 연행의 방식이, 개인적이거나 소규모 동호인들의 자족적인 가악활동에서 집단적이며 향락적이고 유흥적인 성격을 띤 풍류놀이로 변화되면서 나타난 예술과 가악 자체에 대한 인식의 변화에서 오는 것이라 보아야 할 것이다.

---

24) 所述諸曲中 僧尼交脚之歌 千古一談 吾以此相對撒亭山. 金天澤, 〈朴文郁 作品後序〉, 『靑邱歌謠』.
25) 『海周』519.

3. 장시조의 확산과 연행의 확대

조선전기 시조의 주된 향유계층은 양반 사대부들이었으며, 이들이 시조를 향유하는 방식은 그들 사이에서 교양이나 풍류로 가곡창에 얹어서 자족적으로 즐기던 방식이 일반적이었다. 물론 이때 사대부들이 직접 악기를 다루고 가창을 한 경우도 있었지만,[26] 대개는 가비(歌婢)나 기생들로 하여금 창하게 하여 그 노래를 듣고 즐겼던 것이다.

그러나 조선후기에 접어들면서 생활양식이 바뀌고 의식 수준이 향상됨에 따라 예술적 수준이 전반적으로 높아지고, 문화적 욕구도 다양해졌다. 이에 따라 이들은 그들의 취미생활이나 풍류생활에 소용되는 음악도 더 높은 수준의 것, 더 새로운 것을 요구하게 되었으며, 그들의 이러한 음악적 욕구를 충족시킨 것이 이 시기에 새롭게 등장하여 가창이나 기악을 전문적으로 담당한 가객이나 악사들이었다.

그들은 자신들의 풍류방이나 연회의 자리에 가객이나 악사들을 초청하여 가악을 즐기는 것이 일반적이었으며, 이때 가객들은 그 신분적 한계 때문에 이러한 부름을 함부로 거절할 수 없었으며 반드시 노래에 대한 대가를 전제로 이러한 요구에 응한 것도 아니었다.[27] 그러나 이 가객이나 악사들은 이러한 연행의 장을 통하여 빼어난 가창력이나 연주 솜씨를 매개로 양반 사대부들 가운데 음악에 대하여 폭넓게 이해하고 있는 음악 애호가들과 신분의 벽을 넘어 '지음(知音)'과 '지기(知己)'로 교유할 수 있었으며,[28] 양반 사대부들은 이러

---

26) 玄黙子 洪萬宗이 쓴 '鄭斗卿 作品 後序'에 정두경이 '作短歌 揮手大唱'했다는 기록이 있다. 珍本 『靑丘永言』, 조선진서간행회, 1948, 42쪽.

27) 一卽 一皂隸來招日 吾宅進賜 使之招來矣 咆喝無數 遂與琴歌客陪往 卽東門外燕尾洞 有草屋入柴門 卽單間房外無軒 只有土階 土階之上 設草席一立 使坐其上而絃歌之 主人卽鶉袍破笠 面目可憎者 着宕巾 與鄕客數人 對坐房中 職卽蔭官也 歌數闋 主人揮手止之日 無足聽也 饋以濁酒一盞 飮訖日退去 遂辭歸. 〈回想〉, 이우성·임형택, 『이조한문단편집(중)』, 일조각, 1978, 207쪽.

28) 及沈公之逝後 葬於坡州之柴谷 歌琴之伴 相與泣曰 吾輩平生爲沈公風流中人 知己也 知音

한 풍류의 장에서 가객들이 새롭게 개발한 노래를 접하고, 새로운 음악에 대한 이해를 넓혀 가면서 새로운 가악을 수용하였던 것이다.

당시 서평군(西平君) 공자(公子) 표(標)는 부자로 호협(豪俠)하였으며, 성품이 음악을 좋아하는 분이었다. 실솔의 노래를 듣고 좋아하여 날마다 데리고 놀았다. 매양 실솔이 노래하면 공자는 으레 거문고를 끌어 당겨 몸소 반주를 하는 것이었다. 공자의 거문고 솜씨도 또한 일세에 높았으니 서로 만남이 더없이 즐거웠다. 공자가 일찍이 실솔에게 말하기를
"네가 부르는 노래에 내가 따라서 반주하지 못하게 할 수 있느냐?"
실솔은 곧 '후정화지롱(後庭花之弄)'의 가락에다 〈취승곡(醉僧曲)〉을 불렀다.

長衫分兮 美人褌	장삼을 잘라내어 님의 속옷 지어 주고
念珠剖兮 驢子紂	염주를 끊어내어 나귀 후거리 만들고녀
十年工夫 南無阿彌陀佛	십년 공부 나무아미타불
伊去處兮 伊之去	어디 가서 살고 이리로나 가보세.

창(唱)이 막 제3장을 넘어가자 문득 쨍-하고 중의 바라 소리를 내었다. 공자는 얼른 술대를 들어서 거문고의 배를 두들겨 장단을 맞췄다. 실솔은 또 낙시조(樂時調)로 바꿔서 불러 〈황계곡(黃鷄曲)〉을 노래하는 것이었다. 그 아랫 장(章)에 이르러서는,

| 直到壁上 畵所黃雄鷄 彎折長嘴喉 | 벽상에다 그린 黃鷄 모가지 길게 뽑아 |
| 兩翼橐橐鼓 鵠槐搖 時時游 | 두 나래 탁탁치며 꼬끼요 시- 유 |

也 歌歇琴殘 吾將何之 會葬于柴谷 一場歌一場琴 遂痛哭于墳前 各散其家. 〈風流〉, 이우성·임형택, 앞의 책, 1978, 204쪽.

하더니 수탉이 꼬리를 끄는 소리를 지르고 껄껄 웃어댔다. 공자는 바야흐로 궁성(宮聲)을 울리고 각성(角聲)을 쳐서 여음을 내다가 쓰르렁해서 그만 맞추지 못하고 자기도 모르게 손에 든 술대가 떨어졌다.[29]

이 글은 가객 실솔(蟋蟀)과 종실(宗室)인 서평군(西平君)이 음악으로 서로 교유하는 장면을 서술한 것이다. 그런데 이 글에는 실솔이 서평군과 노래에다가 반주 맞추기 내기를 하면서 불렀다는 〈취승곡(醉僧曲)〉의 노랫말 일부를 한역하여 소개하고 있다. 창이 막 삼장을 넘어가자 쨍하고 중의 바라소리를 내고는 다른 곡으로 넘어갔다고 하였는데, 그렇다면 한역된 부분은 〈취승곡〉의 3장까지라고 보아야 할 것이다. 그런데 이 3장까지의 노랫말이 바로 진본 『청구영언』 '만횡청류'에 실려 있는 다음 장시조와 일치한다.

> 長衫 쓰더 중의적삼 짓고 念珠 쓰더 당나귀 밀밀치흐고
> 釋王世界 極樂世界 觀世音菩薩 南無阿彌陀佛 十年工夫도 너 갈듸로 니거스라
> 밤중만 암居士의 품에 드니 念佛경이 업세라
>
> ─『靑珍』514

이 장시조를 가곡창으로 구분하면 위의 제1행과 2행이 가곡창의 3장까지에 해당되는 노랫말이다. 이 장시조의 제2행 '釋王世界 極樂世界 觀世音菩薩'은 한역가에 빠져 있지만, 이것을 한역하는 데 있어서의 기술상의 문제로 본다면

---

29) 時 西平君 公子標 富而俠 性好音樂 聞蟋蟀而悅之 日與遊 每蟋蟀歌 公子必援琴 自和之 公子琴亦妙一世 相得甚驩如也 公子嘗語蟋蟀曰 汝能使我失琴不能和耶 蟋蟀 乃聲爲後庭花之弄 歌醉僧曲 其歌曰 長衫分兮 美人裸 念珠剖兮 驢子紲 十年工夫 南無阿彌陀佛 伊去處兮 伊之去 唱纔轉第三章 忽當然作僧鈸聲 公子急抽撥叩琴腹以當之 蟋蟀又變唱樂時調 歌黃鷄曲 至下章曰 直到壁上 畵所黃雄鷄 彎折長嘴候 兩翼橐橐鼓 鶺鴒搖 時時游 仍曳尾聲 叫一大噱 公子方拂宮振角 治餘音 泠泠未及應 不覺手撥自墜. 〈宋蟋蟀〉, 이우성 · 임형택, 앞의 책, 1978, 220-221쪽.

이 〈취승곡〉이란 바로 장시조 작품인 것이다.

이뿐만 아니라 실솔이 〈취승곡〉에 이어서 낙시조 창으로 불렀다는 〈황계곡 (黃鷄曲)〉 역시 십이가사(十二歌詞)의 하나인 '〈황계사(黃鷄詞)〉'가 아니라, 진본 『청구영언』 '만횡청류'에 실려 있는 다음의 장시조라고 보아야 할 것이다.

> 노새노새 매양쟝식 노새 낫도 놀고 밤도 노새
> 壁上의 그린 黃鷄 수듥이 뒤ㄴ래 탁탁치며 긴목을 느리워셔 홰홰쳐 우도록
> 노새 그려
> 人生이 아츰 이슬이라 아니 놀고 어이리
>
> -『靑珍』516

실솔은 이 노래를 '낙시조'의 창법으로 가창하고 있는데, 널리 알려진 바와 같이 '낙시조'는 가곡창의 곡조로, 위에 든 진본 『청구영언』 516번의 장시조 는 실솔이 활동한 것으로 추정되는 영·정조 연간에 간행된 일석본 『해동가 요』와 『병와가곡집』에는 '낙시조'에 있다. 또 이 노래를 소개하기 전에 '그 아 랫 장(章)에 이르러서는[至下章]'이라 하여 가곡의 장 구분 용어인 '장'이란 말 을 사용하고 있는데, 막상 가사에는 장 구분이 없다. 물론 한역된 〈황계곡〉의 노랫말이 십이가사의 하나인 '〈황계사〉'의 일부와 비슷하기도 하다. 이런 점 등을 미루어 볼 때, 실솔이 창한 이 〈황계곡〉은 십이가사의 '〈황계사〉'가 아니 라 위의 장시조 작품으로 보아야 마땅할 것이다.

실솔이 서평군 앞에서 노래한 〈취승곡〉과 〈황계곡〉이 모두 장시조 작품이 라면 실솔은 적어도 장시조 창에 매우 능숙한 가객으로 짐작된다. 이러한 사 실로 미루어 본다면, 그가 〈실솔곡(蟋蟀曲)〉을 잘하여 '실솔'이란 별호가 붙 게 되었다고 하였는데, 그가 장기로 삼은 그 〈실솔곡〉도 다음의 장시조 작품 일 것이라는 추정이 가능하다.

귓도리 져 귓도리 에엿부다 져 귓도리

어인 귓도리 새는 밤의 긴소릐 쟈른소릐 節節이 슬픈 소릐 제혼자 우러녜

어 紗窓여왼줌을 슬드리도 씨오는고야

두어라 제비록 微物이나 無人洞房에 내뜻알리는 저뿐인가 ㅎ노라.

－『靑珍』548

　실솔과 이처럼 격의 없이 음악으로 교유하는 서평군은 거문고 솜씨로 그 이
름이 일세에 높을 정도로 음악에 대한 조예가 깊은 인물이다. 이러한 서평군
은 실솔의 노래를 좋아하여 실솔과 교유하면서 그가 노래를 하면 직접 반주를
도맡았던 것이다. 그런데 서평군이 실솔에게 자신이 반주를 맞출 수 없는 노
래를 할 수 있느냐고 묻자 실솔은 즉시 〈취승곡〉과 〈황계곡〉 두 곡을 노래했
다. 그런데 이 두 노래는 모두 장시조를 창사로 하는 가곡창이었다. 이러한
사실로 미루어 볼 때, 서평군은 장시조를 창사로 하는 가곡창에는 아직 완전
히 익숙해져 있었다고 보기 어려울 것 같다. 즉 서평군은 실솔과의 음악적 교
유를 통하여 장시조를 창사로 하는 음악을 익혀가는 과정에 있었으며, 앞에
인용된 이야기도 이러한 과정에서 파생된 이야기로 보아야 할 것이다.

　서평군과 실솔에 관한 이 이야기는 서평군과 같은 상층 신분층에 있는 사람
들이 실솔과 같은 가객을 통하여 새로운 음악을 수용하고, 가객들에 의해 개
발된 장시조를 창사로 하는 새로운 가곡창이 가객을 통하여 양반 사대부층에
전파되는 한 사례라고 할 수 있을 것이다.

　18세기 후반에 접어들면서 양반 사대부 가운데는 경제력을 바탕으로 심화
된 예술적 욕구를 충족하기 위해 가객이나 악사들을 경제적이나 예술적으로
후원하고 그 대가로 이들의 가악을 즐기는 패트런이 등장했다.[30] 이러한 패

---

30) 조태흠, 「조선후기 가객의 유형과 그 문학적 의의」, 『한국문학논총』 제23집, 한국문
　　학회, 1998 참조.

트런들은 음악에 대한 높은 안목과 막강한 경제력을 가지고 가객들을 후원하면서 가악계에 엄청난 영향력을 행사하며[31] 사대부들의 풍류예술을 주도하였다. 패트런들은 사대부들의 풍류생활에 많은 영향력을 미쳤기 때문에 이들이 새로운 음악을 이해하고 수용함으로써 이것이 사대부들 사이에 급속하게 확산될 수 있었다.

서평군도 '실솔지도(蟋蟀之徒)'를 후원하는 패트런이었는데, 서평군과 같은 패트런이 음악에 대한 특별한 관심과 고상한 취미 그리고 폭넓은 이해를 바탕으로 하여 새로운 음악인 장시조를 창사로 하는 가곡창을 수용함으로써, 장시조를 창하는 새로운 가곡창은 사대부들 사이에 널리 확산될 수 있었으며, 또 그들의 풍류의 장으로까지 그 연행 공간을 넓혀 나갈 수 있었던 것이다. 이처럼 장시조를 창사로 하는 음악이 사대부들 사이에 퍼져 그들이 그러한 창곡에 익숙해지자 17세기 중엽 채유후(蔡裕後, 1559-1660) 이후 중단되었던 사대부 장시조 작가들이 18세기 중엽 이후 다시 나타나 장시조를 창작하게 되었다. 이것은 양반 사대부들이 장시조 음악을 통하여 장시조를 새롭게 인식한 결과라고 보아도 무방할 것이다.

서평군과 유사한 성격의 패트런으로는 심용·낙창군·서기공 등이 더 있었으며, 19세기에는 대원군과 같은 강력한 패트런이 존재하였다. 이들은 음악에 대한 고상한 취미, 고아하고 유장한 격조, 높은 수준의 감상력을 지니고 있었기 때문에 가객이나 악사들은 이들의 예술적 요구에 부응하기 위하여 더 높은 기량을 연마하고 새로운 음악을 창출해 내기 위해 부단한 노력을 기울였다. 패트런의 등장이라는 새로운 예술 수용 방식이 가악의 세련화·고급화를 불러왔던 것이다. 패트런의 등장은 장시조와 그 음악이 더욱 더 발달하는 계기가 되었다.

---

31) 凡長安宴遊 非請於公 則莫可辦也.〈風流〉, 이우성·임형택, 앞의 책, 1978, 200쪽.

4. 장시조 연행의 문학적 의미

지금까지의 장시조에 대한 연구는 현전하는 대부분의 장시조 작품의 작가와 시대가 밝혀져 있지 않다는 자료의 한계 때문에 그 시대적 전개에 따른 변별성에 관심을 두지 못했다. 그러나 최근의 연구에서 18·19세기의 장시조가 등질성을 유지한 것이 아니라, 서로 변별적 특성을 지닌다는 사실이 밝혀졌다. 즉, 장시조의 중심 특성이라고 간주되어 온 세태(世態)·희화시적(戱畵詩的) 양상은 19세기에 와서 현저하게 감소한 반면 장시조가 평시조의 주류적 미의식에 더 근접해 간다는[32] 것과, 18세기의 사설시조가 상당히 다양하고 탄력적인 모색을 시도한다면 19세기의 사설시조는 창작의 감소, 세련된 언어와 관습적 수사로 인한 형식미를 지향한다는 것이다.[33]

18세기의 장시조와 19세기의 장시조 사이의 변별적 차이는 창작의 감소, 형식미의 추구, 평시조적 미의식에로의 근접이라는 세 가지로 요약될 수 있다. 위에서 살펴본 바와 같이 장시조가 18세기 중엽부터 풍류의 장에서 연행되면서 크게 발달하였다면 장시조에 나타난 이러한 변별적 차이도 연행과 밀접한 관련을 갖지 않을 수 없을 것이다.

시조는 원래 양반 사대부가 교양이나 풍류로 그들의 풍류방에서 즐기던 음악이었으나 조선후기에 접어들면서 경제적으로 크게 성장한 중인·서리계층의 취미활동이 음악에 경사(傾斜)되기 시작하면서 그 수용층이 이들에게까지 확대되었다. 그러나 이 시조는 물론 장시조까지도 일반 대중들에게까지 수용되었다고 볼 수는 없다.

조선후기에 예능이 상품화하면서 연희를 전문으로 하는 직업꾼들이 불특정

---

32) 김흥규, 「조선후기 사설시조의 시적 관심 추이에 관한 계량적 분석」, 『한국학보』 제73집, 일지사, 1993 겨울, 26쪽.
33) 고미숙, 「사설시조의 역사적 성격과 그 계급적 기반」, 『어문논집』 제30집, 고려대 국어국문학연구회, 1991, 79쪽.

다수 청중을 대상으로 시정에서 생업의 수단으로 장시조를 연행하는데, 이 때 대중적 기호를 만족시킬 수 있는 가사, 즉, 대중적 인기를 끄는 고소설이나 판소리를 시조화한 것이나 놀이를 흥기시키는 노래나 육담이 섞인 장시조들이 주로 불렸다.34) 그러나 시조는 물론 장시조까지도 원래 음악의 창사로서 곡조에 얹어서 노래로 향유되는 것이기 때문에, 시조의 연행에는 기본적으로 창곡의 성격을 전제하지 않을 수 없는 것이다. 시조나 장시조를 창사로 하는 가곡은 거문고·가야금·피리·대금·해금·장고 등으로 편성되는 관현반주를 갖추어야 하는 전문가적 음악이며, 또 가사 내용보다 그 음악의 유장한 선율 자체를 감상하고 즐기는35) 대중성이 매우 없는 음악인 것이다. 더구나 가곡보다 훨씬 더 대중적인 판소리의 경우에도 불특정 다수의 청중들을 대상으로 연창한 경우보다는 양반, 중인 및 부호층을 좌상(座上)으로 한 '소수인에 의한 다액(多額)'의 물적 보상 관계가 확대되어 간다는36) 사실을 감안할 때, 시조를 일반 대중들까지 수용하였다고 볼 수 없다는 사실은 분명하다.

그러므로 시조는 물론 장시조의 경우에도 그 수용층은 양반 사대부층과 중인·서리층 이하로는 결코 떨어지지 않는다. 그런데 시조의 수용층인 양반 및 중인·서리층의 예술 취향이 19세기 중·후반에는 심미적 세련과 고아한 격조, 의취(意趣)를 각별히 중시하는 쪽으로 팽창되어 간다.37) 뿐만 아니라 18세기 후반부터 새로운 시조음악 수용의 한 패턴으로 등장한 패턴은 음악에 대한 고상한 취미, 고아하고 유장한 격조, 높은 수준의 감상력을 지니고 있었다. 가객들은 시조 수용층들의 고상하고 우아하며 격조 높은 예술적 요구에 부응하기 위하여 새로 사설을 가다듬고 악곡을 정비하는 데 온갖 노력을 기울

---

34) 신경숙, 앞의 논문, 757-758쪽.
35) 장사훈, 『시조음악론』, 서울대출판부, 1986, 149쪽.
36) 김흥규, 「19세기 전기 판소리의 연행환경과 사회적 기반」, 『어문논집』 제30집, 고려대 국어국문학연구회, 1991, 14-15쪽.
37) 김흥규, 앞의 논문, 26쪽.

였던 것이다. 이러한 과정에서 장시조는 더욱 세련되고 우아하고 귀족적인 경향을 추구하게 되어, 전대의 장시조들이 새로운 악곡에 따라 재편성될 때 이러한 경향과 거리가 있는 작품들은 제외되었을 가능성이 크다.

시조가 주로 연행되던 곳은 풍류방이나 풍류장이었으며, 이런 곳에서는 원래 줄풍류나 영산회상과 같은 기악곡이 연주되고 성악으로는 줄풍류 악사들의 반주에 맞추어 정악인 가곡·시조·가사를 부르는 것이 일반적이었다. 그러나 유만공의 〈세시풍요〉에는 '편가(篇歌)의 곡이 파하자 잡가(雜歌)조로 변해간다'[38]라고 적고 있어, 18세기 후반에 이르면 이러한 풍류장에 민속악인 잡가가 가곡과 함께 연행되었다는 사실을 알 수 있다. 이뿐만 아니라 19세기 박효관·안민영의 시대가 되면 이러한 풍류놀이에 판소리까지도 함께 불린다는 사실을 여러 곳에서 확인하게 된다.

八十一歲 雲崖先生 뉘라 늑다 일엇던고
童顔이 未改ᄒᆞ고 白髮이 還黑이라. 斗酒을 能飮ᄒᆞ고 長歌을 雄唱ᄒᆞ니 神仙의 밧탕이요 豪傑의 氣像이라. 丹崖의 셜인 닙흘 히마당 사랑ᄒᆞ야 長安 名琴名歌들과 名姬賢伶이며 遺逸風騷人을 다 모와 거나리고 羽界面 흔밧당을 엇겨러 불너닐졔 歌聲은 嘹亮ᄒᆞ야 들샏티ᄉᆞᆯ 날녀닉고 琴韻은 冷冷ᄒᆞ야 鶴의 춤을 일의현다. 盡日을 迭宕ᄒᆞ고 酩酊이 醉흔 後의 蒼壁의 불근 입과 玉階의 누른 곳츨 다 각기 썻거 들고 手舞足蹈 ᄒᆞ올젹의 西陵의 히가 지고 東嶺의 달이 나니 蟋蟀은 在堂ᄒᆞ고 萬戶의 燈明이라. 다시금 盞을 씻고 一盃一盃 ᄒᆞ온 후의 션솔이 第一名唱 나는 북 드러노코 牟宋을 比樣ᄒᆞ야 흔밧탕 赤壁歌를 멋지게 듯고나니 三十三天 罷漏솔이 식벽을 報ᄒᆞ거널 携衣相扶ᄒᆞ고 다 各기 허여지니 聖代에 豪華樂事ㅣ 이 밧긔 쏘 잇ᄂᆞᆫ가   ─후략─
─ 안민영, 『금옥총부』 178

---

38) 주) 21 참조.

이 작품은 박효관이 명금(名琴)·명가(名歌)·명희(名姬)·현령(賢伶)·유일풍소인(遺逸風騷人)을 청하여 한바탕 풍류를 노는 내용을 안민영이 노래한 것이다. 이 풍류놀이에는 박유전(朴有田)·손만길(孫萬吉)·전상국(全尙國) 등과 같은 판소리 광대들이 함께 참여하였다는 설명이 있는데,39) 작품의 내용으로 미루어 볼 때 이들은 이 풍류놀이에서 판소리 〈적벽가〉를 불렀던 것이 틀림없다. 특히 가곡의 올바른 곡조가 민절(泯絕)하는 것에 대하여 개탄스러움을 이기지 못하여, '어찌 옛날의 현인 군자로서 정음 외의 딴짓을 하는 자가 있겠는가.'40)라고 말하던 박효관과 같은 가객도 풍류의 장에서 가곡과 판소리를 함께 즐기고 있으니, 이 시기에 접어들면 풍류의 장에 민속악인 판소리가 수용된 것은 일반화된 현상으로 보아야 할 것이다.

이처럼 정악인 가곡을 연행하는 풍류장에 민속악인 잡가나 판소리의 수용이 일반화되자, 지금까지 풍류장에서 장시조가 담당하던 역할을 이들 민속악이 대신하게 된 것으로 보인다. 즉 풍류장에서 가곡과 시조 그리고 가사와 같은 정악만 연행되던 때에는 풍류장의 흥취를 고조시키는 역할을 정격보다는 변격인 장시조가 주로 맡아왔으나, 풍류장에 민속악인 잡가와 판소리가 수용되면서부터 이러한 역할은 오히려 장시조보다는 역동적이며 활력이 있는 이들 민속악이 담당하게 된 것이다. 따라서 장시조는 이들 민속악에 밀려 새로운 길을 모색할 수밖에 없었다. 즉, 장시조는 이들 민속악과는 다른 미를 추구할 수밖에 없었으며, 그 선택은 정악이 더욱 정악다워지는 것이었다. 그러므로 이 시기의 장시조는 가곡 자체가 지니고 있던 유장성·고아성·귀족성을 추구하게 되었으며, 이러한 가곡 본래의 성격과는 거리가 있었던 장시조는

---

39) 庚辰秋九月 崔朴先生景華 黃先生子安 請一代名琴名歌名姬賢伶遺逸風騷之人 …중략… 千與孫·鄭若大·朴用根·尹喜成 是賢伶也 朴有田·孫萬吉·全尙國 是當世第一唱夫 與牟宋相表裏 喧動國內者也. 『금옥총부』작품 178 해설.

40) 奚有古昔賢人君子 爲正音之餘派者 余不勝慨歎其正音之泯絕 屢抄歌閱 爲一譜 標其句節高低長短點數 俟后人有志於斯者 爲鑑準焉. 朴孝寬,〈歌曲源流跋〉.

이 과정에서 탈락하게 되었다. 그 결과 19세기의 장시조는 평시조의 주류적 미의식에 더 접근하게 된 것이다.

5. 마무리

본고에서는 장시조가 노래로 연행되었다는 사실에 주목하여 18·19세기에 장시조가 연행될 수 있었던 음악적 기반을 밝혀내고, 이러한 연행예술로 이행되는 과정에서 나타나는 문학적 변모 양상과 그 의미를 고찰함으로써 장시조의 문학적 성격을 해명하고자 하였다. 지금까지 논의된 바를 요약하여 마무리로 삼는다.

1. 장시조를 창사로 하는 가곡의 변격 곡조들은 대개 18세기 중엽부터 서서히 분화·발달하기 시작하여 18세기 후반에는 본격적으로 발달하였다. 이것은 이 시기에 경제적으로 크게 성장한 중·서층들이 시조의 새로운 수용층으로 등장하여 가악 중심의 풍류생활을 영위하면서, 풍류의 장에서 이미 있었던 노래를 반복적으로 가창하는 것에 만족하지 않고, 새로운 형태로 변주시키는 시도를 반복하는 가운데 자연스럽게 가곡의 곡조가 분화·발달하게 된 것이며, 장시조도 이때부터 본격적으로 가곡창의 창사로 연행되었음을 밝혔다.

2. 장시조를 창사로 하는 가곡의 변격 곡조들이 급속하게 분화·발달하여 18세기 후반에는 체제가 갖추어진 가곡의 한바탕이 형성되었다. 이것은 장시조를 창사로 하는 가곡의 변격 곡조들이 완전히 정립되었음을 의미하는 것이며, 동시에 장시조가 연행의 장에서 연행될 수 있는 음악적 기반을 확실하게 확보한 것이었다고 하겠다.

3. 장시조를 창사로 하는 가곡의 변격 곡조들이 이처럼 짧은 시간내에 급속하게 분화·발달하게 된 것은 18세기 중엽에 접어들면서 장시조를 연행하던 풍류의 성격이 소비적·향락적·유흥적으로 변화되었으며 이에 따라 장시조에 대한 인식의 변화가 뒷받침되어 있었기 때문임을 밝혔다.

4. 〈송실솔전〉에 한역되어 수록된 〈취승곡〉과 〈황계곡〉 두 작품이 장시조

작품임을 밝히고, 서평군과 실솔과의 음악적 교유를, 양반 사대부들이 가객을 통하여 새로운 음악을 수용하고 가객들이 개발한 장시조를 창사로 하는 새로운 가곡창이 양반 사대부층에 전파된 한 사례로 파악하였다. 이를 통하여 서평군과 같은 패트런이 음악에 대한 특별한 관심과 고상한 취미 그리고 폭넓은 이해를 바탕으로 하여 새로운 음악인 장시조를 창사로 하는 가곡창을 수용함으로써, 장시조를 창하는 새로운 가곡창은 사대부들 사이에 널리 확산될 수 있었으며, 또 그들의 풍류의 장으로까지 그 연행 공간을 넓혀 나갈 수 있었던 것으로 보았다.

5. 18세기의 장시조와 19세기의 장시조 사이에는 형식미의 추구, 평시조적 미의식에로의 근접이라는 변별적 차이가 나타나는데 본고에서는 이것이 장시조의 연행과 밀접한 관련을 가진다고 파악하였다. 즉, 장시조의 수용층은 양반 사대부층과 중인·서리층인데, 이들의 예술 취향이 19세기 중·후반에는 세련되고 고상한 취향을 중시할 뿐만 아니라, 18세기 후반부터 새로운 시조음악 수용의 한 패턴으로 등장한 패트런의 높은 예술적 요구에 부응하기 위하여 장시조는 더욱 세련되고 우아하고 귀족적인 경향을 추구하게 되어, 전대의 장시조들이 새로운 악곡에 따라 재편성될 때 이러한 경향과 거리가 있는 작품들은 대개 제외되었을 것으로 보았다.

6. 18세기 후반에서 19세기에 이르면 정악인 가곡을 연행하는 풍류장에 민속악인 잡가나 판소리의 수용이 일반화된다. 따라서 장시조는 이들 민속악과의 경쟁에서 밀려 민속악과는 다른 미를 추구하였는데, 그것은 정악은 더욱 정악다워지는 것이었다. 그러므로 이 시기의 장시조는 가곡 자체가 지니고 있던 유장성·고아성·귀족성을 추구하게 되었으며, 그 결과 19세기의 장시조는 평시조의 주류적 미의식에 더 접근하게 된 것이다.

『도남학보』, 제15집, 도남학회, 1996.

II. 조선후기 가객의 유형과 그 문학적 의의

1. 머리말

조선후기 시조문학을 이해하는 데 가장 주목해야 할 사항은 이 시기의 시조문학을 주도한 '가객(歌客)'의 존재이다. 조선후기에 문학의 향유계층이 확대·변화되면서 시조문학에서도 그 주도권이 양반 사대부계층에서 중인층으로 옮겨졌으며, 그 가운데에서도 특히 중인가객들이 시조문학을 주도하였다. 그들은 시조의 창작과 가창에 주도적으로 참여하였을 뿐만 아니라, 가단을 결성하고 가집을 편찬하였으며, 시조의 다양한 창법을 개발하면서 시조 문학의 발달에 크게 기여하였다.

이러한 인식에 따라 조선후기 시조문학 연구에서 가객의 존재는 언제나 그 중심에 놓여 있었으며, 가객의 출현 배경, 가객의 신분계층과 그들 상호간의 관계, 가객의 문학 및 가악활동, 그리고 가단의 결성과 가집의 편찬 등 여러 방면에서 주목할 만한 성과를 거둔 것이 사실이다. 그러나 가객들의 신분이 대개 중인 서리계층이기 때문에 이들에 관한 구체적인 자료가 남아 있는 것이 거의 없으며, 또 관련 문헌이나 자료가 있다 하더라도 그것은 대개 단편적이거나 소략한 것이기 때문에 가객의 연구에는 일정한 한계가 있었다.

이러한 자료의 제약 때문에 가객의 성격에 대한 이해의 관점이 다양할 뿐만 아니라, 심지어 연구 결과마저 서로 상반되는 경우도 적지 않다. 특히 가객들은 다양한 유형으로 존재하면서 각각 독특한 가악활동을 해나갔을 것으로 짐작되지만, 단편적이고 제한된 자료로써 가객 전체에 대한 사항을 재구성하여 일반화한 결과, 실상과는 괴리를 보이고 있는 실정이다. 예를 들면 "가객들은 각종 연회나 풍류객들의 놀이 등에 초청되어 풍류를 놀아주고, 그 대가로써 생활의 방편으로 삼았기 때문에 시간이 흐름에 따라 시조는 그 본래 지니고 있던 유장성·고아성·귀족성을 탈피하여, 연행의 장에서 상품화하여 점점 유흥적인 노래로 변모하게 된다."라고 하는 일반화의 결과는, 최근 사설시조를 대상으로 계량적으로 분석한 결과 19세기로 내려올수록 세태시·희화적 특성은 감소하는 반면 서정시적 경향이 증대되고 있다는 실증적인 사실과는 상당한 거리가 있는 것이다. 이것은 가객들의 다양한 유형과 그 활동에 대한 변별성은 접어두고 단편적이고 제한된 자료로써 가객 전체를 일반화하여 모든 가객을 동질적으로 파악한 결과 일어난 현상이라 생각된다.

따라서 본 연구에서는 이러한 사실을 감안하여 조선후기 가객들을 유형별로 파악하여 그 변별적 성격을 확인하고, 각 유형의 성격과 구체적 활동양상 그리고 그 문학적 의의를 밝힘으로써 가객의 존재 양상에 대해 재검토하고, 이를 바탕으로 가객을 중심으로 전개된 조선후기 시조문학을 새롭게 인식하는 데 기여하고자 한다.

이를 위하여 먼저 가객의 개념을 명확하게 한 다음, 이들의 성격과 그 활동 양상을 정리하여 그에 따라 이들을 유형별로 구분하고 각 유형별 특성을 파악한다.

널리 알려진 바와 같이 조선후기에는 예술의 수요가 증대되고 예술의 수용층에도 변화가 오는 등, 예술 전반에 대한 새로운 환경이 조성되면서 시조는 연행예술로 발전되어 갔다. 이 과정에서 가객들은 어떤 방식으로 대응하였으며, 어떠한 활동을 벌였는가 하는 것을 파악하여 각 유형의 특성과 구체적 활동 양상을 해명하고자 한다.

이러한 기반 위에서 가객의 유형을 통시적으로 조명함으로써 각 유형이 변화된 양상을 검토하고, 이러한 변화의 원인과 결과를 해명함으로써 각 유형이 가지는 문학적 의의를 밝히고자 한다.

2. 가객의 개념

조선후기 가객에 관한 가장 종합적인 정보를 제공하고 있는 문건은 주씨본(周氏本)『해동가요(海東歌謠)』에 수록된 '고금창가제씨(古今唱歌諸氏)'조일 것이다. 이 '고금창가제씨'조는 김수장(金壽長, 1690-?)의 서문과[1] 숙종·영조조의 창가자(唱歌者) 56명의 명단으로 구성되어 있어 가객 연구나 당시 가악계의 상황을 살피는 데 아주 귀중한 자료임에 틀림없다. 그러나 '고금창가제씨' 서문은 편자가 이 명단을 작성하게 된 의도와, 연령순에 의하여 가창자의 명단을 기록하고 있음을 밝히고 있을 뿐이다.

> 옛부터 노래하는 이는 많지 않았다. 간혹 있다 해도 후세 사람들은 누가 노래를 잘했으며, 그들의 성명은 무엇이며 어느 때의 사람인지를 알지 못한다. 한 번 가면 다시 오지 못하니 어찌 슬프지 아니한가. 고금의 노래하던 이의 성명을 기록하고자 하니, 나이대로 쓰고 반드시 노래의 우열로써 쓰지 않으려 한다. 망령되게 월평을 본받아 이를 써서 천 년 후까지 없어지지 않게 길이 전하려 하니 어찌 좋은 뜻이 아니겠는가.[2]

즉, 이 서문은 가창자들의 이름이 오랜 후세에까지 민멸(泯滅)되지 않도록 하겠다는 명단 작성 의도와 이 명단이 나이 순서대로 작성되었음을 밝히고 있

---

1) 최동원은 張福紹 後序의 記名,『해동가요』의 편찬시 記名 방식, 가창자 56명의 면면, 김수장의 가악계에 대한 관심도, 당시 가창인과의 교유 등으로 미루어 '고금창가제씨'의 편자를 김수장으로 추정하였다. 최동원,「숙종·영조기의 가단연구」,『고시조론』, 삼영사, 1980, 237쪽.
2) 自古歌者不多而 間或有之 後世莫知其某某之能唱而 未知其何姓名及何時代之人 一歸必不復來 豈不哀哉 余欲記其古今歌者之姓諱 年齒書之 必不以歌之優劣書之 妄擬月評 千載後壽傳不泯 豈非好意也哉. 김수장,〈古今唱歌諸氏序〉

을 뿐, 가창자 56명의 명단 선정 기준이나 이들 사이의 구체적인 관련성 등에 대해서는 전혀 언급하고 있지 않다. 뿐만 아니라 서문에 이어서 기록된 가창자 56명의 명단도 성명과 그 아래 그들의 '자(字)'나 관직명과 같은 단순한 사실만 밝히고[3] 있을 뿐 그들의 인적 사항이나 구체적인 내력에 대한 것은 전혀 알 수가 없도록 되어 있다. 그러므로 '고금창가제씨'조가 비록 가객에 관한 가장 종합적인 정보를 담고 있는 자료이기는 하지만, 이 속에서 가객의 기준이나 성격 또는 그들의 활동 양상 등에 대한 기록은 전혀 찾을 수 없다.

따라서 '가객'이라는 용어의 개념이나 성격도 이 자료를 바탕으로 다른 관련 문헌들을 고찰하여 이해하는 방법밖에 없다. 이에 최동원은 '고금창가제씨'에 나타난 가창자 56명 중 24명과 이들 외에 숙·영조기의 가창자로 확인된 19명에 대하여 각종 문헌을 통해서 개별적으로 검토하여 그 신원을 확인하고, 이들 상호간의 연관관계, 신분계급 및 활동상황 등을 면밀하게 고찰하였다. 이러한 사항을 바탕으로, '가객'은 창의 기능이 어느 수준 이상인 전문가로서 여항(閭巷)의 한객(閑客)으로 풍류로 악기를 연주하고 노래를 창하던 민중음악인인데, 이들의 신분계층은 대체로 서리출신이라는 사실을 밝히고, 또 이 가객이 직업은 아니었으나 생활의 방편이기는 하였다고 보았다.[4]

이러한 가객에 대한 의미 규정은 오늘날 학계에서 일반적으로 통용되는 가객의 개념과 대체로 일치하고 있지만,[5] 이 개념 자체가 당대의 문헌 속에 명확하게 규정된 것이 아니라 당시의 문헌에 산견(散見)되는 여러 기록을 바탕으로 유추해낸 것이기 때문에, 연구자에 따라서는 가객의 개념에 대하여 시각

---

3) 성명 다음에 '字' 대신에 관직명을 밝히고 있는 경우는 許珽(承旨), 張炫(知事), 李廷爕(副率) 등 세 사람뿐이다.

4) 최동원, 앞의 논문, 294-296쪽.

5) 심재완이 '가객작가군'으로 분류한 18명의 가객작가들은 모두 이러한 성격을 그대로 지니고 있음을 확인할 수 있다. 심재완, 『시조의 문헌적 연구』, 세종문화사, 1972, 280쪽 참조.

의 차이를 드러내기도 하는 것이 현실이다.

가객이 '가창의 전문가'라는 사실에는 모두 동의하고 있지만, 가객의 신분이 '서리층'에 한정되는가와 가객이 과연 직업이 될 수 있는가 하는 문제는 여전히 논란거리로 남아 있다. 정무룡은, 가객은 '성률에 정통하며 신성(新聲)을 개발하고 탁월한 가창력으로 전문 기능인의 성예를 얻어 연행해 준 후사금으로 생계를 이으며, 한 권 이상의 가보를 보유하고 제자의 육성에 헌신하는 자'라고 정리하고, 신분이나 관직의 고하는 가객의 자격 요건이 아니라고 주장하였다.[6] 그는 실제로 '고금창가제씨'의 맨 첫머리에 나오는 허정(許珽)을 사족 출신 가객으로 인정하여 가객의 판단 여부를 신분상의 제약보다는 가창의 전문성에 더 비중을 두어 판단하였다.

또 박규홍은 '가객은 관에 소속된 가인들이 아닌, 민간에서 노래에 대한 수요를 충족시키는 것을 업으로 한 일군의 사람들'이라 해야 할 것이라 하면서, 그것이 주업이든 부업이든 '노래 부르는 것을 업으로 삼는다'는 직업성을 강조하여 가객의 개념을 파악하였다.[7] 그러나 그는 기녀들은 노래 부르는 것을 업으로 삼았지만 이에서 제외하고 가객이라면 남자에 한정되어야 한다고 하였다. 반면 신경숙은 '가객이라 함은 노래를 전문적 또는 전업적으로 하는 예능인을 지칭한다.'라고 하여 그 전문성에 중점을 두어 가객의 개념을 파악하면서, 노래를 전문으로 하는 이들에는 남성창자 외에 여성창자 곧 기녀도 포함되며 오히려 여성창자인 기녀의 활동은 시기적으로, 수적으로, 그리고 광범한 존재형태로 보나 가객보다 우선하는 경우가 더 많았다고 전제하면서 '가객'의 범주에 이들을 모두 포함시켜야 한다고 주장하였다.[8] 이처럼 연구자에 따

---

6) 정무룡, 「조선조가객연구」, 동아대학교 박사논문, 1992, 177쪽.
7) 박규홍, 「가객과 가단에 관한 몇 가지 문제점 고찰」, 『시조학논총』 제9집, 한국시조학회, 1993, 50~51쪽.
8) 신경숙, 「정가가객 연구의 자료와 연구사 검토」, 『한국학연구』 제8집, 고려대 한국학연구소, 1996, 179쪽.

라서 가객의 개념이 달라질 수밖에 없는 이유는, 가객의 개념 자체가 당대의 문헌 속에 명확하게 규정된 것이 아니라 여러 문헌에서 산견되는 단편적이고 제한된 자료를 바탕으로 성격을 일반화하여 그 개념을 규정함으로써, 연구자에 따라서 그 강조점이 서로 달랐기 때문이다.

그러나 우리가 '가객'이라는 특정 용어를 학문적으로 규정할 경우에는 개개인이 지닌 특정한 능력에 초점을 맞추기보다는 이들이 문학사나 예술사에 끼친 변화나 영향 등을 중점적으로 살펴야 할 것이다. 즉 가객이란 조선후기라는 사회적 변혁의 시기에 나타나 새로운 문학이나 예술의 주체로 활약한 새로운 인간형을 지칭하는 역사상의 개념으로 보아야 한다. 단순히 '선가자(善歌者)'나 '가창자'를 총칭하는 일반적인 의미로 가객의 개념을 규정할 것이 아니라, 이들은 전대의 선가자나 가창자와는 구분되는 활동을 전개하고 그 결과 이들의 등장이 바로 새로운 문학 · 예술의 출발을 의미하기 때문에 이들에게 특정한 역사상의 의미를 부여하여 가객이라 명명하여야 할 것이다.

다시 말하면 조선전기의 사대부들 가운데도 '선가자'라 불리는 사람들은 다수 있었지만[9] 이들을 모두 가객이라 부를 수는 없다. 왜냐하면 이 사대부들이 시조를 노래한 것은 대개 '유흥'이나 '취미'와 같은 여기(餘技)의 차원에서 자족적인 취미 활동으로 이루어졌는데, 사대부 사이의 이러한 자족적 취미 활동은 교양있는 선비로서 심회와 감흥을 스스로 표현하여 즐기고, 뜻이 맞는 동일 신분층의 사람들과 나누는 개인적, 집단적 자기 확인의 문화적 제도로 이들에게는 전문 예술가의 의식이 스며들 여지가 없음은 물론, 기예(技藝)에 대한 과도한 집착도 부정적으로 간주되었기 때문이다.[10]

그러나 가객들은 한시를 정통의 문학으로 인정하고 시조는 '시여(詩餘)'라 하며 여기(餘技)로 가창을 즐기던 사대부들과는 사정이 달랐다. 그들도 처음

---

9) 박규홍, 앞의 논문, 49쪽 참조.
10) 김흥규, 「조선후기 예술의 환경과 소통구조」, 『한국사회론』, 사회비평사, 1995, 418쪽.

에는 사대부들처럼 자족적인 취미 활동의 일환으로 가악활동을 전개하였으나, 사대부와는 신분이 다른 그들에게 가악은 다른 어떤 것보다 소중한 것으로 그들 생활의 중요한 한 영역으로 자리잡았다. 따라서 가악은 그들에게 단순한 취미의 수준을 넘어 평생의 사업으로까지 삼고 살아갈 만큼 애착을 가지고 평생 매달리게 된 대상이었다.[11] 따라서 그들은 시조를 여기(餘技)로 여기던 사대부들과는 달리, 가악을 하나의 예술로 인식하면서 가악의 전문가로 성장하게 되어 시조의 창작과 가창에 주도적으로 참여하였을 뿐만 아니라, 가단을 결성하고 가집을 편찬하였으며, 시조의 다양한 창법을 개발하면서 시조 문학과 음악의 발달에 크게 기여한 것이다.

이러한 점에서 가객은 노래를 전문으로 하는 기녀와도 뚜렷이 구분된다. 사대부들이 일반적으로 가악을 향유할 때는 기생이나 가비(歌婢)로 하여금 노래하게 하고 자신들은 그것을 듣고 즐기는 방식을 취했다. 따라서 기녀들은 일찍부터 노래를 그들의 업으로 삼았던 것이 사실이지만, 가창을 주로 담당하는 '기녀'나 '가비'들은 모두 사대부에게 예속된 신분이었기 때문에 이들이 가악을 연행하는 것은 하나의 기능인으로서의 역할을 담당한 것이었다. 특히 사대부가 직접 기녀에게 창을 가르쳐서 노래하게 한 기록까지 있는 점[12]으로 미루어 보아, 사대부들은 이들에게서 전문 예술가의 창의적인 의식을 요구한 것이 아니라 기능인적 숙련을 요구하였다고 보아야 할 것이다. 그러므로 가창하는 기능만을 숙달하여 사대부에 봉사하던 기녀들은 노래를 평생의 사업으로 삼고 전문가적 자부심을 지니고 독창적인 가악활동을 하였던 가객들과는 명

---

11) 功名이 긔무엇고 辱된 일 만흔이라/ 三杯酒 一曲琴으로 事業을 삼아두고/ 이죠흔 太平烟月에 이리결이 늙을리라. 金天澤, 『海周』 417.
心性이 게여름으로 書劍을 못일우고 / 稟質이 迂疎흠으로 富貴를 모르거다 / 七十載 이우려 어든거시 一長歌인가 흐노라. 金壽長, 『海周』 519.
12) 여증동, 「17세기 '조선 노래' 연구 −노래를 가르친 이승형을 중심으로」, 『시조론』, 일조각, 1978 참조.

확하게 구분하여야 할 것이다.

이상에서 살펴본 바와 같이 가악을 유흥이나 취미와 같은 여기(餘技)의 차원에서 자족적으로 즐기던 사대부나, 이들 사대부에 예속되어 가창의 기능을 익혀 그들에게 봉사하는 단순한 기능인의 역할만을 담당했던 기녀들과는 달리, 가객은 신분적으로는 중인·서리층으로서 전문가적 자부심을 지니고 가악에 전념하면서 독창적인 가악활동을 전개하였던 새로운 유형의 예술인이었다. 다만 가객이 직업이었는지 그렇지 않았는지 하는 것은 가객의 유형에 따라 서로 달랐다고 생각된다.

3. 가객의 유형과 그 성격

가객들의 활동을 온전하게 살필 수 있는 자료는 거의 없다고 하여도 과언이 아니다. 이들은 대다수가 서리층이기 때문에 문집은 물론이거니와 이들에 관한 변변한 전(傳)마저 제대로 남아 전하는 것이 없는 실정이다. 따라서 가계는 물론 이들의 생평(生平)조차도 완전하게 밝혀진 인물이 드물 정도이다. 이들의 활동을 어렴풋이나마 짐작할 수 있는 자료는 각 가집의 서(序)·발문(跋文) 그리고 야담집이나 다른 문집에 산견(散見)되는 이들에 관한 기록 등이다. 그러나 이들 자료들은 대개 일화 중심으로 소략한 것이거나 단편적인 것이기 때문에 이것을 통하여 가객의 활동에 대한 전반적인 양상을 파악하기는 상당한 어려움이 있다.

이런 자료상의 한계를 극복하기 위해서는 이 가객들을 활동 양상에 따라 몇 개의 유형으로 나누어 이해할 필요가 있다. 왜냐하면 당시 가객들은 다양한 유형으로 존재하면서 각각 독특한 가악활동을 전개해 나갔을 것으로 짐작되지만, 지금까지의 연구는 단편적이고 제한된 자료로써 가객 전체에 대한 사항을 재구성하여 일반화한 결과, 실상과는 상당한 거리를 보이고 있기 때문이다. 예를 들면 '가객이 과연 직업이었는가 아니었는가' 하는 문제는, 어떤 유형의 가객들은 직업이라 할 수 없고 어떤 유형의 가객들은 생활의 방편이기도 하였을 것이지만, 단편적인 특정한 자료에 근거하여 전체를 일반화하여 모든 가객을 동질적으로 파악한다면 서로 상반된 결과에 도달할 수도 있는 것이다.

이에 따라 최근에는 가객의 활동을 단일하게 파악하지 않고 두 가지 유형으로 파악하여야 한다는 견해가 제기되었다. 신경숙은 사설시조 연행의 존재 양상을 논의하는 자리에서 가객은 시조라는 예술에 눈뜨고 이에 정진하는 부류와 시조 기예가 벌이가 되는 두 가지 경우가 존재하므로 이는 구별되어야 한다고[13] 주장하고, 이어지는 연구에서 가자(歌者)의 존재 방식은 동류집단 내에서 풍류 활동의 일환으로 연행하는 동호인적 형태와 동류가 아닌 별도의 감상자층의 만족을 위해 연행하는 패트런적 형태의 두 가지 유형이 있음을 밝히고 이들의 특색을 고찰하였다.[14]

지금까지 가객의 활동 유형은 단일한 형태로 이해되어 왔으나, 신경숙의 이러한 일련의 연구를 통하여 동호인형과 패트런형의 서로 다른 두 가지 유형이 공존하고 있다는 사실이 해명되었으며, 이를 바탕으로 가객의 이해에 한걸음 더 다가갈 수 있게 되었다.

본 장에서는 이러한 업적에 바탕을 두고 조선후기 가객들을 몇 개의 유형으로 파악하여 그 변별적 성격을 확인하고, 각 유형의 성격과 구체적 활동양상을 고찰하고자 한다.

1) 동호인형

조선후기에 접어들면서 생산성의 향상, 상품 화폐경제의 발달, 상공업의 발전, 그리고 서울의 도시적 성장이라는 사회·경제적 환경의 변화로 인하여,

---

13) 신경숙, 「사설시조 연행의 존재 양상」, 『홍익어문』 제10·11합집, 홍익어문연구회, 1992, 747쪽.
14) 신경숙, 「정가 가객론」, 『한국학연구』 제9집, 고려대 한국학연구소, 1997, 105-111쪽.

생활양식이 바뀌고 의식 수준이 향상됨에 따라, 예술적 수준이 전반적으로 높아지고 문화적 욕구도 다양해졌다.15) 이에 따라 이들은 그들의 취미생활이나 풍류생활에 소용되는 음악도 더 높은 수준의 것, 더 새로운 것을 요구하게 되었으며, 그들의 이러한 음악적 욕구를 충족시키기 위해 이 시기에 가창을 전문적으로 담당한 가객이 새롭게 등장하였다.

가객이 처음 출현하게 된 시기는 대개 17세기 중엽부터라고 추정되는데16) 이들은 '가벽(歌癖)'이 있었다는 그들의 고백처럼17) 처음에는 자족적인 취미 · 예술 활동의 일환으로 가악활동을 전개하였으며, 그 규모도 개인적이거나 소규모의 동호인들의 모임에서18) 풍류로 거문고 반주에 맞추어 가곡창에 시조를 얹어서 즐기는 형식이었다.

> 백함(伯涵)은 이미 노래를 잘 불러 능히 새 노래[新聲]를 지을 수 있었다. 또한 거문고의 명인 전악사와 더불어 '아양지교'를 맺어 전악사는 거문고를 타고 백함은 이에 응하여 노래하니 그 소리가 맑게 울려 가히 귀신을 감동케 하며 화기를 불러일으키니 두 사람의 기예는 당세의 절묘라 할 만하다. 내가 일찍이 마음속의 근심이 병이 되어 그것을 풀 길이 없었는데,

---

15) 18세기 예술 전반의 변화에 대해서는 아래 논문을 참고하였다.
   이우성, 「18세기 서울의 도시적 양상」, 『한국의 역사상』, 창작과 비평사, 1982.
   임형택, 「18세기 예술사의 시각」, 『우전신호열선생고희기념논총』, 창작과 비평사, 1983.
   박희병, 「조선후기 예술가의 문학적 초상」, 『대동문화연구』 제24집, 대동문화연구소, 1992.
   김흥규, 「조선후기 예술의 환경과 소통구조」, 『한국사회론』, 사회비평사, 1995.
16) 권두환, 「18세기의 가객과 시조문학」, 『진단학보』 제55집, 진단학회, 1983, 113쪽.
17) 余嘗癖於歌 裒集國朝以來名人里巷之作. 金天澤,〈金聖器作品後序〉
   余年老心聞 素有歌癖者 久矣. 金壽長,〈金振泰作品後序〉
   我亦有歌癖 而卓君大哉 李君舜卿之歌 每於欽羨矣. 金壽長,〈金友奎作品後序〉
18) 신경숙은 17세기 말에서 18세기 초에 해당하는 동호인형 초기에는 가객들의 활동이 대체로 개별적인 것이었다고 지적한 바 있다. 신경숙, 「사설시조 연행의 존재 양상」, 『홍익어문』 제10 · 11합집, 홍익어문연구회, 1992, 752쪽.

백함이 전악사와 함께 와서 이 가사를 노래하였는데, 나는 이 노래를 듣고
울적한 마음을 다 풀 수 있었다.[19)]

이 글은 김천택이 가악을 연행한 실황을 짐작할 수 있게 하는 글이다. 정내
교가 우울할 때 김천택과 전악사가 찾아와 가악으로 이를 풀어 주었다는 내용
이다. 이 자리에 모인 사람은 거문고의 명인인 전악사,[20)] 노래로 이름을 나라
에 떨친[以善歌鳴一國] 김천택, 그리고 정내교이다. 정내교는 당대 최고의 여
항시인으로 바로 『청구영언』의 서문을 써준 사람인데, 그는 한시에 능했을 뿐
만 아니라, '거문고 가락도 널리 알았으며 장가(長歌) 부르기를 좋아하였는데
모두 묘한 경지에 이르렀을' 정도로 가악에 깊은 조예를 가지고 이를 애호했
던 사람이다.[21)] 따라서 이 세 사람의 교유는 바로 가악이라는 공통의 예술취
미를 매개로 하여 이루어진 것이라 생각되며, 이들이 함께 모여 가악을 연주
하고 감상한 것은 바로 동호인끼리의 소모임으로 이해해야 할 것이다.

김천택의 가악을 통한 동호인적 교유는 『청구영언』의 후발(後跋)을 썼던 마
악노초(磨嶽老樵)와의 관계에서도 확인된다. 마악노초가 『청구영언』의 발문
을 쓰기로 허락하면서 "내 평생에 노래 듣기를 좋아했고 더욱이나 그대의 노
래를 즐겨 들어 왔는데, 그대가 노래를 가지고 청하는데 내 어찌 말이 없을
수 있겠는가."[22)]라고 한 말을 미루어 보아 마악노초 역시 김천택의 노래를

---

19) 伯涵旣善歌 能自爲新聲 又與善琴者全樂師 托爲峨羊之契 全師操琴 伯涵和而歌 其聲瀏瀏然
有可以動鬼神而發陽和 二君之技 可謂妙絕一世矣 余嘗幽憂有疾 無可娛懷者 伯涵 其必與全
樂師 來取此詞歌之 使我一聽而得洩其湮鬱也. 鄭來僑, 〈靑丘永言序〉.
20) 위의 인용문 가운데 '全樂師' '全師' '全樂師'가 육당본 『청구영언』의 서문에서는 '金聖
器' '金師' '金樂師' 등으로 표기되어 있어 논자에 따라서는 '전악사'를 '김악사'의 잘못된
표기로 보고 '전악사'를 '어은 김성기'로 보는 견해가 있었으나, 이는 권두환에 의해
'전악사'가 맞는 표기이고 '전악사'는 따로 있었다고 밝혀졌다. 권두환, 「조선후기 시
조가단 연구」, 서울대학교 박사논문, 1985, 52~54쪽.
21) 潤卿旁解琴操 且喜爲長歌 皆極其妙. 李宜叔, 〈浣巖集序〉.
22) 余平生好聽歌 尤好聽女之歌 而汝以歌爲請 吾安得無言. 磨嶽老樵, 〈靑丘永言後跋〉.

즐겨 들었음을 알 수 있다. 마악노초는 '고금창가제씨'에 그 이름이 실려 있는 종실(宗室) 이정섭(李廷燮)이다.[23] 그의 이름이 '고금창가제씨'에 실려 있는 사실과 그 스스로도 '온갖 일 한 가지도 능한 것이 없지만 단가 부르기 하나에는 능하니'라고[24] 말한 것으로 미루어 볼 때, 그 역시 당대 유명한 가창자이며 가악에 깊은 조예를 지니고 있었던 인물임에 틀림없다. 따라서 종실인 이정섭과 김천택의 신분의 벽을 뛰어넘는 이러한 교유 역시 가악이라는 공통의 예술취미를 매개로 이루어진 동호인적 활동에 바탕을 둔 것으로 보아야 할 것이다.

김천택의 경우에서 확인할 수 있는 것처럼 초기의 가객들은 자족적인 취미·예술 활동의 일환으로 가악활동을 전개하였으며, 그 연행 방식도 동호인들끼리 소규모로 모여 풍류로 가악을 즐기는 형식이었다. 그러나 18세기 중엽부터는 중(中)·서층(胥層)들이 경제적으로 크게 성장하면서, 이러한 경제력을 바탕으로 중인층 내에서 문학·음악·회화·서예 등과 같은 다양한 문화활동을 전개하였는데,[25] 이러한 추세에 힘입어 가객들의 가악활동도 크게 활기를 띠게 되었고, 아울러 이들의 활동 공간도 크게 넓어지게 되었다. 이에 따라 초기 소규모의 동호인적 모임은 두 가지 방향으로 확대·발전된다. 첫째는 전기의 가악을 위주로 하던 동호인적 소모임이 시(詩)·서(書)·화(畵)·가악(歌樂) 등이 함께 어우러진 여항인들의 종합적인 풍류마당으로 확대된 경우이고, 다른 하나는 이러한 활동이 순전히 가악 쪽으로 경사되어 동류 가객들 서로간의 집단적이고 유흥적인 풍류의 장으로 발전한 경우이다.

---

23) 김윤조, 「저촌 이정섭의 생애와 문학」, 『한국한문학연구』 제14집, 한국한문학회, 1991, 325쪽.
24) 百事不能短歌 歌終酹酒兀然酲. 〈秋燹三疊〉, 『樗村集』 권1. 여기서는 김윤조, 위의 논문에서 재인용.
25) 18·19세기 京衙前들의 경제적 성장과 예술 활동에 대해서는 강명관, 『18,19세기 경아전과 예술활동의 양상』, 『한국근대문학사의 쟁점』, 창작과 비평사, 1990 참조.

꽃 피고 새 우는 날이거나 국화가 피는 중양절(重陽節)에는 언제나 일대의 시인·묵객(墨客)·금우(琴友)·가옹(歌翁)이 여기에 모여 거문고를 뜯고 혹은 젓대를 불며 혹은 시를 짓고 글씨를 썼다. 그 중에서 여러 노장(老長)들 곧 엄동지 한붕, 나사알 석중, 임선생 성원, 이별장 성봉, 문동지 기주 형제, 송동지 규징 형제, 김첨지 성진, 홍동지 우택, 김첨지 우규, 문주부 한규, 이첨지 덕만, 고동지 시걸, 홍생 우필, 오생 만진, 김생 효갑 등이 매번 시회(詩會) 때면 나에게 시초(詩艸)를 쓰게 하였다.[26]

이 글은 마성린(馬聖麟, 1727-1798)이 여항시단의 풍류생활을 묘사한 글이다. 이 모임의 참석자들은 대개 여항인으로서 신분상으로는 경아전에 속하는 부류들이다. 이 모임은 문맥상으로는 시회(詩會)의 모습을 띠고 있으나, 다만 한시만을 창작하고 읊는 것이 아니라 거문고를 뜯고 노래를 부르며 혹은 시를 짓고 서화에 몰두하는 종합적인 풍류회의 양상을 띠고 있다. 따라서 이들은 시뿐만 아니라 서화나 가악 등과 같은 다양한 취미를 가지고 서로 어울려 이를 함께 즐기는 동호인적 성격이 있었다는 사실을 알 수 있다. 이러한 여항인들의 동호인적 풍류회에 김우규(金友奎)가 참여하고 있다. 김우규는 '고금창가제씨'조에 열록(列錄)된 56명의 창가자(唱歌者) 중의 한 사람이며, 김수장과는 매우 가깝게 지내는 벗으로 세상 사람들이 노래로 일가를 이루었다고 하는 명가객(名歌客)이다.[27] 김우규는 이 풍류회의 구성원으로서 노래로써 이들의 가악적 취미를 만족시켜 주었을 것이다.

---

26) "每當花發鶯啼之辰 菊開重陽之節 一代詩人墨客琴友歌翁來會于此 或彈琴吹笛 或題詩弄墨 而其中諸老卽嚴同知漢朋·羅司謁石重·林先生聲遠·李別將聖鳳·文同知基周兄弟·宋同知奎徵兄弟·金僉正聲振·洪同知禹澤·金僉知友奎·文主簿漢奎·李僉知萬德·高同知時傑·洪生禹弼·吳生萬珍·金生孝甲 每當詩會則使余書詩草." 馬聖麟, 平生憂樂總錄 壬戌年條, 『安和堂私集』 상권. 여기서는 강명관, 위의 논문, 100쪽에서 재인용.

27) 金君聖伯 與我交道甚密 聖伯 自小韻氣豪放 學歌於朴君尙建 未過一歲 能模抑客 又有繡飾之態 世皆謂名揚矣. 金壽長, 〈金友奎作品後序〉, 『靑丘歌謠』.

여항인들의 이러한 다양한 취미 활동에 부응하여 가객들이 이들의 풍류회에 함께 어울리는 경우는 18세기 중엽부터 기록으로 나타나기 시작하여 19세기 후반까지 이어진다. 앞에 인용한 김우규의 기록을 필두로 하여 〈시한재청유설문(是閑齋淸遊說文)〉에서는 가객(歌客) 김묵수(金黙壽)가 시인(詩人)·가객(歌客)·금객(琴客)·화원(畵員) 등이 함께 어울린 풍류마당에 참여하였다는 기록이 있으며, 18세기 중엽 김광익(金光翼)이 주도하던 금란사(金蘭社)라는 시사(詩社)에 여항시인인 동시에 가객인 김진태(金振泰)가 참여하고 있고, 18세기 말엽에는 구로회(九老會)의 구성원으로『동가선(東歌選)』을 편찬한 백경현(白景炫)이 참여하고 있었다는 사실을 확인할 수 있다.[28] 여항시인들의 시사(詩社)에 가객과 시인이 함께 어울리는 이러한 분위기는 매화점 장단을 창안해 낸 장우벽을 거쳐 고종 때까지 이어졌다.[29]

이처럼 여항인들의 동호인적 취미 활동은 점차 그 모임의 규모가 커지고 그 취미의 폭이 가악 이외에 시나 서화 등으로 확대되었지만, 여기에 참여하는 가객들은 김천택의 경우와 마찬가지로 자족적인 취미·예술 활동의 일환으로 가악활동을 전개하였던 것이다.

이러한 여항인들의 종합적인 풍류마당에 어울리는 것과는 달리 가객들의 활동이 순전히 가악 쪽으로 경사되어 가객들 간의 집단적이고 유흥적인 풍류의 장에 참여한 경우도 있다.

노릿갓치 조코조흔줄을 벗님네 아돗든가
春花柳 夏淸風과 秋月明 冬雪景에 彌雲昭格蕩春臺와 南北漢江絶勝處에 酒肴爛熳흔디 조흔벗 가즌 嵇笛 아름다온 아모가이 第一名唱들이 次例로 벌어안자 엇거러 불을쩍에 中흔닙 數大葉은 堯舜禹湯文武갓고 後庭花 樂戱調는

---

28) 이러한 사실은 강명관, 앞의 논문, 101-107쪽 참조.
29) 강명관, 앞의 논문, 105-106쪽.

漢唐宋이 되엿는듸 騷聳이 編樂은 戰國이 되야이셔 刀鎗劍術이 各自騰揚ᄒ
야 管絃聲에 어릐엿다
功名도 富貴도 나몰릭라 男兒의 이 豪氣를 나는죠화 ᄒ노라
                                                    - 김수장, 『海周』548

이 작품은 김수장이 가악을 통한 풍류생활을 노래한 것이다. 노래를 좋아하
는 벗들이 함께 모여 계절마다 경치 좋은 곳을 찾아다니며 풍류를 즐겼는데,
이러한 풍류에는 중대엽(中大葉)·삭대엽(數大葉)·후정화(後庭花)·낙희조
(樂戲調)·소용(騷聳)·편락(編樂) 등과 같은 가곡창을 중심으로 한 가악활
동이 이루어지고 있다. 그런데 이 풍류 모임은 노래를 좋아하는 벗, 즉 가객
들끼리의 동호인적 성격을 띠고 있지만, '가즌 稽笛'이 동원되고 여기에다 기
생까지 참여하고 있으니, 그 규모가 앞의 김천택의 경우와는 비교할 수 없을
정도로 집단화되어 있으며 풍류의 성격도 향락적이고 유흥적으로 변화된 사
실을 확인할 수 있다.

이러한 가악 중심의 풍류생활을 노래한 작품은 김수장뿐만 아니라 김태석
(金兌錫)·임의식(任義植)을 거쳐 19세기의 안민영(安玟英, 1863-1907)에
이르기까지 지속적으로 이어지고 있다.[30] 이것은 가객들 상호간의 동호인적
성격의 가악활동이 일회적이고 우연한 것이 아니라, 이제 가객들의 중요한 가
악활동 유형으로 자리잡았다는 사실을 의미한다고 하겠다.

가객들 상호간의 동호인적 가악활동이 이렇게 규모가 집단화되고 그 성격이
향락적·유흥적으로 변화되기는 하였지만, 그것이 자족적인 취미·예술 활동
의 일환으로 이루어졌다는 점에서 가악활동의 본질이 변한 것은 아니었다.

이상에서 살펴본 것과 같이 초기 소규모 동호인 모임에서나 여항인들의 종

---

30) 이러한 가악 중심의 풍류생활을 읊은 작품은 다음과 같다. 金壽長, 『時全』1898, 2764,
    金兌錫, 『時全』2101, 任義植, 『時全』468, 安玟英, 『時全』2413, 3081.

합적인 풍류마당에서나 혹은 가객들끼리의 집단적이고 유흥적인 풍류놀이에서나 간에, 여기에 참여하는 가객들은 모두 자족적인 취미·예술 활동의 일환으로 가악활동을 전개한 동호인형 유형이라 할 수 있다.

이들 동호인형의 가객들은 노래를 부르고 풍류를 즐기는 행위가 다른 누구를 위한 것이 아니고, 자신의 가악활동에 스스로 만족하거나 동호인 상호 간의 깊은 예술적 교감을 통한 정서적 만족을 추구하는 자족적인 예술 활동을 전개하였다. 이들은 처음에는 자족적인 취미·예술 활동의 일환으로 가악활동을 시작하였으나, 조선후기 사회·경제적 환경의 변화로 인하여 생활양식이 바뀌고 의식 수준이 전반적으로 향상됨에 따라 예술적 수요가 증가하고, 특히 중·서층들이 경제적으로 크게 성장하면서 이들은 가악에만 전념할 수 있었다. 이렇게 되자 이들에게 있어서 가악은 일시적 풍류나 취미의 수준을 넘어 노래를 평생의 사업으로까지 삼고 살아갈[31] 만큼 그 의미가 달라졌다. 이제 이들은 시조를 여기(餘技)로 여기던 사대부들과는 달리, 가악을 하나의 예술로 인식하면서, 일종의 예도정신(藝道精神)을 지닌 가악의 전문가로 성장하게 되었다.

가악의 전문가로 성장한 동호인형의 가객들은 가악에 대하여 남다른 자부심을 지니게 되었다. 동류 가객들이 함께 어울려 가유행각(歌遊行脚)을 하는 내용을 노래한 김수장 시조에 이러한 자부심이 잘 드러나고 있다.

> 陽春이 布德ᄒ니 萬物이 生光輝라.
> 우리 聖主는 萬壽無疆ᄒᄉ 億兆ㅣ 願戴己ᄒ고 群賢은 忠孝ᄒ야 愛民至治ᄒ고
> 老少에 벗님네도 無故無恙커늘 各妓歌伴期會ᄒ야 細樂을 前導ᄒ고 水陸眞味

---

31) 功名이 긔무섯고 辱된 일 만흔이라/ 三杯酒 一曲琴으로 事業을 삼아두고/ 이죠흔 太平煙月에 이리절이 늙으리라. 金天澤, 『海周』 417.
心性이 게어름으로 書劍을 못일우고 / 稟質이 迂疎홈으로 富貴를 모르거다 / 七十載 이우려 어든거시 一長歌인가 ᄒ노라. 金壽長, 『海周』 519.

五六駄에 金剛山 도라들어 絕對名勝求景ㅎ고 …중략… 伽倻ㄱ고 검은고에
가즌 秬笛 섯것는듸 男歌女唱으로 終日토록 노니다가 扶旺寺 긴 洞口에 軍
樂으로 드러간이 左右에 섯는 將丞 分明이 반기는듯 往來遊客들은 못닉 부
러 ㅎ돗드라.
암아도 壽域春臺에 太平閒民은 우리론가 ㅎ노라.

- 김수장, 『海周』 563

동류 가객들이 함께 어울려 금강산으로 가유(歌遊)를 떠났는데, 이러한 가
유행각에 대해서 "往來遊客들은 못닉 부러 ㅎ돗드라"라고 노래하고, 자신들
의 이러한 생활을 "壽域春臺에 太平閒民은 우리론가 ㅎ노라."라고 생각한 것
으로 미루어 볼 때 그들이 자신들의 가악 생활에 만족하고 있고 나아가서는
긍지와 자부심마저 가지고 있었음을 알 수 있는 것이다. 가악에 대한 이러한
자부심이나 긍지는 곧 예도정신으로 이어져, 그들의 예술에 대한 높은 성취를
추구하게 되는 원동력이 되었다.

예술에 대한 이러한 성취 욕구 때문에 풍류의 장에서 이들은 이미 있었던
노래를 반복적으로 가창하는 것에 만족하지 않고, 새로운 시조를 창작하기도
하고, 새로운 창곡을 만들어 내기도 하였다. 즉, 자신들의 풍류 활동을 전개
하는 가운데서 자연스럽게 자신들의 노래말을 새롭게 창작하거나 이미 있던
노래를 새로운 형태로 변주시키는 시도를 반복하면서 새로운 곡조를 만들어
내게 된 것이다. 그들은 시조의 가창과 창작을 함께 병행하면서 시조문학의
발달과 시조의 다양한 창법 개발에 크게 기여하였다.

그러나 동호인형 가객들은 그들의 예술에 대한 자부심과 긍지를 지니고 이
처럼 높은 수준의 예술적 성취를 추구하였지만, 가악에 대한 물질적 대가를
전제하지는 않았다. 초기의 동호인형 가객들은 자족적인 취미 · 예술 활동의
일환으로 가악활동을 전개하였고, 그 이후 여항인들의 풍류마당이나 가객들
상호 간의 유흥적인 풍류놀이에 참여한 동호인형 가객들은 그들 자신의 경제

적 성장을 바탕으로 활동하였기 때문에 그들에게 경제적 대가는 필요하지 않았으며, 오히려 예술에 대한 이러한 경제적 대가는 그들의 예도정신에 위배되는 행위로까지 간주되었다.

그들은 다만 예술 활동에 대한 대가로 자기 만족이나 동호인 상호 간의 깊은 예술적 교감을 통한 정서적 만족만을 추구하게 된다. 정내교나 마악노초가 김천택을 평하여 '남파 김군은 명창으로서 온 나라에 명성을 떨치고 있다. 성률(聲律)에 뛰어날 뿐만 아니라 문예를 닦았다.'[32]라거나, '천택은 사람됨이 자세하고 명확하며 유식하여 시 삼백 편을 욀 수 있으니 단순한 가자(歌者)가 아니다.'라고[33] 한 말들은, 예술에 대한 이해를 바탕으로 그와 예술적 교감이 이루어졌을 때 나올 수 있었던 것이었다. 아울러 이러한 예술적 교감이나 이해가 있었기 때문에 이들은 김천택이 『청구영언』을 편찬하였을 때, 기꺼이 서문과 발문을 써 주었던 것이다. 김천택도 그들의 예술적 교감과 이해에 바탕을 둔 이러한 교유와 인정에 대하여 크게 만족하였을 것이다.

2) 패트런형

18세기 중엽에 접어들면서 서울 여항·시정의 도시민적 취미 내지 향락 소비 생활의 발전으로 새로운 음악의 수요가 창출되고 제반 연예 활동이 활발하게 전개되자 여기에 부응하여 제 나름의 기예를 파는 일을 업으로 하는 새로운 예능인들이 출현했다. 양반 사대부 가운데는 경제력을 바탕으로 자신의 심화된 예술적 욕구를 충족하기 위해 가객이나 악사들을 경제적이나 예술적으로 후원하고 그 대가로 이들의 가악을 즐기는 패트런이 나타났다.[34] 이 시기

---

32) 南坡金君伯涵 以善歌鳴一國 精於聲律 而兼攻文藝. 鄭潤卿, 〈青丘永言序〉.
33) 澤爲人 精明有識 解能誦詩三百 盖非徒歌者也. 磨嶽老樵, 〈青丘永言後跋〉.
34) 조태흠, 「18·19세기 장시조 연행의 기반과 그 문학적 의미」, 『도남학보』 제15권, 1996 참조.

패트런은 이런 예능인들을 후원하여 예술의 새로운 존재 형태를 발생시켰다.[35] 패트런의 존재는 가악 분야에도 나타나 가객들을 후원하면서 당시의 가악 예술을 주도하게 된다.

> 심용(沈鏞)은 재물에 대범하고 의(義)를 좋아하며, 풍류로운 생활을 스스로 즐겼다. 일세의 가신(歌姬)·금객(琴客)과 술꾼이며 시인들이 몰려들어, 문전성시를 이루고 연일 손님들이 벅적거렸다. 장안의 잔치와 놀이에 심공을 청하지 않고는 벌일 수 없을 지경이었다.[36]

> 당시 서평군(西平君) 공자(公子) 표(標)는 부자로 호협(豪俠)하였으며, 성품이 음악을 좋아하는 분이었다. 실솔의 노래를 듣고 좋아하여 날마다 데리고 놀았다. 매양 실솔이 노래하면 공자는 으레 거문고를 끌어 당겨 몸소 반주를 하는 것이었다. 공자의 거문고 솜씨도 또한 일세에 높았으니 서로 만남이 더없이 즐거웠다. … 중략 … 공자가 음악을 좋아했으므로 일시의 가객들인 이세춘·조욱자·지봉서·박세첨 같은 사람들이 동류로 매일 공자의 문하에서 놀아, 실솔과는 친구로 사이들이 좋았다.[37]

심용(沈鏞)은 음악에 대한 높은 안목과 경제력을 가지고 여러 예능인들을 후원하면서 가악계에 엄청난 영향력을 행사하면서 당대의 풍류예술을 주도하였는데, 그는 가객 이세춘(李世春)과 금객(琴客) 김철석(金哲石), 기생 추월

---

35) 임형택, 「18세기 예술사의 시각」, 『우전신호열선생고희기념논총』, 창작과 비평사, 1983, 376쪽.
36) 沈陝川鏞 疎財好義 風流自娛 一時之歌姬琴客酒徒詞朋 輻輳並進 歸之如市 日日滿堂 凡長安宴遊 非請於公 則莫可辦也.〈風流〉, 이우성·임형택,『이조한문단편집(중)』, 일조각, 1978, 200쪽.
37) 時 西平君 公子標 富而俠 性好音樂 聞蟋蟀而悅之 日與遊 每蟋蟀歌 公子必援琴 自和之 公子琴亦妙一世 相得甚驩如也 … 중략 … 公子旣好音樂 一時歌者 若李世春·趙燠子·池鳳瑞·朴世瞻之類 皆日遊公子門 與蟋蟀又善.〈末蟋蟀〉, 이우성·임형택, 위의 책, 220-221쪽.

(秋月) · 매월(梅月) · 계섬(桂蟾) 등의 패트런이었다. 서평군은 음악을 애호하였을 뿐만 아니라 그 자신이 거문고로 일세의 명성을 얻었을 정도로 가악에 조예가 깊은 인물이었는데, 이 서평군의 문하에서는 실솔을 비롯하여 일시의 가객들인 이세춘 · 조욱자 · 지봉서 · 박세첨 등도 후원을 받고 있었음을 알 수 있다. 이러한 패트런은 심용이나 서평군 이외에도 낙창군(洛昌君) · 서기공(徐妓公) · 이정보(李鼎輔)[38] 등과 같은 인물이 더 있었으며, 19세기에는 대원군과 그의 아들 우석공(又石公) 같은 강력한 패트런이 존재하였다.

이러한 패트런의 후원을 받으며 가악활동에 임한 가객들을 패트런형 가객이라고 하는데, 이들은 패트런의 음악적 요구에 응하여 가악활동을 해야 했다. 그런데 패트런들은 가악에 대한 높은 기량을 지니고 있거나 음악에 대한 고상한 취미와 높은 수준의 감상력을 지니고 있었기 때문에 가객들은 이들의 예술적 요구에 부응하기 위하여 더 높은 기량을 연마하고 새로운 음악을 창출해 내기 위해 부단한 노력을 기울여야 했다.

뿐만 아니라 패트런이 등장하기 시작한 18세기 중엽에는 가악의 수용층이 확대되어 이에 대한 수요의 증대는 곧바로 가객들의 수적 성장을 촉진하게 되었다.[39] 이러한 가객들의 수적 증가는 그들 사이의 질적 차별성을 드러내게 되어,[40] 패트런이나 가악의 수용층은 노래 잘하는 '명창(名唱)'을 선별해서

---

38) 太史李公鼎輔老休官聲伎自娛, 公妙解曲度, 男女諸善唱者, 多出門下, 最愛纖, 常置左右, 奇其才, 實無私好.〈桂纖傳〉, 김영진,「효전 심노숭 문학 연구」, 고려대학교 석사논문, 1996, 38쪽에서 재인용.

39) 최동원은「숙종 · 영조기의 가단 연구」에서 숙종 · 영조기 가창자 75명을 들고, 이 가운데 43명에 관하여 각종 문헌 기록을 통하여 개별적인 고찰을 한 바 있다. 최동원,『고시조론』, 235-298쪽.

40) 예술수요의 증가와 도시의 발달이라는 요인은 전문 예능인 수적, 질적 성장을 촉진하는 자양분 역할을 했다. 수요가 공급의 증대를 불러 일으키고 예술공급의 증가는 그 자체 안에서 질적 차별성을 드러내게 되며, 이 차별성에 대한 사회적 평가 보상 위에서 특출한 기예를 지닌 전문예능인들이 활동할 수 있는 터전이 확장된 것이다. 김흥규, 앞의 논문, 422쪽.

찾는 경향이 나타나게 되었다.

〈계섬전(桂纖傳)〉에는 18세기의 기생인 계섬이 명창으로 이름을 얻자 각종 연회나 놀이판에 그녀가 없으면 부끄럽게 여겼다는[41] 내용이 있으며, 〈김성기전(金聖器傳)〉에서도 '잔치하는 집에서 아무리 예인들을 많이 불러도 김성기가 빠지면 흠으로 여겼다'[42]는 기록이 있다. 이뿐만 아니라 18세기에는 '철의 거문고', '안의 젓대', '동의 장구', '복의 피리' '유우춘·호궁기의 해금' 등과[43] 같이 각 분야에서 최고의 기량을 지닌 전문 예인들이 널리 알려졌다. 이와 같은 사실로 미루어 본다면 18세기 예술의 수요 증가가 공급의 증가를 함께 유발하여 예인들 사이의 질적 차별화를 불러온 이러한 현상은 이 시기 예술계의 일반적인 분위기였다고 보아도 무방할 것이다.

이러한 분위기 아래서 패트런이나 가악의 수용층이 여러 가객들 가운데 '명창'이나 '선가(善歌)'로 이름난 최고의 가객을 찾아 그들을 후원하거나 초청하려는 이러한 경향은 많은 가객들 사이에 질적 차별성을 유발하는 동기를 제공하게 되어 가객들은 자기의 기량을 연마하기 위하여 각고의 노력을 기울이게 된다.

　　실솔은 소시부터 노래 공부를 하여서 이미 소리를 얻은 후 급한 폭포가 크게 떨어져 쏟아지는 곳으로 가서 매일 노래를 불렀다. 한 해 남짓 계속하자 오직 노래 소리만 들리고 폭포소리는 없었다. 다시 북악산 꼭대기로 올라가 아득한 공중에 기대어 넋 나간 듯 노래를 불렀다. 처음에는 소리가

---

41) 桂纖京師名唱也, 本松禾縣婢, 世縣吏, 爲人優如, 眼溜亮如照, 七歲父死, 十二歲母死, 十六歲隷主家丘史學唱頗自名, 侯家曲宴·俠少郡歡, 無纖恥之.〈桂纖傳〉, 김영진, 앞의 논문. 38쪽에서 재인용.
42) 人家會客讌飮 雖衆伎充室 而無聖器 則以爲歉焉 然 聖器 家貧浪遊妻子不免飢寒.〈金聖器〉, 이우성·임형택, 앞의 책.
43) 於是而有鐵之琴 安之笛 東之腰鼓 卜之觱篥 而柳遇春扈宮其 俱以奚琴名.〈柳遇春〉, 이우성·임형택, 앞의 책.

흩어지고 모이지 않던 것이 한 해 지나매 사나운 바람도 그의 소리를 흩지 못했다.[44]

실솔은 서평군이 후원하는 가객인데, 위와 같은 끊임없는 수련 과정을 거친 뒤에야 비로소 여러 사람이 모인 자리에 나아가 노래를 불러 '선가'라는 명칭을 획득하게 된다. 이처럼 가객들은 '명창'이나 '선가'의 명성을 얻기 위하여 오랫동안의 수련과 끊임없는 기예의 연마과정을 거쳐 자신들의 가창 능력을 최고의 수준으로 향상시키려고 노력한 결과 가창의 전문가로 성장하게 된 것이다. 따라서 이러한 패트런의 등장에 따른 새로운 예술의 수용 방식은 동호인형과는 또 다른 측면에서 가창의 세련화 · 고급화를 불러왔던 것이다.

즉, 동호인형 가객들이 예도정신에 입각하여 시조의 창작과 가창을 병행하였음에 비하여 패트런형 가객들은 가창에만 주력하고 있는데, 이것은 패트런들이 가객에게 요구한 것이 작가로서의 창작 능력이 아니라 음악인으로서의 가창의 능력이었기 때문이다. 패트런들은 시조의 최종 향유자였는데, 이 때 시조는 독서물로 그들에게 제시되는 것이 아니라, 음악화한 연행물로 제시되었다. 따라서 패트런형 가객들은 시조의 창작보다는 가창에만 전념하여 가창의 전문가가 되었던 것이다.

패트런들은 자신이 후원하는 가객들로부터 가악을 제공받는 대신 이들에게 직접적인 경제적 후원은 물론 다른 가악의 수용자를 소개하기도 하여 중개 · 후원하기도 하였다.[45]

---

44) 蟋蟀自少學爲歌旣得其聲 往急瀑共春砂薄之所 日唱歌 歲餘惟有歌聲 不聞瀑流聲 又往于北岳顚 倚縹緲 怡惚而歌 始?析不可壹 歲餘飄風不能散其聲. 〈宋蟋蟀〉, 이우성 · 임형택, 앞의 책.

45) 김흥규는 연희를 즐기는 이가 대가를 직접 지불하지 않고 호협한 풍류 양반이나 부호에게의 중개 · 후원으로써 보상하는 이런 경우는 패트런형의 특수한 변이형이라 하였다. 김흥규, 「19세기 전기 판소리의 연행환경과 사회적 기반」, 『어문논집』 제30집, 고려대 국문학연구회, 1991, 36쪽.

어느 날 심공이 가객 이세춘과 금객 김철석, 기생 추월·매월·계섬들과 초당에 앉아서 거문고와 노래로 밤이 이슥해 갔다. 심공이 말하였다.

"너희들 평양에 가 보고 싶지 않으냐?"

"가 보고 싶은 마음은 간절하오나 아직 못 가 보았사옵니다."

"평양은 단군·기자 이래로 오천 년의 문물이 번화한 고도이다. 그림 가운데 강산이요, 거울 속의 누대라, 가위 국중 제일이니라. 나 역시 아직 가보지 못했구나. 내가 들으니 평양감사가 대동강 위에서 회갑 잔치를 벌인다구나. 평안도 모든 수령들이 다 모이고 명기, 가객이 뽑혀 오는데 육산주해(肉山酒海)를 이룬다고 벌써부터 선성이 대단하다. 아무 날이 바로 잔칫날이라는 구나. 한 번 걸음에 심회를 크게 발산할 뿐더러 전두로 돈과 비단을 많이 받아 올 것이니 이 어찌 양주학(楊州鶴)이 아니겠느냐?"

모두 손뼉을 치며 기뻐하고 곧 길채비를 해서 떠났다.[46]

그들은 이러한 가악활동의 대가로 '돈과 비단을 많이 받아 올 것'을 전제하고 있을 뿐만 아니라, 실제로 이날 거의 '만금'에 가까운 돈을 상금으로 받았다. 따라서 패트런형의 가객들은 동호인형 가객들과는 달리 직접적이든 간접적이든 일정한 대가를 전제로 가악활동을 하였다고 생각된다. 이러한 대가를 전제로 하였기 때문에 이들은 실제 가악활동에서도 수용자의 반응을 의식하지 않을 수 없었다.

모 대감이 가객·금객 및 기생을 급히 불러 일행이 그 댁에 도착하여 문안을 드리자 대감은 부드러운 언사 한마디도 없이 바로 노래를 시켰다. 일행은 도무지 흥이 나지 않았으나 마지못해 노래를 부르는데, 곡이 아직 끝나기도

---

46) 一日 沈公 與歌客李世春 琴客金哲石 妓秋月·梅月·桂蟾輩 會於草堂 琴歌永夕 公謂諸人曰 汝輩欲觀西京乎 皆曰 有志未就 沈公曰 平壤自檀箕以來 五千年繁華之場也 畵中江山 鏡裡樓臺 可謂國中第一 而吾亦未之見焉 吾聞箕伯 設回甲宴於大洞江上 道內諸邑咸集 且選名妓歌客 肉山酒海先聲大播 將於某日 開宴云云 一擧足卽非但大疎暢 亦必多得纏頭之金帛 豈非楊州鶴乎 諸人雀躍相賀 遂治裝啓行.〈風流〉, 이우성·임형택, 앞의 책; 202쪽.

전에 대감이 노기를 대발하여 꾸짖었다.

"너희들, 전에 이판서 댁 연회에선 노래며 풍악이 시원해서 썩 들을 만
하더니 지금은 소리가 낮고 가늘며 느즈러져서 싫어하는 기색이 완연하구
나. 흥취라고는 조금도 없다. 내가 음률을 모른다고 하여서 그러는 것이냐?"
추월이 영리해서 얼른 눈치를 알아차리고 발명을 했다.
"연회가 이제 시작된 참이라서 소리가 우연히 낮게 나왔사옵니다. 죄송
하오이다. 다시 한 번만 기회를 주신다면 구름을 뚫고 들보를 뒤흔드는
소리가 금방 울려 나오도록 해 보겠습니다."
대감은 특별히 너그러운 용서를 베풀어 다시 부르도록 했다. 그들은 서
로 눈짓을 하고 자리에 나아가서 대뜸 우조(羽調)를 발했다. 잡사(雜詞)를
고창하되 어지러이 부르고 잡스러이 화답하니 도무지 곡조가 아니었다.
대감은 대단히 흥겨워서 부채로 책상을 두드리며 부르짖었다.
"좋다, 좋아! 노래란 마땅히 이래야 될 게 아니냐."47)

기생 추월(秋月)이 자신들의 젊은 날, 어느 몰풍류한 대감의 집으로 불려가
노래했던 장면을 노경에 회상한 것이다. 이 때 대감 댁에 함께 간 인물들은
추월을 비롯하여 가객 이세춘, 금객 김철석, 기생 계섬·매월 등으로 이들은
심용의 후원 아래 활동하는 당대 최고의 기량을 지닌 가악단이다. 그러나 가
악을 제대로 이해하지 못하는 대감 때문에 이들은 '잡사(雜詞)'를 고창(高唱)
하고 어지럽고 잡스럽게 화창하여 '곡조가 아닌' 노래를 부를 수밖에 없었던
것이다.

---

47) 汝輩向日李宅之筵 鉉歌寥亮 可聽 今則低微而緩細 顯有厭色 一無興趣 以吾之不解音律而然
歟 秋月慧黠 已曉其矣 謝日初筵之聲 偶爾低微 知罪知罪 更若試之 憂雲繞樑之聲 頃刻順生
矣 大監特賜寬恕使之更唱之 妓客相與瞬之入座 直發羽調雜詞 大聲唱高 胡叫亂嚷 全無曲
調大監大樂之 以扇拍案日 善哉善哉 歌不當若是耶.〈回想〉, 이우성·임형택, 앞의 책,
206쪽.

이것은 패트런형의 가객들이 어떤 대가를 전제로 가악활동을 하였기 때문에 수용자의 요구에 따를 수밖에 없었음을 말해주는 것이다. 동호인형 가객의 경우에는 가악을 이해하지 못하는 감상자 앞에서 가악활동을 할 기회도 없었겠지만, 설사 그런 기회가 있었다 하더라도 가악에 대한 그들의 긍지와 자부심이 이렇게 잡사를 고창하고 곡조가 아닌 노래를 가창하는 것을 용납하지 않았을 것이다. 이런 측면에서, 18세기 초엽의 가객은 예도에 정진하고 있다는 자부심을 가지고 그의 기예를 이해하는 자들과 교유하면서 자신의 사회적 지위를 구축하고 있었던 가객이라면, 18세기 중엽의 가객들은 후원자의 보살핌과 초청자의 사례로 어느 정도 경제적 여유는 누렸으나 사회적인 지위 면에서는 다시금 상층 문화권에 예속되는 기능인으로 전락하는 양상을 보여준다[48]고 한 지적은 바로 동호인형 가객과 패트런형 가객 사이의 차이를 시기적으로 밝힌 결과라고 보아도 무방할 것이다.

그러나 패트런형 가객들이 비록 어떤 대가를 전제로 노래하고 수용자의 기호에 따라 가악활동을 전개했다 하더라도 그들이 정당한 대가를 받을 수 있는 현실이 아직은 아니었던 것 같다. 앞에 예를 든 몰풍류한 대감의 경우에 그의 기호에 맞추기 위하여 '잡사'를 고창하고 곡조가 '아닌' 노래를 불렀지만 이들에게 돌아온 것은 박주에 건포가 전부였다. 또 이들이 동대문 밖 연미동의 한 음관(蔭官) 집에 불려가 노래했을 때도 그 대가는 탁주 한 잔씩에 불과하였다.[49]

따라서 이 패트런형 가객들은 가악 수용자들의 풍류방이나 연회의 자리에 부름을 받고 그들 앞에서 노래를 불렀으나, 이 경우 노래에 대한 대가가 일정

---

48) 권두환, 「18세기의 '가객'과 시조문학」, 『진단학보』 제55호, 진단학회, 1983, 120-122쪽.
49) 一卽 一皂隸來招曰 吾宅進賜 使之招來矣 咆喝無數 遂與琴歌客隨往 卽東門外燕尾洞 有草屋入柴門 卽單間房外無軒 只有土階 土階之上 設草席一立 使坐其上而絃歌之 主人卽麤袍破笠面目可憎有 着宕巾 與鄕客數人 對坐房中 職卽蔭官也 歌數関 主人揮手止之曰 無足聽也 饋以濁酒一盞 飲訖曰退去 遂辭歸. 〈回想〉, 이우성·임형택, 앞의 책, 207쪽.

하거나 반드시 전제된 것은 아니었다. 이것은 예술에 상품 경제의 원리가 도입되는 초기 단계를 반영하고 있는 것으로 아직은 가객과 그들 고객 사이에 완전한 시장의 기능은 적용되지 않았던 것이다. 따라서 가객들은 여전히 경제적인 것의 대부분을 패트런의 후원에 의존하고 있었다고 보아야 할 것이다.[50]

3) 복합형

동호인형 가객과 패트런형 가객들은 서로 공존하면서 각기 다른 형태로 활동해 왔으나, 19세기에 접어들어 최상층부의 패트런이 등장하여 동호인형 가객들을 후원하게 됨으로써 이 두 유형은 서로 복합되는 양상을 보이게 된다. 가장 두드러진 예를 든다면 대원군이나 우석공의 후원을 받았던 박효관과 안민영의 경우이다.

> 당시에 우대(友臺) 모모 노인들이 있었는데 또한 모두 당대 소문난 호걸들이었다. 계(稧)를 만들어 노인계(老人稧)라 하였다. 또 호화롭고 부귀한 사람들과 유일(遺逸)·풍소지인(風騷之人)들이 계를 맺어 승평계(昇平稧)라 하였다. 오로지 환오(歡娛)와 연락(讌樂)을 일삼았는데 선생(박효관; 필자주)이 사실상 맹주(盟主)였다.[51]

안민영이 박효관과 함께 가악활동을 전개하던 노인계와 승평계를 소개하고 있는 글이다. '노인계'는 당대의 '호걸지사(豪傑之士)'의 모임이며, '승평계'는 '호화(豪華)·부귀자(富貴者)'와 '유일(遺逸)·풍소지인(風騷之人)'의 모임으

---

50) 신경숙은 당시 가객이나 예인들의 삶에서 예능의 물질적 대가가 미미한 수준에서 이루졌음을 전제하고 당시 예능인들의 생활이란 특정 패트런에게 기식하거나 門客의 형태로 존재하였던 것 같다고 지적하였다. 신경숙, 「정가가객 연구의 자료와 연구사 검토」, 『한국학연구』 제8집, 고려대 한국학연구소, 1996, 212쪽.
51) 時則有友臺某某諸老人 亦皆當時聞人豪傑之士也 結稧曰老人稧 又有豪華富貴及遺逸風騷之人 結契曰昇平稧 惟歡娛讌樂是事 而先生實主盟焉. 安玟英, 〈金玉叢部自序〉.

로 모두 박효관을 맹주로 삼고 '환오(歡娛)'와 '연락(讌樂)'을 즐겼다고 한다. 이들이 이 모임을 통하여 즐긴 환오와 연락에 가악이 중심이 있었음을 다음 시조를 통하여 쉽게 확인할 수 있다.

八十一歲 雲崖先生 뉘라늑다 일엇던고
童顔이 未改ᄒ고 白髮이 還黑이라. 斗酒을 能飮ᄒ고 長歌을 雄唱ᄒ니 神仙의 밧탕이요 豪傑의 氣像이라. 丹崖의 셜인 닙흘 히마당 사랑ᄒ야 長安 名琴名歌들과 名姬賢伶이며 遺逸風騷人을 다 모와 거나리고 羽界面 흔밧당을 엇겨러 불너닐계 歌聲은 嘹亮ᄒ야 들쏏티쓸 날녀닉고 琴韻은 冷冷ᄒ야 鶴의 춤을 일의현다. 盡日을 迭宕ᄒ고 酩酊이 醉흔 後의 蒼壁의 불근 입과 玉階의 누른 곳츨 다 각기 썻거 들고 手舞足蹈 ᄒ올적의 西陵의 히가 지고 東嶺의 달이 나니 蟋蟀은 在堂ᄒ고 萬戶의 燈明이라. 다시금 盞을 씻고 一盃一盃 ᄒ온 후의 션솔이 第一名唱 나는 북 드러노코 牟宋을 比樣ᄒ야 흔밧탕 赤壁歌를 멋지게 듯고나니 三十三天 罷漏솔이 싀벽을 報ᄒ거널 携衣相扶ᄒ고 다 各기 허여지니 聖代에 豪華樂事ㅣ 이 밧긔 쏘 잇ᄂ가
다만적 동천을 바라보아 ○○○을 싱각ᄒᄂ 懷抱야 어늬긔지 잇스리
　　　　　　　　　　　　　　　　　　　　　　- 안민영, 『金玉叢部』 178

운애(雲崖) 선생을 중심으로 장안의 명금(名琴), 명가(名歌), 명희(名姬), 현령(賢伶), 유일풍소인(遺逸風騷人)들이 모두 모여 밤을 새워가며 한바탕 가악을 질탕하게 즐기고 있으니, 이것이 바로 안민영이 말한 '환오'와 '연락'이라 할 수 있을 것이다. 이러한 환오와 연락이야말로 동호인끼리 가악활동을 하는 가운데 느낄 수 있는 그들만의 기쁨이요 즐거움일 것이다. 따라서 이 두 모임에 나타난 가악활동은 18세기의 자족적인 취미·예술의 일환으로 전개되었던 동호인적 성격을 강하게 띠고 있다. 노인계나 승평계의 모임에서 김수장과 같은 동호인형 가객들의 가유(歌遊) 행각 같은 분위기를 느낄 수 있는 것은 이 두 모임이 이러한 성격을 지니고 있기 때문일 것이다.

특히 위의 노인계에 대하여, 안민영이 "허다한 계회가 4·5년을 지나지 못하여 흔적도 없이 사라졌으나, 오직 '노인계'만은 몇백 년을 계승하여 모든 규모가 오히려 옛적보다 찬란하다."[52]라고 언급한 사실에 근거하여 이들의 활동이 장우벽·김우규·김묵수·백경현·김진태·김시모·김광현 등이 활동한 여항인의 풍류회와 맥이 닿는다는 주장이 제기된 바 있는데[53] 이로 미루어 생각할 때, 이 두 모임의 동호인적 성격을 쉽사리 짐작할 수 있다.

그러나 박효관과 안민명의 활동이 이처럼 자족적인 동호인형의 성격만을 띤 것은 아니었다. 이들의 모임에 때로는 대원군이나 그의 맏아들인 우석공(又石公)을 좌상객으로 모시고, 그들을 위하여 가악을 연행하기도 했다.

> 仁王山下 弼雲臺는 雲崖先生 隱居地라.
> 先生이 豪放自逸하야 不拘少節하고 嗜酒善歌허니 酒量은 李白이요 歌聲은 龜年니라. 風流才子와 冶遊士女들이 구름갓치 모여들어 날마다 風樂이요 씩마다 노릭로다. 잇씩예 太陽舘 又石尙書ㅣ 歌音에 皎如허사 遺逸風騷人과 名姬賢伶들을 다 모와 거나리고 날마다 즐기실제 先生을 愛敬허스 못미칠듯 하오시니
> 아마도 聖代예 豪華樂事ㅣ 이밧게 쏘 어듸 잇스리.
> —안민영, 『金玉叢部』, 165

이 작품은 박효관의 은거지인 필운대에서 노래에 밝은 우석공을 모시고 유일·풍소인과 명희·현령들이 연회를 베푸는 광경을 읊은 시조이다. 이 연회의 좌상객은 우석공이고 이 연회는 그를 위하여 열린 것으로 보이는데 안민영은 이러한 연회를 날마다 즐긴다고 노래하고 있다. 이런 사실로 미루어 볼 때

---

52) 許多禊會 不過四五年無痕 而獨老人禊 繼承幾百年 凡百規模 猶粲於昔日. 安玟英, 『金玉叢部』 65의 해설문.
53) 강명관, 앞의 논문, 106-107쪽.

우석공은 이들의 가악활동을 후원하면서 이들로부터 예술적 욕구를 충족하는 패트런이라고 보아야 할 것이다. 이들은 우석공뿐만 아니라 국태공 즉 대원군을 위하여서도 이러한 연회를 자주 베풀었다는 사실로 미루어 볼 때 박효관과 안민영의 가악활동에는 패트런적 성격도 강하게 나타나 있다는 사실을 확인할 수 있다.[54] 이들처럼 동호인적 성격과 패트런적 성격을 함께 지니고 활동하는 이러한 유형의 가객을 본고에서 따로 한 유형으로 설정하고 복합형 가객이라 하고자 한다.

이처럼 복합형 가객을 따로 설정하는 이유는 우선 복합형이 대원군과 우석공이라는 특정한 패트런의 경우에만 나타나는 특수한 현상이 아니라 어떤 유형성을 띠고 나타날 가능성이 있기 때문이다. 실제로, 박효관과 안민영이 대원군의 후원을 받아 본격적인 활동을 전개하기 이전인 19세기 전반에 이미 이러한 복합형의 가객들이 존재하고 있었다.

육당본(六堂本)『청구영언(靑丘永言)』에는 익종(翼宗)의 정재(呈才)에 참여했던 전문 가객과 상층 인물간의 가악을 통한 교유가 반영되어 있다는 연구가 있었다. 즉, 육당본『청구영언』의 중심은 역시 편찬자로 추정되는 신희문을 비롯한 일군의 가객들과, 그들의 좌상객으로 '제청구영언후(題靑丘永言後)'라는 기록을 써주었던 '광호어부'로 추정되는 김민순과 그 주위의 상층 인물들로 구성된 일군의 가악 집단의 존재에 있었다. 이들이 익종의 정재를 통해 맺게 된 인연을 바탕으로 한 교유를 1830년대 중반 이후 계속 유지해 나가면서, 그들의 가악 생활을 반영하여 편찬된 것이 바로 육당본『청구영언』이라는 것이다.[55] 이 연구에 의하면 신희문을 중심으로 한 일군의 가객들은 동류

---

54) 박효관과 안민영의 활동상황에 대하여 독립적인 유형으로 잡지는 않았지만, 이들의 활동이 동호인형과 패트런형의 두 가지 연행형태와 관련되고 있다는 점은 이미 지적된 바 있다. 신경숙, 「사설시조 연행의 존재 양상」, 『홍익어문』 제10·11합집, 홍익어문연구회, 1992, 754쪽.
55) 김용찬, 「『청구영언』(육당본)의 성격과 시가사적 위상」, 『19세기 시가문학의 탐구』,

가객들 간의 교유에 의한 동호인적 성격과 함께, 이들의 좌상객인 김민순과 그 주위 상층 인물들의 후원을 받으며 가악 생활을 해 나가는 패트런형의 성격을 동시에 지니고 있음을 확인할 수 있다.

19세기 전반에 이처럼 동호인형과 패트런형의 성격을 동시에 지닌 복합형의 가객 유형이 등장한 사실로 미루어 생각할 때, 19세기 후반의 박효관·안민영의 활동 유형은 단순히 대원군이라는 특정한 패트런의 등장에 따른 예외적인 현상이 아니다. 이것은 19세기에 접어들면서 나타나기 시작한 가악 예술의 연행과 그 수용층의 변화라는 관점에서 이해해야 하며, 이러한 관점에서 볼 때, 복합형 가객을 새로운 가객의 활동 유형으로 따로 설정할 필요가 있는 것이다.

이런 복합형 가객들의 활동은 동호인형 가객이나 패트런형의 가객들과는 구별되는 측면이 있다. 우선 이들이 가악으로 교유하는 계층의 범위를 보면, 동호인형 가객들은 여항인의 풍류회나 동류 가객들 자체의 풍류놀이에서 중인층이라는 동일 계층 서로 간의 교유가 중심이 되었고, 패트런형 가객들은 양반 사대부층 패트런의 후원을 받으면서 양반 사대부층이나 중인 부호들의 초청에 응하면서 가악활동을 전개한 반면, 복합형 가객들은 한편으로는 동류 가객들 사이의 교유를 유지하면서 최상층 패트런의 후원으로 최상층 인물들과도 가악활동을 통한 교유를 할 수 있었던 것이다. 이것은 19세기로 접어들면서 가객들이 즐겨 불렀던 가곡의 수용층이 최상층부로 확대된 결과를 반영한 것이라고 볼 수 있다. 아울러 최상층부의 수용자가 등장하면서 이들이 동호인형 가객들의 패트런이 되자 새로운 유형의 가객이 나타날 수 있었던 것이다.

또, 가객들을 후원하는 패트런의 성격도 전기 패트런의 그것과는 상당한 차

집문당, 1995, 76쪽.

이가 있다. 전기 패트런들은 가악에 깊은 조예를 가지고 음악을 애호하였지만 자신들이 후원하는 가객들에게 시조를 지어서 노래하는 것은 요구하지 않고 가악을 감상하거나 자신의 반주에 맞추어 노래하게 하거나, 혹은 다른 풍류장을 소개하는 정도에 그쳤다. 그러나 이 복합형의 패트런들은 이러한 것 이외에도 자신이 후원하는 가객들에게 특정한 노래를 창작하여 부를 것을 요구하기도 하였던 것이다. 실제로 우석공은 안민영에게 그의 호인 '구포동인'을 첫머리로 삼아 삼삭대엽을 지을 것을 명하였고,[56] 이에 따라 안민영은 다음 시조를 지었다.

> 口圃東人은 춤을 츄고 雲崖翁은 노릭헌다.
> 碧江은 鼓琴허고 千興孫은 필릭로다.
> 鄭若大 朴龍根 稽琴 笛소릭에 和氣融風허더라.
>
> — 안민영, 『金玉叢部』 92

일반적으로 예술에 있어서 패트런의 역할로는 경제적인 면 이외에도 사회적 지위의 보장, 정신적 대우, 안정된 예술 소비자 확보 등을 꼽을 수 있지만 그 반대 급부로 예술가에게 특정 유형의 예술 양식을 요구하기도 했는데,[57] 이 복합형 가객들의 패트런은 전기의 패트런형 가객의 경우보다는 더욱 분명하게 그들이 원하는 예술 양식을 요구하였다. 이에 따라 복합형 가객들은 그들의 패트런이 요구하는 작품이나 그들을 위한 작품 활동에 치중하는 특징을 보였던 것이다.

아, 우리들이 성시(聖時)를 맞이하여 함께 태평한 세상을 살아가니 위로는 국태공 석파(石坡) 대인이 계시어 몸소 음률을 다스려 바로 잡고 정련하

---

56) 우석상서 命我以口圃東人爲頭 作三數大葉故 構成焉. 安玟英, 『金玉叢部』 92의 해설문.
57) 김문환 외, 『19세기 문화의 상품화와 물신화』, 서울대출판부, 1998, 82쪽.

시어 후인들로 하여금 환히 밝혀 의심 없게 하시니, 이 어찌 천재일우의 기회가 아닌가. 내가 노래를 짓고 싶은 마음을 금하지 못하여 외람됨을 무릅쓰고 벽강 김윤석 군중과 함께 서로 확인하여 신번(新飜) 여러 편을 짓고, 그것으로 성덕을 노래하여 하늘을 사모하고 태양을 그려내는 정성을 부쳤다. 그러나 재주가 성글고 정성이 보잘 것 없어 말이 대부분 상스럽고 누추했다.58)

안민영은 자신의 패트런이었던 대원군이나 우석공을 위해 새로운 작품을 여러 편 지어서 그것으로 성덕을 노래하여 하늘을 사모하고 태양을 그려내는 정성을 부친다고 하고 있다. 실제로 그의 작품 가운데는 대원군에 관한 것이 18수나 되고, 다시 성상(聖上) 2수, 세자 9수, 부대부인(府大夫人) 3수, 대왕부인(大王夫人) 1수, 우석공 12수, 축궁원루대(祝宮園樓臺) 4수 등으로 그의 패트런이었던 대원군이나 우석공에 관련된 작품이 무려 47수나 되는 것을 알 수 있다.59) 이러한 사실은 가객 자신이 독자적인 예술세계를 구축하기보다도 그 예술 세계가 패트런에게 구속되었다는 것을 보여준다.

그러나 이 복합형 가객들은 패트런에게 전적으로 기생하거나 의지한 것이 아니라, 원래 동호인적 성격을 지니고 있었기 때문에 한편으로는 자신의 독자적 예술 세계를 추구하며 여기에 대단한 자부심을 지니고 있으면서 또 한편으로는 패트런에게 봉사하는 예술 활동도 하였던 것이다. 따라서 이들이 패트런을 따르고 그를 위하여 가악활동을 전개한 것은 그들에게서 경제적 지원을 얻는다는 점도 있었지만 보다 더 근본적인 것은 자신의 예술에 대한 이해와 인간적 이해를 그들에게서 구할 수 있었기 때문이었다. 특히 국태공은 박효관에

---

58) 噫 吾儕生逢聖時 共躋壽域 而上有國太公石坡大老爺 躬攝律呂 調而正之 鍊以精之 使後來之人 皎然無疑 是 豈非千載一時也歟 余不禁作興之思 不避猥越 乃與碧江金允錫君仲相確 而作新飜數闋 詠歌聖德 以寓慕天繪日之誠 然才疎識薆 語多俚俚 安玟英, 〈歌曲源流序〉.
59) 심재완, 「『금옥총부』 연구」, 『청구대학논문집』 제4집, 청구대학, 1961, 44쪽.

게는 '운애(雲崖)'란 호를 지어 내렸으며,[60] 안민영에게는 '구포동인(口圃東人)'이라는 호를 직접 지어줄 정도였으니[61] 이들은 단순한 풍류의 교류를 넘어 정의에 의한 교류에 접어들었다고 하여도 과언이 아니었다.

口圃東人 빛난 身勢 알 니 적어 病되더니
似韻似閑兼得味요 如詩如酒又知音은
石坡公 知己筆端이시니 感激無限하여라

- 안민영, 『金玉叢部』29

안민영은 이러한 국태공의 지우(知遇)에 감격하여 위와 같이 직접 작품으로 그 감격을 노래하기도 하였다. 안민영이나 박효관이 대원군이나 우석공을 따르고 그의 풍류 아래 있었던 것을 보람으로 여기는 이유는 대원군이나 우석공이 이들에게 베풀었던 경제적인 혜택 때문이 아니라, 바로 그들과 '지음(知音)'이며 '지기(知己)'로 교유할 수 있었던 데 있었음을 알 수 있다. 복합형 가객들이 비록 패트런을 위하여 가악활동을 하였지만, 그들은 패트런의 경제적 지원보다는 가악을 통한 예술적 · 인간적 교유를 더 중시하고 있었다는 사실을 여기서 확인할 수 있다.

4. 각 유형의 존재 양상과 그 의의

동호인형 가객들은 그들의 자족적인 취미 · 예술 활동의 일환으로 가악활동을 전개하였는데, 처음에 이들은 개인적이거나 소규모의 동호인 모임에서 주로 활동하였다. 그러나 18세기 중엽부터는 중 · 서층들이 경제적으로 크게 성

---

60) 先生名孝寬 字景華 號雲崖 國太公所賜號也. 安玟英,〈金玉叢部自序〉.
61) 口圃東人 石坡大老所賜號也 余在三溪洞家時 東園後 有口字圃田故 稱口圃東人. 安玟英,『金玉叢部』歌番 92의 해설문.

장하면서 이들의 활동 영역은 점점 넓어져, 소규모의 동호인 모임은 시 · 서 · 화 · 가악 등이 함께 어우러진 여항인들의 종합적인 풍류마당으로 확대되거나 동류 가객들이 참여하는 가악 중심의 유흥적인 풍류의 장으로까지 발전하게 된다. 그러나 이처럼 여항인들의 취미의 폭이 가악 이외에 시나 서화 등으로 확대되거나 가악활동의 규모가 집단화되고 그 성격이 향락적이고 유흥적으로 변화되기는 하였지만, 여기에서 활동한 가객들은 모두 자족적인 취미 · 예술 활동의 일환으로 가악활동을 전개한 동호인형 가객임에는 변함이 없다. 이 동호인형 가객이 17세기 중엽부터 등장하여 19세기 후반까지 지속적으로 그 맥이 이어지고 있음을 볼 때, 가객들의 중요한 가악활동 유형으로 자리잡았다고 하겠다.

한편 18세기 중엽에 접어들면서 서울 여항 · 시정의 도시민적 취미 내지 향락 소비 생활의 발전으로 새로운 음악의 수요가 창출되고 제반 연예 활동이 활발하게 전개되자 여기에 부응하여 가악을 업으로 하는 일군의 가객들이 출현하였는데, 가악을 애호하는 양반 사대부 가운데는 심화된 예술적 욕구를 충족하기 위해 자신의 경제력을 바탕으로 이들을 경제적으로나 예술적으로 후원하고 그 대가로 이들의 가악을 즐기는 패트런이 나타났다.62) 이러한 패트런의 후원을 받으며 가악활동에 임한 가객들을 패트런형 가객이라고 하는데, 이들은 패트런의 예술적 요구에 부응하기 위하여 더 높은 기량을 연마하고 새로운 음악을 창출해 내기 위해 부단한 노력을 경주하여 가악의 전문가로 성장한 사람들이다.

따라서 동호인형 가객들은 자발적인 취미 · 예술 활동의 일환으로 가악활동을 시작하여 그것에 스스로 만족하거나 동호인 상호간의 깊은 예술적 교감을 통한 정서적 만족을 추구하는 반면, 패트런형 가객들은 조선후기 사회 · 문화

---

62) 조태흠, 앞의 논문.

적 환경의 변화로 새로운 음악의 수요가 창출되자 그에 응하여 가악활동을 시작하였는데, 이들은 패트런의 음악적 요구에 맞추어 가악을 제공하고 이들로부터 그 대가를 요구하였다는 점에서 서로 구별된다. 이 두 유형은 그 출발이나 목적에서 현저한 차이가 나기 때문에 그 활동 영역이 서로 다르다고 보아야 할 것이다. 이러한 사실은 18세기 중엽에 동호인형 가객으로 활동한 김수장과 교분이 있었던 창가자 19명의 명단[63] 가운데에는 동시대에 활동했을 것으로 보이는 패트런형의 가객인 이세춘(李世春), 박세첨(朴世瞻), 지봉서(池鳳瑞), 조욱자(趙燠子), 송용서(宋龍瑞)[64] 등의 이름은 전혀 보이지 않는다는 점에서도 확인된다.

그러므로 동호인형 가객이 18세기 중엽 이후에 사회·문화적 환경의 변화로 말미암아 패트런형 가객으로 변화되어 간 것이 아니라, 이 두 유형의 가객들은 18세기 중엽 이후 함께 공존하면서 서로 다른 가악의 수요에 대응하면서 각각의 가악활동을 전개한 것이라 보아야 할 것이다.

동호인형 가객들은 위에서 지적한 바와 같이 소규모 동호인 모임에서 출발하여 여항인들끼리의 종합적인 풍류회, 가객들 상호 간의 풍류놀이 등으로 그 활동 규모가 다소 확대되면서 19세기까지 그 맥을 이어나간다. 이처럼 오랫동안 동호인형 가객 유형이 변질되지 않고 그 명맥을 유지한 것은 동호인형 가객들이 즐긴 가곡이 바로 그들 자신의 계층에 기반을 두고 발달한 예술이라는 점 때문이다.

시조는 원래 양반 사대부가 교양이나 풍류로 즐기던 음악이었으나 조선후기에 접어들면서 경제적으로 성장한 중인·서리계층에 수용되어 이들의 예술로 새롭게 태어나 크게 발달하게 된다. 즉 동호인형 가객들은 처음에는 사대

---

63) 최동원, 앞의 논문, 284쪽.
64) 박희병이 패트런형 가객인 '송실솔'이 '고금창가제씨'조에 보이는 '宋龍瑞'일 가능성을 제시하였다. 박희병, 앞의 논문, 122쪽.

부의 예술인 시조를 수용하여 자족적인 취미·예술 활동의 일환으로 가악활동을 시작하였으나 조선후기 사회·경제적 환경의 변화로 중·서층들이 경제적으로 성장하면서, 이들은 노래를 평생의 사업으로까지 삼고 살아갈 만큼 가악에만 전념할 수 있게 되었다. 이렇게 되자 이들은 시조를 자신들의 계층에 기반을 둔 예술로 크게 발달시킨 것이다.

이에 따라 동호인형의 가객들이 가곡을 가창하고 즐기는 행위는 이제 단순한 취미·예술 활동의 의미를 넘어서 동호인 상호간의 깊은 예술적 교감을 통한 집단적 자기 확인의 문제로까지 인식되었다. 이들은 이와 같은 동호인 활동을 통하여 자신들의 계층간에 강한 유대를 유지할 수 있었고, 19세기로 접어들어서도 이러한 동호인적 활동이 계속될 수 있었던 바탕이 마련된 것이다.

그러나 19세기로 접어들면서 가곡의 수용층이 최상층부로 확대되고 최상층부의 패트런이 등장하여 동호인형 가객들을 후원하게 되면서 이들의 일부가 복합형 가객으로 편입된다. 동호인형 가객들을 후원하였던 최상층부 패트런들은 예술 취향이 더욱 세련되어, 음악에 대한 고상한 취미, 고아하고 유장한 격조, 높은 수준의 감상력을 지니고 있었다. 복합형의 가객들은 패트런들의 고상하고 우아하며 격조 높은 예술적 요구에 부응하기 위하여 새로 사설을 가다듬고 악곡을 정비하는 데 온갖 노력을 기울였던 것이다. 박효관이 가곡의 올바른 곡조가 민절하는 것을 개탄하고 이를 바로 잡기 위하여 『가곡원류』를 편한다[65]라고 말한 것은 바로 이런 맥락에서 이해해야 할 것이다. 복합형 가객들의 이러한 노력의 결과 가곡은 가곡 자체가 지니고 있던 유장성·고아성·귀족성을 추구하게 되었으며, 그 결과 19세기 중·후반에는 장시조마저도 평시조의 주류적 미의식에 더 접근하게 된 것이다.

한편 18세기 중엽부터 활동하던 패트런형 가객들은 자신들의 패트런 이외

---

65) 奚有古昔賢人君子 爲正音之餘派者 余不勝慨歎其正音之泯絶 畧抄歌闋 爲一譜 標其句節高低長短點數 俟后人有志於斯者 爲鑑準焉. 朴孝寬, 〈歌曲源流跋〉.

에도 다른 가악 수용자들의 부름을 받고 그들 앞에서 노래를 불렀으나, 이 경우 노래에 대한 대가가 일정하지는 않았다. 이것은 예술에 상품 경제의 원리가 도입되는 초기 단계를 반영하고 있는 것으로 아직은 가객과 그들의 고객 사이에 완전한 시장의 기능은 적용되지 않았기 때문이다.

만약 패트런형 가객 유형이 더 발전하여 가객과 고객 사이에 완전한 시장의 기능이 도입되었다면 예술의 영역에 무제한적인 경쟁이 시작되고 전통적인 특정한 패트런은 해체되어 그 자리에는 대중들이 새로운 패트런으로 자리잡게 되었을 것이다. 이에 따라 가객들은 새로운 패트런인 대중들의 갈채와 인정을 받기 위한 노력을 계속했을 것이며, 그 결과 시조는 대중예술화되었을 것이다.

그러나 당시 가악계가 이렇게 되지 못한 이유는 그들이 창하는 가곡의 성격상의 한계에서 찾아야 할 것이다. 즉, 시조는 가곡의 창사로서 가곡의 곡조에 얹어서 노래로 향유되는 것이기 때문에 시조의 연행에는 창곡의 성격을 기본적으로 전제하지 않을 수 없는 것이다. 시조를 창사로 하는 가곡은 거문고·가야금·피리·대금·해금·장고 등으로 편성되는 관현반주를 갖추어야 하는 전문가적 음악이며, 또 가곡은 가사 내용보다 그 음악의 유장한 선율 자체를 감상하고 즐기는[66] 대중성이 매우 없는 음악인 것이다.

따라서 가악 예술에 완전한 시장의 원리가 도입된다 하더라도 가곡이 대중의 인기를 얻기는 매우 어려운 실정이었다. 더욱이 19세기 이후 정악인 가곡을 연행하는 풍류장에 민속악인 잡가나 판소리의 수용이 일반화되면서, 유흥 공간에서 정악인 가곡이 민속악과 경쟁하였으나, 역동적이며 활력 있는 민속악이 대중들의 기호에는 더 잘 맞았다. 따라서 가곡은 민속악에 밀려나게 되고 패트런형의 가객들은 그 자리를 판소리 광대나 잡가의 소리꾼에게 내어줄

---

66) 장사훈, 『시조음악론』, 서울대출판부, 1986, 149쪽.

수밖에 없었던 것이다.

5. 맺음말

본고는 조선후기 가객들이 다양한 유형으로 존재하면서 각각 독특한 가악 활동을 해나갔을 것이라는 전제 아래, 가객들의 유형을 파악하여 각 유형의 특성과 그 활동 양상을 해명하고 이러한 기반 위에서 각 유형의 존재 양상과 그 의의를 밝힘으로써 가객을 중심으로 전개된 조선후기 시조문학을 새롭게 인식하는 데 기여하고자 한다. 지금까지 논의된 바를 요약하여 맺음말로 삼는다.

1. 본고에서는 우선 가객은 신분적으로는 중인 · 서리층으로서 전문가적 자부심을 지니고 가악에 전념하면서 독창적인 가악활동을 전개하였던 새로운 유형의 예술인으로 파악하였다. 다만 가객이 직업이었는지 그렇지 않았는지 하는 것은 가객의 유형에 따라 서로 달랐다고 파악하였다.

2. 가객의 유형은 동류집단 간의 자족적인 취미 · 예술 활동의 일환으로 가악활동을 전개한 동호인형과, 패트런의 후원을 받으며 그들의 예술적 요구에 부응하기 위하여 가악활동에 임한 패트런형, 그리고 동호인형과 패트런형의 성격을 동시에 지닌 복합형의 세 가지로 나누어 고찰하였다.

3. 동호인형 가객들은 처음에는 개인적이거나 소규모 동호인 모임에서 주로 활동하였으나, 중 · 서층들이 경제적으로 크게 성장하면서 여항인들의 종합적인 풍류마당이나 동류 가객들이 참여하는 가악 중심의 풍류의 장으로까지 활동 영역을 넓혀 나가면서 19세기 후반까지 그 맥이 이어지고 있음을 확인하였다. 동호인형 가객 유형이 이처럼 오랫동안 그 명맥을 유지한 것은 그들이 즐긴 가곡이 자신들의 계층에 기반을 두고 발달한 예술이었기 때문이라는 사실을 밝혔다.

4. 동호인형 가객들은 가악활동을 통하여 자기 만족이나 동호인 상호 간의 깊은 예술적 교감을 통한 정서적 만족을 추구하였지, 어떤 물질적 대가를 전제하지는 않았다. 따라서 이들은 가악을 하나의 예술로 인식하고, 일종의 예도정신(藝道精神)을 지닌 가악의 전문가로 성장하면서 새로운 시조를 창작하기도 하고 새로운 창곡을 만들어 내기도 하여 시조문학의 발달과 시조의 다양한 창법 개발에 크게 기여하였다.

5. 18세기 중엽에 사회·문화적 환경의 변화로 자신의 경제력으로 가객들을 후원하고 그 대가로 가악을 즐기는 패트런이 나타났는데, 이들의 후원을 받으며 가악활동에 임한 가객들을 패트런형 가객이라고 한다. 패트런들은 이들에게 작가로서의 창작 능력이 아니라 음악인으로서의 가창의 능력을 더 요구하였기 때문에 패트런형 가객들은 패트런의 이러한 요구에 부응하기 위하여 부단한 노력을 경주하여 창작보다는 가창의 전문가로 성장한 사람들이었다.

6. 패트런형의 가객들은 일정한 대가를 전제로 가악활동을 하였으나 당시에는 그 대가가 일정하거나 반드시 전제된 것은 아니었다. 이것은 예술에 상품 경제의 원리가 도입되는 초기 단계를 반영하고 있는 것으로 아직은 가객과 그들의 고객 사이에 완전한 시장 기능은 적용되지 않았던 것이다. 그러므로 가객들은 경제적인 것의 대부분을 패트런의 후원에 의존하고 있었으며, 이에 따라 이들은 실제 가악활동에서 수용자인 패트런의 반응을 의식하지 않을 수 없었다.

7. 19세기 전반부터 동호인형과 패트런형의 성격을 동시에 지닌 복합형의 가객 유형이 등장한 사실은, 대원군과 같은 특정한 패트런의 등장에 따른 예외적인 현상이 아니라 이 시기에 접어들면서 나타나기 시작한 가악 예술의 연행과 그 수용층 변화의 결과라는 관점에서 이해해야 하며, 이렇게 볼 때, 복합형 가객은 유형적 특성을 지니고 있음을 밝혔다.

8. 복합형 가객들은 원래 동호인적 성격을 지니고 있었기 때문에 패트런에

게 전적으로 기생하거나 의지한 것이 아니라, 한편으로는 자신의 독자적 예술 세계를 추구하며 여기에 대단한 자부심을 지니고 있으면서 또 한편으로는 패트런에게 봉사하는 예술 활동도 하였던 것이다. 따라서 복합형 가객들이 비록 패트런을 위하여 가악활동을 하기는 하였지만, 그들은 패트런의 경제적 지원 보다는 그들과의 가악을 통한 예술적 · 인간적 교유를 더 중시하고 있었다는 사실을 확인할 수 있었다.

9. 동호인형 가객들은 취미 · 예술 활동의 일환으로 가악활동을 시작하여 자기 만족이나 동호인 상호간의 예술적 교감을 통한 정서적 만족을 추구한 반면, 패트런형 가객들은 조선후기 사회 · 문화적 환경의 변화로 패트런이 등장하자 이들의 음악적 요구에 맞추어 가악을 제공하고 그 대가를 기대하였다는 점에서 두 유형은 뚜렷하게 구별되기 때문에 그 활동 영역이 서로 다르다고 보아야 할 것이다. 그러므로 동호인형 가객이 사회 · 문화적 환경의 변화로 말미암아 패트런형 가객으로 변화되어 간 것이 아니라, 이 두 유형의 가객들이 함께 공존하며 서로 다른 가악의 수요에 대응하면서 각각의 가악활동을 전개한 것이라 생각된다.

10. 18세기 중엽부터 활동하던 패트런형의 경우에는 예술에 상품 경제의 원리가 도입되는 초기 단계를 반영하고 있는 것으로, 아직은 가객과 그들의 고객 사이에 완전한 시장 기능은 적용되지 않았던 것으로 파악하였다. 패트런형 유형이 더 발전하여 가곡이 대중예술화되지 못한 이유는 시조음악인 가곡 자체의 한계 때문인 것으로 보았다. 특히 19세기 이후 가곡을 연행하는 풍류장에 잡가나 판소리의 수용이 일반화되면서 가곡은 민속악에 밀려나게 되고, 패트런형의 가객들은 그 자리를 판소리 광대나 잡가의 소리꾼들에게 내어줄 수밖에 없었음을 고찰하였다.

이상에서 논의한 가객의 유형과 그 성격 역시 단편적이고 제한된 자료로써 유형별로 일반화하여 정리한 것이다. 따라서 본고에서는 이러한 일반화에 수반되는 오류나 비약과 같은 허점이 존재할 것으로 생각된다. 아울러 위에서 논의한 가객의 유형 이외에도 또 다른 유형이 있었을 가능성도 배제할 수 없으며, 이러한 한정된 자료에도 드러나지 않은 가객에 대하여 구체적으로 어느 가객은 어느 유형에 속할 것인가 하는 문제는 역시 과제로 남는다. 이러한 과제를 해결할 수 있는 자료를 발굴하고 새로운 방법론을 모색해야 할 필요성을 더욱 절감하게 된다.

『한국문학논총』, 제23집, 한국문학회, 1998.

III. 18 · 19세기 훈민시조의 변모와 그 의미

1. 머리말

18 · 19세기의 시조문학을 이해하는 데 가장 주목해야 할 사항은 향유계층의 확대 · 변화이다. 이 시기에는 시조문학의 주도권이 양반 사대부계층에서 중인층으로 옮겨졌으며, 중인계층 가운데서도 특히 서리들을 중심으로 한 가객들에 의하여 시조문학이 활발하게 전개되었다.[1] 그들은 시조의 창작과 가창에 주도적으로 참여하였을 뿐만 아니라, 가단을 결성하고 가집을 편찬하였으며, 시조의 다양한 창법을 개발하면서 시조 문학의 발달에 크게 기여하였다.

한편 이들 가객들은 그 성격상 각종 연회나 풍류객들의 놀이 등에 초청되어 풍류를 놀아주고 그 대가로 생활의 방편을 삼았기 때문에, 시간이 흐름에 따라 시조는 그 본래 지니고 있던 유장성 · 고아성 · 귀족성을 탈피하여, 연행의 장에서 상품화하여 점점 유흥적인 노래로 변모하게 된다.

본고는 '양반 사대부들이 유교 도덕으로써 백성들을 교화하기' 위한 명백한 의도 아래 창작되어 일반 백성들에게 암송(暗誦)의 방식으로 향유되던[2] 훈민시조가 18 · 19세기의 시조문학이 연행예술화되는 과정에서 가객들에 의하여 가창의 방식으로 연행되면서 어떻게 수용 · 변모되고 새롭게 창작되었으며, 또 그 의미는 무엇인가를 파악하는 것을 목적으로 한다.

---

1) 최동원, 「고시조문학사의 시대구분고」, 『고시조논고』, 삼영사, 1990, 29쪽.
2) 윤성근, 「훈민시조연구」, 『한메김영기선생고희기념논문집』, 형설출판사, 1971, 348쪽.

2. 향유방식의 변화와 이원적 전승

훈민시조는 주세붕(周世鵬, 1495-1554)의 〈오륜가(五倫歌)〉(1551년)를 시작으로 하여, 정철(鄭澈, 1536-1593)의 〈훈민가(訓民歌)〉(1580년), 박선장(朴善長, 1555-1616)의 〈오륜가〉(1612년), 김상용(金尙容, 1561-1637)의 〈오륜가〉(1637년 경), 그리고 박인로(朴仁老, 1561-1642)의 〈오륜가〉(1635-1642년 사이) 등, 모두가 16세기 후반에서 17세기 전반기에 이르는 약 1세기 동안에 집중적으로 지어졌다. 그러나 17세기 후반에서부터 18·19세기에 이르는 동안에는 '훈민가'나 '오륜가' 등과 같은 제목을 뚜렷하게 내세우면서 훈민(訓民)이라는 창작의도를 일관되게 내세우는 연시조 형태의 훈민시조가 새롭게 창작되지 않아서[3] 이 시기를 훈민시조의 쇠퇴기로 파악하기도 한다.[4]

그렇지만 18·19세기에 훈민시조가 쇠퇴하였다고 하더라도 그 문학적 의미를 완전히 상실한 것은 아니었다. 이 시기에는 전대의 훈민시조를 수용하여 전승해 가기도 하며, 또 한편으로는 앞 시기와는 다소 다른 모습의 훈민시조가 새롭게 창작되기도 한다. 즉, 전대와 마찬가지로 관(官)에서 〈훈민가〉를 간행·보급하여 백성들에게 유포시키는 경우와, 가객들에 의하여 시조 연행의 현장에서 가창의 형태로 전승되는 경우의 두 가지 서로 다른 방식으로 전승된 것이다.

조선전기에는 관에서 유교 윤리로써 백성을 교화할 필요가 있을 때는 해당 목민관이 직접 훈민시조를 지어서 백성들을 교화하였으나,[5] 17세기 후반에

---

3) 헌종 연간(1800년대 중반)에 주로 활동했을 것으로 짐작되는 趙榥(1882-1934)의 〈훈민가〉 10수가 그의 시조집인 『三竹詞流』에 전하고 있으나, 이 작품은 다른 훈민시조들과는 약 200년 이상의 거리가 있어 훈민시조의 주류로부터는 벗어난 것이라 생각된다.
4) 윤성근, 앞의 논문, 335쪽.
5) 조선전기 훈민시조의 작자들은 모두 백성 교화의 실질적 담당자인 목민관 출신이었다. 훈민시조의 효시가 되는 주세붕의 〈오륜가〉는 그가 황해도 관찰사 시절에 백성들이 풍속에 어두운 것을 보고 윤리를 밝히기 위하여 지은 것이며, 훈민시조의 전범이라 할 수 있는 정철의 〈훈민가〉도 그가 강원도 관찰사로 재임할 당시에 강원도 백성을

접어들어서는 새로운 작품을 창작하는 대신 정철의 〈훈민가〉를 거듭 간행하여 백성들에게 유포하였다. 1658년 백성들을 보다 효과적으로 교화하기 위하여 『경민편(警民編)』 전문을 국역(國譯)하고, 여기에 정철의 〈훈민가〉를 첨가하여 『경민편』을 국역 · 증보한 후 18세기 중엽까지 이 『경민편』을 네 차례나 거듭 증보 · 간행하여 백성들의 교화에 힘썼다.6) 이같은 『경민편』의 보급에 힘입어 이 시기에도 정철의 〈훈민가〉는 백성들 사이에 널리 유포되었을 것이라 생각된다.

그러나 官에 의하여 유포된 〈훈민가〉는, 당시 양반 사대부들이 일반적으로 시조를 향유한 것처럼 가곡의 곡조에 얹혀 노래로 불린 것이 아니라, 일반 백성들이 그것을 외어 익히는 '암송'의 방법으로 유포되었다. 왜냐하면 〈훈민가〉를 간행 · 유포한 관(官)의 의도, 시조를 얹어 부르던 가곡이라는 노래의 성격, 그리고 당시 백성들의 사회 · 문화 · 경제적 여건 등을 고려해 볼 때, 일반 백성들이 가곡창을 즐긴다는 것은 불가능하기 때문이다.7) 따라서 18세기 이후에도 일반 백성들이 유교 윤리를 익히기 위하여 〈훈민가〉류의 훈민시조를 수용 · 향유한 방식은, 가곡창에 얹어서 가창하는 방식이 아니라 전대와 마찬가지로 훈민시조의 일반적인 향유방식인 '암송'의 방식이었을 것이다. 이러한 측면에서 본다면, 이 시기도 정철의 〈훈민가〉는 일반 백성들 사이에 전시대에 못지않게 널리 유포되었다고 보아야 할 것이다.

또 한편으로 18세기에 접어들면서 가객들이 본격적인 활동을 전개하게 된다. 가객들은 각종 연회나 풍류객들의 놀이에 초청되어 풍류를 놀아주고, 그 대가를 생활의 방편을 삼았기 때문에8) 이 시기의 시조문학은 연행 현장과 밀

교화하기 위하여 창작한 것이다.
6) 『경민편』의 증보와 간행에 관한 구체적 사항은 심재완, 『시조의 문헌적 연구』, 세종문화사, 1972, 90~92쪽 참조.
7) 조태흠, 「훈민시조 종장의 특이성과 향유방식」, 『한국문학논총』 제10집, 한국문학회, 1989, 153쪽.

접한 관련을 가진다. 이들은 시조를 연행하는 상황에 따라 유교의 윤리 덕목을 노래할 필요가 있었을 것이며, 그러할 때에는 우선 널리 알려진 정철의 〈훈민가〉와 같은 훈민시조를 수용하여 가창하기도 하였을 것이다.

그러나 훈민시조의 작자들이 시조를 창작할 때는 항상 교화의 대상인 백성들을 의도된 독자로 염두에 두었기 때문에, 이처럼 직접 백성을 대상으로 창작된 훈민시조는 그 내용이 가객들이 시조를 연행하는 상황과는 서로 맞아 떨어지지 않는 경우가 많았을 것이다.[9] 따라서 연행의 현장에서 가객들이 정철의 〈훈민가〉를 가창할 때는, 〈훈민가〉 16수를 모두 노래한 것이 아니라 그 연행 상황에 맞는 몇몇 작품만 선별하여 가창했던 것이다. 이러한 사실은 〈훈민가〉가 후대 가집에 수록된 상황을 통하여 짐작할 수 있다.[10]

즉, 〈훈민가〉 16수 가운데 '군신(君臣)' '자효(子孝)' '자제유학(子弟有學)'

---

8) 최동원은 歌客의 성격을 논하면서 "'歌客'은 직업은 아니었다. 그러나 생활의 방편이기는 했다"라고 하였고, 정무룡은 '가객의 행위가 정당한 생활의 방편'임을 주장하고, 그들의 "기능의 향상이 경제적 수입의 증대와 연결된다"라고 하면서 가객이 전문화·직업화되었음을 논술하였다. 최동원, 「숙종·영조기의 가단 연구」, 『고시조론』, 삼영사, 1980, 295쪽 ; 정무룡, 「조선조가객연구」, 동아대 박사논문, 1993, 91쪽 참조.

9) 훈민시조는 양반 사대부들이 백성들을 교화하기 위한 의도에서 창작되었다. 그래서 중인가객들이 이러한 내용을 노래할 경우 작자층, 즉 교화의 주체가 바뀌기 때문에 작품 내에 어떤 변질을 초래할 가능성이 있을 것이라고 생각되었으나, 연구 결과 작자층의 변화에 따른 작품 내적 변화 양상은 발견되지 않았다. 그것은 시조의 연행자가 전문적 가객이기 때문에 일종의 공연예술로 시조 연행이 가능했으며 또 이념추구인 시조는 그같은 태도의 모방이라는 공감대를 형성할 수 있었으므로 다른 창자에 의하여 가창될 수 있었을 것이기 때문이다. 김대행, 『시가시학연구』, 이대출판부, 1991, 144쪽 참조. 따라서 여기에서 연행 상황과 서로 맞아 떨어진다는 것은 다만 내용 면에 국한되는 이야기이다.

10) 〈훈민가〉가 연행의 현장에서 선별적으로 가창되었다는 구체적인 기록은 없지만 후대에 편찬된 여러 가집 속에 〈훈민가〉가 선별적으로 수록되어 있는 것으로 미루어 볼 때, 이 같은 사실을 알 수 있다. 이들 가집은 대부분이 各調의 體格, 歌之風度形容 등을 기술하고, 노래를 곡목 중심으로 배열하고 있는 점으로 보아 가창의 실용적 목적에서 편찬했다고 보아도 무방하기 때문이다. 물론 편자가 가집을 편찬할 때에는 여러가지 문헌이나 다른 가집을 참고하기도 하였겠지만 여러 가집에 널리 수록되어 있다는 사실은 결국 많이 가창되어 널리 유포되어 있었던 까닭이라 보아야 할 것이다.

'향려유례(鄕閭有禮)' '반백자부부대(班白者不負戴)' 등과 같이 인간의 보편적인 윤리 덕목을 노래한 작품들은 여러 가집에 실려 있으나, '빈궁우환친척상구(貧窮憂患親戚相救)' '혼인사상린리상조(婚姻死喪隣里相助)' '무타농잠(無惰農蠶)' '무작도적(無作盜賊)' '무학도박무호쟁송(無學賭博無好爭訟)' 등과 같이 일반 백성들의 구체적인 생활 지침을 담은 작품들은 특정한 세 가집에만[11] 실려 있다. 이것은 전자는 그 내용이 시조의 연행 상황과 비교적 일치하여 연행의 현장에서 자주 가창되어 널리 유포되었기 때문이며, 후자는 그 내용이 시조 연행의 현장과는 맞지 않아서 연행의 현장에서는 거의 노래되지 않았기 때문이라고 생각된다.

이와 같이 18세기에 정철의 〈훈민가〉는 관에 의하여 간행·유포되어 일반 백성들 사이에서 암송의 방식으로 향유되기도 하였고, 다른 한편으로는 가객들에 의하여 연행의 현장 그 일부가 가창의 방식으로 향유되기도 하였던 것이다.

가객들은 시조를 연행하는 현장에서 이처럼 〈훈민가〉의 각 장을 따로 독립시켜 노래하기도 하였지만, 보다 더 적극적으로는 연행의 상황에 알맞은 새로운 훈민시조를 창작하여 노래하기도 하였다.

(1) 父兮 날 나흐시니 은혜밧긔 은혜로다
　　母兮 날 기르시니 德밧긔 德이로다
　　아마도 하늘 ᄀᆞ튼 恩德을 어듸다혀 갑ᄉᆞ올고.　　　『時全』1311

---

11) 여기서 말한 특정한 세 가집이란 〈훈민가〉 16수가 모두 수록되어 있는 진본 『청구영언』, 『병와가곡집』, 가람본 『청구영언』을 말한다. 이 세 가집은 자료 취재의 경향이나 세 가집 사이의 영향관계로 미루어 볼 때, 『경민편』에서 轉載하여 수록한 것이라 생각된다. 이에 대한 자세한 논의는 본 논문 3장을 참고할 것.

(2) 아버니 나흐시고 님군이 먹이시니
　　니 두분 恩惠는 하늘아래 구이 업다
　　이몸이 죽기를 한ᄒᆞ여 아니 갑고 어이ᄒᆞ리　　　　　『時全』1820

(3) 사라셔 同室ᄒᆞ고 죽어셔 同穴ᄒᆞ니
　　恩情도 重커니와 禮法을 찰일거시
　　琴瑟을 鼓ᄐᆞ시ᄒᆞ여 相敬如賓 ᄒᆞ여라　　　　　　　『時全』1373

(4) 偶然히 사괸 버시 自然히 有情ᄒᆞ다
　　이렁셩 구다가 쩌난 後면 어이려뇨
　　며 벗아 내ᄯᅳᆺ ᄀᆞᆺ거든 有信홀가 ᄒᆞ노라　　　　　『時全』2196

(5) 兄은 날사랑ᄒᆞ고 나는 兄恭敬ᄒᆞ니
　　兄友弟恭이니 이 아니 五倫인가
　　진실로 同氣之情은 限업슨가 ᄒᆞ노라　　　　　　　　『樂高』3244

　위의 다섯 작품들은 모두 유교의 윤리 덕목인 오륜을 노래하고 있어서 전기의 훈민시조와 그 내용에서는 별다른 차이가 없다. 그러나 위의 작품들은 한 편의 연시조 작품을 이루고 있는 것이 아니라, 여러 가집에 각각 독립된 작품으로 실려있는 것을 모아놓은 것이다. 작품 (1)은 18세기의 대표적인 가객인 김수장의 작품으로 『瓶歌』, 『海周』, 『樂서』의 세 가집에 실려 있고, 작품 (2) (3) (4)는 『고금가곡(古今歌曲)』과 『근화악부(槿花樂府)』에 무명씨의 작품으로 각각 실려 있다. 작품 (5)도 무명씨의 작품으로 고대본(高大本) 『악부(樂府)』에 수록되어 있다. 그런데 작품 (1)은 김수장의 작이기 때문에 18세기의 작품임이 분명하지만 나머지 작품들은 그 창작된 시기가 불분명하다. 하지만 이들 작품은 이 작품들이 수록된 가집의 편찬시기와 그 수록된 양상을 통하여 대강 그 창작 시기를 추측할 수 있다. 즉, 작품 (2) (3) (4)가 실려있는 『古今』

의 편찬연대가 1764년(영조 40년)으로 추정되고 있고[12] 『古今』 이전에도 여러 차례의 가집이 간행되었으나 이들 작품이 이 『古今』에 처음으로 수록되었다는 점을 감안한다면 이들 작품은 18세기 초 · 중엽에 창작되었다고 보아도 무방할 것이다. 또 작품 (5)는 고대본 『악부』에 처음으로 나타나는 작품인데, 고대본 『악부』는 고종년간에 살았던 이용기옹(李用基翁)이 편찬한 사실로 미루어 볼 때, 이 작품은 19세기 경에 지어진 것으로 볼 수 있을 것이다.

이와 같이 18 · 19세기에 접어들어서도 비록 전대와 그 양상은 조금 달리하지만 훈민시조가 계속 창작되었다는 사실을 확인할 수 있다. 이처럼 새롭게 창작된 작품들은 백성들을 교화하기 위한 의도에서 창작된 것이 아니라, 대체로 연행의 장에서 가창의 필요에 의하여 창작되었다고 생각된다. 왜냐하면 시조의 연행을 담당했던 가객들이 직접 훈민시조를 창작하였을 뿐만 아니라, 가창할 수 있도록 곡조까지 표시되어 있기 때문이다.

이상에서 살펴 본 바와 같이 이 시기의 훈민시조는 이원적으로 전승하게 된다. 즉, 일반 백성들은 그들을 교화하기 위해 관(官)에서 간행 · 유포한 전대의 〈훈민가〉를 수용하여 훈민시조의 일반적인 향유방식인 '암송'의 방식으로 향유하였고, 또 한편으로 가객들은 연행의 현장에서 이것을 '가창'의 방식으로 연행하면서 연행에 적합한 새로운 훈민시조를 창작하여 가창하기도 하였다. 따라서 이 시기의 훈민시조는 '암송'과 '가창'이라는 두 가지 방식의 이원적 전승으로 향유 · 전승되었다. 그러나 이 시기의 훈민시조에서 가장 주목되는 현상은, 향유방식이 연행의 현장에서 가창의 방식으로 바뀌면서 훈민시조가 전대와는 또 다른 모습으로 창작되고 변모되는 모습을 보여주는 것이라 하겠다.

---

12) 심재완, 『시조의 문헌적 연구』, 세종문화사, 1972, 28쪽.

3. 연시조 형식의 파괴

훈민시조의 주된 내용은 유교 윤리이며 그 핵심은 오륜(五倫)이라 할 수 있다. 이 오륜은 서로 연관을 가지면서도 따로 독립될 수 있는 윤리 덕목이다. 따라서 이 오륜의 덕목을 가장 효과적으로 담을 수 있는 시가 형태는, 전체는 하나의 작품으로 통합되어 있으면서도 다섯 가지 윤리적 덕목을 개별적 내용으로 조목조목 노래할 수 있는 연장체 형식이라 하겠다.[13] 훈민시조가 집중적으로 창작된 16세기경에 연장체 형식으로 창작이 가능한 장르는 경기체가와 시조였으나, 경기체가는 구문 구조상 서술적 연결이 부족한 한문문구의 나열로 이루어져 일반 백성들을 교화한다는 측면에서는 그 장르적 한계가 분명하게 있었다.[14] 따라서 조선전기 작가들은 오륜과 같은 덕목을 내용으로 하는 훈민시조를 창작할 때는 모두 연시조 형식을 취하여 작품을 창작하였다.

그러나 18세기에 접어들어 훈민시조가 연행의 현장에서 가창의 방식으로 수용되면서 훈민시조는 전대와 달리 연시조 형식이 파괴되고 각 장이 분리되어 독립된 한 작품으로 연행되기 시작했다. 이러한 사실은 우선 정철의 〈훈민가〉가 연행되어 가창화되는 과정에서 확인할 수 있다.

정철의 〈훈민가〉 16수는, 『경민편』 각본 5종류와 『송강가사』 이본(異本) 4종류, 그리고 진본(珍本) 『청구영언』, 『병와가곡집』, 가람본 『청구영언』과 『청계공가사(淸溪公歌詞)』 등 13종류의 문헌에 모두 연시조 형태로 전하고 있다. 그러나 이 가운데 관에서 간행한 『경민편』 5종류와 정철의 문집인 『송

---

13) 조선 초에 악장으로 제작된 최초의 〈오륜가〉도 모두 6장으로 이루어진 연장체 형식의 경기체가이다.
14) 경기체가의 이러한 장르적 한계를 분명히 인식하고 창작에 임한 사람은 주세붕이라 할 수 있다. 그는 〈道東曲〉, 〈六賢歌〉, 〈儼然曲〉, 〈太平曲〉 등 4편의 경기체가와 훈민시조인 〈오륜가〉를 창작하였다. 그는 사대부들을 대상으로 聖賢이나 위대한 道學者의 덕을 찬양하거나 군자가 지녀야 할 엄정한 생활 태도를 노래할 때는 경기체가 양식을 선택하였고, 일반 백성들을 상대로 교화하려는 경우에는 경기체가의 이러한 장르적 한계를 인식하고 시조장르를 선택하였던 것이다.

강가사』 4종류 그리고 강복중(姜復中)의 문집인 『청계공가사』를 제외하고 나면, 〈훈민가〉 16수 모두를 연시조의 형태로 수록하고 있는 순수한 가집은 『靑珍』·『瓶歌』·『靑가』의 세 종류밖에 없다.

그런데 『경민편』과 『靑珍』에 실린 〈훈민가〉를 서로 비교 검토해 보면,[15] 우선 두 문헌에 수록된 작품의 순서가 서로 일치한다. 그 표기도 『경민편』에서는 한글로 표기된 것을 『靑珍』에서는 한자로 바꾼 것과 연철과 혼철의 차이에서 오는 표기법상의 차이가 약간 있을 뿐 거의 같다. 특히 『靑珍』에 수록된 〈훈민가〉의 끝에 있는 "右十六載見警民編"[16]이라는 기록을 참고로 할 때, 『靑珍』에 실려있는 〈훈민가〉 16수는 『경민편』에서 전재(轉載)되었다는 것이 분명하다 하겠다.

또 『瓶歌』는 『靑珍』과 밀접한 관계에 놓여 있는데 특히 자료의 취재에서 『靑珍』과 일치된 경향을 보이고 있고[17] 『靑가』 역시 『瓶歌』와 마찬가지로 『靑珍』의 큰 영향을 받고 편찬된 가집이라 할 수 있기[18] 때문에 『靑珍』·『瓶歌』·『靑가』에 〈훈민가〉 16수가 다 실려 연시조의 형태를 취하고 있는 것은 이 작품들이 모두 가창되었기 때문이라기보다는 오히려 『경민편』이나 『靑珍』에서 전재한 때문으로 보아야 할 것이다. 이상에서 살펴본 13종류의 문헌에는 〈훈민가〉가 비록 연시조의 형태로 정연하게 수록되어 있지만, 이것은 모두 문헌상의 영향 관계에 의한 것이라는 것을 알 수 있다.

이 13종류의 문헌을 제외한 다른 가집에 〈훈민가〉가 수록되어 있는 양상은 개별 작품마다 매우 판이하다. 즉, '군신(君臣)'을 노래한 작품은 일석본 『해동가요』, 주씨본 『해동가요』, 박씨본 『시가』, 홍씨본 『청구영언』, 『영언유초

---

15) 이러한 가집과 가집 사이의 비교·검토는 심재완의 『교본 역대시조전서』(세종문화사, 1972)에 힘입었다. 이하 같다.
16) 진본 『청구영언』, 조선진서간행회, 1948, 15쪽.
17) 심재완, 『시조의 문헌적 연구』, 세종문화사, 1972, 12쪽.
18) 심재완, 위의 책, 15쪽.

(永言類抄)』등 5개 가집에 수록되어 있다. 또 '자효(子孝)'는 9개의 가집에, '부부유은(夫婦有恩)'은 3개의 가집에, '자제유학(子弟有學)'과 '향려유례(鄕閭有禮)'는 6개의 가집에, '붕우유신(朋友有信)'은 2개의 가집에 각각 수록되어 있으며, '반백자부부대(班白者不負戴)'는 무려 17개의 가집에 실려 있다.[19] 반면 '부의모자(父義母慈)' '형우제공(兄友弟恭)' '부부유별(夫婦有別)' '장유유서(長幼有序)' '빈궁우환친척상구(貧窮憂患親戚相救)' '혼인사상린리상조(婚姻死喪隣里相助)' '무타농잠(無惰農蠶)' '무작도적(無作盜賊)' '무학도박무호쟁송(無學賭博無好爭訟)' 등을 노래한 아홉 작품은 연시조의 형태로 수록된 13종류 이외의 가집에는 단 한 곳에도 실려 있지 않다.

이러한 사실은 〈훈민가〉가 백성들을 대상으로 하여 유교의 윤리적 덕목을 조목조목 외어 익히도록 할 때에는 『경민편』에서와 같이 연시조의 형태를 취했으나, 연행의 현장에서 가객들에 의하여 가창될 때에는 가창의 상황에 적합한 몇몇 노래만 선택하여 각 장을 독립된 노래로 연행함으로써 결과적으로는 연시조의 형식이 파괴되었음을 보여주는 것이다. 즉, 연시조 형식의 파괴는 훈민시조의 향유방식이 '암송'의 방식으로부터 '가창'의 방식으로 전환되면서

---

19) 〈훈민가〉가 연시조 형태로 수록된 13종 외 다른 가집에 수록된 구체적인 양상은 다음 표와 같다.

	君臣	子孝	夫婦有恩	子弟有學	鄕閭有禮	朋友有信	班白者不負戴
海一	56	57		58	76		
海周	57	58		59	77		
詩歌	68	69		70	71		72
靑洪	77	78		79	80		81
永類	6		17				
古今		11	13	12	20	18	27
槿樂		9	13	12	17	14	25
靑六		100					101
興比		300					*『가곡원류』계
東歌		56					이본 13종

* 표안의 숫자는 해당 가집의 작품 번호임.

일어나게 된 변화라고 할 수 있다.

〈훈민가〉가 가창의 방식으로 연행될 때, 이처럼 연시조 형식이 파괴되는 까닭은 가곡창을 연행하는 방식 때문이라 할 수 있다. 가곡창은 한 곡씩 독립적으로 노래하는 것이 아니라, 순서에 따라 한바탕을 계속 부르는 것이 관례이다.[20] 즉, 현행 남창 가곡을 한 예로 들어 가곡창의 한바탕을 구성하는 순서를 살펴보면,[21] 우선 우조(羽調)의 초삭대엽(初數大葉)·이삭대엽(二數大葉)·중거(中擧)·평거(平擧)·두거(頭擧)·삼삭대엽(三數大葉)·소용(搔聳)·반엽(半葉)—중여음부터 계면조(界面調)로 전조(轉調)함—을 차례로 노래한 다음에, 계면조(界面調)의 초삭대엽(初數大葉)·이삭대엽(二數大葉)·중거(中擧)·평거(平擧)·두거(頭擧)·삼삭대엽(三數大葉)·소용(搔聳)·언롱(言弄)·평롱(平弄)·계락(界樂)·우락(羽樂)·언락(言樂)·편락(編樂)·편삭대엽(編數大葉)·언편(言編)·태평가(太平歌)를 차례로 노래함으로써 남창 가곡의 한바탕이 끝나는 것이다.[22]

이러한 가곡창의 한바탕은 일반적으로 느린 것에서 시작하여 점차 빠른 것으로 변화해 가며, 정격인 대엽조(大葉調)에서부터 시작하여 농(弄)·낙(樂)·편조(編調)와 같은 변격으로 이어지는 일정한 순서를 취하고 있다. 이러한 규칙적인 순서는 창자 또는 반주자들이 임의로 바꾸거나 생략하지 않는 것이 관습이다. 이처럼 가곡에는 부르는 순서가 엄격하였으며 이러한 차례의 준수는 곧 질서의식이고 이것은 악(樂)과 더불어 예(禮)를 숭상하던 당시 양반 사대부들의 미의식이 가곡 속에 나타난 것으로 볼 수 있다.[23]

---

20) 장사훈, 『시조음악론』, 서울대학교 출판부, 1986, 150쪽.
21) 현행과 같은 가곡의 한바탕의 틀이 잡힌 것은 『가곡원류』에 이르러서라 하지만(장사훈, 위의 책, 149쪽), 곡목에는 현행과 다소 차이가 있을지라도 가곡의 한바탕의 틀은 이미 그 이전에 자리잡았다고 보아야 할 것이다.
22) 장사훈, 위의 책, 151-152쪽.
23) 서한범, 「한국 전통가악에 나타난 한국인의 미의식」, 『한국 전통 예술의 미의식』, 한국정신문화연구원, 1985, 81쪽.

현행의 가곡창과는 그 곡목에 있어 다소 차이가 나지만, 가곡창 한바탕의 구성은 이미 김수장(金壽長, 1690년-?) 당시에 어느 정도 틀을 잡았던 것으로 보인다.

(6) 노리갓치 죠코죠흔줄을 벗님네 아돗든가
  春花柳 夏淸風 秋明月 冬雪景에 弸雲昭格蕩春臺와 漢北絕勝處에 酒肴爛
  漫흐되 죠흔벗 가즌稽笛 아름다온 아모가히 第一名唱들이 次例로 벌어
  안즈 엇걸어 불을쩍에 中한닙 數大葉은 堯舜禹湯文武갓고 後庭花 樂時
  調는 漢唐末이되엿는듸 搔聳이 編樂은 戰國이 되야이셔 刀槍劍術이 各
  自騰揚ᄒ야 管絃聲에어릐엿다
  功名도 富貴도 나몰리라 男兒의 이 豪氣를 나는죠화 ᄒ노라
  　　　　　　　　　　　　　　　　　　　　　　　　－ 金壽長, 『海周』 548

이 작품을 보면 봄·여름·가을·겨울 시절마다 경치 좋은 곳을 찾아다니며 풍류를 즐겼으며, 이러한 풍류장에는 일대 명창들이 차례로 벌여앉아 한바탕의 가곡창을 노래한 것으로 되어 있다. 이 때 노래의 순서가 중대엽(中大葉)·삭대엽(數大葉)·후정화(後庭花)·낙시조(樂時調)·소용(搔聳)·편락(編樂) 등의 차례로 이어지는 것으로 보아서 현행의 가곡창과는 곡목에 다소 차이가 나지만 이 때 이미 가곡창의 한바탕이 형성되었으며, 가곡창은 이 순서에 따라 가창되었다고 생각된다. 즉, 작품(6)에서 제시된 곡목은 정격인 대엽조에서부터 시작하여 낙·편조와 같은 변격으로 이어가는 가곡창의 한바탕을 구성하는 일정한 순서를 취하고 있음을 알 수 있다.

이와 같이 일정한 순서에 따라 한바탕을 계속하여 부르는 가곡창의 연행 방식은 문학적 형식인 연시조의 형식과는 전혀 무관한 것이다. 뿐만 아니라 가곡의 각 곡조에는 곡조마다 특유한 풍도(風度)와 형용(形容)이 있는데[24] 이것은 그 곡의 분위기에 알맞은 노랫말을 필요로 하는 것이라 생각된다. 그러

므로 동일한 내용인 유교 윤리를 일관되게 노래하고 있는 〈훈민가〉 16수 모두를 가곡창에 얹어서 순서대로 노래할 수는 없다. 때문에 〈훈민가〉를 가곡창에 실어서 연행할 때는 연시조 형식 16수를 순서에 따라 모두 노래할 수는 없고 그 가운데 몇 장을 선별하여 연행할 수밖에 없는 것이다.

실제로 각 가집에는 훈민시조가 모두 '이삭대엽(二數大葉)'의 곡조로 수록되어 있어[25] 훈민시조가 가곡창에 얹혀 노래될 때는 모두 '이삭대엽'의 곡조로 가창되었다는 사실을 알 수 있다. 이 '이삭대엽'의 곡조는 '가지풍도형용(歌之風度形容)'에서는 '杏壇說法 雨順風調'[26]라 형용하고 있다. '행단설법'이란 공자가 행단에서 도학을 설법하는 것 같고, '우순풍조'는 태평성대라 칭송되던 고대 중국의 요순·우탕·문무의 시대를 의미하는 것이니, 이러한 '이삭대엽'의 풍도와 형용은 훈민시조의 내용과 잘 어울린다고 볼 수 있다. 그러나 '이삭대엽'의 곡조는 가곡의 한바탕 안에서는 우조와 계면조에서 각 1번씩, 모두 합하여 두 번밖에 노래할 수 없도록 되어 있다. 따라서 〈훈민가〉를 가곡창의 연행 방식에 따라 가창할 때는 연시조의 형태로는 불가능하여 부득이 한두 작품을 선별하여 노래할 수밖에 없었던 것이다.

훈민시조의 핵심 내용은 유교의 오륜이고, 훈민시조는 이 오륜을 조목마다 한 수의 작품에 담아 연시조로 창작한 것이 관례였다. 그러나 가객들이 연행의 현장에서 훈민시조를 가곡창에 얹어 가창할 때는, 가곡창의 이러한 제약 때문에 오륜이라는 윤리 덕목을 모두 다 노래할 수는 없었다. 가객들은 우선 오륜의 덕목 가운데 연행의 상황에 적합한 한두 작품을 선택하여 노래하기는

---

24) 『海東歌謠』의 '歌之風度形容十四條目'과 『歌曲源流』의 '歌之風度形容十四條目' 참조.

25) 〈훈민가〉 16수를 비롯하여 18·19세기에 새로 창작된 훈민시조들은 거의 모든 가집에서 '이삭대엽'에서 부르는 것으로 되어 있다. 다만 〈훈민가〉의 열여섯 번째 작품인 '班白者不負戴'만이 18세기에 간행된 가집에서는 '이삭대엽'으로 부르는 것으로 되어 있으나, 19세기에 간행된 『가곡원류』 각 이본에서는 '이삭대엽'의 파생 곡조인 '우조 중거' 혹은 '중거'에서 부르도록 되어 있다.

26) 『海東歌謠』 '歌之風度形容十四條目' 및 『歌曲源流』의 '歌之風度形容十四條目'

하였으나, 이 오륜의 모든 내용을 한 수의 시조에 담아 노래할 필요가 있었다. 이러한 필요에 의하여 이 시기에는 연시조의 형태가 아니면서 오륜의 다섯 가지 윤리를 모두 한 수에 담아 노래하는 새로운 형태의 훈민시조가 나타났다.

> (7) 天地는 父母여다 萬物은 妻子로다
>   江山은 兄弟여늘 風月은 朋友로다
>   이中에 君臣分義는 비길 곳이 업세라   『時全』 2792

작품 (7)은 김수장이 지은 것이다. 김수장은 널리 알려진 바와 같이 18세기의 가악계를 대표하는 가객이다. 그는 '노가재가단(老歌齋歌壇)'을 중심으로 수많은 시조를 창작하고, 후진을 양성하고 가집을 편찬하는 등의 눈부신 가악 활동을 전개하였다. 또, 그는 자신이 경영한 '노가재'를 중심하여 많은 가인·가객들과 교유하면서 풍류를 즐기고 가악을 탐닉했던 전형적인 가객이었다. 그 자신이 "닉 비록 늙엇시나 노릭춤을 추고 南北漢 놀리갈쩨 써러진적 업고 長安花柳 風流處에 안이 간 곳이 업는"[27]사람이라고 노래하고 있는 것처럼, 그는 전형적인 가객으로서 각종 연회나 풍류객들의 놀이에 초청되어 풍류를 놀아 주었다.

이러한 풍류장에서는 각 가곡의 곡조에 알맞은 노래말이 무엇보다도 필요하였을 것이다. 그래서 오륜을 함께 노래하는 새로운 시조를 창작할 필요가 있었던 것이다. 다른 많은 가객들도 이러한 노래의 필요성을 절실하게 느낀 것 같다. 왜냐하면 김수장의 이 작품 이외에도 이와 같은 작품을 여러 가집에서 쉽게 찾아 볼 수 있기 때문이다.

---

27) 김삼불 교주, 『해동가요』, 정음사, 1950, 118쪽.

(8) 父母는 千萬歲오 聖主는 萬萬歲라

　　 和兄弟 樂妻子에 朋友有信 ㅎ올션졍

　　 그밧긔 富貴功名이야 닐러 무삼ㅎ리오　　　『時全』1288

(9) 泰山이 平地토록 父子有親 君臣有義

　　 五岳이 崩盡토록 夫婦有別 長幼有序

　　 四海가 變ㅎ여 桑田토록 朋友有信 ㅎ리라　　『時全』3068

　작품 (8)과 작품 (9)는 앞의 김수장의 작품과 마찬가지로 오륜의 다섯 가지 윤리 덕목을 모두 한 수의 시조에 담아 노래하고 있다. 이 작품들은 작자미상이라 창작 연대를 정확하게 알 수 없다. 그러나 작품 (8)은 박씨본(朴氏本) 『시가(詩歌)』, 『고금가곡(古今歌曲)』, 『근화악부(槿花樂府)』 그리고 『흥비부(興比賦)』의 네 가집에 실려 있고, 작품 (9)는 『청구영언』, 육당본 『청구영언』 그리고 『시철가』에 실려있는 노래이므로, 이 작품들이 수록된 가집과 그 편찬 연대를 미루어 볼 때, 이 두 작품은 모두 18세기 경에 창작된 것으로 짐작된다.

　이처럼 오륜의 다섯 가지 윤리 덕목을 한 수의 시조에 담아 노래하는 것은 전대의 훈민시조에서는 찾아볼 수 없는 새로운 경향인데, 이것은 훈민시조가 가곡창에 얹혀서 가창화되면서 나타난 현상이라 보아야 할 것이다.

4. 주제의 편중화

　18·19세기에 훈민시조가 가창화되면서 전대의 연시조 형식이 파괴되고, 오륜의 다섯 가지 윤리 덕목을 모두 한 수의 작품에 담아 노래하는 새로운 경향이 나타난 것은 위에서 살펴본 바와 같다. 이러한 경향과 더불어 이 시기의 훈민시조에 나타난 또 다른 특징은 오륜 가운데 다른 네 가지 윤리 덕목은

노래하지 않고, '부자유친'에 해당되는 '효'를 내용으로 하는 시조만을 창작하고 노래함으로써 훈민시조의 내용이 오륜 가운데 '효'에 관한 내용 쪽으로 편중되는 현상이 나타난다는 것이다.

이러한 경향은 훈민시조의 전범이라 할 수 있는 정철의 〈훈민가〉가 가창화되면서 각 가집에 수록된 양상을 통해서도 확인할 수 있다. 이 〈훈민가〉 가운데 오륜에 해당되는 작품은 '부의모자' '군신' '자효' '부부유별' '장유유서' 그리고 '붕우유신'을 들 수 있다. 이 작품들이 각 가집에 수록된 양상을 검토해 보면, 『경민편』과 『송강가사』의 각 이본과 이 문헌을 근거로 하여 〈훈민가〉를 전재(轉載)한 것으로 보이는 『靑珍』・『甁歌』・『靑가』 등, 〈훈민가〉가 연시조의 형태로 전하는 13종류의 문헌을 제외한 다른 가집에는 이들 작품이 수록되어 있는 양상이 매우 판이하다.

오륜 가운데 부자유친을 노래한 '자효'는 9개의 가집에 실려 있고, 군신유의를 노래한 '군신'은 5개 가집에, '붕우유신'은 2개의 가집에 각각 수록되어 있으나, '부의모자'나 '부부유별'과 '장유유서' 등은 연시조의 형태로 수록된 13종류 이외의 가집에는 단 한 곳에도 실려 있지 않다.28) 뿐만 아니라 '붕우유신'이 수록되어 있는 두 가집은 『고금가곡』과 『근화악부』인데, 이 두 가집이 가창을 전제로 한 곡목 위주의 편찬이 아니라, 내용 중심의 주제별로 편찬된 가집임을 감안한다면, 〈훈민가〉의 오륜을 노래한 작품 가운데 실제로 가창되어 널리 불린 작품은 '군신'과 '자효' 두 작품에 불과하다고 보아야 할 것이다. 또 '군신'과 '자효'의 두 작품이 가집에 수록된 양상을 볼 때, 이 두 작품 가운데서도 '자효'가 보다 더 널리 가창된 것으로 보인다. 특히 부자유친에 해당하는 작품으로 '부의모자'와 '자효'의 두 작품이 있는데도, 어버이의 태도를 노래한 '부의모자'는 가창되지 않았음에도 불구하고 자식의 도리를 강조하는 '자효'

---

28) 오륜에 해당되는 '父義母慈' '君臣' '子孝' '夫婦有別' '長幼有序' '朋友有信' 등의 작품이 각 가집에 수록되어 있는 양상은 주 21)을 참고.

는29) 〈훈민가〉 16수 가운데 가장 많이 가창된 사실로 미루어 볼 때, 오륜 가운데서도 특히 '효'가 강조되었다는 사실을 알 수 있다.

이러한 사실은 낭원군(郎原君) 이간(李侃, 1640-1699)의 훈민시조에도 나타난다. 낭원군은 선조의 손자로 인조 18년에 태어나서 숙종 25년까지 살았던 사람인데, 가집『永言(영언)』을 남겼으나 지금은 전하지 않고, 『靑珍』에 작품 30수가 전하고 있다. 『靑珍』에는 그의 작품 30수를 가번 172번부터 202번까지 정연하게 수록하고 마지막 작품 다음에 이하조(李賀朝, 1664-1700)의 발문을 덧붙여 놓고 있다.30) 이런 사실로 미루어 짐작할 때, 『청구영언』은 구전으로 노래되는 작품을 모아서 편찬한 것이 아니라, 낭원군의 가집『영언』을 참고한 것으로 생각된다.

『靑珍』에 실려 있는 낭원군의 작품 30수 가운데 가번(歌番) 197번부터 202번까지 6수가 훈민시조에 해당된다. 그 내용을 차례로 들어보면 부자유친, 형우제공, 남녀유별, 장유유서, 붕우유신 그리고 향당유례(鄕黨有禮)의 여섯 가지 덕목이다. 이 작품들은 전체적인 제목이 따로 없을 뿐만 아니라, 오륜 가운데 군신유의가 빠졌다는 점 등을 고려할 때, 작가가 연시조의 형태를 의식하고 창작하였다고는 할 수 없다. 비록 연시조 작품은 아니지만 이들 작품이 하나씩 가창화되어 다른 가집에 수용되는 양상은 정철의 〈훈민가〉가 가창되면서 연시조의 형태가 파괴되어 선별적으로 가집에 수용되는 양상과 매우 유사하다. 이들 작품 가운데 '부자유친'은 『靑珍』이외에 8개의 가집에 수록되어 있고, '형우제공'은 7개의 가집에 실려 있으나,31) 다른 작품들은 모

---

29) "오륜은 五種의 相對者를 一體로 統稱한 것인데, 이것을 各稱한 것은 十義가 되는 것이다. 父子間에는 親함이 있으니 親은 오직 父가 慈하고 子가 孝함으로서만 되는 것" (유정기, 『동양사상사전』, 우문당출판사, 1956, 207쪽)이라 할 때, '부의모자'는 어버이의 태도를 말하는 것이고 '자효'는 자식의 도리를 말하는 것이다.

30) 김천택, 『청구영언』, 조선진서간행회, 1948, 44-49쪽.

31) 낭원군의 작품 '부자유친'이 수록된 가집은『靑珍』·『甁歌』·『海一』·『海周』·『詩歌』·『樂서』·『靑洪』·『靑가』·『興比』의 여덟 개이고, '형우제공'은 위의 여덟 개 가집

두 『靑珍』에만 수록되어 있을 뿐이다. 이러한 사실은 낭원군의 훈민시조 중에서도 형제 사이의 우애를 노래한 '형우제공'이나 '효'를 강조하는 '부자유친'의 노래가 일반 가객들에게 수용되어 널리 가창되었다는 것을 의미한다.

위에서 살펴본 바와 같이 이 시기에는 기존의 훈민시조가 가객들에 의하여 연행의 현장에서 가창될 때에는 오륜 가운데서도 '효'를 중심 내용으로 하는 시조가 주로 선택되어 반복하여 노래되었다는 사실을 확인할 수 있다.

이처럼 훈민시조의 내용이 '효'에 편중되는 현상은 〈훈민가〉나 낭원군의 시조처럼 연시조 형식의 작품 가운데 선별하여 노래하는 경우에만 해당되는 것이 아니고, 이 시기에 새롭게 창작되는 훈민시조에서도 나타나는 현상이다.

(10) 父兮生我ᄒ시고 母兮麴我ᄒ시니
　　　父母의 恩德은 昊天罔極이옵쩐이
　　　眞實로 白骨이 靡粉인들 此生에 어이 갑스오리　　　『時全』1310

(11) 父母 사라신제 愁心을 뵈지 말며
　　　樂其心 養其體ᄒ야 百歲를 지닌 後에
　　　믓춤닉 香火不絕이 긔을흔가 ᄒ노라　　　『時全』1291

(12) 我不孝親ᄒ니 子焉孝我 ᄒ랴마는
　　　人情이 제 글너셔 子不孝我를 셔러ᄒ네
　　　이 後는 子不孝我를 셔러말고 我不孝親 뉘우칠져　　　『時全』1822

위의 세 작품은 모두 '효'를 중심 내용으로 하고 있다. 작품 (10)은 김천택의 작품이고 작품 (11)은 김수장의 작품이며, 작품 (12)는 안민영의 작품으로 이 세 사람은 18 · 19세기를 대표하는 가객들이다. 김천택과 안민영의 시조 가운

────────────

가운데 『興比』에는 수록되어 있지 않다.

데 훈민시조 계열에 드는 것은 '효'를 노래한 위의 작품밖에 없으나, 김수장의 시조에는 위의 작품 외에도 두 수가 더 있는데, 하나는 위의 작품과 마찬가지로 '효'를 노래한 것이고 또 하나는 오륜의 다섯 가지 윤리 덕목을 모두 한 수의 작품에 담아 노래한 것이다. 이처럼 이 시기의 가객들이 새롭게 훈민시조를 창작할 때에도, 오륜의 다섯 가지 덕목 가운데 다른 네 가지는 노래하지 않고 주로 '효'를 내용으로 하는 작품만을 지어, 그 결과 주제가 '효'에 편중되어 나타나고 있다는 사실을 확인할 수 있다. 작자미상이라 정확한 창작시기는 알 수는 없지만 가집에 수록된 상황으로 보아 대략 이 시기에 창작된 것으로 짐작되는 다른 훈민시조도 그 내용은 모두 '효'에 치우쳐 있다.[32]

이처럼 훈민시조의 주제가 '효' 하나로 편중되는 현상은 18·19세기 시조문학이 전문 가객들에 의하여 연행되는 과정에서 나타난 현상으로 생각된다. 이 시기의 가객들은 각종 연회나 풍류장에 초청되어 시조를 연행하고 그 대가로 생활의 방편을 삼았기 때문에 연회의 성격이나 청중들의 의식과 취향을 고려하여 연행의 상황에 알맞은 종류의 작품을 선택하여 가창하였다. 그래서 이 때 노래의 선택은 그 연행 상황과 밀접한 관련을 가진다고 보아야 할 것이다.

시조가 주로 연행된 것은 연회 또는 이와 유사한 성격의 자리나 기생과의 수작답(酬酌答)의 과정, 풍류방(風流房) 같이 연회가 벌어지는 전문적 모임, 그리고 화조월석(花朝月夕)의 경우나 노래를 익히거나 동호인들끼리 시조를 즐기는 경우 등을 들 수 있다.[33] 이 가운데서도 시조가 가장 많이 연행된 것

---

32) 윤성근은 이러한 사실을 지적하고 그 이유를 유교 도덕 자체의 의미 상실과 이러한 교훈조의 노래로는 설득되지 않을 만큼 성장한 평민의식을 들었다.(윤성근, 앞의 논문, 337-338쪽.) 즉 이 시기에는 일반 백성들의 의식이 성장함에 따라 고착화된 유교 이념은 지배이념으로서의 통제력을 상실하게 되기 때문에 훈민시조도 유교 도덕 전반을 강조하기보다는 인간의 보편적인 본성에 바탕을 둔 '효'에 관한 내용으로 편중된다는 것이다. 이러한 해석은 시대적 변화에 중점을 두고 통시적 변화를 설명하려 한 것인데 본고는 이와는 견해를 달리한다.

33) 김대행, 『시조유형론』, 이화여대출판부, 1986, 92-94쪽.

은 연회의 자리였으며, 개인적이고 특별한 연회나 일반적인 술자리 또는 회갑 및 생일잔치 등의 연회에서 시조가 지어지기도 하고 불리기도 했던 것이 관습이었다.

생일이나 회갑 등의 연회에 시조를 짓거나 노래하는 관습은 조선전기에 이미 자리를 잡았던 것 같다. 이현보(李賢輔, 1467-1555)의 〈생일가병서(生日歌幷序)〉에 "칠월 그믐날은 이 늙은이의 생일날인데 아들과 손자들이 매년 이 날에 잔치를 열어 이 늙은이를 위로하였다. 신해년 가을에는 따로 성대한 잔치를 베푸니 마을의 어른들과 이웃 고을의 수령들이 모두 모였다. 잔치를 크게 베풀고 차례로 일어나 술을 권하니 마침내 취하여 춤을 추고 각자 노래를 불렀다. 늙은이도 또한 화답하였으니 이 노래가 그 때 지은 것이다"[34]라고 하여 〈생일가〉를 짓게 된 경위를 말하는 가운데 생일 잔치의 분위기도 함께 전하고 있다. 이러한 생일 잔치에서는 으레 노래를 짓고 부르며 즐겼던 것으로 보이는데, 이현보가 잔치에 참석한 손님들의 노래에 화답한 〈생일가〉가 시조였다는 사실로 보면, 이 때 부르고 즐긴 노래는 시조라는 것이 분명하다.

생일 잔치에서 시조를 짓고 불렀다는 사실은 인조 때 영남의 선비였던 김계(金啓, 1575-1657)의 『용담록(龍潭錄)』에 남아 있는 시조에서도 확인된다. 이 『용담록』에는 김계의 자작시조 31수가 실려 있는데 특이한 것은 이 시조에는 모두 창작 동기가 밝혀져 있다는 사실이다. 여기에 의하면 그가 지은 31수의 시조 가운데 연회나 모임에서 지은 것이 반수가 넘는 17수인데, 그 가운데서도 생일에 지은 것이 무려 12수에 이른다.[35] 이러한 사실로 미루어 볼 때, 생일 잔치와 같은 연회에서 시조를 짓고 즐기는 것은 조선전기부터 자리잡았

---

34) 七月晦日 是翁初度之辰 兒孫輩 每於此日設酒以慰翁 辛亥之秋 別設盛筵 鄕中父老四隣邑宰 俱會 大張供具 秩起酬酢 終至醉舞 各自唱歌 翁亦和答 此其所作也. 李賢輔, 〈生日歌幷序〉.
35) 임형택, 「국문시의 전통과 〈도산십이곡〉」, 『한국문학사의 시각』, 창작과 비평사, 1984, 53쪽.

던 하나의 관습이었던 것으로 보인다.

이러한 관습이 가객들의 활동이 본격화 되는 18세기에 접어들면서 생일 잔치와 같은 연회에서 스스로 시조를 짓고 부르면서 즐기기보다는 전문적인 가객을 초청하여 그들의 노래를 듣고 즐기는 것으로 변화한 것이다.

> 내가 들으니 평양감사가 대동강 위에서 회갑 잔치를 벌인다는구나. 평안도 모든 수령들이 다 보이고 명기(名妓) 가객(歌客)이 뽑혀 오는데 육산주해(肉山酒海)를 이룬다고 벌써부터 선성이 대단하다. 아무날이 바로 잔칫날이라는구나. 한번 걸음에 심회를 크게 발산할 뿐더러 전두로 돈과 비단을 많이 받아 올 것이니 이 어찌 양주학(楊州鶴)이 아니겠느냐?[36]

이 글은 18세기 중엽에 활동했던 가객(歌客) 이세춘(李世春)이 그의 연희패라 할 수 있는 금객(琴客) 김철석(金哲石)과 기생(妓生) 추월(秋月)·매월(梅月)·계섬(桂蟾) 등과 함께 평안감사의 회갑 잔치에 놀러갈 것을 의논하는 대목이다. 이를 통하여 조선후기에는 회갑 잔치에는 으레 기생과 가객을 초청하여 놀음을 놀았으며 또 이들에게는 많은 돈과 비단을 전두로 주었다는 것을 알 수 있다. 실제로 이들은 평양감사의 회갑 잔치에 놀아주고, 거의 만금에 가까운 돈을 사례금으로 받았다.

이 글은 평안감사의 회갑 잔치에 대한 것이지만, 조선조 사회가 유교 이념에 입각한 사회이고 '효'가 무엇보다도 강조되던 사회라는 사실을 감안해 본다면, 어느 정도의 경제력만 허락한다면 자식이 부모의 생일이나 회갑에 잔치를 베풀고 가객이나 기생들을 초청하며 풍류를 잡히고 후한 사례금을 주었다는 사실은 쉽게 짐작할 수 있는 일이다.

또한 가객의 입장에서는 가장 빈번하게 초청되어 시조를 연행하는 자리가

---

36) 이우성·임형택 편역, 『이조한문단편집(중)』, 일조각, 1978, 203쪽.

바로 생일이나 회갑 잔치였으며, 비교적 융숭하게 대접받을 수 있는 곳 역시 생일이나 회갑 잔치였기 때문에 이러한 연회에 가장 잘 어울리는 곡목을 선정할 필요가 있었을 것이다. 시조의 연행이 일반적으로 정격의 근엄한 분위기에서 변격의 흥겨운 분위기로, 점잖은 데서부터 점차 흥청거리는 쪽으로 진행된다고 할 때[37] 생일이나 회갑과 같은 연회에 초청된 가객들은 아직 잔치의 흥이 고조되기 전인 잔치의 초반부에 부모의 생일이나 회갑 잔치와 같은 연회의 의미를 가장 잘 살릴 수 있는 노래를 가창하였을 것이다. 여기에 가장 적합한 내용의 노래는 바로 부모에 대한 자식의 효을 강조하는 훈민시조였을 것이다. 처음에는 〈훈민가〉에 있는 '자효'와 같은 작품을 노래하였지만 차츰 시조를 직접 지을 수 있는 가객들이 등장하면서 이러한 분위기에 맞는 새로운 작품을 짓기도 하였을 것이다.

이와 같이 18세기에 접어들면서 가객들이 전문화·직업화되면서 연회에 초청되어 시조를 연행할 경우 청중들의 취향이나 기호를 고려하지 않을 수 없었다. 그런데 이 가객들이 가장 자주 초청되어 시조를 연행했던 연회가 생일이나 회갑 잔치였으며, 이러한 연회에서 시조를 연행하는 과정에서 훈민시조의 주제가 '효'에로의 편중화 현상이 일어났던 것이다. 따라서 '효'에로의 주제 편중 현상은 18·19세기에 시조가 가객들에 의하여 연행의 현장에서 가창화되는 과정에서 일어난 현상이라고 보아야 할 것이다.

5. 맺음말

본고는 양반 사대부들이 유교 도덕으로써 백성들을 교화하기 위한 명백한 의도 아래 창작되어 일반 백성들에게 암송의 방식으로 향유되던 훈민시조가 18·19세기의 시조문학이 연행예술화되는 과정에서 가객들에 의하여 가창의

---

37) 김대행, 앞의 책, 108쪽.

방식으로 연행되면서 어떻게 수용·변모되고 새롭게 창작되었으며, 또 그 의미는 무엇인가를 중심으로 고찰하였다. 지금까지 논의한 결과를 간추려 마무리로 삼는다.

1. 18·19세기의 훈민시조는 '암송'과 '가창'이라는 두 가지 방식으로 이원적 전승을 하게 된다. 즉, 일반 백성들은 교화를 목적으로 관에서 간행·유포한 전대의 〈훈민가〉를 수용하여 훈민시조의 일반적인 향유방식인 '암송'의 방식으로 향유하였고, 가객들은 연행의 현장에서 이것을 '가창'의 방식으로 연행하면서 한편으로는 연행과 가창에 적합한 새로운 훈민시조를 창작하기도 하였다.

2. 이 시기에 훈민시조의 향유방식이 '암송'의 방식에서 '가창'의 방식으로 변화되면서 전대와는 달리 훈민시조에서의 연시조 형식이 파괴되는데, 이러한 원인은 시조를 창하는 가곡창의 제약 때문이라는 것을 밝혔다. 즉, 일정한 순서에 따라 한바탕을 계속하여 부르는 가곡창의 연행 방식은 문학적 형식인 연시조 형식과는 무관하기 때문에 〈훈민가〉와 같은 연시조라도 연행의 현장에서 가객들에 의하여 가창될 때에는 몇몇 노래만 선택하여 각 장을 독립된 노래로 노래함으로써 연시조의 형식이 파괴되었다.

3. 아울러 이 시기에 가객들이 새로운 훈민시조를 창작할 때에도 변화가 나타났다. 한 수에 유교 덕목 하나씩을 다룬 연시조 형식이 아니라, 오륜의 다섯 가지 윤리 덕목을 한 수에 담아 노래하는 새로운 형식의 작품이 나타난 것이다. 즉 가객들이 연행의 현장에서 훈민시조를 가곡창에 얹어 가창할 때는, 가곡창의 제약 때문에 오륜이라는 다섯 가지 윤리 덕목을 모두 다 노래할 수는 없었기 때문에 오륜의 모든 내용을 한 수의 시조에 담아 노래할 필요가 있었다. 이러한 필요에 의하여 이 시기에는 연시조의 형태가 아니면서 오륜의 다섯 가지 윤리를 모두 한 수에 담아 노래하는 새로운 형태의 훈민시조가 나타났다.

4. 훈민시조에 나타난 또 다른 특징은 오륜 가운데 다른 네 가지 윤리 덕목은 노래하지 않고 '부자유친'에 해당되는 '효'를 내용으로 하는 시조만을 창작하고 노래함으로써, 훈민시조의 내용이 오륜 중에서도 '효'에 관한 내용 쪽으로 편중되는 현상이 나타난다는 것이다. 이 시기에 가객들이 전문화·직업화되면서 연회에 초청되어 시조를 연행할 경우 청중들의 취향이나 기호를 고려하지 않을 수 없었다. 그런데 이 가객들이 가장 자주 초청되어 시조를 연행했던 연회가 생일이나 회갑 잔치였으며, 이러한 연회에서 시조를 연행하는 과정에서 훈민시조의 주제가 '효'로 편중되었던 것이다. 따라서 '효'에로의 주제의 편중 현상은 18·19세기에 접어들면서 시조가 가객들에 의하여 연행의 현장에서 가창되는 과정에서 일어난 현상이라고 보아야 할 것이다.

『한국문학논총』, 제15집, 한국문학회, 1994.

Ⅳ. 안민영 시조의 연행 양상과 그 의미

1. 머리말

안민영은 19세기를 대표하는 시조작가이다. 그는 자신의 개인 가집인『금옥총부(金玉叢部)』에 180수의 시조 작품을 남겼으며, 스승인 박효관과 함께『가곡원류(歌曲源流)』를 편찬하는 등 다양한 가악활동을 전개하면서 당시의 가악계를 이끌어 나갔다. 따라서 19세기 시조문학을 올바르게 이해하기 위해서는 안민영과 그의 가악활동을 정확하게 파악해야만 할 것이다.

안민영에 대한 연구는 다양한 측면에서 이루어졌다. 19세기 시가사를 연구하는 과정에서 안민영이 언급되기도 하고,1)『금옥총부』의 편찬과 관련하여 안민영을 다루기도 하였다.2) 안민영의 작품세계를 이해하기 위한 가악활동과 관련된 연구들이 다각도로 이루어져 안민영 작품을 이해할 수 있는 바탕을 마련하기도 하였다.3) 본격적인 안민영의 작가론이나 작품론 쪽에서는 주로『금옥총부』에 수록된 작품을 주제별로 분류하거나 일부 작품에 대한 평가를 시도하였고,4) 또 한편으로는 창작 상황과 관련하여 그의 작품을 유형화하여 작

---

1) 고미숙,『19세기 시조의 예술사적 의미』, 태학사, 1998, 170-188쪽 및 이동연,『19세기 시조 예술론』, 월인, 2000, 99-133쪽.
2) 신경숙,『19세기 가집의 전개』, 계명문화사, 1994, 82-92쪽; 심재완, 「『금옥총부』연구」,『청구대학논문집』제4집, 청구대학, 1961, 37-61쪽; 강전섭, 「『금옥총부』에 대하여」,『한국고전문학연구』, 대왕사, 1981, 300-320쪽.
3) 신경숙, 「안민영과 기녀」,『민족문화』제10집, 한성대학교 민족문화연구소, 1999; 「안민영과 예인들」,『어문논집』제41집, 안암어문학회, 2000; 「안민영 예인집단의 좌상객 연구」,『한국시가연구』제10집, 한국시가학회, 2000 참조.

품의 특성을 연구하기도 하였으며,5) 안민영 작품의 창작 경향과 창작 동인에 나타난 자아를 중심으로 그의 시조문학 양상을 파악하여 그 지향성을 고찰하기도 하였다.6) 근자에는 연구의 시각을 달리하여 가곡의 연창 방식과 관련지어 안민영의 작품을 해석하려는 연구7) 등이 나타나면서 안민영의 작품세계를 새롭게 이해하려는 다양한 시도가 계속되고 있다.

그러나 이러한 다양한 접근에도 불구하고 안민영과 그의 작품세계에 대한 평가는 연구자마다 크게 엇갈리고 있다. 이를테면 그의 작품은 '권력자에 대한 터무니없는 송축의 헌사와 수많은 여인과의 사연을 담은 연정 시조'8)에 불과하다거나, '매너리즘적 양식화를 바탕으로 한 심미적 낭만주의'라고9) 평하는 경우가 있는가 하면, 『가곡원류』에 수록된 그의 작품을 '순수 서정시적 특징'을 지니고 있다고 평하는 경우도10) 있어 안민영의 작품에 대한 평가의 편차가 너무 크다. 위와 같은 안민영에 대한 평가는 그의 작품이 다층적인 층위에서 창작되어 그 내용과 성격이 매우 다양함에도 불구하고11) 특정한 성향의

---

4) 박을수, 「안민영론」, 『한국문학작가론』, 현대문학, 1992, 898-917쪽; 황순구, 「안민영론」, 한국시조학회편, 『고시조작가론』, 백산출판사, 1986, 378-410쪽; 조규익, 「안민영의 노래」, 『가곡창사의 국문학적 본질』, 집문당, 1994, 375-405쪽; 박노준, 「안민영의 삶과 시의 문제점」, 『조선후기 시가의 현실인식』, 고대 민족문화연구소, 1998, 330-356쪽.

5) 이지영, 「안민영의 시조창작을 통해 본 19세기 가객시조의 성격」, 이화여자대학교 석사논문, 1993.

6) 김현식, 「안민영의 가집 편찬과 시조 문학 양상 연구」, 서울대학교 석사논문, 1999.

7) 성기옥, 「한국 고전시 해석의 과제와 전망 ─안민영의 〈매화사〉의 경우─」, 『진단학보』 제85집, 진단학회, 1998, 111-137쪽; 송원호, 「가곡 한 바탕의 연행 효과에 대한 일고찰 ─안민영의 우조 한 바탕을 중심으로」, 『어문논집』 제42집, 안암어문학회, 2002, 5-23쪽; 김용찬, 「『금옥총부』를 통해 본 안민영의 가악활동과 가곡의 연창방식」, 『시조학논총』 제24집, 한국시조학회, 2006, 139-171쪽.

8) 박노준, 「안민영의 삶과 시의 문제점」, 『조선후기 시가의 현실인식』, 고려대학교 민족문화연구소, 1998, 356쪽.

9) 고미숙, 『19세기 시조의 예술사적 의미』, 태학사, 1998, 170-188쪽.

10) 고정희, 「『가곡원류』 시조의 서정시적 특징」, 서울대학교 석사논문, 1996.

11) 안민영의 『금옥총부』에 수록된 작품을 유형별로 분류한 몇 편의 연구가 있다. 이 가운

작품만을 중심으로 연구하여 의미를 부여한 결과라고 생각된다. 그러므로 이러한 연구들은 그의 작품에 나타난 하나의 경향을 보여줄 수는 있지만 그의 작품에 대한 총체적인 이해에 도달하기 어려운 경향이 있다.

널리 알려진 바와 같이 『금옥총부』에는 모든 작품마다 작품 후기가 기록되어 있어, 창작 배경이나 창작 동기 그리고 작품의 연행 상황 등을 짐작할 수 있다. 이 작품 후기를 살펴보면 안민영은 다양한 가악활동을 전개하면서 실제 연행 상황에 맞추어 작품을 창작하였다는 사실을 확인할 수 있다. 안민영의 시조 작품이 이처럼 다양한 연행 상황 아래서 창작된 것이라면, 그의 작품을 올바르게 이해하기 위해서는 먼저 그 연행 상황을 면밀하게 파악하고, 이러한 연행 상황과 관련지어 그 작품의 의미를 규명하여야 할 것이다.[12]

이러한 인식 하에 본고에서는 우선 안민영의 시조 연행 양상을 몇 가지 유형으로 나누어 살피고, 그 의의를 밝히고자 한다. 안민영의 작품은 서로 다른 연행 상황 아래 창작되고 연행되었음에도 불구하고 실제 작품의 연구에서는 이러한 구체적 연행 양상을 배제하고 연구자가 어떤 유형의 작품을 중심으로 연구했느냐에 따라 그의 작품에 대한 평가가 크게 달라졌다고 생각하기 때문이다. 따라서 본고는 안민영 시조 작품의 구체적 연행 양상을 유형별로 파악하고 그 실상과 의미를 밝힘으로써 그의 작품을 총체적으로 이해하는 기반을 마련하고자 한다.

데 박을수는 기녀와 여인을 중심한 艶情의 노래, 왕실과 종친을 중심한 頌祝의 노래, 雲崖와 師友를 중심한 교유의 노래, 인정과 세태를 한탄한 浮生의 노래, 名區勝地를 중심한 觀遊의 노래, 자연 속에서 유유자적하는 閑居의 노래 등 여섯 가지로 분류하였다. 박을수, 「안민영론」, 앞의 책, 898-917쪽.

12) 성기옥은 "한국의 고전시가는 노래로 불리기 위해 창작된 연행예술적 성격이 강한 만큼, 고전시의 언어는 노래를 짓고 즐기는 향유 상황과의 긴밀한 상호작용 속에서 의미가 완성되는 '상황의 언어'이다."라고 주장한 바 있으며, 필자도 이 견해에 동의한다. 성기옥, 앞의 논문, 137쪽 참조.

2. 공적 연행과 讚美

고전시가는 기본적으로 문학적인 독서의 형태로 향유되는 것이 아니라 음악적 연행으로 실현된 노래로 향유된다. 시조의 경우에는 연행이 가악의 형태로 실현되기 때문에 연행자는 문학적 텍스트를 음악적으로 변용하여 향유자에게 전달한다. 이 경우 연행자의 음악적 능력은 일반적으로 연행의 질적 수준을 결정짓는 중요한 요소가 된다. 연행의 텍스트는 연행의 동기나 목적 그리고 향유자의 성격에 따라서 달라진다. 연행의 향유자는 연행 공간에서 연행물을 감상하게 되지만, 일반적으로 연행자는 향유자의 성격이나 취향에 따라 텍스트나 곡을 선정하기 때문에 연행의 성격과 그 양상은 향유자에 따라 달라지게 마련이다.13) 따라서 연행의 양상은 일반적으로 연행자, 텍스트, 연행의 향유자, 그리고 연행의 성격에 따라 결정된다고 보아도 무방할 것이다.

안민영의 시조 작품은 거의 모두가 특정한 연행을 위하여 창작되었고, 실제로 많은 작품이 연행의 현장에서 연행되었다. 『금옥총부』가 '처음부터 창곡을 염두에 두고 사설을 창작한 가곡들을 연행의 실제에 맞게 구성하는 방식'을14) 보여주고 있다는 주장은 이러한 사실을 확인시켜 준다. 이뿐만 아니라 『금옥총부』에 수록된 각 작품의 후기를 살펴보면 거의 대부분의 작품들이 실제 연행 공간과 밀접한 관련 속에서 창작되고 연행되었음을 확인할 수 있다. 실제로 『금옥총부』에 나타난 연행 상황 몇 가지를 살펴보면 아래와 같다.

---

13) 신경숙은 "연행예술은 기본적으로 이에 동의하는 사회 향유층 기호의 성장과 확산으로 완성될 수 있는 예술형태이기 때문에 이들이 어떤 방식으로 연행, 감식, 간섭하면서 연행예술을 특정 방향으로 유도, 확산, 완성해 나갔다"라고 주장하였다. 신경숙, 「안민영 예인집단의 좌상객 연구」, 『한국시가연구』 제10집, 한국시가학회, 2001, 233쪽.
14) 허왕욱, 「『금옥총부』의 연행 교본적 성격과 가곡사적 위상」, 『청람어문교육』 제29집, 청람어문교육학회, 2004, 320쪽.

(1) 聖上에 父親이신져 놉푸시기 그지업네
    庚辰 臘月卄一日에 設甲宴於二老堂을
    盡日에 鳳笙龍管으로 獻蟠桃를 하시더라.15)

    경진년 12월 21일은 석파대로의 회갑일이었다. 성상께서 친히 운현궁
    에 납시어 헌수하시므로, 〈하축(賀祝)〉 3장을 지었다.16)

(2) 雲車를 머무르고 芳草岸에 긔여 올나
    긴 프롬 흐마듸로 胸海를 널닌 後에 다시금 淸流邊에 詩를 읇고 盞날닐
    제 불근 꼿 푸른 닙흔 山形을 그림허고 닷는 麋鹿 나는 싀는 春興을
    藉良헌다 嘹亮헌 가는 노릭 香風에 무더 가고 浪藉헌 風樂쇼릭 行雲에
    셧겨난다
    俄已오 石逕隱隱 비긴 길노 緇衣白衲이 次例로 느러오며 合掌拜禮 허더라.17)

(3) 석파대로께서 임신년 봄 공덕리에서 휴식하시었다. 하루는 석양에 문
    인과 기녀 및 공인들을 거느리고 우소처(尤笑處)에 오르셔서, 풍악을 크
    게 베풀고 기뻐하며 즐기는 사이에 해가 지고 달이 떠올랐다. (후략)18)

---

15) 『금옥총부』 8번. 이 논문에서 안민영의 작품은 모두 『금옥총부』(가람문고본, 영인본)
    에서 인용하고, 이후 안민영의 작품을 인용할 경우에는 『금옥총부』 8번'과 같이 가집
    의 이름과 작품번호만 표기한다.
16) 庚辰十二月二十一日 石坡大老回甲日 聖上親臨于雲宮獻壽 而作賀祝三章. 작품 8번 후기.
17) 『금옥총부』 172번. 『금옥총부』에는 이 작품의 앞에 "不學이 無聞이면 正墻面而立이어
    니 聖學을 만이 빅와 溫古知新허오리라 / 그러믹"를 덧붙여 172번 작품으로 표기되어
    있으나, 김신중은 이 부분과 인용된 작품은 서로 다른 작품이라는 것을 밝히고, 앞부
    분은 172번 작품, 인용된 것은 173번 작품으로 보고 있다. 본고에서는 김신중의 견해
    를 따라 앞부분은 제외하고 인용하였다. 자세한 내용은 김신중, 『역주 금옥총부』,
    박이정, 2003, 191쪽의 각주 551 참조.
18) 石坡大老於壬申春 偃息於孔德里 一日夕陽 率門人及妓工 登臨尤笑處 大張風樂歡娛之際 日
    落月上矣. 작품 103번 후기.

위의 글 (1)은 대원군 회갑연 하축(賀祝) 시조 첫 번째 작품과 그 후기로, 안민영이 대원군의 회갑잔치에 시조 3장을 지어19) 그의 회갑을 하축한 사실을 적은 글이다. 안민영은 대원군의 회갑날에 이로당에서 열린 성대한 회갑연에서 종일토록 음악을 연주하면서 대원군의 만수무강을 빌었다. 이 회갑연의 품격과 호사스러움은 작품과 후기에 직접 나타나지 않지만, 안민영의 회갑에 대원군께서 공덕리 추수루에 회갑연을 베풀어 주고 기악(妓樂)을 널리 불러 온종일 질탕하게 즐기게 하였다는20) 기록으로 미루어 생각하면, 당시 최고 권력자인 대원군의 회갑연의 품격과 호사스러움은 쉽게 짐작하고도 남음이 있을 것이다. 이 연회에서 연행의 직접적 목적은 대원군의 회갑을 축하하는 것이며, 연행자들은 당대 최고의 기녀와 악공들이었다. 이 연행에서 텍스트는 안민영이 창작한 '〈하축(賀祝)〉 3장'21)이 중심이 되었고, 주된 향유자는 회갑을 맞이한 대원군이었음은 물론이다.

이와 같은 종류의 연행이 운현궁에서는 여러 차례 있었다. 즉 부대부인의 갑연 하축, 성상 즉위 하축, 세자 탄강 하축, 대왕대비 탄일 하축, 건청궁 하축 등, 운현궁에서 하축 행사가 있을 때마다 안민영은 그 행사에 적합한 시조를 지어 이를 관현에 올려 연행하며 축하하였던 것이다.22)

글 (2)는 병자년(1876) 봄에 우석상서(又石尙書)께서 양주 덕사에서 꽃놀이한 광경을 읊은 시조이다. 이 자리는 봄날 아름다운 경치 속에서 서로 술잔을 주고받으며 시를 읊고 노래와 풍악을 즐기는 질탕한 풍류마당이었다. 같은

---

19) 대원군의 회갑을 하축한 시조는 『금옥총부』 8, 25, 67번 작품이다.
20) 丙子六月二十九日 卽吾回甲日也 石坡大老 爲設甲宴於孔德里秋水樓 命又石尙書廣招妓樂 盡日迭宕 是豈人人所得者歟. 작품 18번 후기.
21) 『금옥총부』 8, 25, 67번 작품.
22) 부대부인의 갑연 하축 시조는 『금옥총부』 71, 171, 170번 작품, 성상 즉위 하축 시조는 『금옥총부』 1번 작품, 세자 탄강 하축 시조는 『금옥총부』 2, 10, 35, 49, 69, 88, 95, 99번 작품, 대왕대비 탄일 하축 시조는 169번 작품, 건청궁 하축 시조는 『금옥총부』 9, 14, 33번 작품이다.

날, 이 꽃놀이를 노래한 다른 시조가 있는데, 여기에서는 이날 '세악(細樂)'을 앞세우고, '기라군(綺羅裙)'이 따랐다고[23] 하고, 작품 후기에는 이날 "우석상 서께서는 장안 제일의 가객(歌客)·금객(琴客)·가기(佳妓) 십여 명을 거느리고 양주 덕사에 꽃놀이를 하였다"라고[24] 기록하고 있다. 이 꽃놀이에 장안 제일의 가객·금객·가기들이 참여하고 있다는 사실로 미루어 볼 때, 이 풍류놀이의 중심이 호화로운 가악의 연행이었음을 쉽게 짐작할 수 있다. 연행의 동기는 풍류놀이이며, 연행자들은 당대 최고의 가객·금객·가기들이었고, 주된 향유자는 꽃놀이를 주선한 우석상서임은 물론이다. 글 (3)은 이와 유사한 풍류놀이가 대원군을 중심으로도 이루어졌음을 보여주고 있다.

이러한 연회나 풍류놀이에서 행한 가악 연행에서 안민영이 맡은 역할은 무엇이었을까. 일개 가객으로 연행에 참가하여 가곡을 창하기만 하였을까. 단순히 그런 것 같지만은 않다. 널리 알려진 바와 같이 안민영은 당시 최고의 예인집단을 이끌고 있었다.[25] 예인집단이란 가악의 연행에 필요한 노래, 춤, 악기의 연주 등에 뛰어난 기량을 지닌 가객, 기생, 금객, 세악수 등으로 구성된 예능인의 그룹으로, 이들은 대개 연행을 위해 함께 행동하는 것이 일반적이었다. 안민영의 예인집단은 그가 대원군을 모시면서부터 운현궁의 연회나 풍류놀이에 초청되었던 것으로 생각된다.

운현궁에 기념할 만한 행사나 잔치가 있을 때, 또는 대원군이나 우석상서가 풍류를 즐길 때는 안민영을 초청하였으며, 안민영은 자신의 예인집단을 이끌고 이 행사에 참여하였을 것이다. 이 때 그는 행사의 성격이나 종류를 고려하여 자신이 직접 그 연행 상황에 알맞은 작품을 창작하고, 이 노래를 예인집단에게 가르쳐 관현에 올려 연행에 임했던 것이다.[26] 이런 사실로 미루어 보면

---

23) 大道 正如髮헌듸 雲車를 모라갈계 / 花灼灼 柳絲絲요 風習習 雲悠悠라 / 뒤헤는 綺羅裙 싸로거늘 압혜 細樂 이러라. 『금옥총부』 64번.

24) 丙子春 又石尙書 奉長安第一歌琴佳妓十餘箇 花遊於楊洲德寺. 작품 64번 후기.

25) 신경숙, 앞의 논문, 229쪽.

안민영은 당시 운현궁의 연회나 풍류놀이를 책임진 일종의 '연행 기획자'[27]의 역할을 담당한 것으로 보인다.

안민영은 이러한 자신의 역할을 충실하게 해냄으로써 대원군으로부터 인정을 받았다. 정묘년(1867)에 대원군을 만난 이후 오래도록 그를 모시고 따랐으며,[28] 대원군과 우석상서가 그를 위한 회갑잔치를 베풀어주고[29] 대원군이 그에게 '구포동인(口圃東人)'이라는 호까지 하사할[30] 정도로 운현궁의 각별한 사랑을 받았다. 안민영 자신도 이런 대원군과 우석상서를 지기인(知己人)으로 생각하였으며,[31] 그들에게 몸을 맡기고 그들의 문인으로 자처하고 있다.[32] 안민영에게 운현궁, 즉 대원군과 우석상서를 최고의 향유자로 모신 이런 연행은 단순한 개인의 차원을 넘어서 공적인 의미를 지닌 '공적 연행'이었던 것으로 보아야 할 것이다.

이러한 '공적 연행'은 우선 대원군 혹은 우석상서 등과 같은 당대 최고의 권력자들을 주된 향유자로 모신 연행으로, 연행의 목적은 운현궁의 각종 행사에 참석하여 이를 축하하거나, 대원군이나 우석상서의 풍류놀이에서 흥을 돋우는 것이었다. 따라서 공적 연행의 작품은 향유자와 연행의 성격상 '하축'이나 '찬미' 등과 같은 주제에 편중될 수밖에 없었다. 앞서 언급한 운현궁의 잔치에서 연행되었던 하축시들은 작품의 제목에서부터 그 내용을 확인할 수 있듯이 '하축'에 그 주제가 집중되어 있다. 한편, 우석상서에 대한 것은 '우석(又石)'

---

26) 使訓才子賢伶 被以管絃唱 爲勝遊樂事. 박효관, 〈금옥총부서〉
27) 허왕욱, 앞의 논문, 304쪽.
28) 自丁卯以後 長待石坡大老 是豈非夢兆靈應歟. 작품 168번 후기.
29) 丙子六月二十九日 卽吾回甲日也 石坡大老 爲設甲宴於孔德里秋水樓 命又石尙書廣招妓樂 盡日迭宕 是豈人人所得者歟. 작품 18번 후기.
30) 三溪洞 我家後園 有口字圃田 故石坡大老 賜號口圃東人. 작품 29번 후기.
31) 口圃東人 빗는身勢 알니적어 病되더니 / 似韻似閑兼得味요 如詩如酒又知音은 / 石坡公 知己筆端이시니 感激無限 ᄒ여라. 『금옥총부』 29번.
32) 周翁의 微하므로 委質於又石하야 / 德也에 沐浴감고 人風에 술을 씌니 / 닌 이제 德門人 되얏슨져 樂又樂을 하노라. 『금옥총부』 19번.

이란 호의 내력을 풀이하며 우석상서를 찬양하고, 우석의 군자풍을 기리고, 우석상서의 풍류를 예찬하는 내용이 중심을 이룬다.33) 풍류놀이에서 연행되었던 작품들도 병인양요를 물리친 대원군의 능력을 찬양하거나,34) 그의 예술적 능력을 찬미하거나,35) 자신에게 후하게 대해준 것에 대한 찬사를 보내는 것으로36) 이루어져 있다. 결국 풍류놀이에서 연행된 작품도 모두 이들에 대한 찬미로 일관하고 있다.

아울러 공적 연행의 작품들은 안민영이 특정한 행사나 연회를 위하여 그 성격에 알맞은 작품을 창작하고 그에 맞는 가곡의 곡조에 얹어 가창하도록 구성하였기 때문에, 다른 연행의 장에서는 쉽게 연행될 수 없는 한계를 지니고 있었다. 즉, 공적 연행의 작품들은 특정한 행사를 축하하고 특정인을 향유자로 모시고 그를 찬미하는 내용의 노래이기 때문에, 행사의 성격이 달라지고 향유자가 다른 사람으로 바뀐 일반적인 연행의 장에서는 가창될 수 없었을 것이다. 실제로 세자 탄강 하축시, 대원군과 부대부인의 갑연 하축시, 대왕대비 탄일 하축시, 건청궁 하축시, 그리고 우석상서의 병조판서 제수 축하시, 덕사 꽃놀이를 노래한 시 등은 오직『금옥총부』에만 실려 있고 다른 가집에서는 전혀 찾아볼 수 없다.37) 이것은 공적 연행에서 불린 노래들은 그 내용과 연행 상황이 특수하기 때문에 다른 일반적인 연행의 장에서는 쉽게 공감을 얻을 수 없었기 때문이라 할 수 있다.

---

33) '又石'이란 호의 내력은『금옥총부』4번, 우석의 군자풍을 찬양한 것은『금옥총부』12번, 우석상서가 병조판서에 제수된 것을 하축하는 작품은『금옥총부』65번, 그리고 우석상서 풍류를 예찬한 것은『금옥총부』158, 164, 173번 작품 등에 나타나 있다.

34)『금옥총부』11번.

35)『금옥총부』38번은 擊缶 능력의 신묘함을, 3, 89, 176번은 대원군의 난치는 솜씨가 묘경에 이르렀음을 찬미하고 있다.

36)『금옥총부』29번 작품은 대원군이 자신에게 호를 하사한 데 대한 감사를,『금옥총부』18, 145번은 자신의 회갑연을 베풀어 준 것에 대한 감사를 노래한 것이다.

37) 석파의〈난초사〉3수 가운데 제1, 2수는 예외적으로『금옥총부』외에도『源國』,『源奎』,『源河』,『源朴』,『源皇』,『源一』,『海樂』등 7개 가집에 실려 있다.

3. 자족적 연행과 興趣

안민영은 당대 최고의 예인들과 함께 다양한 가악활동을 전개하면서 당시의 가악계를 이끌어 나갔다. 그가 실제로 가악활동을 전개했던 중요한 무대의 하나가 운현궁을 중심으로 한 공적 연행이었다면, 또 하나의 무대는 바로 운애산방을 중심으로 한 동류 예인들 간의 자족적인 연행이라 할 수 있을 것이다. 『금옥총부』에 수록된 작품이나 그 작품 후기를 자세히 살펴보면, 안민영은 '운애산방'을 중심으로 다양한 연행 활동을 전개하였으며,38) 그의 작품 중 상당수가 이러한 연행 활동의 소산이라는 사실을 확인할 수 있다. 『금옥총부』에 나타난 운애산방을 중심으로 한 연행 상황의 몇 가지를 살펴 보자.

(4) 경오년 겨울에 나는 운애(雲崖) 박선생(朴先生) 경화(景華)·오선생(吳先生) 기여(岐汝)·평양 기녀 순희(順姬)·전주 기녀 향춘(香春)과 더불어 산방에서 노래와 거문고를 즐겼다. 선생이 매화를 매우 좋아하여 손수 새 순을 가리어서 책상 위에 올려 놓았는데, 그 때 바야흐로 몇 송이가 반쯤 피어 그윽한 향기가 떠돌았다. 이로 인해 〈매화사(梅花詞)〉를 지었으니, 우조 일편 팔절이다.39)

(5) 나는 정묘년 봄에 박선생(朴先生) 경화(景華)·안경지(安慶之)·김군중(金君仲)·김사준(金士俊)·김성심(金聖心)·함계원(咸啓元)·신재윤(申在允)과 함께, 대구의 계월(桂月)·전주의 연연(妍妍)·해주의 은향(銀香)·전주의 향춘(香春) 및 일등 공인 한 패를 거느리고 남한산성에 올랐다. 이때에 곧 백화가 다투어 피고 만산에 붉고 푸른빛이 서로 어

---

38) 성무경, 「『금옥총부』를 통해 본 '운애산방'의 풍류세계」, 『조선후기 시가문학의 문화 담론 탐색』, 보고사, 2004, 57~84쪽.

39) 余於庚午冬 與雲崖朴先生景華 吳先生岐汝 平壤妓順姬 全州妓香春 歌琴於山房 先生癖於梅 手裁新筍 値諸案上 而方其時也 數朶半開 暗香浮動 因作梅花詞 羽調一篇八絶. 작품 6번 후기.

리어 그림 같았으니, 이것이 이른바 가히 만날 수 없는 좋은 경치 속의
아름다운 모임이었다. 삼일을 질탕히 지내고 돌아왔는데, 송파진에 이
르러 배를 타고 내려오다 한강에서 뭍에 내렸다.40)

(6) 八十一歲 雲崖先生 뉘라 늙다 일엇던고
童顔이 未改ᄒᆞ고 白髮이 還黑이라 斗酒을 能飮ᄒᆞ고 長歌을 雄唱ᄒᆞ니 神
仙의 밧탕이요 豪傑의 氣像이라 雲崖의 셜인 닙흘 ᄒᆡ마당 사랑ᄒᆞ야 長
安 名琴 名歌들과 名姬 賢伶이며 遺逸風騷人을 다 모와 거나리고 羽界面
흔밧탕을 엇거러 불너닐졔 歌聲은 嘹亮ᄒᆞ야 들쏘 틔쓸 날녀 ᄂᆡ고 琴韻
은 冷冷ᄒᆞ야 鶴의 춤을 일의현다 盡日을 迭宕ᄒᆞ고 酩酊이 醉흔 後의 蒼
壁의 불근 입과 玉階의 누른 곳츨 다 각기 쩟거들고 手舞足蹈 ᄒᆞ올젹의
西陵의 ᄒᆡ가 지고 東嶺의 달이 나니 蟋蟀은 在堂ᄒᆞ고 萬戶의 燈明이라
다시금 盞을 씻고 一盃一盃 ᄒᆞ온 후의 션술이 第一名唱 나는 북 드러노
코 牟宋을 比樣ᄒᆞ야 흔밧탕 赤壁歌를 멋지게 듯고 나니 三十三天 罷漏소
리 식벽을 報ᄒᆞ거늘 携衣相扶ᄒᆞ고 다 各기 허여지니 聖代에 豪華樂事ㅣ
이밧긔 또 잇ᄂᆞᆫ가
다만的 東天을 바라보아 ㅇㅇㅇㅇ을 싱각ᄒᆞᄂᆞᆫ 懷抱야 어늬긔지 잇스리.41)

위의 글 (4)는 안민영의 절창이라 평가되는 〈매화사〉의 창작 상황을 보여주
는 글이다. 경오년(1870) 겨울밤, 운애산방에 박효관, 오기여, 기녀 순희(順
姬)·향춘(香春), 그리고 안민영이 나란히 앉아 가금지회(歌琴之會)를 열고
있는데, 그때 마침 운애선생이 새 순을 심어 책상 위에 올려 둔 매화가지에서
꽃봉오리가 터지면서 은은한 향기가 떠다니므로 이런 정취를 담아 〈매화사〉
8수를 지었다는 것이다. 박효관은 필운대에 은거하며 시, 술, 노래, 거문고로

---

40) 余於丁卯春 與朴先生景華 安慶之 金君仲 金士俊 金聖心 咸啓元 申在允 率大邱桂月 全州妍
   妍 海州銀香 全州香春 一等工人一牌 卽上南漢山城 時則百花爭發 萬山紅綠 相暎爲畵 是所
   謂不可逢之勝槪佳會也 三日迭宕而還 到松坡津 乘船下流 漢江下陸. 작품 162번 후기.
41) 『금옥총부』 178번.

세월을 보낸 일세의 인걸이었으며,[42] 안민영은 노래를 잘 짓고 음률에 정통
한 사람이었고,[43] 또 이 자리를 함께한 평양 기녀 순희와 전주 기녀 향춘은
1866년 궁중 진연에 참여한 일급 기녀였다.[44] 오기여는 어떤 인물인지 구체
적으로 밝혀진 바는 없으나, 당대 최고의 예악인들과 가금(歌琴)을 함께한 것
으로 보아 그 또한 최고의 기량을 지닌 가금(歌琴)의 명인이었을 것으로 여겨
도 무방할 것이다.

실제 작품에서는 "梅影이 부드친窓예 玉人金차 비겨신져 / 二三 白髮翁은
거문고와 노뤼로다 / 이윽고 蓋드러 勸하량졔 달이 쪼한 오르더라."라고 노
래하고 있다. 여기서 '이삼 백발옹'이란 바로 이 날 자리를 함께한 박효관, 오
기여, 안민영 자신들을 의미하는데, 이 노랫말로 미루어볼 때, 이들이 직접
거문고를 타고 노래를 불렀음을 알 수 있다. 이 자리에는 당대 최고의 명희(名
姬)라 할 수 있는 '순희'와 '향춘'이 자리를 함께 하였지만, 안민영 등은 단순히
이 기녀들의 가악 연행을 듣고 감상하는 향유자에 머문 것이 아니라, 그들과
함께 악기를 연주하고 시조를 창하면서 가악의 연행을 함께 즐기고 있음을 확
인할 수 있다.

운애산방의 가금지회(歌琴之會)에서는 연행자와 향유자가 구분되어 있는
것이 아니었다. 연행자가 곧 향유자요, 향유자가 바로 연행자였다. 즉, 자신
들이 직접 연행하고, 또 그것을 스스로 즐기는 자족적인 연행의 장이 운애산방
의 가금지회였다.[45] 이 모임의 구성원들은 신분의 상하나 귀천을 떠나 오로지
최고의 연주기량을 지닌 전문 예능인으로서 서로 대등하게 만나 가악을 즐겼

---

42) 雲崖朴先生景華 隱於弼雲坮 平生以詩酒歌琴度日 至於耆老 固一世之人傑也. 작품 37번
  후기.
43) 又善於作歌 精通音律. 박효관, 〈금옥총부서〉
44) 성무경, 앞의 논문, 68쪽.
45) 성기옥도 '운애산방에서의 歌琴 −창자와 연주자− 이 청중을 위한 기능인[伶人]으로서
  의 봉사가 아니라 스스로 음악을 즐기기 위한 自樂'임을 지적한 바 있다. 성기옥,
  앞의 논문, 126쪽.

던 것이다. 운애산방은 안민영과 그의 예인집단에게는 자유롭게 만나 그들의 예술적 능력을 마음껏 발휘할 수 있는 열린 공간이었기에 그들은 수시로 운애산방을 방문하여 가금지회와 같은 자족적 연행을 즐겼던 것으로 보인다.46)

글 (5)는 정묘년(1867년)에 안민영과 그의 예인집단들이 남한산성에 봄 꽃 놀이를 갔을 때 지은 작품의 후기이며, 글 (6)은 경진년(1880년)의 가을 단풍 놀이를 노래한 시조이다. 위의 글에서 안민영과 그의 예인집단은 봄, 가을로 계절이 바뀔 때마다 경치 좋은 곳을 찾아다니며 풍류를 즐겼는데, 이 풍류놀이에는 박효관, 안민영, 김군중을 비롯하여 장안 최고의 명금(名琴), 명가(名歌), 명희(名姬), 현령(賢伶)들이 참여하였고, 연행은 '우계면(羽界面) 흔밧탕을 엇거러 부르는' 가곡창을 즐기는 형태로 이루어졌다. 이러한 풍류놀이는 운애산방의 가금지회보다 그 규모가 더욱 커지고, 호화롭고 향락적인 성격으로 바뀌기는 하였지만, 연행자와 향유자가 따로 구분되지 않고 자신들이 직접 연행하고 그것을 스스로 즐기는 자족적인 연행이라는 점에서는 동일하다.

이러한 '자족적 연행'에서는 공적 연행과는 달리, 특정인을 주된 향유자로 모시는 것이 아니라 연행에 참여하는 전문 예인들 스스로가 연행자이면서 동시에 향유자들이다. 따라서 자족적 연행은 당시 최고 수준의 전문 예인들이 서로 만나 그들의 예술적 능력을 마음껏 발휘할 수 있는 열린 공간이었다. 연행의 목적도 특정한 행사에 참여하여 그 성격을 고려하거나 특정한 향유자의 흥을 돋우기 위한 것이 아니라, 그들 자신이 연행하는 음악에서 최고의 기쁨과 만족을 느끼며 자신들의 음악적 '흥취'47)를 마음껏 추구하는 데 있었다.

---

46) 안민영과 그의 예인집단이 운애산방을 방문한 기록은 아래와 같다.
辛未初夏 与雲崖先生 對坐於山房 時雨灑鶯啼矣 酌酒相屬之際 忽一澗柱佳人 携一壺而来 正是平壤山紅也. 작품 26번 후기; 戊寅春 與蓮胡朴士俊 華山孫五汝 碧江金君仲 訪雲崖山房. 작품 42번 후기; 余於甲戌冬 與木山姜景學 夜訪雲崖山房 是夜大雪紛紛 不能尋逕 先生倚門而呼之日 故不聞只[咫]尺犬吠聲乎. 작품 51번 후기.
47) 본고에서 사용하고 있는 '興趣'란 어떤 사물이나 사실에서 고양된 기쁨과 충족감을 나타내는 '흥'과 그것을 취미로 하는 '취'의 합성어로 사용한다. 여기서 '흥'의 개념은

자족적 연행에서 연행된 작품은 연행 현장의 홍취나 풍류의 분위기를 반영하고 있는 경우가 대부분이다. 자족적 연행을 위한 가장 대표적인 작품인 〈매화사〉[48]도 '매영(梅影)을 드리운 운애산방의 이 아취(雅趣)있는 음악적 풍류의 현장에서 촉발된 것'이다. 이런 사실은 안민영의 직접적 창작 동기인 '운애산방의 운치서린 풍류'라는[49] 지적에서도 확인된다. 자족적 연행에서 노래된 작품은 〈매화사〉 이외에도 운애산방의 풍류를 중심으로 읊은 것이 대부분이다. 특이한 것은 박효관이란 특정인을 소재로 삼은 시조가 5수나 있지만,[50] 이 작품들은 공적 연행에서와 같이 일방적으로 시적 대상인 박효관을 찬미하는 내용으로 되어있는 것이 아니라, 작품 후기가 없으면 이 작품이 도대체 누구를 대상으로 이렇게 노래하고 있는지를 알 수 없을 정도로 그 정서가 일반화되어 있다.

늘그니 져 늘그니 林泉에 숨은 져 늘그니
詩酒歌琴與기로 늘거오는 져 늘그니
平生에 不求聞達허고 졀노 늙는 져 늘그니.

예시한 작품과 같이 자족적 연행에서 불린 작품들의 정서가 일반화된 것은 특정한 향유자를 찬미하기 위한 의도적으로 창작하는 대신, 그들 스스로 연행하는 음악적 분위기에 빠져들어 자신들의 '홍취'를 자유롭게 발산하고 있기 때문이다. 이러한 정서의 일반화에 힘입어, 이 노래는 특정인을 위한 특정 연행

김흥규, 「〈어부사시사〉에서의 '興'의 성격」(『한국고전시가작품론』 2, 집문당, 1995)에서, 그리고 '趣'는 임형택, 「18·19세기 예술사의 성격 -'趣'의 미학적 인식」(『한국학연구』 제7집, 한국학연구소, 1995)에서 차용하였다.
48) 〈매화사〉에 대한 연 구성 원리와 구조와 의미를 〈매화사〉를 얹어 부르는 우조 8절이라는 악곡과 연계하여 정치하게 분석한 글은 성기옥, 앞의 논문 참조.
49) 성기옥, 앞의 논문 126-127쪽.
50) 『금옥총부』 24, 37, 46, 93, 102번.

상황에서만 불리지 않고 일반적인 연행 상황에서도 널리 가창될 수 있었기 때문에 『금옥총부』 외에도 9개의 가집[51]에 수록되어 있다.

이처럼 자족적 연행에서 노래되었던 작품들은 공적 연행의 경우처럼 특정한 행사나 향유자를 염두에 두고 창작한 제한적 성격을 띤 것이 아니라, 최고 수준의 전문 예인들이 자신들의 예술적 능력을 마음껏 발휘할 수 있는 열린 공간에서 창작되었기 때문에 당시의 가악계에 일반적으로 행해지던 많은 연행의 공간에서 쉽게 노래될 수 있는 성격을 지니고 있었다.[52] 그러므로 안민영의 작품 가운데 자족적 연행의 작품은 이러한 정서의 일반화에 힘입어 당시 가악계에 널리 알려져 가장 많이 연행되고 광범위하게 전승되었다.

4. 사적 연행과 抒情

안민영의 『금옥총부』에 실린 작품이나 그 후기를 자세히 검토해 보면, 지극히 개인적 감정이나 사적인 사정을 노래하고 있어, 앞에서 살펴본 '공적 연행'이나 '자족적 연행'에는 포함시킬 수 없는 작품들도 있다. 아내나 지인들의 죽음, 정인과의 이별과 그 후의 그리움, 그리고 자신의 삶을 뒤돌아보고 느끼는 회한의 심경 등을 노래한 작품들이 바로 이런 작품에 해당된다. 본고에서는 이러한 개인적 감정이나 사적인 사연을 노래하고 있는 작품을 묶어 '사적 연행'에서 불리어진 작품으로 파악하고자 한다.

---

51) 이 작품은 『금옥총부』 이외에도 다음의 9개 가집에 수록되어 있다. 『源國』, 『源奎』, 『源河』, 『源六』, 『源佛』, 『源一』, 『協律』, 『海樂』, 『女謠』.

52) 자족적 연행의 대표적인 작품인 〈매화사〉는 아래와 같이 10개 이상의 가집에 실려 있는 있어 광범위하게 전승되고 있음을 짐작할 수 있다. 〈매화사〉가 실려 있은 가집은, 『源國』, 『源奎』, 『源六』, 『源佛』, 『源朴』, 『源皇』, 『源가』, 『源一』, 『源東』, 『協律』, 『海樂』 등 11개 가집이다.

(7) 내가 남원실인과 서로 따르며 산 지 사십 년이다. 금슬처럼 벗하며 마음
으로 함께 돌아가고자 하였으나, 신이 돕지 아니하여 경진년 7월 23일 숙
병으로 갑자기 세상을 떠났다. 이 때의 슬픔이 과연 어떠하였겠는가.53)

(8) 정축년 겨울 동으로 밀양의 월중선(月中仙)과 헤어지고, 서로는 해주
의 옥소선(玉簫仙)과 헤어지고, 남으로 창아(唱兒) 신학준(申學俊)을 보
냈으니, 이것이 열흘 사이의 일이었다. 내 마음이 돌이 아니거늘, 어찌
능히 참고 지낼 수 있었겠는가. 신병으로 아뢰고는 곧 북쪽 창의문
밖 구포모려(口圃茅廬)로 나가 누워버렸다.54)

(9) 정축년 동짓달 보름에 연호(蓮湖) 박사준(朴士俊)과 밤에 혜교에서 만
났다. 파루 후에 종가로 나와 걷는데, 이 밤 눈 온 뒤의 찬바람이 뼈에
스며들고, 새벽달은 서쪽 고갯마루에 걸려 있었다. 문득 옥소선(玉簫仙)
이 생각나 한 수 지었다.55)

(10) 금년에 내 나이 예순 여섯, 비 내리는 창가에 홀로 앉아 있으니 갑자
기 내 인생의 지나간 자취가 떠오르는데, 새가 울고, 꽃이 지고, 구름
이 날고, 물이 흘러가는 것과 같지 않음이 없었다. 백발을 거울에 비추
어 보며 스스로 위로하지 못하여, 크게 한 잔 들이키고 스스로 한 곡을
창하고 나니, 칠원이 나비가 된 것이 참인지 거짓인지를 분별하지 못
할 따름이라.56)

---

53) 余與南原室人 相邇四十年 琴瑟之友意欲同歸矣 神不佑之 庚辰七月二十三日 以宿病奄忽
此時悲悼果何如哉. 작품 105번 후기.
54) 丁丑冬 東離密陽月中仙 西別海州玉簫仙 南送唱兒申學俊 此是一旬間事也 我心非石 何能堪
遣 以身病告由 卽出北彰義門外口圃茅廬而臥. 작품 121번 후기.
55) 丁丑至月之望 與蓮湖朴士俊 夜會惠橋矣 漏罷後 出步鍾街 是夜雪後寒風透骨 曉月掛於西嶺
忽憶玉簫仙 作一関. 작품 129번 후기.
56) 余今年六十有六歳 雨牕獨坐 忽起念一生過痕 無非鳥啼花落雲飛水空而已 照鏡白髮 無以自
慰 飮一大白 自唱一関 漆園化蝶 不辨其眞假耳. 작품 166번 후기.

글 (7)은 안민영의 부인 남원실인이 세상을 떠나자 그 비통한 마음을 읊은 시조의 후기이다. 사십여 년을 금슬처럼 벗하며 함께 살았던 부인이 세상을 떠나자, "이때의 슬픔이 과연 어떠하겠는가"라고 반문하면서 그 비통한 마음을 드러내고 있다. 실제 작품에서는 '내 죽고 그대가 살아서 그대로 하여금 나의 슬픔을 알도록 하세'[57]라고 하여 먼저 간 부인을 원망하면서 자신의 슬픔을 나타내고 있다. 부인의 죽음을 다룬 것 외에도 스승으로 육십 년을 따르며 모시던 박효관의 죽음, 정의가 두터워 일찍이 하루도 떨어지지 않던 벗 김윤석의 죽음, 오십 년을 화류장에서 함께 지내던 안경지의 죽음, 그리고 아끼던 기생 능운의 죽음을 노래한 작품 등, 지인들의 죽음으로 인한 슬픔을 노래한 작품들이 더 있다.[58]

글 (8)은 정축년(1877년) 겨울, 월중선, 옥소선, 신학준 등과 거의 동시에 이별하게 되자 그 아픔을 참지 못하고 병으로 앓아 눕게 되었다는 내용이다. 실제 작품에서는 이별의 고통이 물에 빠지거나 불에 타는 듯하여 나의 간장이 다 불타는 것 같다고[59] 이별의 괴로움을 노래하고 있다. 이별의 아픔을 노래한 작품은 이 이외에도 혜란, 홍련, 월중선 등[60] 주로 기생과의 이별을 노래한 작품들이 있다.[61] 특히 홍련과는 죽을 때까지 함께하자는 굳은 약속을 하

---

57) 닉 죽고 그딕 살라 使君知我此時悲허세 / 달은날 黃泉길에 그 丁寧 맛날연니 / 닉 엇지 그딕의 無限헌 폭빅을 건될 쥴리 잇스리. 『금옥총부』 105번.

58) 박효관의 죽음을 노래한 작품은 『금옥총부』 102번, 김군중의 죽음은 115번, 안경지의 죽음은 120번, 능운의 죽음은 116번에서 다루고 있다.

59) 東離의 물이 밀고 西別의 불이 잇다 / 水火相侵 두 지음의 나의 肝腸 다 슬거늘 / 더구나 南路送人하고 北程차자 가노라. 『금옥총부』 121번.

60) 혜란과의 이별을 노래한 작품은 『금옥총부』 119번, 홍련과의 이별은 128, 146번, 그리고 옥소선과의 이별을 노래한 작품은 『금옥총부』 147번이다.

61) 『금옥총부』에 가장 많이 수록된 작품은 기녀를 소재로 작품이다. 『금옥총부』에 그 이름이 등장하는 기녀는 모두 43명이고, 이들과 관련된 노래는 무려 57수에 달한다. 이 기녀시조를 살펴보면 기녀에 대한 찬양, 그들의 기예에 대한 평가, 그들과의 교유, 이별, 그리움 등 다양한 내용이 포함되어 있다. 따라서 이 기녀시조를 연행 상황과 관련지을 경우, 공적 연행, 자족적 연행, 사적 연행의 모든 양상이 혼재되어 있다고

였으나, 이를 지키지 못하자 골수에 맺힌 정을 잠시라도 잊을 수 없어 그 모습을 그려 벽에 걸어 두고 보았다[62]고 하고 있다.

글 (9)는 "차다 져 달이여 雪後風 五更鍾을 / 西嶺에 거져 잇셔 어늬 곳즐 빗치이노 / 져 만일 날갓치 잠 업스면 잇즛칠듯 하여"[63]라고 옥소선에 대한 그리움을 노래한 작품의 후기이다. 친구와 만나 술 한 잔을 하고 늦은 밤길을 걸어 집으로 돌아오는데, 눈 온 뒤 찬바람이 뼈에 사무쳐 고개를 들어 하늘을 바라보니, 고갯마루에 새벽달이 걸려 있다. 이때 문득 새벽달과 겹치는 얼굴 하나, 그 그리움이 이처럼 절실할 수 있을까? 안민영의 시조에는 이처럼 마음에서 저절로 우러나는 그리움을 노래한 시조가 여러 편 있는데[64] 특히 병자년(1876년) 겨울에는 해주 감영의 옥소선이 내려간 후 이를 잊을 수가 없어 지은 시조가 무려 여덟 수에 달한다.[65]

글 (10)은 안민영이 예순 여섯이 되던 해에 비 내리는 창가에 홀로 앉아 스스로 인생의 자취를 되돌아보며 읊은 시조 후기의 일부분이다. 사실『금옥총부』는 안민영이 자신의 모든 작품을 망라하여 싣고 있다는 점, 모든 작품마다 후기를 붙이고 있다는 점 등으로 미루어 볼 때, 안민영이 자신의 일생을 정리한 회고록 같은 가집이라 할 수 있다.[66] 이런 점에서 이 작품과 작품 177번, 178번은 매우 의미 있는 작품이라 생각된다. 작품 177번은 "어리셕다 安周翁이 엇지 그리 못 든고"로 시작하여 무릉도원으로 들어가는 자신의 형세를 묘사한 뒤, "남은 세상 몃몃희를 근심없이 즐기다가 羽化登仙 하오리라"로 끝을 맺고 있다. 작품 178번은 "紅塵을 이믜 下直하고 桃源을 차자 누엇스니"

생각된다. 필자는 이를 별도의 글에서 자세히 다루고자 한다.

62)『금옥총부』작품 128번 후기.
63)『금옥총부』129번.
64)『금옥총부』111, 112, 125, 131, 143번.
65) 海營玉簫仙 丙子冬下去後 不能忘. 作界面調八絕 付之撥便. 작품 143번 후기.
66) 김현식, 앞의 논문, 98쪽.

로 시작하여 무릉도원에서의 유유자적한 삶을 형상화한 뒤, "뭇노라 벗님네야 安周翁의 悅心樂志 이만ㅎ면 넉넉ㅎ야 / 이 後란 離別을 아조 離別ㅎ고 桃 源의 길이 슘어 任과 함긔 즐기다가 元命이 다ㅎ거든 同年同月同日時에 白 日昇天 ㅎ오리라."로 끝을 맺고 있다. 이 두 작품은 각각 앞과 뒤에 자신의 이름을 직접 거론하면서 작품을 시작하거나 끝내고 있어 지극히 사적인 감정 을 노래하고 있음을 분명히 하고 있다.

이상에서 살펴본 바와 같은 지인의 죽음으로 인한 비통한 심정, 정인과 이 별한 아픔과 그 후의 절실한 그리움, 그리고 개인적인 인생의 회고와 그 감흥 등과 같은 지극히 개인적인 감정이나 사적인 사정을 읊은 노래들은 사실 찬미 를 주로 하는 공적 연행은 물론이거니와 흥취를 주로 하는 자족적 연행에서도 쉽게 노래할 수 있는 성격의 작품은 아니다. 그렇다면 이 노래들은 언제 어떤 방식으로 연행되었을까? 글 (10)에 그 실마리가 나와 있다. 안민영은 "스스로 위로하지 못하여, 크게 한 잔 들이키고 스스로 한 곡을 창"하였다고 하고 있 다. 그는 '죽음', '이별', '그리움', '인생의 회한' 등과 같은 개인적 감정을 읊은 작품을 지어 혼자 노래하면서 '비통함', '괴로움', '그리움'이나 '자신의 회한'을 스스로 위로하고 달랬던 것이다.[67]

이처럼 사적 연행은 공적 연행이나 자족적 연행과는 달리 특별한 연행 공간 이나 연행자, 향유자가 없다. 그래서 특정한 향유자에 대한 찬미나 자신의 예 술적 재능을 마음껏 발휘하는 흥취를 추구하는 내용이 아니라, 개인이 아주 사적인 감정이나 정서를 혼자서 노래하고 그 노래로 자신이 위로받는 방식이 다. 즉, 사적 연행의 작품의 내용은 개인의 슬픔, 이별의 아픔이나 그리움 등

---

[67] 조규익은 "生離死別의 상황을 극복하지 못하고 패배하는 인간실존은 처절한 비애의 아름다움을 지닌 존재로 묘사되기 마련인데, 그 처절성이 내적으로 더욱 심화될 때 淨化의 경지에까지 도달한다"고 하면서 안민영의 작품에 '슬프게 풀어 주는 발산의 미학'이 있다고 하였다. 조규익, 「안민영의 노래」, 『가곡창사의 국문학적 본질』, 집문 당, 1994, 405쪽.

이 주를 이룬다. 그래서 공적 연행과 자족적 연행의 작품과는 달리 거의 모든 작품이, 성률이 '오열처창(嗚咽悽愴)'하고 '애원처창('哀怨悽愴)'한 계면조에 실려 있다.68) 또한 사적 연행의 작품들이 노래하는 지극히 사적인 정서는 쉽게 보편적인 정서로 일반화될 수 없기 때문에 다른 일반적인 연행의 현장에서 가창될 수 없었다. 따라서 사적 연행의 작품은 『금옥총부』에만 실려 있고 다른 가집에서는 거의 수록되어 있지 않아69) 그 연행과 전승이 제한적이었다.

5. 맺음말

본고는 안민영의 작품이 다양한 연행 활동의 소산이라는 전제 아래 연행의 양상에 따라 그의 작품을 세 유형으로 나누어 그 실상과 의미를 추론함으로써 안민영 시조 해석의 한 방안을 마련하고자 하였다. 지금까지의 논의를 요약하여 맺음말로 삼는다.

본고에서는 안민영 시조의 연행 양상을 연행자, 텍스트, 연행의 향유자 그리고 연행의 성격에 따라 '공적 연행', '자족적 연행' 그리고 '사적 연행'의 세 유형으로 파악하였다.

'공적 연행'은 운현궁이나 대원군 혹은 우석상서 등 당대 최고의 권력자들을 주된 향유자로 모신 연행으로, 연행의 목적은 운현궁의 연회에 참여하여 이를 축하하거나 대원군이나 우석상서의 풍류놀이에서 흥을 돋우는 것이었다. 공적 연행의 작품은 그 내용이 향유자와 연행의 성격상 '하축'이나 '찬미' 등과 같은 하나의 주제에 집중되었음을 밝혔다.

공적 연행의 작품들은 그 내용과 연행 상황이 특수하기 때문에 다른 일반적

---

68) 사적 연행의 작품 가운데 자신의 회한을 노래한 세 편은 '편락'과 '언편'에 실려 있다.
69) 다만 월중선을 그리워하는 노래(『금옥총부』 111번)가 『海樂』, 『詩謠』, 『시철가』 등 3개 가집에 수록되어 있고, 평양기 소홍에 대한 그리움을 노래한 작품(『금옥총부』112번)이 『源一』, 『시철가』 등 2개 가집에 수록되어 있다.

인 연행의 장에서는 쉽게 공감을 얻을 수 없어 다른 일반적인 연행의 장에서는 쉽게 연행될 수 없는 한계를 지니고 있었기 때문에 그 연행과 전승이 제한적이었다.

'자족적 연행'은 특정한 향유자가 따로 있는 것이 아니라, 연행에 참여하는 전문 예인들 스스로가 연행자이면서 동시에 향유자들이고, 연행의 목적도 자신들이 연행하는 음악과 그 분위기에 빠져들어, 거기에서 최고의 기쁨과 만족을 느끼며 자신들의 음악적 '흥취'를 마음껏 추구하는 데 있었다.

자족적 연행의 작품들은 그들 스스로 연행하는 음악과 그 분위기에서 느끼는 최고의 기쁨과 만족을 표현한 '흥취'를 주된 내용으로 삼고 있다. 이러한 흥취의 정서는 일반적인 연행의 장에서 연행자들의 공감을 불러 일으켜 쉽게 일반화될 수 있었다. 그러므로 자족적 연행의 작품들은 이런 정서의 일반화에 힘입어 연행 공간에서 널리 가창되어 안민영의 작품 가운데 가장 많이 연행되고 또 광범위하게 전승되었다.

'사적 연행'은 특별한 연행 공간이나 연행자, 향유자 없이 개인이 혼자서 노래하고 그 노래로 자신이 스스로 위로받는 방식이다. 그 내용도 개인의 슬픔, 아픔, 그리움이나 회한과 같은 개인적인 정서가 주를 이루고 있다.

사적 연행의 작품은 그 내용이 개인의 슬픔, 이별의 아픔이나 그리움 등의 개인적인 감정이기 때문에 공적 연행과 자족적 연행의 작품과는 달리 성률이 '오열처창(嗚咽悽愴)'하고 '애원처창(哀怨悽愴)'한 계면조에 주로 실려 있다. 사적 연행의 작품들은 그 내용이 지극히 사적인 정서를 노래하고 있어, 쉽게 보편적인 정서로 일반화될 수 없기 때문에 다른 일반적인 연행의 현장에서 가창될 수 없었다. 따라서 사적 연행의 작품은 『금옥총부』에만 실려 있고 다른 가집에는 거의 수록되어 있지 않아서 그 연행과 전승이 제한적임을 확인할 수 있었다.

이상에서 살펴본 바와 같이 본고에서는 안민영 시조의 연행 양상을 '공적 연행', '자족적 연행' 그리고 '사적 연행'의 세 가지 유형으로 파악하고, 각 유형에 속하는 작품의 성격과 특성을 살펴보았다. 이를 통하여 안민영의 시조가 다양한 연행 활동 속에서 창작되었고, 이러한 그의 작품을 총체적으로 이해하기 위해서는 작품이 연행된 구체적인 연행 양상과 관련지어야 한다는 점을 확인하였다.

그러나 본고는 각 연행 양상에 속하는 대표적인 작품들을 대상으로 전체적 이해의 시각을 마련하는 데 목적을 두었기 때문에, 안민영의 작품 하나하나가 구체적으로 어느 유형에 속하며, 그 작품들은 어떤 동질적인 미학을 드러내는지, 그리고 세 가지 연행 양상에 따라 작품세계가 어떤 차이를 보이는지 등을 자세하게 논의할 수 없었다. 이에 대한 발전적인 논의가 이어지기를 기대한다.

『한국문학논총』, 제58집, 한국문학회, 2011.

제3부

작가의 내면과
외부세계

Ⅰ. 이정보 시조에 나타난 도시시정의 풍류

1. 머리말

시조문학사에서 18세기는 커다란 전환기였다. 시조문학의 향유계층이 달라지고, 그 주도권이 양반 사대부계층으로부터 중인계층으로 옮겨졌다. 이 시기 시조문학은 중인·서리들을 중심으로 한 가객들에 의해 활발히 전개되었다. 18세기에 활동한 대표적인 작가를 살펴보아도 대다수가 중인가객들이고, 드러내어 이를 만한 지위나 문벌을 가진 사대부 작가는 매우 드물다.

이런 사실을 감안한다면 이정보(李鼎輔, 1693-1766)는 이 시기 시조작가 가운데 매우 특이한 위치를 차지하고 있다. 그는 명문벌족(名門閥族)의 후예로서 출사 이후 내외의 요직을 두루 거치며 평생의 대부분을 관료로서의 삶을 살았으면서도[1] 『해동가요(海東歌謠)』 등 여러 가집에 100여 수에 이르는 시조작품을 남겼다.[2] 이 가운데는 그리움, 애정, 성(性)과 같이 지금까지 사대

---

1) 이정보는 명문거족으로 대제학까지 역임하였으나 문집이 남아 전하지는 않는다. 그의 가계와 생애에 대해서는 진동혁, 구수영 등이 『연안이씨족보』, 黃景原의 『江漢集』, 『조선왕조실록』 등을 근거로 재구성하여 놓은 바 있어 이를 참고할 수 있다. 진동혁, 「사수시조고」, 『고시조문학론』, 형설출판사, 1982; 구수영, 「이정보론」, 『고시조작가론』, 한국시조학회, 1986 참조.

2) 이정보의 시조 작품은 모두 23개의 가집에 실려있다. 이 가운데는 작가명이 이중으로 표기된 것도 있고, 작가가 이정보로 표기되어 있으나 다른 가집에는 무명씨로 된 것도 있기 때문에, 정확한 작품 수를 확정짓기 위해서는 보다 엄정한 검증이 필요하다. 그러나 여기에서는 대체적인 그의 시조 창작 실상을 알아보기 위해 다음의 책에 실린 작품수를 참고하였다. 심재완, 『정본 시조대전』(일조각, 1984)의 '작가색인'에는 103수, 박을수, 『한국시조문학대사전』(아세아문화사, 1984)의 '작가색인'에는 100수로 나

부들이 다루지 않았던 내용을 노래한 작품 외에 19수의 장시조까지 포함되어 있어 일찍부터 학계의 주목을 받아왔다.

지금까지 이정보 시조 연구는 그의 작품에 나타난 이러한 '문제성'을 찾아내어 문학사적 의미를 부여하는 데 초점이 놓여 있었다. 우선 비교적 앞선 시기의 연구자들은 이정보의 신분이나 생애로 미루어 볼 때, 그와 같은 명문 사대부가 이런 류의 작품을 지었다는 사실은 믿기 어렵다고 보아 장시조 전부나 혹은 일부 외설적인 작품은 이정보가 지은 것이 아니라고 주장하며 그의 작품에서 제외하기도 하였다.3) 반면 이들과는 입장을 달리하는 연구자들은 이러한 시조들도 모두 이정보의 작품으로 인정하면서 이 작품들이 지닌 '문제성'을 조선후기 사대부 시조의 변모와 관련지어 해석하고 있다.

박노준은 이정보 시조 중에는 옛시조의 풍조를 따르는 것과 새로운 문제성이 있는 작품이 있다고 전제하고, 전자로 보면 그는 퇴행과 결여의 작가였지만, 후자로 보면 다른 방향으로 한 단계 도약한 진경의 작가라고 평가하였다.4) 남정희는 이정보의 시조는 조선후기 예술사에 나타나는 변화의 흐름이 전위적으로 담겨 있으면서 전대의 전통적 미감을 강고하게 지키고자 하는 이질적 요소들이 상존한다고 전제하고, 이러한 이질성이 현실 인식과 현실의 변화에 대응하는 과정에서 생겨났다고 보고 현실 인식의 변모를 통하여 그의 시 세계를 전반적으로 이해하려고 하였다.5) 정흥모는 이정보의 시조 중에서 애정을 소재로 한 애정시조가 가장 중요하다고 전제하고, 그의 애정시조는 조선후기 서울의 풍류공간과 밀착된 생활 속에서 생산된 것이며, 조선후기 사대부

타나 있다.

3) 조윤제, 『한국시가사강』, 을유문화사, 1954, 365쪽; 황충기, 「이정보의 사설시조 연구」, 『국어국문학』 제55-57합집, 국어국문학회, 1972. 진동혁은 외설류 4수는 이정보의 작품으로 인정하지 않았다. 진동혁, 앞의 논문, 348쪽.

4) 박노준, 「이정보와 사대부적 사유의 극복」, 『조선후기 시가의 현실인식』, 고려대학교 민족문화연구원, 1998.

5) 남정희, 「이정보 시조 연구」, 『한국시가연구』 제8집, 한국시가학회, 2000.

시조의 변모를 선취했다는 점에 문학사적 의미를 부여했다.[6] 김용찬은 이들과 달리 이정보를 다룰 때 당시의 음악사적 성격과 문화적 측면을 고려해야 한다고 하면서, 이런 측면에서 이정보와 그의 작품을 검토하고 그 속에 드러난 의식 지향의 면모를 점검한 바 있다.[7]

이상에서 살펴본 바와 같이 지금까지 이정보 연구는 그의 시조에 나타난 특이성을 찾아내어 시조사적 의미를 부여하는 데 그 중점을 두어 왔다. 대개 그가 명문 사대부 출신이라는 점에 초점을 맞추어 전기 사대부 시조와의 대비적 고찰을 통하여 그 차이점을 찾아내고, 이를 바탕으로 작품의 의미를 해석한 것이었다. 그 결과 그의 시조는 조선후기 사대부 시조의 변모 양상을 보여주는 것으로 파악되었다. 이처럼 이정보의 '신분'에 초점을 두고 전기 사대부와의 차별성을 부각시킨 일련의 연구가 그의 시조에 나타난 특징을 이해하는 데 일정한 성과를 거둔 것은 사실이다.

그러나 이정보의 작품을 이해하는 기준을 '신분'에 둘 경우, 그의 작품에 나타난 특이성은 파악할 수 있지만, 그가 왜 이런 작품을 창작하였으며 그의 작품이 동시대 다른 작가들과는 어떤 관련성을 갖는가 하는 물음에는 명쾌한 대답을 내놓기 힘든 것도 사실이다. 최근 이상원은 이정보의 삶과 작품 사이의 괴리를 메우기 위해 기존 연구에서는 작품 해석의 근거를 순전히 이정보의 특이한 성격과 이력과 같은 작가 개인의 차원에서 찾으려 했다고 지적하고 이러한 시각에 반성을 촉구했다.[8]

문학이란 삶을 표현하는 문화의 한 양식이므로 한 시대의 문학을 온전하게

---

6) 정흥모, 「이정보의 애정시조 연구」, 『어문논집』 제42집, 안암어문학회, 2000.
7) 김용찬, 「이정보 시조의 작품 세계와 의식 지향」, 『우리문학연구』 제12집, 우리문학회, 1999.
8) 이상원, 「이정보 시조 해석의 시각」, 『한국시가연구』 제12집, 한국시가학회, 2002. 그는 이 논문에서 이정보 시조는 ①18세기 경화세족의 시조 향유 ②18세기 시조사에서 '新詞', '新聲'의 문제 ③작품 창작 및 향유공간의 문제 등 세 가지 기반 위에서 해석되어야 한다고 하였다.

이해하기 위해서는 무엇보다도 그 문학이 생성된 당대의 문화 현상과 관련지어 이해하는 것이 중요하다. 필자는 일찍이 18세기 시조문학을 이해하는 기준을 '신분'에 두고 이 시기의 시조문학을 '사대부 시조'와 '중인가객 시조'라는 양분법으로 파악하는 지금까지의 시각에서 벗어나, 신분보다는 당시 그들이 향유한 가악문화의 차이에 따라 18세기의 시조를 서울시조와 향촌시조로 구분하여 이해하는 새로운 시각이 필요하다는 주장을 제기한 바 있다.[9]

이에 따르면 이정보는 서울에 대대로 거주하면서 도시에 생활기반을 두고 삶을 영위한 서울작가이며, 그의 작품은 서울의 도시문화를 바탕으로 형성된 서울시조이다. 즉 이정보는 서울의 도시문화에 바탕을 둔 향락적이고 유흥적인 풍류생활을 즐겼는데, 그의 시조는 이런 유흥적인 풍류공간에서 가악을 향유하는 과정에서 생성된 것이다. 본고는 이러한 이정보 시조의 형성배경을 구체적으로 확인하고, 아울러 그의 작품 속에 드러난 이러한 도시문화적 성격을 파악하는 것을 목적으로 한다.

이를 위하여, 18세기 중인계층들이 시조의 새로운 향유층으로 등장하여 시조를 즐기면서 그 속에 도시생활에서 형성된 그들의 새로운 예술적 취향을 반영하여 도시시정의 새로운 가악으로 발전시켜 나갔는데, 이정보는 이 새로운 가악을 어떻게 수용하고 향유하였는가를 먼저 확인하고자 한다. 아울러 이런 서울의 가악문화가 그의 창작과는 어떤 관련이 있으며, 이를 바탕으로 생성된 그의 시조에 나타난 도시시정의 풍류의 양상을 파악할 것이다.

이런 작업은 그의 작품이 사대부 의식으로부터 일탈된 경향을 보이는 이유를 분명하게 밝혀줄 것이며, 나아가 18세기의 시조를 문화적 차이에 따라 서울시조와 향촌시조로 구분하여 이해하려는 시각의 타당성을 검증하는 데에도 도움을 줄 것이다.

---

9) 조태흠, 「18세기 시조의 존재 양상과 그 이해의 시각」, 『한국문학논총』 제25집, 한국문학회, 1999.

2. 이정보와 18세기 서울의 가악문화

18세기 서울이 도시로 성장하면서, 경제적으로 크게 성장한 중인계층이 문화·예술의 새로운 수용층으로 등장하였다. 하지만 이들이 향유한 문화·예술은 이미 전대 양반 사대부들의 그것과는 성격이 달랐다. 이들은 도시화된 서울의 유흥적인 분위기를 주도하면서,[10) 도시생활에 바탕을 둔 새로운 취향과 풍류를 누리면서 예술 전반에 대한 변화를 추구하였다. 이들이 시조를 수용하여 여항의 시정 예술로 발달시킨 것도 이러한 변화의 한 양상이었다.

중인계층이 시조의 새로운 향유층으로 등장하면서 시조 연행의 수요가 크게 증가하고, 여항에서 시조 연행은 급속하게 활성화되었다. 이러한 수요의 증가와 연행의 활성화에 힘입어 가객이라는 가악의 전문가들이 대거 등장하였다. 이들은 연행의 장에서 이미 있었던 노래를 그대로 되풀이하여 부르는 대신, 향락적이고 유흥적인 분위기에 알맞은 형태로 변주시켜 부르면서 새로운 가곡의 곡조를 개발하기도 하고[11) 노랫말을 새로 짓기도 하였다. 이처럼 가객들은 전대 사대부들의 시조를 수용하여, 이를 도시생활에 바탕을 둔 자신들의 취향과 풍류에 적합하도록 변용하여 새로운 가악을 만들어 내었던 것이다.

그러나 중인계층을 중심으로 발달한 새로운 가악은 중인계층 내에서만 향유된 것이 아니라, 도시의 유흥적 분위기가 확산됨에 따라 상층의 사대부들에게도 향유되기 시작했다.

---

10) 조선후기 서울의 도시 유흥 문화를 중간계층이 주도하였다는 사실은 강명관, 「조선후기 서울의 중간계층과 유흥의 발달」, 『조선시대 문학 예술의 생성공간』, 소명출판, 1999 참조.
11) 성악의 경우 노래를 불렀던 가객, 기악의 경우 기악합주에 참여했던 풍류객이나 악공이 기존 곡에서 변주곡들을 파생시킨 주된 담당자들이었다. 이들은 기존 곡의 반복적 연주에 만족하지 않고 새로운 형태로 변주시키는 시도를 반복하면서 자신들의 풍류 활동을 전개하였다. 송방송, 『한국음악통사』, 일조각, 1984, 492쪽.

이판서댁에서 피리와 노래 소리가 요란했다. 잡사(雜詞)를 부르매 줄은 급히 구르고 소리는 정히 고조된 즈음 한 대감이 들어섰다. 용모가 단정하고 눈을 옆으로 굴리지 않는 품이 일견 정인군자(正人君子)인 줄을 알 수 있었다. 주인대감과 인사를 나누더니 이어 노래를 시키는 것이었다. 이날 실컷 마시고 헤어졌다. 그 자리에는 금객 김철석, 가객 이세춘, 기생 계섬·매월 등이 함께 있었던 것이다.[12]

위의 글은 추월(秋月)이란 기생이 늘그막에, 젊은 날에 이판서 댁에 불려가 노래했던 장면을 회상한 것이다. 양반 사대부가에서 연회나 잔치를 베풀 때에는 기악(妓樂)을 초청하여 즐기는 것이 일반적이었다. 원래 기악이란 기생의 노래와 춤을 의미했지만 조선후기에 접어들어 잔치가 향락적이고 유흥적으로 변함에 따라 기악의 구성도 달라졌다. 즉 기생뿐만 아니라 가악의 전문가인 가객과 악사들이 한 그룹을 이루어 활동하게 된 것이다. 이날 이판서 댁의 연회에 참석한 것도 가객(歌客) 이세춘(李世春), 금객(琴客) 김철석(金哲石), 그리고 기생 매월(梅月)·계섬(桂蟾)·추월 등이 짝을 이룬 소위 이세춘 그룹이다. 이 자리에 새로운 가악을 개발한 가객 이세춘이 참여하였다는 점으로 미루어 볼 때, 이 연회에서는 이들이 개발한 새로운 가악이 연행되었음이 분명하다. 이 이세춘 그룹은 판서·대감 댁의 연회뿐만 아니라, 음관으로 진출한 낮은 벼슬아치, 명사재자(名士才子)들이 모인 세검정의 연회 등 온갖 연회에 불려가서 가악을 연행하였으며, 심지어 평양감사 회갑잔치에는 많은 전두(纏頭)를 바라고 스스로 찾아가기도 하였다.[13] 따라서 양반 사대부들은 이러한 연회의 장에서 가객들이 새롭게 개발한 노래를 접하고, 이에 대한 이해를

---

12) 在李尚書家 笙歌喧轟之時 唱雜詞詞 絃轉急而鮮正繁 適有一宰相入來風儀端正 目不邪視 可知其爲正人君者也 與主人大監 叙寒喧畢 仍便唱歌 盡飮而罷 時琴客 金哲石 歌客李世春 妓桂蟾梅月等 偕焉. 〈回想〉 이우성·임형택, 『이조한문단편집(중)』, 일조각, 1978, 205쪽.
13) 〈回想〉 및 〈風流〉 참조, 이우성·임형택, 위의 책.

넓혀 가면서 여항의 새로운 가악을 즐길 수 있었던 것이라고 생각된다.

서울의 도시문화를 바탕으로 형성된 여항의 새로운 음악을 수용한 상층 사대부들은 서울에 대대로 거주하던 경화사족층이다. 이들은 여항인들과 함께 도시생활이 주는 기회와 편의를 구가하면서 도시문화를 만들어 나갔다. 이들은 서울생활이라는 동질적인 도시문화 속에 생활하는 가운데 자연스럽게 공통된 의식과 생활양식을 가지게 되었다.14) 이처럼 서울의 상층 사대부들은 공통된 의식과 생활양식을 여항인들과 공유하고 있었기 때문에 도시 생활에 바탕을 둔 자신들의 새로운 취향과 풍류에 적합하도록 변용한 새로운 여항인들의 음악을 쉽게 수용할 수 있었다. 그 결과 이 시기 경화사족 가운데 시조 작가가 무려 28명 전후이고 그들이 남긴 작품은 240여 수나 된다.15) 이뿐만 아니라, 18세기 전반기의 대표적 경화사족인 이덕수(李德壽)와 이광덕(李匡德)이 지은 장시조가 많다는 기록으로16) 미루어 보더라도 중인가객들이 개발한 새로운 가악은 상층 사대부층으로까지 빠른 속도로 확산되어 도시시정의 음악으로 자리잡아 나갔음을 알 수 있다.

그러나 이들 중에는 연회에 가객을 초청하여 단순히 음악을 감상하는 것과 같은 수동적인 수용에 머무르지 않고, 보다 적극적으로 자신들의 예술적인 욕구를 충족하기 위하여 경제적으로나 예술적으로 가객들을 후원하면서 이들과 가악의 연행을 함께 하는 후원자들이 나타나기도 하였다.

당시 서평군(西平君) 공자(公子) 표(標)는 부자로 호협(豪俠)하였으며, 성품이 음악을 좋아하는 분이었다. 실솔(蟋蟀)의 노래를 듣고 좋아하여 날마

---

14) 유봉학, 「경화사족과 진경문화」, 『우리문화의 황금기 진경시대』, 돌베개, 1998.
15) 남정희, 「18세기 경화사족의 시조 향유와 그 창작 양상에 관한 연구」, 이화여자대학교 박사논문, 2001, 9–10쪽.
16) 신경숙, 「18–19세기 가집, 그 중앙의 산물」, 『한국시가연구』 제11집, 한국시가학회, 2002, 33쪽.

다 데리고 놀았다. 매양 실솔이 노래하면 공자는 으레 거문고를 끌어 당겨 몸소 반주를 하는 것이었다. 공자의 거문고 솜씨도 또한 일세에 높았으니 서로 만남이 더없이 즐거웠다. 공자가 일찍이 실솔에게 말하기를 "네가 부르는 노래에 내가 따라서 반주하지 못하게 할 수 있느냐?" 했더니, 실솔은 곧 후정화의 가락[後庭花之弄]에다 〈취승곡(醉僧曲)〉을 불렀다. … 중략 … 실솔은 또 낙시조(樂時調)로 바꿔서 〈황계곡(黃鷄曲)〉을 노래했다.17)

이 글은 종실(宗室)인 서평군이 가객 실솔과 더불어 음악을 즐기는 장면이다. 그는 거문고 솜씨로 이름이 높았는데, 실솔이 노래하면 직접 반주하면서 가악 연행을 함께 하였다. 하루는 실솔에게 자신이 반주를 맞출 수 없는 노래를 할 수 있느냐고 묻자 실솔은 즉시 〈취승곡〉과 〈황계곡〉 두 곡을 불렀고, 서평군은 〈황계곡〉에는 반주를 맞추지 못하고 술대를 떨어뜨리고 말았다. 이때 실솔이 부른 두 노래는 모두 장시조 작품이고18) 이를 얹어 노래한 곡조는 '후정화롱'과 '낙시조'로 모두 장시조를 얹어 노래하는 가곡의 변격 곡조였다. 거문고로 일세에 이름을 떨친 서평군이 이 곡조에 반주를 맞추지 못했다는 것은 그도 장시조를 창사로 하는 새로운 가악은 처음 접했기 때문이라 생각된다. 따라서 서평군은 실솔과 같은 가객과 연행의 자리를 함께 하면서 도시시정의 새로운 음악을 수용하고 익혔다고 보아야 할 것이다. 그는 실솔뿐만 아니라 일시의 가객들인 이세춘, 조욱자, 지봉서, 박세첨 같은 사람을 문하에

---

17) 時 西平君 公子標 富而俠 性好音樂 聞蟋蟀而悅之 日與遊 每蟋蟀歌 公子必援琴 自和之 公子琴亦妙一世 相得甚驪如也 公子嘗語蟋蟀曰 汝能使我失琴不能和耶 蟋蟀 乃聲爲後庭花 之弄 歌醉僧曲 …中略… 蟋蟀又變唱樂時調 歌黃鷄曲. 〈宋蟋蟀〉, 이우성·임형택, 앞의 책, 220쪽.

18) 필자는 실솔이 노래한 〈취승곡〉과 〈황계곡〉을, 가곡의 장을 구분하는 '章'이란 용어를 사용한 점, 가곡의 창인 '낙시조'로 노래했다는 점, 한역시가와 노랫말이 같다는 점 등을 들어 각각 『靑珍』514, 『靑珍』516에 해당하는 장시조임을 밝힌 바 있다. 조태흠, 「18·19세기 장시조 연행의 기반과 그 문학적 의미」, 『도남학보』 제15집, 도남학회, 1996, 147쪽.

두고 후원하면서,19) 이들을 통하여 자연스럽게 도시시정의 새로운 음악을 접하고 이를 익혀 향유하였던 것이다.

이정보도 이와 같이 여항의 가창자들을 그의 문하에 두고 후원하면서, 이들과 풍류의 장을 함께하며 음악을 즐기는 가운데 도시시정의 음악을 수용하고 향유하였다. 그의 집안은 누대에 걸쳐 벼슬하면서 서울에서 살아온 경화거족이다. 그 자신도 40세에 문과에 급제하면서 출사한 후, 이조판서·대제학 등 중앙요직을 두루 거치고, 71세로 치사(致仕)할 때까지 평생의 대부분을 관료로 살았다. 따라서 그가 풍류생활을 즐기면서 시조 작품을 집중적으로 창작한 것은 대개 벼슬길에서 물러난 이후의 일이라 보고 있다.

> 태사 이정보가 늙어 관직을 그만두고(역자주: 1763년) 음악과 기생으로 자오(自娛)하면서 지냈는데 공은 음악을 깊이 감상할 줄 알아서 남녀 명창들이 그의 문하에서 많이 배출되었다. 그 중에도 계섬을 가장 사랑하여 늘 곁에 두고 그의 재능을 기특히 여겼으나 사사로이 좋아한 것은 아니었다. 악보(樂譜)에 따라 교습하여 수년의 과정을 거치니 계섬의 노래는 더욱 향상되어, 노래를 할 때 마음은 입을 잊고 입은 소리를 잊어 소리가 하늘하늘 집안에 울려 퍼졌다.20)

이정보는 벼슬길에서 물러난 후, 말년은 기생과 음악을 즐기면서 보냈다. 그러나 그는 단순히 음악 감상자의 차원에만 머무른 것이 아니라 보다 적극적으로 자신의 음악적인 욕구를 충족하기 위하여 많은 남녀 명창들을 후원하고 이들을 교육하여 길러내었다. 그가 길러낸 가창자들의 구체적인 면면은 밝혀

---

19) 公子旣好音樂 一時歌者 若李世春·趙㺩子·池鳳瑞·朴世瞻之類 皆日遊公子門 與蟋蟀又善. 〈宋蟋蟀〉, 이우성·임형택, 앞의 책, 221쪽.

20) 太史李公鼎輔老休官聲伎自娛, 公妙解曲度, 男女諸善唱者, 多出門下, 最愛纖, 常置左右, 奇其才, 實無私好, 按譜敎授, 有科程數年, 歌益進, 當唱, 心忘口, 口忘聲, 聲裊裊在屋樑 김영진, 「효전 심노숭 문학 연구」, 고려대학교 석사논문, 1996, 38쪽에서 재인용.

지지 않았지만, '귀족들의 잔치나 한량들의 술자리에 그녀가 없으면 부끄럽게 여겼다'는[21] 계섬의 명성으로 미루어 볼 때, 이들은 모두 당대의 일류 가창자들임에 분명하다. 이정보는 '이들과의 교유를 통해서 당대 가곡창의 변화를 적극적으로 수용하고 때로는 그 변화를 주도해 나가기도 하였던' 것이다.[22] 이러한 가악활동을 통하여 그는 당시의 풍류계에 상당한 영향력을 행사한 것으로 짐작된다. 즉, 그는 당대의 풍류예술을 주도한 심용(沈鏞)과 더불어 '근세풍류주인(近世風流主人)'이라[23] 일컬어질 정도로 당시의 가악계에 중요한 위치를 차지하고 있었던 것이다.

이정보의 작품을 이해하기 위해서 그의 풍류생활을 보다 구체적으로 살펴볼 필요가 있다. 우선 그는 벼슬길에서 물러난 후의 자신의 삶을 이렇게 노래하고 있다.

大丈夫 功成身退後에 林泉에 집을짓고 萬卷書를 싸아두고
종ᄒ여 밧갈니며 보리믹 길드리고 千金駿馬 셔여두고 絕代佳人 겻히 두고
金樽에 술을 노코 碧梧桐 거문고에 南風詩 노릭ᄒ며 太平烟月에 醉ᄒ여 누
어시니
아마도 男兒의 ᄒ올 일은 이쑨인가 ᄒ노라.

－『時全』 829

이미 공을 이룬 후에 물러났기에, 그는 세상을 그지없이 태평하다고 낙관적으로 인식하고 있다. 이 태평세월 속에 자신의 'ᄒ올 일'이란 절대가인을 곁에 두고 좋은 술을 마시며 거문고 반주에 맞추어 노래를 즐기는 것뿐이라고 하였

---

21) 侯家曲宴·俠少郡歡, 無纖恥之. 김영진, 위의 논문, 38쪽.
22) 김용찬, 앞의 논문, 137쪽.
23) 심노숭은 이정보와 심용의 사적을 전하면서 이 두 사람을 '近世風流主人'이라 일컬었다. 김영진, 앞의 논문, 52쪽.

다. 치사 후의 이런 생활은 단순한 소망이나 노래로만 그친 것이 아니라 실제
로도 이루어졌다. 그는 은퇴에 대비하여 한강 주변의 '학탄(鶴灘)'에다 정자를
마련하고, 이곳을 중심으로 풍류생활을 즐겼다.[24] 학탄에서의 풍류생활은
"한가한 날마다 금객과 가기(歌妓)를 데리고 노를 저으며 강을 오르내리니,
아름다운 얼굴, 빛나는 눈동자는 마치 신선과 같았다"라고[25] 하였으니 자신
의 노래와 일치하고 있다. 이러한 이정보의 치사 후의 삶은, 은퇴 후 향리로
돌아가 강호자연 속에서 유유자적하게 살아가며 안빈낙도를 추구하는 전대
치사객들과는 그 성격이 완전히 달라진 것이다.

절대가인·좋은 술·금객·가객, 그리고 이들과 함께하는 선유(船遊)와 같
이 호사스럽고 향락적이며 유흥적인 풍류를 즐기며 가악에 탐닉하는 이러한
삶의 모습은 이미 적절하게 지적된 바와 같이 '풍부한 물질적 기반 위에서 누
리는 현세적 삶을 향수하는 것'[26]이라 할 수 있는데 이것은 소비적인 도시문
화에 바탕을 둔 새로운 풍류와 취향을 반영한 것이다. 실제로 이러한 삶의 모
습은 이정보에게만 국한된 것은 아니다. 당시 서울의 도시화에 힘입어 경제적
으로 크게 성장한 중인계층의 풍류생활 또한 이러한 경향을 띠었다. 김수장도
자신들의 풍류놀이를 노래하면서, 좋은 벗들이 풍성한 술과 안주를 마련하여
아름다운 기생과 제일 명창들이 함께 모여 온갖 악기의 반주에 맞추어 한바탕
가악을 즐기는 것이 '남아의 호기(豪氣)'라 하였다.[27] 이런 사실로 미루어 볼

---

24) 이상원, 앞의 논문, 184쪽.
25) 別業在鶴灘上 每暇日携琴歌 一棹沿洄 韶顏炯眸 望之若神仙中人. 김조순, 〈大提學李公諡
狀〉, 『楓皐集』 권14.
26) 고미숙, 「사설시조의 역사적 성격과 그 계급적 기반 분석」, 『18세기에서 20세기초
한국시가사의 구도』, 소명출판, 1998, 115쪽.
27) 노릭갓치 조코조흔줄을 벗님네 아돗든가 / 春花柳 夏淸風과 秋月明 冬雪景에 弱雲昭格
蕩春臺와 南北漢江絶勝處에 酒肴爛慢흔듸 조흔벗 가즌 稽笛 아름다온 아모가이 第一名
唱들이 次例로 벌어안자 엇거러 불을쩍에 中흔닙 數大葉은 堯舜禹湯文武갓고 後庭花
樂戱調는 漢唐宋이 되엿눈듸 騷聳이 編樂은 戰國이 되야이셔 刀鎗劍術이 各自騰揚흐야
管絃聲에 어릭엿다 / 功名도 富貴도 나몰릭라 男兒의 이 豪氣를 나눈죠화 흐노라. 金壽

때, 호사스럽고 향락적이며 유흥적인 풍류를 즐기는 것은 도시시정 풍류의 일반적인 분위기였다고 보아야 할 것이다. 은퇴 후 자신의 풍류 생활을 노래한 이정보의 이 시조가 무려 21개의 가집에 수록되어[28] 전하고 있다는 것은 이 노래가 도시시정에서 그만큼 많은 공감을 얻어 풍류장에서 널리 가창되었다는 사실을 말해준다. 아울러 이것은 당시 호사스럽고 향락적이며 유흥적인 도시시정 풍류의 한 경향을 분명하게 보여준 것이라 할 수 있다.

이정보는 서울의 도시문화에 바탕을 둔 호사스럽고 향락적이며 유흥적인 풍류 생활 속에서 가악에 탐닉하였다. 또한 이러한 풍류의 장에서 가객, 기생들과 함께 어울려 가악을 연행하는 과정에서 많은 작품을 새롭게 창작하였다. 따라서 그의 작품을 온당하게 이해하기 위해서는 무엇보다도 그의 작품을 이러한 그의 가악 생활과 관련지어 살펴보는 것이 중요하다고 생각된다.

3. 도시시정적 풍류의 양상

이정보의 시조는 100여 수가 각종 가집에 수록되어 전하고 있다. 작품수가 상당히 많다는 것도 관심사이지만, 무엇보다 주목을 요하는 것은 작품의 내용과 주제의 폭이 매우 넓다는 점이다.[29] 강호자연, 송축·연군, 윤리·도덕 등

長, 『海周』548.

28) 이 작품이 수록되어 전하는 가집은 다음과 같다. 가집의 수록양상은 심재완, 『교본역대시조전서』(세종문화사, 1972)를 따랐다. 『瓶歌』, 『海周』, 『樂서』, 『靑가』, 『靑詠』, 『槿樂』, 『靑淵』, 『靑六』, 『東歌』, 『源國』, 『源奎』, 『源河』, 『源六』, 『源佛』, 『海樂』, 『源가』, 『源一』, 『協律』, 『花樂』, 『詩謠』, 『大東』.

29) 이정보 연구자들은 대개 그의 작품을 주제별로 분류하여 제시하고 있으나, 본고에서는 주제별 분류가 주된 논의의 대상이 아니기 때문에 김용찬의 주제별 분류를 통하여 그 내용과 주제 분포의 대강을 파악하도록 한다. (　)안은 해당 작품 중 사설시조의 수이다.
　① 강호자연: 17수(2수) ② 송축·연군: 7수 ③ 윤리·도덕: 5수 ④ 탄로: 5수 ⑤ 애정·그리움: 17수(4수) ⑥ 성: 1수(1수) ⑦ 유락·취락: 14수(3수) ⑧ 세태묘사: 11수(3수) ⑨ 고사·소설수용: 18수(6수) ⑩ 기타: 2수. 김용찬, 앞의 논문, 139쪽.

전대의 전통적인 내용을 지속하고 있는 작품이 있는 반면, 애정, 그리움, 성, 그리고 세태묘사와 같이 내용이 변화된 작품의 수도 상당하다. 한 작가의 작품세계를 온전하게 이해하기 위해서는 이러한 지속과 변화의 두 측면을 모두 파악해야 한다. 그러나 문학사적 의의나 가치평가는 지속의 측면보다는 변화 쪽에 무게의 중심이 놓이게 마련이다. 그러므로 본 장에서는 이정보의 시조에 나타난 변화의 측면에 초점을 맞추어 작품의 창작 배경과 그 성격을 그의 가악생활과 관련지어 파악하고자 한다.

(1) 가을밤 붉은 달에 반만 픠온 蓮곳인 듯
　　東風細風에 조오는 海棠花ㄴ 듯
　　아마도 絶代花容은 너쑌인가 ᄒ노라.

　　　　　　　　　　　　　　　　　　　　－『時全』35

(2) 어화 네여이고 반갑고도 놀라왜라
　　雲雨陽臺예 巫山仙女 다시 본 듯
　　암아도 相思一念이 病이 될까 ᄒ노라.

　　　　　　　　　　　　　　　　　　　　－『時全』1930

　이정보가 호사스럽고 향락적이며 유흥적인 풍류 생활 속에서 가악에 탐닉하였다는 사실은 앞에서 지적한 바 있다. 그는 이러한 풍류의 장에 언제나 기생과 가객을 대동하여 유흥과 음악을 즐겼는데, 위의 두 작품은 이런 풍류의 장에서 여기에 참석한 기녀를 상대로 읊은 노래이다. 우선 상대를 이인칭인 '너'라고 칭하여 청자에게 직접 말을 건네는 형식을 취하고 있으며, 작품 (1)에서는 상대방인 '너'를 연꽃과 해당화에, 작품 (2)에서는 남녀간의 행락(行樂)을 암시하는 '무산선녀'에 각각 비유하고 있다. 이런 사실로 미루어 볼 때, 이 시조에서 노래되고 있는 '너'는 풍류의 장을 그와 함께 한 기녀임이 분명하다. 따라서 이 두 작품은 유흥적인 풍류공간에서 자리를 함께 했던 기생과 수작하는 과정에서 창작되었다고 볼 수 있다.

이정보의 작품에는 사대부의 근엄한 격조에서 벗어나 상스러운 표현이나 감정을 직접적으로 표현하면서 애정이나 유락과 같은 통속적 취향에 영합하는 경향을 보이는 시조가 많은데,30) 이들 대부분이 이러한 유흥공간에서 창작된 것이라 보아야 할 것이다. 유흥공간에서는 엄숙하고 진지한 것보다는 상사, 연정 등과 같은 감상적이고 가벼운 내용의 노래들이 선호되기 때문이다.

이 시기의 유흥공간은 도시의 소비문화와 밀접한 관련을 가진다. 유흥이란 일반적으로 풍부한 물질적 기반 위에서 현세적인 향락을 추구하는 것을 기본적 속성으로 한다. 이정보도 '풍류주인'으로 일컬어질 만큼 당시 서울의 유흥적인 풍류를 주도한 인물이다. 그는 경제력을 바탕으로 호사스럽고 향락적이며 유흥적인 풍류를 마음껏 즐겼다. 이러한 유흥공간에서 창작된 그의 작품 속에는 도시의 유흥적인 특징이 짙게 드러난다.

(3) 佳人이 落梅曲을 月下에 빗기 부니
樑塵이 늘리는듯 남은 梅花 다 지거다
내게도 千金駿馬이시니 밧고와 볼가 ᄒ노라.

-『時全』42

(4) 싱민ᄀᆞ튼 저 閣氏 남의 肝腸 그만 긋소
멧 가지나 ᄒᆞ야쥬로 비단장옷 大緞치마 구름갓튼 北道다릭 玉비녀 竹節
비녀 銀粧刀 金粧刀 江南셔 나온 珊瑚柯枝ᄌᆞ기 天桃 金가락지 繡草鞋을
ᄒᆞ여쥬마
저 님아 一萬兩이 쑴ᄌᆞ리라 쏫ᄀᆞ치 웃ᄂᆞᆫ드시 千金쓴 言約을 暫間詐諾
ᄒᆞ시소.

-『時全』1528

---

30) 조동일, 『한국문학통사 3』, 지식산업사, 1984, 279-280쪽.

작품 (3)과 (4)도 유흥공간에서 기녀를 상대로 부른 노래이다. (3)에서는 가기(歌妓)의 사랑을 '천금준마'와 바꾸어 얻으려 하고, (4)에서는 값비싼 옷이나 패물, 온갖 장신구 등으로 '각시'의 마음을 얻으려 한다. 이 두 작품은 작품의 형식이나 언어구사의 측면에서 보면 전혀 다른 작품으로 보이지만, '사랑을 물질로 얻는다'는 내용면에서 볼 때는 그 성격이 동일한 작품이다. 다만 (4)에서는 물질의 내용이 구체화된 표현으로 바뀌어 확장적으로 나열되어 있고 그 어조가 경쾌하고 유희적으로 변모되어 있을 뿐이다. 당시 향락적이며 유흥적인 도시시정의 풍류공간에서는 (3)보다는 (4)와 같은 경쾌하고 유희적인 어조의 장시조가 더 널리 가창되었다.[31] 유흥의 장에서는 엄숙하고 진지한 것보다는 즐겁고 경쾌한 어조가 선호되는데 이런 분위기에는 흥청거리고 즐겁고 경쾌한 리듬을 지닌 장시조가 더 잘 어울리기 때문이다.

이 작품에서 사랑은 더 이상 영원하고 진지하거나 절대적인 가치를 지닌 것이 아니다. 다만 물질화하여 돈으로 사고 팔 수 있는 하나의 상품으로 변화되어 있다. 이러한 사고는 사랑마저도 물질화하여 소유함으로써 만족을 얻을 수 있다는 세속적 물질주의에서 비롯되었다. 이것은 화폐경제의 발달로 야기된 도시화의 부정적 산물이다. 위의 작품에는 세속적 물질주의라는 도시 유흥문화의 특징이 반영되어 있다.

물질로 모든 세속적 욕망을 충족시킬 수 있다는 세속적 물질주의는 인간의 근원적인 문제마저도 현세적 향락에 탐닉하는 방식으로 해결하려고 한다.

---

31) 이러한 사실은 해당 작품의 가집 수록 양상을 통하여 간접적으로 확인할 수 있다. 작품 (3)은 『甁歌』, 『海一』, 『海周』, 『樂서』, 『樂高』 등 다섯 개 가집에만 수록된 반면, (4)는 『甁歌』, 『海周』, 『青六』, 『興比』, 『源國』, 『源奎』, 『源河』, 『源六』, 『源佛』, 『源朴』, 『源皇』, 『海樂』, 『源一』, 『協律』, 『花樂』, 『大東』 등 16개 가집에 수록되어 있어 (4)가 보다 널리 가창되었음을 확인할 수 있다.

(5) 昨日에 一花開ᄒ고 今日에 一花開라
    今日에 花正好연을 昨日에 花已老로다
    花已老 人亦老ᄒᆫ이 안이 놀고 어이리.

(6) 大丈夫 功成身退後에 林泉에 집을짓고 萬卷書를 싸아두고
    종ᄒ여 밧갈니며 보ᄅᆡᄆᆡ 길드리고 千金駿馬 셔여두고 絶代佳人 겻히 두
    고 金樽에 술을 노코 碧梧桐 거문고에 南風詩 노ᄅᆡᄒ며 太平烟月에 醉ᄒ
    여 누어시니
    아마도 男兒의 ᄒᆞ올 일은 이ᄲᅮᆫ인가 ᄒ노라.

(5)는 인간의 근원적 문제인 삶의 유한성에 바탕을 둔 인생무상을 노래하고
있는 작품이다. 이 작품에서는 인간의 삶과 죽음을 꽃이 피고 지는 것에 비유
하고 있다. 인간의 죽음은 꽃이 지는 것과 마찬가지로 자연 질서의 하나이다.
이정보는 꽃이 지는 자연 현상을 통하여 인간의 삶은 유한하다는 비극적 자기
인식에 도달하였으나, 그 해결 방안은 기존의 탄로가와 완전히 다르다. 그는
'꽃이 이미 시들고 사람 또한 늙으니 아니 놀고 어이하리'라고 하면서 '노는
것', 즉 현세적 향락을 통하여 이를 극복하려 하고 있다.

그 놀이의 성격은 이미 살펴본 (6)에 호사스럽고 향락적이며 유흥적인 풍류
로 구체화되어 나타나 있다. 즉, 절대가인을 곁에 두고 좋은 술을 마시며 거
문고 반주에 맞추어 노래를 즐기며 풍류에 탐닉하는 것이다. 그는 '男兒의 ᄒᆞ
올 일'은 이뿐이라 하여, 자신의 삶의 목적을 향락에 두고 있다. 이런 향락주
의는 현세를 태평성대로 인식하고 현세에 집착한다.[32] 이정보의 경우, 향락
주의는 낙천적 세계인식과[33] 풍부한 물질적 기반을 바탕으로 하여 유흥에 탐

---

[32] 강명관, 앞의 책, 226-227쪽.

닉하는 양상을 보인다. 그러나 물질과 현세의 향락에 대한 과도한 집착은 성적 쾌락에 대한 극단적 지향으로 나타나기도 한다.

(7) 님으란 淮陽金城 오리남기 되고 나는 三四月 츩너출이 되야
그 남게 그 츩이 낙거미 나븨 감듯 이리로 츤츤 져리로 츤츤 외오 프러
올이감아 얼거져 틀어져 밋부터 쯧ᄭ지 죠곰도 븬틈업시 찬찬 구븨나
게 휘휘감겨 아모리 晝夜長常에 뒤트러져 감겨 이셔
동 섯달 바람비 눈셔리를 아모리 마즈들 풀닐 줄이 이시랴.
– 『時全』 733

(8) 간밤의 자고 간 그놈 아마도 못 이져라
瓦얏놈의 아들인지 즌흙에 쎰ᄂᆡ드시 沙工놈의 명녕인지 沙於쎠로 지르
드시 두더쥐 녕식인지 곳곳지 뒤지드시 平生에 처음이오 흉즁이도 야
룻지라
前後에 나도 무던이 격거시되 츰 盟誓ᄒᆞ지 간밤 그 놈은 츰아 못니저
ᄒᆞ노라.
– 『時全』 71

작품 (7)과 (8)은 전통적으로 금기시되어 온 성(性)을 직접적인 소재로 다루고 있다. (7)은 남녀가 서로 뒤엉켜 있는 모습을 칡넝쿨이 오리나무를 감고 있는 것에 비유하여 나타내었다. (8)은 성행위 자체를 비유를 통하여 좀더 직설적이고 노골적으로 표현하고 있다. 이 두 작품은 기발한 비유와 표현의 묘미로 포장되어 있지만, 그 속내는 한 폭의 춘화요, 한 편의 외설적인 육담이다. 이 두 작품은 이러한 외설적인 내용 때문에 이정보의 작품에서 제외되기

---

33) 이정보의 작품 속에는 낙천적 세계인식을 드러내는 작품이 여러 편 있다. 대표적인 것으로 다음 작품을 들 수 있다. 臨高坮 臨高坮ᄒᆞ야 長安을 구버보니 / 雲裡帝城은 雙鳳闕이요 雨中春樹는 萬人家라 / 아마도 繁華民物이 太平인가 ᄒᆞ노라. 『時全』 2453.

도 하였다.[34] 하지만 이정보가 호사스럽고 향락적이며 유흥적인 풍류 생활 속에서 가악에 탐닉하였다는 점, 이런 풍류의 현장에는 언제나 기생이 함께 하였다는 점, 그리고 이들과의 교유를 통해서 당대 가곡창의 변화를 적극적으로 수용하였다는 점 등을 고려한다면, 그가 유흥적인 풍류공간에서 이러한 노래를 창작했다는 것을 어렵지 않게 짐작할 수 있다.[35]

이와 같이 직접적으로 성을 소재로 삼아 성행위를 노골적으로 노래한 작품은 도시의 유흥적이고 향락적인 풍류공간을 공유하였던 동시대 가객들의 작품에서도 흔히 발견된다. 실제로 작품 (8)은 이런 향락적이며 유흥적인 연행의 장에서 창작된 것으로 보이는 김수장의 아래 작품과 유사하다.

> 折衝將軍 龍驤衛副護軍 날을 아는다 모로는다
> 닉 비록 늙엇시나 노릭춤을 추고 南北漢 노리 갈 제 써러진적 업고 長安花柳
> 風流處에 아니 간 곳이 업는 날을
> 閣氏네 아모리 숙보와도 하로밤 격거보면 數多한 愛夫들의 將帥 될 줄 알이라.
>   － 『時全』 2583

경화사족인 이정보와 여항가객인 김수장은 서울의 도시시정의 풍류문화를 공유하고 있었다. 즉 풍부한 물질적 기반을 바탕으로 호사스럽고 유흥적인 풍류에 탐닉하면서 끝없는 현세의 향락을 끝없이 추구하였던 것이다. 이러한 도시의 유흥공간에서 더 흥미롭고 더 자극적인 것을 추구하는 유흥공간의 특수한 분위기에 이끌려 성애를 노래하는 이런 류의 작품이 자연스럽게 지어졌다

---

34) 진동혁, 앞의 책, 238쪽.
35) 강명관도 성에 대해 직설적 노골적인 언어를 구사하고 있는 사설시조는 '사대부가 가면을 썼기 때문'이 아니라, 성에 대한 표현이 허용된 妓房이거나 기방의 분위기가 그대로 유지될 수 있는 구체적 유흥공간에서 산생된 것이라 주장하였다. 강명관, 앞의 책, 212쪽.

고 보아야 할 것이다.

위의 두 작품은 당시 사회에서 억압되고 금기시 된 성을 소재로 하여 고정화된 관념의 틀을 깨트리는 충격은 주었을지 몰라도, 이 작품에 표현된 성의 의미를 중세의 사회적·도덕적으로 억압된 현실로부터 벗어나려는 근대적 의미로 확대 해석할 수는 없다. 이 작품이 현세의 향락을 추구하는 유흥공간의 소산이라는 점에서, 이 작품의 성은 '퇴폐적 유희적 삶의 도구'일 뿐이며[36) 여기서 노래된 성이란 퇴행적 향락에서 비롯된 관능적 쾌락에 불과하기 때문이다.

이정보가 이처럼 성을 내세워 퇴폐적이고 관능적인 쾌락을 추구한 것은, 비록 유흥적인 풍류장에서의 일이기는 하지만 당시의 기준으로 볼 때 도가 지나친 일이었다. 심노숭은 이정보와 심용의 이러한 풍류생활이 도가 지나쳤으며 그 결과 하늘의 노여움을 사 후손이 끊겼다고, 그들의 극단적인 풍류를 후세에 경계하는 글을 남기고 있다.[37) 이러한 사실은 역설적으로 이정보가 얼마나 질탕한 풍류를 즐겼는지 보여주며, 도가 지나친 풍류에 탐닉하는 과정에서 이런 작품도 충분히 창작할 수 있었다는 것을 수긍할 수 있게 한다.

유흥의 속성 중 하나는 재미를 추구하는 것이다. 재미는 진지하거나 경건한 것이 아니라 유쾌하고 즐거운 감정이다. 따라서 유흥적인 풍류공간에는 당연히 재미를 추구하는 노래가 있기 마련이다. 이러한 재미의 속성이 작품으로 나타날 경우에 그 어조는 희극적, 유희적이다. 다음의 이정보 작품도 유흥의 장에서 재미를 추구하는 과정에서 유희적으로 창작되었고 보아야 할 것이다.

---

36) 고미숙, 앞의 책, 120쪽.
37) 여기에 대한 자료는 김영진, 앞의 논문, 53-54쪽, 이에 대한 논의는 이상원, 앞의 논문, 86쪽 참고.

一身이 사자ㅎ니 물것계워 못 살니로다
피껴ᄀ튼 가랑니 보리알ᄀ튼 슈통니 줄인니 갓신니 잔벼록 굴근벼록 강벼
록 倭벼록 긔는놈 쒸는놈에 琵琶ᄀ튼 빈듸 삿기 使令ᄀ튼 등에어이 갈자귀
수무아기 셴박휘 누른 박휘 바금이 거저리 부리 쑉쑉흔 모긔 다리 긔다흔
모긔 살진 모긔 야윈 모긔 그리마 쑈룩이 晝夜로 뷘틈 업시 물거니 쏘거니
쎨거니 쯧거니 甚흔 唐비루에 어려왜라
그듕에 춤아 못견될슨 五六月 伏더위에 쉬프린가 ᄒ노라.

　　　　　　　　　　　　　　　　　　　　－『時全』 2437

　일반적으로 이 작품은 풍자적으로 해석되어 왔다. 초장에서 고통을 호소하
고 이어 등장하는 이, 벼룩, 빈대, 등에아비, 모기 쉬파리 등 인간에 해를 끼
치는 해충들이 그 고통의 원인이 된다는 사실 때문이다. 즉, 온갖 '물것'은 탐
관오리나 부패한 관리일 것이고, 그런 '물것'에게 물려서 못살겠노라고 비명
을 지르는 시적 화자는 선량한 일반 백성을 지칭하는 것이라고[38] 하였다. 그
러나 이 노래가 낙천적 세계인식과 풍부한 물질적 기반을 바탕으로 유흥에 탐
닉하던 이정보가 풍류의 장에서 재미를 추구하기 위하여 지은 것이라면 그 해
석은 달라져야 한다.
　실제 한 연구자는 이 작품을 정치하게 분석한 후, 이 작품에서 일상생활에
서 사람을 괴롭히는 해충들을 일정한 질서에 따라 나열하기는 했지만, 그것을
통하여 어떤 사회의식이나 풍자정신을 추출해 낼 수 있는 체계적이고도 명시
적인 요소들은 발견할 수 없었으며, 단지 사람을 해치거나 귀찮게 하는 해충
들에 대한 언어적 분풀이 수준에 머물고 있다고 결론지었다.[39] 이처럼 작품
자체에 풍자적으로 해석할 수 있는 구조나 요소들이 없다면 이 작품은 적어도

---

38) 박노준, 앞의 책, 71쪽.
39) 이강옥, 「사설시조 '一身이 사자하니'에 대한 고찰」, 『한국고전시가작품론』 2, 집문
　　당, 1992, 805쪽.

풍자적인 의도에서는 창작되지 않았다고 보아야 한다.

이 작품은 이, 벼룩, 빈대, 등에아비, 모기, 쉬파리 등 하찮은 것, 비속한 것, 가치 없는 것들을 등장시켜 나열하고 있다. 이것은 희극적이고 유희적인 재미를 추구하는 의도적 책략이며, 동시에 이 시의 지배적 원리라 할 수 있다. 따라서 재미를 추구하는 이 작품에서 경건하고 진지하고 무거운 의미를 찾는 다는 것은 무의미한 일이다. 다만 이 노래가 창작의 현장을 벗어나 도시시정 에서 가창되었을 때, 그 때의 청자들이 이 노래의 물것과 탐관오리들을 대응 시키며 쾌감을 느꼈을 가능성은 충분히 있었다고 보아도 무방할 것이다.

이상에서 살펴 본 바와 같이 이정보는 호사스럽고 향락적이며 유흥적인 풍 류를 즐기면서 가악에 탐닉하였다. 이러한 풍류공간에서 가객, 기생들과 어울 려 가악을 즐기면서 그리움이나 애정을 다룬 통속적인 노래뿐만 아니라 성애 나 재미를 추구하는 노래까지도 창작했다는 것을 확인할 수 있었다. 아울러 유흥공간에서 창작된 그의 작품 속에는 세속적 물질주의와 현세적 향락주의 같은 도시시정의 정서가 짙게 반영되어 있었으며, 관능적 쾌락과 유희적인 재 미를 추구하는 도시시정의 유흥적 특징이 뚜렷하게 드러나 있었다.

4. 마무리

문학이란 삶을 표현하는 문화의 한 양식이므로 한 시대의 문학을 온전하게 이해하기 위해서는 무엇보다도 그 문학이 생성된 당대의 문화 현상과 관련지 어 이해해야 한다는 인식 아래, 본고에서는 이정보의 문학을 당시 서울의 가 악문화와 관련지어 파악하고자 하였다. 즉, 그는 18세기에 형성된 서울의 도 시시정의 가악을 어떻게 수용하고 향유하였으며, 이 가악문화가 그의 창작과 는 어떤 관련이 있고, 그의 시조에는 이러한 도시시정의 풍류가 어떤 양상으 로 나타나 있는가를 살펴보았다.

18세기에 서울의 중인계층들이 시조의 새로운 향유층으로 등장하면서 시조 연행의 수요가 크게 증가하고 시조의 연행 공간이 확대되었다. 이런 연행의 활성화에 힘입어 가객들은 사대부들의 시조를 수용하여 이를 도시문화에 바탕을 둔 자신들의 취향과 풍류에 적합하도록 변용하면서 새로운 여항의 가악을 만들어 나갔다.

이정보는 여항의 가창자인 가객이나 기생들을 그의 문하에 두고 후원하면서, 이들과 풍류의 장을 함께 하며 음악을 즐기는 가운데 여항의 음악을 수용하고 향유하였다. 서울의 도시문화에 바탕을 둔 그의 풍류생활은 무척 호사스럽고 향락적이며 유흥적인 성격을 띠었는데, 이 유흥적인 풍류공간에서 가객, 기생들과 어울려 가악을 연행하면서 많은 작품을 창작하였기 때문이다. 그리움이나 애정을 다룬 통속적인 노래뿐만 아니라 퇴행적 쾌락을 추구하는 성애를 직접적으로 노래한 작품이나 유희적인 재미를 추구하는 노래까지도 이런 유흥적인 풍류공간에서 창작하였을 것이다.

이러한 유흥공간에서 창작된 그의 작품 속에는 도시시정의 유흥적 특징이 짙게 반영되어 있었다. 그 작품에는 사랑마저도 물질화하여 소유함으로써 만족을 얻을 수 있다는 세속적 물질주의가 자리하고 있었는데, 이것은 화폐경제의 발달로 야기된 도시화의 부정적 산물이 반영된 것이다. 아울러 그의 작품에는 낙천적 세계인식과 풍부한 물질적 기반을 바탕으로 하여 유흥에 탐닉하는 향락주의적 성격이 나타나 있었다. 이러한 향락에 대한 과도한 집착의 결과로 '성'을 노래하면서 퇴행적 향락에서 비롯된 관능적 쾌락을 추구하는 작품도 있었다. 유흥공간에서 재미를 추구하면서 유희적으로 창작된 작품도 있었는데, 이 작품은 하찮은 것, 비속한 것, 가치 없는 것들을 나열하는 의도적 책략을 통하여 유희적인 재미를 추구하고 있음을 밝혔다.

이상과 같이 이정보 시조의 창작배경을 당시 도시의 가악문화와 관련지어 살펴본 결과 그의 시조는 유흥적인 풍류공간에서 기생들과 어울려 가악을 즐기는 과정에서 창작되었다는 것을 확인할 수 있었다. 아울러 유흥공간에서 창작된 그의 작품 속에는 도시시정의 정서와 유흥적 특징이 짙게 반영되어 있음을 파악할 수 있었다.

본고는 18세기 중인계층들이 새롭게 발전시킨 도시시정의 가악을 이정보가 어떻게 수용하고 향유하였으며, 도시시정의 가악문화가 그의 창작과는 어떤 관련이 있는지, 또 이를 바탕으로 생성된 그의 시조에 나타난 도시시정의 풍류의 양상은 어떠하였는지를 파악하는 것을 목표로 삼았다. 하지만 이정보 시조문학은 내용을 폭이 매우 넓다. 그의 작품세계를 온전하게 이해하기 위해서는 본고에서 다룬 작품을 포함하여 전체 작품을 아우르는 체계가 필요하다. 나머지 작품에 대한 논의는 앞으로 더 깁고 보태야 할 과제로 남긴다.

『한국문학논총』 제38집, 한국문학회, 2004.

II. 〈人道行〉과 조황의 삶과 의식

1. 머리말

　조황(趙榥, 1803-?)은 자신의 개인 시조집인 『삼죽사류(三竹詞流)』와 『삼죽사류이본(三竹詞流異本)』에 140수의 시조작품을 남기고 있어,[1] 작품수를 놓고 보면 그는 19세기 시조문학을 대표하는 작가라 할 수 있다. 하지만 그의 작품은 '유교적 덕목과 그 이념적 내용을 조술한 것'으로[2] 파악되거나 '지나치게 경직된 유교 이데올로기를 내세운 교술적 목적으로 창작되어 문학적 완성도가 떨어진다'고 평가되고 있다.[3]

　사실 조황의 작품은 내용적으로는 유교에 편향되어 있고, 표현에 있어서는 유교경전의 전고나 고사를 지나치게 많이 사용하며, 대부분의 작품이 교술적 의도로 창작되어 작품 자체가 교술적이라는 점에서 앞선 연구자들의 지적이

---

1) 조황은 『삼죽사류』에 111수, 『삼죽사류이본』에 92수의 작품의 작품을 남기고 있다. 『삼죽사류이본』은 초고본이고 『삼죽사류』는 완본(完本)인데, 조황은 초고본인 『삼죽사류이본』의 작품을 보완 혹은 개작하고, 각 작품의 서발을 항목별로 안배하고 작품순서를 재배치하여 『삼죽사류』를 완성하였다. 그 결과 『삼죽사류이본』 가운데 『삼죽사류』와 중복되지 않는 작품은 29수이기 때문에 조황이 남긴 작품은 모두 140수다. 심재완, 『시조의 문헌적 연구』, 세종문화사, 1972, 31-34쪽.
2) 조규익은 『삼죽사류』의 序·跋文을 중심으로 조황의 문학 정신과 세계를 고찰한 논문에서 그의 작품을 이렇게 평가하였다. 조규익, 「조황의 노래」, 『가곡창사의 국문학적 본질』, 집문당, 1994. 352쪽.
3) 정흥모는 조황의 시조에 대한 연구가 부진한 이유를 지적하는 가운데 그의 시조를 이와 같이 평가하였다. 정흥모, 「삼죽 조황의 시조연구」, 『19세기 시가문학의 탐구』, 집문당, 1995 참조.

나 평가는 상당 부분 타당하다고 볼 수 있다.

그러나 문학 작품은 작가의 세계관의 반영물일 뿐만 아니라 작가 자신의 독특한 삶에 대한 체험 방식이기도 하다는 관점에서 조황의 시조를 다시 한번 검토해 보아야 할 필요성이 있다고 생각한다. 한 작가의 작품은 그 작가의 삶이나 의식과 연관시켜 이해해야만 그 작품에 대한 총체적인 이해에 도달할 수 있기 때문이다.

조황은 100여 편의 시조를 창작하였는데 그 주제가 유교적 이념이나 교훈에 집중되어 있다. 이것은 무엇을 의미하며, 조황은 왜 이러한 주제를 지속적으로 다룰 수밖에 없었는지, 또 이를 통하여 무엇을 표현하려고 하였으며 이러한 작품에 투영된 그의 의식은 무엇인가를 규명해야 만이 그의 작품에 대한 온전한 이해에 도달할 수 있을 것이다. 작품에 표면적으로 드러난 특질만 가지고 그 작가의 작품을 평가하기보다는 작가의 삶과 의식을 통하여 그 작품을 이해해야만 작가에 대한 정당한 평가가 이루어질 수 있기 때문이다.

이런 전제 아래 본고에서는 조황의 다섯 편의 연시조 작품 가운데 〈인도행〉을 주된 연구의 대상으로 삼고자 한다. 〈인도행〉은 명백한 교술적 의도 아래 창작되어 조황의 작품 가운데 유교적 이념을 가장 직접적으로 표현하고 있어, 이에 대한 정확한 이해는 유교적 이념이나 교훈이 중심이 된 조황의 시조 전체의 의미를 파악하는 출발점이 될 수 있기 때문이다. 본고에서는 조황의 삶이나 의식과 관련지어 〈인도행〉의 의미를 파악하고, 이를 바탕으로 조황의 시조에 대한 인식과 그 창작 의도 및 작품의 성격을 규명하여 그의 작품을 총체적으로 이해하는 기반을 마련하고자 한다.

2. 조황의 처지와 삶

조황은 1803년에 태어나 19세기 후반까지 살았던 인물이다.[4] 그의 가계는 순창(淳昌) 조씨(趙氏) 호서계(湖西系) 진위파(振威派)에 속하는데, 고려조를 거쳐 조선조 인조대까지 다수의 현관(顯官)을 배출하였다. 그러나 조황의 직계를 살펴보면, 고조가 숙종대에 무과에 급제하여 흥양현감(興陽縣監)을 지냈지만, 증조는 영조조에 무과에 승계(陞階)하였으나 실직에는 나아가지 못했고, 조부와 부친은 평생 동안 벼슬길에 나아가지 못했다.5) 또 조황의 집안은 고조 때까지는 경기도 수원에 거주하였으나, 조부 대에 와서 거주지를 충북 제천으로 옮긴 것으로 되어 있다.6)

조황의 집안은 경제적으로도 매우 어려운 형편에 놓여 있었던 것으로 보인다. 세 아들 중 둘은 농사를 짓기 위해 학문을 폐하였으며,7) 그 자신도 낮에는 밭을 갈고 밤에 책을 읽었다고 한다.8) 공자의 성상(聖像)을 모실 사당을 건립한 후에는, 그 공역채(公役債)로 전 재산을 탕진한 후 화전(火田)을 떠나야 할9) 정도로 가세가 빈한하였다.

조선시대 법제화된 사족의 범위는 자신이 생원·진사인 자, 내외(內外)에 현관(顯官)이 있는 자와 문무과(文武科) 자손(문무과 급제자 및 그 자손)으로 되어 있는데, 여기에서 현관은 동서반(東西班)의 정직(正職) 5품 이상, 감찰

---

4) 조황은 그의 전기적 사실을 알 수 있는 자료가 남아 전하지 않기 때문에 생애가 불분명하다. 정명세가 여러 문헌에 흩어져 있는 자료를 모아 조황의 대체적인 생애를 살펴보았고, 정흥모는 다시 『순창조씨세보』와 시조, 그리고 각종 서·발을 통해서 조황의 가계와 생애를 재구성하여 놓아 조황의 생애를 살펴보는 데 많은 도움이 된다. 정명세, 「조삼죽시조의 연구」, 『어문학』 제48집, 한국어문학회, 1986 및 정흥모, 앞의 논문 참조.
5) 정명세, 위의 논문. 178-179쪽.
6) 정명세, 위의 논문. 179쪽.
7) 吾有三子 二以畊養廢學. 趙榥,〈人道行序〉.
8) 男兒의 立身揚名 顯父母도 크다마는 / 士君子 出處間에 썩時字가 關重허다 / 아마도 晝耕코 夜讀ᄒ여 俟河之淸허리로다.〈人道行〉7.
9) 許多헌 工役債가 貽累聖門 허리로다 / 一家産 蕩盡허고 去處업시 니다르니 / 妻子야 네 무슨 罪로 氣色凄凉 저러흔고.〈秉彛吟〉18.
百里外閒曠地에 火田이나 허라가니 / 怊悵타 이 山川에 다시 오기 어려왜라 / 그ᄉ이 邪黨이 還集허니 우리 影堂 無事허랴.〈秉彛吟〉19.

(監察), 6조(曹) 낭관(郎官), 부장(部將), 선전관(宣傳官), 현감(縣監)까지로 규정되어 있다.[10] 그러나 이러한 법제적 규정은 향촌사회에서는 사족의 여부를 가리는 데 절대적인 기준이 될 수는 없었다. 향촌사회에서의 사족[양반]의 규정에 대하여 송준호는 시조(始祖)에까지 소급되는 계보가 분명한가, 현조(顯祖)가 있는가, 일정한 세거지(世居地)를 무대로 축적한 양반가문으로서의 역사와 전통이 확실한가 하는 등의 요건에 의해 결정된다고 하였고,[11] 문옥표와 김광억은 여기에 더하여 지방사회에서 양반의 반열에 들어가는 길은 우선 학문을 통해 지식을 연마하고 같은 형태의 예(禮)를 실천하는 것이라고 하였다.[12] 이상의 주장을 고려해 볼 때, 향촌사회에서 사족을 변별하는 기준은 대개 가계, 관직, 세거지(재산), 통혼관계, 그리고 학문이나 유교적 교양과 실천 등이라는 것을 확인할 수 있다.

조황의 경우, 가계는 매우 분명하다. 조황은 순창 조씨 진위파 24대 손으로, 그의 선조들 가운데는 고려조와 조선 중엽까지 다수의 현관이 있었다. 그러나 고조가 무과에 급제하여 현감을 지냈을 뿐, 증조 이하 조황 자신에 이르기까지 4대째 이렇다 할 관직의 이력이 없다. "사대부가 관직을 얻지 못하여 삼남(三南)으로 내려간 층은 그래도 가세(家世)를 보존하였지만, 서울 근교로 나간 층은 빈한해져서 1~2세대 후에는 품관(品官)이 되기도 하고 평민이 되기도 한다고 하였다"[13]라는 『택리지』의 기록으로 미루어 볼 때, 4대째 관직에 진출하지 못한 조황의 경우 관직에 진출하여 집안을 일으켜야 하는 매우 절박한 사정에 처해 있었다는 사실을 어렵지 않게 짐작할 수 있다.

조황은 고조 때까지는 경기도 수원에 거주하였는데, 무슨 연유인지 알 수

---

10) 김현영, 『조선시대 양반과 향촌사회』, 집문당, 1999, 41쪽.
11) 송준호, 『조선사회사연구』, 일조각, 1987, 147쪽.
12) 문옥표·김광억 외, 『조선 양반의 생활세계』, 백산서당, 2005, 67쪽.
13) "士大夫家貧失勢 下三南者 能保有家世 出郊者 寒儉凋殘 一二傳之後 多夷爲品官平民矣." 『擇里志』京畿條, 여기서는 김현영, 앞의 책, 141쪽에서 재인용.

없으나 조부 때 조상 대대로 거주하던14) 수원을 떠나 충북 제천으로 이주한 것으로 되어 있다. 이 점도 조황이 향촌사회에서 사족의 지위를 유지하는 데 상당한 어려움으로 작용한 것 같다. 다산(茶山)이 "사대부란 마땅히 '점지이 전세(占地而傳世)' 즉, 어느 한 곳에 터를 잡아 그곳에 대대로 눌러 살아야 하며 그렇지 않았을 경우 마치 망국자(亡國者)와 같은 처지가 된다"15)라고 한 것과 같이, 조선시대에는 '이향즉천(離鄕則賤)'이라 하여 자기 고향을 떠나 타관으로 나가면 신분적으로 정체가 애매해 천한 신분으로 전락할 가능성이 높았기 때문이다.16)

실제로 조황은 제천으로 이주한 후 제천 향촌사회의 사족들로부터 제대로 사족의 일원으로 대접을 받지 못한 것으로 보인다. 조황이 이교채의 집에 공자의 성상(聖像)이 있음을 알고 이를 모실 사당 건립 문제를 향촌의 사족들에게 의논하였을 때, 세족(世族)이 시기하고 토부(土富)가 꺼려서 그 일을 이룰 수 없었다.17) 향촌사회에서 공자의 성상을 모신 사당은 성리학적 교화와 교육에 관련된 중대한 문제이기 때문에, 이에 대한 논의의 주도권을 잡는다는 것은 향촌사회의 여론을 주도해 나가는 문제와 맞물려 있었다. 따라서 제천에 세거지를 두고 대대로 살아온 제천의 세족들은 이 문제를 타지방에서 이주해 온 조황이 발의한 사실에 대하여 탐탁하지 않게 생각하고 시기하여 방해했다고 보인다. 이런 사실로 미루어 볼 때, 조황은 제천의 향촌사회에서조차 제대로 사족의 일원으로 대접받지 못하고 사족으로서의 지위를 유지하는 데 상당한 어려움에 처해 있었다고 할 수 있다.

그러나 조황은 이처럼 어려운 처지에 놓여 있으면서도 철저하게 유학자적

---

14) 정홍모의 조사에 의하면 조황의 직계 선조들의 묘는 대부분이 경기도 수원, 포천, 평택에 있다고 한다. 정홍모, 앞의 논문, 174쪽.
15) 송준호, 앞의 책, 145쪽.
16) 문옥표 · 김광억 외, 앞의 책, 314쪽.
17) 因謀于一鄕 則世族媢(猜)之 土富憚之 事將不諧. 趙榥, 〈秉麴吟序〉.

인 삶을 살았다. 열다섯에 학문에 뜻을 둔 이래, 첫닭이 울 때 일어나 밤늦게까지 학문을 닦는[18] 전형적인 사대부의 삶을 실천하고 있으며, 낮에는 농사일을 하고 밤에는 책을 읽었을 정도로 부지런히 학문을 닦았다.[19] 그의 시조작품 〈기구요(箕裘謠)〉에서는 중국과 우리나라의 유학자를 중심으로 도통(道統)의 전승을 노래하고 있다.[20] 도통을 기록하는 의도에는 기록자 자신이 도통을 전승한다는 자부심이 있게 마련인데[21] 이로 미루어 보면 조황은 자신이유교의 도통을 전승한다는 자부심이 상당했던 것으로 보인다. 이뿐만 아니라그는 천주교라는 이단을 물리치고 유교의 정통을 수호하기 위하여 자신의 전재산을 쏟아 부어 공자의 성상을 모실 사당을 건립[22]할 정도로 유교 이념을수호하는 데 누구보다 적극적이었고 이를 실천하는 삶을 살았던 투철한 사대부 의식을 지닌 인물이었다.

3. 〈인도행〉의 의미

〈인도행〉은 조황의 개인가집인 『삼죽사류』에 첫 번째로 수록되어 있는 작품이다. 조황은 초고본인 『삼죽사류이본』의 작품을 개작하여 보완하고, 각작품의 서·발을 항목별로 안배하고 작품순서를 재배치하여 『삼죽사류』를 완성하였다.[23] 『삼죽사류이본』에는 〈주로원격양가〉, 〈병이음〉, 〈기구요〉의 순

---

18) 十五에 志于學ᄒ여 平天下늘 準的허고 / 鷄鳴起夜深寐ᄒ여 닉 道理만 닉 허거다 / 畢竟에
    닉 道行不行은 時運所關이로고나. 〈人道行〉 6.
19) 男兒의 立身揚名 顯父母도 크다마는 / 士君子 出處間에 썩時字가 關重허다 / 아마도
    晝耕코 夜讀ᄒ여 俟河之淸허리로다. 〈人道行〉 7.
20) 〈기구요〉의 각 시조 작품에 나타난 도통을 전승한 구체적 인물에 대해서는 이동연,
    『19세기 시조 예술론』, 월인, 2000, 88-89쪽 참조.
21) 김태완, 「도통담론과 이이의 도통의식」, 『율곡사상연구』 제15집, 율곡학회, 2007,
    48쪽.
22) 이러한 사정은 〈병이음서〉와 〈병이음〉 20수에 나타나 있다. 또 이를 바탕으로 정흥모
    가 이 사건을 재구성해 놓은 것이 있어 참고가 된다. 정흥모, 앞의 논문, 175-180쪽.

으로 되어 있었던 것을 〈기구요〉, 〈주로원격양가〉, 〈병이음〉의 차례로 그 순서를 바꾸고, 제일 앞에는 〈인도행〉을, 그리고 마지막에는 〈훈민가〉를 새로 지어 붙여 『삼죽사류』를 완성하였다. 이 과정을 살펴보면 조황은 『삼죽사류』를 편찬함에 있어 작품의 순서까지도 매우 세심하게 고려하였음을 알 수 있다. 특히 〈인도행〉은 가장 나중에 지은 작품이면서도 이를 첫머리로 삼아 가집을 엮는다고 하였다.[24] 〈인도행〉은 조황이 자신의 가집의 첫 작품으로 삼을 만큼 그에게 중요한 의미가 있었던 것이다.

> 天地間 蠢動物이 口腹外예 닐업거널
> 藐然헌 此一身에 제 헐닐이 하고 만타
> 第一에 人道 곳 업스면 저 禽獸나 다를소냐.
>
> 父母의 一生精力 子息으로 竭허거다
> 十朔後 成童前에 바라너니 成人이라
> 아마도 人子의 道理는 本性中에 잇나니라.
>
> 百歲늘 다 스라도 五十年이 밤이로다
> 百歲前六十後가 쏘 一半이 되단말가
> 아마도 其間歲月에 夙興夜寐허리로다.
>
> 忠信에 터늘닥가 智水仁山面背허고
> 誠敬이 主幹ㅎ여 天下廣居經營허니
> 아마도 作之不已ㅎ야 드러볼가 ㅎ로라.

---

23) 심재완, 앞의 책, 33-34쪽.
24) 一自紐斷之後 付之笆籬者久矣 睆膝下之嬉戲 敍胸中之期望 乃述人道行十首 其歌也就盈乎
百 弁之以成篇. 趙榥, 〈人道行跋〉.

洛陽에 十字通衢 天下道里 均敵헌데
제발로 가는 ㅅ롬 못 가리가 업건마는
ㅅ롬이 제 아니 가고 길만 머다 허더라.

十五에 志于學ᄒ여 平天下늘 準的허고
鷄鳴起夜深寐ᄒ여 늬 道理만 늬 허거다
畢竟에 늬 道行不行은 時運所關이로고나.

男兒의 立身揚名 顯父母도 크다마는
士君子 出處間에 쩐時字가 關重허다
아마도 晝耕코 夜讀ᄒ여 俟河之淸허리로다.

平生에 잡은 ᄆᆞᆷ 窮達間에 다를소냐
孝悌로 齊家타가 得君허면 忠義러니
지금에 늬몸에 分內事가 全而歸之 쑌이로다.

古今에 異端邪說 洪水猛獸 다름 업고
名利關 繁華場은 深淵薄氷 아닐소냐
아마도 鶯花水竹間에 獨善其身 허리로다.

이몸에 一生精力 心中으로 소사나니
老僧의 舍利珠늘 어늬 샹지 견허리요
아희야 네 입에 너어 藏之中心 ᄒ여라.

〈인도행〉은 전체 10수로 된 연시조 작품이다. 이 작품은 10수의 시조가 서로 유기적으로 결합되어 하나의 의미 있는 통일체를 이루고 있다. 우선 첫째 연은, 천지의 동물들은 음식이 가장 중요하지만 이 몸은 많은 할 일 중에서도 '인도(人道)'가 가장 중요하다고 하여, 작품의 제목으로 삼은 인도의 중요성을 강조하면서 작품 전체를 총괄하는 서사(序詞)의 역할을 하고 있다. 마지막 연은 작품의 창작 의도에 따라[25] 아들에게 이 가르침을 마음속에 간직할 것을 당부하는 것으로 작품 전체를 마무리하고 있는 결사(結詞)에 해당된다.

서사와 결사를 제외하면 〈인도행〉은 다시 제2연부터 제5연까지, 그리고 제6연부터 제9연까지의 두 부분으로 나누어진다. 제2연에서는 '인자(人子)의 도리'는 인간이 태어날 때부터 본성 중에 갖추어져 있다고 노래하고 있다. 이것은 『중용』에서 말하는, 인간의 본성은 하늘로부터 부여받았으며 그 본성을 따르는 것이 사람의 도리라는[26] 의미를 함축하고 있다. 그러나 인간이 하늘로부터 선한 본성을 부여받았지만 그것을 따르는 것은 저절로 되는 것이 아니라 끊임없는 노력이 있어야만 하는데, 제3연에서는 그 노력에 대하여 말하고 있다. 인간의 한평생이 백 년이라 하더라도 실제로 우리가 쓸 수 있는 시간은 한정이 있으니 그 기간 동안 '숙흥야매'하면서 노력하라는 것이다. 제4연에서는 수도(修道)하는 구체적인 덕목인 충(忠)·신(信)·지(智)·인(仁)·성(誠)·경(敬)을 집에 비유하면서 이런 집에 들어가기 위해 있는 힘을 다하여 끝없이 노력하겠다는 다짐을 노래하고 있다. 제5연에서는 이러한 천하의 도리가 사방이 탁 트인 길처럼 분명하게 드러나 있는데도 불구하고 사람들이 가려고 하지 않는 것을 안타까워하고 있다. 〈인도행〉의 제2연에서 제5연까지는 하늘이 인간에게 부여한 선한 본성을 따르기 위한 끊임없는 노력, 즉 심성을 수양하고 성정을 함양하는 '수기(修己)'를 노래한 것이라 할 수 있다.

제6연에서 제9연까지는 이러한 '수기'를 바탕으로 벼슬길에 나아가 이를 실천하여 세상을 다스리는 '치인(治人)'을 노래하고 있다. 제6연에서는 어릴 때

---

25) 조황은 이 작품을 자신의 아들의 광견을 재억하기 위하여 지었다고 밝히고 있다.
吾有三子 二以畔養廢學 一在髫齓之齡 而觀其爲人 必近於狂狷 故作歌以諷 望其有先入之見. 趙榥, 〈인도행서〉.
26) 天命之謂性 率性之謂道. 『중용』

부터 평천하에 뜻을 두고 부지런히 학문을 닦으며 내 도리를 다해왔으나 그
도를 행하고 행하지 못하는 것은 시운에 달렸다고 노래하고 있다. 이를 이어
제7연에서도 선비가 벼슬길에 나아가고 물러나는 것은 때가 중요하니 학문을
닦으면서 그 때를 기다리라고 노래하고 있다. 이 두 수는 모두 '천하에 도가
있으면 나아가고 도가 없으면 숨을 것이다'라는[27] 유교의 출처관(出處觀)에
바탕을 두고 있다. 제8연에서는 효제로 집안을 다스리다가 임금을 만나면 벼
슬길에 나아가 뜻을 펼 것이니 지금은 자신에게 주어진 분수를 다하라고 노래
하고, 제9연에서는 지금 세상에는 이단사설이 난무하고 명예와 이익이 있는
번화한 곳은 살얼음판과 같으니 산수 속에서 '독선기신'하라고 노래하고 있다.
여기서 '독선기신'은 널리 알려진 바와 같이 '겸선천하(兼善天下)'와 함께 사
용되는 말이다. 즉 뜻을 얻지 못하여 곤궁한 상황에 있으면 '독선기신'하고 뜻
을 얻어 지위에 서면 '겸선천하'한다는[28] 유교의 출처관에서 비롯된 말이다.
이와 같이 〈인도행〉의 제6연에서 제9연까지의 4수는 모두 수기로 닦은 바의
도를 벼슬길에 나아가 실천하는 '치인'에 관하여 노래하고 있다.

　이상에서 살펴본 바와 같이 〈인도행〉은 제1연 서사이고, 제2연에서 제5연
까지는 '수기'를, 제6연에서 9연까지는 '치인'을 노래한 본사이고, 마지막 10
연은 결사이며, 그 노래하는 핵심적인 내용은 '수기치인'임을 알 수 있다. 자
기를 수양한 뒤에 타인을 다스리는 것, 즉, 수기로부터 치인에 이르는 것이
유가의 기본적인 생각의 방향인 것이다. "일상생활에서 동정(動靜)의 사리를
자세히 관찰하여 그 중도를 얻는 것이 도를 떠나지 않는 방법이라고 하고, 이
것으로써 덕을 완성하는 것이 수기이고 이것으로써 교화를 베푸는 것이 치인
이며, 수기와 치인의 실상을 다하는 것이 도를 전하는 것"이라[29] 할 정도로

---

27) 天下有道則見 無道則隱. 『논어』, 泰伯.
28) 窮則獨善其身 達則兼善天下. 『맹자』 盡心 上.
29) 김태완, 앞의 논문, 59-60쪽.

수기치인은 유학의 근본 목적이다. 조황은 〈인도행〉이 자신의 평생의 학문인 유학의 근본 목적인 '수기치인'을 노래한 작품이기 때문에 그의 시조집인『삼 죽사류』의 첫 번째 작품으로 삼은 것이다.

그런데 조황은 그의 아들을 교육하기 위하여 이 〈인도행〉을 지었음을 분명 히 밝히고 있다.

옛날 우리 정선생님께서 요 · 순 임금의 전악(典樂)의 가르침을 사모하여 따로 시를 지어 어린 아이들을 가르치려고 하셨는데, 뜻은 있었으나 이루 지 못하였으니 이것이 후생의 천고의 한이다. 우리나라의 퇴계 선생이 우 리말 노래 한편을 지어서 영남지방에서 불리고 있다. 그런데 어리석은 내 생각으로는, 이 노래는 유액(誘掖)의 도에 뜻을 두고 성정을 기르는 방법에 의도가 있었으니, '곤몽(困蒙)'함은 끊어버릴 수 있으나, '광견(狂狷)'을 억 누르기에는 족하지 못하다. 나에게 세 아들이 있는데, 둘은 농사를 짓느라 학문을 폐했고 하나는 아직 나이 어린데, 그 아이의 사람됨을 보면 반드시 '광견'에 가깝다. 그러므로 이 노래를 지어 먼저 마음속에 품고 있는 생각을 바라볼 것을 넌지시 일깨워 둔다.[30]

조황은 이 글의 첫머리에 요 · 순 임금의 '전악'과 퇴계 선생의 국문시가인 〈도산십이곡〉을 언급하면서, 동양의 전통적인 시관인 교화론의 맥을 이어 이 노래를 창작하였음을 분명히 하고 있다. 그러나 조황은 퇴계의 노래는 성정을 함양하는 방법에 뜻을 두고 있기 때문에 '곤몽'함은 끊어 버릴 수 있으나 '광 견'을 억누르기에는 부족하다고 생각하였다. 그런데 그의 아들 가운데 셋째의 사람됨이 '광견'에 가까우므로 이 아이를 깨우치기 위하여 〈인도행〉을 지었다

---

30) 昔我程夫子 慕唐虞典樂之敎 別欲作詩以敎小兒 有志未就 誠後生千古之恨也 逮我朝退陶先
生 述諺詞一篇 行乎嶠南 而揆以淺見 致意乎誘掖之道 而隱鋒乎涵養之方 但可以提拔困蒙
而未足以裁抑狂狷 吾有三子 二以畊養廢學 一在髫齔之齡 而觀其爲人 必近於狂狷 故作歌
以諷 望其有先入之見. 趙榥, 〈인도행서〉.

고 한다. 여기서 '광견'이란 『논어』의 다음 구절에 근거를 둔 것이다.

> 공자께서 말씀하시기를, "중용의 도를 얻어서 더불지 못한다면, 반드시 뜻 높은 광사(狂士)나 절조가 굳센 견사(狷士)일 것이다. 광사는 생각한 것에 나아가 취하고 견사는 옳지 않은 것을 하지 않는 바가 있다."고 하셨다.[31]

주자는 이 글에 이어지는 주해에서 "광자(狂者)는 뜻은 지극히 높으나 행실은 가리지 아니하며 견자(狷者)는 미치지 못하는 것을 알아서 지킴에 남음이 있다."고 '광견'의 뜻을 풀이하였다. 『맹자』에서 주자는 다시 "광(狂)은 뜻이 있는 자이고 견(狷)은 지킴이 있는 자이니, 뜻이 있는 자는 능히 도에 나아가고 지킴이 있는 자는 그 자신을 잃지 않는다."라고[32] '광견'의 의미를 부연 설명하고 있다. 이로 미루어 생각하면 광자는 뜻은 매우 높고 진취적이지만 행실이 따르지 못하는 사람을 의미하고, 견자는 성격은 소극적이지만 옳지 않는 일은 결코 하지 않는 확고한 지조가 있는 사람을 의미한다. 그래서 성인(聖人)은 중용의 도리를 행하는 사람이 얻어서 가르치는 것이 가장 바람직하지만, 그런 사람은 매우 드물기 때문에 그 다음으로는 광자와 견자를 얻어서 그 뜻과 절개를 격려하고 재억하여 도에 나아가게 해야 한다고 하였다.[33] 따라서 '광견'을 재억한다는 것은 광자와 견자의 뜻과 절개를 좋은 면은 격려하고 또 지나친 것은 억눌러서 도에 나아가도록 하는 것을 의미하는 것이다.

조황은 자기 아들의 사람됨이 '광견'에 가까워 이를 재억하기 위하여 〈인도행〉을 창작하였다고 하였다. 그렇다면 〈인도행〉에서 구체적으로 아들의 어떤 면을 격려하고 어떤 면을 재억하려고 하였는지를 정확하게 파악하는 것이 이

---

31) 子曰 不得中行而與之 必也狂狷乎 狂者進取 狷者有所不爲也. 『논어』, 子路 제13.
32) 狂有志者也 狷有守者也 有志者 能進於道 有守者 不失其身. 『맹자』 盡心 下.
33) 蓋聖人 本欲得中道之人而敎之 然旣不可得 而徒得謹厚之人 則未必能自振拔而有爲也 故不若得此狂狷之人 猶可因其志節 而激勵裁抑之 以進於道. 『논어』 子路 第13 朱子註.

작품을 온당하게 이해하는 관건이 될 것이다.

앞에서 살펴본 바와 같이 〈인도행〉은 수기치인을 노래하고 있는 작품이다. 전반부는 수기를 노래하고 있고, 후반부는 치인을 노래하고 있다.

수기를 노래하고 있는 전반부(제2연에서 5연까지)를 다시 살펴보면, 인간이 태어날 때 하늘로부터 부여받은 본성을 따르는 것이 '인도(人道)'이며, 이를 위하여 부지런히 노력하고 충신(忠信), 지인(智仁)과 성경(誠敬)으로 끊임없이 심성을 갈고 닦아 넓고 밝은 천하의 도리를 실천해 줄 것을 당부하고 있다. 즉, 〈인도행〉의 전반부에서는 '수기'에 힘을 다하여 노력하라는 매우 적극적인 주문을 하고 있다.

치인을 노래하고 있는 후반부(제6연에서 제9연까지)는 사정이 이와 상당히 다르다. 치인을 노래한 제6연에서 제9연까지에서 출처(出處)에 관계된 구절을 찾아 정리하면 아래와 같다.

· 畢竟에 닉 道行不行은 時運所關이로고나. (제6연 종장)
· 士君子 出處間에 씩時字가 關重허다 (제7연 중장)
· 아마도 晝耕코 夜讀ᄒ여 俟河之淸허리로다. (제7연 종장)
· 孝悌로 齊家타가 得君허면 忠義러니 (제8연 중장)
· 지금에 닉몸에 分內事가 全而歸之 ᄲᅮᆫ이로다. (제8연 종장)
· 아마도 鶯花水竹間에 獨善其身 허리로다. (제9연 종장)

이 구절을 중심으로 후반부의 내용을 살펴보면, 제6연에서는 어릴 때부터 부지런히 학문을 닦았으나 그 학문을 행하고 행하지 못하는 것은 시운(時運)의 소관이라 하였고, 제7연에서는 선비가 벼슬길에 나아가고 물러가는 것은 때가 있으니 학문을 닦으며 때가 오기를 기다려야 한다고 하였다. 제8연에서는 자신을 알아주는 임금을 만나면 출사할 것이니 지금은 자신에게 주어진 분수에 맞는 일을 온전히 할 것을 당부하고 있고, 제9연에서는 지금은 바깥세상이 어지럽고 위험하니 '독선기신'하라고 노래하고 있다.

조황이 노래한 치인은 '때를 기다리라'는 한마디로 요약할 수 있다. 이것은 유교의 전통적인 출처관에 바탕을 둔 태도이기는 하지만, 전반부에서 수기를 위하여 끊임없이 노력하라고 적극적으로 권유하는 태도와는 달리 후반부에서는 치인을 위해 오직 때를 기다리라고 하는 소극적인 자세로 임하고 있어 차이를 보인다. 유학의 근본이 나를 닦아 그것을 바탕으로 남을 다스리는 수기치인이지만, 나를 수양하고 학문을 닦는 수기는 준비단계에 해당되고 이를 바탕으로 세상에 나아가 실천에 옮겨야만 사대부의 삶이 완성된다 할 수 있다.[34] 이런 점에서 수기와 치인 중에서 선비들에게 중요한 것은 자신이 닦은 학문을 실천할 수 있는 '치인'의 문제였다.[35] 사실 사대부들은 '사(士)'로서 자신의 인격을 수양하여, '대부(大夫)'가 되어 교화를 정사에 베풀어 '천하를 태평하게 하는 것'이 그들의 이상이었다.

조황도 그 학문의 목표를 '평천하(平天下)'에 두었기 때문에 이 목표를 실현하기 위해서는 반드시 치인의 길에 나아가야만 했던 것이다. 그것은 사대부로서의 자신의 이상과 포부를 실현하는 것이었기 때문에 더욱더 절실할 수밖에 없었다. 현실적으로 조황의 가문은 증조 이하 조황 자신에 이르기까지 4대째 관직에 진출하지 못하였을 뿐만 아니라, 조부 때 세거지였던 수원을 떠나 제천으로 이주하였으나 제천의 향촌사회에서조차 사족의 일원으로 제대로 대접받지 못하여 향촌사회에서 사족으로서의 지위 유지에 상당한 어려움에 처해 있었다. 경제적으로도 조황의 집안은 세 아들 중 둘은 농사를 짓기 위해 학문

---

34) 孟子는 사대부의 삶을 "夫人幼而學之 壯而欲行之"(『맹자』, 梁惠王 下)라고 간결하게 표현했다.

35) 우암 송시열도 "선비가 세상에 태어나서 나아가면 임금을 얻어 도를 행하는 것 이외에 무슨 일이있는가. 선비가 도를 배우는 것은 농부가 경작하는 것과 같다. 도를 행하는 것, 즉 行道 두 글자는 선비가 된 모든 이에게 해당되는 것이다"라고 하였다. 최봉영, 『조선시대의 유교문화』, 사계절, 1997, 77쪽.

을 폐했을 정도로 매우 어려운 형편에 놓여 있었다.

이런 상황에서 조황이 사대부로서 그의 이상을 실현하고 자신이 처한 현실적·경제적 문제를 극복하는 가장 확실하고 빠른 길은 그의 집안에서 누군가가 벼슬길에 나아가는 것이었다. 그는 그의 아들 가운데 셋째의 사람됨이 '광견'에 가까운 것을 보고 이 아이에게 많은 기대를 하고 두 형은 생계를 위하여 농사를 짓게 하면서도 이 아이는 학문을 하게 하였다. 그런데 왜, 이 아들을 위하여 지은 〈인도행〉에서 정작 '수기'는 그렇게 강조하면서도 자신의 입장에서 더욱 절실하고도 다급한 '치인'에 대해서는 오직 '때를 기다리라'는 소극적인 자세를 보이고 있을까.

이것은 조황이 살았던 당시의 시대적 상황과 아들의 사람됨과 관련이 깊다고 생각된다. 조황이 살았던 당시는 세도정권기였다. 절대 권력을 확보한 세도정권은 도덕성을 상실하고 극도로 부패하였는데 과거도 부정부패에서 예외일 수 없었다. 합격자의 남발, 뇌물의 성행 등 온갖 비리가 행해졌고, 마침내 특권층에 연줄을 대지 않고서는 급제할 수 없을 정도로 과거가 타락하였다. 조황은 이런 과거의 타락상을 잘 알고 있었고 그 폐단을 직접 지적하기도 하였다.

朝廷에 朋黨論이 人才 업슬 張本이요
科場에 末流弊는 션비 업고 말리로다
後生이 志于學헌들 눌을 조츠 드르리오   - 〈기구요〉 39

조황은 부패한 과거의 폐해를 지적하고 과거가 이처럼 문란하다면 어느 선비가 학문에 뜻을 두겠느냐고 강한 어조로 비판하고 있다. 조황은 기울어져 가는 가문을 다시 일으키고 경제적 어려움에서 벗어나기 위하여 첫닭이 울 때 일어나 밤늦게까지 학문을 닦으며 벼슬길에 나아가려고 하였지만, 이처럼 타락한 과거 때문에 관직에 진출하려던 꿈이 좌절되자, 잘못된 과거제도 때문에 뜻을 펴지 못하고 속절없이 늙어가는 것을 탄식하기도[36] 하고, 자신의 능력을 알아주지 않는 세상을 원망하기도 하였다.[37] 또 한편으로는 초야에 묻혀 있는 자신을 발탁해 주기를 간절하게 소망하기도 하였지만,[38] 그러나 그러한 그의 바람은 이루어지지 않았다. 이러한 사회적 모순은 근본적인 개혁 없이 개인적인 소망이나 노력만으로 해결될 성질의 것이 아니었다. 그만큼 현실의 벽은 높았다. 조황은 이렇게 소망하고 기다리며, 때로는 원망하고 탄식하며 평생을 보낸 뒤, 마침내 자신의 일생을 돌아보면서 '山間에 七十翁이 滿腹經書 虛事로다'[39]라고 말하여 자신이 칠십 평생 동안 학문을 쌓았으나 세상에 나아가 그것을 실천할 기회를 얻지 못했기 때문에 모든 것이 헛된 일이 되었다고 한탄하고 있다.

조황은 당시의 시대적 상황 아래 이런 삶을 살아왔기 때문에 이제 학문의 길로 접어든 자신의 아들도 자신과 같은 삶을 되풀이 할 것을 크게 염려한 것 같다. 더욱이 그 아들은 사람됨이 '광견'에 가까웠기 때문에 그러한 그의 걱정은 더욱 커서 이를 일깨워주기 위해 〈인도행〉을 창작하였다. 광견이란 뜻은 매우 높고 진취적이지만 행실이 따르지 못했던 사람을 의미하는데, 조황의 아들은 뜻이 매우 높고 클 뿐만 아니라 행동이 진취적이기 때문에 학문을 닦아 세상에 실천하려는 포부도 크고 이를 행하려는 의욕도 남달랐을 것으로 짐작된다. 그러나 당시의 부패한 정치 현실이나 그의 집안이 처한 현실 상황

---

36) 唐太宗 좀통안에 天下英雄 다 늘거다 / 鄕三物 더져두고 聲律試士 어인 닐고 / 그 중에 世間公道가 白髮흔아 쓴이로다. 〈擊壤歌〉 6.
37) 甌冶子 큰 풀무에 王金覇鐵百鍊ᄒ여 / 一雙검 지여 닉니 갑시 마나 님ᄌ업다 / 至今에 張華가 업스니 斗牛龍光 그 뉘 알리. 〈擊壤歌〉 5.
    春眠을 씌리 업셔 日高三竿 모로거나 / 千日睡 足헌 後에 平生大夢 씌닷거다 / 世人이 나 씐쥴 모르고 잠만 잔다 허더라. 〈擊壤歌〉 15.
38) 東風에 細雨셕겨 太平春光 그려닉니 / 唐虞世 一度花요 漢文帝의 三月이라 / 바름아 져和氣 모라다가 이 民間에 헷쳐주렴. 〈擊壤歌〉 11.
39) 山間에 七十翁이 滿腹經書 虛事로다 / 一世를 環顧ᄒ니 傳헐리도 업단말가 / 天上에 白玉樓 잇시니 李長吉을 願허로라. 趙榥, 〈白玉樓上樑文〉.

218

으로 볼 때 그가 정치 현실로 나아가 자신의 뜻을 이룬다는 것은 불가능에 가까웠다. 조황은 자신의 삶에 비추어 이러한 사실을 분명히 알고 있었다. 특히 뜻이 크면 클수록 그것을 이룰 수 없을 때 절망감이나 좌절이 더욱 큰 법이기 때문에 그는 아들의 큰 뜻을 재억할 필요가 있었다.

따라서 그는 학문의 길에 들어서는 아들에게 〈인도행〉을 지어 유학의 근본인 수기치인을 가르치되, 수기를 위해서는 끊임없이 노력하라고 적극적으로 권유하면서도 치인에 대해서는 오직 '때를 기다릴 것'을 당부하는 소극적 태도를 보일 수밖에 없었다. 이처럼 조황이 유학의 근본인 '수기치인'에서 '치인'보다는 '수기'를 중요시하라고 아들에게 권유한 것은, 부패한 현실 때문에 '치인'의 뜻을 이루지 못한 자신의 삶에 비추어, 출사에 큰 뜻을 가지고 있는 그의 아들의 '광견'을 재억할 필요가 있었기 때문이다. 그러므로 수기치인을 노래한 〈인도행〉에서 치인보다는 수기에 중점을 둘 것을 권유한 것은 아들의 광견을 재억하기 위하여 취한 조치로 파악된다. 그러나 조황의 이 아들은 정흥모의 조사에 의하면 현실에서의 꿈을 이루지 못하고 결국 출가(出家)한 것으로[40] 되어있다.

4. 시조에 대한 인식과 창작 의도

조황은 아들에 대한 가르침을 담은 〈인도행〉을 왜 시조로 창작하였을까? 조황은 〈인도행〉뿐만 아니라 유교의 도통을 노래한 〈기구요〉와[41] 당시 천주교도의 집회장소로 쓰이던 제천 옛 향교 터에 공자의 성상(聖像)을 모실 사당을 건립하려던 일련의 사건을 노래한 〈병이음〉[42] 등도 시조로 남겼다. 〈기구

---

40) 정흥모, 앞의 논문, 182쪽.
41) 〈기구요〉는 중국의 유학의 도통, 즉 요, 순, 공자, 안회, 증삼, 자사, 맹자, 정자, 주자에 이어서 우리나라 유학 도통, 안향, 정몽주, 조광조, 이황, 율곡으로 이어지는 인물들의 공적과 업적을 인물별로 노래한 도통의식이 중심이 된 작품이다.

요)와 〈병이음〉에 표현된 도통담론의 기본 이념은 유교 정통주의를 표방하는 것이며, 도통의 전승을 기록하는 의도에는 기록자가 도통을 전승한다는 자부심이 예외 없이 들어 있다.[43] 따라서 조황 자신이 유교의 도통을 전승하고 있다는 강한 자부심을 국문으로 된 시조의 형식에 담아 표현했다는 것은 매우 주목할 만한 일이다. 조황이 이 작품들을 시조 형식으로 창작한 것은 시조에 대한 확고한 인식을 가지고 있었기 때문이다.

어떤 사람이 다시 묻기를, "그대의 시를 보니 아송(雅頌)을 버리고 당송 (唐宋)의 시를 따랐고, 그대의 노래를 들으니 우리말을 섞어 음률에 맞추었으니, 조(調)와 격(格)에 있어 혹시 대방가(大方家)의 비웃음을 받지 않겠는가." 하였다.

내가 말하기를, "노래는 순임금의 갱재에서 시작되었고 시는 주나라가 동천(東遷)하면서 망하여 시세(時勢)에 따라 융성하고 쇠퇴하였으니 초사 (楚辭)·당률(唐律)·오유(吳歈)·월구(越謳)는 그 풍토로 인하여 서로 다르다. 나는 우리나라 사람이고 지금의 사람이니, 그 노래가, 어찌 제나라 사람이 제나라 말을 사용하듯이, 우리나라 사람으로서 우리말을 사용하지 않을 수 있겠는가. 또 나는 노래를 들을 수는 있으나 부를 수는 없지만 대개 음악[節奏]의 가장 중요한 것을 알고 있으니 청컨대 그대를 위해 말하겠노라. 대개 한 편은 오 장으로 되어 있는데, 음양(陰陽)을 번갈아 노래하니 오행(五行)이 차례로 이루어져 천지자연의 오묘함이 끝이 없으니, 참으로 도(道) 있는 자가 마음에서 깨우쳐서 입으로 표현한 것이다. 왜냐하면

---

42) 도통의식의 도에 대한 의식은 그 보편성, 절대성을 주장하는 가운데 도의 참·거짓을 변별하고 정통과 이단을 문제 삼고 또한 正系와 傍系를 구별하는 것이다. 이런 점에서 도통은 최소한 성왕의 도라는 내용과 이단과 정통에 대한 변별이라는 형식을 통해서 형성된다고 할 때, 〈병이음〉도 도통의식의 다른 면인 벽이단을 노래한 작품이다. 왜냐하면 이 노래는 제천 옛 향교 터에 공자의 사당을 건립하는 과정을 노래한 것이지만 그 내용은 유교의 정통을 수호하고 이단인 천주교도에 대한 비판을 담고 있기 때문이다. 김태완, 앞의 논문, 43쪽 참고.
43) 김태완, 위의 논문, 48쪽.

초장 칠언(七言)은 금성(金聲)으로 발하니 양(陽)이 음(陰)보다 선행한다. 2장 팔점(八點)은 목성(木聲)으로 이었으니 음(陰)이 양(陽)에 어울린다. 칠 팔언(七八言)이 3장에서 서로 접하여 음양이 합하여 수성(水聲)이 된다. 4 장 삼점(三點)은 화성(火聲)으로 길게 말하니 리삼(离三)의 염상(炎上)을 본 뜬 것이다. 5장의 처음은 토성(土聲)으로 음양을 본떠 마지막을 이룬다. 이것이 태평한 시대의 선각이 이 노래를(시조를 의미한다) 아악에 비견하 여 우리나라에 쓴 까닭이다. 대저 어찌 반드시 옛사람의 기어(綺語)·염체 (艶體)·골동(骨董)을 비속한 음악에 억지로 맞추어야 하겠는가." 하였다.44)

조황은 혹자와의 문답의 형식을 빌려 시조에 대한 자신의 인식을 분명히 밝히고 있다. 위에서 혹자의 질문은 두 가지로 요약된다. 첫째는 왜 우리말로 노래를 지었느냐는 것과 둘째는 그 노래의 가락과 격조가 이상하지 않는가 하는 것이다. 이러한 혹자의 의문은 당시 사대부들이 우리말로 된 시조에 대하여 가지고 있었던 일반적인 인식의 정도를 나타내는 것으로 보아야 할 것이다. 조황은 우리말 노래인 시조에 대한 당시의 일반적 인식에 대하여 문답의 형식을 취하여 이에 대한 자신의 입장을 밝힌 것이다. 먼저 우리말로 지은 것에 대하여 조황은 문학은 시대의 변화에 따라 변할 수밖에 없고 지역의 차이에 따라서도 달라질 수밖에 없다고 하면서, 나는 우리나라 사람이고 지금의 사람이니 내가 우리말을 사용하는 것은 당연하다고 대답하고 있다. 조황은 17세기에 싹텄던 민족문학론의 문학의 변고주의와 현실주의의 맥을 이으면서

---

44) 或復問曰 觀子之言志 捨雅頌而從唐末 聽子之永言 雜諺語而協音律 於調於格 得無見哂於 大方家耶 余曰 歌始廣載 詩亡東遷 隨世級而隆殺 楚辭唐律吳歈越謳 因土性而矛盾 余東人 也 今人也 其歌也 烏能免齊人之齊語乎 且吾於歌也 能於耳而不能於喉 槩識節族之肯綮 請 爲子言之. 蓋一篇五章 陰陽迭唱 五行序作 洋洋有天地自然之妙 誠有道者之得於心而發諸 口也 何則 初以七言 金聲以發之 陽先於陰也 二以八點木聲以繼之 陰和於陽也 七八相接於 弟三 而螢陽合以爲水聲 四章之三點 火聲以長言 象离三之炎上 第五之序 以土聲體螢陽之 成終 此所以盛代先覺 比之雅樂 而用之邦國者也 夫何必牽合古人之綺語艶體骨董於寡和之 鄙歌耶 客曰 唯唯 遂爲之序. 趙榥, 〈擊壤歌序〉.

우리나라 사람은 당연히 우리말을 사용해야 한다는 주장을 당당하게 펼치고 있다.

조황은 노래의 가락과 격조에 대해서는 시조를 얹어 노래하는 가곡창을 초장에서 5장까지 차례로 음양오행의 원리로 설명하고, 이 노래는 '천지자연의 오묘함이 끝이 없으니, 참으로 도(道) 있는 자가 마음에서 깨우쳐서 입으로 표현한 것'이라 하였다. 시조에 이러한 성격이 있기 때문에 선각자들이45) 시조를 중국의 아악과 대등하게 생각하여 우리나라에 사용하였다고 보았다. 즉, 시조는 음양오행의 원리가 바탕이 되어 있어 중국의 아악과 나란히 할 수 있는 음악이며, 도 있는 자가 마음에서 깨우쳐서 입으로 표현한 노래라고 인식하였다.46)

그러므로 조황에게 시조는 유흥의 장에서 즐기는 단순한 오락의 수단이나 '흥'을 추구하는 노래가 아니라, 도 있는 자가 마음에서 깨우쳐서 입으로 나오는 노래, 즉 도를 표현하는 문학이었다. 그에게 유일한 '도'란 성인의 도이며 유학의 도이기 때문에 그는 유교의 근본이나 유교적 이념 그리고 유교적 교훈 등을 중심으로 노래할 수밖에 없었다.

이처럼 그의 시조는 '도'를 표현하고자 하였기 때문에 조황은 시조 창작에서도 매우 신중한 태도를 보여주고 있다. 이러한 태도는 『삼죽사류』의 편찬 과정에서 엿볼 수 있다. 앞에서 언급한 것처럼 『삼죽사류』는 초고본인 『삼죽사류이본』을 보완하여 완성하였는데, 『삼죽사류이본』에 실려 있던 〈주로원격양가〉, 〈병이음〉, 〈기구요〉의 세 작품을 『삼죽사류』에도 수록하고 있다. 그러나 『삼죽사류이본』의 작품을 『삼죽사류』에 그대로 옮겨 실은 것이 아니라,

---

45) 이때 선각자는 퇴계 선생과 같은 분을 의미한다고 보아도 무방할 것이다. 조황은 퇴계 선생의 〈도산십이곡〉의 존재를 알고 있었고, 이를 그의 〈인도행서〉에서도 언급하고 있기 때문이다.
46) 조황이 시조를 이런 성격의 음악으로 인식하였기 때문에 사대부로서는 최초로 개인 시조집인 『삼죽사류』를 엮어 내었다고 생각된다.

〈주로원격양가〉 가운데 6수, 〈기구요〉 중에 7수, 그리고 〈병이음〉 전체 20수 가운데 무려 14수를 개작하여 수록하였다. 이러한 사실은 조황이 시조를 창작함에 있어 작품 한편 한편에 얼마나 심혈을 기울이고 신중한 태도를 가지고 임했는지를 보여준다.

조황이 이처럼 시조 창작에 신중한 태도를 보이는 것은 시조를 '도'를 표현하는 문학으로 생각했을 뿐만 아니라, 시조를 통하여 후세에 이름을 남기고자 하는 의도도 있었기 때문이다.

옛날 우리 선생님께서 원양을 꾸짖어 말씀하시기를, 살아서 그 때 이익이 없고, 죽어서 후에 이름이 없으며, 늙어서 죽지 않으면 도적이라 하셨다. 나는 총명한 이목으로 칠십 년을 헛되이 보내고 늙어서는 천지간에 한 도적이 되니 죽을 날을 앞두고 감회가 없을 수 없다. 가만히 생각건대 선진의 제자서가 백가의 화를 면할 수 있었던 것은 후세에 자운(양웅)이 있었기 때문이다. 『악기』에 이르기를 선가자는 사람으로 하여금 그 소리를 잇게 한다고 하였으니, 나의 다섯 노래가 이어지고 이어지지 않는 것은 그 노래가 선하고 선하지 않음에 있을 뿐이다.[47]

이 글은 『삼죽사류』의 맨 뒤에 실려있는 발문이다. 이 글은 크게 네 부분으로 이루어져 있다. 첫부분은 『논어』 헌문편(憲問編)의 '살아서 공이 없고 죽어서 이름을 남기지 못하며 늙어서도 죽지 않으면 도적'이라는 공자의 말을 인용하여 글의 전제로 삼고 있다. 이어, '늙어서 삶을 돌아보니 공자가 말한 도적에 가까우므로 참으로 원망스럽고 후회가 된다. 그런데 옛날 제자(諸子)

---

47) 昔我夫子責原壤曰 生無益於時 死無聞於後 老而不死曰賊 余以聰明耳目 徒費七十年絲穀 而老作天地間一賊者 不能無憾於瞑目之日矣 竊想先秦諸子書 能免百家之灰者 以其有後世 之子雲也 樂記曰 善歌者 使人繼其聲 五詞之有繼無繼 在其善不善如何耳. 趙榥, 〈三竹詞 流跋〉.

의 책들이 분서갱유의 화를 피할 수 있었던 것은 후세에 그것을 기록한 양웅이 있었기 때문이다. 따라서 내가 지은 다섯 편의 노래도[48] 양웅과 같이 후세에 이를 알아주는 사람을 만나 전해지기를 바란다'는 내용이다. 물론 마지막 구절에서 "내 노래가 전해지고 전해지지 않는 것은 이 노래가 선하고 선하지 않음에 달려있다"고 말하고 있으나 이것은 조황의 겸사이며 후세에 전해질 것이란 희망을 우회적으로 표현한 것이라 보아야 할 것이다.

조황이 시조를 창작하고 그 작품을 모아 『삼죽사류』를 편찬한 까닭은 발문에서 말한 것처럼 그의 노래가 계속 이어져 후세에까지 그 이름이 전해지기를 간절히 바랐기 때문이다. 이런 사실은 〈인도행〉 발문의 난사(亂辭)에도 다음과 같이 비유적으로 표현되어 있다.

伯諧舊焦尾　　백해[49]의 옛날 초미금은
知遇野人廚　　야인의 부엌을 만나서 알려졌고,
公冶己千古　　공야는 먼 옛날에 죽었으나
山禽猶自呼.　　산새는 오히려 스스로 우는구나.

처음 두 구절은 백개 채옹이 이웃사람이 밥 짓느라고 오동나무 때는 소리를 듣고 그 나무가 좋은 나무인 줄 알고 타다 남은 오동나무를 얻어 거문고를 만들었다는 고사에 근거를 두고 있고, 그 다음에 나오는 '공야는 짐승이나 새의 울음소리를 능히 알아들을 수 있는 사람을 가리킨다. 따라서 이 난사의 의미는 땔감으로 쓰인 오동나무의 가치를 알아본 백개나 새의 울음소리를 알아듣는 공야와 같은 인물이 후세에 나와 자신의 노래를 알아줄 것이라는 희망을 읊은 것이다. 이뿐만 아니라 〈병이음〉의 서문 마지막 구절에서는 "나의 노래

---

48) 『삼죽사류』에 실려있는 〈인도행〉, 〈기구요〉, 〈주로원격양가〉, 〈병이음〉, 〈훈민가〉 등 다섯 작품을 의미한다.
49) 伯諧는 伯喈의 오기인 듯. 伯喈는 후한 사람 蔡邕의 자.

는 원망하거나 탓하는 것이 아니라 내 뒷사람들에게 내가 어떤 사람인지 알게 하고자 하는 것이다"라고[50] 하여 자신의 시조가 후세 사람들에게 전해져 자신이 어떤 사람인지 알려지기를 간절히 바라고 있다. 조황은 왜 이처럼 후세 사람들에게 자신의 이름을 남기고 싶어 하였을까. 이것은 사대부들의 삶과 의식에서 그 답을 찾아야 할 것이다.

> 선비들은 역사라는 무대에서 자신들의 행위를 평가받고자 하였다. 이 때문에 그들에게는 평가의 자료가 되는 행적을 기록하는 것이 중요하고 평가의 결과인 이름이 중요하였다. 그들은 행적이 민멸되어 이름을 남기지 못하면 삶을 살지 않았던 것과 같아지는 것으로 보았다.[51]

사대부들은 입신양명, 즉 몸을 세워 도를 실천하고 후세에 이름을 널리 알리는 것이 삶의 목표였다. 그들은 이 삶의 목표를 실현하기 위하여 젊어서는 인격을 수양하고 성정을 함양하는 '수기'를 통하여 이를 실천할 수 있는 준비를 하고, 장성하여서는 세상에 나아가 이를 실천하는 '치인'을 하게 되고, 이를 평가받아 후세에 이름을 남기는 것을 이상적인 삶으로 생각해왔다. 그러므로 사대부들은 후세에 이름을 남기지 못하면 살아도 산 것이 아니고 후세에 이름을 남기면 죽어도 영원히 사는 것이기 때문에 이들에게 후세에 이름을 남긴다는 것은 그만큼 중요하다고 할 수 있다.

그러나 조황은 어려서부터 평천하를 목표로 부지런히 학문을 닦았으나, 부패한 정치현실과 한미한 향촌사족이라는 자신의 현실적 처지 때문에 '치인'의 길로 나아갈 수 없었다. 그래서 '치인'의 업적을 평가받아 후세에 이름을 남길 수 없다는 데 조황의 고민이 있었다. 조황은 부득이 다른 길을 찾을 수밖에

---

50) 吾之歌 此非怨尤也 欲使爲君後者 知吾之爲何樣人. 趙榥, 〈秉和吟序〉.
51) 최봉영, 『조선시대 유교문화』, 사계절, 1997, 148쪽.

없었고 그 길이 자신의 시조를 통하여 후세에 이름을 남기는 것이었다.52)

조황은 자신이 평생 닦은 학문과 유교적인 교양, 그리고 유교적 삶의 실천 등을 시조에 담아 후세에 전하고자 하였다. 유교의 근본인 수기치인을 노래한 〈인도행〉, 유교의 도통을 노래한 〈기구요〉, 이러한 도통의식의 실천을 그린 〈병이음〉, 그리고 자연 속에 은거하면서 자신이 처한 위치에서 행할 수 있는 '도'를 노래한 〈주로원격양가〉 등의 노래들이 그러한 것이다. 물론 〈인도행〉, 〈기구요〉, 〈병이음〉 등 세 편의 작품은 아들의 교육을 위해 지었다고 직간접적으로 밝히고 있다. 하지만 그 교육의 내용은 〈기구요〉 서언에서 "내 뜻을 말하여 내 아이에게 주어, 내 아이가 내 뜻을 자신의 뜻으로 삼고, 내 말을 말하고, 내 일을 일삼고, 내 행동을 행하게 한다"고53) 밝혔듯이 조황 자신의 말과 일 그리고 행동을 자기의 아들이 본받도록 한 것이다. 따라서 조황이 시조에서 읊고 있는 내용은 바로 조황 자신의 말이며, 자신의 일이었고, 자신이 행한 행동이라는 것을 알 수 있다.

조황의 시조에 담긴 내용은 유학의 본질, 성현의 가르침과 업적, 자신의 유교적 삶의 실천 등 자신의 학문과 삶에 대한 내용을 중심으로 하고 있다. 이런 측면에서 조황의 시조는 유교적 이념으로 백성들을 교화하려는 의도에서 지어진 것이54) 아니라, 유학의 본질, 근본적 가르침에 대한 자기 자신의 성찰과 확인을 목적으로 지어진 경학시조에 가깝다고55) 할 수 있다. 조황의 시조는

---

52) 사대부들은 입신양명이 삶의 목표였기 때문에 이들이 후세에 이름을 남기고자 하는 것은 사대부 일반의 의식이지만, 이를 시조에 담아 후세에 알리고자 하는 것은 조황의 경우에만 해당되는 특수한 경우라고 할 수 있다.

53) 言吾志授吾兒 志吾志 言吾言 事吾事 行吾行. 趙榥, 〈기구요서〉.

54) 정흥모는 "조황의 시조에 나타나는 이념적 경직성은 위로는 권력의 상층부를 향한 일종의 戀書였으며, 아래로는 당연히 사족들의 지배대상이어야 하는, 그러나 현실은 자꾸만 지배로부터 일탈해가는 '민'에 대한 근엄한 훈계였다"고 하였다. 정흥모, 앞의 논문, 199쪽.

55) 신연우는 조선전기 사대부의 시조를 연구한 논문에서 이치와 흥취를 중심축으로 놓고 자연과 人事를 보조축으로 하여 이치와 자연의 축에는 도학적 자연시조, 흥취와 자연

일차적으로 스스로가 유학의 본질을 되짚어보고 성현의 가르침과 업적을 음미하면서 본받고 자신의 유교적 삶의 실천을 노래하고 있기 때문이다.

이상에서 살펴본 바와 같이 조황은 시조를 통하여 자신이 평생 걸어온 학문의 길과 유교의 근본적인 가르침, 그리고 자신이 행한 유교적 삶의 실천 등을 성찰하고 확인하는 것을 일차적 목표로 두었고, 다음으로는 이러한 자신의 학문과 삶을 자식이 본받도록 하고자 하였으며, 마지막으로는 이러한 자신의 삶이 시조를 통하여 후세에 전해지기를 바란 것이라 보아야 할 것이다.

5. 마무리

본고는 문학 작품은 작가의 세계관의 반영물일 뿐만 아니라 작가 자신의 독특한 삶에 대한 체험 방식이기도 하다는 인식 아래 〈인도행〉의 의미를 조황의 삶과 관련지어 파악하고, 이를 바탕으로 조황의 시조에 대한 인식과 그 창작 의도를 규명하여, 조황과 그의 문학을 이해하는 기초를 마련하고자 하는 의도에서 작성되었다. 지금까지 논의한 바를 요약하여 마무리로 삼는다.

1. 조황의 가문은 증조 이하 조황 자신에 이르기까지 4대째 관직에 진출하지 못하였을 뿐만 아니라, 조부 때 제천으로 이주하였기 때문에 제천의 사족들로부터 사족의 일원으로 대접받지 못했고, 경제적으로도 세 아들 중 둘은 농사를 짓기 위해 학문을 폐했을 정도로 어려운 형편에 놓여 있었다. 이러한 현실적·경제적 여건으로 인하여 그는 향촌사회에서 사족으로서의 지위 유지에 상당한 어려움이 있었다.

2. 〈인도행〉은 제1연 서사, 제2연에서 제5연까지는 '수기', 제6연에서 9연

에는 한정적 자연시조, 흥취와 인사의 축에는 애정시조와 유흥시조, 그리고 이치와 인사의 축에는 훈민시조와 경학시조가 위치한다고 하였다. 신연우, 『조선조 사대부 시조문학 연구』, 박이정, 1997, 43쪽.

까지는 '치인'을 노래한 본사, 그리고 마지막 10연은 결사의 구조로 짜여 있으며, 그 주된 내용은 심성을 수양하고 성정을 함양하기 위해 끊임없이 노력하는 '수기'와, 이를 바탕으로 세상에 나아가 도를 실천하는 '치인', 즉 유학의 근본목적인 '수기치인'을 노래하고 있음을 밝혔다.

3. 조황은 아들의 사람됨이 '광견'에 가까워 이를 재억하기 위해 〈인도행〉을 창작하였다고 밝히고 있다. 실제 작품에서 그는 〈인도행〉의 주 내용인 '수기치인' 가운데 '수기'를 위해서 끊임없이 노력할 것을 적극적으로 권유한 반면, '치인'에 대해서는 오직 '때를 기다릴 것'을 당부하는 소극적인 태도를 보이고 있음을 확인하였다.

4. '수기치인' 가운데 '치인'보다 '수기'를 중요시하라고 권유한 것은, 부패한 현실 때문에 '치인'의 뜻을 이루지 못한 조황 자신의 삶에 비추어, 출사에 큰 뜻을 가지고 있는 그의 아들의 '광견'을 재억할 필요가 있었기 때문이다. 치인보다는 수기에 중점을 둘 것을 권유한 것은 광견을 재억하기 위하여 취한 조치로 생각된다.

5. 조황은 시조는 음양오행의 원리가 바탕이 되어 있어 '도' 있는 자가 마음에서 깨우쳐서 입으로 표현한 노래라고 생각하였다. 그러므로 조황은 시조는 단순한 오락의 수단이나 '흥'을 추구하는 노래가 아니라 '도'를 표현하는 문학으로 인식하였다. 이러한 시조에 대한 인식 때문에 그의 시조는 유교의 근본이나 유교적 이념, 그리고 자신의 유교적 삶 등을 주요 내용으로 할 수밖에 없었다.

6. 조황은 부패한 정치현실과 한미한 향촌사족이라는 자신의 현실적 처지 때문에 '치인'의 길로 나아갈 수 없었다. 그래서 '치인'의 업적을 평가받아 후세에 이름을 남길 수 없다는 데 조황의 고민이 있었다. 조황은 부득이 다른 길을 찾을 수밖에 없었고, 그 길이 자신의 시조를 통하여 후세에 이름을 남기는 것이었다.

7. 조황은 자신이 평생 닦은 학문과 유교적인 교양, 그리고 유교적 삶의 실천 등을 시조에 담아 후세에 전하고자 하였다. 따라서 그는 시조 창작을 통하여 자신이 평생 걸어온 학문의 길과 유교의 근본적인 가르침, 그리고 자신이 행한 유교적 삶의 실천 등을 성찰하고 확인하는 것을 일차적 목표로 삼았고, 이러한 자신의 학문과 삶을 자식이 본받도록 하는 한편, 이러한 자신의 삶이 시조를 통하여 후세에 전해지기를 희망한 것이라 파악하였다.

이상에서 살펴본 바와 같이 본고에서는 조황의 〈인도행〉을 대상으로 그 구조를 밝히고, 작품의 의미를 조황의 삶이나 의식과 관련지어 해명하고자 하였다. 또 이를 바탕으로 조황의 시조에 대한 인식과 창작 의도를 파악하여 조황의 작품이 왜 유교에 편향될 수밖에 없었는지를 밝히고 그의 작품의 전체적 성격을 파악하여 보았다. 그러나 본고는 조황의 다섯 편의 작품 가운데 〈인도행〉 한 작품만을 대상으로 한 것이기 때문에 다른 네 작품에 대한 고찰도 필요하다.

『한국문학논총』 제52집, 한국문학회, 2009.

III. 안민영의 기녀대상 시조의 성격과 그 이해

– 讚妓時調를 중심으로

1. 머리말

안민영은 젊은 시절부터 풍류를 좋아하여, 배운 것은 모두가 사곡(詞曲)이요, 처한 바는 모두 번화한 곳이요, 사귄 사람은 모두 부귀한 자였으며, 나라 안의 이름난 곳은 거의 발길이 닿지 않은 곳이 없었을 정도로 풍류생활을 즐겼다고 스스로 회상한 바 있다.[1] 그의 이러한 풍류 활동은 그가 남긴 『금옥총부(金玉叢部)』의 작품이나 그 후기에서 쉽게 확인할 수 있다. 대원군과 우석 상서를 모신 운현궁의 연회나 풍류놀이, 박효관과 여항의 명가(名歌)들을 중심으로 한 운애산방의 풍류, 그리고 자신이 전국을 유람하면서 각 지역의 예인들과 어울려 즐겼던 풍류마당 등이 여기에 해당한다. 하지만 어떤 종류의 풍류이든, 안민영이 평생토록 즐겼던 풍류는 가곡의 향유가 중심이 된 기악(妓樂)이었고, 이 풍류의 장에서는 가악을 연행하는 기녀가 중심적인 역할을 하였다. 그러므로 안민영의 풍류를 이해하고 풍류의 산물인 그의 시조 작품을 온전하게 이해하기 위해서는 기녀와 이 기녀를 대상으로 한 시조에 대한 이해가 선행되어야 할 것이다.

---

1) 余自靑春 豪放自逸 嗜好風流 所學皆詞曲 所處皆繁華 所交皆富貴 而有時亦有物外之想 每逢佳山麗水 輒怡然忘歸 所以金剛雪嶽貝[浿]江妙香東海西海 凡在國中之名勝者 殆無迹不到處 豈盡爲風流繁華. 『금옥총부』 작품 166번 후기. 이하 『금옥총부』에서 작품을 인용할 경우에는 『금옥』 다음에 작품번호만 기록하고, 후기를 인용할 경우에는 『금옥』 작품번호 후기'의 형식으로 기록하기로 한다.

안민영의 기녀대상 시조는 작가론은 물론이고 그의 작품세계나 시조문학의 성격을 고찰할 때, 또는 그의 시조의 예술사적 의의를 밝히는 작업에서도 빠짐없이 언급되어 왔다. 그러나 기녀대상 시조는 전체 연구의 한 부분으로 다루어졌기 때문에 전체 연구의 주제나 논문의 초점에 따라서 이에 대한 해석이나 평가는 서로 상당한 편차를 보이고 있다. 예를 들면, 당대의 현실을 염두에 두고 문학에 반영된 그의 삶을 천착하려고 한 연구에서는 "그의 사랑 노래는 상상의 소산이나 원망(願望), 또는 정신적인 자위(自慰)·대리만족의 결과물이 아니라, 그가 직접 체험한 난봉의 편력을 그대로 옮겨놓은 것"이라 평가하고 안민영의 삶을 '여색(女色)에 빠진 한량(閑良)의 삶'이라고 규정하였다.2) 반면, 가객 안민영의 예인상(藝人像)을 부각한 연구에서는 "안민영의 시조 시에 나타난 기생은 성욕(性慾)의 대상이 아니다. 안민영은 이들을 정서적인 그리움과 애정의 대상으로 그려내었으며", "그의 유람행각은 '예인으로서 예인 찾아가기'의 성격을 띤다"3)라고 하여 앞의 연구와는 상반된 평가와 의미를 부여하였다. 이러한 사실은 안민영의 기녀대상 시조를 어떤 연구의 한 부분으로 다룰 경우, 연구의 전체 주제나 초점에 따라서 그 작품에 대한 해석이나 의미가 달라질 수 있다는 점을 단적으로 보여주고 있다. 따라서 안민영 시조문학에서 기녀대상 시조가 차지하는 비중이나 그 중요성을 감안한다면,4)

---

2) 박노준, 「안민영의 삶과 시의 문제점」, 『조선후기 시가의 현실인식』, 고려대학교 민족문화연구소, 1998, 354쪽.
3) 이동연, 「19세기 가객 안민영의 예인상」, 『이화어문론집』 제13집, 이화어문학회, 1994, 360쪽, 366쪽.
4) 안민영의 작품을 주제별로 분류한 연구에서는 대개 그의 시적 주제가 ①염정(艶情, 기녀) ②송도(왕실) ③풍류 등 세 가지에 치중되어 있다고 주장한다. 박을수는 안민영의 작품을 ①기녀와 여인을 중심한 염정(艶情)의 노래(62수) ②왕실과 종친을 중심한 송축(頌祝)의 노래(55수) ③운애(雲崖)와 사우(師友)를 중심한 교유의 노래(23수) ④인정과 세태를 한탄한 부생(浮生)의 노래(22수) ⑤명구승지(名區勝地)를 중심한 관유(觀遊)의 노래(12수) ⑥자연 속에 유유자적하는 한거(閑居)의 노래(8수) 등 여섯 가지로 분류하였으나, 작품수를 볼 때 ①②③이 중심이라는 것을 알 수 있다. 박을수, 「안민영론」,

이에 대한 본격적인 연구가 필요하다.

 최근까지 확인된 안민영의 기녀대상 시조에 대한 연구는 두 편 정도인데, 그 중 한 편은 기녀대상 시조를 '사랑 노래'라고 통칭하고 이들이 대체로 찬양, 그리움, 만남의 세 가지 형태로 나타난다고 전제한 뒤, '한 남성과 다수 여인이라는 불균형', 그리고 '모든 관계가 사랑의 일방적 소통구조'라는 특이한 애정의 형태를 지니고 있음을 밝혔다. 그리고 이러한 사랑 노래의 생산적 토대를 '명희(名姬)의 선발'과 '경기(京妓)로의 상경(上京)'이라는 일련의 일,[5] 즉 '매니저와 여악 기생' 사이의 권력 관계를 드러내는 매니저의 '낙점'을 표현하는 양식이라고 주장하였다.[6] 그러나 이 연구에서는 사랑의 형태로 '찬양, 그리움, 만남'의 세 가지만 설정하고, 사랑의 일반적인 형태인 '이별'은 제외하고 있다. 그의 주장에 따른다 하더라도 '찬양'의 노래는 어느 정도 '명희의 선발'이나 '예악 매니저의 낙점'과 연관지을 수 있겠지만, '그리움'이나 '이별'과 같은 애정시조를 어떻게 '명희의 선발'과 '예악 매니저의 낙점'과 연결지을 수 있는지는 의문이다. 이것은 안민영의 기녀대상 시조에 서로 다른 성격을 지닌 두 종류의 작품이 있음에도 불구하고 이를 하나의 사랑 노래로 묶어 일반화한

『한국문학작가론』, 형설출판사, 1977, 456쪽. 이지영은 시조 창작 상황에 따라 ①왕실과의 교유를 통한 '송도의 노래'(55수) ②기생과의 교유를 통한 '염정의 노래'(57수) ③개인적인 '생활 속의 노래'(72수)의 세 가지로 안민영의 시조를 유형화하였다. 이지영, 「안민영의 시조창작을 통해 본 19세기 가객시조의 성격」, 이화여자대학교 석사학위논문, 1993. 그리고 이동연은 『금옥총부』의 시조 180수를 주제에 따라 12가지로 분류하고, 안민영의 시적 주제는 '기생'(51수)과 '왕실'(46수)과 '예인으로서의 풍류'(37수)에 치중되어 있다고 하였다. 이동연, 앞의 논문, 357쪽.

5) 신경숙, 「안민영 사랑 노래의 생산적 토대」, 『한성어문학』 제24집, 한성어문학회, 2005, 82쪽, 89쪽, 98쪽.

6) 그는 다른 논문에서 이 '일련의 일'을 『금옥총부』에 나오는 기생들을 향한 수많은 讚詩·애정시들은 애정의 표현을 넘어, '매니저와 여악 기생' 사이의 권력 관계를 드러내는 매니저의 '낙점'을 표현하는 양식"이기도 하다고 그 개념을 보다 분명히 하였다. 신경숙, 「19세기 일급 예기의 삶과 섹슈얼리티」, 『사회와 역사』 제65집, 한국사회사학회, 2004, 42쪽.

데서 비롯된 결과라고 생각한다.

다른 한 편은 안민영 시조에 나타난 애정 정감의 표출 양상을 만남, 지속, 이별, 재회, 그리움이라는 일반적 정서를 따라 고찰하면서, 만남과 지속을 노래한 작품7)은 대개 관습적 비유나 상식적인 전고(典故)를 차용하여 형상력뿐만 아니라 시적 긴장의 측면에서도 성취도가 떨어지는 반면, 이별이나 재회를 노래한 작품들은 창조적 직관에 의해 체험적 서정을 핍진하게 담아내고 있다8)고 주장하고 있다. 이 연구 결과는 안민영의 기녀대상 시조에는 애정 정감의 표출 양상이 서로 다른 두 부류가 존재한다는 사실을 시사한다.

안민영의 기녀대상 시조를 면밀하게 검토해 보면, 여기에는 두 종류의 서로 다른 성격의 작품군이 있다는 사실을 확인할 수 있다. 즉, 특정한 기녀의 자색(姿色)이나 예술적 재예(才藝)를 예찬하는 찬기시조(讚妓時調)와, 만남, 이별, 그리움과 같은 애정을 노래하고 있는 애정시조가 바로 그것이다. 이 두 종류의 시조는 그 창작 동기, 시상의 전개 방식, 문학적 지향, 그리고 이 작품을 얹어서 노래하는 악곡에서도 서로 차이를 보이고 있다. 그러므로 안민영의 기녀대상 시조의 온당한 이해는 서로 다른 성격을 지닌 이 두 종류의 시조를 정확하게 파악하는 데서 출발해야 한다.

본고에서는 안민영의 기녀대상 시조 가운데 연구의 첫 번째 작업으로 찬기시조를 검토할 것이다. 특정한 연구 주제나 필요성에 따라 작품을 선별적으로 선택하여 연구함으로써 작품 해석에 편차를 보이고 있는 선행 연구들을 감안하여, 안민영의 기녀대상 시조 전체를 대상으로 그 성격과 양상을 파악하여 기녀대상 시조의 전반적 이해의 바탕을 마련한 다음, 이를 토대로 기녀대상

---

7) 이 논문에서 '만남과 지속'을 노래한 작품의 예로 봉심(鳳心)과 초월(楚月)을 찬미한 작품(『금옥』 44, 『금옥』 45)을 들고 있다. 이로 미루어 볼 때 '만남과 지속'이란 기녀를 찬미한 '찬기시조'를 의미하는 것으로 볼 수 있다.
8) 이형대, 「안민영의 시조와 애정 정감의 표출 양상」, 『한국문학연구』 제3호, 한국문학연구회, 2002, 174쪽.

시조를 찬기시조와 애정시조의 두 유형으로 분류하고, 그 중 찬기시조의 성격과 특성을 밝히고자 한다. 안민영의 찬기시조를 이해하기 위해서는 풍류의 현장에서 즉흥적으로 창작되어 현장에서 연행되었다는 시각이 필요하다. 이러한 시각은 안민영과 그의 작품세계를 이해하는 바탕이 될 것이다.

2. 기녀대상 시조의 양상

안민영의『금옥총부』는 문학적 텍스트가 아니라 가창을 전제로 한 가집으로 편찬되었기 때문에 모든 작품은 악곡의 곡조별로 분류 수록되어 있다. '우조(羽調)' 초삭대엽부터 회계삭대엽(回界數大葉)까지의 8곡을 먼저 싣고, 이어서 '계면조(界面調)' 초삭대엽부터 삼삭대엽까지의 6곡을, 그리고 변격인 '농(弄)·낙(樂)·편(編)'의 순서에 따라 언농(言弄)에서 언편(言編)까지의 8곡을 악곡의 순서에 따라 배치한 뒤, 맨 끝에 편시조라는 항목을 두어, 180수의 작품을 모두 23개의 곡조에 나누어 싣고 있다. 그렇기 때문에 이를 문학적 텍스트로 읽기에는 매우 산만하다는 인상을 지울 수 없다. 기녀대상 시조의 경우도 마찬가지다. 기녀대상 시조도 모두 악곡별로 분산 수록되어 그 전체적인 양상을 파악하기 위해서는 이를 재구성하여 살펴볼 필요가 있다.

『금옥총부』의 작품이나 후기에 등장하는 기녀의 수는 전부 43명이다. 하지만 여기에서 역사 속의 인물인 논개[9)와 소설 속의 인물인 춘향,[10) 그리고 이름을 기억할 수 없는 병든 기생[11) 등 3명을 제외하면 실제 안민영과 교유한 기생은 모두 40명으로 확인된다. 이 가운데 안민영이 시조 창작의 대상으로

---

9) 晉州矗石樓外南江中 有一大巖 上可以坐百人 壬辰之倭亂 倭將與府妓 登此巖 飮酒而樂 酒至半酣 請倭將對舞 倭將欣然而起舞 論介抱倭腰投江而死 以此故立廟以表忠烈.『금옥』138 후기.

10) 南原廣寒樓最高樓 無名古妓詩曰 織罷氷宵獨上樓 水晶簾外桂花秋 牛郎一去無消息 烏鵲橋 邊夜夜秋 時人以此謂之春香詩.『금옥』140 후기.

11) 而其名字年久未記.『금옥』126 후기 참조.

삼은 기녀는 29명이고 그 작품 수는 모두 52수이다. 29명을 제외한 나머지 11명은 작품 후기에서 그 이름만 언급된 경우이다. 『금옥총부』에 실린 기녀대상 시조 52수를 악곡과 내용을 고려하여 정리하면 다음의 표와 같다.

		우조	계면조	농·낙·편	편시조	계
찬기	찬가(讚歌)	14		2		16
	제가(題歌)	2				2
애정	만남	1	1	2		4
	이별		7	2		9
	그리움		11	3	1	15
기타		2	1	3		6
계		19	20	12	1	52

표의 가로축에는 『금옥총부』의 편찬 의도에 따라 가곡의 곡조별로 '우조', '계면조'와 변격인 '농·낙·편'을 차례로 배치하고 마지막에 편시조라는 항목을 두어 기녀대상 시조가 어떤 곡조에 얼마만큼 분포되어 있는지를 파악할 수 있도록 하였다. 기녀대상 시조를 내용별로 나눈 것은 세로축에 배치하였는데, 시조의 내용을 '찬가', '제가', '만남', '이별', '그리움'의 다섯 항목으로 분류하고 여기에 속하지 않는 몇몇 작품은 '기타'로 분류하였다.[12]

'찬가'는 특정한 기녀를 찬미하고 있는 시조이다. 찬가에는 반드시 찬미의 대상인 기녀가 등장한다. 기녀의 기명(妓名)이 실제로 작품에 나타나거나 '꽃'으로 비유되어 등장하기도 하고, 때로는 이인칭인 '너'로 지칭되어 나타나기도 한다. 작품의 내용은 찬미의 대상인 기녀의 의미 형성에 중점을 두고 있다.

---

12) 내용의 분류는 작품의 내용을 일차적으로 고려하였고, 다음으로는 작품의 후기를 참고하였다.

(1) 어득헌 구름가에 숨어 발근 달 아니면
稀迷헌 안기 속에 半만 녈닌 꼿치로다
至今에 花容月態는 너를 본가 허노라.

- 『금옥』 47

작품 (1)의 끝에는 '찬평양기혜란(讚平壤妓蕙蘭)'이라는 후기가 있어서 이
시조에서 찬미의 대상인 '너'는 바로 평양 기녀 '혜란'이라는 사실을 알 수 있
다. 초·중장에서 혜란의 자색을 '아득한 구름가에 숨어있는 밝은 달'과 '희미
한 안개 속에 반쯤 피어 있는 꽃'에 비유한 뒤, 종장에서 '至今에 花容月態는
너를 본가 허노라'라는 말로 마무리하여 보다 직접적이고 적극적인 어조로 혜
란을 찬미하고 있다. 이와 같이 찬가는 찬미의 대상이 되는 기녀를 직접 작품
에 등장시켜 이를 찬미하는 내용의 시조인데, 여기에는 대개 '讚○○妓○○'
라는 후기가 붙어있거나,13) 이런 직접적인 내용은 아니더라도 '가히 한 차례
찬사가 없을 수 없다'14) 또는 '가히 절세의 색예라 이를 만했다', '참으로 일세
의 절염이었다', '누구와 상대하게 할지라도 참으로 뒤지지 않는다' 등의 찬사
가 후기에 나타나는 작품이다.15) 이런 찬가에 해당되는 작품은 모두 16수에
이른다.
'제가'는 특정한 기녀를 시조의 표제로 삼거나 제재로 하여 지은 작품을 말
한다. 특정한 기녀를 대상으로 하고 있기 때문에 해당 기녀의 기명이 작품에
바로 등장하고 '題○○妓○○'라는 후기가 붙어있어 특정한 기녀를 표제나 제
재로 삼아 지은 작품임을 알 수 있다.16)

---

13) 『금옥』, 28, 31, 47, 53, 73, 161 이상 6작품.
14) … 此是第一名姬玉節也 余於京鄕間 閱歷名妓 不計其數 而海隅遐陬 豈料有玉節者哉 不可
無一讚耳 『금옥』 21 후기.
15) 『금옥』, 43, 44, 45, 60, 61, 72, 75, 78. 163 후기 참조.
16) 안민영의 기녀대상 시조 가운데 특정한 기녀를 표제로 삼고 있는 '제가'에는 진양의
기녀 난주를 노래한 『금옥』 30과 해주의 기녀 도화를 노래한 『금옥』 84 2수가 있다.

(2) 桃花 如桃花허고 桃花 如桃花허니

　　桃花ㅣ 勝桃花며 桃花 勝桃花아

　　두어라 人中桃花와 花中桃花ㅣ 싀워 무슴 허리요.

－『금옥』 84

　시조 (2)에는 '제해주기도화(題海州妓桃花)'라는 후기가 있어 작품 속의 '도화'가 바로 해주 기녀 도화임을 알 수 있다. 이 작품은 '도화'를 표제로 하여 지은 작품이기 때문에 '도화'에 대한 직접적인 찬사가 없다는 점에서는 찬가와 구별된다. 하지만 기녀인 '도화'와 복숭아꽃인 '도화'가 동음이의어인 점을 이용하여 '도화는 복숭아꽃과 같고 복숭아꽃은 도화와 같으니, 도화가 복숭아꽃보다 낫고 복숭아꽃이 도화보다 낫다'라는 시의 내용을 통해 결국 '도화'의 아름다움을 찬미하고 있어 넓은 의미에서는 찬가와 함께 '찬기시조'로 분류할 수 있다.

　찬기시조로 분류된 18수의 작품은, 『금옥총부』의 곡조 상으로 혜란을 찬미한 것(『금옥』 161)은 '우락(羽樂)'에, 옥소선을 평가한 시조(『금옥』 163)는 '언락(言樂)'에 실려 있고, 이 두 수를 제외한 다른 모든 작품은 '우조'에 실려 있다. '우조'는 널리 알려진 바와 같이 그 체격(體格)이 '청장철려(淸壯澈厲)'하고 음률이 '성률장려(聲律壯勵)'하여 맑고 씩씩하고 힘찬 곡조이다. 가지풍도형용(歌之風度形容)에 따르면 '우락'과 '편락'의 '낙조(樂調)'의 성격도 '요풍탕일(堯風湯日) 화란춘성(花爛春城)'하여 매우 평화롭고 즐거운 곡조이다. 따라서 얹어 부르는 가곡창의 곡조의 성격을 고려할 때, 찬기시조는 풍류의 현장에서 흥을 돋우거나 그 흥겨운 분위기를 반영한 작품이라는 사실을 확인할 수 있다.

　안민영은 평생을 풍류 속에 살면서 많은 기녀들을 만나고, 이별하고, 또 그들을 그리워하기도 하였는데, 그는 만남과 이별, 그리고 그들에 대한 그리움을 시조로 남겼다.

'만남'을 노래한 작품은 안민영의 기녀대상 시조 가운데 4수[17]로 '이별'이나 '그리움'을 노래한 시조보다는 적은 편에 속한다. 여기에는 만남의 과정과 그 소회를 노래한 것과 만남의 기쁨을 노래한 작품 등이 있다. "바로 가서 서로 손을 맞잡으니, 그 기쁨을 어찌 헤아려 말할 수 있겠는가. 그 기쁨이 지극하여 말이 없었다"[18]라는 후기처럼 만남을 노래한 작품은 만남의 반가움이나 기쁨을 노래하고 있다. 따라서 이를 얹어 노래하는 곡조도 내용에 맞게 '우조'나 '우락', 그리고 '완사청천(浣紗淸川) 축랑번복(逐浪飜覆)'하는 '농가(弄歌)'에 얹어 부르도록 하고 있다.[19]

'이별'의 노래는 모두 9수[20]로, 이들 작품에는 '나의 肝腸 다슬거늘' '이긋는 듯ᄒ여라', '肝腸슬데 하물며' 등과 같은 표현으로 이별의 아픔을 나타내고 있으며, 후기에 대개 '이별의 회포를 억제할 수 있었겠는가', '이 때 서로 헤어지는 심정이 더욱 괴로웠다', '가고 머무는 회포는 가히 말로 할 수 있겠는가' 등과 같은 직접적인 이별의 소회를 표현하고 있다.

'그리움'이란 님을 만날 수 없는 현실에서도 간절하게 보고 싶어 하는 마음에서 생기는데, 이 그리움이 깊어져 병이 되기도 한다. 그리움의 정서는 자신의 그리움을 어떻게든 님에게 전하려 하거나 어찌할 수 없는 현실에 체념하기도 하는 등 복잡한 양상을 보인다. 안민영의 기녀대상 시조에도 이러한 그리

---

17) 진주기 비연과 어렵게 만나는 과정을 노래한 작품(『금옥』 62), 해주의 옥소선을 다시 만난 소회를 노래한 작품(『금옥』 113), 평양의 혜란과의 첫 만남을 노래한 작품(『금옥』 159), 그리고 서울에 올라온 전주의 양대운을 만난 기쁨을 노래한 작품(『금옥』 150) 등이 있다.

18) 卽往相握 其喜何量信乎 其喜極無語也. 『금옥』 150 후기.

19) 다만 옥소선을 만났을 때를 노래한 작품만은 계면조에 싣고 있는데, 이것은 그 때 옥소선이 중병에 걸려 있어 만남의 기쁨 대신 그녀에 대한 걱정과 안타까운 마음을 노래하였기 때문이다.

20) 담양기 능운의 죽음을 슬퍼한 작품(『금옥』 116), 강릉의 홍련과 이별할 수밖에 없었던 한을 노래한 작품(『금옥』 139), 그리고 이별하는 순간의 슬픔을 노래한 작품(『금옥』 119. 121. 125. 127. 135. 147. 151.) 등이 있다.

움의 복잡한 양상이 모두 표현되어 있다.[21]

　'만남', '이별', '그리움'을 주 내용으로 한 작품들 가운데 '이별'과 '그리움'을 노래한 작품들은 악곡상으로는 밝고 힘 있는 '우조'에는 한 편도 실려 있지 않고, 변조인 농·낙·편에 5수,[22] 편시조에 1수가 실려 있을 뿐 나머지 18수는 모두 성률이 '오열처창(嗚咽悽愴)'하고 '애원처창(哀怨悽愴)'한 계면조에 실려 있어 노래의 내용과 악곡의 성격이 잘 조화되어 있음을 다시 한 번 확인할 수 있다.

　이상에서 살펴 본 '만남, 이별, 그리움'은 애정의 가장 일반적인 속성이기 때문에 이 작품들을 함께 묶어 '애정시조'라 할 수 있다. 이 애정시조는 안민영의 기녀대상 시조 52수 가운데 28수를 차지하고 있어 가장 비중이 크고 주목받는 작품군이다. 이 이외의 기녀대상 시조들은 어떤 특별한 경향성을 보이지 않기 때문에 이들은 편의상 기타 항목으로 분류하였다.[23]

　이상에서 살펴본 바와 같이 안민영의 기녀대상 시조 52수는 특정한 기녀를 찬미하는 찬기시조 18수, 만남, 이별, 그리움 등을 노래한 애정시조 28수, 그리고 기타 6수로 분류할 수 있다. 그렇다면, 안민영의 기녀대상 시조는 찬기

---

21) 그 구체적 양상은 다음과 같다. 이별 후의 애절한 마음을 노래한 작품은『금옥』111, 112, 137, 148, 149이고, 그리움이 깊어져 병이 되었음을 노래한 경우는『금옥』117, 131, 146, 180이다. 그리고 자신의 그리움을 님에게 전달하려고 하는 작품으로는『금옥』114, 123, 129, 141, 143이 있고, 이 이외에도 그리움을 체념하는 작품『금옥』128, 131이 있다.

22) 박효관은 '羽界 本非係着者 亦推移 有權變之度 唯在歌者之變通 而或以羽 爲界 以界 爲羽 數大葉弄樂編 互相推移歌之 非徒以譜上名目 偏執可也'(〈歌曲源流跋〉)라고 하여 각 노래의 調格은 고정된 것이 아니고 노래하는 자의 변동에 달려 있다고 하였다.

23) 여기에는 풍류의 현장에 참석한 기생의 이름을 넣어 지은 작품(『금옥』22, 158), 전주 기녀 설중선에 대한 평가(『금옥』124), 비바람이 몰아치는데도 남원 기녀 명옥과의 약속을 지키려는 자신의 모습을 노래한 것(『금옥』98), 강릉기 월출과 진주기 초옥이 서로 시샘하는 것을 경계한 노래(『금옥』124), 용모가 추악한 기녀 금향선의 노래를 듣고 외모로만 사람을 취하는 것이 아니라는 깨달음을 얻었음을 노래한 것(『금옥』124) 등 모두 여섯 편이 해당된다.

시조와 애정시조의 두 종류로 대별할 수 있다고 하겠다. 본고에서는 안민영의 기녀대상 시조의 주류를 이루고 있는 찬기시조와 애정시조 가운데 찬기시조의 성격과 특성 등을 살펴보기로 한다.

3. 찬기시조의 성격과 특성

찬기시조는 기녀대상 시조 가운데 특정한 기녀를 찬미하고 있는 작품이다. 이들 작품은 기녀 자체를 찬미하기보다는 기녀의 자색(姿色)이나 품성, 혹은 가창이나 가무 능력 등 기녀가 지닌 예술적 재예(才藝)를 찬미하고 있다. 조선시대 기녀는 국가의 공물(公物)로서 일정한 역을 담당하였는데 이를 기역(妓役)이라 한다.[24] 기녀의 주요 업무인 기역이란 여악(女樂)으로서 연회에서 춤추고 노래하여 흥을 돋우고 성을 제공하는 것이었기 때문에 그들의 활동은 언제나 '가무'와 '성'이 중심이 될 수밖에 없었다. 따라서 기녀들은 성적 매력을 의미하는 '자색'과 가무의 능력을 의미하는 '재예', 두 가지 모두를 갖추어야 명기(名妓)가 될 수 있었다. 때문에 일반적으로 기녀를 평가할 때에도 아름다운 자색이나 예술적 재예가 가장 중요한 평가 기준이 된다.

안민영의 찬기시조에서는 과연 기녀들의 자질 가운데 어떤 자질을 더 중요하게 생각하고 찬미했을까. 기존의 연구에서는 '안민영이 기생들을 예찬하는 기준은 첫 번째가 가무 능력이나 가야금을 다루는 솜씨이고, 다음으로 외모였다'[25]라고 하여, 예술적 재예를 가장 중요한 평가 기준으로 삼았다고 주장하고 있다.[26] 그렇다면 찬기시조 18수 모두를 대상으로 안민영은 실제 무엇을

---

24) 이성임, 「일기를 통해 본 조선시대 기녀의 입역과 운용」, 『대동한문학』 제30집, 대동한문학회, 2009, 89쪽.
25) 김현식, 「안민영의 가집 편찬과 시조 문학 양상 연구」, 서울대학교 석사논문, 1999, 48쪽.
26) 안민영이 기녀를 평가할 때 예술적 재예를 가장 중요한 평가 기준으로 삼았다는 사실에 대해서는 연구자들의 견해가 거의 대부분 일치하고 있다. 대표적인 논문을 들면

주된 찬미의 대상으로 삼았는지 살펴보기로 한다.

歌番	기녀	찬미대상	작품의 해당 구절	후기
21	玉節	자색	· 氷姿玉質이여 閤裏예 숨어 잇셔	· 氷姿玉質 如雪中寒梅
28	小紅	자색	· 百花爭發 少紅이라	· 讚箕妓小紅
30	蘭珠	자색	· 桂棹錦帆 蘭舟ㅣ로다	· 題晉陽妓蘭舟.
73		노래	· 人如珠語如鸚鵡ᄒ니그를ᄉ랑ᄒ노라	· 讚晉陽蘭珠
31	楚月	노래	· 錦衣公子ㅣ 네 아니냐	· 讚密陽楚月
45		춤	· 千態萬狀은 너쑨인가 허노라	· 色態具備 歌舞精妙
43	靑玉	자색	· 香氣 놋는 네로구나	· 姿色之艶奸 歌舞之精熟
44	鳳心	심성	· 飛千仞不啄粟은 너를 본가 허노라	· 爲人淳淑…而兼閒於歌舞矣
47	蕙蘭	자색	· 花容月態는 너를 본가 허노라.	· 讚平壤妓蕙蘭
161		자색	· 香氣놋는 蕙蘭이라	· 讚覃陽(平壤)妓蕙蘭
53	玉簫仙	자색	· 雪膚花容은 너를 본가 ᄒ노라	· 讚海州玉簫仙
163		종합	· 一般靑樓人으로 쎅여나미 이가트뇨	· 以吾所見 果合於此貶耳
60	可香	자색	· 蓮꼿 밧긔 뉘 잇느냐	· 雖無歌舞 丰容秀色 言語動止 眞一世絶艶也
61	裴臺雲	자색	· 半만 여윈 져 꼿치여	· 韶顔欨爐能文能筆 眞一世絶艶也
72	雪香	무예	· 네 武藝神通ᄒ지라	· 相貌奇偉 動止軒昂 優然大丈夫
75	蓮花	자색	· 月態花容은 너를 본가 ᄒ노라	· 花容月態 聲動嶺南矣
78	娟娟	歌舞琴	· 玉手弄絃을 더욱 사랑 ᄒ노라	· 有數夜歌琴之會
84	桃花	자색	· 人中桃花와 花中桃花ㅣ 싀워 무슴허리요	· 題海州妓桃花

다음과 같다. 이동연, 앞의 논문, 362쪽; 이형대, 앞의 논문, 155쪽; 송원호, 「안민영의 작품세계와 『금옥총부』 연구」, 고려대학교 석사논문, 1999, 20쪽 등.

안민영의 찬기시조는 모두 18수이지만, 찬미 대상으로 삼은 기녀는 14명이다. 이것은 난주, 초월, 혜란, 옥소선을 찬미한 것이 2수씩 중복되어 있기 때문이다. 특이한 것은 설향과 옥소선을 찬양한 시조인데, 설향의 경우에는 기녀들의 일반적 자질과는 관련이 없는 활쏘기 능력을 찬양하였고,[27] 옥소선의 경우에는 자색이나 특정한 재능 중 어느 하나를 평가한 것이 아니라 그녀의 자색과 재능 모두를 종합적으로 평가하였다.[28] 그 외 청옥의 경우에는 후기에 '얼굴이 아름답고 가무에 능숙하다'라는 기록이 있으나, 실제 작품에서는 아름다운 자색에 대한 찬미로 일관하고 있다. 봉심의 경우에도 '사람됨이 순박하고 맑아 자못 부인의 자태가 있으며, 아울러 가무에도 익숙하였다'는 후기가 있으나, 실제 작품에서는 봉황의 고상한 속성을 빌려 봉심의 고운 심성만을 찬미하고 있다. 그 나머지 작품들은 작품의 내용과 후기가 대부분 자색을 찬미하는 것으로 일치한다.

이를 살펴보면, 찬기시조 가운데 실제로 노래나 춤과 같은 예술적 재예를 찬미한 작품은 찬기시조 전체 18수 가운데 4수에 불과하고, 기녀의 수로 보아도 찬미 대상 14명 가운데 예술적 재예를 찬미한 기녀는 3명밖에 되지 않는다. 따라서 안민영이 찬기시조에서 주로 예찬의 대상으로 삼은 것은 기존 연구에서 언급했던 기녀들의 예술적 재예가 아니라, 그들의 아름다운 자색이었음을 확인할 수 있다. 안민영이 기녀 평가 기준을 외모보다 예술적 재능에 두었다는 기존의 연구 결과들은 그의 찬기시조를 종합적으로 검토하지 않고 연구 주제에 맞추어 필요한 몇몇 작품을 선택적으로 수용하여 해석한 결과이거나, 안민영이 예인집단을 거느리고 다양한 가악활동을 전개하면서 당시의 가

---

27) 一丈靑 扈三娘은 梁山泊의 頭領되야 / 祝家庄 큰 싸움의 大功을 일웟나니 / 至今의 네 武藝神通ᄒ지라 어듸 功을 일우엿노.『금옥』 72.

28) 푸른빗치 쪽예 낫스되 푸루기 쪽의셔 더 푸루고 / 어름이 물로 되야스되 차기 물어셔 더 차다더니 / 네 엇지 一般靑樓人으로 쎄여나미 이 가트뇨.『금옥』 163.

악계를 주도하여 나갔다는 선입견에 따른 해석이라고 생각된다.

찬기시조의 작품 전개 방식에서 가장 주목되는 것은 찬미 대상의 제시 방법이다. 작품의 전개 방식은 찬미 대상의 제시 방법과 밀접한 관련을 가지고 있기 때문이다. 안민영의 찬기시조는 찬미 대상인 특정 기녀를 작품의 전면에 드러내어 찬미 대상의 의미 형성을 중심으로 작품을 전개하고 있다.

> (3) 烟雨朝陽 비긴 곳에 錦衣公子ㅣ 네 아니냐
> 百舌口辨이오 瀏亮흔 노릐로다
> 萬一에 네 안고 제 잇스면 뉘가 넌지 모로괘라.
>
> —『금옥』31

> (4) 이슬에 눌닌 곳과 발암예 부친 입피
> 春齋 玉階上의 香氣놋는 蕙蘭이라
> 밤중만 月明庭畔에 너만 사랑하노라.
>
> —『금옥』161

> (5) 暎山紅綠 봄ㅂ름에 黃蜂白蝶 넘노는 듯
> 百花園林 香氣속에 興쳐 노는 두룸인 듯
> 두어라 千態萬狀은 너쑨인가 허노라.
>
> —『금옥』45

작품 (3)은 밀양 기녀 '초월'의 가창 능력을 찬미하는 시조이다. 화자는 초장에서 바로 '錦衣公子ㅣ 네 아니냐'라고 하면서, 찬미의 대상인 초월을 전면에 등장시키고 있다. 여기서 '네 아니냐'는 단순한 의문문이 아니라, '금의공자가 바로 너'라는 확신을 강조하는 수사적 의문이다. 화자는 이러한 수사적 의문을 통하여 초월을 '금의공자' 즉 꾀꼬리와 동일시하고 있다. 이어서 중장에서는 초월의 맑고 아름다운 노래 소리를 구체적으로 서술하고, 종장에서는 이런 초월과 꾀꼬리를 구분할 수 없다는 화자의 판단과 태도를 제시하면서 작품을 마무리하고 있다. 이처럼 초장에 찬미 대상을 제시하는 작품은 초장의 제3·4 음보에서 'ㅇㅇㅇㅇ 네 아니냐'라는 공통어구29)를 통하여 찬미의 대상을 제시한 뒤, 중장에서 찬미의 내용을 구체적으로 서술하고 종장에서 찬미 대상에 대한 화자의 태도로 작품을 마무리하는 전개 방식을 취하고 있다. 이런 유형의 작품으로는 해주 기녀 '연연'의 가무 능력을 찬미하는 작품도 있는데, 작품의 전개 방식은 동일하다. '海西名姬 네 아니냐'라는 수사 의문 형식의 공통어구로 초장을 시작하여 중장에서는 연연의 노래와 춤 솜씨를 서술한 후 종장에서는 '허물며 玉手弄絃을 더욱 사랑ㅎ노라'라는 화자의 태도로 끝맺고 있다.30)

작품 (4)는 찬미 대상을 중장에 제시하는 경우이다. 이 경우는 찬미 대상인 기녀의 이름을 직접 사용하는 경우가 많다. 초장과 중장에서는 '혜란'을 이슬 맞은 꽃과 바람에 흔들리는 잎새가 향기를 뿜어내는 난초에 비유하여 노래한 뒤, 종장에서는 '밤중만 月明庭畔에 너만 사랑하노라'와 같이 혜란에 대한 화자의 태도를 나타내고 있다. 이와 같이 중장에 찬미 대상을 제시하는 시조들은 중장 제3·4음보에서 'ㅇㅇㅇㅇ ㅁㅁ이라'라는 공통어구를 사용하고 있다. 앞의 'ㅇㅇㅇㅇ'에는 대개 찬미 대상의 특성을 집약하는 한문어구나 관형어를 사용하고, 'ㅁㅁ'에는 기녀의 이름을 쓰는 것이 일반적이다. 따라서 이런 유형의 시조는 그 시상의 중심이 찬미 대상을 제시하는 중장의 이 공통어구에 집중되어 있다. 종장에서는 찬미 대상에 대한 화자의 태도를 노래한다. 이런 유형에 속하는 작품의 중장만 제시하면 아래와 같다.

---

29) 본고에서 '공통어구'란 '여러 작품에서 반복되는 시구'라는 신연우의 개념을 받아들인 것이다. 신연우는 공통어구의 '어구'는 음보일 수도 있고 반행, 행을 가리킬 수도 있다고 하였다. 자세한 내용은 신연우, 「시조에 있어서 문화 동질감의 표현」, 『조선조 사대부 시조문학 연구』, 박이정, 1997, 198쪽 참조.
30) 玉質이 粹然하니 海西名姬 네 아니냐 / 纖歌는 遏雲ㅎ고 舞袖는 騰空이라 / 허물며 玉手弄絃을 더욱 사랑 ㅎ노라. 『금옥』 78.

· 東園에 日暖허니 百花爭發 少紅이라.　　　 - 『금옥』 28. 중장
· 뭇노라 너튼 빈야 桂棹錦帆 蘭舟 l 로다.　　 - 『금옥』 30. 중장
· 微風이 건듯허면 香氣 놋는 네로구나.　　　 - 『금옥』 43. 중장
· 春齋 玉階上의 香氣놋는 蕙蘭이라.　　　　 - 『금옥』 161. 중장

　작품 (5)는 '가무에 정묘하여 가히 절세의 색예라 이를 만했다'[31]라는 후기로 미루어 볼 때, '초월'의 뛰어난 춤 솜씨를 찬미하고 있는 작품이다. 이 작품은 찬미 대상인 초월이 종장의 '두어라 千態萬狀은 너쑨인가 허노라'에서 이인칭인 '너'로 나타나, 찬미 대상이 종장에 제시되는 유형이다. 화자는 초장에서 초월이 춤추는 모습을 영산홍록 봄바람에 넘나들며 놀고 있는 벌과 나비에 비유하고, 중장에서는 백화원림 향기 속에 흥에 겨워 놀고 있는 두루미와 같다고 노래한 뒤, 종장에서 초·중장의 초월이 춤추는 모습을 '천태만상'이라고 집약하고 이런 '천태만상'은 '너'뿐이라고 평가하면서 작품을 마무리하고 있다. 이처럼 찬미 대상을 종장에 제시하는 유형은 대개 초·중장에서 대상을 찬미한 뒤 종장에서 '두어라, ○○○○는 너쑨인가 허노라' 혹은 '두어라, ○○○○는 너를 본가 허노라' 등과 유사한 공통어구로 찬미대상에 대한 평가적 태도[32]를 취하면서 작품을 끝낸다. 이 때 '○○○○'에는 대개 초, 중장에서 찬미한 내용을 집약하는 한문어구가 오고, 시상의 중심은 찬미 대상이 제시되는 종장에 두게 되는데, 특히 찬미의 내용이 집약된 종장 제2음보에 놓인다. 이 유형에 속하는 작품들의 종장을 살펴보면 다음과 같다.

---

31) 有童妓楚月者 歌舞精妙 可謂絶世色藝也. 『금옥』 45 후기.
32) 최재남은 화자와 담화의 지칭(지시)에서 지칭에 중점을 두는 경우로 1행, 2행의 지시를 긍정하거나 수긍하는 전제가 내포되어 있는 화법을 평가적 태도라고 했다. 이 경우 '두어라', '구태여', '그밖에' 등의 공식적 표현이 함께 사용된다고 하였다. 최재남, 「시조 종결의 발화 상황과 화자의 태도」, 『고전문학연구』 제4집, 한국고전문학회, 1988, 254쪽.

· 두어라 飛千仞不啄粟은 너를 본가 허노라.　　　　 － 『금옥』 44. 종장
· 두어라 千態萬狀은 너뿐인가 허노라.　　　　　　　 － 『금옥』 45. 종장
· 두어라 人如珠語如鸚鵡ᄒᆞ니 그를 ᄉᆞ랑ᄒᆞ노라.　 － 『금옥』 73. 종장
· 두어라 月態花容은 너를 본가 ᄒᆞ노라.　　　　　　 － 『금옥』 75. 종장
· 두어라 人中桃花와 花中桃花ㅣ 싀워 무슴 허리요. － 『금옥』 84. 종장

· 至今에 花容月態는 너를 본가 허노라.　　　　　　 － 『금옥』 47. 종장
· 至今에 雪膚花容은 너를 본가 ᄒᆞ노라.　　　　　　 － 『금옥』 53. 종장
· 至今의 네 武藝神通ᄒᆞ지라 어ᄃᆡ 功을 일우엿노. － 『금옥』 72. 종장

　찬미 대상을 종장에서 제시하는 유형 가운데 '두어라'류의 공통어구를 사용하는 것 외에 위에서 본 것처럼 '至今에 ○○○○는 너를 본가 허노라'라는 공통어구를 사용하는 작품도 있다. 이 작품들 역시 시상의 전개 방식은 '두어라'류와 동일하다.[33] 실제로 이들 작품에서 종장의 첫 음보를 '지금에' 대신에 '두어라'를 사용한다 하더라도 그 의미는 아무런 차이가 없기 때문에 '지금에'류와 '두어라'류를 동일한 공통어구로 파악한다면, 안민영의 찬기시조 18수에서 종장에 이런 공통어구를 사용하고 있는 작품은 8수에 달한다. 이뿐만 아니라, 찬미 대상을 초장에 제시하는 작품은 초장 제 3 · 4음보에서 '○○○○ 네 아니냐'라는 공통어구를 사용하고 있고, 찬미 대상을 중장에 제시하는 작품도 중장 제 3 · 4음보에서 '○○○○ ㅁㅁ이라(이로다)'는 공통어구를 사용하고 있다. 이런 사실을 감안하면, 찬기시조 18수 중에서 공통어구를 사용한 작품은 모두 14수로 절대 다수를 차지하게 된다.

　이상에서 살펴본 바와 같이 안민영의 찬기시조는 찬미 대상의 제시 방식에

---

33) '至今에'류 중에 시상의 전개 방식을 확인하기 위하여 한 작품을 보면 다음과 같다.
　어득헌 구름가에 숨어 발근 달 아니면 / 稀迷헌 안기 속에 ᄲᅮ만 녈닌 곳치로다 /
　至今에 花容月態는 너를 본가 허노라. 『금옥』 47.

따라 작품의 전개 방식이 세 가지로 나누어지는데, 세 가지 방식 모두 공통어구를 통하여 찬미 대상을 제시하고 있다. 즉, 초장에서는 'ㅇㅇㅇㅇ 네 아니냐'라는 수사적 의문 형식의 공통어구를, 중장에서는 'ㅇㅇㅇㅇ ㅁㅁ이라(이로다)'라는 공통어구를, 종장에서는 '두어라, ㅇㅇㅇㅇ는 너쁜인가(너를본가)허노라' 등의 공통어구를 통하여 찬미 대상을 제시하고 있다. 따라서 찬기시조에서 시상의 중심은 찬미 대상이 제시되는 이 공통어구에 놓이게 되고, 작품 전체는 이 구절을 중심으로 찬미 대상의 의미 형성에 주력하게 되므로, 찬기시조는 철저한 대상 중심의 시조라 할 수 있다. 이것은 애정시조가 화자의 정서나 감정을 표출하는 화자 중심의 작품인 점과는 대조적이다.

4. 찬기시조의 현장성, 즉흥성, 연행성

『금옥총부』에 수록된 작품이나 그 후기를 자세히 살펴보면, 안민영은 지방을 유람하면서 가진 풍류놀이나 '운애산방'이 중심이 된 여항 명가(名歌)들과의 가악 연행, 대원군이나 우석상서를 모신 크고 작은 연회와 풍류 활동, 그리고 봄, 가을로 계절이 바뀔 때마다 경치 좋은 곳을 찾아다니며 그의 예인집단들과 함께 벌인 풍류놀이 등 수많은 풍류의 장에서 활동하였음을 알 수 있다. 그의 풍류 활동은 언제나 가악의 연행이 중심이 되었고, 안민영의 찬기시조들은 바로 이런 풍류의 현장에서 창작되었다.

(6) 동래부에서 온정까지 거리는 오 리 가량이다. 내가 마산포의 최치학·김해의 문달주와 함께 동래부의 기녀 청옥(靑玉)의 집에 들어가 술을 들어 서로 권할 때, 홀연 한 미인이 밖에서 들어오다가 우리가 늘어앉아 있는 것을 보고 몸을 돌려 나가버렸다. 그 미인을 평가해 본다면 빙자옥질이 눈 속의 차가운 매화 같아서 티끌이라곤 조금도 없었다. 모두들 눈이 동그래지고 입이 벌어져 어찌할 바를 몰랐다. 청옥이 급히

일어나 황급히 문밖으로 나가더니 잠깐 사이에 손을 잡고 들어와 "너는 무슨 마음으로 왔다가 무슨 생각으로 가느냐"라고 하면서 곧 당에 올라 와 앉게 하였다. 이 미인이 바로 제일의 명희 옥절(玉節)이다. 내가 경 향 간에 명기를 열력(閱歷)한 것이 그 수를 헤아리지 못하는데, 바닷가 한 구석에 어찌 옥절 같은 이가 있으리라 생각했겠는가. 한 차례 찬사 가 없을 수 없다.[34]

(7) 나는 동래에서 돌아오는 길에 최치학과 같이 밀양에 당도하여 기악을 널리 불러 모아 며칠 동안 질탕하게 놀았는데, 초월이라는 동기가 있었 다. 아리따운 자태를 두루 갖추었고 가무에 정묘하여, 가히 절세의 색 예라 이를 만했다.[35]

(8) 玉質이 粹然하니 海西名姬 네 아니냐
纖歌는 遏雲ᄒ고 舞袖는 騰空이라
허물며 玉手弄絃을 더욱 사랑 ᄒ노라.   －『금옥』 78

위의 글 (6)은 기녀 옥절을 찬미한 작품[36]의 후기이다. 안민영은 가야금에 능한 편시조의 명창 최치학, 문달주와 함께 동래부의 기녀 청옥의 기방에서 술을 마시며 즐기고 있었는데, 마침 절세의 미녀 옥절이 와서 자리를 함께 하 게 되자, 주흥이 도도해진 안민영이 '한 차례 찬사가 없을 수 없다'라며 옥절

---

34) 自東萊府距溫井 爲五里許也 余與馬山崔致學 金海文達柱 同入于府內妓靑玉家 擧酒相屬之 際 忽一美娥 자外而入 見吾儕之列坐 回身還出矣 第見厥娥 氷姿玉質 如雪中寒梅 少無塵埃 矣 一座眼環口呆 莫知所謂 靑玉急起 顚倒出門 少項携手而入曰 汝以河心來而河心去也 卽 爲升堂而坐 此是第一名姬玉節也 余於京鄕間 閱歷名妓 不計其數 而海隅遐陬 豈料有玉節 者哉 不可無一讚耳.『금옥』 21 후기.
35) 余自東萊歸路 與崔致學到密陽 廣招妓樂數日迭宕 而有童妓楚月者 色態俱備 歌舞精妙 可謂 絶世色藝也.『금옥』 45 후기.
36) 乾坤이 눈이여늘 네 홀노 푸엿구나 / 氷姿玉質이여 閤裏예 숨어 잇서 / 黃昏에 暗香動ᄒ 니 달이조차 오더라.『금옥』 21.

을 눈 속에 핀 매화에 비유하여 찬미하는 시조를 즉석에서 짓고, 이를 부르게 하여 좌중의 흥을 돋운 것으로 보인다.

글 (7)은 밀양기 초월을 찬미한 시조[37]의 후기로 이 작품을 짓게 된 동기를 보여 주고 있다. 안민영이 최치학과 함께 밀양에 당도하여 여러 기생들을 불러 모아 며칠간의 질탕한 풍류를 즐기는 가운데, 그 자리에 참석한 초월의 절묘한 춤 솜씨를 보고 풍류의 흥을 한껏 고조시키기 위하여 현장에서 바로 창작하여 연행한 작품으로 보인다.

작품 (8)은 해주기 연연(娟娟)의 가무와 거문고 타는 솜씨를 찬미한 시조인데, 이 노래는 안민영이 거문고의 명인 김군중과 해주기 연연이 며칠 밤을 함께 하며 악기를 연주하고 시조를 창하고 춤을 즐기던 '가금지회(歌琴之會)'의 현장에서 자신들의 음악적 흥취를 한껏 돋우기 위하여 지어서 부른 노래라 생각된다.[38] 이처럼 안민영은 풍류의 흥을 돋우기 위하여, 풍류에 참석한 기녀를 찬미하는 시조를 현장에서 즉흥적으로 창작하여 이를 노래하게 하였음을 알 수 있다. 안민영이 즉흥적으로 작품을 창작하는 능력이 얼마나 뛰어났는지는 아래의 사례에서도 확인할 수 있다.

(9) 口圃東人은 춤을 추고 雲崖翁은 소리헌다
　　 碧江은 鼓琴허고 千興孫은 필릭로다
　　 鄭若大 朴龍根 嵇琴笛소릭에 和氣融濃허더라.

　　　　　　　　　　　　　　　　　　　　　－『금옥』92

구포동인(口圃東人)은 석파대로께서 내려주신 호이다. 내가 삼계동 집에 있을 때 동원 뒤에 '구(口)'자 모양의 채소밭이 있었기 때문에 구포동인이라 칭하셨다. 운애(雲崖)는 필운대 박선생의 호이고, 벽강(碧江)은 군중 김윤

---

37) 작품 (5) 참조.
38) 海州妓娟娟 於丁丑進宴時上來 而與碧江金君仲 有數夜歌琴之會.『금옥』78 후기.

석의 호이다. 천흥손(千興孫)·정약대(鄭若大)·박용근(朴龍根)은 모두 당세 제일의 공인들이다. 우석상서께서 나로 하여금 구포동인으로 서두를 삼아 삼삭대엽을 짓도록 명하셔서 엮어 만들었다.[39)]

작품 (9)는 후기에 의하면 안민영이 박효관과 그의 예인집단과 함께 우석상서를 좌상객으로 모시고 풍류를 즐기는 자리에서, 우석상서가 안민영에게 그의 호인 '구포동인'을 서두로 삼아 삼삭대엽 한 곡을 지어보라는 명을 내리자, 그가 즉흥적으로 창작한 작품이다. 이 작품에 나타난 풍류 현장의 분위기, 작품과 후기에 등장하는 실제 참석 인물, 그리고 우석상서의 명에 의한 구체적인 창작 동기 등으로 미루어 볼 때, 이 작품은 풍류의 현장에서 즉흥적으로 창작한 것이 분명해 보인다. 특히 우석상서가 '구포동인을 서두로 삼아 삼삭대엽을 지어보라'라는 까다로운 조건과 곡조까지 구체적으로 지정하면서 노래를 지어보라고 명한 것으로 미루어 보면, 안민영이 풍류의 현장에서 즉흥적으로 시조를 창작하는 일에 매우 능숙했으며, 또 이런 일이 자주 있었다는 사실을 알 수 있다.

(10) 八十一歲 雲崖先生 뉘라 늑다 일엇던고
童顔이 未改ᄒ고 白髮이 還黑이라 斗酒을 能飮ᄒ고 長歌을 雄唱ᄒ니 神仙의 밧탕이요 豪傑의 氣像이라 雲崖의 셜인 닙흘 히마당 사랑ᄒ야 長安 名琴 名歌들과 名姬 賢伶이며 遺逸風騷人을 다 모와 거나리고 羽界面 흔밧탕을 엇거러 불너닐제 歌聲은 嘹亮ᄒ야 들뽀 틱끌 날녀 닉고 琴韻은 冷冷ᄒ야 鶴의 춤을 일의현다 盡日을 送宿ᄒ고 酩酊이 醉흔 後의 蒼壁의 불근 입과 玉階의 누른 옷츨 다 각기 썻거들고 手舞足蹈 ᄒ

39) 口圃東人 石坡大老所賜號也 余在三溪洞家時 東園後有口字圃田 故稱口圃東人 雲崖翁 弼雲臺朴先生號也 碧江金允錫君仲號也 千興孫 鄭若大 朴龍根 皆當世第一工人也 又石尙書命我 以口圃東人爲頭 作三數大葉 故構成焉. 『금옥』 92 후기.

올젹의 西陵의 히가 지고 東嶺의 달이 나니 蟋蟀은 在堂ᄒ고 萬戶의
燈明이라 다시금 盞을 씻고 一盃一盃 ᄒ온 후의 션솔이 第一名唱 나는
북 드러노코 牟宋을 比樣ᄒ야 ᄒ밧탕 赤壁歌를 멋지게 듯고 나니 三十
三天 罷漏소ᄅᆡ 시벽을 報ᄒ거늘 携衣相扶ᄒ고 다 各기 허여지니 聖代
에 豪華樂事ㅣ 이밧긔 ᄯᅩ 잇ᄂᆞᆫ가
다만的 東天을 바라보아 ○○○○을 싱각ᄒᄂᆞᆫ 懷抱야 어늬긔지 잇스리.
                                                              －『금옥』178

　　작품 (10)은 안민영의 풍류 현장을 보여주는 시조로 자주 인용되고 있는,
이른바 '단애대회(丹崖大會)'[40]를 노래한 시조이다. 그가 말한 '단애대회'란
경진년(1880년) 9월에 박효관·황자안 두 선생이 일대의 명금(名琴)·명가
(名歌)·명희(名姬)·현령(賢伶)과 유일풍소인(遺逸風騷人)을 청하여, 산정
(山亭)에서 가악을 즐기고 춤을 추면서 하루 종일 질탕하게 즐긴 풍류놀이를
말한다. 이 놀이에는 박효관과 황자안을 비롯하여 명금 김군중, 명가 신응선,
명소(名籍) 임백문과 장안 최고의 명희 옥소선과 농월, 그리고 천흥손·정약
대·박용근·윤희성 등과 같은 일급의 현령들이 자리를 함께 하였다.[41] 일반
적으로 가악 연행의 질적 수준이 연행자의 음악적 능력이나 향유자의 수준에
의하여 결정된다고 한다면, 당대 최고의 명금·명가·명희·현령, 그리고 최
고의 감식안을 지닌 여항의 명가들이 어울려 벌이는 풍류마당은 바로 최고 수

---

40) 丹崖大會之後二日 卽九月望日也 更設小酌於山亭 請三妓 盡夜迭宕.『금옥』22 후기.

41) 庚辰秋九月 雲崖朴先生景華 黃先生子安 請一代名琴名歌名姬賢伶遺逸風騷人 於○○○
　　○○○山亭 觀楓賞菊 學古○○○○○ 碧江金允錫字君仲 是一代透妙名琴也 翠竹申應善字
　　景賢 是當世名歌也 申壽昌 是獨步洋琴也 海州任百文字敬雅 當世名籍也 ○○張○○字稚殷
　　○○李濟榮字公楫 是當世風騷人也 適於此際 海州玉簫仙上來 而此人則非但才藝色態之雄
　　於一道 歌琴雙全 雖使古之揚名者復生 未肯讓頭 眞國內之甲窟也 全州弄月二八丰容 歌舞出
　　類 可謂一代名姬 千興孫 鄭若大 朴用根 尹喜成 是賢伶也 朴有田 孫萬吉 全尙國 是當世第一
　　唱夫 與牟宋相表裏 喧動國內者也 噫朴黃兩先生 以九十耆老 豪華性情 猶不減於靑春强壯之
　　時 有此今日之會 未知明年又有此會也歟.『금옥』178 후기.

준의 가악이 연행되는 풍류의 현장이었다.

이 풍류놀이는 '羽界面 흔밧탕을 엇겨러 부르는' 가곡창을 즐기는 형태로 진종일 이어졌는데, 모두들 정신을 차리지 못할 정도로 대취하여 새벽녘 파루가 울릴 때까지 노래하고 춤추며 뛰어 놀았다고 하니, 그 분위기가 얼마나 호화롭고 향락적이며 유흥적이었을지 짐작할 수 있다. 이러한 질탕한 풍류의 현장에서 안민영은 참석자들을 찬양하는 시조를 즉흥적으로 지어서 풍류의 흥을 더욱 고조시켰다고 생각된다. 안민영의 시조 중에는 기녀를 찬미한 찬기시조뿐만 아니라, 풍류의 좌상객인 대원군, 우석상서, 운애선생 등을 찬양한 작품과 여항의 명가와 동료 예인들의 호를 이용하여 이들을 찬양하는 작품이 여러 수 있는데42) 이 작품들은 바로 이러한 질탕한 풍류 현장에서 즉흥적으로 창작된 것43)이라 생각된다.

앞에서 살펴본 바와 같이 안민영 찬기시조의 중요한 특성은 예찬의 대상이

---

42) 대원군을 찬양한 시조는 연작으로 이루어진 〈갑연 하축〉 3수와 〈난초사〉 3수를 제외하더라도, 병인양요를 물리친 영풍웅략을 예찬한『금옥』11, 擊缶 솜씨를 찬양한『금옥』38, 만수무강을 기원한『금옥』96, 지모와 담략을 예찬한『금옥』152, 국태공의 영웅풍모를 찬양한『금옥』175 등 모두 5수에 이른다. 또 又石尙書를 찬양한 시조는, '又石'이란 호의 내력을 노래한『금옥』4, 우석의 군자풍을 찬양한『금옥』12, 우석상서가 병조판서에 제수된 것을 하축하는『금옥』65, 그리고 우석상서의 풍류를 예찬한『금옥』158, 64, 173 등 모두 6편이다. 운애선생을 찬양한 작품은, 운애의 군자적 풍모를 예찬한『금옥』24, 그가 일세의 인걸임을 노래한『금옥』37, 운애라는 호를 이용하여 찬양한『금옥』93, 詩 · 酒 · 歌 · 琴 가운데에서 늙어감을 노래한『금옥』46 등 모두 4편이다. 여항 명가나 동료 예인의 호를 이용하여 찬양한 작품은『금옥』7, 22, 32, 48, 50, 81, 83, 87, 94로, 모두 9수가 있다.

43) 김현식은 안민영의 시조문학 양상을 사회적 자아의 예찬 지향과 개인적 자아의 서정 지향 그리고 사회적 자아와 개인적 자아의 갈등에서 오는 탈속 지향의 세 분류로 나누고, 사회적 자아의 예찬 지향은 안민영의 시선을 중심으로 '상층'은 상향적 예찬, '중인층'은 동향적 예찬, '하층'은 하향적 예찬으로 구분하여 고찰하였다. 그는 계층에 따라 그 속성이 다르기는 하지만 작품들이 지향하는 것은 '예찬'이며, 이러한 작품은 풍류공간에서 즉흥적으로 지어진 것으로 볼 수 있다고 주장하였다. 김현식, 앞의 논문, 19-53쪽.

기녀들의 예술적 재예가 아니라 그들의 아름다운 자색이며, 찬미의 대상은 대부분 공통어구를 통하여 제시하고 있다는 점이다. 그렇다면 찬기시조에는 왜 이런 특성이 나타나게 되었으며, 이러한 특성은 무엇에서부터 비롯되었을까. 이것은 풍류의 흥을 고취시키기 위하여 풍류의 현장에서 즉흥적으로 창작되어 노래로 불리어졌다는 찬기시조의 현장성과 즉흥성, 그리고 연행성 때문으로 생각된다.[44] 즉, 찬기시조의 독특한 창작 환경과 향유 상황 때문에 이러한 특성을 가지게 되었다는 것이다.

널리 알려진 바와 같이 안민영은 평생을 풍류 가운데 살면서 수많은 풍류의 현장에서 가악활동을 주도하였다. 그는 풍류의 현장에 참석한 좌상객, 여항의 명가와 동료 예인들, 그리고 기녀들을 찬양하는 시조를 즉흥적으로 지어 노래하게 함으로써 풍류의 흥을 더욱 고조시켰다. 이를 위해서는 풍류의 현장에서 즉흥적으로 상당한 수의 시조를 창작해야만 하였다. 이런 요구를 충족시키기 위해서 그는 창작의 방법을 달리할 수밖에 없었을 것이다. 이것은 바로 여러 작품에 반복되는 '공통어구'[45]를 사용하는 방법이었다. 신연우는 "공통어구를 사용함으로써 일정한 공통의 의미를 쉽게 전달한다는 이점 외에 공통어구는 그만큼 시조를 용이하게 창작할 수 있게 한다"라고 하면서 "특히 즉흥적으로

---

44) 고시조는 문학적 텍스트로 향유되는 것이 아니라 곡조에 얹어 가창되는 연행의 형태로 향유되기 때문에, 기본적으로 현장성과 연행성을 그 속성으로 가지고 있다. 이 경우 대부분은 이미 있는 노랫말을 가곡에 얹어 노래하게 된다. 하지만 찬기시조의 경우에는 풍류현장에서 즉흥적으로 창작하여 노래하기 때문에 즉흥성, 현장성, 연행성의 세 가지 성격을 모두 가진다는 점에서 일반 시조의 연행성과는 구별된다. 안민영의 경우에도 지극히 사적인 정서를 노래하고 있는 애정시조는 즉흥적 창작과 거리가 멀다는 점에서도 이는 찬기시조의 특성이라 할 수 있다. 조태흠, 「안민영 시조의 연행 양상과 그 의의」, 『한국문학논총』 제58집, 한국문학회, 2011, 307-311쪽 참조.

45) 신연우는 "공통어구는 여러 사람이 공통으로 사용하며, 시조 작가에 따라 달라지지 않는, 시조에 반복적으로 나타나고, 동시에 화자와 청자에게 공통되는 뜻을 갖는다고 인정되는 어구"라 하여 시조문학 전체를 대상으로 하는 개념으로 규정하였으나, 본고에서는 이를 안민영 시조 작품 내에서 '여러 작품에 반복적으로 사용되는 시구'라는 의미로 사용한다. 신연우, 앞의 논문, 198쪽 참조.

시조를 지어서 불러야 할 경우라면 이미 알던 시조에서 흔히 사용되는 일정한 의미를 쉽게 전달하는 시구를 사용하는 것이 대단히 편리할 것"46)이라고 하였다. 사실 안민영은 시조 창작에 있어 이러한 공통어구의 장점을 아주 잘 활용한 것으로 생각된다.

안민영이 찬기시조에서 공통어구를 사용하고 있는 방법을 다시 한 번 살펴보면, 그는 주로 종장에서 공통어구를 많이 사용하고 있다. 특히, '두어라, ○ ○○○는 너뿐인가 허노라' 혹은 '두어라, ○○○○는 너를 본가 허노라'와 같이 종장 전체를 공통어구를 사용해서 작품을 마무리한다. 널리 알려진 바와 같이 종장의 제1음보는 3음절로 고정되고 제2음보는 5음절 이상의 과음보가 와야 하는 것이 시조의 형식상·운율상 특징인데, 유흥적인 풍류의 현장에서 이러한 종장의 특이한 율성(律性)에 맞추어 즉흥적으로 시조를 창작한다는 것은 여간 까다로운 일이 아니었을 것이다. 안민영은 공통어구를 적절하게 활용함으로써 풍류 현장에서의 이러한 어려움을 해결하였던 것이다. 이것은 찬기 시조뿐만 아니라, 동료 예인들의 호를 이용하여 그들을 예찬한 작품에서도 확인할 수 있다.

이런 공통어구의 활용은 창작의 측면에서는 편리하고 효과적일 수 있었다. 그러나 연행의 향유자나 참여자들은 이것을 어떻게 받아들였을까. 안민영의 풍류 활동에 참여한 연행자들은 당대 최고의 일급 예기(藝妓)들이었으며,47) 기악연주자들 역시 당대 최고 일급수 예인들이었을 뿐만 아니라,48) 이들이 연행하는 가악의 향유자들도 당대 최고의 음악적 감식안을 가진 운현궁 왕실과 여항의 명가(名歌)들이었다.49) 당대 최고의 기량과 감식안을 지닌 풍류의

---

46) 신연우, 위의 논문, 205쪽.
47) 신연숙, 「19세기 일급 예기의 삶과 섹슈얼리티」, 『사회와 역사』 제65집, 한국사회사학회, 2004 참조.
48) 신경숙, 「안민영과 예인들」, 『어문논집』 제41집, 안암어문학회, 2000 참조.
49) 신경숙, 「안민영 예인집단의 좌상객 연구」, 『한국시가연구』 제10집, 한국시가학회,

참여자들은 이런 공통어구에 대해 상투적이고 진부한 어구를 되풀이하는 것으로[50] 인식하지는 않았을까.

찬기시조가 풍류의 현장에서 흥을 돋우기 위하여 즉흥적으로 창작되어 그 자리에서 바로 연행되었다는 사실은 앞에서 이미 지적하였다. 즉, 찬기시조는 읽고 음미하는 문학적 독서물이 아니라 음악적 연행으로 실현된 노래의 형태로 향유된 것이다. 특히 시조를 얹어 노래하는 곡조는 가곡창인데, 가곡은 가사 내용보다 그 음악성을 감상하고 즐기는 것[51]으로 알려져 있다. 곡조에 따라 다소의 차이는 있지만, 47자 내외에 불과한 시조작품을 가곡창에 얹어 가창할 때 대개 한 곡을 노래하는 데는 5분 이상의 시간이 걸린다. 이러한 점을 감안하면, 이렇게 느린 템포로 노래되는 음악에서 노랫말의 개별적 의미 파악은 힘들 수밖에 없다. 그렇기 때문에 이미 여러 차례 반복되어 귀에 익숙한 공통어구가 낱말 하나하나의 뜻을 새겨듣고 이해할 필요 없이 구절 전체로 이해할 수 있어서, 오히려 풍류의 현장에서는 의미전달에 더 용이했다고 볼 수 있다.

유장한 선율로 연행되는 가곡창에서 공통어구가 갖는 의미와 기능은 마치 한시문에 사용된 전고(典故)와 유사하다[52] 할 수 있다. 풍류의 현장에서 유장

2001 참조.
50) 여기에 대해서는 일찍부터 많은 연구자들의 지적이 있었다. 황충기는 "고시조의 通弊인 典故的 套語濫調와 幻骨 踏襲이 적지 않다"고 지적하였고, 조규익은 "양반 사대부적 문학세계에서 굳어져 온 관습적 표현법을 그는 답습하고 있는 것"이라 하였으며, 이형대는 "관습적 수사의 범주에서 크게 나아가지 못한 작품"이라 하였다. 황충기, 「안민영론」, 『고시조작가론』, 백산출판사, 1986, 404쪽; 조규익, 「안민영의 노래」, 『가곡창사의 국문학적 본질』, 집문당, 1994, 390쪽; 이형대, 앞의 논문, 152쪽 참조.
51) 장사훈, 『최신 국악논총』, 세광음악출판사, 1991, 421쪽.
52) 널리 알려진 바와 같이 典故는 지식인들의 필수적인 교양으로 작가와 독자가 동등한 독서체험과 수준을 가진 것을 전제로 하고 있다. 따라서 시문에 쓰인 전고의 내용을 이해할 경우에는 작가와 독자가 일체감을 느끼고 동류의식을 가지지만 이를 이해하지 못할 경우에는 작가가 지적인 우월감을 가지는 것이 전고의 특징이다.

한 선율의 가곡창을 들으면서 그 속에 되풀이되는 공통어구를 통하여 그 노래의 의미를 순간적으로 이해하였을 때, 연행에 참여한 모든 사람들은 서로 일체감을 느끼면서[53] 그 풍류의 즐거움을 마음껏 즐겼을 것으로 짐작된다. 더욱이 안민영의 풍류에 참여하는 사람들은 일종의 동호회와 같은 그룹을 형성하고 있었기 때문에 그의 시조에 되풀이되는 공통어구에 익숙했을 것이고, 그 의미도 잘 파악하고 있었을 것이다. 따라서 그들은 익숙한 공통어구의 첫 구절만 들어도 작품 전체의 의미를 이해하고 이러한 이해를 바탕으로 그들 간에 일체감을 느끼고 동류의식을 가지면서 풍류의 흥을 더욱더 고조시킬 수 있었다고 생각된다.

이상에서 살펴본 바와 같이 찬기시조는 찬미의 대상을 공통어구를 통하여 제시하는 특징을 보이고 있는데, 이것은 찬기시조가 풍류의 흥을 고취시키기 위하여 풍류의 현장에서 즉흥적으로 창작되어 노래로 불리어졌다는 현장성과 즉흥성, 그리고 연행성과 관련된 것이다. 즉, 유흥적인 풍류의 현장에서 안민영은 공통어구를 적절하게 활용함으로써 즉흥적으로 시조를 창작하는 문제를 해결하였으며, 또 연행에 참여한 사람들은 그들에게 익숙한 공통어구를 통하여 작품 전체의 의미를 이해하고 이러한 이해를 바탕으로 동류의식을 확인하면서 풍류의 흥을 더욱더 고조시킬 수 있었다고 볼 수 있다.

이미 지적한 것처럼 안민영은 찬기시조에서 기녀들의 예술적 재예가 아니라 그들의 아름다운 자색을 주로 찬미하고 있었다. 하지만 찬기시조의 찬미 내용과는 달리, 안민영이 실제로는 기녀의 자질 가운데 예술적 재예도 중요하게 생각하고 있었다는 사실은 부인할 수 없다.

---

53) 신연우는 "공통어구를 사용함으로써 작가의 개성이 말살된다거나 다른 작품과 같은 시구가 보인다고 해서 표절이라거나 하는 생각을 하지 않았다는 것이다. 오히려 공통어구는 당대 시조 담당층 성원 서로 간에 동시대적인 문화적 일치감을 확인시켜 주었으며, 이러한 문화적인 소속감, 안정감은 시조를 통해 얻을 수 있는 공동 자산이었다"라고 주장하고 있다. 신연우, 앞의 논문, 204쪽.

(11) 꼿츤 곱다마는 香氣 어이 업섯는고
    爲花而不香하니 오든 나뷔 다 가거라
    그꼿츨 이름하이되 不香花라 하노라.

－『금옥』124

(12) 가마귀 속 흰줄 모르고 것치 검다 뮈무여 하며
    갈먹이 것 희다 亽랑허고 속 검운줄 몰낫더니
    이졔야 表裏黑白을 씨쳐슨져 허노라.

－『금옥』157

　작품 (11)은 전주부(全州府)의 기녀 설중선(雪中仙)이 남방의 제일이라는 소문을 듣고 만나보았으나, 눈처럼 흰 살결과 꽃처럼 고운 얼굴을 지닌 미인이기는 하되, 가무에 어둡고 잡기(雜技)에 능하며 성질이 매우 사납고 표독한 것을 보고, 꽃은 꽃이로되 '향기 없는 꽃'[54)]이라고 평가한 것이다. 기생의 자색은 꽃에, 그가 지닌 예술적 재예는 향기에 비유하여, 예술적 재예를 지니지 못한 기녀는 '불향화'로 쓸모없는 꽃이라 말한 것으로 보아 안민영은 기녀를 평가하는 중요한 기준으로 예술적 재예를 꼽고 있음을 알 수 있다.

　작품 (12)는 이와는 정반대의 경우이다. 안민영이 고향집에 있을 때 이기풍(李基豊)이 기녀 금향선(錦香仙)을 보내주었는데, 그녀는 외모가 추하여 상대하고 싶지 않았으나, 그녀가 풍류장에서 시조와 가곡을 노래하자 그 소리가 애원 처절하여 그 자리의 모든 사람들이 눈물을 흘리지 않음이 없었으니 가히 절세의 명인이라 이를 만했다는 것이다. 이에 눈을 씻고 다시 그녀를 보니 조금 전의 추함이 이제는 갑자기 예쁜 얼굴이 되어, 비록 오희월녀(吳姬越女)라도 이보다 아름다울 수는 없었다고 하였다.[55)] 그는 이때 사람은 외모로 취하

---

54) 余於全州之行 聞府妓雪中仙爲南方第一 往見之則果如所聞 年可二九 雪膚花容極可愛 然全昧歌舞 能於雜技 性本悍毒 專恃容色 無待人之禮 但相隨者唱夫云爾.『금옥』124 후기.

는 것이 아니라는 것을 깨닫고 이 시조를 지었다고 한다. 이러한 사실로 미루어 볼 때, 안민영은 기녀가 지녀야 할 자질 가운데 노래와 춤과 같은 예술적 재예를 매우 중요하게 생각한 것이 틀림없다. 그럼에도 불구하고 안민영이 찬기시조에서 기녀들의 예술적 재예보다는 그들의 아름다운 자색을 주로 찬미한 이유는 무엇일까. 이것은 찬기시조가 연행되는 풍류 현장의 향락적이고 유흥적인 분위기 때문이었을 것으로 볼 수 있다.

앞의 작품 (10)에서 확인한 바와 같이 이들의 풍류놀이는 매우 유흥적이고 향락적이었다. 이런 풍류장에서 평소 사회적 · 윤리적 제약 아래 놓여있던 참석자들은 그간의 제약에서 벗어나 유흥과 향락을 마음껏 즐겼던 것으로 생각된다. 특히 기녀들이 참석한 질탕한 풍류의 분위기에서는 이념적 긴장이 풀어지고 자연스럽게 성적 분위기로 연결되었을 것이다.[56] 실제로 안민영의 풍류놀이에서 이러한 사실을 확인할 수 있다. 위의 작품 (12)의 후기에는 안민영의 여러 친구들이 금향선을 처음 보고는 그녀의 외모가 추하여 모두 얼굴을 가리고 웃었으나 그녀의 절묘한 노래를 듣고는 모두 관심을 가지고 정을 보내자 안민영 자신도 춘정을 이기지 못하여 선착편(先着鞭)하였다고 고백하고 있다.[57] 이것은 풍류장의 흥이 고조되면서 성적 분위기로 연결되고, 풍류가

---

55) 余在鄉廬時 利川李五衛將基豊 使洞簫神方曲名唱金君植 領送一歌娥矣 問其名則曰錦香仙也 外樣醜惡 不欲相對 然以當世風流郎指送 有難起 然卽請某某諸友 登山寺 而諸人見厥娥 皆掩面而笑 然旣張之舞 難以中止 第使厥娥請時調 厥娥斂容端坐 唱蒼梧山崩湘水絶之句 其聲哀怨悽切 不覺遏雲飛塵 滿座無不落淚矣 唱時調三章後 續唱羽界面一編 又唱雜歌 牟宋等名唱阖格 莫不透妙 眞可謂絶世名人也 座上洗眼更見 則俄者醜要[惡] 今忽丰容 雖吳姬越女 莫過於此矣 席上少年 皆注目送情 而余亦難禁春情 仍爲先着鞭 大抵不以外貌取人 於是乎始覺云耳. 『금옥』 157 후기.

56) 사대부에게 있어 性은 공석에서의 공공연한 숨김과 사석에서의 은밀한 드러냄이 서로 다른 모습을 하고 나타나야 할 이중적인 얼굴을 가진 무엇이라 할 수 있다. 성기옥, 「기녀시조의 감성특성과 시조사」, 『한국 고전 여성문학의 세계(Ⅱ)』, 이화여자대학교 한국어문학연구소, 1999, 36쪽.

57) 주 55의 『금옥』 157 후기 참조.

끝난 뒤에는 잠자리까지 이어졌다는 사실을 보여준다. 당시의 유흥 문화에서는 기녀들이 크고 작은 연회에 참석하여 춤추고 노래하며 흥을 돋우고, 연회가 끝난 뒤에는 잠자리에 배정되어 시침을 드는 것이 일반적이었다.[58] 이러한 점을 고려한다면 유흥적이고 향락적인 풍류의 현장에서 흥취가 고조되면 자연스럽게 성적인 분위기가 형성되었으리라는 것을 짐작할 수 있다.

안민영은 질탕한 풍류장의 흥이 점점 더 고조되어 자연스럽게 성적 분위기로 이어지자 현장의 분위기를 반영하여 기녀들을 찬미하는 시조를 즉흥적으로 창작하였다. 그는 아마도 이런 유흥적이고 향락적인 분위기에서는 기녀의 예술적인 재예를 노래하는 것보다는 그녀들의 성적 매력과 연결되는 아름다운 자색을 찬미하는 것이 풍류의 흥을 더욱더 고조시킬 수 있다고 생각했을 것이다. 이 때문에 풍류 현장에서 분위기를 돋우기 위하여 즉흥적으로 지어 부른 찬기시조에서는 기녀의 재예보다 자색을 찬미하는 내용이 주를 이루고 있는 것으로 보인다.

성적인 분위기를 반영한 찬기시조로는 아래와 같은 작품이 대표적이다. 이런 성애를 노래한 시조도 찬기시조의 현장성, 즉흥성, 연행성이라는 독특한 연행 및 향유 상황과 연관지어 이해할 수 있다.

   (13) 南浦月 깁흔 밤에 돗티 치는 져 沙工아
        뭇노라 너튼 빅야 桂棹錦帆 蘭舟ㅣ로다
        우리는 採蓮 가는 길이니 무러 무슴ᄒ리요.

                                          - 『금옥』30. ――난주

   (14) 秋波에 셧는 蓮꼿 夕陽을 쯰여 잇셔
        微風이 건듯허면 香氣 놋는 네로구나

---

58) 이성임, 앞의 논문, 106쪽.

닉 엇지 너를 보고야 아니 썩고 엇지허리.

-『금옥』43. --청옥

위의 두 시조는 안민영의 찬기시조 가운데 성애를 표현하고 있는 작품으로 자주 인용된다. 작품 (13)에 대해 난주(蘭舟)는 배를 말하나 진양 기생의 이름이기도 하니 중의인 셈이며, 또한 남포는 경남 곤양군에 있는 포구를, 사공은 안민영 자신을, '너튼 빅야'의 배는 바다에 오가는 배인 동시에 사람의 배[腹]를, '採蓮 가는 길'은 성행위를 각각 나타내고 있다고 하면서, 이 노래는 안민영이 진양기 난주와 만나 사랑을 나누면서 부른 노래임에 틀림없다[59]는 주장이 널리 받아들여지고 있다. 물론 이 작품을 텍스트 언어로만 읽는다면 이 해석은 타당하다고 할 수 있다.

그러나 한국의 고전시는 노래로 불리기 위해 창작된 연행예술적 성격이 강하므로, 고전시의 언어는 노래를 짓고 즐기는 향유 상황과의 긴밀한 상호작용 속에서 의미가 완성되는 '상황의 언어'이다.[60] 이런 점에서 본다면 작품 (13)에 대한 이런 해석은 다시 검토해 볼 여지가 있다. 앞에서 살펴본 바와 같이 찬기시조는 풍류의 현장에서 흥을 돋우기 위하여 즉흥적으로 창작되어 현장에서 노래로 불리어졌기 때문에, 이를 이해할 때에는 현장성, 즉흥성, 그리고 연행성이라는 독특한 연행 및 향유 상황을 고려해야 한다. 그러므로 이 시조는 성애를 표현하고 있는 노래이기는 하지만, 적어도 '난주와 만나 사랑을 나누면서 부른 노래'라고는 보기 어렵다. 특히 종장의 제1음보인 '우리도'는 불특정이기는 하지만 대상을 지향하는 장치이며 동시에 연대감을 형성하는 대명사로서, 타인으로 하여금 자신들을 향한 노래로 공감하게 하는 장치이

---

59) 조규익, 앞의 논문, 394쪽.
60) 성기옥, 「한국 고전시 해석의 과제와 전망 -안민영의 〈매화사〉의 경우-」, 『진단학보』 제85집, 진단학회, 1998, 137쪽.

다.[61] 유흥적이고 향락적인 풍류의 현장에 참석한 이들은 이러한 성애의 노래를 함께 즐기고 공감하는 가운데 서로 일체감을 가지고 동류의식을 느끼면서 질탕한 풍류의 흥을 마음껏 즐겼다고 생각된다. 따라서 풍류 현장에서 즉흥적으로 창작하여 가창하였다는 연행 상황을 고려해서 해석한다면, 이 노래는 안민영이 난주와 사랑을 나누며 부른 노래라기보다는 오히려 유흥적이고 향락적인 풍류의 흥을 더욱더 고조시키기 위하여 지어 불렀던 노래라고 보아야 할 것이다.

작품 (14)는 동래기 청옥을 찬미한 시조인데 이 경우도 마찬가지이다. 기존의 연구에서는 초 · 중장의 경물들은 결국 청옥의 뛰어난 자색과 재예를 드러내는 정서적 상관물이며, 성애의 표현은 종장 말구의 '아니 썩고 엇지허리.'라는 지극히 관습적인 수사를 통해 노출된다[62]고 하였다. 당시 풍류 문화에서는 기생을 꽃에 비유하였고, 따라서 '꽃을 꺾는다'는 것은 기생과 잠자리를 함께 한다는 것을 의미하는 지극히 관습적인 수사임에 틀림이 없다. 그러나 이에 따라 화자인 '나'는 안민영으로, 청자인 '너'는 청옥으로 보아, 이 작품을 안민영과 청옥 사이의 성애를 노래한 것이라고 보는 것은 지극히 텍스트 중심적인 해석이다.

이 시조 역시 풍류의 현장에서 흥을 돋우기 위하여 안민영이 즉흥적으로 창작하여 연행한 작품이기 때문에 텍스트만을 볼 것이 아니라 연행 상황을 고려하여 해석해야 한다. 즉 풍류의 장에서 연행되는 순간 이 작품은 안민영 개인의 창작물이 아니라 공공의 것이 되며,[63] 화자인 '나'는 안민영 개인이 아니라

---

61) 김대행, 「화자 · 청자 · 연행 · 구조」, 『시가시학연구』, 이화여자대학교 출판부, 1991, 143쪽.
62) 이형대, 앞의 논문, 162쪽.
63) 김대행은 시조는 "구체적 작자의 목소리와 구체적 청자를 지향하게 되는데, 이처럼 딴 사람에 의해서 반복적으로 연행되기 때문에 그 작품은 공공의 것으로 되며, 그렇기 때문에 그 표현에 개인의 목소리보다는 공공성 획득을 위한 요소가 첨가되고 강화된다"라고 하였다. 김대행, 앞의 글, 144쪽.

풍류장에 참석해 연행을 즐기는 모두가 된다. 이들은 모두가 자기 자신을 '나'라고 생각하게 되며, 이러한 인식을 바탕으로 서로 일체감을 느끼고 동류의식을 가지면서 풍류의 흥을 더욱더 고조시킬 수 있었을 것이다. 더욱이 종장의 '아니 썩고 엇지허리.'라는 구절은 진주기 비연(飛燕)과의 만남을 노래한 시조64)의 종장에서 '진실노 그 곳치여늘 문득 것거 드럿노라'에서도 반복되고 있는 공통어구이다. 이 점을 감안하면 이런 사실은 더욱 분명해진다. 따라서 종장의 이 구절은 텍스트 언어에 치중하여 해석하기보다는 텍스트가 연행된 연행 상황을 고려하여 해석해야 하므로, 풍류의 현장에서 성적 분위기를 노래하여 풍류의 흥을 돋우기 위한 공통어구로 이해해야 할 것이다.

이상에서 살펴본 바와 같이 찬기시조는 풍류의 현장에서 즉흥적으로 창작되어 연행된 현장성, 즉흥성, 그리고 연행성이라는 독특한 연행 및 향유 상황을 가지고 있기 때문에, 작품의 해석에 있어서도 텍스트 언어 자체에 치중한 해석보다는 텍스트와 연행 상황을 함께 고려하여 이해하려는 시각이 필요하다.

5. 마무리

본고에서는 안민영의 기녀대상 시조를 찬기시조와 애정시조의 두 유형으로 분류하여 찬기시조의 성격과 특성을 고찰하고, 이런 특성이 찬기시조의 독특한 연행과 향유의 상황에서 비롯되었음을 밝혀 이를 바탕으로 찬기시조를 이해하기 위한 시각을 제시하고자 하였다. 지금까지의 논의를 요약하여 마무리로 삼는다.

첫째, 안민영의 기녀대상 시조는 모두 52수로 파악되었는데, 특정한 기녀를 찬미하는 찬기시조가 18수, 만남, 이별, 그리움 등을 노래한 애정시조가

---

64) 주못 불근 곳치 좀좀 숨어 뵈지 안네 / 장촛 츠즈리라 구지 헷쳐 드러가니 / 진실노 그 곳치여늘 문득 것거 드럿노라. 『금옥』62.

28수, 그리고 기타 6수로 분류되었다. 따라서 안민영의 기녀대상 시조는 크게 찬기시조와 애정시조의 두 종류로 대별할 수 있다.

둘째, 찬기시조 18수 가운데 실제 노래나 춤과 같은 기녀의 예술적 재예를 찬미한 작품은 4수에 불과하다. 또한 기녀의 수로 보아도 찬미 대상 14명 가운데 예술적 재예를 찬미한 기녀는 3명밖에 되지 않는다. 따라서 안민영이 찬기시조에서 주로 예찬의 대상으로 삼은 것은 기존 연구 결과와 달리 기녀들의 예술적 재예가 아니라 아름다운 자색이었음을 확인하였다.

셋째, 안민영의 찬기시조는 찬미 대상의 제시 방식에 따라 작품의 전개 방식이 세 가지로 나누어지는데, 세 가지 방식은 모두 공통어구를 통하여 찬미 대상을 제시하고 있다. 즉, 초장에서는 '○○○○ 네 아니냐'라는 수사적 의문 형식의 공통어구를, 중장에서는 '○○○○ ㅁㅁ이라(이로다)'라는 공통어구를, 그리고 종장에서는 '두어라, ○○○○는 너뿐인가(너를본가) 허노라' 등의 공통어구를 통하여 찬미 대상을 제시하고 있다.

넷째, 찬기시조의 시상의 중심은 찬미 대상이 제시되는 공통어구에 놓여있고 작품 전체는 이를 중심으로 찬미 대상의 의미 형성에 주력하므로 찬기시조는 철저히 대상 중심의 시조라 할 수 있다. 이것은 애정시조가 화자의 정서나 감정을 표출하는 화자 중심의 작품인 점과는 대조적이다.

다섯째, 찬기시조가 찬미의 대상을 공통어구를 통하여 제시하는 것은 풍류의 흥을 고취시키기 위하여 풍류의 현장에서 즉흥적으로 창작되었다는 현장성과 즉흥성, 그리고 그 현장에서 바로 노래로 가창되었다는 연행성과 관련이 있음을 밝혔다. 즉 유흥적인 풍류의 현장에서 안민영은 공통어구를 적절하게 활용함으로써 즉흥적으로 시조를 창작하는 문제를 해결하였으며, 또 연행에 참여한 사람들은 그들에게 익숙한 공통어구를 통하여 작품 전체의 의미를 이해하고, 이러한 이해를 바탕으로 이들은 일체감을 느끼고 동류의식을 가지면서 풍류의 흥을 더욱더 고조시킬 수 있었다.

여섯째, 안민영은 질탕한 풍류장의 흥이 점점 더 고조되어 자연스럽게 성적 분위기로 이어지자 이러한 현장 분위기를 반영하여 찬기시조를 창작하였는데, 이런 유흥적이고 향락적인 분위기에서는 기녀의 예술적인 재예보다는 성적 매력을 드러내는 아름다운 자색을 찬미하는 것이 풍류의 흥을 더욱더 고조시킬 수 있다고 판단하였을 것으로 생각된다. 따라서 풍류 현장의 흥을 돋우기 위하여 즉흥적으로 지어서 부른 찬기시조에서는 기녀의 재예보다는 오히려 자색을 주로 찬미하였던 것으로 보인다.

마지막으로 찬기시조는 풍류의 현장에서 즉흥적으로 창작되어 가창된 현장성, 즉흥성, 그리고 연행성이라는 독특한 연행과 향유 상황을 가지고 있기 때문에, 작품의 해석에 있어서도 텍스트 자체의 언어에 치중한 해석보다는 텍스트와 연행 상황을 함께 고려하여 이해하려는 시각이 필요하다는 사실을 확인하였다.

본고에서는 안민영의 기녀대상 시조 가운데 찬기시조의 성격과 특성을 고찰하고, 이런 특성이 찬기시조의 독특한 연행과 향유 상황에서 비롯되었음을 밝혀, 찬기시조를 올바르게 이해하기 위해서는 텍스트의 연행 상황을 고려하는 시각이 필요하다는 사실을 확인하였다. 안민영의 기녀대상 시조는 찬기시조와 애정시조의 두 가지로 대별되기 때문에, 아직 다루지 못한 애정시조를 찬기시조와 동시에 비교 검토하면 기녀대상 시조의 성격과 특성을 더욱더 분명하게 드러낼 수 있을 것이다. 애정시조에 대한 연구는 후고를 기약한다.

『한국민족문화』 제46집, 부산대학교 한국민족문화연구소, 2013.

IV. 안민영 애정시조의 성격과 그 이해의 시각

1. 머리말

본고는 필자의 「안민영의 기녀대상 시조의 성격과 그 이해」[1]의 후속 연구의 결과물이다. 앞선 연구는, 안민영의 작품은 풍류의 산물이며 그 풍류는 가곡의 향유가 중심이 된 기악(妓樂)이었고, 이 풍류의 장에서는 가곡을 연행하는 기녀가 중심적인 역할을 하였기 때문에 그의 작품세계를 온전하게 파악하기 위해서는 기녀와 기녀를 대상으로 한 시조에 대한 이해가 선행되어야 한다는 인식에서 출발하였다. 그 결과를 요약하면 다음과 같다.

첫째, 안민영의 기녀대상 시조에는 특정한 기녀를 예찬하는 '찬기시조(讚妓時調)'와 기녀와의 애정을 노래하고 있는 '애정시조(愛情時調)'라는 성격이 다른 두 종류의 작품군이 있으며, 이 두 종류의 시조는 그 창작 동기, 시상의 전개 방식, 문학적 지향, 작품을 얹어서 노래하는 악곡에서까지도 서로 차이가 있음을 확인하였다.

둘째, 찬기시조는 작품에 직접 찬미 대상을 제시하고 있는데, 작품 전체가 찬미 대상의 의미 형성에 주력하는 철저한 대상 중심의 시조임을 밝혔다.

셋째, 찬기시조의 이러한 성격은 이 작품이 풍류의 현장에서 즉흥적으로 창작되고 노래된, 현장성·즉흥성·연행성이라는 독특한 연행 방식과 향유 상황에서 비롯하였음을 밝혔다. 그러므로 찬기시조는 텍스트 자체의 언어에만

---

1) 조태흠, 「안민영의 기녀대상 시조의 성격과 그 이해」 -찬기시조를 중심으로, 『한국민족문화』 제46집, 부산대 한국민족문화연구소, 2013, 35-71쪽.

충실하기보다는 텍스트와 연행 상황을 함께 고려하여 해석해야 한다는 이해의 시각을 제시하였다.

이와 같은 앞선 연구 결과를 바탕으로 본고에서는 안민영의 기녀대상 시조 가운데 또 다른 부류에 속하는 기녀와의 만남·이별·그리움과 같은 애정을 노래하고 있는 '애정시조'를 다음과 같은 관점에서 검토하고자 한다.

기존 연구에서는 안민영의 애정시조 전반을 검토하여 그 의미와 성격을 파악하기보다는 연구의 시각에 따라 작품의 일부분만 선택적으로 연구하였기 때문에 해석이나 평가에 상당한 편차가 있었다. 이에 본고에서는 먼저 안민영의 애정시조 전반을 대상으로 그 양상을 파악하고, 이를 바탕으로 그의 작품에 나타난 애정의 진정성을 해명하기로 한다.

다음으로는 안민영의 애정시조에서 정서가 일반화되는 과정을 고찰할 것이다. 안민영은 『금옥총부(金玉叢部)』에 수록된 애정시조의 끝에 창작 대상이나 창작 동기를 기록한 후기를 붙이고 있다. 이 후기에 의하면 안민영의 애정시조는 특정한 기녀를 애정의 대상으로 삼아 창작된 것으로 보인다. 그러나 정작 안민영의 작품에서는 특정 대상을 향한 개인적인 정서가 아니라 누구나 공감할 수 있는 보편적인 정서를 노래하고 있다. 본고에서는 안민영의 개인적인 정서가 어떻게 보편화되어 나타나는지 그 과정을 검토할 것이다.

마지막으로 안민영 애정시조의 성격과 특성을 바탕으로 그의 애정시조를 이해하기 위한 시각을 제시할 것이다. 이러한 시각은 안민영의 기녀대상 시조뿐만 아니라, 그의 작품세계 전체를 이해하는 데 많은 시사점을 제공할 것이라고 생각된다. 아울러 안민영의 기녀대상 시조가 찬기시조와 애정시조의 두 가지로 대별되기 때문에 애정시조의 성격을 더욱더 분명하게 드러내기 위해서 애정시조와 찬기시조를 비교·검토하면서 논의를 전개해 나갈 것이다.

2. 애정시조의 양상과 애정의 진정성

지금까지 안민영의 애정시조는 그와 그의 작품에 대한 연구에서 빠짐없이 거론되었지만, 그 해석이나 평가에서는 상당한 편차를 보이고 있다.[2] 이것은 기본적으로는 논문의 초점이나 연구 시각의 차이에서 비롯되었다고 할 수 있지만, 안민영의 애정시조를 전반적으로 검토하여 의미와 성격을 파악하기보다는 일부의 작품만 선택하여 해석하고 그 결과를 일반화하여 평가하였다는 것에도 상당한 원인이 있다고 생각된다. 따라서 본고에서는 안민영의 애정시조 전반을 대상으로 그 성격을 규명하여 그의 애정시조를 이해하기 위한 바탕을 마련하고자 한다.

『금옥총부』의 작품이나 후기에 등장하는 기녀의 수는 전부 43명이다. 여기에서 논개와 춘향, 그리고 이름을 기억할 수 없는 기생 등 3명을 제외하면, 실제 안민영과 교유한 기생은 모두 40명으로 확인된다. 이 가운데 안민영이 시조 창작의 대상으로 삼은 기녀는 모두 29명이고 그 작품은 모두 51수이다. 이 기녀대상 시조 51수는 다시 찬기시조 18수, 애정시조 28수, 기타 5수로 나눌 수 있다.[3]

안민영의 애정시조를 주제, 창작 대상, 수록 가집, 남·여창의 창곡별로 나누어 정리하면 다음의 표와 같다.

---

2) 가장 대표적인 것은 "그(안민영)의 사랑 노래는 상상의 소산이나 顧望, 또는 정신적인 自慰·대리만족의 결과물이 아니라 그가 직접 체험한 난봉의 편력을 그대로 옮겨놓은 것"이라는 박노준의 평가와, "안민영의 시조 시에 나타난 기생은 性慾의 대상이 아니다. 안민영은 이들을 정서적인 그리움과 애정의 대상으로 그려내었다"는 이동연의 평가이다. 박노준, 「안민영의 삶과 시의 문제점」, 『조선후기 시가의 현실인식』, 고려대학교 민족문화연구소, 1998, 354쪽; 이동연, 「19세기 가객 안민영의 예인상」, 『이화어문론집』 제13집, 이화어문학회, 1994, 360쪽.
3) 자세한 분류 현황은 조태흠, 앞의 논문, 41–45쪽 참조.

주제	『금옥』[4) 작품번호	창작 대상	『해악』 남·여창배분 ( )안은 작가표기	참고
만남	62	비연(진주)		
	113	옥소선(해주)	남창 (×)	
	150	양대운(전주)	여창 (안민영)	『시철가』 남창
	159	혜란(평양)	여창 (안민영)	
이별	116	능운(담양)		
	119	혜란(평양)	남창 (×)	
	121	옥소선(해주) 월중선(밀양)		
	125	옥소선(해주)		
	127	경패(창원)	남창 (×)	
	135	경패(창원)	남창 (×)	
	151	혜란(평양)		
그리움	111	월중선(그리움)	여창 (안민영)	『詩謠』 『시철가』, 남창
	112	소홍(밀양)		『源一』 『시철가』, 남창
	114	양대운(전주)		
	117	송옥(진양)	여창 (안민영)	
	123	옥소선(해주)		
	128	홍련(강릉)	여창 (안민영)	『源河』 여창
	129	옥소선(해주)		
	131	송절(남원)	여창 (안민영)	
	137	해월(통영)	여창 (안민영)	
	141	명월(전주)		
	143	옥소선(해주)		『歌謠』 남창
	146	홍련(강릉)	여창 (안민영)	
	147	월중선(밀양)	여창 (안민영)	『源河』 여창
	148	능운(담양)	여창 (안민영)	
	149	능운(담양)		『시철가』 남창
	180	홍련(강릉)		『詩謠』 남창
한(恨)	139	홍련(강릉)	여창 (×)	

270

안민영의 애정시조는 모두 28수이다. 이를 다시 주제별로 살펴보면 만남 4
수, 이별 7수, 그리움 16수, 기타 1수로, 만남이나 이별을 노래하고 있는 작품
보다는 그리움을 노래하고 있는 작품이 상대적으로 많은 수를 차지하고 있다.
또 창작 대상은 모두 기녀이지만, 이를 개인별로 파악해 보면, 옥소선 6수,
홍련 4수, 혜란과 능운 각각 3수씩으로 이 네 명의 기녀를 대상으로 창작한
작품이 절반을 넘는 16수에 달해, 안민영의 애정시조가 특정한 몇몇 기녀들에
게 집중되어 있음을 확인할 수 있다.[5]

　이 네 명의 기녀들은 모두 안민영과 특별한 관계에 있었다. 옥소선은 무진
년(1868년) 진연에 서울로 올라와 재예와 색태로 당세의 명희(名姬)로 인정받
아 대원군의 총애를 받은 해주의 기녀였다. 이때 안민영은 운애산방 풍류회
멤버인 손오녀, 김군중과[6] 더불어, 옥소선과 함께 매일 밤낮으로 가악을 즐
겼는데, 그 사이에 정의가 두터워져 서로 떨어질 수 없는 관계가 되었다. 이
후 옥소선은 일이 다하여 해주로 내려갔지만, 그 후로도 두 사람 사이의 서신
은 끊어지지 않았다고 한다.[7] 『금옥총부』의 기록에 나타난 옥소선과의 마지

---

4) 『금옥』은 『금옥총부』를 의미한다. 이하 『금옥총부』에서 작품을 인용할 경우에는 『금옥』
　다음에 작품번호만 기록하고, 후기를 인용할 경우에는 『금옥』 작품번호 후기'의 형식으
　로 기록하기로 한다.
5) 이러한 사실은 거의 모든 작품마다 각각 다른 기녀를 찬미 대상으로 삼아 창작한 찬기
　시조와는 대비되는 애정시조의 한 성격이라 생각된다. 이것은 찬기시조가 풍류의 흥을
　고취시키기 위하여 풍류의 현장에 참여한 기생을 대상으로 즉흥적으로 창작하여 현장
　에서 바로 가창한 작품인데 비하여, 애정시조는 특정한 애정 대상과의 이별이나 그에
　대한 그리움 등 개인적인 감정이나 정서를 지속적으로 노래하고 있는 작품이기 때문
　이다.
6) 戊寅春 與蓮胡朴士俊 華山孫五汝 碧江金君仲 訪雲崖山房. 『금옥』 42번 후기.
7) 海州玉簫仙 於向年進宴時上來 才藝出類 色態非凡 以當世名姬爲衆所推許 而石坡大老 益寵
　愛之 呼其名曰玉秀秀 玉秀者 俗稱江娘也 人皆呼之玉秀秀 余與華山孫五汝 碧江金君仲 逐日
　連袂與玉秀秀 晝以繼夜 於斯之際 情驀誼漆 不能相舍而過事下去 其後癸酉春 石坡大老 命招
　入役于內醫女座 至三行首 當年秋 頉役下送 而其後書信不絶 亦有數次上來於雲宮者矣 丙子
　冬 又有事 與其三憎上來 而容貌稍損 聲音如縷 有若重病中人矣 一見驚訝 然以吾久阻欣愛之
　心 猶勝於昔日雄粧華容艶歌之時云爾. 『금옥』 113번 후기.

막 만남은 1880년 9월로 확인되는데[8] 이런 사실을 미루어 볼 때 안민영과 옥소선은 십수 년간 교유가 지속된 관계임을 알 수 있다.[9]

혜란은 평양 기녀이다. 박사준이 평양 막부에 있을 때, 안민영이 일이 있어 평양으로 내려가 혜란과 처음 만나 서로 정을 주었고,[10] 이후 칠 개월을 서로 가까이 사귀며 정의가 깊어져 작별할 때는 혜란이 긴 숲 북편에서 안민영을 전송해 줄 정도로[11] 각별한 사이였다고 한다.

강릉의 홍련은 원래 양갓집 딸이었으나 남의 꾀임에 넘어가 기적(妓籍)에 오른 기녀였는데, 출역한 뒤 안민영과 가까워져 반드시 탈역하여 죽을 때까지 함께 하자는 백년가약을 하였으나, 끝내 그 뜻을 이루지 못한 특별한 사이였다.[12]

능운은 가무에 능한 담양의 기생인데, 안민영과는 정분이 깊고도 가까워 여러 해를 서로 따랐다. 특히 호남을 지나는 길에 안민영이 직접 그녀의 집을 방문하여 시조를 남길 정도로[13] 친밀하였으며, 그녀가 죽자 그 죽음을 애도하는 시조를 지었을[14] 정도로 각별한 관계였다.

---

8) 丹崖大會(庚辰年, 1880)之後二日 卽九月望日也 更設小酌於山亭 請三妓(玉簫仙, 楚月, 弄月) 盡夜迭宕. 『금옥』 22번 후기.

9) 안민영은 옥소선과의 관계를 '知音'으로 일컫고 있다. 東離의 물이 밀고 西別의 불이 잇다 / 水火相侵 두 지음의 나의 肝腸 다 슬거늘 / 더구나 南路送人하고 北程차자 가노라. 『금옥』 121.

10) 余於箕營下去之初 與蕙蘭妓 相對注情. 『금옥』 159번 후기.

11) 平壤蕙蘭 非徒色態之絕奇 善寫蘭 通歌琴 聲傾一城矣 余於蓮湖朴士俊居幕時 有事下去矣 與蕙蘭相隨七箇月 情誼交密 而及其作別之時 蕙蘭送我于長林之北 去留之恨 果難自抑耳. 『금옥』 119번 후기.

12) 江陵紅蓮 卽呂州良家女也 壬寅年間 爲人誘引上洛 而以色態之超群出類 誤入於妓籍 此是見欺於人 實非渠之本意也 出役後 與我相近 必以頉役終老之意 金石牢約而不能暫時相舍矣 造物多情 竟不得如意 然彼此骨髓之情 何日暫忘 畫其像貌掛壁而見之矣 未幾而燒. 『금옥』 128번 후기.

13) 余於湖南之行 自順天路 由光州 到潭陽 訪凌雲 則凌雲因長城金參奉之請 昨日已去 而凌母在家矣 凌母曰 今欲專人於長城 而明朝則還家矣 相見後發程爲可云 然吾之歸期甚忙 不可暫留 旋卽啓程 悵鬱之懷 難以形言 書一絕歌曲 與凌母而歸. 『금옥』 149번 후기.

이런 사실을 생각해 볼 때, 안민영의 애정시조에 표현된 애정의 진정성에 대하여 "수많은 여인들에게 골고루 베풀어지는 사랑 및 애정행각을 진지한 사랑의 마음이라 하기는 어려운 것이다",15) "이렇게 절절한 애정을 다양한 인물과 동질동량으로 했다는 것은 그 어느 것도 진실일 수 없다"16) 등의 그 애정의 진정성을 부정하는 평가는 재고되어야 한다. 안민영의 애정시조의 대상은 옥소선, 홍련, 혜란, 능운 등 그와 각별한 관계에 있었던 기녀에 집중되어 있다. 이는 그의 애정시조가 '수많은 여인들에게 골고루 베풀어진 것'이나 '절절한 애정을 다양한 인물과 동질동량으로 한 것'이 아니라는 것을 의미한다. 즉, 그가 애정의 대상을 대하는 태도에 남다른 무게가 있었던 것이다.

당시 기녀들과 남성들 사이의 성적 관계는 일정 수준의 가격을 지불하면 몸을 허락하는 '정형화된 매매(매춘) 관계'가 아니었다. 이들 사이에는 물질적 요소만으로 계량화되지 않는 가치 내지 심리 관계가 작용하였고, 이를 포함한 소통이 어느 정도 성숙한 뒤에야 기생은 옷고름을 풀었다.17) 이러한 사실을 고려한다면 안민영과 이 기녀들 사이에도 물질적 요소만으로 계량화되지 않는 가치 내지 심리 관계가 작용했을 것이고 그 출발점은 예술적 교감이었으리라 생각된다.18) 이 예술적 교감을 출발점으로 이들의 관계가 각별해져서, 남

---

14) 嗟嗟 凌雲이 기리 가니 秋城月色이 任者 업닌 / 앗츰구름 져녁비에 生覺겨워 어이 헐고 / 間나니 淸歌妙舞를 뉘게 傳코 갓느니. 『금옥』 116번.

15) 송원호, 「안민영의 작품세계와 『금옥총부』 연구」, 고려대 석사논문, 1999, 58쪽.

16) 신경숙, 「안민영 사랑노래의 생산적 토대」, 『한성어문학』 제24집, 한성어문학회, 2005, 87쪽.

17) 김흥규, 「조선 후기 시조의 '불안한 사랑' 모티프와, '연애 시대'의 前史」, 『한국시가연구』 제24집, 한국시가학회, 2008, 43쪽.

18) '예술적 교감'이 두 사람 사이의 관계의 출발점이라는 것은 작품의 창작동기를 기록한 후기에 해당 기녀의 예술적 재예를 가장 먼저 기술하고 있다는 사실에서 확인할 수 있다. "해주의 옥소선이 지난번 진연 때에 올라왔었는데, 재예가 출중하고 색태가 비범하여 당세의 명희로 사람들이 추허한 바 되었다."(『금옥』 113 후기. 원문은 주7 참조), "평양의 혜란은 단지 색태만 뛰어난 것이 아니라, 난을 잘 치고 가금에 능통하여 소문이 온 성에 자자하였다."(『금옥』 119 후기. 원문은 주11 참조), "담양의 능운은

녀 간의 그리움이나 사랑과 같은 애정으로 발전한 것으로 보인다. 그러므로 이들 사이의 애정을 결코 가볍게 보아서는 안 될 것이다.

(1) 愁心겨운 님의 얼골 뉘라 前만 못ㅎ다던고
　　흣터진 雲鬢이며 華氣거든 살빗치라
　　늣기며 실갓치ㅎ는 말삼 이쓴는 듯하여라.

—『금옥』 113

(2) 玉頰의 구는 눈물 羅巾으로 시쳐닐졔
　　가난 니[믹]음을 네 어이 모로넌다
　　네 졍녕 웃고 보닉여도 肝腸슬데 하물며.

—『금옥』 151

(3) 杜鵑의 목을 빌고 괴쏘리 辭說수어
　　空山月 萬樹陰에 지져귀며 우럿싀면
　　가슴에 돌갓치 미친피를 푸러볼가 ㅎ노라.

—『금옥』 148

작품 (1)은 옥소선과 재회한 후의 정서를 읊은 것이다.[19] 작품 (1)의 화자는 초장에서 전과는 달라진 애정의 대상에 대해 말하고 중장에서는 그 모습을 묘사한 후 이를 본 자신의 안타까운 마음을 노래한다. 작품의 후기를 참조하면, 중병이 든 옥소선과 재회하였을 때 병들어 초췌해진 님의 모습을 보는 '이쓴

자가 경학이다. 순창의 금화 · 칠원의 경패 · 강릉의 영월 · 진주의 화향과 더불어 이름을 나란히 하였으나, 유독 가무에는 능운이 으뜸이었다."(潭陽凌雲 字卿鶴 與淳昌錦花 漆原瓊貝 江陵影月 晋州花香齊名 而獨凌雲甲於歌舞矣 余與此人 交契深密 多年相遂矣 還鄕之後 自不無相憶之懷『금옥』 148번 후기). 다만 홍련은 이들과는 달리 백년가약이라는 특별한 약속이 있었다.

19)『금옥』 113 후기. 원문은 주 7 참조.

는 듯'한 안타까운 마음이라는 개인적 체험이 이 작품의 창작 동기가 되었음을 알 수 있다.

작품 (2)는 안민영이 평양에서 기녀 혜란과 7개월을 사귀어 정이 깊어졌으나 헤어지게 되었는데, 이 이별의 순간의 감정을 읊은 것이다.[20] 작품 (2)의 화자는 초장에서는 이별을 슬퍼하는 애정 대상의 모습을 그리고 중장에서는 자신의 마음도 그와 같다는 것을 수사적 의문으로 강조한다. 종장에서는 '네가 정말 웃으면서 보내도 내 마음이 아픈데 하물며 … '라며 말을 잇지 못하면서 이별의 슬픔에 대한 깊고 큰 여운을 남기고 있다. 이 작품도 혜란과 이별하는 순간의 슬픔이 창작 동기가 되었다.

작품 (3)은 안민영이 기녀 능운과 다년간 서로 따르며 사귀어 정이 깊어졌는데, 헤어져서 고향으로 돌아가게 된 후 서로를 그리워하는 마음을 담아 읊은 것이다. 중장의 '空山月 萬樹陰'은 님과 이별한 화자의 마음이면서 동시에 님의 마음이기도 하다. 화자는 두견과 꾀꼬리의 목소리와 말을 빌려 가슴에 맺힌 님을 그리워하는 마음을 풀어내려고 한다.

위의 작품들은 병든 님에 대한 '익슨는 듯'한 안타까운 마음, 헤어질 뜻이 없지만 이별할 수밖에 없었던 '간장(肝腸)'이 스는'듯한 이별의 슬픔, 그리고 님과 헤어진 후 가슴에 '돌갓치 믹친' 그리움 등을 형상화하고 있다. 이러한 절절한 감정은 모두 안민영의 개인적 체험에서 출발했지만, 그렇다고 작품 자체가 그 체험을 그대로 재현하고 있는 것은 아니다. 개인적 체험이 작품 창작의 동기가 되었다고 해야 할 것이다.[21] 왜냐하면 문학작품은 현실을 단순히 모방하거나 재현한 것이 아니라, 작가의 경험이 변용, 창조된 것이기 때문

---

20) 余與平陽[壤] 蘭 相隨七箇月 情誼膠漆 果無相捨之意 而及其別也 人情固然.『금옥』151번 후기.

21) 안민영의 애정시조에서 그 창작 동기는 특정한 애정 대상에 대한 개인적 감정이지만, 작품에서는 애정 대상이 비특정화되고 개인적 감정은 일반적 정서로 나타나게 된다. 이에 대한 자세한 논의는 3장을 참고할 것.

이다.

그러나 작품 내용이 현실을 그대로 재현한 것이 아니라 하여 그 동기가 된 감정의 진정성까지 의심해서는 안 될 것이다. 안민영의 애정시조에 나타나는 애정의 진정성에 대해서는 작품이 얼마나 현실을 충실하게 재현하고 있느냐의 '재현적 진실'이 아닌, 작가 개인의 마음 상태나 표현된 감정의 '성실성'을 평가 기준으로 삼아야 한다.[22] 문학작품은 현실의 재현이 아니라 작가의 지각, 사상, 감정에 작용하는 상상력의 산물이기 때문이다. 따라서 안민영 애정시조에 보이는 애정의 진정성도 그의 작품이 실제 그의 삶과 얼마나 일치하는가 하는 '재현적 진실'을 기준으로 접근할 것이 아니라, 그가 자신의 감정을 얼마나 진지하게 표현하고 있는가 하는 감정의 '성실성'을 척도로 평가해야 한다. 이 기준에 의하면 안민영의 애정시조는 당시 그가 느꼈던 자신의 절실한 감정에 바탕을 두고 창작된 것이므로 그 작품에 표현된 애정에는 진정성이 있다고 보아야 한다.

3. 화자와 애정 대상의 비특정화

애정은 기본적으로 남녀 간의 사랑을 전제로 하고 있기 때문에 애정에는 반드시 애정 주체와 그 대상이 있게 마련이다. 애정시조에서는 애정 주체가 시적 화자로 나타나는데, 이 화자가 애정 대상과의 관계를 어떻게 설정하고 어떤 태도를 가지느냐에 따라 작품의 성격이 결정된다. 시인이 어떤 시적 화자를 선택하는가 하는 문제는 제재에 대한 시인의 태도 및 입장과 결부되어 있기[23] 때문이다.

그런데 안민영의 애정시조에서는 화자의 성격이 분명하게 드러나지 않는

---

22) '재현적 진실'과 '성실성'의 개념은 김준오, 『시론』 제4판, 삼지원, 1997, 20-24쪽 참조.
23) 김준오, 위의 책, 259쪽.

다. 화자와 애정 대상과의 관계는 물론 대상에 대한 화자의 태도 등이 애매할
뿐만 아니라, 심지어 화자가 남성화자인지 여성화자인지 화자의 성별조차도
애매한 작품이 대부분이다.

(4) 엇그제 離別ᄒ고 말업시 안졋스니
   알쓰리 못 견딀일 ᄒ두가지 아니로다
   입으로 닛자허면서 肝腸 슬어 ᄒ노라.

   － 『금옥』 146

(5) 淸晨에 몸을 일어 北斗에 비는말이
   제속 늬 肝腸을 한열흘만 밧괴시면
   그졔야 제 날 속이던 안을 알쓰리 밧게 ᄒ리라.

   － 『금옥』 111

작품 (4)는 초장에서 님과 이별한 화자의 상황을 제시하고, 중장에서는 이
별 후에 느끼는 그리움, 슬픔 등 화자 자신의 번뇌를 드러내며, 종장에서는
말로는 잊고자 하면서도 마음 아파하는 화자 자신의 심적 상태를 표현하고 있
다. 작품 어디에도 화자의 성격을 파악할 수 있는 표지가 없다. "내가 강릉의
홍련과 서로 이별한 후에"[24]라는 이 작품의 후기에 따른다면 이 작품의 화자
는 안민영과 동일시하여 남성화자로 보아야 할 것이다. 그러나 안민영은 이
작품의 사설이 여성에게 적합하고 여성의 목소리로 노래하기에 알맞다고 생
각하여 자신이 편찬한[25] 『해동악장』에 여창으로 수록하고 있다. 이로 미루어

---

24) 余與江陵紅蓮 相別之後. 『금옥』 142번 후기.
25) 『해동악장』은 『가곡원류』계의 일종으로 가곡의 보급을 위해서 편찬된 것인데, 김현
   식은 『해동악장』에 안민영의 서문이 있고 보완 수록된 대부분의 작품이 안민영의
   작품인 것으로 보아 『해동악장』은 안민영이 주도적으로 편찬한 가집이라 보았다.
   김현식, 「안민영의 가집 편찬과 시조 문학 양상 연구」, 서울대학교 석사논문, 1999,

보면 그는 여성화자를 선택하여 이 작품을 창작한 것으로 보인다.[26]

작품 (5)는 화자와 님이 서로 다시 만날 언약을 하고 헤어졌으나 이 약속이 지켜지지 않는 상황에서, 님이 오기를 기다리며 그리워하는 자신의 마음을 님이 알아주기를 기원하고 있다. 서로의 마음을 한번 바꾸어서, 자기가 나를 속이고 떠났던 그 때의 내 마음을 그대로 되받게 하겠다는 내용이다. 이 작품의 경우에, 화자가 남성인가 여성인가에 따라서 작품이 주는 느낌이 상당히 달라질 수 있다. 안민영은 『해동악장』에서 이 작품을 여창에 분류하여 여성화자에 알맞은 사설로 보았지만, 『시철가』와 『시요』에서는 남창으로 분류하여 남성화자에게 적합한 작품으로 파악하고 있다. 이는 이 작품의 화자가 특정한 성별을 가지는 것이 아니라 누구라도 될 수 있는 불특정한 인물이라는 것을 의미한다. 실제 작가와 시적화자가 동일한 인물이 아니고[27] 가집에 따라서 화자의 성별까지 서로 다르게 파악할 수 있다는 사실은 안민영 애정시조의 화자가 독특한 개성을 지닌 특정한 인물이 아니라 비특정화된 인물이라는 것을 의미한다.

안민영 애정시조의 화자는 거의 대부분이 이와 같이 특정한 인물이 아닌 것

97-98쪽.

26) 19세기 가곡 연창은 남·여창이 처음 분화되어 나타나는 특징을 보이는데, 원칙적으로 모든 가곡은 남성 또는 여성에 의하여 불릴 수 있지만 연행 관습상으로는 고착되어 있다. 남창가곡과 여창가곡은 창자의 성별, 창곡 구성의 차이, 사설의 차이의 세 가지로 개념 지어지는데, 남·여창의 이러한 개념과 연관지으면, 남창과 여창의 구분은 문학적으로는 시적 화자의 문제와 연결시킬 수 있다. 신경숙, 『19세기 가집의 전개』 계명문화사, 1994, 25-26쪽 참조.

27) 『금옥총부』에는 남·여창이 구분되어 있지 않지만, 남·여창이 구분되어 있는 『해동악장』에 안민영의 애정시조 28수 가운데 15수가 수록되어 있기 때문에, 이를 통해 안민영 애정시조의 남·여창 구분의 대체적인 경향성을 파악할 수 있다. 애정시조가 『해동악장』에서 남·여창에 배분된 양상을 살펴보면, 이별을 노래한 3수는 모두 남창에 배분되어 있는 반면, 그리움을 노래한 8수는 모두 여창에 배분되어 있다. 이를 통하여 안민영은 그리움을 노래한 작품에서는 대체로 여성화자를 선택하였음을 알 수 있다. 2장의 〈표〉 참조.

으로 나타난다. 앞 장에서 언급한 세 작품 역시 마찬가지이다. 이 세 작품에서 안면영과 애정 대상인 옥소선과 혜란, 능운과의 관계가 작품 후기에는 구체적으로 기록되어 있지만, 실제 작품에서는 어디에도 화자가 안민영이고 애정 대상이 이들 기녀들이라는 표지는 찾아볼 수 없다. 즉, 작품 속에서 이별을 한 화자의 정서나 상황은 특별한 어떤 개인만의 것이 아니다. 누구나 자기의 일인 듯이 느낄 수 있는 것으로 표현되어 있다. 이것은 서정시의 일반적인 특징이라 할 수도 있지만,28) 애정시조의 후기에 특정한 애정 대상을 상대로 창작하였다는 사실을 기록하면서도 실제 작품에서는 화자와 애정 대상을 비특정화하고 있다는 것은 안민영의 애정시조에서 드러나는 하나의 특성이라 할 수 있을 것이다.

애정시조의 이러한 특성은 찬미 대상을 시조에 직접 제시하는 찬기시조와 비교하면 더욱 확실하게 드러난다. 찬기시조는 찬미 대상인 특정 기녀를 작품의 전면에 드러내어 찬미 대상의 의미 형성을 중심으로 작품을 전개하고 있다.29)

(6) 이슬에 눌닌 곳과 발암예 부친 입피
　　春霄 玉階上의 香氣놋는 蕙蘭이라
　　밤중만 月明庭畔에 너만 사랑하노라.

　　　　　　　　　　　　　　　　　　　－『금옥』161

작품 (6)은 찬미 대상을 중장에 직접 제시하고 있다. 중장에 찬미 대상인 기녀 '혜란'의 이름을 직접 거명하고 있다. 초장과 중장에서는 혜란을 이슬 맞

---

28) 조동일은 서정을 '비특정 전환 표현'으로 규정하였는데, 이것은 서정의 세계가 누구나 자기 것으로 느끼게 되는 보편성과 객관성을 지니고 있다는 의미이다. 김준오, 『한국 현대 장르 비평론』 문학과지성사, 1990, 60-64쪽.
29) 조태흠, 앞의 논문, 13-17쪽.

은 꽃과 바람에 흔들리는 잎새가 향기를 뿜어내는 난초에 비유하여 노래한 뒤, 종장에서는 '밤중만 月明庭畔에 너만 사랑하노라'와 같이 찬미 대상인 혜란의 의미 형성을 중심으로 작품을 전개하고 있다.30)

안민영의 『금옥총부』에 수록된 애정시조의 끝에는 창작 대상이나 창작 동기를 기록한 후기가 붙어있다. 이 후기는 대부분이 어떤 기녀와 만나거나 헤어질 때, 또는 한 기녀를 간절하게 그리워할 때 그 기녀를 대상으로 그 작품을 창작하였다는 내용이다. 이 후기에 의하면 안민영의 애정시조는 특정한 기녀를 대상으로 삼아 창작되었다고 보인다. 그렇다면 작가 안민영과 작품 속의 화자와의 관계는 구체적으로 어떻게 파악해야 할까? 즉 작가와 화자를 동일시할 것인가 아니면 서로 구분할 것인가. 또 후기에서 창작 대상이 되었던 특정한 기녀는 작품 속의 애정 대상과 일치하는 것인가, 아니면 일치하지 않는 것인가.

(7) 님離別 ᄒ올져긔 져는 나귀 恨치마소
　　가노라 돌쳐셜졔 저난 거름 아니런들
　　곳아릭 눈물 젹신 얼골을 엇지 仔細이 보리요.

－『금옥』 119

－ 평양의 혜란은 단지 색태만 뛰어난 것이 아니라, 난을 잘 치고 가금에
　능통하여 온 성에 소문이 자자하였다. 나는 연호 박사준이 막부에 있을
　때 일이 있어 평양에 내려갔었다. 혜란과 더불어 칠 개월을 서로 가까이
　사귀며 정의가 깊었는데, 작별할 때에 혜란이 긴 숲 북편에서 나를 전송해

---

30) 찬기시조에서 특정한 찬미대상을 직접 작품에 제시하고 있는 예는 다음과 같다.
　· 東園에 日暖허니 百花爭發 少紅이라. 『금옥』 28, 중장.
　· 뭇노라 너튼 빅야 桂棹錦帆 蘭舟ㅣ로다. 『금옥』 30, 중장.
　· 微風이 건듯허면 香氣 놋는 네로구나. 『금옥』 43, 중장.
　· 春霄 玉階上의 香氣놋는 蕙蘭이라. 『금옥』 161, 중장.

주었다. 가고 머무는 슬픔을 정말 스스로 억제하기 어려울 따름이었다.[31]

(8) 차다 져 달이여 雪後風 五更鍾을
　　西嶺에 거져 잇셔 어늬 곳즐 빗치이노
　　져 만일 날갓치 잠 업스면 이즛칠듯 하여라.

－『금옥』129

－ 정축년 동짓달 보름에 연호 박사준과 밤에 혜교에서 만났다. 파루 후에
　종가로 나와 걷는데, 이 밤 눈 온 뒤의 찬바람이 뼈에 스며들고, 새벽달
　은 서쪽 고갯마루에 걸려 있었다. 갑자기 옥소선(玉簫仙)이 생각나 한
　수 지었다.[32]

(9) 몰나 病되더니 아라쏘흔 病이로다
　　몰나病 알아病되면 病에 얼의여 못살니로다
　　아무리 華扁을 만는들 이病이야 곳칠듈이.

－『금옥』131

－ 남원의 기녀 송절(松節)은 경국지색이 있었으나 가무에는 어두웠으니,
　그 애석함을 누를 수 있었겠는가? 내가 남원에 있을 때 친압상수하여
　잠시도 잊을 수가 없었다.[33]

작품 (7)은 안민영이 평양 기녀 혜란과 일곱 달을 함께 살다가 이별하는 장
면을 그린 시조이다. 후기에는 이 작품을 창작하게 된 동기를 비교적 자세하

---

31) 『금옥』119번 후기. 원문은 주 11) 참조.
32) 丁丑至月之望 與蓮胡朴士俊 夜會惠橋矣 漏罷後 出步鍾街 是夜雪後寒風透骨 曉月掛於西嶺
　　忽憶玉簫仙 作一関. 『금옥』129번 후기.
33) 南原妓松節 有傾國之色 然而昧於歌舞 可勝惜哉 余在南原時 親狎相隨 不能暫忘. 『금옥』
　　131번 후기.

제3부 작가의 내면과 외부 세계　281

게 기록하고 있지만, 그러나 작품 내용과 후기가 일치하는 부분은 '이별'이라는 상황밖에 없다. 작품 자체만 살펴본다면 누가 누구와 이별하는지, 이별의 주체와 대상이 모두 불분명하다. 따라서 이 작품의 화자가 누구이며, 작자인 안민영과는 어떤 관련이 있는지 도무지 파악할 수 없다. 동시에 화자와 이별하는 애정 대상도 어떤 사람인지, 이 애정 대상과 후기의 창작 대상인 혜란과는 무슨 관련이 있는지도 전혀 알 수 없다. 이 작품은 안민영이 혜란과 이별하면서 지은 작품이지만, 작품 속의 애정 대상이 반드시 혜란일 필요는 없으며, 어느 누구라도 아무 상관이 없도록 비특정화되어 있다. 이 작품의 화자와 애정 대상이 모두가 비특정화되어 있는 것이다. 안민영의 애정시조는 화자와 애정 대상을 이처럼 비특정화함으로써 작품 속의 정서나 상황을 누구나 자기의 일인 듯이 느낄 수 있도록 작품의 정서를 일반화하고 있다.

작품 (8)의 경우도 마찬가지이다. 작품과 후기가 서로 관련된 것은 초·중장의 작품의 배경이 되는 '雪後風 五更鍾'과 '서쪽 고갯마루에 걸린 찬 달'밖에는 없다. 안민영은 눈 온 뒤, 차가운 새벽바람을 맞으며 걷다가 서쪽 고갯마루에 걸린 달을 보고 '갑자기 옥소선이 생각나 한 수 지었다'고 후기에서 밝히고 있으나, 작품 어디에도 애정 주체인 안민영이 화자라는 표지는 없으며, 애정 대상이 옥소선이라는 사실도 찾아볼 수 없다. 이 작품도 화자와 그 애정 대상을 비특정화함으로써 불특정 다수가 이 화자의 그리움을 자신의 감정으로 받아들일 수 있도록 정서가 일반화되어 있음을 알 수 있다.

작품 (9)는 그 정서가 더욱 일반화, 추상화되어 있다. 후기에는 안민영이 남원에 있을 때 기녀 송절과 흥허물 없이 친하여 서로 따랐는데 잠시도 잊을 수 없었다고 적고 있으나, 작품 속에는 화자가 무엇 때문에, 누구 때문에 병이 들었는지에 대한 구체적인 설명이 없고 오직 '병에 어리어 못 살겠다'는 괴로움만 호소하고 있다. 종장의 '이 병은 화타편작을 만나도 고칠 수 없다'는 관용적 표현에서 화자의 병이 님에 대한 상사로 인하여 든 병임을 짐작할 수 있을 뿐이다. 이 작품에서 화자와 애정 대상이 모두 비특정화되었기 때문에 화자와 그 대상 사이에 상사병이 들게 된 구체적인 경위나 원인 등은 노래할 수 없고, 오직 상사병과 관련된 일반적인 감정만 토로하고 있다.

이상에서 살펴본 바와 같이 안민영의 애정시조는 화자가 독특한 개성을 지닌 특정한 인물이 아니라, 누구나 자기 자신이 화자라고 생각할 수 있는 비특정화된 화자이며, 작품 속의 애정 대상도 작품 후기에서 창작 대상으로 삼은 어떤 특정한 인물이 아니라 누구라도 상관없는 비특정화된 인물이다. 이처럼 안민영의 애정시조에서는 화자와 그 애정 대상을 비특정화하는 방법을 통하여 불특정 다수가 화자의 감정이나 작품 속의 상황을 자신의 감정이나 상황으로 받아들일 수 있도록 정서를 일반화하고 있다.

4. 애정시조 이해의 시각

안민영의 개인 가집인 『금옥총부』는 우리 시조문학사에 매우 귀중한 작품집이다. 다른 가집과 달리 『금옥총부』에 수록된 모든 작품의 끝에는 창작 동기나 배경은 물론 안민영의 풍류 생활과 그 분위기, 그리고 안민영의 교유관계나 삶의 한 단면을 보여주는 후기가 붙어있다. 이 후기는 19세기 시조문학은 물론, 안민영이나 그의 작품을 연구하는 데 없어서는 안 될 중요한 자료임에 틀림없다.

그러나 이 후기를 실제 연구에서 어떤 관점에서 다룰 것이냐 하는 문제는 매우 신중하게 고려해야 할 사안이다. 작품 내용과 후기와의 관계를 어떻게 파악하느냐 하는 것은 안민영의 작품의 의미를 결정짓는 데 대단히 중요한 문제이기 때문이다. 후기에 의하면 안민영은 애정시조를 거의 자신의 체험에 바탕을 두고 창작하였음을 알 수 있다. 그렇다면 그의 애정시조 작품을 이해하는 데 있어서 작품의 내용을 그 후기와 일치하는 것으로 보아야 할까? 또 작가 안민영과 작품 속 화자와의 관계는 구체적으로 어떻게 파악해야 하며, 후기에서 창작 대상이 된 특정한 기녀는 작품 속에서도 동일한 인물로서 애정의 대상이 되는 것일까? 이러한 문제들은 안민영의 애정시조를 이해하는 기본적인 시각이 될 수 있다.

(10) 靑春 豪華日에 離別곳 아니런들
　　　어느덧 늬머리의 셔리를 뉘리치리
　　　오날예 半나마 검운 털이 마ᄌ 셰여허노라.

　　　　　　　　　　　　　　　　　　　　　－『금옥』127

－ …이튿날 아침 함께 동래 온정에 도착하여 21일을 계속 머무르며 목욕하였더니, 병에 차도가 있어 가히 먹고 마실 수 있는 정도였고, 행동거지가 전날의 강장했던 나와 마찬가지였다. 그 기쁨을 어찌 헤아리겠는가? 온정으로부터 거듭 유람 행각을 하며, 명산대천에 두루 다니지 않는 곳이 없었다. 창원 경패(瓊貝)의 집에 돌아와서는 여러 날을 머무르며 전날의 미진한 정을 풀었다. 그리고 함께 칠원 삼십 리의 송흥록 집에 이르니, 맹렬(孟烈)이 역시 집에 있다가 나를 보고 기뻐하였다. 사오 일간 질탕하게 놀다가 헤어졌는데, 이때 과연 이별이 어려움을 알았다.[34]

(11) 그려 걸고 보니 丁寧흔 긔다마ᄂᆞᆫ
　　　불너 對答업고 손쳐 오지 아니ᄒᆞ니
　　　야속다 造物의 猜忌흠이여 魂을 아니 붓칠 줄이.

　　　　　　　　　　　　　　　　　　　　　－『금옥』128

---

34) 翌朝同到東萊溫井 仍留沐浴二十一日 病至差可食飮之節 行動擧止一如前日强壯我矣 其喜何量 自溫井仍作遊覽之行 而名山大川無不遍踏 還到昌原瓊貝家 多日留延 以敍前日未盡之情 而同到漆原三十里宋興祿家 則孟烈亦在家 見我欣然 四五日跌宕而別 此時果知別離之難也.『금옥』127번 후기.

- 강릉의 홍련은 곧 여주의 양갓집 딸이다. 임인년간에 남의 꾀임에 넘어
가 서울에 올라왔는데, 색태가 무리 중에서 뛰어나 기적(妓籍)에 잘못
올랐으니, 이는 남에게 속은 것이요, 실로 그의 본뜻이 아니었다. 출역
한 뒤로 나와 서로 가까워졌으며, 반드시 탈역하여 죽을 때까지 함께
하자는 뜻으로 굳은 약속을 하여 잠시도 서로 떨어질 수가 없었으나.
조물이 시샘이 많아 마침내 뜻과 같이 되지 못했다. 그러나 피차간 골수
에 맺힌 정을 어느 날에 잠시라도 잊었겠는가? 그 모습을 그려서는 벽에
두고 보다가 얼마 아니 되어 불에 태워버렸다.[35]

작품 (10)은 후기에 의하면 창원 기녀 경패와 이별하면서 그 어려움을 읊은
작품이다. 안민영이 풍증이 있어 동래로 온천을 가던 중 창원에서 경패를 만
나서 마음이 움직였으나, 병중이라 다음을 기약하고 온천으로 떠났다. 온천에
서 치료를 한 뒤, 다시 창원으로 가서 경패를 만나 전날의 미진한 정을 푼 후
함께 유람하며 흥겹게 놀다가 헤어졌는데, 이때 이별의 어려움을 알았다고 후
기에 적고 있다. 후기에는 이렇게 경패를 만나게 된 과정, 함께 유람을 하면
서 흥겹게 놀았던 경위 등을 자세하게 기록하고 있으나 정작 작품에는 이러한
구체적 사항이 전혀 반영되지 않았다. 다만 오늘의 이별로 반 남은 검은 머리
가 마저 센다는 지극히 관용적 표현으로 이별의 아픔을 노래하고 있을 뿐이
다. 무엇보다도 이 작품에는 이별의 주체인 화자가 안민영이고 그 상대가 경
패라는 표지가 없다. 안민영은 경패와의 이별을 작품 창작의 동기로 삼았을
뿐 작품 내에서는 이별의 아픔이라는 보편적 정서를 일반화시켜 노래하고
있는 것이다.

작품 (11)은 강릉 기녀 홍련과 백년가약을 하였으나 뜻하지 않게 서로 헤어
지게 되었는데 그 때의 그리워하는 마음을 읊은 것이다. 이 작품의 후기 앞부

---

35) 『금옥』 128번 후기. 원문은 주 12) 참조.

분에는 홍련의 출신, 기녀가 된 사연, 그리고 자신과 만나고 헤어지는 과정이 비교적 자세히 기록되어 있고, 마지막 부분에는 홍련을 그리워서 자신이 한 구체적 행동을 적고 있다. 그런데 이렇게 자세하고 구체적으로 서술된 후기 중에서 마지막 부분인 '그 모습을 그려서는 벽에 두고 보다가 얼마 아니 되어 불에 태워버렸다'는 내용만이 작품의 초장 '그려 걸고 보니 丁寧흔 긔다마는' 과 어느 정도 일치하고 있을 뿐, 그림의 대상 역시 후기에 나타난 기녀 홍련이 아니라 어느 누구라도 상관이 없도록 비특정화되어 있다. 즉, 이 작품 역시 홍련과의 이별이 작품 창작의 동기가 되었지만, 홍련이라는 특정 애정 대상을 비특정화함으로써 후기의 내용과 실제 작품에서 그려지는 세계가 서로 일정한 거리를 두고 있는 것이다.

이런 사실로 미루어 볼 때, 안민영은 후기를 통하여 자신의 애정시조가 대부분 자신의 애정 체험에 바탕을 두고 특정한 기녀를 대상으로 창작하였음을 밝히고 있지만, 실제 작품에서는 애정의 주체인 화자가 안민영 자신이고 그 상대가 특정 기녀라는 표지가 전혀 없다. 즉, 안민영의 애정시조는 특정 기녀와의 애정이 작품 창작의 동기는 되었지만, 작품에서 애정 대상을 비특정화함으로써 후기의 내용과 작품 세계가 서로 일정한 거리를 두게 되었다.

따라서 안민영의 애정시조는 작품과 작품 후기를 일대일의 대응관계로 파악하여 작품과 후기의 내용이 일치하는 것으로 보아서는 안 된다. 안민영 애정시조의 후기는 작품을 창작하게 된 동기나 배경 정도로 이해하는 것이 타당할 것이다. 아울러 작가 안민영과 화자와의 관계도, 작품 속의 화자는 작가의 경험적 자아가 시적 자아로 변용, 창조된 것이지 시인의 실제의 개성 그 자체는 아니기[36] 때문에 안민영 작품을 올바르게 이해하기 위해서는 '자전적으로 동일시할' 것이 아니라, '상상적으로 동일시'해야 한다.

---

36) 김준오, 앞의 책, 283쪽.

안민영은 평생을 풍류 속에서 살았다. 그가 평생토록 즐겼던 풍류는 가악의 향유가 중심이었으며, 그의 가집인『금옥총부』는 이런 풍류 활동의 산물이라 할 수 있다. 『금옥총부』는 문학적 텍스트가 아니라 가곡 연행을 위한 음악적 텍스트이기 때문에, 모든 작품을 창곡의 배열 순서에 따라 수록하고 있다. 창곡은 '우조(羽調)' 초삭대엽부터 회계삭대엽(回界數大葉)까지 8곡을 먼저 싣고, 이어서 '계면조(界面調)' 초삭대엽부터 삼삭대엽까지의 6곡을, 그리고 변격인 '농(弄)·낙(樂)·편(編)'의 순서에 따라 언롱(言弄)에서 언편(言編)까지의 8곡을 악곡의 순서에 따라 배치한 뒤, 맨 끝에 편시조라는 항목을 두는 방식으로 배열하였다. 맨 끝의 편시조를 제외하면, 이러한 가곡의 편제는 '우·계면 한바탕'이 중심이 된 가곡의 한바탕을 연창하는 실질을 그대로 반영하고 있다.

『금옥총부』가 선가집(選歌集)이 아니고 안민영 자신의 작품으로만 편가(篇歌)의 사설집을 구성하고 있는 개인 가집이라는 사실을 고려하면, 그는 작품을 처음 창작할 때부터 이미 창곡을 염두에 두고 창작하였으며 이렇게 창작된 가곡들은 실제 연행의 현장에서 연행되었다고 보아야 한다. 『금옥총부』가 "처음부터 창곡을 염두에 두고 사설을 창작한 가곡들을 연행의 실제에 맞게 구성하는 방식을 보여주고 있다"[37]라는 주장은 안민영이 시조를 창작할 때 문학적 사설보다는 이를 얹어서 노래할 창곡이나 연행의 방식을 우선적으로 고려했다는 사실을 뒷받침해 준다.

(12) 혜란이 긴 숲 북편에서 나를 전송해 주었다. 가고 머무는 슬픔을 정말 스스로 억제하기 어려울 따름이었다.
　　　　　　　　　　　　　－『금옥』119번 후기. 〈계면조 이삭대엽〉

---

37) 허왕욱, 「『금옥총부』의 연행 교본적 성격과 가곡사적 위상」, 『청람어문교육』 제29집, 청람어문교육학회, 2004, 320쪽.

병자년 십일월 옥소선이 운현궁에서 내려갔으니, 가고 머무는 회포를
가히 말로 할 수 있겠는가?
－『금옥』 125번 후기. 〈계면조 중거삭대엽〉

(월중선이) 갑술년 봄에 다시 상경하였다가 병자년 겨울에 내려갔다.
이때 서로 헤어지는 심정이 더욱 괴로웠다.
－『금옥』 147번 후기. 〈농〉

(13) 병자년 겨울 밀양의 기녀 월중선이 내려간 후에 저절로 그리워지는
　　마음이 없지 않았다.
－『금옥』 111번 후기. 〈계면조 이삭대엽〉

내가 남원에 있을 때 (송절과) 친압상수하여 잠시도 잊을 수가 없었다.
－『금옥』 131번 후기. 〈계면조 평거삭대엽〉

해주 감영의 옥소선(玉簫仙)이 병자년 겨울 내려간 후 잊을 수가 없어,
계면조 8절을 지어 그것을 발군 편에 부쳤다.
－『금옥』 143번 후기. 〈계면조 삼삭대엽〉

(능운이) 고향으로 돌아간 후 저절로 서로 그리는 마음이 없지 않았다.
－『금옥』 148 후기. 〈농〉

(12)는 이별을 노래한 작품의 후기에서 각 작품의 창작 동기를 옮겨 놓은
것이고, (13)은 그리움을 읊은 시조의 창작 동기만 후기에서 뽑아서 적은 것
이다. 위의 글에서 나타난 바와 같이 이별을 노래한 작품의 창작 동기는 '슬
픔'이고, 그리움을 노래한 작품은 '그리움'이나 '잊지 못함'으로 그 창작 동기
는 모두 같다. 하지만 안민영은 이렇게 같은 정서를 작품화하면서도, 이 작품
을 얹어 부르는 곡조는 계면조 이삭대엽, 계면조 중거삭대엽, 농 등으로 각각

다르게 배치하고 있는데, 이것은 안민영이 애정시조를 창작할 때 문학적 사설 보다는 오히려 연행을 위한 창곡을 염두에 두고 창작한 결과라고 보아야 할 것이다.

『금옥총부』의 후기에 의하면, 안민영은 지방을 유람하면서 가진 풍류놀이나 '운애산방'이 중심이 된 여항 명가(名歌)들과의 가악 연행, 대원군이나 우석상서를 모신 크고 작은 연회와 풍류 활동, 그리고 봄, 가을로 계절이 바뀔 때마다 경치 좋은 곳을 찾아다니며 그의 예인집단들과 함께 벌인 풍류놀이 등 수많은 풍류 활동을 하였음을 알 수 있다.[38] 그의 풍류 활동은 언제나 가곡의 연행이 중심이 되었고, 안민영의 애정시조들은 바로 이런 풍류의 현장에서 연행되었다. 그의 애정시조가 실제 다양한 풍류의 장에서 연행되었거나 아니면 적어도 연행을 염두에 두고 창작한 것이라면, 이 작품에는 이러한 연행적 특성이 반영되어 있기 때문에 애정시조의 성격 또한 연행과 관련지어 이해해야할 것이다.

안민영은 당시 수많은 풍류 현장에서 가악활동을 주도한 가악계의 중심인물이었다. 가악의 전문가인 안민영은 연행의 현장에서 연행자와 수용자, 그리고 연행될 텍스트의 성격을 누구보다 정확하게 인식하고 있었다.[39] 안민영은 이런 풍류의 현장에서는 개인의 사적인 감정을 표현한 것보다는 누구나 자기의 것으로 생각하고 느낄 수 있는 보편적이고 일반적인 정서를 노래한 작품을 연행하는 것이 연행에 참여한 모든 사람들에게 공감을 불러일으켜 풍류의 흥을 더욱 고취시킬 수 있다는 사실을 알고 있었을 것이다.

---

38) 조태흠, 앞의 논문, 17-18쪽.
39) 일반적으로 연행은 연행자, 텍스트, 연행의 수용자 사이의 관계에 의하여 성립된다. 시조는 연행이 노래로 실현되기 때문에, 연행자는 문학적 텍스트를 음악으로 변용하여 연행의 수용자에게 전달하고, 텍스트인 시조는 연행자와 수용자를 연결시켜주는 매개물이며, 연행의 수용자는 시조를 문학적 독서물이 아니라 노래로 변용된 음악의 형태로 향유하게 된다. 따라서 텍스트인 연행될 시조는 연행자와 수용자에 의해 선택된다.

따라서 안민영은 자신의 애정시조를 자신의 애정 체험에 바탕을 두고 특정한 기녀를 대상으로 창작하였음을 후기에 밝히고 있지만, 실제 작품 속에서는 그 자신의 애정 체험이나 애정 대상을 향한 구체적 애정의 양상은 드러내지 않는다. 이별의 슬픔이나 그리움 같은 지극히 일반적이고 보편적인 정서만 표현하고 있다. 이것은 안민영이 자신의 애정시조 창작 동기는 특정한 기녀에 대한 자신의 애정이었지만, 창작의 과정에서는 이 작품이 실제로 연행되거나 연행될 것을 염두에 두고 개인적 정서를 보편적 정서로 일반화시켰기 때문이다. 다시 말하면 안민영은 자신의 개인적 애정 체험을 시조화하면서 이를 연행에 적합한 사설로 만들기 위해, 화자를 자신과 동일시되는 특정한 인물이 아니라 누구나 자신이 화자라고 생각할 수 있는 비특정화된 인물로 선택하였으며, 작품 속의 애정 대상도 작품 후기에서 창작 대상으로 삼은 어떤 특정한 기녀가 아니라 누구라도 상관없는 비특정화된 인물로 설정하였다.

이처럼 안민영은 애정시조에서 화자와 그 애정 대상을 비특정화함으로써 불특정 다수가 화자의 감정이나 작품 속의 상황을 자신의 감정이나 상황으로 받아들일 수 있도록 정서를 일반화하고 있다. 안민영 애정시조에 나타난 정서의 일반화는 애정시조가 연행되었을 때 모든 사람들의 공감을 불러일으켜 서로 정서적 일체감을 느낄 수 있도록 하여 풍류의 흥취를 고조시킬 수 있었다고 생각된다.

이상에서 살펴본 바와 같이 안민영 애정시조의 창작 동기는 특정한 기녀에 대한 자신의 애정이었지만, 실제 창작의 과정에서는 이 작품이 연행되거나 연행될 것을 염두에 두고 화자와 그 애정 대상을 비특정화함으로써 불특정 다수가 화자의 감정이나 작품 속의 상황을 자신의 감정이나 상황으로 받아들일 수 있도록 정서를 일반화하고 있다. 이러한 화자와 애정 대상의 비특정화를 통한 정서의 일반화라는 애정시조의 성격은 안민영이 실제 창작의 과정에서는 작품이 연행되거나 연행될 것을 염두에 두고 창작한 결과이기 때문이다. 그의 애정시조의 성격을 연행과 관련지어 이해해야 할 이유이다.

5. 마무리

본고는 안민영의 애정시조를 대상으로 애정의 진정성과 정서의 일반화 양상을 고찰하고, 이러한 애정시조의 성격은 연행과 관련지어 이해해야 한다고 보았다. 지금까지의 논의를 요약하여 마무리로 삼는다.

첫째, 안민영의 애정시조는 만남, 이별, 그리움을 노래하고 있는데 그 작품은 모두 28수이다. 애정시조는 안민영과 각별한 관계에 있었던 옥소선, 홍련, 혜란, 능운 등 네 명의 기녀들에 집중되어 나타난다.

둘째, 안민영 애정시조에 대하여 기존의 연구에서는 안민영이 다수의 기녀들에게 '동질동량'의 애정을 베풀었다고 하여 그 진정성을 의심하고 있으나, 그의 작품에 나타난 애정의 진정성은 작품의 '재현적 진실'이 아니라 작가의 감정 표현의 '성실성'에 그 기준을 두고 평가해야 한다. 따라서 안민영은 진정에서 우러나오는 자신의 진실한 감정에 바탕을 두고 작품을 창작하였으므로 그의 애정시조에 표현된 애정에는 진정성이 있다고 보아야 한다.

셋째, 안민영의 애정시조에 나타난 화자는 특정한 인물이 아니라 누구나 자기 자신이 화자라고 생각할 수 있는 비특정화된 인물이며, 작품 속의 애정 대상도 작품 후기에서 창작 대상으로 삼은 어떤 특정한 기녀가 아니라 어느 누구라도 대상이 될 수 있는 비특정화된 인물로 설정되어 있다.

넷째, 안민영의 애정시조에서는 화자와 그 애정 대상을 비특정화함으로써 불특정 다수가 화자의 감정이나 작품 속의 상황을 자기 자신의 감정이나 상황으로 받아들일 수 있도록 정서를 일반화하고 있음을 밝혔다.

다섯째, 안민영의 애정시조를 올바르게 이해하기 위해서는, 작품과 작품 후기를 일대일의 대응관계로 파악하여 작품의 내용과 후기의 내용을 일치시켜 생각할 것이 아니라 작품을 창작하게 된 동기나 배경 정도로 후기를 이해해야 한다. 작가 안민영과 화자와의 관계 역시 작품 속의 화자를 작가와 '자전적으로 동일시'할 것이 아니라 '상상적으로 동일시'해야 한다.

마지막으로 화자와 애정 대상의 비특정화를 통한 정서의 일반화라는 애정 시조의 성격은 작품이 실제로 연행되거나 연행될 것을 염두에 두고 창작한 결과이기 때문에, 안민영의 애정시조의 성격은 연행과 관련지어 이해해야 할 것이다.

본고는 안민영의 애정시조에 나타난 애정의 진정성을 해명하고 애정시조에 정서의 일반화라는 성격이 있음을 밝히면서, 애정시조의 경우에 연행과 관련지어 작품을 이해해야 한다는 안민영 애정시조의 성격과 이를 이해하는 시각을 마련하는 데 목적을 두었다. 본고의 성과를 바탕으로 안민영 애정시조에 나타난 애정의 구체적 양상이나 작품세계에 대해서도 발전적인 논의가 이어지기를 기대하면서 글을 맺는다.

『한국민족문화』 제54집, 부산대학교 한국민족문화연구소, 2015.

제 4 부

작품의 구조와 의미

Ⅰ. 〈도산십이곡〉의 구조와 의미

- 前六曲 '言志'를 중심으로

1. 머리말

〈도산십이곡(陶山十二曲)〉은 시조 문학사상 매우 중요한 의미를 지니고 있는 작품이다. 조선시대 수많은 문인·학자들로부터 동방의 유종(儒宗)으로 숭앙받던 퇴계(退溪 李滉, 1501-1570)가 시조를 긍정적으로 수용하여 〈도산십이곡〉을 손수 짓고, 또 그 발문(跋文)을 통하여 시조에는 성정(性情)을 기르거나 마음을 바로잡는 효용성이 있음을 인정하였다는 것은 도학자들이 시조문학을 수용하는 계기가 되었을 뿐만 아니라, 후세의 학자나 시조작가들에게 큰 영향을 끼쳤던 것이다.[1]

〈도산십이곡〉에 대한 올바른 이해는 16·17세기 도학파의 시조문학을 해명하는 열쇠가 될 뿐만 아니라, 특히 강호가도(江湖歌道)의 도학적 기반을 규명하는 단서가 되기 때문에 〈도산십이곡〉은 일찍부터 학계의 주목을 받아 왔다. 〈도산십이곡〉에 대한 연구는 지금까지 퇴계의 작가론을 비롯하여 그의 문학관·시가관·미의식·자연관 등을 중심으로 훌륭한 업적들이 많이 나왔으나, 정작 〈도산십이곡〉 자체의 구조와 그 의미를 해명하는 데는 아직도 미흡하다는 것이 필자의 생각이다.

이러한 인식 아래 본고는 선학들의 업적을 바탕으로 우선 〈도산십이곡〉 가

---

1) 최동원, 「조선전기 시조문학의 특성과 시대적 전개」, 『고시조논고』, 삼영사, 1990, 75-77쪽.

운데 전육곡(前六曲)인 '언지(言志)'를 대상으로 하여 그 구조와 의미를 밝혀 보고자 한다.2) 먼저 퇴계가 〈도산십이곡〉을 전·후곡으로 나누어 전육곡을 '언지'라 하고 후육곡(後六曲)을 '언학(言學)'이라 한 사실을 중시하여 전육곡에 이름한 '언지'의 의미를 고찰하고, 다음으로는 '언지'의 구조를 살펴본 후, 이 '언지'의 중심 내용인 '자연'의 의미를 그의 도학(道學)과 관련지어 고찰하고자 한다.

2. '言志'의 의미

퇴계는 이별(李鼈) 〈육가(六歌)〉를 대략 본떠서 〈도산십이곡〉 12수를 지었는데, 이 〈도산십이곡〉 가운데 전육곡을 '언지'라 하고 후육곡은 '언학'이라 하였다.3) 퇴계가 글을 쓰거나 시를 지을 때, 한 자 한 구를 깊이 생각하고 함부로 쓰지 않았다는 사실을4) 감안한다면, 〈도산십이곡〉을 지으면서 전·후곡으로 나누어 '언지'와 '언학'으로 이름 붙인 것에는 반드시 어떤 이유가 있었을 것이다. 이러한 점에서 우선 '언지'의 내용을 정확하게 해명하는 것이 〈도산십이곡〉을 올바르게 이해하는 첩경이 될 것이다.

최신호는 '언지'에 대하여 '지(志)'는 마음의 내용이라기보다는 '마음의 방향'이라 전제하고, 퇴계의 '지(志)'는 '도(道)를 지(志)한다'는 개념으로만 쓰게 되었으며, 언지시(言志詩)는 바로 '道에 志하는 심경'을 읊은 것이라 하였다.5)

---

2) 〈도산십이곡〉의 전·후곡의 관계에 대하여 "전육곡을 體라고 하면 후육곡은 用이라 할 수 있다"(이동영, 「이퇴계의 도학과 시가관」, 『낙은강전섭선생화갑기념논총』, 창학사, 1992, 94쪽)는 지적에 따라 우선 '체'에 해당되는 '언지'를 대상으로 하고 후육곡인 '언학'은 후고로 미룬다.

3) 故嘗略倣李歌而作, 爲陶山六曲二焉, 其一言志, 其二言學. 〈陶山十二曲跋〉, 『退溪集』卷43.

4) 雖偶吟一節 一句一字 必精思更定 不輕示人. 〈李德弘記〉, 『退溪集』, 言行錄(五).

5) 최신호, 「도산십이곡에 있어서의 '언지'의 성격」, 『한국고전시가작품론2』, 집문당, 1992, 512-514쪽.

〈도산십이곡〉의 '언지'는 결국 '道에 志하는 것'을 노래한 것이라 할 수 있는데, 이 때 퇴계에 있어서 '道에 志하는 것'란 과연 무엇을 의미하는 것일까.

이 문제는 퇴계의 도학과 연관지어 살펴 보아야 한다. 퇴계는 도학을 평생의 업으로 삼고 학문 연구에 전념하면서도 많은 시편들을 남겼을 뿐만 아니라, 또 그의 제자들에게도 도학뿐만 아니라 시(詩) 공부의 중요성도 틈틈이 역설하였다.[6] 이것은 도학을 바탕으로 문학이 이루어지며, 문학은 도학을 하는 하나의 방편이라는 퇴계의 문학에 대한 기본적인 인식 때문이다.

성리학에서는 이 세계의 모든 사물과 인간은 '이(理)'와 '기(氣)'의 결합에 의하여 이루어져 있다고 본다. 여기서 '理'는 사물의 성질을 결정하고 '氣'는 사물의 형태를 결정하기 때문에, 이 세상의 모든 유형적 존재는 '氣'로써 형상화되고 이러한 존재의 이면에는 모두 보이지 않는 존재의 원리인 '理'가 근원적으로 내재해 있다는 것이다. 따라서 '理'는 형이상(形而上)의 특징을 갖는 동일, 통일, 보편화의 원리이며, '氣'는 형이하(形而下)의 특징을 갖는 차별, 분별, 특수화의 원리라 할 수 있다.[7]

그런데 퇴계는 태극(太極)인 '理'가 음양(陰陽) 이기(二氣)를 낳는다고 하여 '理'가 선행해서 '氣'를 있게 했다는 '이선기후(理先氣後)'의 입장에 섰다. 또 '氣'는 음양의 대립으로 존재하고 있기 때문에 세상의 모든 시비와 다툼은 '氣'의 작용에 의하여 일어난다고 보고, 이 시비와 다툼을 해결하기 위해서는 '氣'를 버리고 '理'로 나아가는 것이라고 생각하여 '理'는 귀하고 '氣'는 천하다고[8] 주장하였다.

---

6) 心行不得正 雖有文學 何用焉 先生曰文學豈可忽哉 學文所以正心也 … 旣而拜辭 先生起而送之曰 子勉之矣. 〈趙穆記〉, 『退溪集』 言行錄(一).

7) 이상의 '理'와 '氣'에 대한 개념의 정리는 이남영의 「이기사칠론변과 인물성동이론」, 『한국의 사상』(열음사, 1984)에 의거하였음.

8) 人之一身理氣兼備 理貴氣賤 然理無爲而氣有欲 故主於踐理者養氣在其中 聖賢是也 偏於養氣者必至於賊性 老莊是也. 〈與朴澤之〉, 『退溪集』, 書(一).

성리학에서는 '理'가 인간의 마음에 부여된 것을 '성(性)'이라 하는데, 퇴계는 이 '性'에 대하여 "대개 性은 두 가지가 있는 것이 아니라, 다만 기질(氣質)을 섞지 않고 말하면 본연지성(本然之性)이고, 기질을 취해서 이야기하면 기질지성(氣質之性)이 되는 것이니, 지금 두 性으로 인정하여 보는 것은 잘못이다."라고 하여,9) '본연지성'은 인간에게 부여된 순수한 '理'만을 말하며 '기질지성'은 이러한 '理'에 '氣'가 아울러진 것으로 보았다. 따라서 '본연지성'은 어떠한 경우에 처하더라도 악(惡)이 될 수 없는, 인간을 가장 인간답게 하는 순선(純善)한 본성(本性)이고, '기질지성'은 원래는 선악이 미정(未定)이지만 현실에 처해서는 '氣'의 대립적 작용에 의하여 선도 될 수 있고 악도 될 수 있는 인성(人性)이라는 것이다.

그런데 퇴계는 "대저 심학(心學)이 비록 단서(端緖)가 많으나, 모두 요약하여 말하면, 인욕(人慾)을 막고 천리(天理)를 보존한다는 두 일에 지나지 않습니다"라고10) 결론지어 '氣'인 인욕을 막고 '理'인 천리를 보존하는 것이 그의 도학의 요체임을 말하고 있다. 이러한 그의 도학에 의하면, 그가 추구하는 이상적인 삶의 방식은 '기질지성'에서 벗어나서 온전한 '본연지성'을 되찾는 것이며, '氣'의 대립으로부터 '理'를 회복하는 것이라 생각된다.

따라서 퇴계에 있어서 '道'란 결국 '理'와 '본연지성' 그리고 '천리'를 의미하는 것이고, '언지'라 말했을 때의 '志' 즉, '道를 향하는 마음'이란 결국 '氣'에서 벗어나 '理'를 향하는 것이며, '기질지성'에서 '본연지성'을 되찾는 것이고, '인욕'을 막고 '천리'를 보존하는 것이라 생각된다.

퇴계는 이러한 道에 궁극적으로 도달하기 위하여 '거경궁리(居敬窮理)'의 방법으로 부단하게 수양할 것을 역설하였다. '궁리(窮理)'는 사물의 '理'를 궁

---

9) 蓋性非有二 只是不雜乎氣質而言 則爲本然之性 就氣質而言 則爲氣質之性 今認作二性看 誤矣.〈答李宏仲〉,『退溪集』, 書(五).
10) 大抵心學雖多端 總要而言之 不過遏人欲存天理 兩事而已.〈答李平叔〉,『退溪集』, 書(六).

진(窮盡)함으로써 마음의 지식을 극처(極處)에까지 추구하는 것이요, '거경 (居敬)'이란 '궁리'의 방법이요 또 근본이 되는 것으로, 정제엄숙(整齊嚴肅)하 고 주일무적(主一無適)하는 전인격적 자세인 것이다.[11] 이러한 '거경궁리'의 공부를 통하여 인욕을 막고 천리를 밝힐 수 있으며, '氣'에서 벗어나서 '理'를 회복할 수 있다는 것이다.

이처럼 '언지'의 '志'가 '氣'에서 벗어나 '理'를 향하는 것이며, '기질지성'에서 '본연지성'을 되찾는 것이고, '인욕'을 막고 '천리'를 보존하는 것이라면, 퇴계 의 시 〈도산십이곡〉의 전육곡인 '언지'는 과연 어떤 방식으로 '道를 향하는 마 음'을 노래하고 있는 것일까.

3. '言志'의 구조

〈도산십이곡〉은 전체가 한 편인 연시조 작품이지만, 퇴계는 분명한 의도를 가지고 이 노래를 '언지'와 '언학'의 전·후곡으로 나누어 놓았다. 따라서 '언 지'와 '언학'의 두 노래는 서로 밀접한 연관관계를 가지면서도, 각각 그 자체로 는 독립된 구조를 지니고 있는 연시조 작품으로 보아야 할 것이다. '언지'와 '언학'의 정확한 의미는 각 연과 연 사이의 유기적 연관 아래에서 파악되어야 할 것이다.

　　　이런들 엇다ᄒ며 뎌런들 엇다ᄒ료
　　　草野愚生이 이러타 엇다ᄒ료
　　　ᄒ믈며 泉石膏肓을 고텨 므슴ᄒ료

　　　煙霞로 지블삼고 風月로 버들사마
　　　太平聖代예 病으로 늘거가뇌

---

11) 금장태, 『한국유교의 재조명』, 전망사, 1982, 81쪽.

이듕에 브라는 이른 허므리나 업고쟈

淳風이 죽다ᄒ니 眞實로 거즈마리
人性이 어디다ᄒ니 眞實로 올ᄒ마리
天下애 許多英才를 소겨 말솜ᄒᆞᆯ가

幽蘭이 在谷ᄒ니 自然이 듣디됴해
白雲이 在山ᄒ니 自然이 보디됴해
이듕에 彼美一人를 더욱 닛디 몯ᄒᆞ얘

山前에 有臺ᄒᆞ고 臺下애 有水ㅣ로다
ᄠᅦ 만흔 굴며기는 오명가명 ᄒᆞ거든
엇다디 皎皎白駒는 머리 ᄆᆞ슴 ᄒᆞᄂᆞᆫ고

春風에 花滿山ᄒᆞ고 秋夜애 月滿臺라
四時佳興ㅣ 사룸과 ᄒᆞ가지라
ᄒᆞ믈며 魚躍鳶飛 雲影天光이아 어늬 그지 이슬고

– 〈도산십이곡〉 '言志'

〈도산십이곡〉 전육곡인 '언지'의 전체적 흐름은 우선 '초야우생'이 '천석고황'의 병이 깊어(1연) '煙霞로 지블삼고 風月로 버들사마' 자연 속에 살면서(2연) '사시가흥'을 느낀다(6연)는 유유자적한 삶을 노래한 것처럼 보인다. 그러나 '언지'를 단순하게 자연 속에서 유유자적한 삶을 노래한 강호한정가로만 이해할 때는, 제3연 전체와 제4·5연 종장의 의미를 작품 전체의 유기적 구조와의 관련 속에서는 해석하기가 매우 어렵다. 따라서 이 작품을 올바르게 이해하기 위해서는 퇴계가 이 노래에 이름한 '언지'의 의미를 가지고 이 작품을 새롭게 보아야 할 것이다.

제1연에서는 시적 자아가 자연을 찾게 된 동기를 노래하고 있다. 즉, '초야 우생'이 자연을 찾은 것은 '천석고황' 때문이라고 하였다. 그러나 그 진정한 이유는 더 깊은 곳에 있었다.

> 황이 일찍이 젊어서 학문에 뜻을 두었으나, 사우(師友)의 지도가 없어서 아직 조금도 얻음이 없었는데, 신병은 벌써 깊었습니다. 이 때를 당하여, 바로 산림에 들어가 일생을 마칠 계획을 결정하여, 초막을 짓고 고요한 곳에서 글을 읽고 뜻[志]을 길러서, 아직 이르지 못한 것을 더욱 더 구하고 자 하였습니다.[12]

퇴계가 자연을 찾은 진정한 이유는 바로 '글을 읽고 뜻[志]을 길러' 아직 '이르지 못한 것'을 더 구하기 위해서였다. 퇴계에게 있어서 '아직 이르지 못한 것'이란 평생을 통하여 추구하여 온 도학인데, 그의 도학의 요체는 바로 '알인 욕존천리(遏人慾存天理)'인 것이다. 그러므로 퇴계가 자연을 찾은 까닭은 자연 속에서 뜻을 길러 인욕을 막고 천리를 보존하는 道를 구하기 위해서이다.

제2연에서는 자연을 찾아온 시적 자아가 '연하'로 집을 삼고 '풍월'을 벗으로 삼아 태평성대 속에 유유자적한 삶을 즐기는 것을 노래하고 있다. 그러나 시적 자아는 '道에 志하기' 위해 자연을 찾았기 때문에 자연 속에서의 이러한 유유자적한 삶만으로는 만족하지 않고 '이듕에 허물'이 없기를 바라고 있는 것이다. 이때의 '허물'이란 자연 속에서 뜻을 기르고 도를 구하는 데 있어서 장애가 되고 빠져들기 쉬운 잘못을 의미하는 것이다. 제3연에서부터 5연까지는 이러한 '허물'에 대한 경계를 노래한 것이라 생각된다.

제3연에서 시적 자아는 "淳風이 죽다ᄒᆞ니 眞實로 거즈마리 / 人性이 어디

---

12) 滉少嘗有志於學而無師友之導 未少有得而身病已深矣 當是時 正宜決山林終老之計 結茅靜 處讀書養志 以益求其所未至.〈答奇明彦〉,『退溪集』, 書(二).

다흐니 眞實로 올흔마리"라고 하여 제1·2연에서 노래하던 자연과는 전혀 다른 '순풍'과 '인성'을 노래하고 있다. 그러나 이 순풍과 인성도 퇴계의 자연관에 의하면 자연 속에서의 삶과 깊은 관련이 있다.

> 옛날 산림을 즐기는 사람들을 보면 거기에는 두 종류가 있다. 첫째는 현허(玄虛)를 사모하여 고상(高尙)을 일삼아 즐기는 사람이요, 둘째는 도의(道義)를 즐기어 심성(心性)을 기르면서 즐기는 사람이다. 앞에 사람을 말하면, 자신의 몸을 깨끗이 하여 인륜을 어지럽게 함에 이를까 두렵고, 심한 이는 새나 짐승같이 살면서 그것을 그르다고 생각하지 아니하는 사람이다. 뒤에 사람으로 말하면, 즐기는 것이 조박(糟粕)뿐이어서 전할 수 없는 묘한 이치에 이르러서는 구할수록 더욱 얻지 못하거늘 즐거움이 어디 있겠는가. 그러나 차라리 후자를 위하여 힘쓸지언정 전자를 위하여 스스로를 속이지는 않아야 할 것이거늘 어느 여가에 이른바 세속의 번거로운 것이 내 마음에 들어오겠는가.[13]

퇴계는 자연을 즐기는 두 가지 태도 가운데 현허를 그리워하고 고상을 즐기는 노장적 태도를 배격하고, 도의를 즐거워하고 심성을 기르는 길을 택하겠다고 하였다. 노장적 태도를 배격한 중요한 이유는 노장적 자연이 바로 결신난륜(潔身亂倫)에 흐를 위험이 많기 때문이다. 최진원도 "퇴계는 은(隱)에 철저하였지만, 그것이 자만이 되어 결신난륜에 흐르는 것을 매우 경계하였다"라고[14] 지적하였다.

〈도산십이곡〉 '언지'의 제3연은 바로 자연 속에서의 생활이 노장적 태도에

---

13) 雖然 觀古之有樂於山林者 亦二有焉 有慕玄虛事高尙而樂者 有悅道義頤心性而樂者 由前之說 卽恐或流於潔身亂倫 而其甚卽與鳥獸同群 不以爲非矣 由後之說 卽所師者糟粕耳 至其不可傳之妙 卽愈求而愈不得 於樂何有 雖然 寧爲此而自勉 不爲彼而自誣矣.〈陶山雜詠 幷記〉,『退溪集』, 詩.

14) 최진원, 『한국고전시가의 형상성』, 성균관대학교 대동문화연구원, 1988, 26쪽.

빠지는 것을 경계한 것이라 생각된다. 즉 자연 속에서 뜻을 기르고 道를 추구하는 사람이 가장 경계해야 할 것은 '자신의 한몸만 깨끗하게 하기 위해 인륜을 어지럽히는 것'이다. 따라서 이 3연에서는 자연 속에서의 생활 가운데서도 '순풍의 죽지 않음'과 '인성의 어짊'이라는 도덕과 인륜을 강조하여 노장적 태도인 '결신난륜'에 흐르는 것을 경계한 것이다.

제4연에서는 '幽蘭이 在谷'하고 '白雲이 在山'하니 듣고 보기가 좋다고 노래하고 있다. 퇴계는 제자들에게 "우거진 숲 속에 있는 난초가 온종일 향기를 피우지만 스스로는 그 향기로움을 모르는 것과 같은 것이니, 군자의 자기를 위하는 뜻에 꼭 맞는 말로서, 마땅히 깊이 본받아야 할 것이다."라고[15] 말하여, '유란이 재곡'한다는 것은 각자 그 처한 곳에서 자신의 본분을 다하지만 스스로는 그것을 깨닫지 못하니 이것은 군자가 본받아야 할 태도라는 것이다. 제4연에서 '유란이 재곡'하고 '백운이 재산'한다고 노래한 것은 자연은 그가 처한 곳에서 각자의 본분을 다하고 있다는 의미이다. 이러한 자연 속에서 시적 화자는 '피미일인'을 잊지 못한다고 노래하고 있다.

제4연의 초·중장에서 자연이 그 본분을 다하고 있음을 노래한 점을 고려한다면 종장의 '피미일인'의 의미도 시적 화자인 퇴계의 본분과 관련지어 생각해야 할 것이다. 퇴계는 도학을 평생의 업으로 삼고 살아온 학자요, 선비였다. "선비는 비록 강호에 숨더라도 뜻은 항상 겸선(兼善)[경국제민(經國濟民)]에 가 있어야 한다. 만약 겸선을 잊어버린다면 그것은 선비의 본분을 저버리는 것이다"라는[16] 지적처럼 퇴계는 향리로 내려와 학문 연구에 몰두하면서도 한시도 '겸선'을 잊은 적이 없었다. 즉, 퇴계가 임금을 사랑하고 나라를 걱정하는 마음은 출처에 상관없이 한결같았다.[17]

---

15) 如深山茂林之中 有一蘭草 終日薰香而不自知其爲香 正合於君子爲己之義 宜深體之. 〈李德弘記〉, 『退溪集』, 言行錄(一), 敎人.

16) 최진원, 앞의 책, 22쪽.

17) 愛君憂國之心 不以進退而有間 聞一政令之善 喜不能寐 或擧措失宜 憂形於色 常以輔養君德

비록 물러나 한가히 지낸 지 오래였으나, 나라를 걱정하는 생각은 늙을
수록 더욱 두터웠다. 그래서 가끔 학자들과 더불어 이야기하다가 나라 일
에 미치면, 곧 슬프게 탄식하고 통분해 하였다.[18]

퇴계가 자연 속에서 생활하면서도 선비의 본분을 지켜 임금과 나라를 생각
하는 마음은 이처럼 두터웠다. 제4연 초 · 중장에서 '유란이 재곡'과 '백운이
재산'을 통하여 자연의 본분을 인식한 퇴계는 종장에서 선비의 본분인 '겸선'
을 잊지 않고 있음을 노래한 것이다. 따라서 종장에 나타난 '피미일인'은 임금
을 의미하는 것이라 볼 수 있다. 그러나 이 제4연의 종장을 연군(戀君)의 의
미로 보아서는 안 될 것이다. 왜냐하면 퇴계가 '피미일인'을 잊지 못하는 것은
출사(出仕)에 뜻이 있어서가 아니라, 자연 속에 있으면서도 선비의 본분인 '겸
선'을 강조하고 있기 때문이다. 따라서 이 제4연은 선비가 자연 속에 은둔하
여 현실을 부정하고 잊어버리는 망세(忘世)를 경계한 것이라 보아야 할 것이다.
제5연의 초 · 중장에서는 산전의 누대와 대하의 유수, 그리고 사이를 오락
가락하는 갈매기와 같은 조화로운 자연의 모습을 제시한 뒤, 종장에서는 이와
달리 "엇다다 皎皎白駒는 머리 무슴 ㅎ는고" 라고 하며 '교교백구'가 멀리 다
른 곳에 마음을 두는 것을 나무라고 있다. '교교백구'는 『시경』소아 〈백구〉의
첫 구절인데, 이 시는 현자(賢者)가 타고 온 흰 망아지의 발을 동여매고 고삐
를 묶어서 현자가 이곳을 떠나지 못하고 더 머무르기를 바라는 내용이다.[19]
따라서 제5연 종장의 의미는 자연 속에 머물면서 뜻을 기르고 道를 구하는
한 가지 일에 전념하지 않고, 어떤 다른 곳에 마음을 두는 자신을 경계하고
있는 내용으로 생각된다.

扶護士林 爲先務. 〈金誠一記〉, 『退溪集』, 言行錄(三), 事君.
18) 雖退閒年久 憂國之念 老而益篤 往往與學者 言及國事 輒噓唏感憤. 〈鄭維一記〉, 『退溪集』,
言行錄(三), 事君.
19) 皎皎白駒 食我場苗 縶之維之 以永今朝 所謂尹人 於焉逍遙. 〈白駒〉, 『詩經』小雅.

일을 당하면 오직 그 일에만 마음을 두어 그 마음씀이 다른 데로 가지 않도록 하라. 두 가지 세 가지 일로 마음을 두 갈래 세 갈래 내는 일이 없어야 한다. 마음을 오로지 하나가 되도록 하여 만 가지 변화를 살피도록 하라. 이러한 것을 그치지 않고 일삼아 하는 것이 곧 경(敬)을 유지하는 것이다.[20]

자연 속에서 뜻을 기르고 道를 구하기 위해서는 일체의 잡념을 버리고 마음을 한 곳에 집중시키는 주일무적의 자세가 필요한 것이다. "엇다다 皎皎白駒 는 머리 므슴 흐는고"라 하여 자신의 마음이 흐트러지는 것을 끊임없이 경계하는 이러한 태도는 바로 자신의 성실성을 확보하는 '거경'의 자세인 것이다.

퇴계의 이러한 '거경'의 태도는 제3연의 '결신난륜'에 대한 경계에서 시작되어 제4연 망세에 대한 경계를 거쳐 제5연 자신의 마음에 대한 경계에까지 이른다. 퇴계는 바로 이런 '거경'의 태도를 통하여 자연의 理에 도달할 수 있었던 것이다.

마지막 연은 자연의 理에 대한 진술이다. 계절에 따라 변해가는 '화만산(花滿山)', '월만대(月滿臺)'와 같은 사시의 경치를 통하여 단순한 서경을 너머 사시를 따라 자연을 변화하게 하는 '자연의 理'를 발견하고 마침내 "四時佳興ㅣ 사롬과 흔가지라"라는 천인합일의 체험에 도달하게 되며, 이러한 체험을 바탕으로 '魚躍鳶飛 雲影天光이아 어늬 그지 이슬고'라고 하여 자연의 理가 끝이 없음을 깨닫게 된다.

퇴계는 "소리개가 날고 고기가 뛰는 것은 만물을 만들어 내고 기르는 작용의 흘러 다님이 아래위에 환히 나타나는 것을 형용한 것인데, 모두 이 理의 작용이 아닌 것이 없다"라고[21] 말하여 '어약연비(魚躍鳶飛)'란 말은 천리가

---

20) 當事而存靡他其適 弗貳以二弗參以三 惟心惟一萬變是監 從事於斯是日持敬 〈敬齋箴〉, 『退溪集』, 箚子.
21) 先生日鳶飛魚躍 狀化育流行上下昭著莫非此理之用. 〈金誠一記〉, 『退溪集』, 言行錄(四),

자연이 발현하여 유행하는 실상을 형용한 것이라 하였다. '고기가 뛰고 소리개 나는' 사소한 자연 현상이 모두 理의 작용이 아닌 것이 없다는 깨달음에 도달한 것이다. 따라서 제6연은 시적 화자가 자연 속에서 생활하면서 자연과 합일하는 체험을 통하여 자연의 이치를 깨달은 경지를 노래한 것이다.

이상에서 살펴본 바와 같이 〈도산십이곡〉의 '언지'는 단순하게 자연 속에서 유유자적하는 삶을 노래한 강호한정의 노래가 아니라, 자연 속에서 뜻을 기르고 道를 구하여 자연의 이치를 발견하고 그것과 합일하여 가는 내용의 노래라 볼 수 있다.

제1연에서는 자연을 찾게 된 동기를 노래했는데, 퇴계가 자연을 찾은 까닭은 자연 속에서 뜻을 기르고 道를 구하기 위해서였다. 2연에서는 자연 속에서의 유유자적한 생활을 노래하였고, 3연에서는 자연 속에서의 생활 가운데서도 도덕과 인륜을 강조하면서 노장적 태도인 '결신난륜'에 흐르는 것을 경계하였다. 제4연은 선비가 자연 속에 은둔하여 현실을 부정하고 잊어버리는 망세를 경계한 것이며, 제5연에서는 주일무적하지 못하고 어떤 다른 곳에 마음을 두는 자신을 경계하였고, 마지막 연은 이러한 과정을 거쳐 자연 속에서 생활하면서 자연과 합일하는 체험을 통하여 자연의 이치를 깨달은 경지를 노래한 것이다.

이러한 구조로 미루어 볼 때, 〈도산십이곡〉의 '언지'는 자연 속에서 뜻을 기르고 道를 구하여 자연의 이치를 발견하여 그것과 합일해 가는 내용이라 볼 수 있다. 특히 이 이치를 발견하여 나가는 과정에서 제3 · 4 · 5연에서 노래한 결신난륜, 망세, 그리고 자신에 대한 끊임없는 경계를 통하여 자신의 성실성을 확보하여 진정한 자연의 理를 발견할 수 있었다. 이러한 끊임없는 경계를 통하여 자신의 성실성을 확보하여 진리에 도달해 나가는 것을 퇴계 자신의 도

論理氣.

학적 용어를 빌려서 말한다면 '거경궁리'라 할 수 있을 것이다. 이 '거경궁리'의 자세가 〈도산십이곡〉을 '완세불공(玩世不恭)'한 데 떨어지지 않고 '온유돈후(溫柔敦厚)'하게 만들었던 것이다.

4. 자연의 의미

〈도산십이곡〉은 자연 속에서 '理'를 발견하여 그것과 합일하여 나가는 삶을 노래한 작품이기 때문에 '자연'이 그 중심이 될 수밖에 없다. 최진원도 〈도산십이곡〉은 전육곡 '언지'의 상자연(賞自然)과 후육곡 '언학'의 연학(研學)으로 나누어져 있지만 그 중심은 상자연에 있다고[22] 지적하여, 전육곡 '언지'의 중심 내용이 상자연임을 말하고 이 상자연이 〈도산십이곡〉 전체의 중심이 되어 있다고 하였다. 따라서 〈도산십이곡〉의 의미를 정확하게 파악하기 위해서는 여기에 나타난 자연의 의미를 밝히는 것이 매우 중요하다.

〈도산십이곡〉 '언지'에는 자연의 경물(景物)을 그대로 드러낸 시구가 매우 많다.

> ○ 煙霞로 지블삼고 風月로 버들사마
> ○ 幽蘭이 在谷ᄒ니 自然이 듣디됴해
> ○ 白雲이 在山ᄒ니 自然이 보디됴해
> ○ 山前에 有臺ᄒ고 臺下애 有水ㅣ로다
> ○ ᄠᅦ 만흔 ᄀᆞᆯ며기는 오명가명 ᄒᆞ거든
> ○ 春風에 花滿山ᄒ고 秋夜애 月滿臺라
> ○ ᄒᆞ믈며 魚躍鳶飛 雲影天光이아 어늬 그지 이슬고

---

22) 최진원, 『국문학과 자연』, 성균관대학교 출판부, 1981, 48쪽.

위에서 본 것처럼 〈도산십이곡〉 '언지'에는 연하 · 풍월 · 유란 · 백운 · 갈매기 · 백구 · 물고기 · 소리개 등의 경물이 등장하는데 이러한 자연물들은 자연그 자체로서의 의미를 지니기도 하지만, 보다 더 중요한 것은 이러한 경물들이 시 속에서 '자연의 理'를 드러내 주고 있다는 것이다. 따라서 〈도산십이곡〉의 이런 경물은 단순한 자연물이 아니라, 모두 '道의 구현물(具現物)'인 것이다.[23]

퇴계는 뜻을 기르고 道를 구하는 데 '자연을 매개'하였기[24] 때문에, 그의시에 나타난 자연물들을 통하여 우리는 자연 그 자체를 보는 것이 아니라 자연의 理를 보게 되는 것이다. 〈도산십이곡〉에서 퇴계가 자연을 매개하여 道를 드러낸 그의 도학적 자연관 때문이다.

퇴계는 향리에 은거하여 학문에 몰두하면서, 자연 속에서 심성을 닦고 인격을 수양하는 자연관을 가지고 있었다. 즉, 퇴계는 자연을 즐기는 두 가지 태도를 제시하고 그 가운데 현허를 그리워하고 고상을 즐기는 노장적 태도를 배격하고, 도의를 즐거워하고 심성을 기르는 길을 택하겠다고 하였다.[25] 이것은 유가의 자연관을 실천하겠다는 의지의 표명이라 할 수 있다.

유학에서는 자연을 우주만물의 궁극적인 근원으로 보았으며, 또 가장 조화롭고 이상적인 상태로 인식하였다.[26] 이러한 자연에는 근원적인 원리로 '理'가 내재하고 있는데, 이 '理'는 가장 범박하게 말해서 '자연의 법칙'이며, '우주의 질서'라 할 수 있다. 그런데 이 자연의 법칙인 '理'를 인간의 질서로 바꾸어놓았다는 점에 유학의 특징이 있다.

『중용(中庸)』에서는 '자연의 理'가 인간에게 부여된 것을 '性'이라 하고, 이'性'을 따르는 것을 '道'라 함으로써[27] '理'는 자연의 법칙인 동시에 인간이 따

---

23) 최신호, 앞의 논문, 516쪽.
24) 최진원, 『한국고전시가의 형상성』, 성균관대학교 대동문화연구소, 1988, 32쪽.
25) 앞의 주 13). 참조.
26) 김충렬, 『중국철학산고(1)』, 온누리, 1988, 76쪽.

라야 할 '道'이기도 하다고 하였다. 따라서 우주·자연의 법칙인 '理'와 인간의 질서인 '道'는 '理' 안에서 서로 합일되어 있다.

그러므로 유교의 이상은 인간의 질서인 '인도(人道)'가 우주·자연의 질서인 '理'에 일치하여 인간이 자연과의 조화의 영역에까지 이르는 이른바 천인합일의 상태에 도달하는 것이다. 유교에서 사물의 이치를 탐구하는 '격물'을 심성 수양의 출발점으로 삼는 것은[28] 자연에 내재된 '理'를 찾아 그것을 심성 수양의 바탕으로 삼기 때문이다. 이처럼 자연에 내재한 '理'를 찾아내어 그것과 합일함으로써 자신의 심성을 기르고 인격을 수양하는 것이 바로 '자연 속에서 도의를 기뻐하고 심성을 길러서 즐기는' 자연관인 것이다.

〈도산십이곡〉은 이러한 자연관에 입각하여 자연에서 '理'를 발견하여 그것과 합일하여 자연과 인간이 이상적으로 조화된 천인합일의 상태를 노래한 작품이다. 따라서 〈도산십이곡〉에 나타나는 자연물들은 그 자체의 의미를 너머 자연의 '理'를 드러내 주는 것이다.

> 春風에 花滿山ᄒ고 秋夜애 月滿臺라
> 四時佳興ㅣ 사롬과 ᄒ가지라
> ᄒ믈며 魚躍鳶飛 雲影天光이아 어늬 그지 이슬고
> — 〈도산십이곡〉'言志' 6연

이 시는 초장에서 봄꽃이 가득 핀 산과 가을의 달빛이 가득한 누대라는 경물을 제시하고 있다. 그러나 시적 자아는 여기에서 단순한 서경(敍景)의 아름

---

27) 天命之謂性 率性之謂道.(『중용』 제1장) 朱子는 이 '性'에 '性卽理也'라고 註하여 性과 理를 일치하는 것으로 보았다.

28) 『대학』의 여덟가지 조목은 格物, 致知, 誠意, 正心, 修身, 齊家, 治國, 平天下인데 주자는 격물 이하 수신까지는 明明德[修己]의 일이고, 제가 이하는 親民[治人]의 일이라 하였는데, 격물을 수기의 출발점으로 삼았다.

다움만을 느낀 것이 아니다. 오히려 이 경물을 통하여 단순한 서경을 너머 사시를 따라 자연을 변화하게 하는 '자연의 理'를 본 것이다. 초장에서 발견한 사시순환의 理를 바탕으로 중장에 이르면 "四時佳興ㅣ 사롬과 혼가지라"라는 자연과의 합일을 체험하게 된다. 이 '사시가흥'의 '흥'에 대하여 단순한 서정만의 흥이 아니라 '이념적 감동'이라 한 지적[29]이 설득력을 갖는 이유도 여기에 있는 것이다. 종장에서는 이러한 자연과의 합일을 바탕으로 '魚躍鳶飛 雲影天光이아 어늬 그지 이슬고'라 하여 자연의 理가 끝이 없음을 깨닫게 된다.

> 선생은, "소리개가 날고 고기가 뛰는 것은 만물을 만들어 내고, 기르는 작용의 흘러 다님이 아래위에 환히 나타나는 것을 형용한 것인데, 모두 이 理의 작용이 아닌 것이 없다. 하늘은 오직 욕심이 없으므로 理와 氣가 흘러다녀서, 자연히 잠깐 사이도 쉬지 않는다. 사람도 또한 일하는 바가 있으면서도 작정하는 마음이나, 아주 잊어버리거나 빨리 이루려는 마음의 병통만 없으면, 마음의 본체가 드러나고 묘한 작용이 나타나 움직이고, 또한 잠깐 사이도 쉬지 않을 것이니, 그 모양이 곧 저와 같다는 것이다." 하였다.[30]

'어약연비'란 말은 천리가 자연에 발현하여 유행하는 실상을 형용한 것인데, 이 '고기가 뛰고 소리개 나는' 사소한 자연 현상이 모두 理의 작용이 아닌 것이 없으며, 사람에 있어서도 그 모양이 이와 같다는 깨달음에 도달하였다. 따라서 '고기가 뛰고 소리개 나는 것'이나 '하늘과 구름의 그림자가 물에 어리는 것'과 같은 평범하고 사소한 자연 경물도 자연 그 자체로만 보아서는 안 되며

---

29) 최진원, 주 24)의 책. 29쪽.
30) 先生曰鳶飛魚躍 狀化育流行上下昭著莫非此理之用 天惟無欲故理氣流行自然無一息間斷 人亦必有所事 而無期待去念助長之病 則本體呈露 妙用顯行 亦無一息之間 其象乃如此. 〈金誠一記〉, 『退溪集』, 言行錄(四), 論理氣.

그 너머에 내재된 理가 발현하는 실상을 파악하여야만 하는 것이다.

〈도산십이곡〉에 나타난 자연은 모두 자연 그 자체의 의미만을 지니는 것이 아니라, 자연 그 너머 자연에 내재한 '理'를 보아야 하는 것이다. 〈도산십이곡〉은 이처럼 평범하고 사소한 자연에 내재된 '理'를 찾아내어 그것과 합일하여 '천인합일'의 상태를 이룸으로써 자연 속에서 심성을 기르고 마음을 바르게 하는 것을 추구하는 작품이라 할 수 있겠다.

5. 맺음말

본고는 〈도산십이곡〉의 전육곡 '언지'를 대상으로 하여 퇴계가 전육곡에 이름한 '언지'의 의미를 고찰하고, 전육곡인 '언지'의 구조와 이 '언지'의 중심 내용인 '자연'의 의미를 살펴보았다. 지금까지 논의를 요약하여 맺음말로 삼는다.

첫째, 퇴계의 '志'는 '道를 志'하며 언지시는 바로 '道에 志하는 심경'을 읊은 것이라는 견해를 수용하여 퇴계의 도학을 중심으로 '언지'의 의미를 살펴본 결과 '언지'는 '氣'에서 벗어나 '理'를 향하는 것이며 '기질지성'에서 '본연지성'을 되찾는 것이고 '인욕'을 막고 '천리'를 보존하는 것이라는 사실을 알 수 있었다.

둘째, 이러한 '언지'의 의미를 중심으로 〈도산십이곡〉 '언지'의 구조를 살펴본 결과, 제1연은 자연을 찾게 된 동기, 제2연은 자연 속에서의 유유자적한 생활, 제3연은 '결신난륜'에 대한 경계, 제4연은 망세에 대한 경계, 제5연은 자신의 마음에 대한 경계, 마지막 연은 자연의 理에 대한 깨달음의 구조로 되어 있어서 '언지'는 자연 속에서 뜻을 기르고 道를 구하여 자연의 이치를 발견하여 그것과 합일(合一)하여 가는 것을 노래한 것임을 밝혔다.

셋째, 자연의 이치를 발견하여 그것과 합일하여 가는 과정에서 제3·4·5연에서 노래한 결신난륜, 망세, 그리고 자신에 대한 끊임없는 경계를 통하여 자신의 성실성을 확보하여 진정한 자연의 理를 발견할 수 있었다. 이러한 끊임없는 경계를 통하여 자신의 성실성을 확보하여 진리에 도달해 나가는 것을 퇴계 자신의 도학적 용어를 빌려서 말한다면 '거경궁리'라 할 수 있을 것이다. 이 '거경궁리'의 자세가 〈도산십이곡〉을 '완세불공'한 데 떨어지지 않고, '온유돈후'하게 만들었던 것이다.

넷째, 〈도산십이곡〉 '언지'에는 여러 가지 자연물이 등장하는데, 이러한 자연은 모두 자연 그 자체의 의미만을 지니는 것이 아니라, 자연 그 너머 자연에 내재한 '理'를 발현하고 있는 것이다. 이것은 자연에 내재한 '理'를 찾아내어 그것과 합일함으로써 자신의 심성을 기르고 인격을 수양하는, 곧 '자연 속에서 도의를 기뻐하고 심성을 길러서 즐기는' 퇴계의 자연관 때문이라는 사실을 확인하였다.

마지막으로 〈도산십이곡〉은 '거경궁리'의 자세로 평범하고 사소한 자연에 내재된 '이'를 찾아내어 그것과 합일하여 '천인합일'의 상태를 이룸으로써 자연 속에서 심성을 기르고 마음을 바르게 하는 것을 추구하는 작품이라는 사실을 알았다.

본고는 〈도산십이곡〉 가운데 전육곡인 '언지'만을 대상으로 하였기 때문에 〈도산십이곡〉이라는 전체 작품 속에서도 본고에서 고찰한 '언지'의 구조와 그 내용이 타당성을 획득할 것인가 하는 문제와, 후육곡인 '언학'과의 상관 관계, 그리고 〈도산십이곡〉 전체에서 '언지'가 차지하는 의미 등의 문제들은 여전히 의문점으로 남아 있다. 이러한 문제에 대한 해명은 후고를 기약한다.

『초전장관진교수정년기념국문학논총』, 세종출판사, 1995.

II. 〈고산구곡가〉의 구조와 의미

1. 서론

〈고산구곡가〉는 〈도산십이곡〉과 함께 일찍부터 학계에 널리 알려진 작품이다. 따라서 이에 대한 연구도 많이 있었으나, 이 작품의 창작동기를 '先生作高山九曲歌 以擬武夷棹歌'[1]라 밝혀놓은 점과 또 이 작품의 서곡(序曲)에 있는 "어즈버 武夷를 想像ᄒ고 學朱子 ᄒ리라"라는 구절에 이끌려 기존의 연구는 주로 이 작품과 〈무이도가(武夷棹歌)〉와의 관련성을 해명하는 쪽에서 이루어졌다.[2]

그러나 문학작품이란 그 자체로 통일성과 완결성을 지니고 있는 미학적 구조물이라는 점을 고려할 때, 작품 자체의 예술적 형태 내지 구조의 해명도 문학작품의 의미나 내용을 파악하는 데 매우 중요한 일이라 생각된다. 특히 엄밀한 작품 외적 전거가 불충분한데도 불구하고 평면적으로 역사학의 성과를 그대로 시조연구에 받아들이거나 작품론마저 아직도 주석적 해명에 머무르고 있는 시조 연구의 현황으로 보아, 작품 자체만을 문제 삼고 그것의 미적 유기성을 파악하는 것도 의미 있는 작업이 될 것이다.

---

1) 『栗谷全書』, 권34.
2) 조윤제, 『한국시가사강』, 을유문화사, 1960, 271쪽; 황진성, 「고산구곡가연구」, 『동악어문논집』 제1집, 1965; 이민홍, 「고산구곡가와 무이도가고」 I,II, 『개신어문연구』 제1·2집, 1981-1982. 〈고산구곡가〉와 〈무이도가〉와의 상관성을 해명하는 작업은 두 가지 각도에서 이루어졌다. 하나는 〈고산구곡가〉를 〈무이도가〉의 모방작이라 보는 경우이고, 다른 하나는 〈무이도가〉의 영향을 받았으나 〈고산구곡가〉의 독창성을 인정하는 경우이다. 조윤제는 전자에 속하고, 황진성, 이민홍은 후자에 속한다.

따라서 본고에서는 〈무이도가〉와의 관련성은 일단 접어 두고, 〈고산구곡가〉라는 작품만을 대상으로 하여 이 작품의 유기적 짜임새 및 각 연의 의미구조를 파악하고, 그것을 바탕으로 하여 〈고산구곡가〉의 의미를 율곡의 자연관과 결부시켜 밝혀보고자 한다.

2. 작품의 유기적 구조

〈고산구곡가〉는 전 10수로 된 연시조 작품으로 매우 정연한 짜임새를 갖고있다. 제1연은 서곡이고, 제2연부터 제10연까지는 '고산구곡'의 경치를 제1곡 '관악'에서부터 제9곡 '문산'까지 차례로 읊고 있다. 먼저 작품 전부를 보인다.

高山九曲潭을 살룸이 모로더니
誅茅卜居ᄒ니 벗님네 다 오신다
어즈버 武夷를 想像ᄒ고 學朱子를 ᄒ리라.

一曲은 어듸미오 冠岩에 히 비쵠다
平蕪에 뇌 거드니 遠近이 그림이로다
松間에 綠樽을 노코 벗 오는양 보노라

二曲은 어듸미오 花岩에 春晚커다
碧波에 곳을 씌워 野外에 보뇌노라
사람이 勝地를 모로니 알게 흔들 엇더리.

三曲은 어듸미오 翠屛에 닙 퍼졋다
綠水에 山鳥는 下上其音 ᄒ는적의
盤松이 바름을 바드니 녀름景이 업시라

四曲은 어딘미오 松岩에 히 넘거다
潭心岩影은 온갓 빗치 즘겨세라
林泉이 깁도록 됴흐니 興을 계워 ᄒ노라.

五曲은 어딘미오 隱屛이 보기됴타
水邊精舍는 瀟洒홈도 ᄀ이업다
이 中에 講學도 ᄒ려니와 詠月吟風 ᄒ리라.

六曲은 어딘미오 釣峽에 물이닙다³⁾
나와 고기와 뉘야 더욱 즐기는고
黃昏에 낙듸를 메고 帶月歸를 ᄒ노라.

七曲은 어딘미오 楓岩에 秋色됴타
淸霜 엷게치니 絕壁이 錦繡ㅣ로다
寒岩에 혼ᄌ안쟈셔 집을잇고 잇노라.

八曲은 어딘미오 琴灘에 ᄃᆞᆯ이 붉다
玉軫金徽로 數三曲을 노는말이
古調를 알이업스니 혼ᄌ즐거 ᄒ노라.

九曲은 어딘미오 文山에 歲暮커다
奇岩怪石이 눈속에 무쳐셰라
遊人은 오지 아니ᄒ고 볼것업다 ᄒ더라⁴⁾

---

3) 『악학습령』에는 '물이 업다'로 되어 있으나, 『해동가요』(일석본, 주씨본)와 대조하여 '물이 닙다'로 하였다.
4) 『악학습령』작품번호 112–121, 동국대 한국문화연구소, 1978. 이하 〈고산구곡가〉의 인용은 모두 이 책을 따른다.

이 작품에서 가장 눈에 띄는 형식적 특징은 각 연의 제1행5)이다. 서곡인 제1연을 제외한 각 연의 제1행은 동일한 의미 마디를 가진 구문이 규칙적으로 반복되고 있다. 자연의 제1행은 의미 도막에 따라 네 개의 마디로 나누어진다.

첫째 마디인 제1음보6)에는 '一曲은', '二曲은'과 같이 '고산구곡'의 매 곡의 순서가 일곡에서 구곡까지 차례로 제시되어 있고, 둘째 마디인 제2음보에는 공통적으로 '어딕미오'라는 구절이 뒤따른다. 이 제1·2음보가 합해져서 '몇 곡은 어딕'라는 독특한 어법을 이루고 있다. 이 어법은 이 작품에서 서곡인 제1연을 제외한 나머지 아홉 수의 첫머리에 규칙적으로 반복되면서 시상을 불러 일으키며 서로 대등한 관계로 병렬되어 독립성을 유지하고 있는 매 수의 노래들에 형식적 통일성을 부여하여 그것들을 하나로 묶어 준다. 또한 매 곡의 순서를 차례로 제시하여 이 작품이 순차적 질서에 의하여 유기적으로 결합되어 있음을 보여주고 있다.

셋째 마디인 제 3음보에는 '冠岩에', '花岩에' 등으로 '고산구곡'의 매 곡의 명칭이 제시되어 있다. 여기서 제시된 매 곡의 명칭은 모두 처소격조사 '−에'와 결합하여 공간화되어 있다. 따라서 '관암에', '화암에' 등은 '고산구곡'의 매 곡의 명칭을 제시하면서, 아울러 이 작품의 공간적 질서를 나타내고 있다.

마지막 제4음보에는 제3음보에서 제시된 '고산구곡'의 매 곡의 상태에 대한 설명이 나타나 있다. 이 상태에 대한 설명에는 시간적 질서가 추가 되어 있다. 즉 '히 비췬다'(제1곡), '히 넘거다'(제2곡), '돌이 붉다'(제8곡) 등에는 하루의 시간적 흐름이 나타나 있고, '春晩커다'(제2곡), '닙퍼젓다'(제3곡), '秋色 됴타'(제7곡), '歲暮커다'(제9곡) 등에는 한 해의 계절적 흐름이 표현되어 있다.

---

5) '행'은 시조 시형을 3행의 정형시로 파악한 개념이다. 종래 3장의 '장'이란 용어는 역대로 음악과 관련해서 사용된 말이니, line의 의미로서는 '행'이란 용어를 사용함이 타당하다. 최동원, 『고시조론』, 삼영사, 1980, 144쪽 참조.
6) '음보'란 시조를 3행 12보격의 정형시로 파악한 개념이다.

따라서 마지막 제4음보의 상태에 대한 설명은 바로 시간적 질서를 제시하고 있다 할 수 있다.

이렇게 볼 때 각 연의 제1행은 다음과 같은 동일한 의미 마디를 가진 동일한 구분으로 짜여져 있다.

　　각 연의 제1행 첫째 마디 : 매 곡의 순서
　　　　　　둘째 마디 : 어디미오
　　　　　　셋째 마디 : 매 곡의 명칭
　　　　　　넷째 마디 : 시간적 질서

이와 같은 동일한 의미 마디를 가진 동일한 구문이 각 연의 제1행에 규칙적으로 반복되어 나타나 각 연의 노래 사이에 동질적 요소를 부여하여 서로 유기적 관련을 맺도록 함으로써, 서로 대등한 관계로 병렬되어 독립성을 유지하고 있는 매 수의 노래들을 형식적으로 하나로 묶어줄 뿐만 아니라, 〈고산구곡가〉 전체가 한 편의 연시조로서 통일성을 갖는 데 기여하고 있다.

이렇게 각 연의 제1행에 반복되는 의미 마디들은 다시 종적으로 밀접하게 통합됨으로써, 각 연과 연 사이를 더욱더 유기적으로 맺어주고 있다.

각 연 제1행의 첫째 마디에서 제시된 '매 곡의 순서'는 각 연 제1행의 첫째 마디가 '고산구곡'의 순서에 따라 순차적으로 통합되어 있음을 보여주는 것이다. 각 연 제1행의 첫째 마디가 이렇게 순차성에 의하여 통합된 것은 각 연의 시상(詩想)들이 '고산구곡'의 순서에 따라서 진행되고 있으며, 아울러 각 연과 연 사이의 관계가 이 순차적 질서에 의하여 유기적으로 짜여져 있음을 보여주는 것이라 하겠다.

둘째 마디의 '어디미오'는 동일한 어휘의 반복이다. 이 말은 제2연부터 마지막 연까지 규칙적으로 반복되면서, 첫째 마디의 '매 곡의 순서'와 결합되어 '몇

곡은 어딕믜오'라는 동일한 어구를 형성한다. 이 어구가 매 연의 첫머리에 반복됨으로써 각 연과 연 사이에 동질성을 부여하여, 각 연과 연이 서로 긴밀하게 연결되고 나아가 작품 전체가 유기적 관련성을 갖도록 하고 있다.

셋째 마디는 '매 곡의 명칭'이 공간화되어 나타나 있다. 제1곡의 '관암', 제2곡의 '화암', 제3곡의 '취병', 제4곡의 '송암', 제5곡의 '은병', 제6곡의 '조협', 제7곡의 '풍암', 제8곡의 '금탄' 제9곡의 '문산' 등 셋째 마디에 제시된 매 곡의 명칭은 각각 서로 대등한 관계로 병렬되어 상호 독립성을 유지하고 있지만, 전체 작품의 질서 안에서는 모두 서곡의 '고산구곡담'에 병합된다. 즉 서곡의 '고산구곡담'과 제1곡 '관암'에서 제9곡 '문산'까지의 각각의 자연은 전체와 부분과의 관계에 놓여져 환유적 구성원리로 통합되고7), 제1곡 '관암'에서 제9곡 '문산'까지의 각각의 상호관계는 매 수의 첫머리에 부여된 매 곡의 순서에 따라 인접성의 원리에8) 의해 제1곡 '관암'에서 제9곡 '문산'에 이르기까지 차례대로 통합되어 작품 전체에 유기적인 공간적 질서를 부여하고 있다.

마지막 넷째 마디에는 아침부터 저녁을 거쳐 밤에 이르는 하루의 시간적 질서와 봄, 여름, 가을을 거쳐 겨울에 이르는 한 해의 계절적 질서가 순차적으로 드러나 있다. 앞에서 살펴본 바와 같이 하루의 시간적 흐름이 나타난 곳은 제1곡(아침), 제4곡(저녁), 제6곡(황혼), 그리고 제8곡(밤)이며, 한 해의 계절적 변화가 드러난 곳은 제2곡(봄), 제3곡(여름), 제7곡(가을), 그리고 제9곡(겨울)이다.

〈고산구곡가〉전 10연의 노래 중에서 단지 제1연인 서곡과 제6연인 제5곡에만 시간적 질서가 드러나지 않는다.9) 그것은 작자의 삶의 태도와 밀접한

---

7) T.Hawkes, 오원교 옮김, 『구조주의와 기호학』, 신아사, 1982, 106쪽.
8) T.Hawkes, 위의 책, 107쪽.
9) 김대행님은 서곡과 제5곡에 시간적 질서가 드러나지 않음을 지적하고 그 이유를 이 두 수의 시조는 각기 그 다음에 오는 시조의 태도를 집약해서 표현하고 있기 때문이라고 하였다.(『시조유형론』, 이대출판부, 1986, 319쪽.) 그러나 본고에서는 각도를 달리

관련성이 있다고 생각된다.

이 작품에서 작자의 삶의 태도는 각 연의 제3행에서 가장 단적으로 드러나는데[10] 시간적 질서는 바로 이 작자의 삶의 태도와 밀접한 상관관계를 갖고 나타난다. 즉 아침에 '벗오는' 것을 기다리며(제1곡), 저녁에는 '임천에 흥을 계워'하며(제4곡), 황혼에는 '낙딕를 메고 帶月歸'하고(제6곡), 달밤에는 '고조를 즐거ᄒᆞᄂᆞᆫ' 것(제8곡), 이것은 바로 작자가 '고산구곡담'에 몸 담고 있으면서, 하루의 시간의 흐름을 따라서 행하는 생활 양상인 것이다. 반면에 '곳을 셕워 승지를 알리고'(제2곡), '바롬을 받아 여름景이 업는' 것(제3곡), '한암에 혼ᄌᆞ안쟈셔 집을 잇고 잇는' 것(제7곡), '눈속에 무쳐 유인이 오지 아니ᄒᆞᄂᆞᆫ' 것(제9곡) 등에 나타난 작자의 생활 양상은 계절적 특성과 매우 밀접한 상관관계를 가지는 것이다.

그런데 서곡과 제5곡에 드러난 작자의 삶의 태도는 '학주자(學朱子)'와 '강학(講學)'이다. '학주자'와 '강학'의 의미는 자기 수양과 학문에의 정진이다. 도학자, 특히 율곡과 같은 위대한 도학자의 삶에 있어서는 자기 수양과 학문에의 정진은 계절과 시간에 구애됨이 없이 추구해야 하는 자신의 본분인 것이다. 따라서 일상생활 속에서 늘 추구해야 하는 '학주자'와 '강학'을 노래하는 서곡과 제5곡에서는 일정한 시간과 계절을 나타낼 필요가 없다. 이렇게 시간적 질서를 작자의 삶의 태도와 연관지어 생각할 때 서곡과 제5곡에서 시간적 질서가 드러나지 않은 까닭도 분명히 밝혀진다.

또 이 작품에서는 시간적·계절적 질서를 각 연에 아주 유기적으로 배치하고 있다. 즉 하루의 시간의 흐름을 제2연(아침), 제5연(저녁), 제7연(황혼), 제9연(밤)에, 그리고 한 해의 계절적 변화를 제3연(봄), 제4연(여름), 제8연(가을), 제10연(겨울)에 차례로 배치하여 하루의 시간의 흐름과 한 해의 계절

하여 작자의 삶의 태도와 관련하여 그 이유를 파악하였다.
10) 여기에 대해서는 본 논문 '3. 각 연의 의미구조'를 참조.

적 변화를 서로 맞물리게 구성해 놓았다. 이렇게 시간적·계절적 질서를 각 연에 교차하여 배치함으로써 하루의 시간적 질서가 아침에서 밤으로 마무리될 때, 계절적 질서도 이와 유기적 관련을 가지면서 자연스럽게 봄에서 겨울에 이르러 마무리되도록 작품의 구조가 짜여져 있어, 작품 전체가 시간적·계절적 질서에 의하여 순차적으로 완결되고 있음을 보여준다.

이상에서 살펴 본 바와 같이 각 연 제1행에서 반복되는 의미 마디들은 다시 종적으로 각 의미 마디 사이의 통합관계에서 긴밀한 관련을 맺음으로써 작품 전체의 구조를 더욱 유기적으로 짜여지도록 하고 있다. 즉 '매 곡의 순서'는 종적으로 '고산구곡'의 순서에 따른 순차성에 의하여 통합되고, '어디미오'는 매 연마다 반복되어 동질성을 부여한다. 그리고 '공간적 질서'는 부분과 전체의 관계, 그리고 인접성의 원리에 의하여 통합되어 유기적 공간질서를 부여하며, '시간적 질서'는 순차적 완결성에 의하여 이 작품의 유기적 짜임새를 돕고 있다.

3. 각 연의 의미구조

이 작품의 유기적 구조는 이러한 형식적인 구조뿐만 아니라 각 연의 의미구조를 고찰할 때에도 확연히 드러나게 된다. 〈고산구곡가〉는 전 10수로 된 연시조 작품이지만 매 연마다 시상이 발전적으로 전개되는 것이 아니라, 각각의 연들이 서로 대등한 관계로 병렬되어 있으면서, '고산구곡'의 순서에 따른 순차성, 공간적 질서 그리고 시간적 질서에 의한 순차적 완결성 등을 통해 각 연의 작품들이 전체적으로 한 편의 작품으로 긴밀하게 구성되어 있다. 따라서 각 연을 구성하고 있는 의미구조는 매 연마다 달라지지 않고 매 연마다 동일하게 반복되어 나타난다.

먼저 각 연의 제1행을 보자.[11]

○ 一曲은 어디미오 冠岩에 히 비췬다.

○ 二曲은 어디미오 花岩에 春晩커다.

○ 三曲은 어디미오 翠屏에 닙 퍼젓다.

○ 四曲은 어디미오 松岩에 히 넘기다.

○ 五曲은 어디미오 隱屏에 보기됴타.

○ 六曲은 어디미오 釣峽에 물이 넙다.

○ 七曲은 어디미오 楓岩에 秋色됴타.

○ 八曲은 어디미오 琴灘에 들어 붉다.

○ 九曲은 어디미오 文山에 歲暮커다.

각 연의 제1행의 제1·2음보는 의미의 구성에는 보조적인 역할만을 수행한다. 의미의 구성을 주로 담당하고 있는 쪽은 제3·4음보라 할 수 있다. 여기에서는 자연이 아주 객관적으로 제시되고 있다. 즉 '冠岩에 히 비췬다' '花岩에 春晩커다' 등은 단지 실제 자연 그 자체의 묘사일 뿐, 여기에서 구체적인 화자의 모습은 발견할 수 없다. 구체적인 화자의 모습은 시의 전면에 드러나지 않고 다만 그의 관찰만이 객관적으로 제시되고 있을 뿐이다. 따라서 화자는 대상인 자연과는 일정한 거리를 유지하는 객관성을 띠고 있으며, 이 거리는 인간적 관점을 배제한 것 만큼의 거리이다.[12] '隱屏이 보기됴타', '楓岩에 秋色됴타' 등에서 화자의 주관적 감정 표출을 엿볼 수 있다고 할 지는 모르겠으나, '-됴타'라는 이 말은 화자의 주관적 감정 표출이라기보다는 오히려 객관적 사실의 긍정으로 받아들이는 것이 보다 타당할 것이다.

---

11) 시조에서 의미의 단위는 반드시 행으로 구성되어 있는 것은 아니다. 구로 이루어지는 작품도 있고 행으로 구성된 작품도 있다. 그러나 〈고산구곡가〉는 제1행을 제외한 제2·3행은 모두 행으로 의미 단위가 구성되어 있고, 제1행도 첫째구가 상투적인 반복으로 의미의 구성에 보조적인 역할만을 한다는 점을 감안하여, 본고에서는 행을 의미 단위로 삼아 논의를 진행해 나간다.

12) 김준오, 『시론』, 문장사, 1982, 332쪽.

이렇게 볼 때 제1행에서 제시되고 있는 바는 객관적이면서도 있는 그대로 묘사한 현상적 자연이라 할 수 있다.

각 연의 제2행을 살펴보면 다음과 같다.

- ○ 平蕪에 닉거드니 遠山이 그림이로다.
- ○ 碧波에 곳을띄워 野外로 보닉노라.
- ○ 綠樹에 山鳥는 下上其音 ᄒ는적의
- ○ 潭心 岩影은 온갖빗치 즘겨셰라.
- ○ 水邊 精舍은 瀟麗홈도 ᄀ이업다.
- ○ 나와 고기와 뉘야 더욱 즐기는고
- ○ 淸霜 엷게치니 絕壁이 錦繡ㅣ로다.
- ○ 玉轸 金微로 數三曲을 노는말이
- ○ 奇巖 怪石 이 눈속에 무쳐셰라.

제2행에서는 제1행에서 제시된 현상적 자연에 화자의 경험이 은밀히 내재됨으로써 시상은 발전적으로 전개되고 대상인 자연은 더욱 구체화된 양상을 띤다. '그림이로다', '즘겨셰라', '錦繡ㅣ로다', '무쳐셰라' 등에 드러나는 감탄형 어미 '-로다', '-셰라'에서 화자의 자기표출을 감지할 수 있다. 그러나 이러한 경험을 통한 화자의 자기표출은 대상에 대한 화자의 의지나 정서라기보다 대상 그 자체에 대한 냉정한 관조나 자연스런 영탄으로 일관하고 있는 것이라 하겠다.

왜냐하면 이 때의 경험이란 '자연이 화자의 〈거울[心]〉에 반사되어 표출되었다는 의미'이기[13] 때문이다. 즉 '平蕪에 닉거드니 遠山이 그림이로다', '潭心 岩影은 온갖빗치 즘겨셰라.'와 같이 화자가 대상인 자연을 있는 그대로 '거울[心]'에 비추듯 묘사함으로써 경험적 현상에 귀일하고자 하는 태도를 보이

---

13) 윤재근, 『한국시문학비평』, 일지사, 1980, 13쪽.

기 때문이다. 따라서 각 연의 제2행에서는 제1행의 현상적 자연이 화자의 '마음의 거울'에 비추어져 반사된 자연, 즉 경험적 자연이 노래되고 있다.

각 연의 마지막 행에서는 이러한 자연 속에서의 화자 자신의 삶의 태도를 단적으로 제시하고 있다.

이것은 서곡인 제1연에 총체적인 모습으로 나타나 있다. 서곡의 제3행에서 '어즈버 武夷를 想像ㅎ고 學朱子를 ㅎ리라'라고 자신의 삶의 태도를 천명하고 있다. 이 때 '무이를 상상ㅎ고 학주자'하겠다는 것은 바로 주자가 무이의 자연 속에서 심성을 닦고 자연을 통하여 도체(道體)를 파악하여 자연의 진락(眞樂)을 즐긴 것처럼, 화자 자신도 고산(高山)의 자연 속에서 심성을 기르고 그 속에서 도체를 파악하여 자연의 진정한 즐거움을 맛보겠다는 의미이다.

화자의 이러한 삶의 태도는 '松間에 綠樽을 노코 벗 오는' 것을 기다리며, '黃昏에 낙듸를 메고 帶月歸'하는 등과 같이 자연과 완전히 동화된 경지를 보여주기도 하며, '寒岩에 혼ᄌ 안자셔 집을 잇고' 있을 만큼 관조와 사색에 잠기기도 한다. 또 때로는 '임천의 흥'을 이기지 못할 만큼 자연의 흥취에 취하기도 하며, 달밤에 '고조를 혼자 즐기기'도 하는 등, 각 연의 제3행에서는 화자 자신의 삶의 태도를 다양한 모습으로 제시하고 있다.

이상에서 논의된 각 연의 의미구조를 간추리면 다음과 같다.

제1행 : 현상적 자연
제2행 : 경험적 자연
제3행 : 화자의 삶의 태도

〈고산구곡가〉의 각 연은 서곡을 제외하고는 모두 위와 같은 동일한 의미구조로 짜여져 있다. 이러한 각 연의 의미구조는 매 연마다 되풀이 되면서 작품 전체에 통일적 인상을 부여하여 이 작품의 유기적 구성에 기여하는 동시에 〈고산구곡가〉의 의미와도 긴밀한 상관관계를 가진다.

4. 〈고산구곡가〉의 의미

지금까지 학계에서는 〈고산구곡가〉의 의미에 대하여는 '입도차제(入道次第)'의 도학자로 보는 견해14)와 상자연(賞自然)의 순수한 서경시로 파악하려는 견해15)가 서로 대립되어 왔다. 이것은 이 작품의 서곡에서는 '學朱子를 ᄒ리라'라고 노래한 다음 제1곡 이하 9곡까지에서는 순수한 서경을 읊고 있기 때문에 빚어진 결과이다. 어쨌든 '고산구곡'이라는 자연을 대상으로 하고 있다는 점에서 이 작품은 율곡의 삶과 자연관을 반영하고 있다고 보아도 무방할 것이다. 왜냐하면 율곡은 학행일치(學行一致)를 주장하던 도학자였으며, 위대한 철학자였다. 따라서 그의 모든 사상은 생활 속에 깊이 스며들어 사상과 행동이 일치했으며, 문학 또한 마찬가지라고 할 수 있기 때문이다. 이런 점에서 이 작품의 의미를 바로 파악하기 위해서는 먼저 율곡의 자연관을 알아볼 필요가 있다.

천지간의 모든 사물에는 각기 이(理)가 있다. 위로는 일월성신(日月星辰)으로부터 아래로 초목산천(草木山川), 미세하게는 조박외신(糟粕煨燼)에 이르기까지 모두 도체(道體)가 깃들인 것이며, 지극한 가르침이 아닌 것이 없다. 사람이 비록 아침저녁으로 이것들을 접하면서 이것들이 지닌 오묘한 이치를 파악하지 못한다면 차라리 못보는 것과 무엇이 다르겠는가. 선비가 금강산에 가서 그저 눈으로 그 겉모습만 보고 산수의 취의(趣意)를 깊이 알지 못한다면 백성이 날마다 쓰면서도 모르는 것과 다를 바가 없다. 그렇다면 홍장(洪丈)은 가히 산수(山水)의 깊은 취의를 안다고 하겠는가. 하지만 단지 산수의 취의를 알 뿐 도체를 보지 못한다면 산수를 아는 것보다 귀함이 없다.16)

---

14) 황진성, 앞의 논문.

15) 이민홍, 『사림파 문학의 연구』, 형설출판사, 1985, 200-201쪽.

16) 天壤之間 物各有理 上自日月星辰 下至草木山川 微至糟粕煨燼 皆道體所寓 無非至敎 人雖
朝夕寓目 不知厥理則 與不見何異哉 士之遊金剛者 亦目見而已 不能深知山水之趣則 與百姓

율곡은 자연을 보는 세 단계를 설명하고 있다. 첫 단계는 다만 눈으로 보는 것이며, 둘째 단계는 산수의 흥취를 깊이 아는 것이고, 세 번째 단계는 자연을 통하여 도체를 파악하는 것이라 하였다.

이것은 똑같은 자연을 보되 사람에 따라서는 다만 눈으로 그 겉모습만을 보기도 하고, 산수의 흥취를 깊이 아는 경우도 있으며, 그것을 통하여 도체를 파악하기도 한다는 의미이다. 또 이 세 단계는 한 사람이 자연을 대하면서 도체를 파악해 가는 과정을 차례로 말하고 있는 것으로도 해석할 수 있다. 즉한 사람이 자연을 대할 때 제일 먼저 눈으로 그 겉모습을 보게 되고, 다음에는 자연의 흥취를 깊이 알게 되고, 마지막으로 그 속에서 도체를 파악하게 되는 과정을 말하고 있는 것이다.

〈고산구곡가〉는 앞서 구조분석에서도 밝혀졌듯이 '고산구곡'에 해당되는 '관암' 이하 '문산'까지 각각의 자연들이 서로 대등한 관계로 각 연에 병렬되어 있고, 각 연은 동일한 의미구조로 짜여져 매 연마다 이 의미구조가 반복되고 있는 작품이다. 따라서 이 작품의 의미를 고도의 상징적인 수법을 써서 道에 이르는 과정을 1곡에서부터 9곡에 이르기까지 단계적으로 노래하고 있다는 견해는, '고산구곡'의 병렬관계나 매 연마다 동일한 의미구조가 반복되고 있는 작품 자체의 구조원리에 비추어 볼 때 깊은 설득력은 얻을 수 없다고 생각된다. 〈고산구곡가〉의 의미는 작품 자체의 구조원리인 매 연마다 반복되는 동일한 의미구조와 자연관과의 관련 속에서 천착되어야 할 것이다.

각 연의 제1행에서는 현상적 자연이 노래되고 있다. 실제 그대로의 자연이 화자의 객관적 관찰을 통하여 제시된 것이다. 따라서 눈으로 그 겉모습만 바라본 것에 해당된다. 화자가 '고산구곡'이라는 자연 대상을 마주했을 때 우선 화자의 눈에 비치는 그대로 묘사한 것이 바로 제1연의 현상적 자연이다. 이것

日用而不知者無別矣 若洪丈可謂深知山水之趣者乎 雖然但知山水之趣 而不知道體則 亦無貴乎知山水矣.〈洪耻齋仁祐遊楓嶽錄跋〉,『栗谷全書』권13.

은 이른바 자연관에서 이야기된 자연을 보는 첫째 단계이다. 따라서 각 연의 의미구조 중 제1행의 현상적 자연은 바로 자연을 보는 첫째 단계에 해당되는 것을 알 수 있다.

제2행에서는 경험적 자연이 노래되고 있다. 경험적 자연이란 실제 자연이 화자의 '마음의 거울'에 비치듯 묘사된 자연이다. 다시 말하면 자연을 일정한 거리를 두고 관조하는 데서 마음에 느껴진 풍경이라 할 수 있다. 이것은 바로 자연을 보는 두 번째 단계인 산수의 흥취를 아는 것과 연관된다. 왜냐하면 자연의 흥취란 바로 "명경지수(明鏡之水)처럼 고요하여 그 수면에 자연의 경물이 어리듯 심(心)이 자연의 경물을 그저 바라만 보고 있을 때, 그 순간의 연속이 락(樂)이며, 心의 동요가 없는 흥(興)"[17]이기 때문이다. 화자 자신이 '고산구곡'이란 자연 대상을 조용한 관조의 마음으로 바라보았을 때 느낄 수 있는 '흥'을 노래한 것이 바로 각 연의 제2행이라 할 수 있다.

자연을 바라보는 마지막 단계는 자연을 통하여 도체를 파악하는 것이다. 자연을 통하여 도체를 파악한다는 것은 어떠한 것을 의미하는 것일까?

오호라 외물(外物)에 기쁨을 느끼는 것은 모두 진락(眞樂)이 아니다. 군자가 기뻐하는 바는 안에 있고 밖에 있지 않다. 그런즉 그것이 우뚝 솟아 오르거나 또는 흐르는 것은 우리들에게 무관하다. 그런데 옛날 성현이 이를 즐긴 까닭은 무엇인가. 대체로 안과 밖을 분리하여 둘로 나눈다면 그것은 진락을 모른다. 반드시 안과 밖을 하나로 하고 피(彼)와 차(此)를 없앤다면 진락을 아는 것이다. 천리는 본래 안과 밖이 없는데, 안과 밖이 있게 된 것은 인간의 마음에서 온 것인즉 진실로 욕심을 버린다면 호연자득(浩然自得)케 된다. 그러니 어찌 가서 즐겁지 않겠는가.[18]

---

17) 윤재근, 앞의 책, 15쪽.
18) 嗚呼 外物之可樂者 皆非眞樂也 君子之所樂 在內而不在外則 彼之峙且流者 無與於我 而古之聖賢尚有樂之者 其故何耶 蓋分內外而二之者 非知眞樂者也 必也一內外無彼此者 其知眞樂乎 天理本無內外之間 彼有內外 必有人欲間之也 苟無人欲之間則 浩然自得 焉往而不樂

'안'과 '밖'을 분리하여 둘로 나눈다면 그것은 '진락'을 모르는 것이라 하였고, '안'과 '밖'을 하나로 하고 '피'와 '차'를 없앤다면 '진락'을 아는 것이라 하였다. 여기서 '안'이란 자연을 바라보는 주체, 즉 '인간'이며 '밖'이란 대상, 즉 '자연'이다. 따라서 '안'과 '밖'을 하나로 한다는 것은 바로 주객일체(主客一體), 물심일여(物心一如)의 경지, 즉 자연과 인간이 완전히 하나로 동화된 상태를 말한다. 이렇게 주체인 인간과 객체인 자연이 완전히 하나로 동화된 상태에서 비로소 진락을 느낄 수 있었다. '진락'이란 바로 자연 속에서 도체를 파악하였을 때 느끼는 기쁨인 것이다.

자연 속에서 도체를 발견하는 진락을 맛보기 위해서는 무엇보다도 욕심을 버리는 무심(無心)의 상태가 되어야 함을 강조하고 있다. '무심'이란 '자아소멸의 상태'이며[19] '비집착의 경지'이다.[20] 자아소멸이란 자아가 자기 자신을 잊어버리고 대상에 완전히 몰입되는 경지를 말한다. 즉 대상인 자연과 자아가 하나로 완전 동화된 상태인 것이다.

율곡이 〈고산구곡가〉에서 궁극적으로 추구하고 있는 세계는 바로 이 무심과 자연과의 완전한 동화의 경지라 할 것이다. 이러한 경지는 작자 자신의 삶의 태도를 말하고 있는 각 연의 제3행에서 잘 드러나고 있다.

○ 般松이 바룸을 바드니 여름景업싀라.
○ 林泉이 깁도록 됴흐니 興을 계워 ᄒᆞ노라

대상과 자아는 서로 구별이 없게 되어 무아의 경지에 들어가게 되고, 시적 자아는 대상인 자연에 완전히 흡수되어 하나로 동화된 조화의 세계를 보여주

哉. 〈松崖記〉, 『栗谷全書』, 권32.
19) 김준오, 『가면의 해석학』, 이우출판사, 1985, 78쪽.
20) 최진원, 『국문학과 자연』, 성대출판부, 1981, 81쪽.

고 있다. 설혹 시적 자아의 모습이 나타난다 할지라도 그것은 이미 '탈인칭적으로 서경화'[21]되어 버린 모습으로 나타나게 된다.

○ 黃昏에 낙덕를 메고 帶月歸를 ㅎ노라.
○ 寒岩에 혼ᄌ안쟈셔 집을잇고 잇노라.

마치 한 폭의 동양화를 연상게 하는 이 구절들에서는 황혼에 낙덕를 메고 달빛을 받으며 돌아오는 자아의 모습을 그릴 수 있다. 그러나 이 그림의 초점은 달빛 받고 돌아오는 자아가 아니라 화면을 가득 메우고 있는 무심한 달빛에 맞추어져 있다. 이 때의 자아는 벌써 서경화되고 도구화된 '원인무목(遠人無目)'의 인간화이다.[22] 한암에 혼자 앉아서 집을 잊고 있는 자아는 집뿐만 아니라 자기 자신도 잊고 있으며, 나아가 인간의 모습도 잊은 채 서경화되어 나타나고 있다. 즉 자아가 자연에 완전히 몰입되어 동화된 경지를 보이는 것이다.

위에서 살펴본 바와 같이 각 연의 제3행에서 드러난 삶의 태도는 자연을 통하여 도체를 파악하는 자세를 말한다. 자연을 통하여 도체를 파악한다는 것은 자연과 완전히 동화된 무심의 경지를 추구함으로써 자연 속에서 진락을 느끼려는 자세를 말하는 것이다.

〈고산구곡가〉는 각 연의 의미구조에 따라서 제1행에서는 현상적 자연을 통하여 눈으로 보는 그대로의 자연을 제시하고, 제2행에서는 자연 속에서 느낀 흥취를 경험적 자연을 통하여 노래했다. 마지막 제3행에서는 자연과 완전히 동화된 경지를 추구하는 삶의 태도를 보여주고 있다. 따라서 이 작품은 제1곡부터 제9곡까지의 매 연이 단계적으로 도를 깨달아 가는 과정을 상징적으로

---

21) 김준오, 앞의 책, 78쪽.
22) 최진원, 앞의 책, 92-93쪽.

노래한 시라기보다는 자연과 완전히 동화된 경지에 이르는 과정과 그 속에서 추구하려 했던 진락을 매 연마다 반복하면서 노래하고 있는 작품이다. 즉 율곡은 '고산구곡'이라는 자연을 통하여 자연과 완전히 동화된 경지에 이르는 과정을, 그의 자연관에 따라서 매 연의 제1행, 2행, 3행에서 차례로 노래함으로써 그 속에서 자연의 진락을 추구했던 것이다.

이 작품이 순수한 자연의 이미지로 노래되고 있는 것은[23] 제1행의 사실적 자연묘사, 제2행의 관조를 통한 자연의 투사, 제3행의 무심의 경지에서 비롯된 탈인칭적 서경화 등에 기인된 것이다. 또 〈고산구곡가〉가 순수한 자연을 묘사하는 시이면서도 도학가(道學歌)적 성격을 드러내는 이유는 바로 자연 속에서 도체를 파악하려는 율곡의 자연관에서 비롯된 것이다.

5. 결론

본고에서는 〈고산구곡가〉를 대상으로 하여 이 작품의 유기적 짜임을 밝히고, 그것을 바탕으로 각 연의 의미구조 및 〈고산구곡가〉의 의미를 파악하였다. 지금까지 논의된 바를 간추려 결론으로 삼는다.

1. 〈고산구곡가〉 각 연의 제1행은 매 곡의 순서, '어디미오', 매 곡의 명칭, 그리고 시간적 질서라는 동일한 의미 마디를 가진 동일한 구문으로 짜여져 있다. 이 의미 마디가 각 연에 규칙적으로 반복되어 나타나 연과 연 사이에 동질적 요소를 부여하여 서로 유기적 관련을 맺도록 함으로써 각 연의 노래를 형식적으로 하나로 묶어주고, 이 작품 전체가 한 편의 연시조로서 통일성을 갖게 한다.

---

23) 김대행은 〈고산구곡가〉를 순수한 자연의 이미지로 노래되고 있다고 규정하고 그 이유를 율곡의 주기론적 철학사상으로 설명하고 있다(김대행, 『시조유형론』, 이대출판부, 1986). 본고에서는 시각을 달리하여 작품의 구조원리와 그의 자연관에 기인된 것이라고 보았다.

2. 제1행에 반복되는 의미 마디는 다시 종적으로 '고산구곡'의 순서에 따른 순차성, 공간적 질서, 그리고 시간적 질서에 의한 순차적 완결성에 의하여 긴밀하게 통합됨으로써 작품의 유기적 통일성에 기여하고 있다.

3. 〈고산구곡가〉는 전 10수로 된 연시조 작품이지만 시상이 발전적으로 전개되는 것이 아니고, 매 연이 동일한 의미구조를 가지고 반복되는 형식으로 구성되어 있다. 각 연의 의미구조는 제1행 현상적 자연, 제2행 경험적 자연, 제3행 화자의 삶의 태도로 짜여져 있다.

4. 이 작품은 각 연의 의미구조에 따라서 '고산구곡'이라는 자연을 통하여 자연과 완전히 동화된 경지에 이르는 과정과 그 속에서 느끼는 진락을 매 연마다 반복하면서 노래하고 있는 작품이다. 이 작품이 순수한 자연을 묘사하는 시이면서도 도학가적 성격을 드러내는 이유는 바로 율곡의 자연관에서 비롯된 것이다.

『국어국문학』 제24집, 부산대학교 국어국문학과, 1987.

III. 〈주로원격양가〉의 구조와 의미

1. 머리말

〈주로원격양가(酒老園擊壤歌)〉는 조황이 지은 연시조 작품이다. 조황(趙榥, 1803 - ?)은 널리 알려진 바와 같이 140수의 시조 작품을 남기고 있어[1] 작품 수로 본다면 이세보, 안민영에 이은 세 번째 다작 작가로, 시조문학사적으로 매우 중요한 작가이다. 그럼에도 불구하고 조황이나 그의 시조에 대한 연구는 지금까지 3편[2]에 불과할 정도로 매우 부진한 편이었다. 조황 시조에 대한 연구가 부진한 이유는 그의 전기적 사실을 알 수 있는 자료가 거의 남아 전하지 않아 생애가 불분명하고, 그의 작품 대부분이 유교적 교훈을 나열하여 작품의 질이 떨어진다고 판단되었기[3] 때문이라 생각된다.

지금까지 조황에 대한 연구는 대개 생애를 살피거나 재구성하여 보고, 그의

---

1) 조황은 『삼죽사류』에 111수, 『삼죽사류이본』에 92수의 작품의 작품을 남기고 있다. 심재완에 따르면 『삼죽사류이본』은 초고본이고, 『삼죽사류』는 완본인데, 『삼죽사류이본』 가운데 『삼죽사류』와 중복되지 않는 작품은 29수이다. 따라서 조황이 남긴 작품은 모두 140수다. 심재완, 『시조의 문헌적 연구』, 세종문화사, 1972, 31-34쪽.

2) 조황이나 그의 시조 작품을 중심적으로 연구한 것을 말한다. 그 외 19세기 시조를 논의하는 과정에서 그 한 부분으로 조황의 시조를 다룬 것이 있는데, 아래 두 편이 대표적이다.
   고미숙, 『19세기 시조의 예술사적 의미』, 태학사, 1998, 247-262쪽.
   이동연, 『19세기 시조 예술론』, 월인, 2000, 57-98쪽.

3) 조동일은 조황의 작품을 "서학을 배격하고, 유학의 교훈을 늘어놓는 데 그치고 상투적인 문구를 적당하게 배열한 것이 대부분이다"라고 하면서 "질이 양을 따르지 못한다"라고 평가하였다. 조동일, 제3판 『한국문학통사3』, 지식산업사, 2003, 306쪽.

작품 가운데 주목할 만한 몇몇 작품을 선별하여 그 의미를 부여하거나 현실인
식의 방향을 고찰하여 당대적 의미를 파악하고 있을 뿐, 그의 작품 자체에 대
한 본격적인 연구는 찾아 볼 수 없는 실정이다. 정명세는 여러 문헌에 흩어져
있는 자료를 모아 조황의 생애를 살펴보고, 그의 작품 가운데 현실 비판적인
시조를 중심으로 그 배경과 내용을 살피고 가치를 평가하였다.4) 조규익은
『삼죽사류(三竹詞流)』에 실려있는 작품의 서·발문을 중심으로 조황의 문학
정신과 세계를 고찰하였다.5) 정흥모는 『순창조씨세보(淳昌趙氏世譜)』와 시
조, 그리고 각종 서·발을 통해서 조황의 가계와 생애를 재구성하여, 그의 현
실인식이 어디에 기반하고 있는가를 규명하고 그의 시조의 당대적 의미를 고
찰하였다.6)

이러한 앞선 연구들은 조황 시조 연구의 기틀을 닦고 이해의 깊이를 더했다
는 점에서 일정한 성과를 거둔 것이 사실이다. 그러나 조황의 작품에 대해 특
별한 성향을 보이는 몇몇 작품을 선별하여 검토하고 그 의미를 부여할 경우,
그의 작품에 나타난 하나의 경향은 파악할 수 있겠지만 그의 작품이 지닌 총
체적 의미를 파악할 수 없는 것도 사실이다. 특히 조황의 시조는 모두 제목이
분명하게 표기된 연시조 작품이다.7) 한 편의 연시조 작품은 단시조의 단순한
집합이 아니라, 여러 수의 단시조가 어떤 질서에 따라 서로 유기적으로 연결
되어 하나의 의미 있는 통일체를 이루고 있는 것이다. 따라서 연시조 작품은
각각의 단시조를 개별 작품으로 분리하여 이해하기보다는 그 전체를 하나의
작품으로 연구하여야만 작품의 총체적인 의미를 파악할 수 있다.

---

4) 정명세, 「조삼죽시조의 연구」, 『어문학』 제48집, 한국어문학회, 1986.
5) 조규익, 「조황의 노래」, 『가곡창사의 국문학적 본질』, 집문당, 1994.
6) 정흥모, 「삼죽 조황의 시조연구」, 『19세기 시가문학의 탐구』, 집문당, 1995.
7) 『삼죽사류』에 실려있는 조황의 작품은, 〈人道行〉 10수, 〈箕裘謠〉 40수, 〈酒老園擊壤歌〉
   30수, 〈乘桴吟〉 20수, 〈訓民歌〉 10수 등의 연시조 5편과 〈白玉樓上樑文〉에 포함된 1수의
   평시조로 모두 111수이다.

이런 인식 하에 본고에서는 조황의 다섯 편의 연시조 작품 가운데 〈주로원격양가〉를 다루고자 한다. 이 작품이 다른 네 편에 비해 유교적 이념의 편향성이 가장 약할 뿐만 아니라 향촌에서의 그의 삶과 의식을 비교적 잘 드러내고 있기 때문이다. 이 작품에 대한 정확한 이해는 조황과 그의 문학을 파악하는 하나의 기준이 될 것이라고 생각한다.

이를 위하여 본고에서 우선 〈주로원격양가〉가 연시조로서 가지는 구조를 분석하여 본 작품이 유기적으로 짜여진 통일체임을 밝힐 것이다. 아울러 작품 전체를 하나의 의미있는 통일체로 파악하여 작품에 드러난 총체적 의미를 고찰할 것이다. 이 작업은 조황과 그의 시조를 이해하는 단초를 마련할 것이며, 이를 통하여 19세기 향촌사대부 시조의 한 양상을 살펴 조선조 사대부들의 시조의 전통과 그 변화의 양상을 파악하는 데에도 도움이 될 것이다.

2. 〈주로원격양가〉의 사시가적 구조

〈주로원격양가〉는 모두 30수로 이루어진 연시조 작품이다. 이 작품은 조황이 향리인 제천에 소재한 주로원에 거처하면서8) 자신의 삶과 감회를 노래한 작품이다. 〈주로원격양가〉는 크게 두 부분으로 구성되어 있다. 한 부분은 자연에 은거하기로 한 결심과 그 동기, 그리고 은거의 삶을 포괄적으로 읊고 있는 서사이고, 다른 한 부분은 자연 속에서의 구체적 삶과 그 감회를 계절별로 나누어 노래하고 있는 본사이다.

서사는 〈주로원격양가〉의 제1수부터 제10수까지 10편의 시조로 되어있다. 서사의 각 작품에서 작가의 의도가 분명하게 드러난 종장을 보이면 아래와 같다. 설명의 편의를 위해서 서사를 세 단락으로 나누고 각 단락에 (1)~(3)번까지 번호를 붙였다.

---

8) 정명세, 앞의 논문, 181쪽.

(1) 두어라 뇌손에 一壺酒로 餞別千古 허리로다. 〈격양가 1〉[9]

두어라 此生에 남은歲月 酒中에나 보뇌리라. 〈격양가 2〉

날거튼 康衢無事人은 擊壤歌나 허리로다. 〈격양가 3〉

(2) 엇지타 巖穴間 이 스름은 康濟一身뿐이로다. 〈격양가 4〉

至今에 張華가 업스니 斗牛龍光 그 뉘 알리. 〈격양가 5〉

그 중에 世間公道가 白髮흔아 뿐이로다. 〈격양가 6〉

(3) 허물며 글닐고 뵈쓰는 쇼리 人間樂聲이로고나. 〈격양가 7〉

엇지타世間 이 滋味를 이제 와서아라는고. 〈격양가 8〉

아마도 이몸에 一動一靜 져 山川에 빋오리라. 〈격양가 9〉

千古에 巍巍헌 뇌 벗슨 堯夫一人이로고나. 〈격양가 10〉

(1)에서 화자는 역대 인물과 영웅호걸들을[10] 모두 이별하고, 구학산(九鶴山)[11] 골짜기의 무릉선원을 찾아서 여생을 〈격양가〉나 노래하면서 보내겠다는 자신의 의지를 드러내고 있다. 서사의 제1수부터 제3수까지에서 화자는 세상사를 잊고 자연에 은거하여 〈격양가〉나 부르면서 여생을 보내겠다는 자신의 결심을 노래하였다.

(2)에서 화자는 남아가 세상에 태어날 때는 하늘로부터 재능을 부여받아 세상의 허다한 일을 해야 하는데도,[12] 자신은 때를 만나지 못하여 궁벽한 처지

---

9) 본고에서 조황의 작품은 『숭실어문』 제5집(숭실대 숭실어문연구회, 1988)에 영인하여 수록한 『삼죽사류』에서 인용한다. 인용시 작품명은 〈　〉로 표시하고, 해당 작품의 순서는 작품명 다음에 아라비아 숫자로 표기한다. 〈격양가 1〉은 〈주로원격양가〉의 제1수를 의미한다. 이하 같다.

10) 내용 이해를 돕기 위해 〈격양가 1〉의 초·중장을 소개하면 다음과 같다.
伏羲氏 書契後로 歷代人物 뇌 아노라 / 日月星辰 도는닷로 英雄豪傑 가고 간다

11) '구학산'은 강원도 원주와 충북 제천 사이에 있는 산이다. 〈격양가 2〉의 초·중장은 다음과 같다.
九鶴山 깁흔 골에 桃花流水 싸라드니 / 窈窕헌 一洞天이 武陵仙源 아닐러냐.

334

에 놓여 제 한 몸 간수하기에 급급하다 하면서, 지금 세상에는 자신의 능력을 알아줄 사람이 없음을 한탄한다. 그리고 제6수에서는 잘못된 과거제도 때문에13) 속절없이 늙어가고 있음을 탄식하고 있다. (2)에서는 '때를 만나지 못함', '자신의 능력을 몰라주는 세상', '잘못된 과거제도' 등과 같은 세상과의 불합치 때문에 자신의 능력과 포부를 펼칠 수 없는 안타까움을 노래하고 있는데, 이것이 바로 화자가 세상사를 잊고 은거의 삶을 선택한 직접적인 동기가되었다고 할 수 있다. 즉 서사의 제4수에서 제6수까지는 화자가 은거의 삶을 택한 동기를 노래한 것이다.

(3)에서는 자연 속에서 은거하는 삶과 그 즐거움에 대하여 노래하고 있다. 제7수에서는 아들의 글 읽는 소리와 아내의 베 짜는 소리에 기쁨을 느끼고 있음을, 제8수에서는 좁은 밭을 가꾸어 식구들을 먹이고 입히는14) 재미를 늦게나마 깨달았음을, 제9수에서는 자신의 행동 하나하나까지도 자연에서 배우겠다는 결심을 드러내었다. 제10수는 서사의 마지막 작품으로 서사 전체의 의미를 마무리하고 있다. 자연에서 세상사를 잊고 은거하는 화자 자신의 삶은 송대의 대학자로서 조정의 부름을 마다하고 자연에 은거한 소요부(邵康節, 1011-1077)의 삶과 닮았음을 노래하고 있다.

이상에서 살펴본 바와 같이 〈주로원격양가〉의 서사에 해당되는 10수의 시조는 다시 3개의 의미 단락으로 짜여 있다. 첫째 단락은 제1수부터 제3수까지로 자연에 은거하려는 화자의 결심을, 둘째 단락은 제4수에서 제6수까지로 은거를 택하게 된 동기를, 그리고 마지막은 제7수에서 제10수까지로 자연에

---

12) 〈격양가 4〉의 초·중장은 "男兒가 世間에 날 제 聰明耳目稟賦ᄒ여 /宇宙內許多事가 나의 닐이 아니여닐"로 되어 있어 이렇게 해석하였다.
13) 〈격양가 6〉의 초·중장에는 잘못된 과거제도를 다음과 같이 노래하고 있다.
　　唐太宗 죰통안에 天下英雄 다 늘거다 / 鄕三物 더져두고 聲律試士 어인 닐고
14) 내용 이해를 돕기 위해 초·중장을 인용하면 다음과 같다.
　　陋巷田十五頃에 八口生涯 더져두고 / 成都桑八百株에 冬裘夏葛 自在허다

은거하는 화자의 삶을 노래하고 있다. 〈주로원격양가〉 전체 30수의 작품 가운데 10수가 서사로 되어 있어, 전체 작품의 균형상으로는 서사가 다소 많은 양을 차지하고 있다. 하지만 서사는 다시 3개의 단락으로 나뉘어 각각 은거의 결심, 은거의 동기, 은거의 삶을 노래하고 있어 서사 자체로 완결된 형식을 보여주면서 동시에 전체 작품의 서사 역할을 하고 있음을 알 수 있다.

서사에 이은 본사는 모두 20수의 시조로 구성되어 있다. 서사가 은거의 결심과 동기, 그리고 그 삶을 포괄적으로 노래하였다면, 본사에서는 자연 속에서의 삶을 계절의 변화에 따라 구체적으로 노래하고 있다. 즉, 〈주로원격양가〉는 봄·여름·가을·겨울이라는 계절의 변화가 작품 전개의 질서로 자리잡고 있다. 본사의 각 작품에서 계절적 특징이 직접 드러난 구절을 찾아보면 아래와 같다. 설명의 편의를 위하여 계절이 바뀌는 곳마다 구분하고, 각각 (4)-(7)까지 번호를 붙여 놓았다.

> (4) 東風에 細雨섯거 太平春光 그려ᄂᆡ니 〈격양가 11〉
> 화원에 져 나븨야 이춘색이 뉘 시절고 〈격양가 12〉
> 桃花水 슬진고기 네丙穴에 나지마라 〈격양가 13〉
> 東園에 桃李花야 네 繁華를 밋지마라 〈격양가 14〉
> 春眠을 ᄭᆡ리 업셔 日高三竿 모로거나 〈격양가 15〉

> (5) 北窓淸風 긴긴 날에 周易一卷 압헤 노코 〈격양가 16〉
> 前山에 노던 사슴 쏠간후로 못보거다 〈격양가 17〉
> 洪爐中 타는 밧헤 終日허는 져 農夫야 〈격양가 18〉
> 霖雨姿 업다 허고 憂國願豊 아닐소냐 〈격양가 19〉
> 淸凉헌 이 世界에 三伏蒸炎 어듸 간고 〈격양가 20〉

> (6) 뫼마다 錦屛이요 이들져들 黃雲이라 〈격양가 21〉
> 陶處士 籬下菊이 이山中에 퓌였시니 〈격양가 22〉

北海上 찬 바룸에 울고 오는 져 기럭아 〈격양가 23〉
松壇에 잠든 鶴이 一陣霜風 꿈을 씨여 〈격양가 24〉
山村에 秋夜長허니 擣梭聲이 凄凉허다 〈격양가 25〉

(7) 山窓에 雪撲거늘 濁酒三盃御寒허고 〈격양가 26〉
夕陽天 눈긴 후에 놉히 도는 소로기야 〈격양가 27〉
雪中에 쥬린 어이 反哺허는 소릭로다 〈격양가 28〉
中天에 雪後月이 少年時에 돗터이라 〈격양가 29〉
床前에 一點燈이 六十年來 親舊로다 〈격양가 30〉

위에 인용된 (4)는 〈주로원격양가〉 제11수에서 제15수까지 다섯 편의 작품
에서 계절적 특징이 잘 드러난 각 시조의 초장을 뽑아 적은 것이다. 여기에
나타나는 '동풍', '태평춘광', '화원', '춘색', '도화수', '도리화' 등은 강호시가
(江湖詩歌)나 사시가(四時歌)에서 봄을 드러내는 전형적인 소재들이다. 〈주
로원격양가〉 본사의 처음 다섯 수의 시조들은 이처럼 봄을 배경으로 그 속에
서 생활하는 화자의 삶과 감회를 읊고 있는 춘사(春詞)라 하겠다.

(5)에 인용된 작품은 〈주로원격양가〉의 제16수에서 제20수까지의 다섯 편
이다. 여기에는 '청풍', '홍로', '임우', '삼복증염'과 같은 여름의 계절적 특징을
보여주는 말이 나타나 있다. 다만 제17수의 '전산에 노던 사슴 뿔간후로 못보
거다'라는 구절에는 표면상으로는 계절적 특징이 드러나지 않지만, 사슴이
5·6월에 뿔을 간다는 사실을 생각하면 문맥에 함축된 계절적 의미를 여름으
로 보아야 할 것이다. 〈주로원격양가〉의 제16수에서 제20수까지 다섯 편의
시조는 이처럼 여름을 배경으로 하고 있기 때문에 하사(夏詞)에 해당된다.

(6)은 〈주로원격양가〉 제21수에서 제25수까지 다섯 편의 시조에서 뽑은 구
절들이다. 제21수에는 단풍이 든 산[錦屛]과 곡식이 익어 누런 들[黃雲]이 배
경이 되어 있고, 제22수에는 '국화', 제23수에는 '기러기' 그리고 제24수에는

'상풍'이 나타나 가을이 배경임을 알리고 있다. 마지막 제25수에는 기나긴 가을밤[秋夜長]이 작품의 시간적 배경으로 등장한다. 따라서 이 다섯 수의 작품은 가을을 맞이한 화자의 감회를 노래한 추사(秋詞)라 하겠다.

(7)에 인용된 작품은 제26수에서 〈주로원격양가〉의 마지막 작품인 제30수까지이다. 이 작품들은 겨울을 알리는 '눈'이 소재로 나타나 있다. '산창'에 부딪치는 눈, 눈 갠 하늘에 높이 나는 솔개, 눈 속에 주린 까마귀, 눈 온 뒤에 뜨는 달 등이 나타나 이 작품의 시간적 배경이 겨울임을 분명하게 보여주고 있다. 따라서 〈주로원격양가〉의 마지막 다섯 수는 겨울을 배경으로 한 동사(冬詞)라 하겠다.

이렇게 볼 때, 〈주로원격양가〉의 본사는 일 년의 사시인 봄·여름·가을·겨울이라는 객관적 자연의 시간이 작품 전개의 질서로 실현되어 작품에서 춘사·하사·추사·동사로 나타나 있음을 확인할 수 있다. 따라서 〈주로원격양가〉는 사시의 순차적 진행에 따라 시상(詩想)이 전개되는 사시가적 구조를[15] 지니고 있는 작품이다. 또 춘사·하사·추사·동사에는 각 계절마다 정연하게 5수의 시조를 배치하고 있는데, 이 다섯 수의 노래 사이에는 아침·낮·저녁·밤과 같은 다른 시간적 질서는 보이지 않는다. 이런 점에서 〈주로원격양가〉는 시상(時相) 전개 유형으로[16] 볼 때는 일 년 사시의 봄·여름·가을·겨울의 단일 시상(時相)으로만 순차적 구성을 이루는 단일시상전개형(單一時

---

15) '사시가'란 일 년이나 한 달, 또는 하루의 생활을 사시 순에 따라 순차적으로 노래한 일련의 시가군을 일컫는다. 김신중, 「한국 사시가의 연구」, 전남대학교 박사논문, 1992, 8-9쪽.

16) 김신중은 時相을 그 전개 양상에 따라 單一時相展開型, 複合時相展開型Ⅰ, 복합시상전개형Ⅱ의 세 가지 유형으로 나누었다. 복합시상전개형Ⅰ은 일년 사시[春·夏·秋·冬]의 네 시상과 하루 사시[旦·晝·暮·夜]의 네 시상이 유사한 것끼리 서로 짝을 이뤄 대응하면서 중첩되는 시상 전개 유형이고, 복합시상전개형Ⅱ는 춘사, 하사, 추사, 동사의 각 단락이 다시 하루의 사시인 아침, 낮, 저녁, 밤의 순서에 따라 진행되는 時相 전개 유형이다. 김신중, 앞의 논문, 53쪽 및 60쪽.

相展開型)에 속한다고 하겠다. 〈주로원격양가〉는 전체적으로는 계절의 변화에 따라 작품이 구성되어 있지만, 춘사·하사·추사·동사의 각 계절별 다섯 수 사이에는 다시 아침·낮·저녁·밤과 같이 하루 사시의 시간이 중첩되는 것과 같은 유기적인 질서는 찾아볼 수 없다는 것이다. 복합시상전개형인 윤선도(尹善道, 1587-1671)의 〈어부사시사〉와 비교해 볼 때, 각 계절별 노래의 유기적 짜임새가 〈주로원격양가〉에서 더욱 느슨하다는 점도 확인된다.

이상에서 살펴본 바와 같이 〈주로원격양가〉는 한 편의 연시조로서 유기적인 짜임새를 갖고 있는 작품이다. 전체의 작품은 크게 서사와 본사로 나누어져 있고, 서사는 다시 화자의 결심, 은거의 동기, 그리고 은거의 삶을 노래하는 세 부분으로 이루어져 있다. 본사는 일 년 사시의 변화에 따라 작품이 순차적으로 전개되는 사시가적 구조를 지니고 있다. 이런 점에서 〈주로원격양가〉는 전체적으로 사시가계 연시조임을 알 수 있다.

이러한 사시가적 구조를 지닌 작품은 우리 시가사에서 시조, 가사, 한시 등에 두루 나타나고 있는데,[17] 시조의 경우에는 대개 연시조의 형태로 나타나는 것이 일반적이다. 사시가적 구조를 지닌 사시가계 연시조는 뚜렷한 성격과 특징 때문에 '육가계(六歌系) 연시조', '오륜가계(五倫歌系) 연시조'와 함께 연시조 유형의 하나로 자리잡고 있다.[18]

사시가계 연시조는 15세기 맹사성(孟思誠, 1360-1438)의 〈강호사시가〉를 시작으로, 황희(黃喜, 1363-1452)의 〈사시가〉를[19] 거쳐 16세기 이이(李珥,

---

17) 김신중은 한국 사시가를 연구하면서, 시조체 사시가, 가사체 사시가, 한시체 사시가로 나누어 고찰한 바 있다. 김신중, 앞의 논문 참조.

18) 최재남은 작품의 성격에 따라 '隱居之意'를 가지는 '육가', 교훈적 성격의 '오륜가', 순환적 성격의 '사시가'로 연시조의 유형을 설정할 수 있다고 하였다. 최재남, 『사림의 향촌생활과 시가문학』, 국학자료원, 1997, 280쪽. 김상진은 성리학적 이념에 근거하여 시간질서를 나타내는 '사시가계', 인간질서를 나타내는 '오륜가계', 공간질서를 나타내는 '육가계'로 연시조의 유형을 분류하였다. 김상진, 『조선중기 연시조의 연구』, 민속원, 1997.

1536-1584)의 〈고산구곡가〉로 이어졌다. 17세기에는 윤선도의 〈어부사시사〉, 신계영(辛啓榮, 1577-1669)의 〈전원사시가〉, 이휘일(李徽逸, 1619-1672)의 〈저곡전가팔곡(楮谷田家八曲)〉 등이 나타나 사시가계 연시조가 조선 중기에 크게 성행한 것으로 파악되었다. 지금까지는 17세기 후반 이휘일의 〈저곡전가팔곡〉을 마지막으로 사시가계 연시조의 창작은 사실상 중단되었다고[20] 알려졌다.

그러나 본고에서 조황의 〈주로원격양가〉가 사시가계 연시조임을 밝힘으로써, '사시가계 연시조'의 전통은 17세기 후반에 중단된 것이 아니라 19세기까지 이어져 왔다는 사실을 확인하였다. 이 〈주로원격양가〉와 전대의 사시가계 연시조를 대비·고찰하면 시조문학에서 사시가의 전통이 어떻게 지속되고 또 어떻게 변화되었는지를 파악할 수 있을 뿐만 아니라, 이를 통하여 조선조 향촌사대부들의 시조의 전통과 그 변화의 양상을 이해할 수 있다는 점에서도 이 작품은 문학사적으로 중요한 의미를 가진다고 보아야 할 것이다.

3. 〈주로원격양가〉의 의미

1) 隱居, 관념 속의 이상적 삶

조황은 〈주로원격양가서(酒老園擊壤歌序)〉에서 이 작품의 이름을 '격양가'라 한 까닭과 그 노래의 성격을 말하고, 우리말로 노래를 짓게 된 경위와 이 노래를 얹어 부르는 가곡창에 대한 자신의 견해를 분명하게 밝히고 있다. 자신의 노래에 '격양가'란 이름 붙인 이유를 설명하는 〈주로원격양가서〉의 앞부

---

19) 황희의 〈사시가〉는 가집에 따라서는 연시조가 아닌 별개의 작품으로 수록되어 있고, 작가도 황희, 맹사성, 김굉필 등으로 표기되어 있다. 하지만 각 가집에 수록된 양상, 작가 표기 문제 등을 종합적으로 고려한다면, 〈사시가〉는 황희가 지은 연시조로 볼 수 있다. 최동원, 「15세기 시조의 양상과 성격」, 『고시조논고』, 삼영사, 1990.
20) 김신중, 앞의 논문, 82-83쪽.

분은 다음과 같다.

> 어떤 사람이 나에게 묻기를, "〈격양가〉란 옛날 야인의 노래다. 그대는
> 농사짓는 사람의 부류가 아닌데, 어찌하여 이것으로 그 노래의 이름을 삼
> 았는가."하였다. 내가 말하기를, "아아, 옛날에 〈격양가〉를 부른 사람이
> 어찌 직설(稷契)의 부류가 아니라고 할 수 있겠는가. 요임금이 노래를 지으
> 니 기(夔)가 이를 이었고, 순임금이 남풍(南風)을 노래하니 백공(百工)이 화
> 답했다. 저 어리석은 늙은이는 갱가(賡歌)의 연석에 나아가지 못하고 들판
> 에서 농사를 지으며 빈천에 처하여 빈천의 도리를 행하던 자이다. 이로부
> 터 몇천 년 후에 송나라 소요부가 소부(巢夫)·허유(許由)와 요순의 노래와
> 같이 하기를 원하여 사태평시(四太平詩)와 격양집(擊壤集)을 지었는데, 또
> 한 각각 그 뜻을 말한 것일 따름이다."라고 하였다.21)

이 글은 '격양가'는 농부가 태평성대를 즐기는 노래인데 선비인 조황이 지은
노래에 왜 '격양가'라는 제목을 붙였는가 하는 물음에 답하는 형식으로 되어있
다. 이에 그는 후직(后稷)과 설(契)도 원래는 농사를 지으면서 빈천에 처하여
빈천의 도를 행하다 발탁되었으니 농부의 부류와 다르지 않고, 또 몇천 년 후
에 소강절이 은거하면서 '사태평시'와 '격양집'을 남겼는데, 그 뜻은 모두 같다
고 하였다. 결국 조황은 '격양가'란 비단 농부만의 노래가 아니라, 때를 만나
지 못하여 초야(草野)에 묻힌 선비가 자연 속에 은거하면서 그의 삶과 감회를
읊은 노래라고 생각한 것이다.

조황의 〈주로원격양가〉에서는 때를 만나지 못한 자신이 세상의 모든 일을
잊고 자신의 향리인 구학산 골짜기에 은거하는 삶과 그 감회를 읊고 있다. 따

---

21) 或有問於余曰 擊襄歌者 古野人之歌也 子非農家者流也 何以是名其歌 余曰噫喜 古之擊襄者
安知非稷契之倫乎 堯作大章 一夔足矣 舜歌南風 百工和之 彼蚩蚩一老 無預賡歌之席 而有
事耕鑿之野 乃所以素貧賤 而行貧賤者也 者是後累千載 有宋邵堯夫 願同巢許之老 唐虞歌
有四太平詩 有擊襄集 亦各言其志也已. 〈酒老園擊襄歌序〉.

라서 이 작품에는 무엇보다도 자연에서 은거하는 삶이 주된 내용을 이루고
있다.

　　九鶴山 깁흔 골에 桃花流水 싸라드니
　　窈窕헌 一洞天이 武陵仙源 아닐러냐
　　두어라 此生에 남은 歲月 酒中에나 보닉리라. 〈격양가 2〉

　　北窓淸風 긴긴 날에 周易一卷 압헤 노코
　　白羽扇 흔들면서 太極圖늘 구경허니
　　아마도 灑落헌 胸襟이 羲皇上人 이로고나. 〈격양가 16〉

　　조황은 자신이 살고 있는 구학산 골짜기를 선비들의 이상향인 '무릉선원'으
로 생각하였다. 그 속에서 무더운 여름에 북창을 열고 시원한 바람을 맞으며
『주역』을 읽는 자신의 모습을 형상화하고 있다. 이렇게 여유롭게 하루를 소일
하는 자신의 모습을 '희황상인'과 동일시하고 있다. 자연에 은거하는 자신의
삶을 '무릉선원'이나 '희황상인' 등과 같은 관습적 표현을 사용하여 표현하고
있지만, 은거 생활에 대한 만족과 자부심만은 쉽게 알아 볼 수 있다.

　　松下에 옷버서 걸고 물쇼릭여 누어시니
　　淸凉헌 이 世界에 三伏蒸炎 어듸 간고
　　世路에 衣冠粧束人은 져 더운줄 모로넌가. 〈격양가 20〉

　　黃鷄白酒醉飽허고 竹杖芒鞋徘徊허니
　　뫼마다 錦屛이요 이들져들 黃雲이다
　　아마도 世間悲秋士는 닉 佳興을 모로리라. 〈격양가 21〉

은거 생활을 노래한 이 두 작품에는 자연에서의 삶과 세속에서의 삶이 대비되어 나타난다. 삼복더위에 소나무에 옷을 벗어 걸고 물소리를 즐기는 청량한 자연의 세계와 무더위에도 의관을 갖추어 꾸민 사람들의 세속적 세계, 그리고 결실의 계절인 가을에 풍성한 수확의 흥취를 마음껏 누리는 자연 속의 화자와 이러한 기쁨을 모르고 가을을 슬퍼하는 세간의 선비로[22] 대비되고 있다. 이 대비에서 화자는 "世路에 衣冠粧束人은 져 더운줄 모로넌가", "아마도 世間 悲秋士는 닉 佳興을 모로리라"라고 하면서 '세로', '세간'으로 표현된 세속적 삶을 부정하고 자신이 속한 자연에서의 삶을 긍정하고 있다.

이처럼 강호에서의 삶과 세속적 삶을 대립적으로 파악하여 세속적 삶을 부정하고 전원적 삶을 긍정하는 것은 16세기 중반까지의 강호시조의 전형적 특징을[23] 답습하고 있는 것이라 할 수 있다. 그러나 조황은 16세기 강호시조의 형성배경이 되었던 '치사객(致仕客)'의 한적(閑寂)'이나 '사화와 당쟁 하의 명철보신(明哲保身)'과는 거리가 먼, 19세기 향촌사회에서 물적 기반을 상실하고 몰락해 가는 사족이었다.[24] 뿐만 아니라 조황은, 16세기 강호시조에서 '속세와 강호'의 이분법적 세계상의 기반이 되었던 '도학적 근본주의'가[25] 퇴색한 시대에 살았기 때문에, 이러한 자연에서 은거하는 삶에 대한 완전한 자기확신이 부족하였다.

桃花水 술진고기 네丙穴에 나지마라
銀鱗이 번듸길제 저漁父가 流涎헌다
허물며 口腹을 치오려고 그믿기를 넛보는다. 〈격양가 13〉

---

22) '春思女 士悲秋'(송옥, 〈招魂〉)에서 연유한 표현.
23) 김흥규, 「16, 17세기 강호시조의 변모와 전가시조의 형성」, 『욕망과 형식의 시학』, 태학사, 1999, 173~175쪽.
24) 정흥모, 앞의 논문, 193쪽.
25) 김흥규, 앞의 책, 177쪽.

東園에 桃李花야 네 繁華늘 밋지마라
쒸고쒸여 다쮠후에 夜來風雨 어이ᄒᆞ리
그제야 어제닐 싱각허면 南柯一夢 아닐소냐 〈격양가 14〉

첫 번째 작품은 물 속의 고기에게 어부가 군침을 흘리고 있으니 함부로 미
끼를 탐하지 말 것을 경계하고 있다. 작품이 의미하고자 하는 바는 화자와 물
고기를 동일시하면 바로 드러난다. 물고기에게 미끼를 탐하지 말라고 경계하
는 것은, 세속적 삶을 탐하지 말라고 하는 자기 자신에 대한 경계로 해석된다.

도리화를 통하여 세속의 번화한 삶을 부러워하지 말 것을 경계하고 있는 다
음 작품도 마찬가지로 해석할 수 있다. 즉 세속의 번화한 삶이란 한번 피고
지는 꽃과 같아서, 지나고 나서 생각하면 한바탕 허망한 꿈에 불과할 뿐이라
고 자기 스스로에게 경계하고 있는 것이다.[26] 조황이 자연 속에서 은거하면
서도 이처럼 세속의 삶에 대해 끊임없이 경계하고 있는 것은 현재 자신의 삶
에 대한 확신이 부족했기 때문이다.

조황은 〈강호사시가〉를 노래한 맹사성이나 〈전원사시가〉를 지은 신계영과
같이 오랜 벼슬살이 끝에 강호로 물러난 치사객의 경우가 아니었고, 영해의
대표적 사족가문 출신으로 벼슬길에 나아가지 않고 스스로 자연에 은거해 학
문에 전념하면서 〈저곡전가팔곡〉을 창작한 이휘일의 입장과도 달랐다.[27] 조
황은 제천지방의 향촌사족으로 성리학적 이념에 기반한 수기치인(修己治人)
을 이상으로 생각하는 사대부 의식에 투철한 사람이었다. 그러나 두 아들이
글공부를 폐하고 농사를 지을 정도로 그의 가세는 기울었으며, 이렇게 기울어

---

26) 다음 작품도 세속적 삶에 대해 경계하는 내용이다. "北海上 찬 바름에 울고 오는 져
기럭아 / 履霜코 堅氷헐쥴 네가 능히 아라고나 / 스룸이 萬物靈되야 저 知覺이 업슬쇼
냐. 〈격양가 23〉

27) 신계영과 이휘일의 삶에 대해서는 이상원, 『17세기 시조사의 구도』, 월인, 2000,
78-81쪽 및 164-166쪽 참조.

가는 가문을 부흥시키려 독선기신(篤善其身)하며 때를 기다렸지만 잘못된 과거제도와 부패한 붕당정치 때문에 출사의 뜻을 이루지 못하고[28] 어쩔 수 없이 자연에 은거하는 삶을 택한 것이다.

따라서 〈주로원격양가〉에 나타난 그의 삶은 맹사성의 〈강호사시가〉에 나타난 '계절의 변화에도 불구하고 의연하게 존재하는 조화로움'[29]이나 신계영이 〈전원사시가〉에서 노래한 '한가하면서도 풍요로운 전원'에서의 '넉넉한 삶'[30]이 아니었고, 이휘일의 〈저곡전가팔곡〉의 '노동의 즐거움을 깨닫고 농민과 조화로운 협격관계를 유지'[31]해 가는 삶도 아니었다. 조황이 노래한 자연에서의 삶은 그가 관념 속에서 꿈꾸던 이상적인 은거의 삶이다. 그러나 그의 은거의 삶에는 현실 생활의 뒷받침이 없었다. 그랬기 때문에 그는 그 삶에 대한 확신이 없어 세속의 삶을 기웃거리는 자신에 대해 끝없이 경계하고 있다고 볼 수 있다. 이렇게 그의 은거의 삶이 관념적이고 이상적이었기 때문에, 구체적 표현으로 형상화하는 대신 '무릉선원', '희황상인', '소요부' 등의 관습적 표현을 답습하고 있는 것이다.

2) 出仕, 때의 기다림

조황이 자연 속에서 은거하게 된 것은 어쩔 수 없는 현실적 선택이었다. 그는 열다섯에 평천하(平天下)를 목표로 학문에 뜻을 두고, 첫닭이 울 때 일어나 밤늦도록 학문을 닦았으나,[32] 지금 세상에는 자신의 능력을 알아줄 사람이 없을 뿐만 아니라[33] 잘못된 과거제도 때문에 뜻을 펴지 못하고 속절없이

---

28) 조황의 삶에 대해서는 정홍모의 앞의 논문에 잘 정리되어 있다. 조황의 생애에 대한 사항은 이 글에 힘입었다.
29) 김흥규, 「강호자연과 정치현실」, 앞의 책, 138쪽.
30) 이상원, 앞의 책, 88쪽.
31) 이상원, 앞의 책, 190쪽.
32) 十五에 志于學ᄒ여 平天下늘 準的ᄒ고 / 鷄鳴起夜深寐ᄒ여 닉 道理만 닉 ᄒ거다 / 畢竟에 닉 道行不行은 時運所關이로고나. 〈인도행 6〉

늙어가는 것을 탄식하면서[34] 은거의 삶을 선택했다. 따라서 그의 은거는 정치현실에서 강호자연으로의 퇴거(退去)가 아니라, 몸은 전과 같이 향리에 있으면서 세상에 대한 기대를 청산한다는 정신적이고 선언적인 측면이 강하였다.

그러나 그의 현실적인 형편은 이러한 은거를 쉽게 허락하지 않았다. 조황이 현실의 가난으로부터 벗어나고 몰락한 가문을 부흥시키는 방법은 단 한 가지, 벼슬자리에 나가는 것뿐이었다.[35] 이를 위하여 그는 은거의 생활 속에서도 낮에는 밭을 갈고 밤에는 독서하면서 때가 오기를 기다리고 있었다.[36]

조황이 이처럼 간절하게 출사의 때를 기다린 것은 앞서 말한 현실적·경제적인 문제도 한 이유가 되겠지만 유교적 이념에 투철한 그의 삶의 태도와도 깊은 연관을 가진다. 유교적 세계관에 입각한 사대부들은 '수기치인'을 중요한 생활태도로 삼았다. 즉 '사(士)'로서 자신의 인격을 수양하여, '대부(大夫)'가 되어 교화를 정사에 베풀어 천하를 태평하게 하는 것이 그들의 이상이었다. 조황도 그 학문의 목표를 '평천하'에 두었기 때문에 이러한 목표를 실현하기 위해서는 반드시 벼슬길에 나아가야만 했던 것이다. 따라서 조황에게 출사는 단순히 현실적이고 경제적인 문제가 아니라 사대부로서의 자신의 이상과 포부를 실현하는 것이었기 때문에 그에게 출사는 더욱더 절실할 수밖에 없었다.

東風에 細雨셕거 太平春光 그려닉니
唐虞世 一度花요 漢文帝의 三月이라
바롬아 져和氣 모라다가 이 民間에 헷쳐주럼. 〈격양가 11〉

---

33) 甌冶子 큰 풀무에 王金覇鐵百鍊ᄒ여 / 一雙검 지여 닉니 갑시 마나 님ᄌ업다 / 至今에 張華가 업스니 斗牛龍光 그 뉘 알리. 〈격양가 5〉
34) 唐太宗 좀통안에 天下英雄 다 늘거다 / 鄕三物 더져두고 聲律試士 어인 닐고 / 그 중에 世間公道가 白髮ᄒ아 뿐이로다. 〈격양가 6〉
35) 정흥모, 앞의 논문, 187쪽.
36) 男兒의 立身揚名 顯父母도 크다마는 / 士君子 出處間에 쩍時字가 關重허다 / 아마도 晝耕코 夜讀ᄒ여 俟河之淸허리로다. 조황, 〈인도행 7〉.

이 작품은 〈주로원격양가〉의 본사 첫 번째 작품이다. 이 작품은 '태평춘광'이 도래한 바깥세상과 아직도 봄의 '화기'가 미치지 않은 '민간'의 두 세계로 나누어져 있다. 바깥세상에는 이미 봄이 왔건만 화자 자신이 속한 '민간'에는 아직 봄이 오지 않아, 화자는 '민간'에까지 봄이 오기를 간절히 바라고 있다. 여기서 화자가 기다리는 '봄'은 무엇을 의미하는 것일까. 그 대답은 중장의 '당우세'와 '한문제'에 있다. '당우세'는 요순시대로 전설적인 태평성대를 의미하지만, 여기서는 단순하게 그런 의미로 사용되지는 않은 것 같다. 조황의 〈기구요 3〉에 "堯舜의 四門밧긔 오고 오는 선빅 中에 / 皋蘷와 稷契이가 무슨 글을 닐거시리"라는 구절이 있는데, 이것은 요임금과 순임금이 초야에 묻혀있는 고(皋)·요(蘷)·직(稷)·설(契)을 발탁한 사실을 말하는 것으로 볼 수 있다. 이로 미루어 생각하면 여기서의 '당우세'란 어진 임금이 초야에 묻혀 사는 어진 선비를 발탁하는 이상적인 시대를 의미한다고 보아도 무방할 것이다. 한문제는 널리 현량(賢良)한 인재를 구하는 현량과(賢良科)를 운용하기 시작한 왕으로, 재위 2년에 '현량방정능직언극간자(賢良方正能直言極諫者)'를 천거하도록 하였고, 재위 15년에 다시 인재를 천거하도록 하였다고 한다.[37] 그렇다면 '한문제의 삼월'이란 황제가 어진 인재를 발탁한 좋은 시절을 의미한다 하겠다. 따라서 이 작품에서 화자가 간절히 바라는 '봄'이란 어진 임금이 초야에 묻혀 있는 선비를 발탁하는 좋은 시절로, 화자는 바로 이러한 때가 와서 초야에 묻혀있는 자신을 발탁해 주기를 간절히 바라고 있는 것이다.

> 春眠을 씌리 업셔 日高三竿 모로거나
> 千日睡 足헌 後에 平生大夢 씌닷거다
> 世人이 나 씐줄 모르고 잠만 잔다 허더라. 〈격양가 15〉

---

37) 정흥모, 앞의 논문, 191쪽.

前山에 노든 ᄉ슴 뿔간후로 못보거다
世間에 네 罪 업시 藏蹤秘跡 무슴 일고
아마도 秋風에 뿔 곳거든 다시 볼가 ᄒ노라. 〈격양가 17〉

松壇에 잠든 鶴이 一陣霜風 꿈을 ᄭ여
月下에 홀적 나니 九萬里에 길 여럿다
져鶴아 룰이를 빌려라 六合 안에 로랴보쟈. 〈격양가 24〉

夕陽天 눈긴 후에 놉히 도는 솔오기야
이제날 네 貌樣이 鴻鵠이나 다를쇼냐
明春에 싴ᄭᅵᇙᄀᆞ 나거든 다시 볼가 ᄒ로라. 〈격양가 27〉

　이 네 수의 시조는 〈주로원격양가〉의 춘사 · 하사 · 추사 · 동사에서 각각 한 수씩 뽑아온 것이다. 네 작품은 공통적으로 자신의 포부를 마음껏 펴지 못하는 안타까움을 노래하면서 자신의 뜻을 펼 수 있는 '때'를 간절하게 기다리고 있는 내용이다. 첫 번째 작품은 제갈량의 고사를 인용하여 자신을 몰라주는 세상에 대해 안타까움을 토로하는 내용이고, 두 번째 작품은 뿔을 간 사슴을 통하여 시대가 맞지 않으면 숨어서 좋은 시절이 오기를 기다리겠다는 내용이다. 세 번째에서는 구만 리 장공을 나는 학의 날개를 빌려 온 세상에 자신의 포부를 마음껏 펼쳐 보고 싶다는 간절한 바람을 노래하고 있다. 마지막 작품에서도 큰 뜻을 펼 수 있는 좋은 때를 기다리는 마음을 솔개를 통하여 나타내고 있다.

　이처럼 〈주로원격양가〉에서는 '때'를 기다려 출사하기를 간절히 바라는 내용이 매 계절마다 반복적으로 노래되고 있다. 조황에게 출사는 개인적 · 현실적 필요뿐만 아니라, 사대부로서의 이상과 포부의 실현 방법이었기에 그에게 출사는 그만큼 더 절실하였던 것이다. 따라서 〈주로원격양가〉는 단순히 자연 속에서 은거의 삶을 노래한 것이라기보다는, 은거의 노래이면서 동시에 출사의 '때'를 기다리는 기다림의 노래라 생각된다. 즉, 이 노래는 강호자연에 있으면서 정치현실을 동경하는 노래라 할 수 있다.

〈주로원격양가〉는 이런 점에서 전대의 '사시가계 연시조'의 전통에서 완전히 벗어나 있다. '사시가계 연시조'는 자연 속에서 사시의 변화에 따라 조화롭고 넉넉한 삶을 노래하는 것이 일반적인 내용이지만, 이 노래는 자연 속에서 오히려 정치현실을 동경하면서 출사의 때를 기다리는 내용이라는 점에서 이전의 사시가계 연시조와는 분명한 차이를 지니고 있다. 이러한 차이는 우선 은거를 택한 동기의 차이에서 비롯한 것으로 보인다. 전대 사시가계 연시조 작가들은 대개 정치현실에서 치사(致仕)한 후에 강호자연으로 물러났지만, 조황의 경우에는 출사의 뜻을 이루지 못하고 어쩔 수 없는 현실적 선택으로 자연에 은거했기 때문이다. 이런 차이는, 몰락하는 향촌사대부 출신인 조황의 현실적 · 경제적인 문제 해결과 함께 유교적 이념에 투철한 그의 삶의 태도와도 깊은 연관을 가진다고 생각된다.

3) 愛民, 빈천의 도

조황은 향촌사대부로 가세가 매우 빈한하였다. 세 아들 중 둘은 학문을 폐하고 직접 농사를 지어[38] 살림을 꾸려나가는 자작농이었다. 그 자신도 '주경야독'하며 '때'를 기다리는[39] 빈한한 선비였기에 농사일의 어려움과 농민들의 근고(勤苦)함을 누구보다 잘 알고 있었다. 〈주로원격양가〉는 이런 생활 속에서 이루어졌기 때문에 그 속에는 농민에 대한 애정을 직접적으로 표현한 부분이 많이 나타난다.

---

38) 吾有三子 二以畊養廢學. 조황, 〈人道行序〉.
39) 男兒의 立身揚名 顯父母도 크다마는 / 士君子 出處間에 썩時字가 關重허다 / 아마도 晝耕코 夜讀ᄒ여 俟河之淸허리로다. 〈인도행 7〉.

洪爐中 타는 밧헤 終日허는 져 農夫야
네 勤苦 져러커널 늬 遊食은 어인닐고
우리도 勞力養君子ㅎ야 愛民허기 바라노라. 〈격양가 18〉

밤시벽 桔槹聲에 누어신들 잠이 오랴
霖雨姿 업다 허고 憂國願豊 아닐소냐
엇지면 枕下泉 자아다가 人間雨을 지여 볼고. 〈격양가 19〉

山村에 秋夜長허니 擲梭聲이 凄凉허다
一時나 달게 자면 徵租索錢 어이 허리
世間에 綺紈家子弟덜리 져 勤苦늘 싱각넌가. 〈격양가 25〉

山窓에 雪撲거널 濁酒三盃御寒허고
溫堗에 轉輾허니 悠悠我思迂濶허다
언제나 늬 康濟미뤄여셔 大庇寒士ㅎ여볼고. 〈격양가 26〉

첫째 작품과 둘째 작품에서는 농민의 일과 화자 자신의 일을 대비시키고 있다. 화로 같이 뜨거운 밭에서 종일토록 일하는 농민들의 '근고'에 자극받아 자신도 힘써 군자를 길러 애민해야겠다고 다짐하고 있다. 두 번째 작품에서는 가뭄을 이기기 위해 밤새도록 물을 긷는 농민들의 두레박 소리에 자신도 잠을 이루지 못하고 인물을 길러낼 방도를 생각하고 있다.

셋째 작품에서는 베 짜는 아낙네와 세간의 부잣집 자제들을 대비시키고 있다. 세금을 바치기 위해 기나긴 가을밤에 베 짜는 소리를 들으며, 좋은 옷 입은 부잣집 자제들은 베 짜는 수고로움을 생각이나 하겠는가 반문하고 있다.

끝으로 넷째 작품은 두보의 〈모옥위추풍소파가(茅屋爲秋風所破歌)〉에 근거를 둔 시조이다. 비바람이 몰아쳐 초가의 지붕이 날아가 버리고 지붕도 없는 초가집에서 길고 긴 가을밤을 비에 젖어 보내면서도 두보는 "천만 간의 넓은 집을 어찌하면 얻을 수 있을까 / 천하의 한사를 비호하여 같이 즐거운 얼굴을 하고 / 풍우에도 끄떡 않을 산 같은 편안함을 누리고 싶어라"[40]라고 노래하였다. 조황도 이를 본받아 자신을 편안히 구제하는 것을 미루어 천하의 어려운 백성들을 구제하고 싶다는 내용이다.

농민들이 일하는 모습을 보고 자신을 다그치고, 농민들이 하는 일을 보고 자신이 할 일을 생각하며, 자신에게 닥친 어려움을 미루어 온 세상 사람이 겪는 어려움을 생각하는 이런 애민의식은 조황이 농민과 함께 생활하면서 그들의 삶을 이해하고 그들에 대한 깊은 애정이 있었기 때문에 가능한 것이었다.

조황 스스로 주경야독하는 어려운 처지에 놓여 있으면서도 농민의 처지를 이해하고 농민에게 깊은 애정을 보이면서 자신의 안일을 뒤로하고 천하 백성을 생각하는 것은 유교적 이념에 투철한 그의 삶의 태도에서 비롯된 것이다. 그는 〈주로원격양가서〉에서 옛날 격양가를 지은 사람에 대하여 "저 어리석은 늙은이는 벼슬길에 나아가지 못하고 들판에서 농사를 지으며 빈천에 처하여 빈천의 도리를 행하던 자이다."[41]라고 하였다. 여기서 '빈천에 처하여 빈천의 도리를 행한다'는 것은 『중용』에 나오는 말로[42] 군자는 어디에 처하든 그 처하는 바에 따라 '도'를 행해야 한다는 의미이다. 조황은 때를 만나지 못하여 자식들과 함께 손수 농사를 짓는 빈천한 처지에 놓여 있었지만, 이러한 처지에서도 자신이 할 수 있는 '도'를 행한 것이다.[43] 즉 농민의 삶에 대하여 깊은 이해와 애정을 가지고 그들의 모습을 보며, 스스로를 독려하고, 그들의 일을 보고 자신의 일을 생각하며, 자신의 어려움을 미루어 온 세상 사람이 겪는 어

---

40) 安得廣廈千萬間 / 大庇天下寒士俱歡顔 / 風雨不動安如山. 두보, 〈茅屋爲秋風所破歌〉.
41) 彼蚩蚩一老 無預擊壤之席 而有事耕鑿之野 乃所以素貧賤 而行貧賤者也. (〈주로원격양가서〉)
42) 君子素其位而行 不願乎其外 素富貴 行乎富貴 素貧賤 行乎貧賤 素夷狄 行乎夷狄 素患難 行乎患難 君子無入而不自得焉. 『중용』 14장.
43) 이와 유사한 예를 이휘일의 〈저곡전가팔곡〉에서도 찾아볼 수 있다.
　　世上의 브린 몸이 畎畝의 늘거가니 / 밧겻일 내 모르고 호는 일 무스일고 / 이 中의 憂國誠心은 年豊을 원호노라.

려움을 생각하는 이러한 마음은 바로 조황이 행한 '빈천의 도'라 할 수 있다. 따라서 〈주로원격양가〉에 보이는 애민의 노래들은 조황이 빈한한 처지에 처하여 '빈천의 도'를 읊은 작품이다.

이상에서 살펴본 바와 같이 〈주로원격양가〉는 '은거', '출사', '애민'의 세 가지 주제가 서로 어울려 하나의 작품으로 형상화되었다. 자연 속에 은거하면서 출사의 때를 기다리고, '때'를 기다리면서 자신이 처한 위치에서 행할 수 있는 자신의 '도'를 노래한 것이 〈주로원격양가〉인 것이다. 따라서 이 노래는 형식적으로는 사시가적 구조를 지닌 사시가계 연시조 작품이지만, 내용상으로는 전대의 사시가계 연시조와는 많은 차이를 지니고 있다. 〈주로원격양가〉는 자연 속에서 삶을 노래한 점에서는 전대 사시가계 연시조의 전통을 잇고 있지만, 그 자연 속에서의 삶은 전대의 사시가에 나타난 자연과의 '조화로움'이나 자연 속에서의 '넉넉한 삶'이 아니라, 자신의 관념 속에서 꿈꾸던 은거의 삶이라는 점에서 전대와는 차이를 보인다.

뿐만 아니라 이 노래는 강호자연에 있으면서도 정치현실을 동경하며 부른 노래라는 점에서 전대의 사시가계 연시조 전통에서 완전히 벗어나 있다. 사시가계 연시조는 사시의 변화에 순응하는 자연 속에서 조화롭고 넉넉한 삶을 노래하는 것이 일반적인 내용이지만, 이 노래는 자연 속에서 오히려 정치현실을 동경하면서 출사의 때를 기다리는 내용이라는 점에서 분명한 차이를 지니고 있다. 아울러 〈주로원격양가〉에는 농민에 대한 애정이 직접적으로 표현된 애민을 내용으로 한 작품이 많은데, 이것은 농민의 삶에 깊은 이해와 애정을 가진 조황이 주경야독하는 어려운 처지에서도 사대부로서 행한 '빈천의 도'를 노래한 것으로, 이 또한 전대의 사시가계 연시조에서는 찾아볼 수 없었던 내용이라 할 수 있다.

이러한 차이는 우선 19세기 제천 지방의 몰락하는 향촌사대부 출신인 조황의 처지에서 비롯된 것으로 보인다. 그의 가세는 두 아들이 글공부를 폐하고 농사를 지어야 할 정도로 빈한하였다. 이러한 빈한한 가문을 일으키기 위하여 조황은 주경야독하며 출사의 때를 기다렸지만 잘못된 과거제도와 부패한 붕당정치의 폐해 때문에 출사의 뜻을 이루지 못하고 어쩔 수 없이 자연에 은거하는 삶을 택하였다. 그렇기 때문에 그는 자연에 은거하면서도 출사의 때를 간절하게 기다릴 수밖에 없었던 것이다. 또한 이러한 현실적·경제적인 문제와 함께, 유교적 이념에 투철한 그의 삶의 태도도 출사를 갈망한 또 다른 이유였다. 사대부들은 '사'로서 자신의 인격을 수양하고, '대부'가 되어 교화를 정사에 베풀어 '천하를 태평하게 하는 것'이 그들의 이상이었다. 조황도 그 학문의 목표를 '평천하'에 두었기 때문에 이러한 목표를 실현하기 위해서는 반드시 벼슬길에 나아가야만 했던 것이다. 따라서 조황에게 출사는 현실적·경제적 문제를 해결하는 것일 뿐만 아니라 사대부로서의 자신의 이상과 포부를 실현하는 것이었기 때문에, 자연 속에 은거하면서 출사의 때를 기다리고, '때'를 기다리면서 자신이 처한 위치에서 행할 수 있는 자신의 '도'를 노래할 수밖에 없었던 것이다.

4. 맺음말

본고는 조황의 〈주로원격양가〉를 대상으로 이 작품이 연시조로서 가지는 구조를 밝히고, 작품 전체를 하나의 의미 있는 통일체로 파악하여 이 작품에 드러난 총체적 의미를 고찰하였다. 지금까지 논의한 바를 요약하여 맺음말로 삼는다.

1. 〈주로원격양가〉는 서사와 본사의 두 부분으로 나누어지는데, 서사는 다시 3개의 의미 단락으로 구성되어 있다. 첫째는 자연에의 은거의 결심을, 둘째는 은거의 동기를, 그리고 셋째는 자연 속에서 은거의 삶을 포괄적으로 노래하고 있음을 밝혔다.

2. 〈주로원격양가〉의 본사는 봄·여름·가을·겨울이라는 객관적 자연의 시간이 작품의 전개 질서로 실현되어 작품에서 춘사·하사·추사·동사로 나타나 사시의 순차적 진행에 따라 시상(詩想)이 전개되는 사시가적 구조를 지니고 있음을 밝혔다.

3. 조황의 〈주로원격양가〉가 사시가계 연시조임을 밝힘으로써 '사시가계 연시조'의 전통이 17세기 중반 이휘일의 〈저곡전가팔곡〉이후로 중단된 것이 아니라 19세기까지 이어져 왔다는 사실을 확인하였다.

4. 〈주로원격양가〉는 출사의 '때'를 만나지 못한 조황이 세상사를 모두 잊고 자신의 향리인 구학산 골짜기에 은거하는 삶을 읊은 노래이다. 그러나 그가 노래한 은거의 삶은 현실 생활과 동떨어진 관념 속의 이상적 삶이다. 따라서 그 삶이 구체적 표현으로 형상화되지 못하고, '무릉선원', '희황상인', '소요부' 등의 관습적 표현을 답습하고 있다.

5. 〈주로원격양가〉에는 '때'를 기다려 출사하기를 간절히 바라는 내용이 매 계절마다 반복적으로 노래되고 있다. 이것은 조황에게 출사가 개인적·현실적 필요뿐만 아니라, 사대부로서의 이상과 포부를 실현하는 것이기에 그만큼 더 절실하였음을 의미한다. 따라서 〈주로원격양가〉는 단순히 자연 속에서 은거의 삶을 노래한 것이라기보다는 은거의 노래이면서 동시에 출사의 '때'를 기다리는 노래라 보았다.

6. 〈주로원격양가〉에는 농민에 대한 애정이 직접적으로 표현된, 애민을 내용으로 한 작품이 많다. 이러한 작품은 농민의 삶에 깊은 이해와 애정을 가진 조황이 주경야독하는 어려운 처지에서도 사대부로서 행한 '빈천의 도'를 노래한 것이라 할 수 있다.

7. 〈주로원격양가〉는 '은거', '출사', '애민'의 세 가지 주제가 서로 어울려 하나의 작품으로 형상화되었다. 자연 속에 은거하면서 출사의 때를 기다리고,

'때'를 기다리면서 자신이 처한 위치에서 행할 수 있는 자신의 '도'를 행하는 것을 노래한 것이 〈주로원격양가〉임을 밝혔다.

　이상에서 살펴본 바와 같이 본고에서는 조황의 〈주로원격양가〉에 나타난 구조를 밝히고 작품이 지니고 있는 의미를 살펴보았다. 그러나 본고는 조황과 그의 시조를 이해하는 단초를 마련한 것에 불과하다. 이를 바탕으로 조황 시조 작품 전체에 대한 연구를 통하여 19세기 향촌사대부 시조의 한 양상을 파악하고, 조선조 향촌사대부들의 시조의 전통과 그 변화의 양상을 파악해야 하는 등의 많은 과제가 남았다. 후고를 기약한다.

『한국문학논총』 제46집, 한국문학회, 2007.

참고문헌

1. 자료

『歌曲源流』(六堂本)

『歌曲源流』(國立國樂院本)

『金玉叢部』

『眉巖先生全集』

『芳山韓氏琴譜』

『三竹詞流』

『樂學拾零』

『靑邱歌謠』

『靑丘永言』(珍本)

『漢文樂府·詞資料集』

『海東歌謠』(六堂本)

『海東歌謠 附永言選』

金祖淳, 『楓皐集』

柳馨遠, 『磻溪隨錄』

李　滉, 『退溪先生文集』

張志淵, 『逸士遺事』

2. 저서

간행위원회, 『우전신호열선생고희기념논총』, 창작과 비평사, 1983.

강명관, 『조선시대 문학예술의 생성공간』, 소명출판, 1999.

고려대한문학연구회, 『19세기 시가문학의 탐구』, 집문당, 1995.

고미숙, 『18세기에서 20세기초 한국시가사의 구도』, 소명출판, 1998.

_____, 『19세기 시조의 예술사적 의미』, 태학사, 1998.

국사편찬위원회, 『한국사』 10, 탐구당, 1984.

국어국문학회 편, 『시조문학연구』, 정음사, 1980.

금장태, 『한국유교의 재조명』, 전망사, 1982.

김대행, 『시가시학연구』, 이대출판부, 1991.

_____, 『시조유형론』, 이화여대출판부, 1986.

김동준 외, 『고시조작가론』, 백산출판사, 1990.

김문환 외, 『19세기 문화의 상품화와 물신화』, 서울대출판부, 1998.

김상진, 『조선중기 연시조의 연구』, 민속원, 1997.

김석회, 『존재 위백규 문학 연구』, 이문문화사, 1995.

_____, 『역주 금옥총부』, 박이정, 2003.

김열규 외, 『한국고전시가작품론2』, 집문당, 1992.

김준오, 『시론』, 문장사, 1982.

_____, 『시론』(제4판), 삼지원, 1997.

_____, 『한국 현대 장르 비평론』 문학과지성사, 1990.

김충렬, 『중국철학산고(Ⅰ)』, 온누리, 1988.

김학성 외, 『한국근대문학사의 쟁점』, 창작과 비평사, 1990.

김현영, 『조선시대 양반과 향촌사회』, 집문당, 1999.

김흥규, 『욕망과 형식의 시학』, 태학사, 1999.

나손선생추모논총간행위회, 『한국문학작가론』, 현대문학사, 1991.

무애양주동박사화탄기념논문집발간위원회 편, 『무애양주동박사화탄기념논문집』, 탐구당, 1963.

문옥표 · 김광억 외, 『조선 양반의 생활세계』, 백산서당, 2005.

박노준, 『조선후기 시가의 현실인식』, 고대 민족문화연구소, 1998.

박을수, 『한국시조문학대사전』, 아세아문화사, 1984.

박희병, 『한국고전인물전연구』, 한길사, 1992.

성무경, 『조선후기 시가문학의 문화담론 탐색』, 보고사, 2004.

송방송, 『한국음악통사』, 일조각, 1984.

송준호, 『조선사회사연구』, 일조각, 1987.

신경숙, 『19세기 가집의 전개』, 계명문화사, 1994.

신연우, 『조선조 사대부 시조문학 연구』, 박이정, 1997.

심재완, 『교본역대시조전서』, 세종문화사, 1972.

_____, 『시조의 문헌적 연구』, 세종문화사, 1972.

_____, 『정본시조대전』, 일조각, 1984.

오원교 옮김, 『구조주의와 기호학』, 신아사, 1982.

유약우 저, 이장우 역, 『중국시학』, 동화출판공사, 1984.

유정기, 『동양사상사전』, 우문당출판사, 1956.

윤사순, 『한국의 사상』, 열음사, 1984.

윤재근, 『한국시문학비평』, 일지사, 1980.

이건청, 『한국전원시 연구』, 문학세계사, 1986.

이동연, 『19세기 시조 예술론』, 월인, 2000.

이동영, 『조선조 영남시가의 연구』, 형설출판사, 1984.

이민홍, 『사림파 문학의 연구』, 형설출판사, 1985.

이상원, 『17세기 시조사의 구도』, 월인, 2000.

이우성, 『한국의 역사상』, 창작과 비평사, 1982.

이우성·임형택, 『이조한문단편집(상)』, 일조각, 1973.

_____, 『이조한문단편집(중)』, 일조각, 1978.

임형택, 『한국문학사의 시각』, 창작과 비평사, 1984.

장사훈, 『시조음악론』, 서울대출판부, 1986.

_____, 『최신 국악논총』, 세광음악출판사, 1991.

정창수 편, 『한국사회론』, 사회비평사, 1995.

조규설; 박철희 공편, 『시조론』, 일조각, 1978.

조규익, 『가곡창사의 국문학적 본질』, 집문당, 1994.

조동일, 『한국문학통사 3』, 지식산업사, 1984.

조윤제, 『한국문학사』, 탐구당, 1983.

_____, 『한국시가사강』, 을유문화사, 1954.

진동혁, 『고시조문학론』, 형설출판사, 1982.

최동원, 『고시조론』, 삼영사, 1980.

_____, 『고시조논고』, 삼영사, 1990.

최봉영, 『조선시대의 유교문화』, 사계절, 1997.

최재남, 『사림의 향촌생활과 시가문학』, 국학자료원, 1997.

최진원, 『국문학과 자연』, 성균관대 출판부, 1981.

_____, 『한국고전시가의 형상성』, 성균관대대동문화연구원, 1988.

한국시조학회편, 『고시조작가론』, 백산출판사, 1986.

한국정신문화연구원, 『한국 전통 예술의 미의식』, 1985.

황패강 외, 『한국문학작가론』, 형설출판사, 1989.

3. 논문

강명관, 「조선후기 서울의 중간계층과 유흥의 발달」, 『민족문학사연구』 제2집, 1992.

강전섭, 「『금옥총부』에 대하여」, 『한국고전문학연구』, 대왕사, 1981.

고미숙, 「사설시조의 역사적 성격과 그 계급적 기반」, 『어문논집』 제30집, 고려대 국어국문학연구회, 1991.

고정희, 「『가곡원류』 시조의 서정시적 특징」, 서울대학교 석사논문, 1996.

권두환, 「18세기의 가객과 시조문학」, 『진단학보』 제55집, 진단학회, 1983.

_____, 「조선후기 시조가단 연구」, 서울대학교 박사논문, 1985.

권영철, 「반구옹시조와 도산십이곡의 계보」, 『연구논문집』 제1집, 효성여대, 1966.

김병국, 「한국 전원문학의 전통과 그 변이 양상」, 『한국문화』 제7집, 서울대 한국문화 연구소, 1986.

김신중, 「한국 사시가의 연구」, 전남대학교 박사논문, 1992.

김영진, 「효전 심노숭 문학 연구」, 고려대학교 석사논문, 1996.

김용찬, 「『금옥총부』를 통해 본 안민영의 가악활동과 가곡의 연창방식」, 『시조학논 총』 제24집, 한국시조학회, 2006.

_____, 「이정보 시조의 작품 세계와 의식 지향」, 『우리문학연구』 제12집, 우리문학 회, 1999.

김윤조, 「저촌 이정섭의 생애와 문학」, 『한국한문학연구』 제14집, 한국한문학회, 1991.

김태완, 「도통담론과 이이의 도통의식」, 『율곡사상연구』 제15집, 율곡학회, 2007.

김현식, 「안민영의 가집 편찬과 시조 문학 양상 연구」, 서울대학교 석사논문, 1999.

김흥규, 「19세기 전기 판소리의 연행환경과 사회적 기반」, 『어문논집』 제30집, 고려 대 국어국문학연구회, 1991.

_____, 「사설시조의 시적 시선 유형과 그 변모」, 『한국학보』 제68호, 일지사, 1992.

_____, 「강호자연과 정치현실」, 『세계의 문학』 통권19호, 민음사, 1981.

_____, 「조선 후기 시조의 '불안한 사랑' 모티프와, '연애 시대'의 전사」, 『한국시가연 구』 제24집, 한국시가학회, 2008.

_____, 「조선후기 사설시조의 시적 관심 추이에 관한 계량적 분석」, 『한국학보』 제73집, 일지사, 1993.

남정희, 「18세기 경화사족의 시조 향유와 그 창작 양상에 관한 연구」, 이화여자대학교 박사논문, 2001.

_____, 「이정보 시조 연구」, 『한국시가연구』 제8집, 한국시가학회, 2000.

박규홍, 「가객과 가단에 관한 몇 가지 문제점 고찰」, 『시조학논총』 제9집, 한국시조학
　　　회, 1993.

박희병, 「조선후기 예술가의 문학적 초상」, 『대동문화연구』 제24집, 대동문화연구소,
　　　1990.

서준섭, 「조선조 자연시가의 구조적 성격」, 『한국시가문학연구』, 신구문화사, 1983.

성기옥, 「기녀시조의 감성특성과 시조사」, 『한국 고전 여성문학의 세계(Ⅱ)』, 이화여자
　　　대학교 한국어문학연구소, 1999.

_____, 「한국 고전시 해석의 과제와 전망 −안민영의 〈매화사〉의 경우−」, 『진단학
　　　보』 제85집, 진단학회, 1998.

송원호, 「가곡 한 바탕의 연행 효과에 대한 일고찰 −안민영의 우조 한 바탕을 중심으
　　　로」, 『어문논집』 제42집, 안암어문학회, 2002.

송원호, 「안민영의 작품세계와 『금옥총부』 연구」, 고려대학교 석사논문, 1999.

신경숙, 「사설시조 연행의 존재 양상」, 『홍익어문』 제10·11합집, 홍익어문연구회,
　　　1992.

_____, 「정가가객 연구의 자료와 연구사 검토」, 『한국학연구』 제8집, 고려대 한국학
　　　연구소, 1996.

_____, 「정가 가객론」, 『한국학연구』 제9집, 고려대 한국학연구소, 1997.

_____, 「안민영과 기녀」, 『민족문화』 제10집, 한성대학교 민족문화연구소, 1999.

_____, 「안민영과 예인들」, 『어문논집』 제41집, 안암어문학회, 2000.

_____, 「안민영 예인집단의 좌상객 연구」, 『한국시가연구』 제10집, 한국시가학회,
　　　2000.

_____, 「18−19세기 가집, 그 중앙의 산물」, 『한국시가연구』 제11집, 한국시가학회,
　　　2002.

_____, 「19세기 일급 예기의 삶과 섹슈얼리티」, 『사회와 역사』 제65집, 한국사회사학
　　　회, 2004.

_____, 「안민영 사랑 노래의 생산적 토대」, 『한성어문학』 제24집, 한성어문학회,
　　　2005.

심재완, 「『금옥총부』 연구」, 『청구대학논문집』 제4집, 청구대학, 1961.

윤정화, 「죽취당 신헌조의 삶과 그 문학적 형상화 고찰」, 『국어국문학』 제34집, 부산
　　　대학교 국어국문학과, 1997.

이동연, 「19세기 가객 안민영의 예인상」, 『이화어문론집』 제13집, 이화어문학회, 1994.

이민홍, 「고산구곡가와 무이도가고」 I, II, 『개신어문연구』 제1·2집, 1981-1982.

_____, 「조선조 주자학적 지식인의 강호에 대한 인식」, 『개신어문연구』 제3집, 충북대 개신어문연구회, 1984.

이상원, 「이정보 시조 해석의 시각」 『한국시가연구』 제12집, 한국시가학회, 2002.

이성임, 「일기를 통해 본 조선시대 기녀의 입역과 운용」, 『대동한문학』 제30집, 대동한문학회, 2009.

이지영, 「안민영의 시조창작을 통해 본 19세기 가객시조의 성격」, 이화여자대학교 석사논문, 1993.

이태극, 「남파시조의 내용고」, 『국어국문학』 제49·50합집, 국어국문학회, 1970.

이형대, 「안민영의 시조와 애정 정감의 표출 양상」, 『한국문학연구』 제3호, 한국문학연구회, 2002.

임형택, 「17세기 전후 육가형식의 발전과 시조문학」, 『민족문학사연구』 제6호, 민족문학사연구소, 1994.

정명세, 「조삼죽시조의 연구」 『어문학』 제48집, 한국어문학회, 1986.

정무룡, 「조선조 가객 연구」, 동아대학교 박사학위논문, 1992.

정해원, 「18세기 강호시조연구」, 『인문과학연구』 제4호, 상명여대 인문과학연구소, 1995.

정흥모, 「이정보의 애정시조 연구」, 『어문논집』 제42집, 안암어문학회, 2000.

진동혁, 「남파와 노가재의 관계 고찰」, 『국어국문학』 제81집, 국어국문학회, 1979.

최완수 외, 「경화사족과 진경문화」, 『우리문화의 황금기 진경시대 1』, 돌베개, 1998.

최재남, 「시조 종결의 발화 상황과 화자의 태도」, 『고전문학연구』 제4집, 한국고전문학회, 1988.

허왕욱, 「『금옥총부』의 연행 교본적 성격과 가곡사적 위상」, 『청람어문교육』 제29집, 청람어문교육학회, 2004.

황순구, 「봉래악부소고」, 『국어국문학』 제85집, 국어국문학회, 1981.

황진성, 「고산구곡가연구」, 『동악어문논집』 제1집, 1965.

황충기, 「이정보의 사설시조 연구」, 『국어국문학』 제55-57합집, 국어국문학회, 1972.

찾아보기